£2.99

**VIE ET OPINIONS
DE
TRISTRAM SHANDY,
GENTILHOMME**

*La littérature anglaise
dans la même collection*

C. BRONTË, *Jane Eyre.*

E. BRONTË, *Hurlevent des monts.*

CARRINGTON, *Le cornet acoustique.*

CARROLL, *Tout Alice.*

CONRAD, *Amy Foster. Le Compagnon secret.* — *Au cœur des ténèbres.* — *La Ligne d'ombre.* — *Lord Jim.* — *Nostromo.* — *Typhon.*

DEFOE, *Robinson Crusoé.*

DICKENS, *David Copperfield* (deux volumes).

FIELDING, *Joseph Andrews.*

HARDY, *À la lumière des étoiles.*

J.K. JEROME, *Trois Hommes dans un bateau.*

JOYCE, *Gens de Dublin.*

KIPLING, *Le Livre de la jungle.* — *Le Second Livre de la jungle.*

MARLOWE, *Le Docteur Faust* (édition bilingue).

SHAKESPEARE, *Antoine et Cléopâtre.* — *Beaucoup de bruit pour rien* (édition bilingue). — *Les Deux Gentilshommes de Vérone. La Mégère apprivoisée. Peines d'amours perdues.* — *Hamlet* (édition bilingue). — *Henry V* (édition bilingue avec dossier). — *Macbeth* (édition bilingue). — *Le Marchand de Venise* (édition bilingue). — *Le Marchand de Venise. Beaucoup de bruit pour rien. Comme il vous plaira.* — *La Mégère apprivoisée* (édition bilingue). — *La Nuit des rois* (édition bilingue). — *Othello. Le Roi Lear. Macbeth.* — *Richard III. Roméo et Juliette. Hamlet.* — *Le Roi Lear* (édition bilingue). — *Roméo et Juliette* (édition bilingue). — *Le Songe d'une nuit d'été* (édition bilingue). — *Le Songe d'une nuit d'été. Les Joyeuses Commères de Windsor. Le Soir des rois.* — *La Tempête* (édition bilingue). — *Titus et Andronicus. Jules César. Antoine et Cléopâtre. Coriolan.*

M. SHELLEY, *Frankenstein.*

STERNE, *Vie et opinions de Tristram Shandy.* — *Le Voyage sentimental.*

STEVENSON, *Le Creux de la vague.* — *Le Cas étrange du Dr Jekyll et de M. Hyde.* — *L'Île au trésor.* — *Le Maître de Ballantrae.* — *Voyage avec un âne dans les Cévennes.*

SWIFT, *Les Voyages de Gulliver.*

THACKERAY, *Barry Lyndon.* — *Le Livre des snobs.*

WILDE, *L'Importance d'être constant* (édition bilingue avec dossier). — *Le Portrait de Dorian Gray.* — *Le Portrait de Mr W.H.*, suivi de *La Plume, le crayon et le poison.* — *Salomé* (édition bilingue).

WOOLF, *La Traversée des apparences.*

Laurence Sterne

VIE ET OPINIONS DE TRISTAM SHANDY, GENTILHOMME

*Traduction
de*
Charles MAURON

*Préface, bibliographie, chronologie et notes
de*
Serge SOUPEL

GF Flammarion

© 1946, ROBERT LAFFONT, Paris,
© 1982, FLAMMARION, Paris.

PRÉFACE

Né en Irlande d'un père officier, lorsque est signée la paix d'Utrecht (1713), Laurence Sterne passe ses premières années parmi les militaires. Il n'a donc pas à chercher très loin de lui des modèles pour l'oncle Toby, le doux soldat rescapé de Namur qui connaît la gloire (littéraire) dans *Tristram Shandy*. L'école, puis l'Université de Cambridge enseignent au jeune Sterne le grec, le latin, lui apprennent le goût de rire et le mépris des pédants. Il devient, à Cambridge, l'ami et le complice de l'extravagant John Hall-Stevenson, alias Eugenius dans *Tristram Shandy*, et l'admirateur de Locke — dont l'*Essay Concerning Human Understanding* date de 1690. Sterne, boursier sans titre et sans terres, est de ceux que la pauvreté destine à la vie ecclésiastique. Ses études achevées, il quitte la société bornée des rhétoriciens et des scolastiques, tout armé de souvenirs prêts à rejaillir dans son roman, et il devient pasteur (anglican) dans une paroisse de campagne. Voilà déjà Yorick.

Puis Yorick est appelé à York, par son oncle qui est dignitaire de l'église, comme l'a été un arrière-grand-père archevêque. Sterne partage alors sa vie entre ses paroissiens de Sutton-on-the-Forest et la ville où il se plaît à faire le mondain. Sans trop attendre (en 1741), il se donne une épouse — à qui il a écrit des lettres « sentimentales ». Il s'installe alors, pour une vingtaine d'années, à côté de son clocher. Il joue un peu à l'agriculteur, comme Walter Shandy, sans se couper du commerce des gens qui lui plaisent et sans négliger son église. La vie conjugale du couple Sterne connaît la routine, mais n'est pas réputée toujours paisible : des enfants (comme Bobby et Tristram) naissent ou meurent. Pendant quelque temps, la femme du pasteur perd l'esprit et va loger à

York. Soudain, Sterne déjà auteur de sermons publiés et d'un pamphlet réussi, rédige deux livres de *Tristram Shandy*. Ensuite il se déplace. Il va à Londres pour voir son éditeur et se laisser admirer... avant d'aller, deux ans après, en France où on le fête. *Tristram Shandy* mis sur le métier promet d'être un labeur perpétuel, où deux livres doivent s'ajouter chaque année aux livres précédents.

Les livres, par paires, se vendent très vite, à mesure qu'ils s'écrivent. C'est un homme devenu moins placide qui les compose. C'est un voyageur, toujours poursuivi par la gloire, souvent par sa femme exigeante, un phtisique cherchant quelques mois la santé sous le ciel du Midi de la France puis de l'Italie. C'est un sensible, sporadiquement amoureux.

Dès l'abord, il a en tête Catherine Fourmantelle, chanteuse (la Jenny de *Tristram Shandy*), première des dulcinées qu'il lui faut prendre pour muses aussi longtemps que durent sa carrière d'auteur, et sa vie. Puis il rêve à cent femmes, qu'il affecte de convoiter beaucoup et ne débauche guère. Pour finir, il s'éprend d'Eliza, c'est-à-dire d'Elizabeth Draper, qui a une trentaine d'années de moins que lui, qui est mariée, que son époux ne tarde pas à rappeler auprès de lui dans les Indes. Dernier amour, dernière occasion d'éprouver les attendrissements les plus profonds, et d'écrire un beau *Journal* passionné. L'auteur n'a plus qu'à se hâter de faire *Un voyage sentimental* (1768), qui conte les douces étrangetés de sa dernière expédition sur le continent, avant de mourir — seul.

Tristram Shandy restera son chef-d'œuvre. Pour Frénais, premier traducteur français de l'ouvrage, n'offrant au public, pour l'éprouver, que les deux tiers de la vie et des opinions, cet ouvrage n'est pas commun. Selon lui :

> Tristram Shandy se trouva [en 1760] entre les mains de tout le monde. Beaucoup le lisoient & peu le comprenoient. Ceux qui ne connoissoient point Rabelais, son esprit, son génie, le comprenoient encore moins. Il y avoit des Lecteurs qui étoient arrêtés par des digressions dont ils ne pouvoient pénétrer le sens, d'autres qui s'imaginoient que ce n'étoit qu'une perpétuelle allégorie qui masquoit des gens qu'on n'avoit pas voulu faire paroître à découvert. Mais tous convenoient que

> M. Stern [*sic*] étoit l'Ecrivain le plus ingénieux, le plus agréable de son temps, que ses caractères étoient singuliers & frappans, ses descriptions pittoresques, ses réflexions fines, son naturel facile [1].

Le grand retentissement de *Tristram Shandy*, à sa publication, est dû à son originalité. Elaboré selon une manière nouvelle, *Tristram Shandy* devient un livre à la mode, que de nombreux plagiaires s'empressent de singer — et auquel ils donnent avec d'autant plus de facilité une suite apocryphe, que Sterne a lui-même annoncé des prolongements à venir. Cet engouement, qui se mesure bien à la prompte et frauduleuse application des écrivailleurs, s'explique par les vertus enthousiasmantes de l'écriture sternienne, par sa force d'innovation. Le roman anglais, jusqu'alors, avait des usages plus circonspects. Au lendemain de sa naissance, ce roman vivait une période faste.

Depuis Defoe, inventeur supposé du genre nouveau, l'Angleterre possède (à côté de livres faits dans la tradition distinguée empruntée à la France) un roman viril, positif, soucieux de transcrire le réel. Ce genre méprise les fadaises, et prétend condamner toutes les invraisemblances romanesques. Les héros ne sont plus nécessairement des hommes de qualité : car leur grande qualité consiste à savoir subsister sur les îles désertes. Ce retournement du romancier anglais, au XVIIIe siècle, ressemble à la réaction des Espagnols du XVIe, qui las de voir des récits de chevalerie, ont inventé des parodies de chevaliers et des *pícaros* voyageurs.

Fielding une vingtaine d'années après Defoe, Smollett peu de temps après Fielding, une foule d'écrivains mineurs fondent avec eux une nouvelle tradition du roman. Les personnages du livre sont aussi semblables que possible au lecteur moyen. Ils vivent des aventures ordinaires. Richardson lui-même — qui ne s'apparenterait guère à cette école, tant son tempérament le pousse à étudier les âmes amoureuses, plutôt qu'à relater les aventures de jouvenceaux voyageurs — choisit sa première héroïne, Pamela, en 1740, dans la condition la plus modeste qui soit. Le roman anglais nouveau, destiné à la fière et commerçante Angleterre nouvelle, se forme contre les romans traditionnels. Il s'attribue le nom de *novel*, il leur laisse avec dédain celui de *romance*.

Sterne n'écrit pas un roman traditionnel, ni un roman de type nouveau. Sterne, qui à en croire Paul de Reul, « figure parmi les romanciers comme un roi qui aurait été fait membre d'une Académie », paraît composer *Tristram Shandy* contre le roman nouveau [2]. Il travaille en dépit des conventions, des tendances et des emportements du goût, sans savoir ni prévoir comment son livre finira ou de quelle façon il sera reçu. Peu lui importe, semble-t-il.

Il déclare, dans une lettre du 23 mai 1759, à son éditeur Robert Dodsley, que son objet est de prendre à parti le ridicule de la science (Swift l'a fait trente-trois ans plus tôt, dans *Gulliver's Travels* que personne ne juge être un roman [3]); et il explique qu'il veut se moquer en général de tout ce qui est risible. Les autres romanciers entendent aussi se servir du ridicule, mais ils s'appliquent à créer des personnages qu'ils représentent dans des intrigues bien élaborées. Sterne se contente d'un tissu narratif lâche, digresse, plaisante de tout sans pudeur, donne une demi-douzaine de caractères et semble les lier entre eux par des conversations qui commencent et s'arrêtent n'importe comment. Le modèle admiré, Cervantès, auteur d'un anti-roman, sert à Sterne de guide et de caution; mais Cervantès raconte une histoire, comme les autres auteurs qui sont beaucoup lus en Angleterre. Le public lecteur, habitué aux romans bâtis selon un plan ordinaire, où les épisodes s'enchaînent, et où les événements tendent vers une fin, est donc étonné, dérouté, choqué parfois. Au XVIIIe siècle, Sterne n'obéit pas à la raison; « aussi, comme dit Taine, pour lire Sterne, faut-il attendre les jours de caprice, de *spleen* et de pluie, où à force d'agacement nerveux on est dégoûté de la raison [4] ». Le public est surpris, il n'est pas indifférent.

Le succès de *Tristram Shandy* est à la mesure du grand scandale qu'il suscite. Toutefois, les opinions extrêmement défavorables se cantonnent aux cercles des personnes prudes et prudentes, lentes à accepter les révolutions littéraires. Certains, comme Horace Walpole, narquois sans être hostiles, regardent avec un soupçon de condescendance ce nouveau « Rabelais anglais » — reprenant l'idée de Voltaire qui parle du « second Rabelais d'Angleterre ». Presque tous, à quelque degré, trouvent au livre une légèreté par trop polissonne.

Chacun doit concéder aussi que la substance de *Tristram Shandy* ne manque pas de lourdeur livresque.

L'abondance des allusions, concentrées souvent sur un petit nombre de pages, est propre à désoler quiconque serait disposé à ne voir que désinvolture et improvisation dans l'ouvrage. Sterne, qui prend des allures de Cervantès, et fait naître l'idée d'un Rabelais nouveau, trouve bon de se donner encore la voix de Montaigne avec le goût (amusé) des exemples et des parallèles savants. *Tristram Shandy*, qui a de la gaillardise, possède l'art de s'attribuer simultanément la façade de l'érudition profonde. Encore ces deux pôles sont-ils marqués chacun à sa manière par l'équivoque.

L'auteur s'entoure de références érudites pour disserter sur les nez... tout en songeant à d'autres appendices de l'anatomie. Il sape sans vergogne l'autorité même des auteurs les plus apparemment respectables, en les sollicitant pour des vétilles. L'*Anatomy of Melancholy* (1621), qui est moins le traité médical que semble vouloir écrire Robert Burton, qu'un trésor de réflexions, et de citations sur mille sujets, est un fonds des plus profitables pour Sterne. « Je ne compte pas mes emprunts », dit Montaigne [5]; et Sterne emprunte sans compter à Burton (et à Montaigne aussi) : des pistes, des pensées accommodées selon les penchants du moment, pour devenir des idées singulières et hardies qui sont la matière d'envolées déconcertantes. Ce que Sterne ne découvre pas chez les auteurs classiques, ni chez les écrivains qui les citent, il lui faut encore le chercher puis le piller dans les encyclopédies. Celle de Chambers, publiée en 1728, est une source bien utile. Les livres les plus divers sont également consultés, sur les fortifications, sur la balistique, sur l'histoire militaire, sur la géographie. L'éclectisme est de mise.

A viser une sorte d'universalité, Sterne se condamnerait à lasser si la bonne humeur — ou l'humour — n'imprégnaient l'entreprise, et ne reliaient le tout avec bonheur. L'auteur est conduit par l'éclectisme même qu'il choisit comme principe et méthode bouffons, à emprunter le ton le plus docte quand il brocarde les docteurs. De surcroît, Sterne se moque de Tristram, narrateur démuni des attributs d'un héros, persécuté par le sort, abandonné aux plus absurdes déconvenues. L'auteur-pasteur compte aussi se retrouver dans Yorick, venu de *Hamlet*, revenant du pays des fantômes, puis renvoyé d'autorité à sa page noire avant de revenir enfin, image très irrévérencieuse de l'Eglise et emblème du comique sans mesure, « infinite jest [6] ». Rien n'est sérieux dans un livre qui ment lorsqu'il annonce une *vie* et des *opinions* pour se distinguer des romans qui ne sont que des « vies et aventures ». La comédie de l'équivoque, voire de l'incohérence — Samuel Richardson parle de « comical incoherencies [7] » — les railleries, sous-entendus et allusions fines dirigés contre l'entendement, s'assemblent pour faire la démonstration qu'il n'y a rien à démontrer. Cette fantaisie veut montrer qu'il existe peu de choses dignes d'être lues, hormis des lambeaux de discours interrompus par d'autres, des amorces de raisonnements, des récits d'actions avortées, des embryons d'évocations.

« Non enim excursus hic ejus, sed opus ipsum est », annonce Sterne en épigraphe, au livre VII. Et, en effet, l'ouvrage est digression, assemblage d'écarts narratifs. C'est un montage littéraire, effectué à partir d'éléments dont l'écriture s'échelonne sur neuf années, au sujet duquel les critiques n'ont toujours pas vraiment arrêté si le livre IX constitue bien une fin [8]. Au demeurant, l'associationnisme accepte-t-il les fins ? Ne cherche-t-il pas sans relâche à pousser plus avant les pensées naissantes, qui se construisent après l'épuisement de celles qui les engendrent ? Locke et ses théories associationnistes ont laissé des traces très fortes dans la manière de Sterne, qui désire rendre communicative la joie qu'il retire du vagabondage intellectuel et verbal. Primesautier par principe « philosophique », Sterne favorise toutes les spontanéités et répugne à travailler selon des plans. Allant là où le train des cogitations le mène, le narrateur explore, sans ordre visible, tous les sujets — et les façons qu'a l'homme de mener des réflexions sur eux. Chemin faisant, donc, s'examinent la pensée et tous ses modes.

Grand roman psychologique, *Tristram Shandy* l'est à coup sûr, chargé d'authentique psychologie expérimentale. Le cas de Susannah, la domestique qui s'acharne à rêver à une parure quand la famille éprouve un deuil (livre V, chapitre VII), dit avec bien de l'éloquence que chacun n'est égoïstement mû que par ses propres mécanismes de pensée et par ses obsessions. Les obsessions s'appellent des chimères et des lubies, des marottes, des dadas, c'est-à-dire des « hobby-horses ». Répondant à l'*Anatomy of Melancholy*, qui l'inspire, *Tristram Shandy* pour se classer parmi les écrits romanesques, n'en est pas moins une sorte d'anatomie de la monomanie, un traité des idées fixes. La guerre finie, la paix signée, Toby soldat ne quitte à regret ses petites fortifications, que pour entrer en campagne de nouveau et faire le siège de la veuve Wadman. Son frère Walter ne cesse jamais de réfléchir sur les textes anciens, qu'il plie à toutes les circonstances de sa vie, qu'il oblige à fournir des réponses pour chaque conjoncture, qui lui dictent même des inquiétudes quand il y aurait lieu de ne pas en éprouver. Les dialogues roulent ainsi comme des monologues couplés, qu'une sorte de tolérance réciproque pousse à durer et à se multiplier. Slop, Trim, ont cette manière de ne suivre que leur chimère. C'est la meilleure voie ouverte au romancier qui entreprend de montrer des « humeurs » fortes : elles apparaissent antagonistes et elles enflamment mieux l'imagination du lecteur, à proportion que leurs rencontres sont ardentes. C'est en procurant le contraste vif donné par Mrs. Shandy, assez bornée pour n'être pas emportée durablement par des obsessions et trop soumise à l'intellect de son mari pour être jamais capable d'éloquence, que Sterne parachève sa démonstration (v. livre VI, chapitre XVIII). Inapte aux épanchements du verbe, et indigne de prendre place parmi la congrégation des chimériques bavards ou agissants, la voilà après que sa faible chimère (sur les lieux d'accouchement) est avortée, mère d'un avorton. Il est inévitable que les grandes obsessions prennent de l'éclat, près du personnage terne. Mais il n'y a jamais de confrontation maligne. Parce qu'une obsession de l'auteur prête à l'ensemble douceur et tendresse : l'obsession du sentiment.

L'épisode de Le Fever, au livre VI, est beau mais il se trouve passablement affaibli par les larmes; comme les évocations de Trim que chagrinent les mésaventures portugaises de son frère. L'esthétique de la deuxième moitié du siècle est marquée par les attendrissements de la littérature. Ravie par l'étude détaillée des émotions fines, la sensibilité nouvelle, nourrie d'opéras, se plaît à voir les âmes s'épancher, se déchirer, vibrer et s'accorder. Ainsi, il y a une affinité entre l'écriture et la musique — que la critique moderne n'omet pas de mettre en valeur, dans *Tristram Shandy* en particulier [9]. La poésie, régentée par les normes du mètre, est astreinte à délibérer plutôt que portée à sentir : c'est la prose qui doit, sans pompe, avant le romantisme, donner voix au sentiment. Les romans communs examinent fort habilement les sentiments amoureux. Les romancières ne se privent pas, dans l'Angleterre des années 1750 et 1760, de considérer tous les visages de la passion tourmentée ou heureuse. Les récits d'aventures eux-mêmes font toujours de la place à quelque déchirement affectif. *Tristram Shandy* — et c'est un de ses grands mérites — va bien au-delà.

La sensibilité qui anime *Tristram Shandy* touche tout, elle est d'ordre général. Si l'amour entre les sexes n'est pas absent du livre (voir en particulier l'exaltation de l'histoire d'Amandus et d'Amanda, au livre VII, chapitre XXXI), il est notoire que les couples établis (Walter et sa femme) ou en passe de s'établir (Toby et Mrs. Wadman) ne se distinguent point par des ferveurs conformes aux traditions. Sterne, à qui il a été reproché de pleurnicher sur les ânes (voir livre VII, chapitre XXXII) au lieu de secourir dûment sa vieille mère, n'a pas des fibres ordinaires.

Amateur de titillations plus que des jouissances fortes, épris de délicatesse, sensible aux attouchements, aux regards, aux sourires, Sterne se satisfait de la naissance d'une passion. Il est peu soucieux de la regarder s'étioler, comme il n'est guère curieux de voir s'abattre l'enthousiasme, l'allégresse. Il porte aux rapports qu'ont les hommes entre eux, une attention si minutieuse qu'il lui est difficile d'embrasser le cours bouillonnant des émotions violentes. Sterne se contente ainsi de montrer la mansuétude des âmes généreuses. Il se complaît dans la présentation des monomanes, précisément parce que leurs obsessions requièrent l'indulgence totale d'un entourage aussi patient que sensible. Sterne, qui n'a pas contrarié l'amour des animaux chez ses compatriotes, n'a guère manqué de contribuer au renforcement de la tolérance anglaise vis-à-vis des excentriques. Les amours éthérées le cèdent à toutes les formes de sympathie, chez un auteur qui pense bien satisfaire ou convaincre des auditoires à demi gagnés déjà par les modes ambiantes.

Les reproches des contemporains, ceux des esprits pudibonds du XIXe siècle, ont beaucoup visé l'abus des équivoques de nature sexuelle, les innombrables gaillardises, les sous-entendus grivois de *Tristram Shandy*. La critique a vu une incompatibilité grave entre les attendrissements et les grossièretés, chez un ecclésiastique. Encore n'a-t-elle pas beaucoup songé que cette inconvenance n'a pas d'agressivité, ni que c'est justement une manière de charité chrétienne qui inspire la bienveillance des personnages, celle de leur créateur. Les abondants propos et demi-propos licencieux rendent banale, en apparence, la poursuite du plaisir sexuel ; ils donnent ainsi peut-être plus de prix aux douceurs de la tendresse pure. Sterne, qui se moque comme il s'apitoie, est trop maître de l'ironie pour ne pas dissimuler du raffinement jusque dans la brutalité imparfaitement contenue des mots.

Avide de sentiments fins, Sterne a une finesse extrême d'écriture. Sachant interrompre une phrase au milieu de sa course, il évite d'être jamais catégorique. Il use de l'ambiguïté aussi bien qu'il manie les ambivalences. Tenant ici à rendre dans sa langue quelques textes latins ou français, qu'il offre à son lecteur, il a ailleurs le soin de traduire aussi la plus intime vérité des personnages en transcrivant des dialogues. Le langage métaphorique du soldat qui ne tue pas les mouches, est étudié et restitué avec bonheur. Les jargons du droit, et de toutes les éruditions vaines sont à leur tour savamment reproduits. Plein de sympathie pour ses créatures, Sterne a l'art de respecter leur idiome et leur style, en donnant jusqu'aux conversations insignifiantes [10]. Voilà qui fait contraste avec les airs apprêtés dont il charge quelquefois son expression : Walter Scott lui reproche d'imiter le style de Rabelais par pure affectation, *ad captandum vulgus*. L'éclectisme du fond se retrouve dans la forme. L'ambivalence est partout, très délibérément. Elle embrasse les extrêmes et sert la plus grande efficacité.

Les effets les plus puissants et extraordinaires, que Sterne ménage de façon infiniment délibérée, dépassent les subtilités rhétoriques, le semblant de dialogue avec le lecteur, et toutes les dialectiques de l'expression. Ces effets sont visuels. Ce sont les pages marbrées, blanches, noires, constellées d'astérisques, dentelées par la profusion des réticences et des surprises pour devenir l'« essaimage de " blancs " » dont parle Michel Sandras [11]. Sterne possède à un degré éminent l'art de faire des paragraphes et de mettre les mots en valeur. Il décore son livre en l'écrivant, invente des signes de ponctuation nouveaux, déplace les anciens, varie sans fin la longueur de son tiret devenu fameux. Il fait des mains et des croix, dessine des traits droits, courbes ou anguleux, use et abuse des caractères gothiques. Il écrit de longues pages qui sont hors des chapitres, fait des chapitres qui n'occupent qu'une fraction de page. La fantaisie du fond, l'esprit mutin ou digressif transparaissent ainsi dans un graphisme libéré des conventions — qu'il est facile et dangereux de juger gratuit ou naïf. En façonnant à sa guise les apparences de sa page, Sterne veut continuer d'être original jusque dans l'esthétique de l'imprimerie. L'idéogramme qu'il réinvente transcende toutes les langues, qu'il n'a même plus à traduire. Symboles où signes presque occultes, illustrations parfaitement abstraites, les pages marbrées et les noires sont paradoxalement une occasion donnée aux lecteurs de s'élever hors du texte, alors qu'ils butent contre l'opaque.

L'outrance des procédés a soulevé l'agacement et l'incompréhension, mais rarement causé l'admiration des bons romanciers qui ont côtoyé ou suivi Sterne. Certes, un auteur a fait imprimer une épître dédicatoire en rouge (voir Mrs. Poyntz, *Je ne Sçay Quoi* [Londres, 1769]); premier plagiaire de Sterne, John Carr a disposé des portées musicales dans le texte de son *Tristram Shandy* de 1760; l'anonyme *Christopher Wagstaff* (Londres, 1762) donne une page toute quadrillée; d'autres offrent des profusions de tirets, des foules d'astérisques. William Donaldson, dans *Bartholomew Sapskull* (Londres, 1768) annonce un peu Céline par son usage immodéré des points de suspension; Mrs. Charke, dans *The Lover's Treat*, fait alterner les italiques et les caractères ordinaires au fil de chaque paragraphe; Richard Griffith, enfin, fait un bel exposé général sur la ponctuation, dans *The Triumvirate* (Londres, 1764). Néanmoins, un grand nombre d'auteurs a sans doute ressenti du dépit de n'avoir pas fait avant Sterne ce qu'il avait imaginé. Et tous se sont retenus de le singer trop, pour ne pas se donner le ridicule de plagier exactement ce qui souffre le moins les plagiats. La singularité de la fantaisie typographique de Sterne est donc tacitement protégée des outrages par son extrême audace.

L'écrivain moderne a retrouvé la nécessité ou l'envie d'exiger la témérité des imprimeurs. Poète, il a façonné des jets d'eau avec des lettres; prosateur, il a osé dépasser la ponctuation en l'éliminant tout à fait : mais il n'a pas eu le premier l'idée d'une rébellion des signes de l'écriture : nul ne fera plus de vraie révolution typographique, après Sterne. *Tristram Shandy* est, à ce titre, un livre parfaitement novateur.

Il innove aussi d'autres façons, et prépare d'autres terrains. Si *Tristram Shandy* emprunte tant à la littérature et à l'érudition des époques passées, c'est peut-être afin de mieux préparer les modes littéraires des siècles à venir. Ce livre annonce à plusieurs égards l'affranchissement des contraintes, que le romantisme a voulu parachever. L'ouvrage de Sterne prône le sentiment, il est résolu à repousser l'esprit de discipline artistique, comme les rigueurs classiques (implicitement dédaignées). Ainsi est-il certainement équitable d'admirer sa hardiesse dans la prose anglaise, tout autant que l'audace des premiers poètes romantiques d'Angleterre qui ont ébranlé la vieille versification.

Sterne a fait école : les médiocres lui ont volé quelques idées, les plus grands l'ont compris, l'ont admiré, ont puisé de l'inspiration chez lui — les Français les premiers [12]. Les compliments qu'adresse Mme de Staël à l'humour sternien, les louanges de Charles Nodier (qui fait un parallèle poussé entre Sterne et Rabelais [13]), succèdent à cent opinions enthousiastes. Si Nodier, amateur d'obsessions comme Sterne, a su reprendre en 1830 l'histoire du roi de Bohême et de ses sept châteaux (voir *Tristram Shandy*, VIII, 19), le plus bel hommage vient évidemment de Diderot. « Le souvenir du roman de Sterne, *Vie et Opinions de Tristram Shandy*, prend dans les premières pages de *Jacques le Fataliste*, l'allure d'une démarcation pure et simple », disent S. Lecointre et J. Le Gaillot dans leur édition du roman français [14]. Et en effet, Diderot — respectueux — cherche une démarcation, en visant à laisser s'épanouir son génie propre qu'il greffe (de façon très sternienne) sur un cadre narratif d'emprunt. L'emprunt pratiqué méthodiquement par Sterne lui-même, est évoqué par Nerval dans le dernier chapitre d'*Angélique* (1850) :

« Et puis... » (C'est ainsi que Diderot commençait un conte, me dira-t-on.)
— Allez toujours !
— Vous avez imité Diderot lui-même.
— Qui avait imité Sterne...
— Lequel avait imité Rabelais.
— Lequel avait imité Merlin Coccaïe...
— Qui avait imité Pétrone...
— Lequel avait imité Lucien [15]...

Au reste, Nerval, qui remarque si bien les filiations, qui est capable de « diriger son rêve au lieu de le subir » (comme Sterne sait diriger les associations dans sa pensée éveillée), ne serait-il pas un des fils spirituels de l'inventeur de *Tristram Shandy*? Or Sterne a influencé d'autres façons encore les lettres françaises du XIXe siècle. Il a prêté, entre autres choses, la lettre de Walter Shandy sur la nature des femmes (VIII, 35) à Balzac — qui la fait figurer *in extenso* dans sa *Physiologie du mariage*[16]. Les influences sont souvent plus diffuses et ténues, mais elles sont nombreuses.

Néanmoins, peut-être l'emprise et l'autorité de Sterne n'ont-elles pas connu toute la portée qu'elles auraient pu avoir. Il est bien vraisemblable que si l'Europe n'avait pas eu l'occasion de devenir sérieuse, après la secousse puissante des révolutions idéologiques, politiques et poétiques, elle aurait eu le loisir de jouer un peu plus longtemps avec des tabatières et des pipes shandéennes. Elle aurait pu s'amuser encore à être sensible, au lieu de se croire passionnée et de brûler dans le feu des absolus. Il manque au romantisme quelques éclats de rire et la fraîcheur du sourire d'Yorick.

Il y a des raisons de juger que le XXe siècle n'a pas retrouvé tout à fait cette humeur souriante. Or, le XXe siècle a compris — Virginia Woolf la première — que Sterne est le précurseur de l'exploration des consciences, en littérature, tout comme « l'ancêtre des romans de la durée », ainsi que l'affirme J.-L. Curtis[17]. De même, l'écriture au XXe siècle, de Proust, de Joyce, a des affinités immenses avec la prose sternienne où le langage coule et roule et libère le lecteur en s'affranchissant lui-même. Assurément, ce langage et la méthode qui l'organise dans le désordre, n'inspirent pas toujours directement ceux des auteurs d'aujourd'hui qui sont peu épris de conventions, donc peu soucieux de chercher des modèles. Mais tous les impertinents rieurs et tendres, pourvu qu'ils ne débordent pas de cynisme, ont Sterne pour aïeul et Yorick pour ancêtre.

Frénais a dit : « La gaieté n'est pas encore tout à fait bannie. Qui sait si cet ouvrage ne contribuera pas à la ranimer[18] ? » Ainsi peut-être, une fois revenu le rire dans la cordialité, avec un goût de l'irrévérence distinguée, la lignée de *Tristram Shandy* sera-t-elle aussi féconde que le fut son lignage. Féconde, et très capable de contredire Valéry, pour qui les véritables artistes doivent « s'interdire de pouvoir faire sûrement et immédiatement *tout* ce qu'ils veulent[19] ».

Serge SOUPEL.

NOTES

1. Frénais, « Avertissement » mis en préface de la traduction de *Tristram Shandy* (Paris, 1776-85), p. XIX.

2. Paul de Reul, « Introduction » de l'édition sélective de la traduction de Frénais (Paris, 1931).

3. Voir *Gulliver's Travels*, troisième partie.

4. Hippolyte Taine, *Histoire de la littérature anglaise* (Paris, 1863), p. 329.

5. Montaigne, *Essais*, II, x.

6. Voir *Hamlet*, IV, v.

7. S. Richardson, lettre à Mark Hildesley, janvier 1761.

8. Voir W. C. Booth, « Did Sterne Complete *Tristram Shandy* ? » *Modern Philology*, 47 (1951).

9. Voir W. Freedman, *Laurence Sterne and the Origins of the Musical Novel* (Athens, The University of Georgia Press, 1978).

10. William Hazlitt, dans ses *Lectures on the English Comic Writers* (1819), dit que de l'écriture de Sterne, émane « the pure essence of English conversational style ».

11. Voir M. Sandras, « Le blanc, l'alinéa, » *Communications*, 19 (1972).

12. Voir Francis Brown Barton, *Etude sur l'influence de Laurence Sterne en France au dix-huitième siècle* (Paris, 1911), ii + 161 pp.

13. Voir C. Nodier, *Miscellanées. Variétés de philosophie, d'histoire et de littérature* (1830), in *Œuvres de Charles Nodier* (Genève, Slatkine, 1968), p. 19.

14. Diderot, *Jacques le Fataliste*, éd. Simone Lecointre et Jean Le Gaillot (1796 ; Genève, Droz, 1976), p. 382.

15. Gérard de Nerval, *Œuvres*, éd. H. Lemaitre (Paris, Garnier, 1966), p. 587.

16. Voir H. de Balzac, *Physiologie du mariage* (Paris, Gallimard, 1950), pp. 652-654. Dans le même ouvrage (pp. 605-606), Balzac propose une liste de A à Z, des raisons qui poussent les hommes à se marier : l'énumération fantaisiste rappelle celle que fait Sterne sur l'amour (*Tristram Shandy*, VIII, 14).

17. J.-L. Curtis, préface de la réédition de la traduction de Charles Mauron (Paris, Le Club Français du Livre, 1955).

18. Frénais, « Avertissement », p. XII.

19. Paul Valéry, *Pièces sur l'art* (Paris, Gallimard, 1934), p. 8 — premier chapitre, « De l'éminente dignité des arts et du feu ».

NOTE SUR LE TEXTE

Il n'a pas été jugé souhaitable de beaucoup modifier le très grand travail de Charles Mauron. Sa traduction, exception faite de quelques points vraiment mineurs, est donc donnée ici telle qu'elle fut publiée pour la première fois en 1946.

Il est naturellement hors de propos de reprendre de manière suivie les choix stylistiques du traducteur, ou ses interprétations du texte anglais (« dont il est difficile de faire passer tous les agréments dans une langue étrangère », dit Frénais, auteur de la première version infidèle). C'est en note, que l'attention du lecteur sera quelquefois attirée sur un petit nombre de passages, dont il est loisible de penser qu'ils pourraient se rendre autrement que ne les a rendus Charles Mauron. Mais c'est avec tout le respect dû à sa mémoire que ces suggestions sont faites. La traduction est un exercice littéraire où le traducteur lucide prend des responsabilités ; comme le traducteur, l'exercice est respectable.

Ont été respectés le découpage en paragraphes, que propose Mauron, comme sa façon de présenter les dialogues. Néanmoins, l'originalité de Sterne résidant en partie dans son art de découper ou de hacher son récit par des répétitions de tirets, d'astérisques et d'autres signes, la ponctuation du texte de Charles Mauron a été revue. Cette révision est partielle — dictée surtout par le souci de rendre plus fidèlement la physionomie générale de la page écrite de la première édition anglaise de chacun des neuf livres de *Tristram Shandy*. Dans cette même perspective, il n'a pas été estimé inutile de suivre plus scrupuleusement que Mauron ne l'avait fait, la répartition des italiques, majuscules, etc. Ainsi, les noms propres ne cessent (presque) d'être donnés en italiques qu'au livre VII ; ainsi, le lecteur observera que les chapitres, dans leur quasi-totalité, commencent en haut de page au livre IX. De la sorte, de multiples points de détail touchant à la mise en page ont été amendés. Le moindre de ces points n'est pas la position en vis-à-vis du texte latin et de sa traduction (aux livres III et IV), que Charles Mauron avait négligé de faire apparaître. Au reste, c'est la consultation de la récente édition de Melvyn New (Université de Floride), qui donnera l'idée la plus précise de la véritable figure typographique du texte de Sterne.

S. S.

VIE ET OPINIONS
DE
TRISTRAM SHANDY,
GENTILHOMME

Ταράσσει τοὺς Ανθρώπους οὐ τὰ Πράγματα, Αλλὰ τὰ περί τῶν Πραγμάτων Δόγματα[1].

Au très honorable
Mr. PITT[2].

Monsieur,

Jamais pauvre Diable Dédicaçant ne mit en sa Dédicace moins d'espoir que moi aujourd'hui; c'est que j'écris dans un coin retiré du royaume, sous le chaume de la maisonnette solitaire où je ne cesse de me défendre par la seule gaieté contre les assauts de la maladie et autres misères de l'existence, persuadé que je suis en effet qu'un homme s'il sourit — et s'il rit mieux encore — ajoute quelque chose à la portion de vie qui nous est accordée.

Je prendrai seulement la liberté de vous demander pour ce livre — non point que vous le preniez sous votre protection — il doit se protéger lui-même — mais que vous l'emportiez à la campagne : si j'apprenais qu'il a pu vous y faire sourire ou tromper un instant quelque douleur — je me tiendrais pour aussi heureux et peut-être plus heureux qu'aucun ministre (un seul excepté) dont j'aie jamais lu ou entendu l'histoire.

Je suis, Monsieur,
de Votre Grandeur,
(et mieux encore,)
de Votre Bonté,
le très humble et dévoué serviteur,

L'AUTEUR.

LIVRE I

Chapitre premier

A mon sens, lorsque mes parents m'engendrèrent, l'un ou l'autre aurait dû prendre garde à ce qu'il faisait : et pourquoi pas tous deux puisque c'était leur commun devoir ? S'ils avaient à cet instant dûment pesé le pour et le contre, s'ils s'étaient avisés que de leurs humeurs et dispositions dominantes allaient dépendre non seulement la création d'un être raisonnable mais peut-être l'heureuse formation de son corps, sa température, son génie, le moule de son esprit et (si douteux que cela leur parût), jusqu'à la fortune de leur maison — s'ils avaient mûrement examiné tout cela, je suis persuadé que j'aurais fait dans le monde une tout autre figure et serais apparu au lecteur sous des traits sans doute fort différents de ceux qu'il va voir. Croyez-moi, bonnes gens, la chose n'est pas une bagatelle comme beaucoup d'entre vous le pensent. Vous n'êtes certes pas sans avoir entendu parler des esprits vitaux, de leur transmission de père en fils, etc., et de bien d'autres merveilles. Eh bien, je vous donne ma parole que le bon sens ou la folie d'un homme, ses succès ou ses mésaventures dans le monde dépendent pour les neuf dixièmes des mouvements de ces esprits, de leurs activités et des voies où on les engage; une fois lâchés, bien ou mal, l'affaire est conclue; les voilà partis pêle-mêle à tous les diables; foulant et refoulant le même chemin, ils le rendent aussi uni et lisse qu'une allée de jardin; quand ils y sont une fois accoutumés le Démon lui-même ne saurait les en divertir.

— *Pardon mon ami,* dit ma mère, *n'avez-vous pas oublié de remonter la pendule ?*

— *Grand Dieu !* s'exclama mon père, non sans un effort pour étouffer sa voix, *depuis la création du monde,*

une femme a-t-elle jamais interrompu un homme par une question si sotte ?
— Pardon, que disait votre père ?
— Rien.

Chapitre II

Je ne vois donc rien dans la question de votre mère qui fût positivement bon ou mauvais. Je la considère pour moi, monsieur, comme au moins hors de propos — car elle éparpilla et dispersa ces esprits vitaux dont la fonction eût été d'accompagner et de conduire par la main l'Homunculus [3] jusqu'au lieu destiné à le recevoir.

L'*Homunculus*, monsieur, peut apparaître en ce siècle léger, aux yeux de la folie et du préjugé, une lueur de vie bien vacillante et bien risible; mais raison et science voient en lui un Etre que protègent et limitent des droits. Les plus minutieux des philosophes (lesquels, soit dit en passant, ont le plus élargi l'entendement humain, la dimension de leurs âmes étant inversement proportionnelle à celle de leurs recherches) nous ont incontestablement prouvé que l'Homunculus a été créé par la même main, engendré par le même cours naturel et doué des mêmes facultés et pouvoirs de locomotion que nous; il a comme nous : peau, poil, graisse, chair, veines, artères, ligaments, nerfs, cartilages, os, moelle, cervelle, glandes, organes reproducteurs, humeurs et articulations; bref, son être est aussi actif et doit être dit aussi véridiquement notre prochain que le Lord Chancelier d'Angleterre. On peut le combler ou lui porter tort, il peut obtenir réparation, bref, il jouit de tous les droits et privilèges que *Tulle* [4], *Puffendorff* [5], et les meilleurs moralistes attachent nécessairement à l'état d'homme.

Supposez, cher monsieur, qu'un accident le surprenne seul sur sa route, qu'il parvienne au port accablé par une terreur naturelle à un voyageur si jeune, sa force musculaire et sa vigueur virile réduites à un fil, ses propres esprits animaux plus froissés qu'on ne peut le dire ; imaginez qu'un tel désordre nerveux fasse de lui la proie de tics ou de rêves et fantaisies mélancoliques poursuivis tout au long de neuf interminables mois ! Je tremble à la pensée des fondements ainsi donnés à mille faiblesses du corps et de l'âme, faiblesses que nul médecin ou philosophe, si habile fût-il, ne pourra ensuite redresser.

Chapitre III

C'est à mon oncle, Mr. *Toby Shandy*, que je suis redevable de l'anecdote ci-dessus : mon père, naturellement philosophe et fort enclin à des raisonnements exacts sur les plus petites matières, s'en était souvent et amèrement plaint à lui, mais particulièrement (mon oncle *Toby* s'en souvenait bien) le jour où il observa l'inconcevable obliquité (selon sa propre expression) que je manifestais à la fois dans ma façon de fouetter une toupie et dans les raisons que j'en donnai. Secouant la tête, le vieux gentleman dit alors sur un ton plus chargé de tristesse que de reproche ce que son cœur avait toujours pressenti et ce qu'il vérifiait aujourd'hui par ce signe entre mille : je ne penserais et n'agirais jamais comme les enfants des autres. « *Hélas !* poursuivit-il, en secouant la tête une seconde fois et en séchant la larme qui roulait sur sa joue, *les malheurs de mon Tristram ont commencé neuf mois avant qu'il ne vînt au monde !* »

Ma mère, assise auprès d'eux, leva les yeux mais ne comprit pas plus de la tête que d'ailleurs ce que mon père avait voulu dire ; mon oncle, souvent mis dans cette confidence, l'entendit fort bien.

Chapitre IV

Je le sais, une foule de lecteurs en ce monde et nombre d'excellentes gens qui ne sont pas lecteurs du tout se sentent mal à l'aise tant que l'auteur ne les a pas mis dans le secret minutieux de tout ce qui le concerne.

Mon inclination naturelle étant de ne désappointer âme qui vive, c'est par une pure complaisance pour cette curiosité que je suis entré jusqu'ici dans un tel détail. Ce livre de ma vie et de mes opinions fera probablement quelque bruit dans le monde; si mes conjectures sont justes, il intéressera les hommes de tous rangs, de toutes professions, de toutes qualités, ne sera pas moins lu que le *Voyage du Pèlerin* [6] lui-même, et finira par avoir le sort que *Montaigne* craignait pour son propre ouvrage : il hantera la fenêtre des salons [7]. Je juge donc nécessaire de consulter tour à tour un peu tout le monde et l'on me pardonnera si je poursuis dans le même style : voilà pourquoi je suis fort aise d'avoir débuté comme je l'ai fait et je continuerai de même, retraçant tout, comme dit *Horace*, *ab ovo* [8].

Horace, je le sais, fait des réserves sur cette façon d'écrire, mais ce gentleman ne parle que du poème épique ou de la tragédie (j'ai oublié lequel) et si d'ailleurs je fais erreur, j'en demande pardon à Mr. *Horace*, car en écrivant ce que j'ai entrepris d'écrire je ne suivrai ni ses règles ni celles de quiconque.

S'il se trouve d'ailleurs des lecteurs à qui il déplaise de remonter si loin dans ce genre de cause, je ne puis que leur conseiller de sauter par-dessus le reste de ce chapitre, car je déclare d'avance qu'il a seulement été écrit pour les curieux et les chercheurs.

——————— FERMEZ LA PORTE. ———————

J'ai été engendré dans la nuit comprise entre le premier *dimanche* et le premier *lundi* du mois de *mars* de l'an de

LIVRE I — CHAPITRE IV

grâce 1718. Je suis formel sur ce point. Mais comment puis-je fournir de telles précisions sur des faits qui se sont passés avant ma naissance ? Cela résulte d'une autre petite anecdote, connue seulement du cercle de famille et que je rends aujourd'hui publique pour l'éclaircissement de ce que j'avance.

Je dois vous apprendre que mon père, qui commerçait jadis en *Turquie*, s'était à cette époque retiré depuis quelques années des affaires pour vivre et pour mourir dans la propriété paternelle du Comté de... Il fut, je crois, l'homme le plus réglé du monde en tout ce qu'il faisait, affaires ou divertissements. Pour donner un échantillon de l'extrême exactitude dont il fut, à vrai dire, l'esclave, il s'était, pendant de nombreuses années, fixé comme une règle immuable de remonter de ses propres mains la grande pendule debout sur le palier de l'escalier de derrière, le *soir* du premier *dimanche* de chaque mois, et cela toute l'année. Il ne manquait pas plus de le faire que le *dimanche* d'arriver. Et comme à l'époque dont je parle il avait entre cinquante et soixante ans, il avait été peu à peu conduit à concentrer à la même date divers autres devoirs familiaux, afin, confiait-il souvent à mon oncle *Toby*, afin de se débarrasser de tous en une seule fois et d'éviter tout le reste du mois leur hantise importune.

Un seul accident rompit cette ordonnance : j'en fus pour une grande part la victime et crains d'en ressentir les effets jusqu'au tombeau. Par une de ces malencontreuses associations d'idées sans fondement naturel, ma mère, à la longue, ne put plus entendre remonter ladite pendule sans voir soudain surgir certaines autres pensées *et vice versa*. A en croire le sagace *Locke*[9], plus averti en un tel sujet que la plupart des hommes, ces étranges combinaisons d'idées causent plus d'actions déraisonnables que toute autre source de préjugé.

Ceci soit dit en passant.

Or, il ressort d'une note écrite sur le carnet paternel (carnet aujourd'hui sur ma table) que pour la *Fête de l'Annonciation*, le 25 du mois où je fus engendré selon mon hypothèse, mon père se mit en route pour *Londres* avec mon frère aîné *Bobby* qui entrait à l'école de *Westminster*[10], et, comme il appert de la même autorité qu'il ne retrouva pas sa femme et sa famille avant la *seconde semaine* de *mai* suivant, mon hypothèse devient presque une certitude. D'ailleurs, le début du chapitre suivant dissipera tous les doutes.

— Mais pardon, monsieur, que faisait donc votre père tous ces mois de *décembre, janvier* et *février* ?
— Eh bien, madame, tous ces mois il souffrait d'une sciatique.

Chapitre V

Le cinquième jour de *novembre* 1718, soit en comptant neuf mois de calendrier aussi près de la date prévisible qu'un mari pouvait raisonnablement l'espérer, je fus, moi, *Tristram Shandy*, gentleman, amené à la lumière de ce monde vil et funeste. Que ne suis-je né dans la lune ou toute autre planète (sauf *Jupiter* et *Saturne* [11] : je n'ai jamais pu supporter le froid), en aucune je ne serais tombé plus mal (je ne réponds pourtant pas de *Vénus*) qu'en ce monde de boue que je crois fait — ô ma conscience donnez-moi de parler avec respect! — des débris et des rognures des autres; non que la planète ne pût être bonne pourvu que l'on y naisse fort riche et bien titré, apte en tout cas à remplir de grandes charges, de hautes fonctions et à jouir des dignités et du pouvoir — mais tel n'est pas mon cas. Que chacun parle de la foire selon le marché qu'il y fit. Je réaffirme donc qu'il est un des plus vils parmi les mondes jamais créés, car je puis dire en toute vérité que, depuis l'heure où j'en respirai l'air pour la première fois jusqu'à l'instant présent où je le respire à peine à cause d'un asthme pris à patiner contre le vent dans les *Flandres*, je n'ai cessé de servir de jouet à ce que le monde nomme Fortune. Je la calomnierais en disant qu'elle m'a jamais fait sentir le poids de maux très grands ou très remarquables, mais avec la meilleure grâce du monde je puis affirmer qu'à chaque étape de ma vie, à chaque tournant où elle avait droit de me prendre, cette peu amène Seigneurie a fait grêler sur moi plus de mésaventures et de contrariétés qu'un héros du commun n'eut jamais à en subir.

Chapitre VI

Au début du chapitre précédent, je vous ai appris exactement *quand* j'étais né; je ne vous ai pas appris comment. Non, ce détail valait un chapitre à lui seul. D'ailleurs, monsieur, comme nous sommes en un sens vous et moi parfaitement inconnus l'un à l'autre, il n'eût pas été décent de vous mettre tout à trac au courant d'un trop grand nombre de mes affaires personnelles. Vous devez avoir quelque patience. J'ai entrepris, voyez-vous, le récit non seulement de ma vie mais de mes opinions; avec l'espoir que la connaissance de l'une et par suite de mon personnage et du genre de mortel auquel vous avez affaire aiguiserait votre appétit pour les autres : chemin faisant, les liens de politesse déjà établis entre nous se mueront en familiarité et celle-ci, hormis quelque défaillance de l'un ou de l'autre, en amitié. *O diem praeclarum* [12] ! Rien alors de ce qui me concerne ne sera jugé insignifiant en soi ni ennuyeux sous ma plume. Ainsi, mon cher ami et compagnon, si vous me trouvez un peu chiche dans le récit de mon apparition, patientez avec moi et souffrez que je poursuive mon histoire à ma façon et si j'ai parfois l'air de muser en chemin, si je coiffe même un moment ou deux le bonnet des fous où un grelot tinte, ne vous enfuyez pas; plutôt, courtoisement, faites plus de crédit à ma sagesse qu'à mon extérieur et tandis que nous cheminons cahin-caha, riez avec moi ou de moi, bref, faites tout ce que vous voudrez, sauf de vous mettre en colère.

Chapitre VII

Dans le village où habitaient mes père et mère, habitait aussi une haute, maigre et maternelle vieille carcasse de sage-femme, laquelle, avec l'aide d'un grain de sens commun et quelques années d'un travail sans chômage où elle n'avait jamais manqué de se fier très peu à ses propres talents et beaucoup à ceux de dame Nature, s'était acquis dans le monde une très jolie réputation — et quand je dis ici le *monde*, est-il nécessaire de rappeler à Votre Grâce qu'il s'agit seulement d'un petit cercle inscrit dans le cercle du grand monde, disons d'un diamètre de quatre milles *anglais* ou à peu près et dont le cottage de la bonne vieille sera supposé le centre ? Elle était apparemment restée veuve et dans une grande détresse avec trois ou quatre petits enfants dans sa quarante-septième année, et comme elle était à cette époque une personne décente d'aspect, grave de port, peu loquace d'ailleurs et une malheureuse dont la silencieuse patience faisait d'autant plus hautement appel à une aide amicale, la femme du pasteur[13] de la paroisse en prit pitié. Celle-ci avait souvent déploré une incommodité dont les ouailles de son mari avaient eu à souffrir depuis de longues années : entendez qu'on ne pouvait mettre la main sur rien qui ressemblât à une sage-femme de quelque espèce ou qualité que ce fût et si extrême que fût l'urgence à moins de six ou sept milles à la ronde; et ces sept milles, faits à cheval par une nuit sombre et des chemins atroces (le terrain alentour étant d'argile pure) en valaient presque quatorze; autant dire qu'en pratique on n'avait pas de sage-femme du tout. Il vint donc à l'esprit de la femme du ministre qu'on rendrait un service aussi opportun à la paroisse entière qu'à la malheureuse créature en faisant instruire cette dernière des premiers éléments de l'art afin qu'elle y fît carrière. Comme personne alentour n'était plus qualifié qu'elle-même pour exécuter le plan ainsi conçu, la bonne dame se mit charitablement à l'ouvrage. Comme elle avait une grande influence sur la moitié féminine de la paroisse, elle y réussit aux limites de son espérance. En vérité, le ministre prit intérêt à l'affaire aux côtés de sa femme et, pour donner à la pauvre âme un titre de droit égal à celui que sa femme lui avait donné en fait, il paya gracieusement de sa poche le coût d'une licence légale, soit au total 18 shillings 4 pence [14]. Ainsi, par les offices de tous deux, la brave femme se trouva jouir de toutes les réalités matérielles de ses fonctions en même temps que des *droits, privilèges et appartenances y attachés*.

Cette dernière formule, sachez-le, n'était pas conforme à la rédaction ordinaire pour ces sortes de licences, droits et pouvoirs tels qu'ils avaient été jusqu'alors délivrés à la gent féminine. Son élégance était le fruit des propres travaux de *Didius* [15] qui, prenant un plaisir particulier à mettre en pièces pour les assembler de nouveau les instruments légaux de ce genre, non seulement forgea cet enjolivement, mais encore ne cessa par la suite de faire sa cour à plusieurs vieilles matrones du voisinage, les pressant de renouveler leurs licences pour pouvoir y introduire cette tournure de sa façon.

J'avoue que je n'ai jamais envié à *Didius* son genre de fantaisie, mais à chacun son goût! Le Dr. *Kunastrokius* [16], ce grand homme, ne prenait-il pas une joie immense dans ses heures de loisir à peigner la queue des ânes et n'en arrachait-il pas les poils morts avec les dents bien qu'il eût toujours des pinces dans sa poche ? A ce compte, monsieur, les plus sages des hommes, sans en omettre *Salomon* lui-même, n'ont-ils pas eu leurs marottes et leurs CHIMÈRES : écuries de courses, médailles, coquillages, tambours, trompettes, violons, palets, magots et papillons ? Aussi longtemps qu'un homme chevauche sa CHIMÈRE paisiblement sur les grandes routes du Roi et ne contraint ni vous ni moi à sauter en croupe, je vous prie, monsieur, qu'avons-nous, vous et moi, à nous en occuper ?

Chapitre VIII

De gustibus non est |disputandum ; — autrement dit, des CHIMÈRES il ne faut point disputer ; pour moi je le fais rarement et ne pourrais le faire de bonne grâce quand même j'en serais ennemi juré car, à certains intervalles et changements de lune, il m'arrive d'être également violoneux et peintre selon la mouche qui me pique. Sachez que je conserve une paire de rosses sur lesquelles, tour à tour (et peu m'importe à la vue de qui) je m'en vais souvent prendre l'air, quoiqu'il m'arrive, soit dit à ma honte, de prolonger quelquefois un peu trop ces voyages au jugement de l'homme sage. Mais en vérité je ne suis pas sage, et mon rang en ce monde est si bas que ce que j'y fais n'importe guère. Donc, je n'enrage ou ne me ronge que rarement et mon repos n'est guère troublé si je vois les grands Seigneurs et hauts Personnages dont la liste suit, soit, par exemple, my Lord A, B, C, D, E, F, G, H, I, J, K, L, M, N, O, P, Q, etc., tous en rang sur leurs chimères, les uns appuyés sur de larges étriers et cheminant avec une modération grave, les autres au contraire ramassés sur leur selle, la tête dans le cou et le fouet entre les dents, foulant et franchissant monts et vaux comme autant de démons chevauchant une hypothèque et comme si quelques-uns d'entre eux avaient bien résolu de se rompre le col. Et tant mieux, me dis-je à moi-même, car si le pire arrivait, le monde choisirait d'aller parfaitement sans eux et pour tout le reste, eh bien, Dieu les dirige, qu'ils chevauchent sans opposition de ma part, car si Leurs Seigneuries revenaient ce soir même sans cheval, il y a dix contre un à parier que la plupart d'entre elles auraient demain une monture deux fois pire.

Aucun de ces exemples, donc, n'a le pouvoir d'interrompre mon sommeil. Mais il en est un qui, je l'avoue, me désarme : celui d'un homme né pour de grandes actions ou, ce qui l'honore encore davantage, toujours enclin à en faire de bonnes, d'un homme enfin tel que vous, my Lord, dont les principes et la conduite sont aussi généreux que le sang et que, pour cela même, ce monde corrompu ne saurait épargner un instant; quand je vois un tel homme en selle, fût-ce une minute de plus que mon amour du pays ne le juge nécessaire pour lui et que ne le souhaite mon zèle pour sa gloire, alors, my Lord, je cesse d'être philosophe et, dans le premier transport d'une honnête impatience, je voudrais voir au diable et sa chimère et toutes les chimères-sœurs.

My Lord,

« Je maintiens que ceci est une dédicace en dépit de sa singularité sur les trois points essentiels de la matière, de la forme et du lieu; je vous supplie donc de l'agréer pour telle en me permettant de la déposer, avec la plus respectueuse humilité, aux pieds de Votre Seigneurie quand elle se tient sur eux, ce qu'elle peut faire à son gré, c'est-à-dire, my Lord, toutes les fois que l'occasion s'en présente et j'ajouterai l'occasion d'agir pour le mieux. J'ai l'honneur d'être,

my Lord,
de Votre Seigneurie,
le plus obéissant,
le plus humble,
et le plus dévoué des serviteurs. »

TRISTRAM SHANDY.

CHAPITRE IX

Solennellement, je déclare à l'humanité entière que la dédicace ci-dessus ne s'adresse à aucun prince, prélat, pape ou potentat, duc, marquis, comte, vicomte ou baron de ce royaume ou de tout autre royaume de la Chrétienté et n'a été jusqu'ici ni colportée ni offerte en public ou en privé, directement ou indirectement, à quelque personne ou personnage que ce soit, grand ou petit, mais constitue une dédicace vraiment vierge qui ne s'est donnée à âme vivante.

Ma particulière insistance sur ce point ne vise qu'à écarter toute imputation d'offense et toute objection qui pourraient provenir de sa présentation et du parti que j'en ai voulu tirer, j'entends en la mettant aux enchères publiques, ce que je fais immédiatement.

Chaque auteur a sa façon de plaider pour soi. Pour ma part, comme j'ai horreur de marchander et de maquignonner dans une antichambre obscure pour une affaire de quelques guinées [17], j'ai dès le début résolu de traiter celle-ci carrément et ouvertement avec les Grands de cette terre pour voir si je ne m'en tirerais pas à meilleur compte.

Si donc il y a, dans le royaume de Sa Majesté, quelque duc, marquis, comte, vicomte ou baron qui ait besoin d'une dédicace élégante et bien ajustée et que la précédente habille bien (car, soit dit en passant, si elle ne l'habille pas assez bien je ne m'en déferai pas), elle est à son entière disposition pour cinquante guinées, soit, je l'affirme, vingt guinées de moins que ne devrait pouvoir l'offrir tout homme de génie.

My Lord, si vous voulez bien la relire avec attention, vous n'y verrez pas le grossier barbouillage de quelques dédicaces. La composition que Votre Seigneurie aperçoit est fort bonne, la couleur en est transparente, le dessin n'y manque pas, ou, pour parler un langage plus scientifique et mesurer mon œuvre à l'échelle du peintre sur 20, je crois, my Lord, que le contour vaudra 12, les masses 9, le coloris 6, l'expression 13 1/2 ; quant au sens de la *composition* — s'il m'est permis, my Lord, d'entendre moi-même le sens de ce que je voulais dire et l'absolue perfection étant notée 20 — je ne crois guère pouvoir descendre au-dessous de 19. Au surplus, les valeurs sont justes et les touches noires sur la chimère (qui constitue une figure secondaire formant l'arrière-plan du tableau) donnent beaucoup de vigueur aux principales lumières de votre portrait et le font merveilleusement ressortir ; par là-dessus un air d'originalité dans le *tout ensemble* (1).

Ayez la bonté, my Lord, de donner vos ordres pour que la somme soit versée entre les mains de Mr. *Dodsley* [18] au bénéfice de l'auteur, et dans l'édition suivante on aura grand soin de faire sauter ce chapitre et d'insérer vos titres, distinctions, armes et hauts faits en tête du cha-

---

(1) En français dans le texte [note du traducteur].

à ma connaissance, il n'est dit nulle part que *Rossinante* avait de l'asthme et *Rossinante*, en outre, selon le bonheur accordé à la plupart des chevaux *espagnols* gras ou maigres, était un cheval en tous points.

Je sais bien qu'on pourrait mettre en doute cette dernière affirmation, le cheval du Héros étant un cheval chaste. Il n'en est pas moins certain que la continence de *Rossinante* (comme il est prouvé par l'aventure des voituriers *yanguais*[21]) n'avait pour cause ni défaillance, ni absence corporelle, mais provenait d'un sang tempéré et d'une sage circulation. Et permettez-moi, madame, de vous dire qu'il y a par le monde beaucoup d'excellentes chastetés qui n'ont pas de meilleures raisons, mais laissons cela. Je ne veux que rendre une exacte justice à chaque créature apparaissant sur la scène de mon drame et ne pouvais donc mettre sous boisseau cet avantage du cheval de Don *Quichotte*. Sur tous les autres points le cheval du pasteur, je l'ai dit, en offrait la copie exacte, haridelle assez maigre et assez efflanquée pour être la monture de l'Humilité elle-même.

Çà et là quelques esprits faibles pensaient que le pasteur avait un bon moyen de relever le personnage de son cheval car il possédait une selle surbaissée, au siège doublé de peluche verte, garnie d'une double rangée de clous d'argent, avec une noble paire d'étriers en cuivre et une housse très convenable de drap gris surfin bordé d'un galon noir et d'une épaisse frange de soie noire *poudrée d'or* (1). Il l'avait achetée au temps de sa folle jeunesse avec une fastueuse bride embossée et ornée partout où elle devait l'être. Mais pour ne pas couvrir sa bête de ridicule, le pasteur avait suspendu le tout derrière la porte de son cabinet et harnaché sa monture avec le genre de selle et de bride qui convenaient à cette sorte de coursier.

Dans ses diverses chevauchées par la paroisse et au cours des visites rendues à la gentry d'alentour, vous comprendrez sans peine que le pasteur, dans un tel équipage, en entendait et en voyait assez pour garder sa philosophie de la rouille. A la vérité, il ne pouvait entrer dans un village sans attirer également sur lui l'attention des vieux et des jeunes. Le travail s'arrêtait sur son passage, le seau restait suspendu à mi-puits, le rouet oubliait de tourner, même le bouchon et le trou-madame[22] en

---

(1) En français dans le texte [note du traducteur].

pitre précédent, lequel depuis les mots *De gustibus non est disputandum*[19] jusqu'à sa fin, plus tout ce qui, dans ce livre, se rapportera aux CHIMÈRES — mais pas davantage — vous sera exclusivement dédié. Pour le reste, je le dédie à la LUNE, laquelle, soit dit en passant, est, de tous les PATRONS ou MATRONES à qui je puisse penser, celle qui peut le mieux faire marcher mon livre et en rendre le monde fou.

Brillante Déesse, si tu n'es pas trop absorbée par les affaires de CANDIDE et de Mlle CUNÉGONDE[20], prends aussi celles de *Tristram Shandy* sous ta protection.

CHAPITRE X

A la bienveillance dont profita notre sage-femme, un léger mérite était à coup sûr attaché : lequel précisément, et attribuable à qui, en bonne justice ? A première vue, de telles questions ne semblent pas intéresser notre histoire. Il est certain en tout cas que la femme du pasteur en eut à cette époque le bénéfice entier. Malgré tout, je ne puis m'empêcher de penser que le pasteur lui-même, s'il n'eut pas la chance de former le dessein, en l'approuvant de tout cœur sitôt qu'il lui fut présenté et en donnant de tout cœur aussi son argent pour qu'il fût exécuté, pouvait réclamer une bonne part sinon la moitié du mérite et de l'honneur qu'il comportait.

Le monde, alors, en décida autrement.

Posez le livre et je vous accorde une demi-journée pour deviner les causes probables d'une telle attitude.

Sachez donc que dans les cinq années qui précédèrent l'établissement de la sage-femme (établissement si minutieusement rapporté), le pasteur en question avait fait jaser toute la paroisse en ne se montrant jamais, contre le décorum dû à sa personne, à son état et à sa charge, que monté sur le plus étique, le plus triste, et le plus âne des chevaux — valeur 1 livre 15 shillings — lequel, pour en abréger la description, apparaissait aussi frère de *Rossinante* que la fraternité peut être poussée car il répondait à sa description à un poil près sauf en ceci :

restaient bouche bée tant qu'il n'avait pas disparu et comme son allure n'était pas des plus rapides, il avait généralement du temps de reste pour faire ses observations, entendre grommeler les gens sérieux et rire les frivoles, ce qu'il faisait avec une égale et parfaite tranquillité. En son cœur et par naturel, il goûtait la plaisanterie et s'apercevant dans un juste ridicule, il avait coutume de dire qu'il ne pouvait en vouloir à autrui de le voir tel qu'il se voyait si nettement lui-même. Son faible n'était pas l'amour de l'argent et ses amis qui le savaient en avaient d'autant moins de scrupule à le railler sur son équipage; lui, préférait se joindre aux railleurs plutôt que de donner ses vraies raisons, et comme il ne portait pas lui-même une once de chair sur ses os, en cela bien apparié à sa bête, il faisait quelquefois remarquer que le cavalier possédait exactement le cheval qu'il méritait et que les deux ne faisaient qu'un à la façon des centaures. D'autres jours et dans une autre humeur, abandonnant tout faux-semblant d'esprit, il avouait se sentir rapidement tomber dans la consomption et prétendait alors très gravement ne pas pouvoir supporter la vue d'un cheval gras sans palpitations et sans une altération sensible du pouls. S'il avait, disait-il, choisi le sien si maigre, c'était pour avoir sur son dos à la fois bonne contenance et belle humeur.

Selon les temps, il donnait cinquante raisons spirituelles appropriées pour se justifier de monter une rosse asthmatique et débonnaire plutôt qu'un cheval fougueux : sur une telle monture il pouvait se laisser aller, s'abandonner aussi complètement au charme d'une méditation *de vanitate mundi et fuga saeculi*[23] que s'il avait eu devant lui une tête de mort; de toutes ces méditations, tandis qu'il avançait lentement par les routes, il passait son temps avec autant de profit que s'il eût été dans son cabinet; il pouvait aussi bien rectifier un argument de son sermon qu'un défaut de sa culotte et avec la même fermeté; un trot pimpant et une déduction lente n'allaient pas ensemble comme l'esprit et le jugement. Sur sa monture, au contraire, il pouvait tout unir, tout réconcilier, imposer la paix à ses arguments, à sa toux et à sa personne, même quand la nature l'invitait à une sieste. Bref, le pasteur, en ces circonstances, invoquait n'importe quelle raison sauf la bonne, qu'il gardait pour lui par délicatesse, jugeant qu'elle lui faisait honneur.

La vérité était la suivante : au temps de sa jeunesse,

vers l'époque où il acheta la magnifique selle et la bride, une inclination ou une vanité — ou enfin ce qui vous plaira — l'avait porté à l'autre extrême. Selon une expression du Comté où il demeurait : il avait aimé le beau cheval, et son écurie en renfermait généralement un des plus beaux de sa paroisse, toujours prêt à être sellé. Or, comme la plus proche sage-femme, ainsi que je l'ai déjà dit, ne se trouvait pas à moins de sept milles du village, et par des chemins difficiles, il se passait rarement une semaine entière sans que le pasteur mît sa bête à une triste épreuve. Il avait l'âme bonne, chaque cas était plus pressant et plus angoissant que le précédent et, quel que fût son amour pour sa bête, il n'avait jamais le cœur de la refuser; le résultat ordinaire était qu'on lui rendait le cheval les flancs labourés, boiteux, le sabot enflammé, les os rompus ou le souffle coupé — bref, quelque chose lui était arrivé qui le mettait hors de service. Ainsi tous les neuf ou dix mois le pasteur avait à se défaire d'un mauvais cheval pour en acheter un bon.

Quant à la perte qui en résultait bon an mal an [24], qu'un jury composé du même genre de patients en décide. En tout cas, l'honnête gentleman la souffrit sans murmurer plusieurs années jusqu'au moment où une série continue de mésaventures de ce genre le contraignit à prendre la chose en considération. Tout bien pesé et additionné, il trouva le total non seulement hors de proportion avec ses autres dépenses, mais si lourd à soi tout seul qu'il lui interdisait toute autre générosité envers ses paroissiens; en outre, il supputa qu'avec la moitié de la somme ainsi dissipée en galops, il pouvait faire dix fois plus de bien. La considération qui pesa plus pour lui que toutes les autres ensembles fut celle-ci : sa charité se dépensait par un seul canal en faveur même, songea-t-il, de qui en avait le moins besoin — la gent accouchante et procréante de sa paroisse; il ne restait rien pour les infirmes, rien pour les vieillards, rien pour ces drames douloureux qu'il lui était donné de voir heure après heure et où se rencontraient la pauvreté, la maladie et l'affliction.

Ces raisons le convainquirent d'annuler la dépense. Cependant, il n'existait que deux façons de s'en dégager nettement : la première, de ne plus jamais prêter son cheval en quelque occasion que ce fût par un arrêt irrévocable, la seconde, d'accepter désormais pour monture son dernier pauvre diable de cheval dans l'état où on l'avait mis, avec tous ses maux et infirmités, jusqu'au bout.

A lui seul ce trait de caractère me fait placer très haut le raffinement spirituel du révérend gentleman. Je le mets pour ma part au niveau des marques de vertu dont fit preuve l'inégalé Chevalier de *la Manche*, lequel m'est très cher, soit dit en passant, et m'eût fait faire plus de chemin pour l'aller voir que le plus grand héros de l'antiquité.

Mais telle n'est pas la morale de mon histoire. Ce que je voulais montrer, c'est l'humeur du monde en cette affaire. Puisque la vraie raison eût été au crédit du ministre, au diable si quelqu'un l'allait trouver; j'imagine que ses ennemis ne voulurent pas et ses amis ne purent pas. A peine cependant se fut-il empressé en faveur de la sage-femme et eut-il payé les droits de licence pour l'établir, que tout le secret fut révélé. On se rappela distinctement tous les chevaux qu'il avait perdus et même deux autres avec toutes les circonstances de leur perte. L'histoire courut comme un feu de brousse. Un retour d'orgueil avait brusquement saisi le pasteur : on allait le revoir bien monté. Et dans ce cas, aussi évidemment qu'il fait jour à midi, il s'épargnerait dès la première année dix fois ce que lui coûtait la licence de la sage-femme. Chacun pouvait juger des mobiles du pasteur dans cet acte de charité.

Ah! ces mobiles, tels qu'ils hantèrent le cerveau d'autrui, comme ils hantèrent souvent le sien, le tenant éveillé quand il aurait dû dormir profondément!

Voilà dix ans qu'il n'en souffre plus, puisque voilà dix ans qu'il quitta sa paroisse et ce monde à la fois, pour ne plus devoir de comptes qu'à un juge dont il n'aura jamais nul motif de se plaindre.

Mais une fatalité reste attachée à certains hommes. Quoi qu'ils fassent, leurs actes semblent réfractés par un milieu qui les gauchit à ce point qu'avec tous les titres à la louange qu'un cœur droit mérite, ils vivent et meurent sans l'obtenir.

De cette vérité le pasteur fut un douloureux exemple. Mais pour que vous sachiez comment ceci advint et tiriez profit de cette science, je vous presse de lire les deux chapitres suivants, où vous trouverez de sa vie et de sa conversation un aperçu comportant sa propre morale. Ceci fait, si rien ne nous arrête, nous poursuivrons l'histoire de la sage-femme.

Chapitre XI

Ce pasteur se nommait Yorick[25] et, fait très remarquable (comme il appert d'une certaine généalogie de la famille écrite sur un fort parchemin en parfait état aujourd'hui), l'orthographe de ce nom était restée la même depuis presque — j'allais dire neuf cents ans, mais je ne veux pas affaiblir mon crédit par une affirmation improbable, si indiscutable qu'elle soit ; je me contenterai donc de dire que l'orthographe de ce nom était restée la même sans la moindre variation ou permutation de lettre depuis je ne sais combien ; je n'oserais en dire autant d'une bonne moitié des meilleurs noms du royaume, lesquels souffrent d'ordinaire au cours des ans autant de coups et vicissitudes que leurs propriétaires. Est-ce à la gloire ou à la honte des propriétaires respectifs ? Sincèrement, je crois tantôt l'un tantôt l'autre, selon la tentation de l'heure. Mais c'est une exécrable affaire, et qui va si bien nous mêler et nous confondre, qu'un beau jour nul ne pourra plus se lever et jurer que son propre bisaïeul fut l'homme qui fit telle ou telle chose.

Par un prudent souci, les *Yorick* s'étaient prémunis contre ce mal ; ils avaient religieusement conservé ce livre de raison, où nous lisons, en outre, que la famille, d'origine *danoise*, avait été transplantée en Angleterre dès le règne d'*Horwendillus*[26], roi de *Danemark*, à la cour duquel, semble-t-il, un ancêtre dont Mr. *Yorick* descendait en droite ligne, occupait à sa mort une place importante. Quelle était la nature de ce poste considérable, le livre n'en dit rien. Il ajoute simplement que depuis bientôt deux siècles on l'avait supprimé comme tout à fait inutile, non seulement dans cette cour mais dans toutes les autres cours du monde chrétien.

J'ai souvent pensé que ce poste pouvait être seulement celui de bouffon principal et que le *Yorick* de *Hamlet* — plusieurs des pièces de Shakespeare ayant, on le sait, un fondement authentique — était précisément l'homme en question.

Je n'ai pas le temps d'aller rechercher dans l'histoire *danoise* de *Saxo-Grammaticus*[27] une certitude à ce sujet, mais si vous avez des loisirs et la facilité de consulter ce livre, vous pourrez aussi bien le faire vous-même.

J'eus à peine le temps, au cours de mon voyage à travers le *Danemark* lorsque, en l'année 1741, j'accompagnai comme précepteur le fils aîné de Mr. *Noddy* (nous parcourûmes alors à une allure prodigieuse la plupart des pays d'*Europe* en une randonnée originale dont le lecteur pourra lire dans la suite de cette histoire le plus délectable récit), j'eus à peine le temps, dis-je, et ce fut tout, de vérifier une observation faite par un homme qui avait longtemps séjourné dans ce pays : la nature n'a montré ni prodigalité, ni avarice extrêmes en distribuant à ses habitants le génie et les capacités, mais, comme une mère discrète, a répandu sur tous une bonté modérée, répartissant ses faveurs avec assez d'égalité pour les amener toutes sur ce point à peu près au même niveau, de sorte que l'on trouverait dans ce royaume peu d'exemples d'un grand raffinement d'esprit, mais beaucoup de solide bon sens dont chacun a sa part, et à tous les rangs, ce qui est, je crois, fort bien.

Il en va tout autrement chez nous : nous ne sommes que hauts et bas; vous-même, monsieur, êtes un grand génie ou, il y a cinquante contre un à parier, un grand âne et un grand sot, non pas que les intermédiaires manquent absolument, notre irrégularité ne va pas jusque-là, mais les deux extrêmes sont plus communs et plus marqués encore en cette île instable où la nature a montré le plus de caprice fantasque dans sa distribution des dons et des talents; la fortune n'en montre pas davantage dans la répartition de ses biens meubles et immeubles.

Voici qui aurait pu me faire douter des origines de *Yorick* : si j'en crois mes propres souvenirs à son sujet et tout ce qu'on a pu m'en dire, il ne paraissait pas avoir une seule goutte de sang *danois* dans les veines; neuf siècles lui avaient peut-être donné le temps de s'en purger. Je ne philosopherai pas un seul instant là-dessus avec vous; d'où qu'il vînt le fait était celui-ci : au lieu du flegme glacé et de l'exacte égalité d'humeur et de sens propres à son origine, il offrait au contraire la combinaison la plus mercurielle et la plus sublimée, les inclinations les plus hétéroclites, le plus parfait mélange de vie, de fantaisie et *de gaieté de cœur* (1) qu'une maternelle

---

(1) En français dans le texte [note de l'éditeur].

nature eût jamais pu engendrer et composer. Pour tant de voile, le pauvre *Yorick* n'avait pas une once de ballast; la pratique du monde lui faisait terriblement défaut, et à vingt-six ans, il y menait sa barque à peu près aussi bien qu'une candide enfant garçonnière de treize, si bien qu'à ses débuts les allègres rafales de son esprit ne manquaient pas, comme on peut l'imaginer, de le mener droit et dix fois par jour dans les agrès d'autrui; et comme les plus lents et les plus graves se trouvaient naturellement sur son chemin, il ne manquait jamais de s'empêtrer dans leurs cordages. Au fond, ces catastrophes n'allaient pas sans quelque goût malicieux de la maladresse : *Yorick* avait pour la gravité une aversion invincible, non pour la gravité en soi (s'il le jugeait à propos *Yorick* pouvait être l'homme le plus grave, des semaines et des mois durant), mais pour l'affectation de gravité à qui il avait déclaré une guerre ouverte quand l'ignorance ou la folie la prenaient pour manteau; s'il la trouvait sur son chemin, pour protégée qu'elle fût, il lui faisait rarement grâce.

La gravité, répétait-il sans fard, n'était souvent qu'une friponnerie achevée, et de la plus dangereuse espèce, dangereuse parce que rusée. En douze mois, à l'en croire, la gravité, avec sa poudre aux yeux, subtilisait leurs biens et le contenu de leurs bourses à plus d'honnêtes gens qu'en sept les pickpockets et les cambrioleurs. La nudité, disait-il, d'un naturel que sa gaieté dévoile, n'offre de danger que pour soi, tandis que par essence la gravité veut faire impression sur autrui, donc le tromper; elle est un artifice par quoi un homme cherche à extorquer au monde plus de crédit que n'en méritent son sens et son savoir, bref, avec toutes ses prétentions, elle répondait, en mettant les choses au mieux, à la définition depuis longtemps donnée par un Français, homme d'esprit : *Une mystification du corps pour couvrir les défauts de l'esprit*[28], définition qui méritait, disait Yorick avec une grande imprudence, d'être écrite en lettres d'or.

En vérité, il n'avait ni le dressage ni l'usage du monde et faisait preuve de la même indiscrète extravagance dans tous les sujets où la politesse impose la contrainte. *Yorick* n'obéissait à rien qu'à son impression naturelle de l'objet et la traduisait aussitôt et clairement en un bon anglais, sans souci des personnes, du temps ou du lieu. Au récit d'une action méprisable ou sans générosité, il ne prenait jamais le temps de songer au nom du héros, à son rang, au pouvoir qu'il avait de lui nuire par la suite; si l'action était vile, l'homme était un gredin, voilà tout. Et comme ses commentaires avaient la malchance soit de s'achever en *bon mot* (1), soit d'être tout au long assaisonnés de drôlerie et d'humour, leurs traits imprudents avaient des ailes. Il ne recherchait pas, mais n'évitait jamais, de dire sa pensée sans cérémonie : aussi la vie lui avait-elle offert trop d'occasions tentantes de répandre autour de lui esprit, humour, plaisanteries et traits. Il ne manquait pas de gens pour les recueillir.

Quelles en furent les conséquences et la catastrophe qui s'ensuivit pour *Yorick*, on le saura en lisant le prochain chapitre.

Chapitre XII

Hypothéqueur et *hypothéqué* ne diffèrent pas plus par la longueur de leur bourse que *plaisanteur* et *plaisanté* par celle de leur mémoire. Mais ici la métaphore court, comme disent les scoliastes, sur ses quatre pieds; soit dit en passant, certaines d'*Homère*, parmi les meilleures, ne peuvent prétendre courir que sur un ou deux de moins; l'un prélève à vos dépens une bonne somme, l'autre un bon mot, et tous deux cessent d'y penser. Dans les deux cas, cependant, les intérêts courent et leur paiement régulier ou occasionnel en entretient juste le souvenir jusqu'à l'heure fatale où le créancier, surgissant pour exiger jusqu'au dernier principal et intérêts accumulés, fait sentir à tous deux l'étendue de leurs obligations.

Comme le lecteur (je déteste les *si*) possède une connaissance parfaite de la nature humaine, il ne lui en faut pas plus pour comprendre que mon héros ne pouvait longtemps mener ce train sans quelque expérience de ces menus accidents et rappels à l'ordre. De gaieté de cœur il avait signé beaucoup trop de reconnaissances de ce genre et sans y prendre garde, contre l'avis formel d'*Eugenius*[29], estimant que ces dettes contractées non par un cœur méchant mais par un esprit honnête et une simplicité joyeuse finiraient toutes par être annulées.

Eugenius n'admettait pas cela. Un jour, répétait-il souvent, la signature devrait être honorée, et (comme il

---

(1) En français dans le texte [note du traducteur].

l'ajoutait sur un ton d'appréhension chagrine), honorée jusqu'au dernier sou. A quoi *Yorick*, avec son insouciance naturelle, répondait à chaque fois par un *pfutt!* et, si la discussion avait lieu dans les champs, par une pirouette ou quelque clownerie pour en finir. Mais parfois le coupable, socialement acculé au coin d'une cheminée, voyait la table et deux fauteuils lui interdire ses faciles tangentes; *Eugenius* alors reprenait sa conférence sur la discrétion dans les termes qu'on va lire (bien qu'avec un peu plus d'éloquence).

— Croyez-moi, mon cher *Yorick*, cette imprudente façon de plaisanter vous jettera tôt ou tard dans de pénibles embarras dont tout l'esprit du monde ne saurait après coup vous dépêtrer. Trop souvent dans vos saillies, celui que vous raillez se sent blessé avec tous les droits de son côté; vous vous en aviserez le jour où à ses amis, à sa famille, à ses parents directs ou collatéraux viendront s'ajouter les bataillons de recrues que rassemblera autour de lui le sentiment d'un commun danger; il n'est pas extravagant de calculer que chaque dizaine de bons mots vous vaut une centaine d'ennemis; tant que poursuivant ce petit jeu vous n'aurez pas à vos oreilles un bon essaim de guêpes, tant que vous ne serez pas à demi mort de leurs piqûres, vous n'en conviendrez pas.

« Certes, pour ma part et dans l'estime où je vous tiens, je ne saurais trouver en vos plaisanteries la moindre trace d'esprit chagrin ou d'intention malveillante, je n'y vois qu'un honnête divertissement. Mais songez, mon cher ami, que les sots ne pourront faire cette distinction et que les gredins ne le voudront pas. Vous ignorez ce qu'il en coûte de défier les uns ou de badiner avec les autres. Qu'un même souci de défense les réunisse, ils mèneront la guerre contre vous de telle façon, mon cher ami, que vous prendrez en dégoût et ce combat et votre vie même.

« De son coin la Vengeance vous décochera le trait empoisonné d'une histoire déshonorante contre quoi ne prévaudront ni l'innocence de votre cœur, ni l'intégrité de votre conduite. Votre maison en sera ébranlée, ceux que vous avez blessés vous perceront et vous saignerez sous leurs coups, vous verrez votre foi mise en doute, vos œuvres défigurées, votre esprit oublié, votre savoir foulé aux pieds. Enfin, pour achever de nouer cette tragédie, la Cruauté et la Couardise, ruffians jumeaux, engagés et poussés dans l'ombre par le Mal, frapperont de concert vos erreurs et vos infamies. Les meilleurs d'entre nous, mon cher, sont vulnérables sur ce point, et croyez-moi, croyez-moi, *Yorick, quand une fois, pour satisfaire quelque appétit particulier, on a résolu de sacrifier une innocente et faible créature, il n'est pas difficile de ramasser dans n'importe lequel des bois où elle errait assez de branches pour le feu du sacrifice.* »

Il était rare qu'*Yorick* entendît ces tristes prognostications sur sa destinée sans une larme et, dans ses yeux, la promesse de discours moins capricants. Hélas! trop tard! la grande cabale [30] ayant à sa tête ***** et ***** était déjà formée. Le plan d'attaque tel qu'*Eugenius* l'avait pressenti fut mis à exécution sans retard, avec si peu de pitié chez les alliés et si peu de soupçon chez *Yorick*, qu'à l'instant même où ce dernier — le brave cœur! — pensait cueillir une promotion mûrissante, le sol sapé lui faisait défaut et il tombait comme tombèrent tant d'hommes de mérite.

Yorick, certes, se battit quelque temps avec toute la bravoure imaginable jusqu'au jour où, succombant sous le nombre, usé par les malheurs de la guerre, mais, plus encore par la façon perfide dont elle était menée, il jeta son épée. En apparence, il conserva jusqu'au bout sa belle humeur mais n'en mourut pas moins selon l'opinion générale, le cœur brisé.

Quant à *Eugenius*, il partagea cette même croyance pour la raison suivante : quelques heures avant qu'*Yorick* ne rendît le dernier soupir, il l'alla visiter avec l'intention de le voir une dernière fois et de lui dire un suprême adieu. Quand il écarta les rideaux du lit en demandant au malade comment il se sentait, *Yorick* leva les yeux et lui prit la main; l'ayant remercié pour tous ses témoignages d'amitié (s'ils devaient, dit-il, se rencontrer dans l'au-delà, il l'en remercierait longtemps encore), il déclara qu'il allait dans quelques heures donner à ses ennemis un repos éternel. « J'espère bien que non, répondit *Eugenius*, les joues baignées de larmes et sur le ton le plus tendre, j'espère bien que non, *Yorick*. » Celui-ci répondit par un regard et une douce pression de la main : ce fut tout, mais c'en fut assez pour percer le cœur d'*Eugenius*. « Allons, allons *Yorick*, reprit-il en se frottant les yeux et en se roidissant contre sa peine, prenez courage, mon ami, ne laissez pas votre esprit et votre cœur vous abandonner à l'instant critique où vous en avez le plus grand besoin; qui sait quelles ressources vous sont encore réservées et ce que Dieu peut encore pour vous ? » *Yorick* posa la main sur son cœur et secoua doucement la tête. « Pour moi, déclara *Eugenius*, la voix entrecoupée de sanglots, je ne vois pas comment me séparer de vous ; j'espère, je me flatte même, ajouta-t-il en tâchant d'égayer le ton de sa voix, qu'il reste encore assez de vous pour faire un évêque et que je vivrai pour le voir. » « Je vous prie, *Eugenius*, dit *Yorick* en ôtant son bonnet de nuit de sa main gauche (car la droite tenait encore étroitement serrée celle d'*Eugenius*), je vous prie de jeter un regard sur ma tête. » « Je n'y vois rien d'anormal, répliqua *Eugenius*. » « Hélas, mon ami, reprit *Yorick*, elle est, laissez-moi vous le dire, si meurtrie et si bosselée par les coups que ***** et ***** et quelques autres m'ont perfidement portés dans l'ombre que je pourrais dire avec *Sancho Pança*, si je revenais à la santé : « Quand bien même le ciel ferait grêler des mitres sur elle, aucune ne lui conviendrait [31]. » Tandis que *Yorick* prononçait ces paroles, son dernier soupir tremblait sur ses lèvres, prêt à s'en échapper ; elles n'en furent pas moins prononcées avec un certain *cervantisme* dans le ton ; Eugenius put même voir à cet instant un éclair allègre et léger traverser sa prunelle, faible reflet de ces pétillements qui (comme dit *Shakespeare* de son ancêtre) déchaînaient toujours des tablées de rires.

A ceci *Eugenius* ne douta plus que son ami eût le cœur brisé : il lui pressa la main et sortit sans bruit en pleurant. Yorick suivit *Eugenius* des yeux jusqu'à la porte, puis les ferma pour ne plus les rouvrir.

Il gît au coin de son cimetière, dans la paroisse de..., sous une dalle de marbre uni que son ami Eugenius, avec l'autorisation de ses héritiers, fit placer sur sa tombe, avec pour seule inscription ces trois mots, épitaphe et élégie :

> Hélas, pauvre YORICK [32] !

Dix fois par jour, le fantôme de Yorick a la consolation d'entendre son inscription funéraire lue avec une grande variété de tons plaintifs, marquant bien la pitié et l'estime que tous lui portent ; comme l'allée qui traverse le cimetière longe la dalle, aucun passant ne manque de s'arrêter devant elle, d'y jeter un regard et de repartir en soupirant,

Hélas, pauvre YORICK !

Chapitre XIII

Voilà bien longtemps que le lecteur de cette rhapsodie a perdu de vue notre sage-femme : il est urgent de lui rappeler son existence corporelle en ce monde puisqu'elle va lui être définitivement présentée, autant que je puisse juger au point où j'en suis, du plan de mon propre ouvrage. Mais comme de nouvelles questions peuvent surgir et de nouveaux débats s'engager, réclamant du lecteur et de moi-même une attention immédiate, il fallait veiller à ne pas perdre en chemin la pauvre femme : son heure venue que ferions-nous sans elle ?

Je crois avoir dit que cette bonne personne ne jouissait pas d'un mince prestige dans notre village et ses alentours, sa réputation s'étendant jusqu'à l'extrême limite de sa « sphère d'influence ». Tout être vivant, qu'il porte ou non une chemise sur le dos, est ainsi environné d'une sphère d'*influence* et je demande seulement à Votre Grâce, quand on lui dira qu'une telle sphère était d'un grand poids en ce monde, de l'imaginer dilatée ou contractée proportionnellement au rang, à la profession, à la science, aux capacités, à la hauteur et profondeur (dans les deux sens) du personnage considéré. Dans le cas présent, si je me souviens bien, j'en ai fixé la dimension à cinq ou six milles, y comprenant non seulement toute la paroisse mais deux ou trois hameaux adjacents aux frontières de la paroisse voisine; cette sphère était donc une chose considérable. Il me faut ajouter que la sage-femme était fort bien vue dans une grande ferme et quelques maisons ou cottages isolés à deux ou trois milles de là et ce, je l'ai dit, sur son seul mérite. Mais je dois ici vous informer une bonne fois que tout cela sera plus exactement tracé et expliqué dans une carte maintenant chez le graveur; laquelle, avec d'autres documents et appendices, prendra place à la fin du vingtième volume, non pas pour gonfler le corps de l'ouvrage, idée pour moi très détestable, mais en guise de commentaires, scolies, illustrations et éclaircissements des passages, incidents ou insinuations qu'on estimera soit sujets à une interprétation particulière, soit de sens obscur ou douteux, et ceci après que ma vie et opinions aura été lue (pesez bien les mots) par le *monde* entier, ce qui, soit dit entre vous et moi, et en dépit de tous les critiques de *Grande-Bretagne* et de ce que Leurs Grâces pourront dire ou écrire pour soutenir le contraire, ne manquera pas d'arriver, parce que j'y suis bien résolu. Inutile d'avertir Votre Seigneurie que je lui dis ceci en confidence.

CHAPITRE XIV

En parcourant le contrat de mariage de ma mère (dans le but d'éclaircir avant d'aller plus loin un point important pour le lecteur et pour moi-même), j'eus le rare bonheur de tomber sur ce que je cherchais au bout d'un jour et demi seulement de lecture : j'eusse pu en avoir pour un mois; ce qui prouve clairement qu'à l'instant où un homme s'assied pour écrire une histoire — fût-ce celle de *Jack Hickathrift* [33] ou du *Petit Poucet* [34], il ne sait pas mieux que ses bottes les sacrés obstacles qu'il rencontrera ni quel pas il devra danser selon les circonstances, tant que l'affaire n'est pas dans le sac. Si un historiographe pouvait s'en aller sur son histoire comme un muletier sur sa mule, droit devant lui de *Rome* à *Loretto* [35], sans un seul regard à droite ou à gauche, il pourrait se risquer à vous prédire à une heure près la fin de son voyage : mais la chose est, moralement parlant, impossible. Car pour peu que l'auteur ait d'esprit, il lui faudra cinquante fois dévier de sa route en telle ou telle compagnie et sans qu'il pense s'y soustraire; des points de vue se présenteront et le solliciteront sans

cesse : impossible de ne pas s'arrêter pour les contempler. Il aura en outre divers
 récits à concilier,
 anecdotes à recueillir,
 inscriptions à déchiffrer,
 histoires à glisser dans la trame,
 traditions à passer au crible,
 personnages à visiter,
 panégyriques à afficher sur cette porte,
pasquinades sur cette autre : ce dont l'homme et sa mule sont tous deux exempts. Pour comble, il lui faudra à chaque étape consulter des archives, feuilleter rôles, actes, documents et généalogies interminables dont ses scrupules ne cesseront de ralentir la lecture. Bref, on n'en a jamais fini. Pour ma part, j'y travaille depuis six semaines avec toute la rapidité possible et je ne suis pas encore né. J'ai pu tout juste vous dire *quand* le fait arriva mais non *comment*. Vous voyez donc que nous sommes loin du terme.

Ces arrêts imprévus, dont j'avoue n'avoir pas eu la moindre idée quand je me mis en route, et dont le nombre, j'en suis maintenant convaincu, va plutôt croître que diminuer, ont fait naître en moi un plan que je suis résolu à suivre : je ne vais pas me presser, mais écrire tranquillement et publier ma vie à raison de deux volumes par an [36]; si le lecteur veut bien souffrir mon allure et si je parviens à un arrangement tolérable avec mon libraire, je puis continuer ainsi jusqu'à la fin de mes jours.

Chapitre XV

Dans le contrat de mariage de ma mère, l'article dont je m'étais mis en quête, comme je l'ai dit au lecteur, et que je juge maintenant nécessaire de placer sous ses yeux, se trouve beaucoup mieux exprimé dans l'acte que je ne pourrais le faire moi-même; il serait barbare

de le dépouiller de son style légal; le voici donc :
«𝔓ar les 𝔓résentes il est en outre porté 𝔗émoignage que le susdit *Walter Shandy*, marchand, en considération dudit mariage qui doit être prononcé et, par la grâce de Dieu, légitimement consacré et consommé entre ledit *Walter Shandy* et *Elisabeth Mollineux* ci-dessus nommée; en considération, par ailleurs, de diverses causes et motivations, bonnes et valables, par lui particulièrement alléguées accorde et, stipulant et consentant de plein gré, s'engage et se porte garant auprès de Messrs. *John Dixon* et *James Turner* ci-dessus nommés curateurs, *etc., etc.*, 𝔡e ce qui suis : A savoir que si par la suite, il arrivait, survenait ou advenait de quelque façon que ce fût, que ledit *Walter Shandy*, marchand, abandonnât ses affaires avant le temps où ladite *Elisabeth Mollineux* aura cessé, selon l'ordre naturel ou quelque ordre que ce soit, de porter et donner le jour à des enfants et qu'en conséquence dudit abandon de ses affaires ledit *Walter Shandy*, en dépit et contre le gré ou consentement de ladite *Elisabeth Mollineux*, quittât la ville de *Londres* pour se retirer dans et vivre sur sa propriété de *Shandy Hall*, Comté de ——, ainsi que dans et sur toute autre propriété, château, manoir, domaine, maison de campagne, métairie ou ferme et terres y attenantes acquis ou à acquérir, dans ce cas et aussi souvent que ladite *Elisabeth Mollineux* se trouvera enceinte d'un ou plusieurs enfants distinctement et légitimement conçus ou à concevoir corporellement par les œuvres dudit *Walter Shandy*, ce dernier, à ses entiers dépens et débours et seulement sur l'argent lui appartenant en propre, devra, sur un préavis raisonnable signifié par consentement mutuel, six semaines après la date où elle, ladite *Elisabeth Mollineux*, pourra pleinement prévoir et supputer la délivrance probable, verser ou faire verser par son ordre la somme de cent vingt livres en monnaie légale et ayant cours à Messrs. *John Dixon* et *James Turner* ou à leurs ayants cause afin qu'ils en disposent selon la CONFIANCE qui leur est faite pour le ou les usages, intentions, fins ci-après : 𝔄 savoir que ladite somme de cent vingt livres sera versée entre les mains de ladite *Elisabeth Mollineux* ou autrement employée par les susdits curateurs : *primo* à la juste et véritable location d'un carrosse pourvu de chevaux convenables et en nombre suffisant pour porter et transporter la personne corporelle de ladite *Elisabeth Mollineux* ainsi que le ou

les enfants dont elle sera enceinte en ce temps et lieu, et ceci jusqu'à la cité de *Londres; secundo* au paiement et défraiement de tous débours, dépens et frais de quelque espèce que ce soit nécessités par ou ayant sujet ou se rapportant à sa délivrance et accouchement projetés dans la susdite ville ou sa banlieue. Et que ladite *Elisabeth Mollineux* pourra de plein droit et de temps à autre et à tous les temps ci-dessus envisagés et convenus, paisiblement et coitement louer ledit carrosse et ses chevaux pour lequel elle aura tous droits d'entrée, de sortie et de rentrée au cours de son voyage selon la teneur, l'intention véridique et le sens des présentes, sans frais, poursuites, empêchement, molestation, entrave, déchéance, éviction, vexation, interruption ni encombre d'aucune sorte. Et qu'au surplus, il sera loisible et légal à ladite *Elisabeth Mollineux* de temps à autre, toutes et quantes fois qu'elle se trouvera véridiquement dans l'état avancé de ladite grossesse jusques à l'époque ci-dessus définie, stipulée et convenue, d'aller vivre et résider dans le ou les lieux, au sein de la ou des familles et en compagnie des parents, amis, ou toutes autres personnes de ladite cité de *Londres*, comme, selon son bon gré et plaisir, nonobstant son lieu conjugal et selon les droits d'une femme seule et non mariée elle le jugera convenable. Et par les Présentes il est porté en outre Témoignage, que pour la mise à exécution plus commode du présent accord, ledit Walter Shandy, marchand, accorde par cet acte, baille, cède, concède et confirme auxdits Messrs. *John Dixon* et *James Turner*, leurs exécuteurs testamentaires ou ayants cause, les droits dont ils sont actuellement possesseurs en vertu d'un acte passé pour un an entre lesdits *John Dixon* et *James Turner* et lui ledit *Walter Shandy*, marchand, lesquels acte et bail portent la date du jour précédant la date de celui-ci, le tout conformément au transfert légal des possessions d'usage, tout ce que comportent les manoir et seigneurie de *Shandy* dans le Comté de... avec Tous les droits et appartenances y attachés ainsi que toutes métairies, maisons, bâtisses, granges, étables, vergers, jardins, communs, dépendances, enclos, chaumières, terres, prairies, pacages, pâturages, marais, friches, bois, bosquets, canaux, viviers, eaux et cours d'eau, ainsi que tous baux, redevances, prestations, annuités, fermages, dîmes, franchises, échéances, exemptions, mines, carrières, biens meubles et immeubles des félons, fugitifs, suicidés et

requis, objets saisis pour avoir occasionné mort d'homme et tous autres droits seigneuriaux, péages, privilèges et hoiries quelconques, sans omettre le droit de conférer, donner, attribuer en toute libre disposition le bénéfice afférent à la cure et presbytère du susdit *Shandy* ainsi que la dixième part ou dîme due sur les glèbes et labours. »
En trois mots, ma mère, si elle le désirait, accoucherait à *Londres*.

Mais afin de couper court à une tricherie possible de la part de ma mère — tricherie qu'un pareil article dans un contrat de mariage eût trop évidemment favorisée, mais à laquelle personne n'eût jamais songé sans mon oncle *Toby Shandy* — on ajouta pour la sécurité de mon père la clause suivante : Au cas où ma mère, par de fausses plaintes ou de faux symptômes, ferait souffrir à mon père l'incommodité et le débours d'un voyage à *Londres*, elle perdrait à chaque fois les droits et privilèges afférents à une de ses grossesses futures et à une seulement, *toties quoties*[37], la question étant alors ramenée au cas où l'accord précédent n'aurait pas été établi entre eux — soit dit en passant, il n'y avait rien que de raisonnable et pourtant, si raisonnable que ce fût, je trouve dur que le poids entier de l'article dût retomber, comme il le fit, sur moi.

Mais je fus conçu et naquis pour être malheureux, car ma pauvre mère — fût-ce par l'effet du vent, de l'eau, ou des deux ou d'aucun ? — fût-ce simplement celui d'une imagination outrée ou celui d'un jugement faussé par le désir, bref, trompa-t-elle ou fut-elle trompée en cette circonstance ? Il ne me convient pas d'en décider — ayant en fait contraint mon père à un voyage à *Londres* bien contre son gré à la fin de *septembre* 1717, l'année précédant ma naissance, celui-ci fit jouer la clause sans recours — et voilà pourquoi les articles d'un contrat de mariage me condamnèrent à venir au monde avec un nez aussi aplati que si les Parques, en tissant ma destinée, avaient résolu de m'en priver totalement.

Comment ceci advint et comment il résulta pour moi, de la perte ou plutôt de la compression de cet organe, une série de désappointements vexants qui me poursuivirent tout au long de ma vie, le lecteur en sera pleinement informé le moment venu.

Chapitre XVI

Mon père, comme on l'imaginera aisément, ramena ma mère à la campagne dans une humeur des plus chagrines. Pendant les premiers vingt ou vingt-cinq milles, il ne fit rien que se ronger, se gourmander et gourmander naturellement ma mère au sujet d'une dépense dont on eût pu, dit-il, épargner jusqu'au dernier shilling. Ce qui le vexait par-dessus tout c'était d'avoir dû quitter sa maison juste à l'époque (c'était, je vous l'ai dit, la fin de *septembre*) où les fruits de ses espaliers et particulièrement les reines-claudes à quoi il portait un grand intérêt, étaient mûrs à point. Contre un idiot de voyage blanc à *Londres* à tout autre moment de l'année il n'eût même pas ouvert la bouche.

Tout au long des deux étapes qui suivirent, il ne fut question que du coup qui lui avait été porté par la perte d'un fils sur lequel il avait pleinement compté, à ce qu'il semble, et qu'il avait déjà reconnu et enregistré sur son carnet de poche comme son second bâton de vieillesse, au cas où *Bobby* viendrait à lui manquer. Un tel désappointement, dit-il, lui était dix fois plus sensible que la perte d'argent causée par le voyage et sa séquelle, — au diable les cent vingt livres! — il se moquait bien de cent vingt livres!

De *Stilton* à *Grantham*, rien ne lui fut plus désagréable que l'apitoiement de ses amis et l'air stupide que lui et sa femme auraient le *dimanche* suivant à l'église — sa véhémence satirique alors un peu aiguisée par un amour-propre vexé en fit une peinture si plaisante et si provocante, le porta à imaginer pour sa moitié et pour lui-même des attitudes et des éclairages si ridicules devant tous les fidèles assemblés que ces deux étapes parurent à ma mère le comble du tragi-comique et qu'elle les passa d'un bout à l'autre à rire et à pleurer dans le même souffle et sans interruption.

De *Grantham* jusqu'au moment où ils traversèrent le *Trent*, mon père fut mis hors de ses gonds par la seule pensée de la vile et trompeuse imposture dont, pensait-il, ma mère l'avait accablé. « A coup sûr, se répétait-il cent fois, une femme ne pouvait s'y tromper elle-même — et si elle le pouvait, quelle faiblesse! » — mot torturant qui fit danser son imagination sur des épines et dont il devint avant la fin du voyage le pantin martyrisé. Car aussitôt le mot de *faiblesse* prononcé et figé dans son esprit, il en mit en branle toute la puissance d'analyse et le voici se demandant combien il y avait d'espèces de faiblesses, distinguant la faiblesse du corps et celle de l'entendement et disputant à grand renfort de syllogismes, tout au long d'une étape ou deux, si la cause de ses infortunes pouvait être, ou n'être pas, en lui-même.

Bref, tant de petits démons d'inquiétude jaillirent pour lui de cette affaire, écorchant tour à tour l'esprit où ils prenaient naissance, que ma mère, dans quelque état qu'elle fût allée à Londres, en revint fort désagréablement. En un mot, comme elle le dit à mon oncle *Toby*, mon père eût usé la patience de n'importe quelle créature de chair.

Chapitre XVII

Quoique mon père eût accompli ce voyage de retour, comme je viens de le dire, dans une humeur qui n'était rien moins que bonne, crachottant fureur et mépris tout au long du chemin, il n'en eut pas moins la complaisance de garder par devers soi le pire, à savoir la résolution qu'il avait prise de se rendre à lui-même justice en faisant jouer la clause du contrat dont mon oncle *Toby* l'avait armé. Ma mère dut même attendre jusqu'à la nuit où je fus conçu, c'est-à-dire treize mois plus tard, la première révélation de ce dessein. C'est à l'instant qui suivit et alors qu'ils bavardaient au lit que mon père, un peu fâché et piqué par ce que j'ai rapporté déjà, lui fit connaître qu'elle devait honorer l'accord inclus dans leur acte de mariage et s'en accommoder de son mieux; c'est à la campagne qu'elle accoucherait de son prochain enfant pour compenser le voyage de l'année précédente.

Nombreuses étaient les vertus de mon gentleman de père, mais je ne déciderai pas s'il faut compter parmi elles un trait appuyé de son caractère parce qu'il est connu en bien sous le nom de persévérance et en mal sous celui d'entêtement. Or, ma mère en avait une connaissance si précise qu'elle jugea inutile la moindre discussion et résolut aussitôt de se tenir tranquille et de s'arranger au mieux.

Chapitre XVIII

Ma campagnarde venue au monde ayant été cette nuit-là conclue ou plutôt décidée, ma mère prit ses dispositions en conséquence. Environ le troisième jour d'une grossesse assurée, elle porta ses regards vers la sage-femme dont vous m'avez déjà si souvent entendu parler, et avant la fin de la semaine, quand il apparut qu'on ne pourrait avoir le fameux Dr. *Manningham*[38], elle dut prendre une décision définitive ; il existait cependant, à moins de huit milles, un homme de l'art, lequel avait au surplus écrit un ouvrage de cinq shillings sur l'obstétrique où, à la relation des bévues commises par ses consœurs, il ajoutait la description de curieux modes opératoires facilitant l'extraction rapide des fœtus mal présentés et parant à quelques-uns des autres dangers qui nous accrochent sur le chemin de ce monde. Ma mère n'en résolut pas moins absolument de confier sa vie et la mienne aux seules mains de cette vieille femme. Ceci me plaît. Quand nous ne pouvons obtenir précisément ce que nous désirons, il ne faut jamais choisir la qualité immédiatement inférieure, ce serait grand'pitié. Voici juste une semaine aujourd'hui que j'ai commencé, le 9 *mars* 1759, d'écrire ce livre pour l'édification du monde et que ma chère, chère *Jenny*[39], voyant une ombre passer sur mon visage lorsqu'elle marchanda une soierie à vingt-cinq shillings le mètre, s'excusa auprès du mercier de lui avoir donné tant de peine et courut aussitôt s'acheter une étoffe en cent de large à dix pence le mètre : second exemple d'une même et seule grandeur d'âme. Dans le cas de ma mère, ce qui amoindrit quelque peu le mérite d'une telle décision, son héroïsme ne pouvait être poussé jusqu'à l'extrémité violente et périlleuse qu'elle eût pour sa part souhaitée : la vieille sage-femme méritait en effet une certaine confiance, si l'on en juge au moins par ses succès, car en vingt ans de pratique, elle avait délivré toutes les mères de la paroisse sans qu'un seul accident pût en toute justice lui être imputé !

Ces faits, de quelque poids qu'ils fussent, ne parvinrent cependant point à calmer chez mon père les scrupules et certain malaise nés en lui de ce choix.. Sans parler des sentiments naturels d'humanité et de justice ainsi que des élans d'un amour paternel et conjugal qui, tous, le conviaient à laisser le moins possible au hasard dans un cas semblable, mon père se sentait ici particulièrement intéressé à la bonne marche de l'affaire. Il prévoyait trop ce que serait sa douleur si quelque accident survenait à la mère ou à l'enfant dans ces couches à *Shandy Hall*. Le monde, il le savait, jugeait sur les événements et ne manquerait pas, dans ce malheur, d'ajouter encore à son affliction en rejetant sur lui tout le blâme. « Hélas ! si Mrs. *Shandy*, la pauvre dame, avait pu faire selon son désir, se rendre en ville juste pour accoucher et revenir aussitôt — et ne dit-on pas qu'elle en a prié, supplié son mari à deux genoux ? — à mon sens d'ailleurs, si l'on considère la fortune qu'elle lui avait apportée ce n'était pas une grande faveur à lui faire ! — à cette heure la mère et l'enfant pourraient être vivants tous les deux. »

A un tel apitoiement il n'y avait, mon père le savait, rien à répondre. Sa vive anxiété sur ce point n'avait cependant pour seule origine ni le désir de se justifier, ni le souci de sa femme et de sa progéniture. Mon père avait des vues très larges et se préoccupait, dans ses méditations, du bien public et du mauvais usage que l'on pourrait faire par la suite d'un exemple malheureux.

Tous les écrivains politiques ayant unanimement souligné et déploré le fait que, depuis le début du règne d'*Elisabeth* jusqu'à nos jours, le courant d'hommes et de monnaie dirigé vers la métropole, sous les prétextes les plus frivoles, n'avait cessé de croître, au point de mettre en sérieux péril nos libertés civiques, mon père en avait été fort affecté ; pourtant, soit dit en passant, ce n'était pas l'image du *courant* qui lui donnait le plus de plaisir ;

« *maladie* du corps public » constituait ici sa métaphore favorite et il la poursuivait jusqu'à l'allégorie en soutenant que les phénomènes de l'organisme politique et ceux de l'organisme animal était ici parfaitement identiques : le sang et les esprits vitaux se trouvant propulsés dans le cerveau plus vite qu'ils n'en sortaient, un arrêt de la circulation devait s'ensuivre et avoir pour conséquence la mort dans les deux cas.

« Le danger est faible, avait-il coutume de dire, de voir nos libertés ruinées par une politique ou une invasion *françaises*. » Il ne s'inquiétait pas non plus outre mesure de la fièvre que pouvait provoquer la masse des matières corrompues et des humeurs peccantes dans notre constitution; la chose, espérait-il, n'étant pas aussi grave qu'on l'imaginait d'ordinaire, mais il craignait sincèrement que dans la violence d'un soudain accès, une apoplexie d'état fît éclater toutes les têtes et alors, disait-il : *Que le Seigneur vous ait en Sa Sainte Garde!*

Mon père ne put jamais diagnostiquer cette maladie sans y joindre le remède.

« Si j'avais le pouvoir absolu, avait-il coutume de dire en remontant ses culottes à deux mains tandis qu'il se relevait de son fauteuil, je placerais à chaque avenue de ma capitale des juges compétents pour interroger les passants sur la folie qui les amène là et si, les ayant écoutés en toute justice et sincérité, l'on estimait insuffisante la raison donnée pour quitter leur maison et se rendre à la ville avec armes et bagages, femme, enfants et fils du fermier, etc., etc., dans le dos, ils seraient tous refoulés de poste de police en poste de police, comme des vagabonds qu'ils seraient, jusqu'à leur habitation légale. Ainsi ma capitale ne chancellera plus sous son propre poids; la tête ne sera plus trop grosse pour le corps dont les extrémités, maintenant exsangues et tenant par artifice, recevront la part de nourriture qui leur est due et leur redonnera force et beauté. Je veillerais en outre à ce que prairies et moissons retentissent de chants et de rires; une gaieté de bon aloi et l'hospitalité y refleuriraient une fois encore; ainsi, dans mon royaume, ma petite noblesse provinciale gagnerait en poids et en influence de quoi balancer ce que la grande lui dérobe aujourd'hui [40].

« Pourquoi dans tant d'exquises provinces *françaises*, ajoutait-il avec émotion en parcourant la pièce, aperçoit-on si peu de palais et de gentilhommières ? D'où viennent la ruine, le vide, le délabrement désolé des quelques *châteaux* qu'on y trouve encore ? — La cause en est, monsieur, celle-ci : il n'existe pas dans la province *française* d'intérêt à quoi un homme puisse se dévouer; tous les petits intérêts de tous les hommes et en tous les lieux s'y trouvent concentrés dans la Cour et le regard du Grand Monarque — du soleil qui y brille ou des nuages qui l'assombrissent, tout *Français* vit ou meurt. »

Une autre puissante raison politique faisait redouter à mon père le moindre incident fâcheux dans les couches de ma mère à la campagne : c'est qu'un tel exemple devait infailliblement, à notre niveau social ou dans les couches supérieures, altérer l'équilibre des pouvoirs conjugaux, à l'avantage, déjà trop grand, des parties faibles, ce qui, joint aux droits usurpés journellement accrus, ne pouvait manquer de mener à la ruine le système monarchique du gouvernement domestique tel que Dieu l'avait établi, à l'aurore de sa création.

Sur ce point, il partageait entièrement l'avis de Sir *Robert Filmer*[41] et tenait avec lui que le plan et les institutions des grandes monarchies orientales avaient tous été calqués à l'origine sur l'admirable prototype d'un pouvoir domestique et paternel; depuis un siècle et davantage, disait-il, celui-ci avait dégénéré en gouvernement partagé, conception politique des plus louables dans le cas de grandes structures sociales, mais désastreuse dans le cas des petites, où elle ne déterminait guère, à en juger par ce qu'il voyait alentour, que chagrin et confusion.

Pour l'ensemble de ces raisons privées et publiques, mon père voulait un accoucheur à tout prix, ma mère n'en voulait à aucun prix. Mon père pria donc cette dernière et la supplia de renoncer une fois à ses prérogatives en cette matière en lui permettant de choisir pour elle ; ma mère, à l'opposé, tint ferme sur le privilège de choix que précisément la matière lui conférait : nul mortel ne l'aiderait que la vieille femme. Que pouvait faire mon père ? Il y usa presque tout son esprit; reprit la conversation sur tous les tons; fit valoir ses arguments sous tous les angles; discuta en chrétien, en païen, en mari, en père, en patriote, en homme : ma mère ne répondit jamais qu'en femme. Ce fut un peu dur pour elle : incapable d'adopter pour le combat tant de masques divers, elle soutenait une partie inégale, se battait à un contre sept. Que pouvait faire ma mère ? Elle eût succombé sans le secours qu'elle reçut d'un petit chagrin personnel qui la releva et lui permit de soutenir le combat avec des chances égales, tant qu'on chanta le *Te Deum* des deux côtés. Car, en un mot, on résolut que ma mère aurait sa sage-femme, cependant que l'accoucheur serait autorisé à vider une bouteille avec mon père et mon oncle *Toby Shandy*, dans le petit salon, et à recevoir pour cela cinq guinées d'honoraires.

Avant de clore ce chapitre, qu'il me soit permis, belle lectrice, d'avancer un *caveat* prévenant qui vous retienne sur la pente : d'un mot ou deux tombés par inadvertance de ma plume, vous ne sauriez conclure absolument que je suis marié. Je l'avoue, l'expression tendre dont j'ai usé : « ma chère, chère *Jenny* », et quelques traits répandus çà et là de science conjugale pourraient assez naturellement me faire condamner sur ce point par le plus scrupuleux des juges. Je ne réclame ici, madame, qu'une stricte justice : vous vous devez et me devez de ne rien préjuger ; refusez-vous à un tel arrêt sur mon compte tant que n'ont pas été produites des preuves plus certaines que celles, je l'affirme, dont on peut maintenant faire cas. Non point, madame, que je sois assez fat ou insensé pour vous demander de songer à ma chère, chère *Jenny*, comme à ma maîtresse en titre ; non, ce serait là, passant à l'autre extrême, par trop flatter mon personnage en lui donnant un air de libertinage à quoi il n'a sans aucun doute aucun droit de prétendre. Je soutiens simplement ceci ; de quelques volumes encore, ni vous ni l'esprit le plus pénétrant du monde, n'aurez la moindre chance de connaître le fin mot de cette histoire. Il n'est pas impossible que ma chère, chère *Jenny* — quelque tendresse que j'aie mise dans ces mots — soit ma fille. Songez que je suis né en 1718. Ma chère *Jenny* pourrait être aussi mon amie : rien de forcé ni d'extravagant dans cette supposition. Une amie! Mon amie! A coup sûr, madame, une amitié entre personnes de sexe opposé peut persister sans le soutien de...

— Fi! *Mr. Shandy!*

— ... Sans autre soutien, madame, que ce tendre et délicieux sentiment qui toujours se mêle à une amitié entre homme et femme. Permettez-moi de vous en donner pour preuve les passages les plus purs et les plus touchants des meilleurs romans *français*[42]*;* lisez-les : vous serez franchement étonnée quand vous verrez avec quelle variété de chastes expressions l'auteur peut présenter l'exquis sentiment dont j'ai l'honneur de vous entretenir.

Chapitre XIX

Comment un gentilhomme aussi sensé que le fut mon père, riche en connaissances, comme le lecteur a pu le noter, curieux de philosophie, raisonnant sagement en politique et, comme on le verra, nullement ignorant de la polémique, pouvait-il nourrir une telle chimère ? Plutôt que de l'expliquer, je préférerais pour moi résoudre le plus difficile problème de géométrie et je crains qu'à l'exposé d'une notion si étrangère au sens commun, le lecteur, s'il est d'un tempérament le moins du monde colérique, ne fasse aussitôt voler en l'air ce volume, n'en rie à gorge déployée s'il est mercurien ou, triste saturnien, ne le condamne absolument pour son extravagance fantastique ; il s'agit du choix et de l'attribution des noms de baptême. Mon père en faisait dépendre beaucoup plus qu'un esprit superficiel ne peut le concevoir.

Il tenait que, par une étrange vertu magique, les bons ou les mauvais noms, comme il les appelait, influaient irrésistiblement sur notre caractère et notre conduite.

Le héros de *Cervantès*, lorsqu'il argumentait sur le pouvoir qu'avaient les nécromants de déshonorer ses actions, ou sur le lustre que répandait sur elles le nom de Dulcinée, ne le faisait pas mieux ni avec plus de foi et d'abondance que mon père lorsqu'il comparait les noms de Trismégiste [43] ou d'Archimède à ceux de Nyky ou de Simkin [44]. Combien de Césars et de Pompées, avait-il coutume de dire, inspirés par leur seul nom, s'en sont rendus dignes ? Et combien d'hommes eussent brillamment réussi dans le monde si leur vertu et leur esprit n'avaient péri, étouffés sous le nom de Nicodème [45] !

« Monsieur, disait mon père, je vois bien à votre air (ou à autre chose selon les cas) que vous ne partagez pas entièrement mon opinion à ce sujet et je confesse, ajoutait-il, qu'on peut, si on ne l'a pas examinée à fond, y découvrir plus de fantastique que de solides raisons et pourtant, cher monsieur, s'il m'est permis de prétendre vous connaître, je ne hasarderai pas trop, j'en suis moralement sûr, en vous soumettant un cas où vous ne seriez pas partie mais juge et en confiant ma cause à votre bon sens et à la sincérité de votre discernement. Votre esprit est libre des étroits préjugés que tant d'hommes doivent à leur éducation et je le crois même, s'il m'est permis de le pénétrer davantage encore, d'une liberté fort au-dessus du sentiment qui fait écarter aux hommes les opinions sans amis. Votre fils, votre cher fils, de la douce et franche nature duquel vous pouvez tout espérer — votre BILLY, monsieur — l'eussiez-vous, pour tout l'or du monde, appelé Judas ? Eussiez-vous mon cher monsieur, disait mon père en vous posant très gracieusement le doigt sur la poitrine, et en infléchissant sa voix selon le tendre et irrésistible piano qu'exige absolument *l'argumentum ad hominem* [46] — eussiez-vous, monsieur, si un parrain *juif* avait proposé un tel prénom pour votre enfant en vous offrant sa bourse par-dessus, consenti à le marquer d'une telle profanation ? Oh Dieu ! disait-il, en élevant son regard, si je connais bien, monsieur, votre caractère, vous êtes incapable d'un tel trait; vous auriez foulé aux pieds une telle offre; vous auriez avec horreur, rejeté la tentation à la tête du tentateur.

« J'admire là votre grandeur d'esprit; j'applaudis à la noblesse généreuse et au mépris de l'argent que vous avez montrés dans cette affaire. Ce qui rend votre sentiment plus noble encore, c'est son principe; c'est l'amour paternel obéissant à la vérité de mon hypothèse même — à savoir que si votre enfant avait été prénommé JUDAS, l'idée de sordide traîtrise, inséparable d'un tel nom, l'eût accompagné comme son ombre tout au long de son existence, faisant enfin de lui un avare et un coquin en dépit, monsieur, de votre exemple. »

Je n'ai jamais rencontré personne qui pût répondre à cet argument.

A dire vrai, mon père était irrésistible dans ses discours autant que dans ses polémiques; c'était un orateur né Θεοδίδακτοσ [47]. La persuasion fleurissait sur ses lèvres; les éléments de la Logique et de la Rhétorique étaient si bien mêlés en lui et il possédait au surplus une divination si aiguë des faiblesses et des passions de son adversaire, que la NATURE elle-même eût pu se lever et dire : « Cet homme est éloquent ». Bref, qu'il ait choisi le côté faible ou fort d'une question, il était également périlleux de le provoquer. Il est étrange pourtant de noter qu'il n'avait lu ni *Cicéron* ni le *De Oratore* de *Quintilien*, ni *Isocrate*, ni

Aristote, ni *Longin* parmi les Anciens, ni *Vossius*, ni *Scoippius*, ni *Ramus*, ni *Farnaby* parmi les Modernes; ce qui étonnera plus encore, c'est qu'aucune des lumières ou des étincelles de son esprit n'avait jailli sous le choc d'une conférence dont le sujet fût *Crackenthorp, Burgersdicius* [48] ou tout autre logicien ou commentateur *hollandais;* il ignorait la différence entre un argument *ad ignorantiam* [49] et un argument *ad hominem;* et lorsqu'il m'accompagna pour m'inscrire au *Collège de Jésus* [50], à ****, je me souviens fort bien que mon tuteur, homme de mérite, et deux ou trois *fellows* [51] de ce savant établissement s'émerveillèrent à voir un homme se servir si habilement d'outils dont il ignorait jusqu'au nom.

S'en servir pourtant du mieux qu'il pouvait, voilà ce que mon père était sans cesse contraint de faire car il avait mille petits paradoxes comiques à défendre — je crois fermement que la plupart d'entre eux avaient surgi en lui comme de simples boutades — *vive la Bagatelle* (1); il s'en amusait une demi-heure puis, ayant aiguisé sur eux son esprit, les renvoyait à un autre jour.

Je ne fais pas seulement cette remarque en guise de conjecture pour expliquer le progrès et la fixation chez mon père de plusieurs opinions bizarres : je veux aussi mettre le lecteur cultivé en garde contre ces hôtes indiscrets qui, ayant obtenu quelques années le libre accès de notre cerveau, s'y installent un jour de plein droit et y agissent parfois comme un ferment, mais le plus souvent à la manière des passions douces qui commencent par le jeu mais finissent le plus sérieusement du monde.

En était-il ainsi des bizarreries de mon père, son jugement était-il devenu la dupe de son esprit ou ses notions les plus étranges contenaient-elles, au contraire, une part de vérité absolue ? Le lecteur en jugera au fur et à mesure. J'affirme en tout cas que sur l'influence des noms de baptême, d'où que soit venu l'empire d'une telle idée, mon père était sérieux; il pensait uniformément et par système; et comme tous les raisonneurs systématiques, il eût remué terre et ciel, tordu et torturé la nature entière pour soutenir son hypothèse. Bref, je le répète, il était sérieux et ce sérieux le conduisait à perdre toute patience lorsqu'il voyait ses semblables, et particulièrement les personnes de qualité qui eussent dû montrer plus de jugement, choisir les noms de baptême

---

(1) En français dans le texte [note du traducteur].

de leurs enfants avec autant d'incurie et d'insouciance et peut-être davantage encore que s'il se fût agi de nommer *Ponto* ou *Cupidon* un chiot nouveau-né.

« Voilà qui est grave, disait-il, et d'autant plus qu'une fois donné le prénom haïssable, le tort fait ou l'erreur commise, on ne pouvait plus y revenir comme dans le cas d'une calomnie que l'on peut ensuite laver. Une réhabilitation était toujours possible, sinon pendant la vie de l'homme, du moins après sa mort; tandis que le mal causé par un nom de baptême était à jamais irréparable. Que dis-je ? un acte du Parlement lui-même n'y changerait rien. » Pas plus que vous, mon père n'ignorait les pouvoirs du législateur sur les noms de famille mais pour des raisons très fortes et qu'il était capable de vous donner, la loi n'avait pas fait le pas suivant.

Mon père avait donc, comme je l'ai déjà dit, pour les divers noms de baptême des goûts et des dégoûts marqués : on doit observer cependant qu'un certain nombre d'entre eux, mûrement pesés dans ses balances, lui demeuraient absolument indifférents : *Jack*, *Dick* et *Tom* étaient de ce genre; mon père les cataloguait « noms neutres », assurant à leur sujet, sans esprit de satire, qu'ils avaient été portés depuis que le monde est monde par un nombre égal de fripons et de sots ou de sages et d'hommes de bien, de sorte que, selon le théorème des forces égales et opposées, leurs influences se détruisaient réciproquement. Il ne choisirait pas entre eux, déclarait-il souvent, pour un noyau de cerise. *Bob* offrait un autre exemple de ces noms de baptême neutres sans effet marqué dans un sens ou un autre. C'était le prénom de mon frère et comme on le lui avait donné tandis que mon père était à *Epsom* [52], ce dernier remerciait souvent le Ciel que du moins il ne fût pas pire. *Andrew* avait pour lui quelque chose d'une quantité algébrique négative : pire que rien, disait-il. *William* se trouvait à une jolie hauteur; on redescendait avec *Numps* et quant à *Nick*, c'était le DIABLE!

Mais de tous les noms qu'offre l'univers, TRISTRAM était celui qui lui inspirait la plus insurmontable aversion. Rien au monde ne lui paraissait plus bas ou plus méprisable — un tel nom, jugeait-il, ne pouvait avoir en *rerum natura* [53] que l'effet le plus sordide et le plus pitoyable — dans les disputes où, soit dit en passant, l'entraînait souvent le sujet, il éclatait parfois en un EPIPHONEMA ou plutôt une EROTESIS [54] d'une tierce et même d'une bonne quinte au-dessus du diapason de la discussion et demandait catégoriquement à son interlocuteur s'il oserait affirmer avoir jamais lu ou même entendu dire d'un *Tristram* quelconque quoi que ce fût de grand ou méritant d'être noté. « Tristram, disait-il, — non! la chose est impossible. »

Que manquait-il à mon père sinon d'avoir écrit un ouvrage pour livrer au public ses vues à ce sujet ? Un raisonneur subtil ne jouit pas de l'opinion qu'il est seul à professer tant qu'il ne lui a pas ouvert le monde. Voilà pourquoi, en l'an 1716, soit deux années avant ma naissance, mon père prit pour tâche de composer une Dissertation sur le nom de *Tristram* pour confier au monde, en toute sincérité et modestie, les motifs de l'horreur qu'il en éprouvait.

Au souvenir de cette anecdote et du titre de mon propre ouvrage, un lecteur pitoyable ne plaindra-t-il pas mon père du fond de son cœur ? Qui ne s'émouvrait à voir un homme d'ordre et de bonne volonté, inoffensif quoique singulier dans ses opinions, ainsi bafoué comme à plaisir précisément en elles, mis en scène et ridiculisé, tous ses petits systèmes et ses petits désirs renversés, la suite des événements jouant à tous coups contre lui avec le plus cruel acharnement critique comme s'ils eussent été conçus et aiguisés dans le seul but de réduire à néant son argumentation ? Quel spectacle que celui d'un tel homme, au déclin de sa vie, et quand la paix eût été pour lui si souhaitable, dix fois par jour accablé de tristesse, dix fois par jour contraint de nommer Tristram l'enfant de ses prières! — mélancolique dissyllabe retentissant à ses oreilles à l'unisson de *Nincompoop* [55] ou autre nom plus injurieux encore sous le Ciel. Par ses cendres! Je jure que si jamais esprit malin fit son affaire et son plaisir de contrecarrer un mortel, ce dut être ici le cas et j'en ferais sur l'heure le récit au lecteur s'il n'était pas nécessaire que je fusse né avant d'être baptisé!

Chapitre XX

—— Comment avez-vous pu, madame, lire avec si peu d'attention le précédent chapitre ? Je vous y ai dit *que ma mère n'était pas une papiste.*
— Papiste, vous ne m'avez, monsieur, rien dit de pareil.
— Accordez-moi, madame, la liberté de répéter que je vous l'ai dit aussi clairement du moins que les mots peuvent le donner à entendre.
— J'ai donc, monsieur, sauté une page.
— Non, madame, vous n'avez pas sauté un mot.
— Alors, monsieur, c'est que je dormais.
— Mon orgueil, madame, ne vous permet pas ce refuge.
— J'avoue donc n'y rien entendre.
— Voilà précisément, madame, ce dont je vous accusais ; en guise de punition vous allez revenir en arrière aussitôt (j'entends quand j'aurai fini ma phrase), pour relire ce chapitre.

Si j'ai imposé ce châtiment à ma lectrice, ce ne fut ni par tyrannie, ni par cruauté mais par le meilleur des motifs — je ne m'en excuserai donc pas à son retour. Je ne voulais que combattre le goût malsain qui s'est insinué dans son esprit et dans mille autres et qui les porte à lire tout d'un trait en se souciant davantage d'une péripétie que du savoir et de l'érudition profonde qu'un livre de ce genre, lu comme il le faudrait, leur ferait nécessairement acquérir. L'esprit devrait être accoutumé à faire en chemin de sages réflexions et des déductions curieuses. *Pline* le Jeune [56] qui en usait ainsi affirmait n'avoir jamais rencontré un livre si mauvais qu'il n'en eût tiré quelque profit. Je l'affirme, l'histoire de *Grèce* et celle de *Rome* nourriront moins la pensée, lues sans cette vigilance de l'esprit, que, lues avec elle, l'histoire de *Parismus* et de *Parismenus* [57] ou celle des Sept Champions de l'*Angleterre* [58].

Mais voici revenir ma belle lectrice.
— Avez-vous relu ce chapitre, madame, comme je le

désirais ? Fort bien. Et avez-vous remarqué en cette deuxième lecture le passage significatif ?
— Pas le moins du monde.
— Ayez donc la bonté, madame, de réfléchir à la dernière ligne de mon chapitre où je juge *nécessaire* d'être né avant d'être baptisé. Si ma mère eût été papiste ma conclusion eût été incorrecte.

C'est un grave malheur pour le présent livre, mais plus encore pour la République des Lettres (mon cas particulier se perdant dans l'ensemble), que cet uniforme et vil prurit d'aventures et de nouveautés en toutes choses : notre goût en est si profondément perverti et nous sommes devenus si impatients de satisfaire ainsi notre concupiscence que seule la part la plus grossière et la plus charnelle d'un ouvrage pénètre en nous : les suggestions subtiles et les secrets enseignements s'évaporent comme des esprits, les lourdes moralités se précipitent et nous échappent, les unes et les autres étant de la sorte aussi perdues pour le monde que si elles fussent restées au fond de l'encrier.

Espérons que le lecteur mâle n'a pas laissé échapper mainte indication aussi curieuse que celle par quoi l'étourderie féminine nous fut révélée. Espérons aussi que la leçon sera salutaire et que l'exemple enseignera à tous les bons lecteurs, mâles ou femelles, l'art de penser tout en lisant (1).

Si le lecteur est curieux de connaître sur la question du baptême par injection l'opinion des Docteurs en Sorbonne avec tous leurs considérants, la voici :

---

(1) Le Rituel *Romain* conseille le baptême de l'enfant *avant* sa naissance en cas de danger, mais sous la réserve qu'une partie quelconque du corps de l'enfant soit visible par celui qui administre le baptême. Cependant, les Docteurs de la *Sorbonne*, par une délibération d'*avril* 1733, étendirent les pouvoirs des sages-femmes en décidant que si l'enfant restait totalement invisible, le baptême ne devait pas moins être administré en injection *par le moyen d'une petite canule*. Il est très étrange que saint *Thomas d'Aquin*, dont le cerveau contenait une si bonne machine à nouer et dénouer les problèmes de théologie scolastique ait, après tant d'efforts consacrés à cette question, renoncé à la résoudre. « *Infantes in maternis uteris existentes* (dit saint Thomas!) *baptizari possunt nullo modo* [59]. » O Thomas! Thomas! [note de l'auteur].

Mémoire présenté
à Messieurs les Docteurs de Sorbonne (1)

Un Chirurgien Accoucheur représente à Messieurs les Docteurs de Sorbonne, qu'il y a des cas, quoique très rares, où une mère ne sçauroit accoucher, et même où l'enfant est tellement renfermé dans le sein de sa mère, qu'il ne fait paroître aucune partie de son corps, ce qui seroit un cas, suivant les Rituels, de lui conférer, du moins sous condition, le baptême. Le Chirurgien, qui consulte, prétend par le moyen d'une petite canulle de pouvoir baptiser immédiatement l'enfant, sans faire aucun tort à la mère. Il demande si ce moyen, qu'il vient de proposer, est permis et légitimé, et s'il peut s'en servir dans les cas qu'il vient d'exposer.

RÉPONSE

Le Conseil estime que la question proposée souffre de grandes difficultés. Les Théologiens posent d'un côté pour principe, que le baptême, qui est une naissance spirituelle, suppose une première naissance; il faut être né dans le monde, pour renaître en Jésus Christ, *comme ils l'enseignent.* S. Thomas, 3 part. quaest. 88, art. 11, *suit cette doctrine comme une vérité constante; l'on ne peut, dit ce S. docteur, baptiser les enfans qui sont renfermés dans le sein de leurs mères, et* S. Thomas *est fondé sur ce que les enfans ne sont point nés, et ne peuvent être comptés parmi les autres hommes; d'où il conclut qu'ils ne peuvent être l'objet d'une action extérieure, pour recevoir par leur ministère les sacremens nécessaires au salut :* Pueri in maternis uteris existentes nomdum prodierunt in lucem ut cum aliis hominibus vitam ducant; unde non possunt subjici actioni humanæ, ut per eorum ministerium sacramenta recipiant ad salutem [61]. *Les rituels ordonnent dans la pratique ce que les théologiens ont établi sur les mêmes matières; et ils deffendent tous d'une manière uniforme de baptiser les enfans qui sont renfermés dans le sein de leurs mères, s'ils ne font paroître quelque partie de leurs corps. Le concours des*

---

(1) *Vide Deventer*[60], Paris, édit. 4 to., 1734, p. 366 [note de l'auteur]. Le Mémoire et la Réponse sont en français dans le texte [note du traducteur].

théologiens et des rituels, qui sont les règles des diocèses, paroît former une autorité qui termine la question présente; cependant le conseil de conscience considérant d'un côté que le raisonnement des théologiens est uniquement fondé sur une raison de convenance, et que la deffense des rituels suppose que l'on ne peut baptiser immédiatement les enfans ainsi renfermés dans le sein de leurs mères, ce qui est contre la supposition présente; et d'un autre côté, considérant que les mêmes théologiens enseignent que l'on peut risquer les sacremens que Jesus-Christ *a établis comme des moyens faciles, mais nécessaires pour sanctifier les hommes; et d'ailleurs, estimant que les enfans renfermés dans le sein de leurs mères pourroient être capables de salut, parce qu'ils sont capables de damnation; pour ces considérations et en égard à l'exposé, suivant lequel on assure avoir trouvé un moyen certain de baptiser ces enfans ainsi renfermés, sans faire aucun tort à la mère, le Conseil estime que l'on pourrait se servir du moyen proposé, dans la confiance qu'il a que Dieu n'a pas laissé ces sortes d'enfans sans aucun secours, et, supposant, comme il est exposé, que le moyen dont il s'agit est propre à leur procurer le baptême; cependant comme il s'agiroit, en autorisant la pratique proposée, de changer une règle universellement établie, le Conseil croit que celui qui consulte doit s'adresser à son évêque, et à qui il appartient de juger de l'utilité, et du danger du moyen proposé, et comme, sous le bon plaisir de l'évêque, le Conseil estime qu'il faudroit recourir au Pape, qui a le droit d'expliquer les règles de l'église, et d'y déroger dans le cas où la loi ne sçauroit obliger, quelque sage et quelque utile que paroisse la manière de baptiser dont il s'agit, le Conseil ne pourroit l'approuver sans le concours de ces deux autorités. On conseille au moins à celui qui consulte de s'adresser à son évêque, et de lui faire part de la présente décision, afin que, si le prélat entre dans les raisons sur lesquelles les docteurs soussignés s'appuient, il puisse être autorisé dans le cas de nécessité, où il risqueroit trop d'attendre que la permission fût demandée et accordée, d'employer le moyen qu'il propose si avantageux au salut de l'enfant. Au reste, le Conseil, en estimant que l'on pourrait s'en servir, croit cependant que, si les enfans dont il s'agit venoient au monde contre l'espérance de ceux qui se seroient servis du même moyen, il seroit nécessaire de les baptiser sous condition; et en cela le Conseil se conforme à tous les rituels, qui en autorisant le baptême d'un enfant qui fait paroître quelque partie de son corps, enjoignent néantmoins et ordonnent de le baptiser sous* condition, *s'il vient heureusement au monde.*

Délibéré en *Sorbonne*, le 10 Avril, 1733.

A. le Moyne
L. de Romigny
De Marcilly.

Mr. *Tristram Shandy* présente ses compliments à MM. *Le Moyne, de Romigny* et *de Marcilly* et souhaite qu'ils aient joui d'une bonne nuit après les fatigues d'une telle consultation. Il prend la liberté de demander si, après la cérémonie du mariage et avant sa consommation, le baptême, par *injection* en un seul bon coup de tous les Homunculi à la fois, ne constituerait pas une solution plus brève et plus sûre, avec toutefois la réserve déjà exprimée que si les Homunculi se comportent bien et viennent après cela au monde sains et saufs, chacun d'eux sera de nouveau baptisé *(sous condition)* (1) et pourvu, en second lieu, que l'opération soit possible — et Mr. *Shandy* craint qu'elle ne le soit — *par le moyen d'une* petite canulle et *sans faire aucun tort au père* (1).

Chapitre XXI

— Pourquoi tout ce bruit et ces va-et-vient précipités là-haut, dit mon père, en s'adressant après une heure et demie de silence à mon oncle *Toby* — lequel, il faut le dire, assis de l'autre côté du feu, n'avait cessé de fumer une pipe sociable, perdu dans la contemplation de culottes en velours noir toutes neuves — qu'est-ce qu'ils peuvent bien faire? On ne s'entend plus parler ici.

— Je pense, répliqua mon oncle *Toby*, ôtant de sa bouche la pipe dont il frappa deux ou trois fois le fourneau contre l'ongle de son pouce gauche en commençant sa phrase — je pense...

---

(1) En français dans le texte [note du traducteur].

Mais pour entrer dans les vues de mon oncle *Toby* à ce sujet, il vous faut d'abord entrer un peu dans son personnage. Je vais donc vous le dessiner à grands traits ; le dialogue entre lui et mon père reprendra aisément son cours par la suite.

Quel est donc je vous prie le nom de l'auteur — car j'écris avec tant de hâte que je n'ai pas le temps de m'en souvenir ou de le rechercher — qui fit le premier observer les inconséquences de notre air et de notre climat [62] ? Quel qu'il fût, son observation était juste et l'on en a déduit que l'abondante variété chez nous des caractères étranges et des cerveaux bizarres avait là sa source ; mais ce corollaire ne fut tiré que par un autre homme, au moins un siècle et demi plus tard. Il faut voir dans cet ample magasin de matériaux originaux la vraie cause naturelle du fait que nos comédies dépassent de loin celles qui ont été produites en *France* et qu'on a pu ou pourra écrire sur le continent entier : mais on n'en fit la pleine découverte qu'au milieu du règne de *William* et c'est le grand *Dryden* qui, si je ne m'abuse, dans une de ses longues préfaces, eut le rare bonheur d'en rencontrer l'idée. En vérité, vers la fin du règne de la reine *Anne*, le grand *Addison* adopta cette idée et l'exposa longuement au public dans un ou deux de ses Spectators, mais on ne lui en doit pas la découverte. Enfin, quatrième et dernière remarque, cette étrange inconstance de notre climat, cause d'une égale inconstance des caractères, nous offre ainsi une certaine compensation en nous donnant de quoi rire à l'intérieur quand le mauvais temps nous interdit de mettre le nez dehors ; cette observation m'appartient et j'en ai été frappé précisément en ce jour pluvieux du 26 *mars* 1759 entre 9 et 10 h. du matin.

C'est ainsi, mes compagnons de labour avec qui je dois partager la grande moisson de science qui mûrit maintenant sous nos yeux, c'est ainsi par de lentes et hasardeuses avances que notre connaissance physique, métaphysique, physiologique, polémique, nautique, mathématique, énigmatique, technique, biographique, romantique, chimique et obstétrique, sans parler de cinquante autres branches (pour la plupart terminées en *ique*) a, depuis deux siècles et davantage, progressivement rampé vers le sommet de cet Ἀκμή [63] de perfection dont nous ne devons pas, autant que l'on peut conjecturer d'après les progrès de ces sept dernières années, nous trouver maintenant fort loin.

On peut espérer, quand nous y parviendrons, que c'en sera fini de toute espèce d'écrits; l'absence de toute espèce d'écrits mettra fin à toute espèce de lecture et, *comme la guerre engendre la misère et la misère la paix* [64], toute espèce de connaissance disparaîtra, de sorte qu'il faudra tout recommencer puisque, en un mot, nous nous retrouverons au point d'où nous sommes partis.

Heureux temps et trois fois heureux! Pourquoi ne fus-je pas conçu à une autre époque autant que d'une autre façon ? Si la date en avait pu être remise de vingt ou vingt-cinq années sans inconvénient pour mon père ou ma mère, j'aurais eu plus de chance de réussir dans le monde littéraire.

Mais j'oublie mon oncle *Toby* qui a passé tout ce temps à tapoter sa pipe pour en faire tomber les cendres.

Son personnage était d'un genre qui fait honneur à notre atmosphère et je le classerais sans scrupules parmi les chefs-d'œuvre qu'elle a produits si trop de traits familiaux ne m'avaient averti que la source de ses singularités d'humeur devait être plutôt recherchée dans le sang que dans le vent, ou l'eau, ou l'une quelconque de leurs combinaisons. Je me suis donc souvent étonné que mon père, voyant apparaître en moi dès mon jeune âge certaines marques d'excentricité, n'ait pas une fois tenté de leur donner cette explication : sans doute avait-il ses raisons pour cela. L'entière FAMILLE SHANDY était faite de caractères originaux — je parle ici des mâles, les femmes n'y ayant pas de caractère du tout, à l'exception pourtant de ma grand'tante DINAH [65] qui, soixante ans plus tôt, épousa son cocher et en eut un enfant, exploit dont mon père disait souvent, selon sa théorie des noms de baptême, qu'elle pouvait en remercier ses parrain et marraine.

Le fait est très étrange et autant vaudrait poser une devinette au lecteur (ce qui n'est pas mon intérêt) que de lui en demander une explication — mais c'est un fait que cet événement, pourtant si lointain, semblait avoir pour fonction expresse de rompre entre mon père et mon oncle *Toby* la paix et l'accord qui régnaient par ailleurs si constamment entre eux. On eût pensé que le choc d'une telle calamité dût se répandre et se dissiper dans la famille durant les années qui suivirent, comme c'est le cas d'ordinaire. Mais rien ne se passait comme d'ordinaire dans notre famille. Peut-être, quand le malheur arriva, avait-elle une autre affliction en cours et comme les malheurs nous sont envoyés pour notre bien et que celui-ci ne semble pas avoir jamais causé le moindre bien à la FAMILLE SHANDY, peut-être devait-il tranquillement attendre le jour où des circonstances opportunes lui permettraient de remplir son office. Remarquez que je ne conclus rien à ce sujet. J'indique toujours, telle est ma façon, les différentes pistes qui semblent devoir curieusement conduire aux sources mêmes de l'événement que je rapporte, n'usant pour cela ni d'une *baguette* magistrale ni du ton tranchant de *Tacite* qui dupe le lecteur et soi-même, mais avec l'officieuse humilité d'un cœur qui ne veut rien que secourir la curiosité d'autrui. C'est pour les curieux que j'écris et c'est d'eux que je serai lu jusqu'à la fin du monde en supposant que la lecture puisse se prolonger si longtemps.

Pourquoi donc cette cause de chagrin fut-elle réservée à mon père et à mon oncle — je n'en déciderai pas — mais je puis expliquer, avec une grande exactitude, comment et dans quel sens elle agit dès le début pour provoquer le malaise qui les sépara :

Mon oncle TOBY SHANDY, madame, était un gentleman qui, aux vertus composant d'ordinaire le personnage d'un homme d'honneur et de rectitude, joignait à un degré très éminent une autre rarement comprise dans ce catalogue : la plus extrême et la plus incomparable des chastetés naturelles. Encore le mot naturelle est-il de trop car je ne dois rien préjuger d'un point qui doit être débattu : à savoir si sa chasteté était naturelle ou acquise. D'où qu'elle vînt à mon oncle *Toby*, ce n'en était pas moins de la chasteté au sens le plus exact du terme et qui ne se manifestait pas dans les mots — dont il avait malheureusement un choix très restreint — mais dans les choses. Il en était si possédé et la poussait si haut qu'elle eût presque égalé en lui, si la chose eût été possible, la chasteté d'une femme : cette délicatesse, madame, et cette intérieure pureté de l'esprit et de l'imagination qui sont propres à votre sexe et causent tant de crainte et de respect au nôtre.

Votre oncle *Toby*, penserez-vous, devait avoir passé la plus grande part de sa vie à converser avec des femmes : telle était la source de cette aimable modestie qu'une fine connaissance du sexe et l'imitation que de si beaux exemples rendent irrésistibles, avaient dû lui faire acquérir.

Je voudrais pouvoir vous donner raison sur ce point, car en dehors de sa belle-sœur, femme de mon père et ma mère, mon oncle *Toby* n'échangeait pas avec une femme trois mots en trois ans. Non, la vraie cause fut, madame, une blessure. — Une blessure ! — Oui, madame, tout vint d'une pierre qu'un boulet fit tomber du parapet d'un ouvrage à cornes au siège de *Namur* [66]. Elle tomba juste sur l'aine de mon oncle *Toby*. Qu'en résulta-t-il pour cette dernière ? Ceci, madame, serait une longue et intéressante histoire, mais ma propre biographie tomberait en pièces si je vous la racontais maintenant ; je la réserve pour un épisode ultérieur et chaque circonstance vous en sera alors fidèlement rapportée en son lieu. Jusqu'à ce moment, il m'est impossible de mieux éclairer pour vous ce sujet et de vous en dire plus que je n'ai fait déjà, à savoir que la chasteté de mon oncle *Toby* était incomparable et que, subtilisée par la constante chaleur d'un peu d'orgueil familial, elle se combinait à lui de telle manière qu'on ne pouvait toucher à l'aventure de ma tante DINAH sans provoquer chez mon oncle *Toby* la plus vive émotion. La moindre allusion lui faisait voler le sang au visage, mais lorsque mon père s'étendait complaisamment sur le sujet devant des étrangers — ce que la démonstration de son hypothèse le contraignait souvent à faire — la malheureuse tavelure marquant ainsi un des plus beaux fruits de la famille faisait saigner à la fois son horreur et sa chasteté. Il prenait alors souvent mon père à part pour lui remontrer le plus douloureusement du monde qu'il était prêt à lui donner n'importe quoi s'il voulait bien laisser cette histoire tranquille.

Mon père vouait, je crois, à mon oncle *Toby*, l'amour le plus tendre et le plus vrai qu'un frère eût jamais porté à un frère et il eût fait volontiers tout ce qu'un frère peut raisonnablement demander à un frère afin de soulager le cœur de mon oncle *Toby* sur ce sujet ou sur tout autre. Mais ceci n'était pas en son pouvoir.

Mon père, je l'ai dit, était un philosophe en graine, spéculatif et systématique, et l'affaire de ma tante *Dinah* présentait à ses yeux autant d'importance qu'à ceux de *Copernic* la rétrogradation des planètes [67] : la rétrocession de Vénus sur sa propre orbite constituait un point fort du système auquel fut donné le nom de *Copernic ;* de même, la rétrocession de ma tante sur sa propre orbite rendait le même service à mon père et fondait le *système* auquel sera désormais, et pour l'éternité j'imagine, donné le propre nom de *Shandy*.

Pour tout autre déshonneur familial, mon père était, je pense, aussi capable de honte que quiconque, et ni lui, ni probablement *Copernic* n'eût divulgué, chacun dans son cas, son affaire au monde ou n'y eût fait en public la moindre allusion, sans l'obligation où ils se sentaient de proclamer la vérité. *Amicus Plato*, disait alors mon père, en faisant pour mon oncle Toby une traduction mot à mot, *Amicus Plato*, c'est-à-dire DINAH était ma tante — *sed magis amica veritas*[68] — ce qui signifie : mais la VÉRITÉ est ma sœur.

Ce choc d'humeurs contraires était la cause, entre mon père et mon oncle, de maintes chamailleries fraternelles ; l'un ne pouvait supporter qu'on étalât ainsi une disgrâce de la famille, l'autre laissait rarement passer un jour sans y faire allusion.

— Pour Dieu, s'écriait mon oncle *Toby*, pour moi et pour nous tous, mon cher frère *Shandy*, laissez une fois dormir en paix et l'histoire et les cendres de notre tante. Comment pouvez-vous montrer si peu de sentiment et de pitié pour la réputation de notre famille ?

— Qu'est-ce que la réputation d'une famille en face d'une hypothèse ? répondait mon père. Qu'est-ce que sa vie, même ?

— La vie d'une famille ? s'écriait mon oncle *Toby* en se renversant dans son fauteuil et en levant vers le ciel les bras, les regards et une jambe.

— Oui, la vie, disait mon père, ferme sur ses positions. Combien de milliers d'entre elles périssent chaque année (au moins dans nos sociétés civilisées) dont on se soucie comme d'une guigne au regard d'une hypothèse ?

— A mon simple point de vue, répondait mon oncle Toby, ce sont là, pour parler net, autant de MEURTRES. Les commette qui voudra.

— Voilà où gît votre erreur, répliquait mon père, car en *Foro Scientiae*[69], il n'y a rien qu'on puisse appeler MEURTRES : il y a, mon frère, la MORT.

A quoi mon oncle *Toby* n'opposait jamais d'autre argument que le sifflotement de douze mesures de *Lillabullero*[70]. Telle était, le lecteur doit l'apprendre, la soupape ordinaire de ses passions chaque fois qu'il était choqué ou surpris, mais particulièrement lorsqu'il se trouvait nez à nez avec une absurdité ! Aucun logicien ni glossateur de ma connaissance n'ayant donné un nom à cette sorte d'argument, je prends ici la liberté de le faire moi-même, pour deux raisons : en premier lieu, pour prévenir toute confusion autour des disputes, il est aussi nécessaire de le cataloguer pour l'éternité que les arguments *ad Verecundiam, ex Absurdo, ex Fortiori* [71], ou tout autre; en second lieu, je voudrais que les enfants de mes enfants, lorsque mon crâne reposera en paix, pussent dire que la tête de leur savant grand-père a été jadis aussi remplie de préoccupations sérieuses que celle des autres gens; qu'elle a inventé un nom et en a généreusement enrichi le TRÉSOR de l'*Ars Logica* [72] pour désigner le plus irréfutable des arguments de cette science entière, l'un des meilleurs qui soient aussi, pourront-ils ajouter, si la fin de toute dispute est moins de convaincre que de réduire au silence.

Je décide donc et ordonne strictement par les présentes que ledit argument soit désormais reconnu et défini par le nom et le titre d'*Argumentum Fistulatorium* et aucun autre; il prendra rang aux côtés de l'*Argumentum Baculinum* et de l'*Argumentum ad Crumenam* et sera à jamais traité dans le même chapitre qu'eux.

Quant à l'*Argumentum Tripodium*, qui n'est jamais employé, sauf par une femme contre un homme et à l'*Argumentum ad Rem* [73] dont, à l'opposé, use seul l'homme contre une femme, comme leur couple suffit en conscience à remplir une heure de cours et comme l'un forme en outre la meilleure réponse à l'autre, ils seront catalogués et traités à part.

CHAPITRE XXII

Le savant évêque *Hall*, j'entends le fameux Dr *Joseph Hall* [74], qui fut évêque d'*Exeter* sous le règne du roi *Jacques* Ier, nous dit dans une de ses *Décades*, à la fin de son art divin de la méditation, imprimé à *Londres* en 1610 par *John Beal*, habitant *Aldersgate Street*, qu'il est abominable pour un homme de se louer soi-même et je suis de son avis.

D'autre part cependant, quand un ouvrage est exécuté de main de maître et quand il apparaît peu probable qu'on s'en aperçoive, je trouve juste aussi abominable que l'honneur en soit perdu et que l'auteur doive sortir de ce monde avec son génie pourrissant dans son cerveau.

Telle est précisément ma situation.

Car la digression où je viens d'être conduit par accident et en vérité toutes mes digressions (sauf une) sont marquées par un trait de magistrale habileté digressive dont je crains que le lecteur ne se soit pas avisé — non, certes, par manque de pénétration mais parce qu'il est d'une qualité rarement recherchée et même inattendue dans une digression. Le voici : bien que je joue le jeu des digressions aussi loyalement que n'importe quel auteur de *Grande-Bretagne* et bien que j'y vole aussi loin de mon sujet et aussi fréquemment que quiconque, cependant je m'arrange toujours, dans l'ordonnance de mon histoire, pour que mes personnages ne chôment pas en mon absence.

Je me disposais, par exemple, à vous dépeindre à grands traits le personnage de mon oncle *Toby* lorsque ma tante *Dinah* et son cocher se mirent à la traverse : nous voici errants, à plusieurs millions de milles, au cœur même du système planétaire. Et cependant le portrait de mon oncle *Toby* a fait, vous l'avez noté, tout ce temps, son petit bonhomme de chemin. Je n'en ai pas tracé les grands contours — c'était impossible — mais de faibles indications et des traits familiers ont été jetés çà et là au fil de mes phrases, de sorte que vous connaissez maintenant mon oncle *Toby* beaucoup mieux qu'auparavant.

Cet ingénieux dispositif donne à la machinerie de mon ouvrage une qualité unique : deux mouvements inverses s'y combinent et s'y réconcilient quand on les croit prêts à se contrarier. Bref, mon ouvrage digresse, mais progresse aussi, et en même temps.

Ceci, monsieur, ne ressemble en rien au double mouvement de la terre tournant autour de son axe par une rotation diurne tandis qu'elle avance sur l'ellipse de son orbite annuelle, ce qui produit la diversité et les vicissitudes saisonnières dont nous jouissons. J'avoue que l'idée pourrait en être suggérée : la plupart des grandes découvertes théoriques ou techniques dont nous sommes si fiers ont d'ailleurs leur origine dans des rencontres aussi futiles.

Incontestablement, c'est du soleil des digressions que nous vient la lumière. Elles sont la vie et l'âme de la lecture. Privez-en, par exemple, ce livre, autant vous priver du livre même ; la glace d'un éternel hiver y régnerait sur chaque page ; rendez-les à l'auteur : il s'élance comme un jeune marié, boute tout en train, fait fleurir la variété, fouette l'intérêt faiblissant.

C'est dans la façon de les accommoder et de les mener à bien que se voit une habileté qui ne profite pas seulement au lecteur mais à l'auteur lui-même dont la détresse en cette difficulté est vraiment pitoyable : car, s'il commence une digression, son travail se bloque et s'il fait avancer ce dernier, voilà sa digression morte.

Mauvais travail que celui-ci : j'ai donc conçu, dès le début, un savant assemblage du principal et de l'adventice, où se trouvent si bien combinés les mouvements digressifs et progressifs, une roue engrenant l'autre, que l'entière machinerie n'a cessé de fonctionner. Bien plus, elle fonctionnera quarante ans encore, s'il plaît à la source de toute santé de m'accorder gracieusement ce temps de vie et de bonne humeur.

Chapitre XXIII

Je me sens la grande envie de commencer ce chapitre par une folie et je ne vais pas la contrecarrer. Je débuterai donc ainsi :

Si, selon la recommandation de *Momus*, ce prince des critiques, une vitre était placée devant le cœur humain, cette amélioration aurait une première conséquence absurde : les plus sages et les plus graves d'entre nous auraient à payer chaque jour de leur vie, je ne sais en quelle monnaie, un impôt des portes et fenêtres. Et en second lieu, pour connaître le caractère d'un homme, il suffirait de prendre un fauteuil et d'aller sans bruit s'asseoir devant lui comme devant une ruche vitrée, afin de contempler son âme à nu ; à loisir on observerait tous ses mouvements, ses rouages, la naissance et les mues de ses lubies ; on le verrait vivre en liberté, gambader, s'aventurer, suivre ses caprices, et après avoir noté encore les attitudes plus solennelles qui suivent nécessairement gambades, aventures, etc., il suffirait de prendre sa plume et son encre et de coucher sur le papier strictement ce qu'on aurait vu, sous la foi du serment. Mais les biographes de cette terre ne jouissent pas de telles facilités. Ceux de la planète *Mercure* les ont, peut-être, ou mieux encore, car l'intense chaleur qui y règne et que les astronomes, en se basant sur la proximité du soleil, n'estiment pas inférieure à celle du fer rouge, doit à mon sens avoir depuis longtemps vitrifié le corps de ses habitants (selon le principe de la cause efficiente) pour les adapter au climat (qui est ici cause finale); d'un tel concert de causes, doivent résulter nécessairement pour les âmes de ce lieu (sous réserve de ce que peut dire la philosophie en faveur du contraire) des habitations en beau verre clair, transparentes de la cave au grenier quoique plus opaques au nœud ombilical; ainsi, tant que l'âge n'a pas passablement ridé ces habitants de Mercure, provoquant des phénomènes de réfraction ou de réflexion suffisamment monstrueux ou bizarres pour empêcher qu'on voie au travers du corps, l'âme peut aussi bien — hormis les jours de cérémonie, hormis les cas aussi où l'opacité ombilicale, si faible soit-elle, lui offrirait encore quelque avantage — l'âme peut aussi bien, dis-je, faire ses folies au grand air que chez soi.

Mais tel n'est pas, je l'ai dit, le cas des habitants de cette terre; nos esprits ne vivent pas à travers nos corps mais y vivent enveloppés dans l'ombre opaque de la chair et du sang. Si nous voulons donc apercevoir les nuances, il nous faut prendre une autre voie, et nombreuses sont en effet les voies qu'a dû emprunter la sagacité humaine pour accomplir cette œuvre avec exactitude.

C'est par le vent des instruments que certains ont exprimé l'âme de leurs personnages — *Virgile* note ce procédé dans les amours de *Didon* et d'*Enée* [75]. Il me semble aussi vain que le souffle de la gloire et témoigne au surplus d'un génie étroit. Les *Italiens,* je ne l'ignore pas, prétendent désigner avec une exactitude mathématique tel ou tel de leurs caractères par les *forte* et les *piano* d'un instrument à vent dont ils jouent et qui est, disent-ils, infaillible. Je n'ose mentionner ici le nom de l'instrument. Il nous suffit de le posséder chez nous sans jamais songer à en désigner quoi que ce soit [76]. Ceci reste à dessein énigmatique, au moins *ad populum* [77]. Passez donc rapidement, madame, je vous prie, sans faire de recherches à ce sujet.

D'autres prétendent inférer le caractère d'un homme du seul examen de ses excrétions. Mais ce procédé donne des résultats souvent très faux si l'on ne tient pas compte de ce qui emplit l'homme à côté de ce qu'il élimine. C'est la comparaison et la combinaison des deux qui fournira une honnête moyenne.

Je ne ferai qu'une objection à cette méthode c'est qu'elle doit trop « sentir l'huile [78] ». L'incommodité en serait accrue, au surplus, par l'obligation où l'on serait de surveiller les autres *res non naturales* (1). — Pourquoi, d'ailleurs, les actes les plus naturels des hommes sont-ils appelés ainsi ? C'est une autre question.

D'autres, enfin, dédaignent ces expédients, non par fécondité personnelle mais parce qu'ils sont passés maîtres dans l'art de la copie pantographique (2), à l'imitation de leurs frères du pinceau : tels sont vos grands historiens.

En voici un, dessinant un personnage grandeur nature *à contre-jour :* malhonnête et sans générosité, un tel procédé maltraite le modèle.

D'autres, pour faire mieux encore, vous dessineront dans la *chambre noire* (3) et c'est la plus grande injustice, car vous êtes sûr d'y être représenté dans votre posture la plus ridicule.

Afin d'éviter toutes ces erreurs en vous retraçant le portrait de mon oncle *Toby,* j'écarterai tout secours mécanique. Je ne me laisserai guider par le vent d'aucun instrument en usage au-delà ou en deçà des *Alpes;* je ne considérerai pas non plus ce qu'il absorbait ou éliminait; bref, je dessinerai le portrait de mon oncle *Toby* d'après sa CHIMÈRE.

---

(1) Les médecins de l'époque appelaient *res non naturales* (c'est-à-dire dépendant de la volonté) les choses ou fonctions suivantes : 1) l'air (respiration); 2) le manger et le boire; 3) le sommeil et la veille; 4) le mouvement et le repos; 5) la rétention et l'excrétion; 6) les passions de l'âme [note du traducteur].

(2) Pantographe, instrument permettant de recopier mécaniquement, en en modifiant les proportions, gravures et dessins [note de l'auteur].

(3) Camera a un double sens : *a)* chambre noire; *b)* cabinet de toilette [note du traducteur].

Chapitre XXIV

Si je n'étais pas sûr moralement que mon lecteur est déjà à bout de patience, avant de lui retracer le portrait de mon oncle *Toby*, je lui aurais démontré qu'il n'existe pas d'instrument plus propre à ce dessein que celui sur lequel je suis tombé.

Un homme et sa Chimère ne réagissent pas l'un sur l'autre exactement à la façon de l'âme et du corps. C'est pourtant un lien de ce genre qui les unit. Je les rapprocherai plutôt pour ma part des corps électrisés ; les parties échauffées du cavalier prenant contact avec le dos de la Chimère, après de longues traites et de vigoureuses frictions, il advient que le corps du cavalier se trouve enfin chargé de tout le fluide Chimérique qu'il peut contenir. Il suffira donc de décrire clairement la nature de l'un pour donner une idée assez juste du genre et du caractère de l'autre.

Or, la Chimère sans cesse chevauchée par mon oncle Toby vaut à mon sens d'être décrite, ne serait-ce qu'en considération de sa singularité. Car on aurait pu voyager d'*York* à *Douvres*, de *Douvres* à *Penzance* en *Cornouailles* et de *Penzance* à *York* encore, sans en rencontrer une sur la route. Et certes qui l'eût rencontrée se fût, malgré sa hâte, arrêté pour la contempler. Car l'allure et la silhouette de cet animal étaient bien étranges : de la tête à la queue il ressemblait fort peu aux individus de son espèce : était-ce une Chimère ou non ? Le philosophe répondait au sceptique qui niait la réalité du mouvement en se levant et en marchant [79] ; ainsi, mon oncle *Toby* prouvait tout uniment que sa Chimère en était une en sautant sur son dos et en trottant : que le monde après cela termine sa dispute à sa guise.

En vérité, mon oncle *Toby* la montait avec tant de plaisir, et elle portait si bien mon oncle *Toby* qu'il se souciait fort peu de ce qu'en disait ou pensait le monde.

Il est toutefois grand temps que je vous décrive cette

monture. Mais pour procéder régulièrement, vous me permettrez, je pense, de vous apprendre d'abord comment mon oncle *Toby* la rencontra.

Chapitre XXV

La blessure à l'aine que mon oncle *Toby* souffrit au siège de *Namur* l'ayant rendu impropre pour le service, on jugea qu'il devait rentrer en *Angleterre* pour une guérison complète si possible.

Quatre années durant, il garda totalement la chambre et en partie le lit. Au cours de cette longue cure, il souffrit plus qu'on ne peut le dire d'exfoliations successives de l'*os pubis* et du bord externe de l'*os iliaque* : tous deux avaient été affreusement broyés en partie à cause des irrégularités de la pierre détachée, ainsi que je l'ai dit, du parapet, en partie à cause de sa taille; le chirurgien ne cessa même de penser que le dommage considérable ainsi causé à l'aine de mon oncle *Toby* était dû davantage au poids de la pierre qu'à sa force de propulsion, ce qui, lui répétait-il souvent, constituait un rare bonheur.

Mon père, à cette époque, venait juste de s'installer pour ses affaires à *Londres*, où il avait pris une maison. L'amour le plus cordial et le plus vrai unissait toujours les deux frères et mon père, pensant que mon oncle *Toby* ne pouvait être nulle part mieux soigné que dans sa maison, lui en céda le meilleur appartement. Même, par une marque d'affection plus sincère encore, il ne souffrit jamais qu'un ami ou une connaissance entrât chez lui sans monter chez mon oncle *Toby* (où il l'accompagnait lui-même) afin d'y bavarder une heure auprès de son lit.

Un soldat trompe les douleurs de sa blessure en en faisant le récit. Ainsi, du moins, pensaient les visiteurs quotidiens; ils mettaient donc par courtoisie la conversation sur ce sujet d'où l'on sautait généralement à celui du siège lui-même.

Ces conversations avaient infiniment de douceur, et mon oncle *Toby* en recevait un grand soulagement; il en eût reçu davantage sans de grandes perplexités où elles le plongèrent et qui retardèrent sa cure de trois mois; elles l'eussent mis en terre, je crois bien, sans un expédient dont il s'avisa pour en sortir.

Qu'étaient donc ces perplexités de mon oncle *Toby*? Vous ne pouvez le deviner; je rougirais du contraire, non comme neveu, non comme homme ou même femme, mais comme auteur, car je ne me flatte pas peu du fait que jusqu'ici mon lecteur n'a rien pu deviner du tout. Cela l'a mis dans une humeur si agréable et si singulière qu'au cas où je vous jugerais capable de former la moindre conjecture sur ce qui va emplir la page suivante je la déchirerais de mon livre :

FIN DU PREMIER LIVRE

LIVRE II

Chapitre premier

J'entame un nouveau livre pour ne pas manquer de place : car je dois exposer la nature des perplexités où mon oncle *Toby* se trouva fort empêtré à la suite de tous les discours et de toutes les interrogations qui lui furent adressés sur ce siège de *Namur* où il avait reçu sa blessure.

Je rappellerai au lecteur, s'il a lu l'histoire des guerres du roi *William*, et je lui apprendrai, s'il ne l'a pas lue, que l'un des plus mémorables assauts de ce siège fut celui mené par les *Anglais* et les *Hollandais* contre le point le plus avancé de la contre-escarpe, près la porte de *Saint-Nicolas;* celle-ci couvrait la grande écluse et les *Anglais* s'y trouvèrent terriblement exposés au tir de la contre-garde et du demi-bastion de *Saint-Roch*. De cette affaire chaudement disputée, l'issue fut brièvement celle-ci : les *Hollandais* prirent pied sur la contre-garde et les Anglais se rendirent maîtres du chemin couvert devant la porte de *Saint-Nicolas*, malgré la bravoure déployée par les officiers *français* qui s'exposèrent sur le glacis, l'épée en main.

Comme telle fut la principale attaque dont mon oncle *Toby* ait été à *Namur* le témoin oculaire (le confluent de la *Sambre* et de la *Meuse* ayant malheureusement interdit à chaque armée assiégeante de parler des opérations d'autrui), c'est généralement dans son récit que mon oncle *Toby* abondait le plus en tours et en détails éloquents, les nombreuses perplexités où il se trouva plongé provinrent alors d'une difficulté presque insurmontable : celle de rendre son récit intelligible, de faire discerner clairement l'escarpe de la contre-escarpe, le glacis du chemin couvert, la demi-lune du ravelin, afin de faire pleinement entendre à la compagnie où il était et ce qu'il y faisait.

Les auteurs eux-mêmes sont trop enclins à confondre ces termes ; comment s'étonner que dans ses efforts pour les définir et pour ruiner des erreurs trop nombreuses, mon oncle *Toby* ait souvent embrouillé ses auditeurs et se soit embrouillé lui-même ?

A dire vrai, si les visiteurs que mon père faisaient monter ne jouissaient pas d'un jugement tout à fait clair ou si mon oncle *Toby* n'était pas dans un de ses jours d'explication brillante, il réussissait mal, en dépit de grands efforts, à chasser toute obscurité de son récit.

Et voici où le discours de mon oncle *Toby* s'embarrassait le plus : dans l'assaut de cette contre-escarpe qui s'étendait devant la porte *Saint-Nicolas*, du bord de la *Meuse* jusqu'à la grande écluse, le terrain était coupé et recoupé d'un tel enchevêtrement de digues, canaux, rivières et écluses de toutes parts, que mon oncle *Toby*, tristement perdu et pris dans leurs lacs, incapable souvent d'avancer ou de reculer d'un pas, fût-ce pour sauver sa vie, se voyait réduit pour cette seule raison à abandonner son attaque.

Ces perplexités et ces échecs troublèrent plus mon oncle *Toby Shandy* que vous ne sauriez l'imaginer ; la bonté de mon père ne cessait de lui amener de nouveaux amis et de nouveaux curieux et lui n'en tirait que le bénéfice de grandes difficultés.

Mon oncle *Toby* était, sans doute, fort maître de soi et capable, je crois, autant que quiconque de faire bonne contenance. On imaginera pourtant sans peine quels devaient être intérieurement son chagrin et son impatience lorsqu'il ne pouvait évacuer le ravelin sans broncher sur la demi-lune, quitter le chemin couvert sans dégringoler la contre-escarpe, ni traverser la digue sans risquer de glisser dans le fossé. Il pestait en effet ; ces petites mais continuelles vexations paraîtront sans importance à qui n'a pas lu *Hippocrate ;* mais ceux qui ayant lu ses ouvrages ou ceux du Dr. *James Mackenzie* [80] ont examiné l'effet des passions de l'esprit sur la digestion (et pourquoi pas celle d'une blessure autant que celle d'un dîner ?) concevront aisément les irritations et les élancements aigus qui pouvaient résulter de cette seule cause pour l'aine de mon oncle *Toby*.

Mon oncle *Toby* ne savait pas philosopher sur sa situation. Il se contentait de la ressentir, et après en avoir supporté trois mois les chagrins et les douleurs, il résolut d'en sortir de façon ou d'autre.

Un matin qu'il était couché sur le dos dans son lit (l'acuité et la place de sa blessure ne lui permettant pas d'autre position), une idée lui vint à l'esprit : s'il pouvait acheter et faire coller sur une planche quelque chose comme une carte des fortifications de *Namur* et de ses environs, quelque soulagement lui serait sans doute apporté ! S'il lui fallait les environs aussi bien que la citadelle, c'est que le lieu de la blessure avait été une traverse à environ trente toises du point où la tranchée formait angle rentrant, face au saillant du demi-bastion de *Saint-Roch :* ainsi mon oncle *Toby* se croyait à peu près sûr de pouvoir piquer une épingle au point précis où il se trouvait quand la pierre l'avait frappé.

L'idée eut en effet un plein succès : non seulement elle libéra mon oncle *Toby* d'un enfer d'explications mais c'est, comme on le lira par la suite, par son bienheureux intermédiaire que lui arriva sa Chimère.

Chapitre II

Rien ne serait plus fou pour un auteur, quand il offre à ses frais un régal de ce genre, que de donner aux critiques et aux raffinés, par une mauvaise ordonnance, un prétexte pour le ruiner. Et ils ne manqueront pas de le faire si vous oubliez de les inviter ou si, par une offense tout aussi cruelle, vous prodiguez trop d'égards au reste de la compagnie en paraissant ignorer que la critique professionnelle est représentée à votre table.

Je ne tomberai dans aucune de ces deux fautes, leur ayant d'abord réservé à dessein une demi-douzaine de sièges et leur présentant, au surplus, mes hommages. Messieurs, je vous baise les mains, je proteste qu'aucune compagnie ne m'eût donné, par mon âme, la moitié du plaisir que j'éprouve à vous voir ; je vous prie seulement de bien vouloir ne pas vous considérer comme étrangers en ce lieu mais de vous asseoir sans cérémonie et d'entamer le repas de bon cœur.

J'avais réservé, je l'ai dit, six sièges : ne vais-je pas pousser la complaisance jusqu'au point d'en laisser un septième libre en restant moi-même debout ? Cependant un critique, non pas professionnel mais naturel, m'affirme que je me suis bien acquitté de mes devoirs; je vais donc emplir le siège vide avec l'espoir de pouvoir offrir beaucoup de places l'année prochaine.

— Votre oncle *Toby* était un militaire, à ce qu'il me semble, et point un sot, à vous en croire : comment, diable, pouvait-il régner une telle confusion, un tel mélange, un tel chaos, dans sa tête de bois ?

— Voici, monsieur le critique, quelle pourrait être ma réponse si je ne la méprisais : un tel langage manque d'urbanité. Il convient seulement aux hommes qui ne peuvent ni exposer clairement leurs idées, ni plonger assez profond dans les causes de l'ignorance et de la confusion humaines. Ce serait là d'ailleurs une réplique de bravoure; je la rejette donc : elle eût parfaitement convenu au personnage guerrier de mon oncle Toby qui l'eût faite sans doute, car il ne manquait pas de courage, s'il n'avait pas eu pour habitude de répondre à de telles attaques en sifflotant son *Lillabullero*. Mais elle ne me convient nullement à moi. Comme vous le voyez bien, c'est en homme d'érudition que j'écris; mes images mêmes, mes allusions, mes illustrations, mes métaphores sont érudites; je dois donc soutenir proprement et mon personnage et son contraste avec autrui, sinon qu'adviendrait-il de moi ? Ce serait ma fin, monsieur, au lieu d'occuper la place d'un critique j'ouvrirais la porte à deux.

Voici donc ma réponse :

Pardonnez-moi, monsieur, parmi toutes vos lectures, avez-vous jamais lu l'Essai sur l'entendement humain de *Locke* ? Ne me répondez pas avec humeur car j'en sais beaucoup qui citent le livre sans l'avoir lu ou l'ont lu sans le comprendre. Si vous entrez dans l'un de ces deux groupes, comme j'écris pour instruire, je vous dirai en trois mots ce que l'ouvrage contient. C'est une histoire. — Une histoire de qui ? sur quoi ? quand ? — Point de hâte. C'est l'histoire, monsieur (peut-être en aura-t-on plus envie de le lire) de ce qui se passe dans l'esprit d'un homme. Dites cela et rien de plus du livre, vous ne ferez pas mauvaise figure, je vous le garantis, dans un cercle de métaphysiciens. Soit dit d'ailleurs en passant.

Si maintenant vous consentez à descendre avec moi au fond d'un tel problème, vous vous aviserez que l'obscurité et la confusion régnant dans l'esprit d'un homme ont une triple cause.

En premier lieu, cher monsieur, des organes peu sensibles. En second lieu, les impressions légères et fugitives que l'objet fait sur ces organes quand ils sont sensibles. Troisièmement, une mémoire comme un crible, incapable de garder ce qu'elle reçoit. Sonnez *Dolly*, votre femme de chambre et je vous donne mon bonnet avec le grelot qui y pend si je ne la rends pas sur ce sujet aussi entendue que *Malebranche*. Lorsque *Dolly* a rédigé son épître à *Robin* et plonge le bras dans sa poche droite, profitez-en pour vous souvenir que les organes et les facultés de perception sont représentés et expliqués le mieux du monde par ce que cherche la main de *Dolly*. Vos organes ne sont pas émoussés au point que je doive, monsieur, vous apprendre ce que c'est : un bâton de cire à cacheter [81].

Quand la cire fondue est répandue sur la lettre, si *Dolly* furette trop longtemps à la recherche de son dé à coudre, déjà durcie, elle ne recevra plus l'empreinte sous l'effet de la pression accoutumée. Fort bien. Si *Dolly* emploie, faute de mieux, de la cire d'abeille, celle-ci, trop tendre, recevra sans doute mais ne gardera pas l'empreinte, si fort que *Dolly* ait appuyé ; enfin, en admettant que la cire soit bonne et déniché le dé, si l'impression est faite à la diable parce que la maîtresse sonne, l'empreinte ne sera pas plus fidèle que dans les deux cas précédents.

Vous devez comprendre qu'aucune de ces trois causes n'explique l'embarras de mon oncle *Toby* dans ses discours : et c'est pourquoi j'en parle si longuement, à la façon des grands physiologistes, afin de montrer au monde d'où le mal ne provenait pas.

D'où provenait-il donc ? je l'ai déjà suggéré : d'un usage incertain des mots, source éternelle d'obscurité qui a troublé les esprits les plus hauts et les plus clairs.

Il y a dix à parier contre un [82] que vous n'avez pas lu l'histoire littéraire des siècles passés ; si vous l'avez fait, vous savez de quelles batailles les disputes de mots furent l'occasion : elles ont fait couler tant d'encre et de bile qu'un homme pitoyable n'en lit pas le récit sans verser des larmes.

Aimable critique, pèse bien ceci et considère en toi-même combien ta propre science, tes discours, ta conversation, ont été maintes fois troublés par l'importunité de cette seule cause : quel tumulte de sabbat soulevèrent dans les CONCILES οὐσία et ὑπόστασις [83] et dans les ÉCOLES savantes les mots de puissance et d'esprit, d'essence et de quintessence, de substance et d'espace. Sur de plus grands THÉÂTRES, quelle confusion firent naître de petits mots presque vides et d'un sens tout aussi indéterminé [84]. Si tu considères ceci, tu ne t'émerveilleras pas des perplexités de mon oncle *Toby* mais laisseras choir une larme de pitié sur son escarpe et sa contre-escarpe, son glacis et son chemin couvert, son ravelin et sa demi-lune : ce ne furent pas des idées — ah! Dieu, non! mais des mots qui mirent sa vie en péril.

Chapitre III

Sitôt qu'il posséda une carte de *Namur* à sa convenance, mon oncle *Toby* se mit en devoir de l'étudier avec le plus grand soin; car rien ne lui importait plus que sa guérison et comme celle-ci dépendait, nous l'avons vu, des mouvements passionnés de son esprit, il importait qu'il mît tous ses soins à se rendre maître de son sujet afin d'en parler sans émotion.

Après quinze jours de stricte et douloureuse assiduité (lesquels, soit dit en passant, n'améliorèrent pas l'état de son aine), il parvint, grâce à quelques notes en marge, Au pied de l'Eléphant (1), grâce aussi à l'ouvrage traduit du flamand de *Gobesius* [85] sur l'architecture militaire et la pyrotechnie, à concevoir son exposé avec une clarté suffisante; deux mois plus tard, il atteignait à l'éloquence et se montrait capable, non seulement de mener l'attaque contre la contre-escarpe dans un ordre parfait, mais encore — car il avait maintenant bien plus approfondi son art que ne l'exigeait son premier dessein — de traverser la *Sambre* et la *Meuse*; d'exécuter des diversions jusqu'à la ligne de *Vauban*, l'abbaye de *Salsines*, etc., et d'éclairer le visiteur sur chacun de ces assauts aussi nettement que sur celui de la porte *Saint-Nicolas* où il avait reçu sa blessure.

Mais le désir de savoir, comme la soif des richesses, s'accroît à chaque acquisition. Plus mon oncle *Toby* demeurait penché sur sa carte, plus il y prenait goût, selon ce processus fluidique, cette électrisation dont je

(1) Sans doute une gravure ornementale [note du traducteur].

LIVRE II — CHAPITRE III

vous ai déjà parlé et à la suite de quoi les âmes de connaisseurs, par la grâce d'une friction et d'une incubation prolongées, connaissent enfin le bonheur de se métamorphoser en leur chimère et de n'être plus que vertu, violon, papillon ou tableau.

Plus mon oncle *Toby* buvait à cette douce fontaine de science, plus ardente et plus impatiente était sa soif : ainsi, sa première année de réclusion n'était pas achevée qu'il s'était déjà procuré de façon ou d'autre un plan de presque toutes les places fortifiées d'*Italie* et de *Flandre*, lisant à mesure et comparant avec soin les récits de leurs sièges, de leurs démolitions, de leurs perfectionnements, et dévorant tout avec cette attention et ce plaisir extrêmes qui lui faisaient oublier sa propre existence, sa blessure, sa réclusion et son dîner.

La deuxième année, mon oncle *Toby* acheta *Ramelli* et *Cataneo* traduit de l'italien; suivirent *Stevinus*, *Moralis*, *le Chevalier de Ville*, *Lorini*, *Cochorn*, *Sheeter*, *le comte de Pagan*, *le Maréchal Vauban*, *Monsieur Blondel*[86], enfin presque autant d'ouvrages sur l'architecture militaire que Don *Quichotte*[87] en avait lus sur la chevalerie quand le curé et le barbier firent irruption dans sa librairie.

Vers le début de la troisième année, soit en *août* 1699, mon oncle *Toby* jugea indispensable de s'entendre un peu aux projectiles et, pensant que le mieux était d'aller droit aux sources, il commença par *N. Tartaglia*[88], qui fut apparemment le premier à démasquer l'imposture du boulet de canon, ce malfaiteur feignant de suivre un droit chemin. Mon oncle *Toby* jugea que ce *N. Tartaglia* avait sûrement tort.

Sans fin est la quête de vérité.

A peine mon oncle *Toby* était-il assuré du chemin que le boulet ne suivait pas, qu'il se trouva, par une gradation insensible, engagé à chercher et résolu à découvrir quel chemin le boulet suivait : le voici donc contraint par son dessein de repartir en compagnie du vieux *Maltus*[89] et de l'étudier dévotement. De là, il passa à *Galilée* et à *Toricelli*[90]. Il y apprit, par des règles géométriques infailliblement déduites, que la trajectoire précise était une PARABOLE — ou encore une HYPERBOLE et que le paramètre — ou *latus rectum*[91] — de sa section conique était en RAISON directe à la quantité et à l'amplitude comme la ligne totale au sinus d'un angle double de l'angle d'incidence formé par la culasse avec l'horizontale, et que le demi-paramètre — arrêtez, mon cher oncle *Toby*, arrêtez! ne faites pas un pas de plus dans ce chemin d'épines et d'incertitudes. Perfides sont les voies, perfides les détours de ce labyrinthe, perfides les tracas où va vous entraîner la poursuite de ce fantôme ensorceleur : la SCIENCE. O mon oncle! fuyez, fuyez, fuyez loin d'elle comme d'un serpent! Y a-t-il le moindre sens, homme de bonne volonté, à demeurer assis de longues nuits, avec votre blessure à l'aine, le sang brûlé par ces veilles fiévreuses ? Hélas! ce labeur va faire empirer vos symptômes, tarir votre transpiration, évaporer vos esprits, dissiper votre vigueur animale, dessécher votre humidité radicale [92], vous faire glisser à une constipation chronique, ruiner votre santé et hâter en vous toutes les infirmités de la vieillesse. — O mon oncle! mon oncle *Toby!*

Chapitre IV

Je ne donnerais pas un liard du savoir d'un homme en l'art d'écrire s'il ne comprenait pas ceci : accolé à l'ardente apostrophe que je viens d'adresser à mon oncle *Toby*, le meilleur des récits aurait paru tout ensemble froid et insipide au lecteur, voilà pourquoi j'ai mis fin à mon chapitre quoique je fusse au beau milieu de l'histoire.

Les écrivains de ma trempe ont avec les peintres quelque chose de commun. Quand une exacte copie rendrait nos portraits moins frappants, nous choisissons le moindre mal, estimant plus pardonnable une atteinte au vrai qu'au beau. Cette remarque doit être entendue *cum grano salis* [93]; mais qu'on l'entende comme on voudra, car je l'ai faite seulement pour donner à mon apostrophe le temps de refroidir et il importe peu par la suite que le lecteur l'approuve ou non.

Vers la fin de la troisième année, mon oncle *Toby* s'étant avisé que le paramètre et le demi-paramètre de la section conique envenimaient sa blessure, il laissa tomber la balistique avec un ouf! et ne se consacra plus qu'à la pratique des fortifications; le plaisir qu'il y prit eut, comme un ressort, d'autant plus de force qu'il avait été comprimé.

Cette année-là, mon oncle rompit son habitude de

mettre chaque jour une chemise propre; on le vit renvoyer son barbier sans se faire raser et n'accorder que tout juste à son chirurgien le temps de panser une blessure dont il se souciait maintenant si peu qu'il ne demandait plus une fois sur sept comment elle allait et le voici soudain — car le changement se fit avec la rapidité de l'éclair — qui soupire après sa guérison, se plaint à mon frère et malmène le chirurgien. Un beau matin, entendant le pas de ce dernier dans l'escalier, il ferma ses livres, écarta ses instruments, pour lui demander raison de ce retard dans une cure qui aurait dû, lui dit-il, être déjà terminée. Il s'étendit longuement sur les souffrances qu'il avait supportées et l'ennui de ces quatre années d'un triste emprisonnement : sans les bontés, ajouta-t-il, et les encouragements du meilleur des frères, il eût dès longtemps succombé. Mon père était présent : l'éloquence de mon oncle *Toby* lui arracha des larmes. Elle était inattendue — mon oncle *Toby* n'étant pas naturellement éloquent; elle eut donc le plus grand effet. Le chirurgien demeura confondu non par son impatience plus que justifiée, mais par l'inattendu de son explosion. En quatre années de soins, il n'avait jamais vu mon oncle *Toby* s'emporter ainsi; jamais un mot d'ennui ou de colère n'avait échappé au malade : mon oncle s'était montré la patience et la soumission mêmes.

Nous perdons quelquefois, en nous taisant, le droit de nous plaindre; mais si nous le faisons, l'effet en est triplé. Le chirurgien fut étonné et sa surprise crût encore lorsque mon oncle *Toby* lui intima péremptoirement de le guérir sur l'heure ou d'aller chercher Monsieur *Ronjat*[94], chirurgien du roi, pour le guérir à sa place.

L'amour de la vie et de la santé est enraciné au cœur de l'homme où il voisine avec la passion de la liberté. Mon oncle *Toby* partageait ces goûts propres à l'espèce et l'un quelconque d'entre eux eût suffi à justifier son désir d'air libre et de guérison, mais je l'ai déjà dit, rien dans notre famille n'allait selon les voies communes et, sur la vicacité de ce désir ainsi que sur le temps et le mode de son apparition, le lecteur pénétrant jugera qu'un autre déclic capricieux avait dû jouer dans la tête de mon oncle *Toby*. Tel était, en effet, le cas et ce déclic capricieux formera le sujet du prochain chapitre. Il sera grand temps, alors, je l'avoue, de revenir dans le salon où nous avons laissé mon oncle *Toby* devant la cheminée et au milieu d'une phrase.

Chapitre V

Lorsqu'un homme s'abandonne à une passion dominante — autrement dit lorsque sa Chimère s'entête — adieu froide raison, juste discernement.

La blessure de mon oncle *Toby* était presque guérie. Sitôt revenu de sa surprise et lorsqu'on lui accorda de placer un mot, le chirurgien affirma que les chairs commençaient à travailler et que, hormis le cas d'une nouvelle exfoliation dont il n'y avait pas de signe, la blessure serait fermée dans cinq ou six semaines. Douze heures plus tôt [95], un tel délai eût paru bien plus court à mon oncle *Toby*. Ses idées maintenant se succédaient avec rapidité. Il grillait de mettre son plan à exécution. Sans plus consulter âme qui vive — ce qui, soit dit en passant, est raisonnable quand on a résolu par avance de ne pas suivre le conseil de cette âme-là — il ordonna secrètement à *Trim*, son valet, de préparer un paquet de charpie et de bandes et de louer un carrosse à quatre chevaux qui fût à la porte le jour même à midi tandis que mon père serait à ses affaires [96]. Il déposa sur la table, avec un billet de banque pour le chirurgien, une lettre pleine des plus tendres remerciements pour son frère et, empaquetant cartes, livres de fortifications, instruments, *etc.*, mon oncle *Toby* appuyé d'un côté sur une béquille et de l'autre sur *Trim*, partit pour *Shandy Hall*.

Voici la raison de cette migration soudaine ou plutôt voici comment l'idée surgit :

Le soir qui précéda le changement, il était assis à sa table, ses cartes, *etc.*, répandues autour de lui. La table était un peu trop petite pour le nombre infini d'instruments de connaissance qui l'encombraient d'ordinaire. En allongeant la main vers son pot à tabac, mon oncle fit tomber son compas et, en se baissant pour le ramasser, il balaya de sa manche sa boîte d'instruments et sa tabatière et, comme les dés tournaient décidément contre lui, dans son effort pour rattraper au vol la tabatière, il culbuta M. *Blondel* de la table et le comte de Pagan par-dessus.

Il n'était pas question pour mon oncle *Toby*, avec son unique jambe, de s'en aller réparer seul un tel dommage. Il sonna *Trim*.

— *Trim*, dit mon oncle *Toby*, vois le désordre que je viens de causer. Il me faut un meilleur système, *Trim*. Prends la longueur et la largeur de cette table et va m'en commander une deux fois plus grande. — Certainement, si Votre Honneur le permet, répondit *Trim* en s'inclinant, mais j'espère que Votre Honneur sera bientôt capable de descendre à sa maison de campagne et là, puisque Votre Honneur prend tant de plaisir aux fortifications, nous pourrions arranger ric à ric cette affaire.

Je dois vous dire ici que ce valet couramment appelé *Trim* avait été caporal dans la compagnie de mon oncle — son vrai nom était *James Butler*. On l'avait surnommé *Trim* au régiment et mon oncle, hormis quand il était fort en colère, ne l'appelait jamais autrement.

Le pauvre diable avait dû quitter le service par suite d'une blessure que lui avait faite au genou une balle de mousquet à la bataille de *Landen*, deux ans avant l'affaire de *Namur*. Comme il était très aimé dans le régiment et adroit par-dessus le marché, mon oncle *Toby* l'avait pris comme domestique. Il le servait fort bien, remplissant auprès de mon oncle les fonctions de valet, commissionnaire, barbier, cuisinier, lingère et infirmier. A vrai dire, il ne cessa jamais de le soigner et de lui obéir avec beaucoup de fidélité et d'affection.

Mon oncle *Toby* l'aimait en retour et, ce qui l'attachait à lui davantage encore c'était leur connaissance commune. Car le caporal *Trim* (c'est ainsi que je l'appellerai désormais), grâce aux discours sur les places fortifiées que lui adressait quelquefois son maître et qu'il écoutait avec attention, grâce aussi à la facilité qui lui était sans cesse donnée de fureter dans ses cartes, etc., grâce enfin à la CHIMÉRISATION par contact que rendait possible l'*absence en lui de lubie personnelle*, s'était acquis, dans la science des fortifications, une compétence si appréciable que le chef cuisinier et la femme de chambre l'égalaient à celle de mon oncle *Toby* lui-même.

Je n'ajouterai plus pour achever de peindre le caporal *Trim* qu'un trait, le seul trait noir de ce portrait. Il aimait conseiller ou plutôt s'entendre parler; il y avait dans ses manières tant de respect qu'il était facile de lui faire garder le silence quand on le désirait; mais une fois sa langue partie, rien n'arrêtait plus sa volubilité car le respect empreint dans son attitude et les perpétuels Votre Honneur dont il entrelardait ses discours, intercédaient assez en sa faveur pour qu'on en souffrît l'incommodité sans se mettre vraiment en colère. Mon oncle *Toby* en était rarement incommodé ou, du moins, ce défaut de *Trim* n'altérait pas l'humeur de leurs relations. Je l'ai dit, mon oncle *Toby* aimait *Trim*, d'ailleurs il considérait toujours un serviteur fidèle comme un humble ami et ne pouvait souffrir, par suite, de lui fermer la bouche. Tel était le caporal *Trim*.

— Je ne sais, poursuivit-il, si je puis me permettre de donner un avis à Votre Honneur et de dire mon opinion sur ce sujet.

— Ton avis sera le bienvenu, dit mon oncle *Toby*, parle, mon brave, parle sans crainte.

— Eh bien, répliqua *Trim* sans se gratter la tête comme un rustre, mais rejetant ses cheveux en arrière et rectifiant la position comme à la parade, à mon avis, dit *Trim*, avançant un peu la jambe gauche, celle dont il boitait, et désignant de sa main ouverte un plan de *Dunkerque* épinglé contre la tenture, à mon avis, répéta le caporal *Trim*, avec tout le respect que je dois humblement au jugement de Votre Honneur, ces ravelins, bastions, ouvrages à cornes et courtines de papier ne valent pas pipette, à côté de ce que nous pourrions faire, Votre Honneur et moi, seuls à la campagne, avec un quart d'arpent ou deux à remuer selon notre bon plaisir. Nous entrons dans l'été, poursuivit *Trim*. Votre Honneur pourrait s'asseoir dehors et me donner la nographie (l'ichnographie, rectifia mon oncle *Toby*) de la ville ou de la citadelle que Votre Honneur aurait plaisir à avoir sous les yeux et je veux bien que Votre Honneur me fusille sur son glacis si je ne la fortifie pas selon le désir de Votre Honneur.

— Bien sûr, tu le ferais, dit mon oncle.

— Car si seulement Votre Honneur, poursuivit le caporal, m'en traçait le polygone avec ses angles et ses côtés exacts...

— Rien ne me serait plus aisé, dit mon oncle.

— Je commencerais par le fossé et si Votre Honneur pouvait m'en donner justement la profondeur et la largeur — à un cheveu près, *Trim*, répliqua mon oncle — je rejetterais la terre de ce côté-ci, vers la ville pour l'escarpe et de ce côté-là, vers la campagne, pour la contrescarpe.

— Fort bien, *Trim*, dit mon oncle *Toby*.

— Et après leur avoir donné une pente selon votre désir, je recouvrirais le glacis de mottes, n'en déplaise à Votre Honneur, à la façon des belles fortifications flamandes et comme Votre Honneur sait que le travail doit être fait, puis je ferais les murs et parapets également en mottes.

— Les meilleurs ingénieurs parlent de gazon, *Trim*, dit mon oncle *Toby*.

— Gazon ou mottes, le nom importe peu, répliqua *Trim*. C'est un revêtement, Votre Honneur le sait bien, qui vaut dix fois la brique ou la pierre.

— Je le sais en effet, *Trim*, à certains points de vue, dit mon oncle en opinant de la tête, car un boulet de canon s'enfonce dans le gazon sans provoquer aucun écroulement de matériaux (comme ce fut le cas à la porte *Saint-Nicolas*) qui vont combler le fossé au-dessous et en facilitent le passage.

— Votre Honneur entend cette question, répondit le caporal Trim, mieux qu'aucun officier au service de Sa Majesté. Mais s'il plaisait à Votre Honneur d'abandonner son projet de table pour nous en aller à la campagne, je travaillerais comme un cheval sous la direction de Votre Honneur et ferais pour lui des fortifications avec leurs batteries, sapes, fossés et palissades au grand complet, qui vaudraient bien qu'on vînt les voir de vingt milles à la ronde.

Mon oncle *Toby* rougit jusqu'aux oreilles, non pas de honte ou par pudeur, mais de joie — Les rêves et les descriptions du caporal *Trim* l'enflammaient.

— *Trim !* s'écria mon oncle *Toby*, pas un mot de plus.

— Nous pourrions inaugurer notre campagne le jour même où Sa Majesté et ses Alliés commencent la leur et procéder ville par ville à mesure que —

— Trim, interrompit mon oncle *Toby*, n'en dis pas davantage.

— Votre Honneur, poursuivit *Trim*, demeurerait en son fauteuil (il le désigna du doigt) par ce beau temps, me donnerait ses ordres et moi je —

— Arrête, dit mon oncle *Toby*.

— D'ailleurs Votre Honneur n'y trouverait pas seulement le plaisir d'un bon divertissement — mais du bon air, un bon exercice et une bonne santé et la blessure de Votre Honneur serait guérie en un mois.

— Plus un mot *Trim*, dit mon oncle *Toby* en fourrant

la main dans la poche de sa culotte, ton projet me plaît énormément.

— Et s'il plaît à Votre Honneur, je m'en vais aussitôt acheter une bêche que nous emporterons et commander une pelle, un pic et une paire de —

— Plus un mot, te dis-je, répéta mon oncle *Toby* sautant d'extase sur son unique pied et fourrant une guinée dans la main de *Trim*, plus un mot dit mon oncle *Toby*, mais descends aussitôt, mon brave et monte-moi mon souper sur-le-champ. *Trim* courut chercher le souper, mais en vain, car le projet de *Trim* courait si bien, lui aussi, dans la tête de mon oncle *Toby*, qu'il ne put le goûter.

— *Trim*, dit mon oncle *Toby*, mets-moi au lit. Peine perdue. Le projet de *Trim* avait enflammé son imagination et il ne put fermer l'œil. Plus il en contemplait le détail, plus l'enchantement opérait sur lui. Deux heures avant l'aube, il avait arrêté sa décision et combiné sa fuite en compagnie du caporal.

Mon oncle *Toby* possédait, dans le village même où se trouvait la propriété de *Shandy*, une jolie petite maison de campagne qu'un vieil oncle lui avait laissée avec une petite terre d'environ cent livres de revenu. Derrière la maison et la touchant, s'étendait un jardin potager d'une demi-acre, et au fond du jardin, séparé de lui par une haute rangée d'ifs, un boulingrin offrait précisément la surface de gazon que le caporal *Trim* pouvait souhaiter. Ainsi, lorsque *Trim* avait parlé « d'un quart d'arpent à remuer » ce boulingrin s'était immédiatement présenté à son esprit, curieusement peint sur la rétine de son imagination. Telle avait été la cause physique qui avait provoqué sa rougeur ou mieux haussé la vivacité de son teint jusqu'à l'extrême ardeur dont j'ai parlé!

Jamais amant ne vola vers une maîtresse adorée avec un espoir plus enflammé que celui de mon oncle *Toby* courant la poste vers une joie comparable et secrète — je dis secrète à cause de cette haute rangée d'ifs qui, comme je l'ai signalé, isolait de la maison le boulingrin dont les trois autres côtés étaient aussi dérobés à la vue de tout mortel par un lierre compact et des massifs épais d'arbustes fleuris. Cette assurance de ne point être vu n'accrut pas médiocrement le plaisir dont mon oncle *Toby* jouissait par avance. Vaine pensée! Si serrés que soient vos arbustes, si secret que le lieu vous apparaisse, comment croire jouir, mon cher oncle *Toby*, des faveurs d'un quart et demi d'arpent sans qu'on le sache ?

La façon dont mon oncle *Toby* et le caporal *Trim* s'accommodèrent sur ce point et l'histoire de leurs campagnes fertiles en événements, tout cela mêlerait une trame riche d'intérêt à l'enchaînement de mon drame, mais pour l'instant le rideau doit tomber et le décor redevenir le coin du feu de notre salon.

Chapitre VI

— Que peuvent-ils bien faire ? dit mon père.

— Je pense, répliqua mon oncle *Toby*, ôtant, comme je l'ai dit, la pipe de sa bouche pour en secouer les cendres, je pense, frère, que nous ne ferions pas mal de sonner.

— Dites-moi, *Obadiah*, questionna mon père, que signifie ce vacarme sur nos têtes ? mon frère et moi ne nous entendons plus parler.

— Monsieur, répondit *Obadiah* en s'inclinant, l'épaule gauche la première, c'est ma maîtresse qui va fort mal.

— Et où court ainsi *Suzannah* au travers du jardin comme si on la poursuivait ?

— Monsieur, elle coupe au plus court pour aller chercher à la ville la vieille sage-femme.

— Selle donc un cheval, dit mon père, et galope chez le Dr. *Slop*, l'accoucheur, présente-lui mes respects et dis-lui que les douleurs ont saisi ta maîtresse et que je le prie d'accourir aussitôt.

— Il est fort étrange, dit mon père, lorsque *Obadiah* eut refermé la porte, qu'avec un accoucheur aussi habile que le Dr. *Slop* à portée de main, ma femme s'obstine jusqu'à la dernière minute dans son caprice et persiste à confier la vie de mon enfant déjà une fois malchanceux à l'ignorance d'une vieille femme; et non seulement, frère, la vie de mon enfant mais la sienne propre, y compris toutes celles des enfants qu'elle peut encore me donner.

— Frère, dit mon oncle *Toby*, ma sœur veut peut-être éviter des frais.

— Tarare! répliqua mon père, il faudra payer le docteur, qu'il opère ou non, et plus peut-être dans ce dernier cas, en guise de compensation.

— La seule explication, dit alors mon oncle *Toby*, dans la simplicité de son cœur est donc la PUDEUR. Ma sœur, ajouta-t-il, se soucie peu de voir un homme la****.

Que dit exactement mon oncle *Toby* ? « La » ou « Là » — Mieux vaudrait la première hypothèse, car on ne voit pas quel MOT pourrait terminer heureusement la phrase de mon oncle *Toby*. Mais la seconde demeure possible et dans ce cas le suspens de la période doit être attribué au fait que la pipe de mon père se brisa brusquement — bel exemple de cette figure dans le style orné que les Rhétoriciens nomment *Aposiopesis*[97] — Juste Ciel! comme le *poco piu* ou *poco meno*[98] des artistes *italiens*, l'insensible PLUS ou MOINS, déterminent la beauté d'une phrase aussi bien que d'une statue! Les plus légères touches du ciseau, du crayon, de la plume, de l'archet, *etc.* donnent le juste accent, donc le juste plaisir! O mes compatriotes, soyez scrupuleux et prudents dans votre langage; n'oubliez jamais de quels menus détails dépendent votre éloquence et votre réputation!

— Ma sœur se soucie peu, dit mon oncle *Toby*, de voir un homme la ****. Mettez un accent grave et trois points de suspension, c'est Aposiopesis. Supprimez-les et écrivez « tâter » c'est une grossièreté. Biffez « tâter » et mettez à la place « forcer dans ses *retranchements* », c'est une métaphore. Et mon oncle avait tant de fortifications en tête que s'il eût ajouté un mot c'eût été celui-là.

Mais voulait-il en ajouter un ? La pipe de mon père se brisa-t-elle à cet instant critique sous l'effet du hasard ou de la colère ? le lecteur l'apprendra le moment venu.

CHAPITRE VII

Mon père cultivait la philosophie naturelle mais encore dans une certaine mesure la philosophie morale. Aussi, lorsque sa pipe se cassa brusquement en deux, ne pouvait-il se contenter d'en prendre simplement les morceaux pour les jeter avec calme dans le feu. Il ne fit rien de tel. Il les projeta avec toute la violence possible et même, afin de mieux marquer ses sentiments, souligna son geste en bondissant sur ses pieds.

Il y avait apparemment quelque passion dans cette attitude et la façon dont mon père répondit à mon oncle *Toby* confirme cette interprétation.

— Elle se soucie peu, dit mon père en répétant les paroles de mon oncle *Toby*, de voir un homme... Pardieu, mon frère *Toby*, vous lasseriez la patience de *Job* et j'en ai déjà les plaies sans cela.

— Quoi ? Où ? Pourquoi ? A quel sujet ? répliqua mon oncle Toby interloqué.

— Est-il possible qu'un homme de votre âge, dit mon père, connaisse si peu les femmes ?

— Je ne les connais pas du tout, répondit mon oncle *Toby* et le coup que je reçus, poursuivit-il, l'année après la démolition de *Dunkerque*, dans mes amours avec la veuve *Wadman* (coup que la moindre connaissance du sexe m'eût évité, comme vous le savez) me permet avec raison de dire que j'ignore tout d'elles et de leurs humeurs.

— Vous devriez pourtant en savoir assez, dit mon père, pour distinguer en elles le bon bout du mauvais.

Aristote dit dans son grand ouvrage [99] qu'un homme, quand il pense au passé, baisse son regard vers la terre et qu'il l'élève vers le ciel s'il songe au futur.

Mon oncle *Toby* ne devait penser ni à l'un ni à l'autre car son regard demeurait horizontal. — Le bon bout ! murmura pour soi seul mon oncle Toby, en fixant un regard perdu sur la petite fente d'un mauvais joint dans le manteau de la cheminée, le bon bout d'une femme ! Je n'en sais pas plus long là-dessus que l'homme dans la lune ; et quand même j'y penserais, poursuivit mon oncle *Toby*, les yeux obstinément arrêtés sur le joint défectueux, pendant tout ce mois, sans répit, je ne le trouverais sûrement pas.

— Eh bien, frère *Toby*, répliqua mon père, je vais donc vous le dire.

Tout en ce monde, poursuivit mon père en bourrant une nouvelle pipe, tout en ce monde, mon cher frère Toby, possède deux anses. — Pas toujours, dit mon oncle *Toby*. — Tout, du moins, répliqua mon père, a deux côtés, ce qui revient au même. Imaginez donc un homme qui, bien calme dans son fauteuil, considérerait en lui-même la facture, la forme, la facilité d'accès, la commodité de toutes les parties dont l'ensemble compose l'animal nommé femme et supposez qu'il les compare analogiquement. — Je n'ai jamais compris le sens de ce mot, interrompit mon oncle *Toby*.

— L'ANALOGIE, dit mon père, est un certain rapport de similitude entre — A cet instant des coups précipités à la porte coupèrent net en deux, comme tout à l'heure sa pipe, la définition de mon père, tuant dans l'œuf, du même coup, la plus remarquable et la plus curieuse des dissertations que le sein d'un esprit spéculatif ait jamais engendrées. Pour l'instant, non seulement la matière m'en reste douteuse, mais je vois se précipiter vers nous une avalanche si serrée de catastrophes domestiques que je n'espère même pas pouvoir lui réserver une place, quelque part dans mon troisième volume.

CHAPITRE VIII

Depuis l'instant où mon oncle *Toby* sonna et où *Obadiah* reçut l'ordre de seller un cheval et de galoper chez le Dr. *Slop*, l'accoucheur, il s'est bien écoulé une heure et demie de lecture tolérable. Poétiquement, j'ai donc laissé à *Obadiah* le temps de faire l'aller et retour (étant donné d'ailleurs l'urgence du voyage) et l'on ne saurait rien me reprocher à cet égard, bien qu'à la vérité l'homme ait peut-être juste enfilé ses bottes.

Un hypercritique encore insatisfait va-t-il mesurer au pendule l'intervalle de temps exact séparant le coup de sonnette et celui frappé à la porte ? L'ayant trouvé seulement égal à deux minutes treize secondes trois cinquièmes, va-t-il me reprocher ensuite d'avoir violé le principe d'unité de temps ou plutôt de vraisemblance ? Je lui rappellerai que l'enchaînement de nos sensations produit seul en nous l'idée de durée : le vrai pendule scolastique, le seul au tribunal de qui, très scolastiquement, je me soumette, abjurant et détestant la juridiction de tous autres pendules au monde.

Je prie donc mon critique de considérer ceci : huit pauvres milles seulement séparent *Shandy Hall* de la maison du Dr. *Slop*, l'accoucheur ; or, tandis qu'*Obadiah* faisait ce trajet, j'amenais, moi, mon oncle *Toby* de *Namur* à travers *Flandres*, en *Angleterre ;* je le gardais près de quatre ans malade sur les bras ; enfin, je lui faisais parcourir deux cents milles aux côtés du caporal *Trim* dans un coche à quatre chevaux jusqu'en *Yorkshire ;* tout cela n'a-t-il pas préparé l'imagination du lecteur à l'entrée en scène du Dr. *Slop* autant que l'exécution d'une danse, d'un chant, ou d'un concerto pendant l'entracte ?

Mon hypercritique peut se montrer intraitable : deux minutes treize secondes, dira-t-il, ne font jamais que deux minutes treize secondes ; la plaidoirie qui vous sauve dramatiquement vous damne biographiquement et transforme en ROMAN avoué un livre naguère apocryphe. Eh bien, ainsi pressé, je mettrai fin à notre controverse : *Obadiah* avait à peine fait trente mètres hors de la cour qu'il rencontra le Dr. *Slop*. Telle est la vérité : et l'on en eut immédiatement la preuve dégoûtante sinon tragique.

Imaginez — mais cela mérite un autre chapitre.

Chapitre IX

Imaginez un Dr. *Slop* [100] petit, trapu et rude, quatre pieds et demi de roide hauteur, avec une largeur de dos et six pieds de tour de taille qui eussent fait honneur à un sergent des horse-guards.

Telle était la silhouette du Dr. *Slope ;* vous saurez, si vous avez lu l'analyse de la beauté par *Hogarth* [101] (sinon lisez-la), qu'une caricature l'évoquera aussi sûrement en trois traits qu'en trois cents.

Imaginez donc ce personnage — puisque telle était la silhouette du Dr. *Slop* — avançant pied à pied et pataugeant dans la boue sur les vertèbres d'un minuscule poney, joli de couleur mais hélas ! bien trop faible pour courir l'amble sous un tel faix, même si les chemins l'avaient permis : or ils ne le permettaient pas. Imaginez, en face, *Obadiah*, juché sur un monstrueux cheval de trait que ses coups d'éperons faisaient galoper, en sens inverse, avec toute la vitesse possible.

Accordez, monsieur, un moment d'intérêt à cette description.

Si le docteur avait pu voir, d'un mille, *Obadiah* piquer droit vers lui dans un sentier étroit à cette vitesse incroyable, plongeant comme un beau diable à travers tous les obstacles dans un nuage d'éclaboussures, croyez-vous qu'un tel météore, maëlstrom d'eau et de boue tournoyant autour de son axe, n'eût pas causé au Dr. *Slop*, placé comme il l'était, une aussi juste appréhension que l'approche de la pire comète de *Whiston* [102] ? Et je ne parle pas de son NOYAU, en l'espèce *Obadiah* et son cheval de poste. A mon sens, le tourbillon était suffisant à lui seul pour happer et pour entraîner au loin dans sa course, sinon le docteur du moins son poney. Vous jugerez après cela quelle épouvante et quelle hydrophobie durent saisir le Dr. Slop quand vous lirez la suite : notre accoucheur avançant ainsi péniblement vers *Shandy Hall* n'avait plus guère qu'une soixantaine de mètres à faire pour en atteindre la porte et se trouvait à quelque cinq mètres d'un tournant suivant l'angle du mur d'enceinte, sur la portion la plus boueuse d'un chemin boueux, lorsque Obadiah sur son cheval de poste tourna le coin, vertigineux, furieux et hop ! déjà sur lui ! La nature, je pense, ne saurait rien offrir de plus terrible que cette rencontre. Elle fondit sur le Dr. Slop qui n'y était préparé en rien. Que pouvait-il faire ? Il se signa †. — Quoi ? — Le docteur, monsieur, était papiste. — Peu importe, il eût mieux fait d'empoigner son pommeau. — Certes oui — ou plutôt non, à la façon dont l'événement surgit il eût mieux fait de ne rien faire ; car pour se signer il perdit sa cravache ; pour la rattraper, il perdit son étrier et avec lui son équilibre. Dans cette cascade de pertes (lesquelles montrent en passant les inconvénients qu'il y a à se signer) l'infortuné docteur perdit encore l'esprit. Ainsi, avant même le choc d'*Obadiah*, abandonnant le poney à son destin, il glissa vers le sol en diagonale, à peu près dans le style d'un ballot de laine, sans autre conséquence que celle, évidente, de plonger la plus large part de son individu dans douze bons pouces de boue liquide.

Obadiah, cependant, ôtait deux fois son chapeau au docteur : la première lors de sa chute, la deuxième en le revoyant assis. Politesse inopportune : le sot n'eût-il pas mieux fait d'arrêter son cheval, de sauter à terre et de secourir le malheureux ? *Obadiah* monsieur, fit ce qu'il put : l'ELAN de sa bête était si fort qu'il ne put tout faire au même instant; il dut, avant toute autre chose, galoper trois fois autour du docteur et lorsqu'il put enfin arrêter sa monture, ce fut avec une telle explosion de boue qu'on l'eût plutôt souhaité à une lieue de là! Bref, jamais le Dr. *Slop* n'avait été mieux lutté et transsubstantié qu'en cette affaire.

CHAPITRE X

Lorsque le Dr. *Slop* fit son entrée dans le petit salon où mon père et mon oncle *Toby* discouraient sur la nature des femmes, on ne saurait dire ce qui surprit davantage de sa présence ou de son aspect. L'accident s'était produit si près de la maison qu'*Obadiah*, sans même remettre le docteur en selle, n'avait eu qu'à l'introduire tel quel, *décravaché, inespéré, enlimoné* [103], intégralement adorné de ses taches et de ses pustules originelles. Il se tint comme le spectre d'*Hamlet*, immobile et sans voix sur le seuil du salon pendant une bonne minute et demie, sa main encore dans celle d'*Obadiah*, et dans toute sa majesté boueuse : sa face postérieure qui avait reçu le choc, complètement souillée, et tout le reste de sa personne à ce point criblé par l'explosion d'*Obadiah* que pas un grain [104] de la mitraille ne semblait l'avoir manqué.

Juste occasion pour mon oncle *Toby* de triompher à son tour sur mon père! Quel mortel, en effet, voyant le docteur ainsi barbouillé eût contredit à l'opinion que sa sœur se souciait peu de voir un tel homme la ****. Mais c'eût été un argument *ad hominem*, et mon oncle *Toby* qui le maniait mal, eût aimé moins encore l'employer dans ce cas : non, de son naturel, il n'insultait personne.

Autant que son aspect, l'arrivée du Dr. *Slop* intrigua mon père. Un instant de réflexion lui eût pourtant permis de résoudre ce problème. N'avait-il pas, moins d'une semaine auparavant, averti l'accoucheur que la grossesse de ma mère approchait de son terme ? Sans nouvelle depuis, il avait jugé naturel et politique de faire un tour à *Shandy Hall*.

Par malheur, l'esprit de mon père à la recherche d'une solution se trompa de chemin. Comme notre hypercritique, il ne vit rien que le temps écoulé entre le coup de sonnette et le coup à la porte, si préoccupé de sa mesure qu'il ne pouvait penser à rien d'autre — banale infirmité des plus grands mathématiciens fascinés par leur démonstration et y dépensant tant de forces qu'il ne leur en reste plus pour tirer le corollaire dont ils feraient bon usage.

Le coup de sonnette et le coup à la porte frappèrent aussi fortement le sens de mon oncle *Toby*, mais en déclenchant chez lui une suite d'idées bien différentes. Leurs deux chocs inconciliables évoquèrent aussitôt dans l'esprit de mon oncle *Toby* le grand ingénieur *Stevinus*. Que venait faire là *Stevinus*, voilà bien le plus grand de nos problèmes. Il sera résolu, mais dans le chapitre suivant.

Chapitre XI

Ecrire, quand on s'en acquitte avec l'habileté que vous ne manquez pas de percevoir dans mon récit, n'est rien d'autre que converser. Aucun homme de bonne compagnie ne s'avisera de tout dire; ainsi aucun auteur, averti des limites que la décence et le bon goût lui imposent, ne s'avisera de tout penser. La plus sincère et la plus respectueuse reconnaissance de l'intelligence d'autrui commande ici de couper la poire en deux et de laisser le lecteur imaginer quelque chose après vous.

Je ne cesse, pour ma part, de lui offrir cette sorte d'hommage et de tout faire en mon pouvoir pour que son imagination brille à l'égal de la mienne.

C'est maintenant son tour. J'ai longuement décrit la triste culbute du Dr. *Slop* et sa triste apparition dans le petit salon. A lui de pousser le tableau.

Qu'il imagine le récit du docteur, avec les mots et les fioritures de son choix, puis celui d'*Obadiah*, accompagné des marques les plus tristes d'un chagrin affecté, pour mieux faire ressortir à son goût le contraste des deux personnages côte à côte. Qu'il imagine mon père montant dans la chambre de ma mère, et puisqu'il est en train d'imaginer, qu'il couronne le tout en imaginant le docteur lavé, frotté, brossé des pieds à la tête, plaint, félicité, introduit dans une paire d'escarpins d'*Obadiah*, et marchant enfin vers la porte, tout prêt à opérer.

Trêve, trêve, bon docteur *Slop*, à l'action de ta main obstétrique; rentre-la dans ton sein afin d'y garder la chaleur; ton regard ne voit pas les obstacles, ton jugement ne saisit pas les causes cachées qui retardent son opération. T'a-t-on, docteur *Slop*, t'a-t-on confié l'article secret du traité solennel qui te vaut d'être ici ? Sais-tu qu'à cet instant même une fille de *Lucine* t'est, obstétriquement, préférée ? Hélas! ce n'est que trop vrai. Et d'ailleurs, grand fils de *Pilumnus* [105], que peux-tu faire ? Te voici sans arme — tu as laissé ton *tire-tête*, le *forceps* de ton invention, ton *crochet*, ta *seringue*, et tous tes instruments de salut et de délivrance. Tu les as laissés derrière toi. Ciel! ils reposent présentement dans leur sac vert entre tes deux pistolets à la tête de ton lit. Sonne, appelle, ordonne à *Obadiah* d'aller les chercher sur son cheval de coche à l'allure rapide!

« Hâte-toi, *Obadiah*, dit mon père, je te donnerai une couronne [106]. » Et mon oncle *Toby* « je lui en donnerai une autre ».

Chapitre XII

Votre arrivée aussi soudaine qu'inattendue, dit mon oncle *Toby* en s'adressant au Dr. *Slop* (les trois hommes s'étaient rassis devant le feu), m'a rappelé le grand *Stevinus* qui est, je dois vous le dire, un de mes auteurs favoris. — C'est donc, interrompit mon père, usant alors de l'argument *ad Crumenam* — et je parie volontiers là-dessus vingt guinées contre une couronne — (ce sera celle d'*Obadiah* à son retour), c'est donc que ce *Stevinus* était quelque ingénieur ayant écrit quelque chose touchant, directement ou non, l'art des fortifications.

— En effet, répondit mon oncle *Toby*.

— Je le savais et le craignais, reprit mon père, quoique, sur mon âme, je ne puisse voir la moindre relation entre l'arrivée du Dr. *Slop* et l'art des fortifications. Si loin que nous soyons, frère, des places-fortes, vous pourrez toujours nous y ramener. En vérité, mon frère *Toby*, il ne me plairait guère d'avoir la tête ainsi farcie de courtines et d'ouvrages à cornes.

— Surtout les ouvrages à cornes, jeta le Dr. *Slop*, riant très fort de sa plaisanterie.

Dennis [107] le critique ne haïssait pas les jeux de mots, et même toute apparence de jeu de mots, plus cordialement que mon père. Ils gâtaient son humeur en toute circonstance, mais jetés au travers d'un propos sérieux, ils lui étaient aussi désagréables qu'une pichenette sur le nez.

— Docteur, dit mon oncle *Toby*, les courtines dont parle ici mon frère n'ont rien à faire avec des rideaux de lit quoique ces derniers doivent leur nom aux autres, s'il faut en croire *Du Cange* [108], et mes ouvrages à cornes ne possèdent rien non plus de commun avec l'œuvre de cocuage. La *courtine*, monsieur, est le nom que nous donnons, dans l'art des fortifications, à la muraille joignant deux bastions. Les assiégeants se soucient rarement d'attaquer une partie dont les *flancs* se trouvent si bien protégés. — C'est vrai aussi d'autres courtines, dit en riant le Dr. *Slop*. — Cependant, poursuivit mon oncle *Toby*, pour plus de sûreté, nous préférons d'ordinaire les munir de ravelins qu'il faut seulement prendre soin de prolonger au-delà du fossé. L'homme du commun, qui ne s'entend guère aux fortifications, confond d'ordinaire le ravelin et la demi-lune; il y a pourtant entre eux une grande différence qui ne tient pas à leur dessin ou à leur construction, car nous les faisons exactement de même : ils comportent invariablement deux faces formant un angle saillant et une gorge non point droite, mais en forme de croissant.

— Où est donc la différence ? dit mon père avec un peu d'humeur.

— Dans leur situation, répondit mon oncle *Toby*, car lorsqu'un ravelin, frère, se trouve devant une courtine, il se nomme ravelin et lorsqu'un ravelin se trouve devant un bastion, il n'est plus ravelin, mais demi-lune. De même, une demi-lune est une demi-lune et rien d'autre tant qu'elle reste devant son bastion; mais si elle changeait de place et passait devant une courtine, elle ne serait plus une demi-lune; une demi-lune, dans ce cas, cesse d'être une demi-lune, elle n'est plus qu'un ravelin.

— Je vois, dit mon père, que cette noble science a ses côtés faibles comme les autres.

— Quant à l'ouvrage à cornes (Aïe! soupira mon père), dont mon frère parlait, continua mon oncle Toby, c'est une partie très considérable des défenses extérieures, qui doit son nom aux ingénieurs *français;* nous les destinons d'ordinaire à la couverture de points que nous soupçonnons plus faibles que les autres; il comporte deux épaulements ou demi-bastions vraiment très jolis : je vous engage, si vous voulez faire quelques pas, à venir en voir un qui vaut vraiment la peine. Couronnés, ils sont, à mon avis, beaucoup plus forts mais plus onéreux aussi et prennent davantage de terrain, ce qui les rend plus propres à couvrir la tête d'un camp, autrement dit la double tenaille.

— Par la mère qui nous conçut, frère *Toby*, s'écria mon père incapable de se contenir plus longtemps, vous damneriez un saint; vous voilà de nouveau jusqu'au cou dans votre sujet favori, mais il y a plus, car vous avez beau entendre crier ma femme que les douleurs viennent de saisir, vous ne songez qu'à emmener l'*accoucheur* [109]. Au diable la science des fortifications et ceux qui l'inventèrent; elle a causé la mort de milliers d'hommes et finira par amener la mienne. Quand on me donnerait *Namur* et toutes les villes des *Flandres* par-dessus, je ne voudrais pas, non, je ne voudrais pas, mon frère, avoir une tête aussi pleine de sapes, de mines, de culs de sacs, de gabions, de palissades, de ravelins, de demi-lunes et de toutes ces foutaises.

Mon oncle *Toby* souffrait patiemment les injures : non qu'il manquât de courage — je vous ai déjà dit dans un précédent chapitre [110] qu'il était homme de cœur — et j'ajouterai seulement ici que, si une juste cause lui avait donné l'occasion d'en faire la preuve, j'eusse préféré à toute autre la protection de son bras. Sa patience n'était pas davantage due à quelque insensibilité ou stupidité native; il ressentait ces insultes de mon père aussi vivement que quiconque, mais il était d'un naturel paisible et placide où rien de discordant ne venait troubler l'heureux mélange de ses vertus; mon oncle *Toby* n'avait pas un cœur à se venger d'une mouche. Un jour que l'une d'elles, dégingandée, avait bourdonné tout le repas sur son nez pour se faire à la fin happer au vol : « Va, lui dit mon oncle, je ne te ferai point de mal. » Il se leva et traversa toute la pièce, sa mouche au creux de la main.

« Je ne toucherai pas à un poil de ta tête. » « Va, dit-il en soulevant le châssis de la fenêtre et en ouvrant les doigts pour la laisser fuir. Va, pauvre diable, pourquoi te ferais-je du mal ? Ce monde est assurément assez grand pour nous contenir tous deux. »

Je n'avais que dix ans quand cet incident eut lieu ; j'en fus délicieusement secoué. L'action elle-même était-elle plus en harmonie avec la sensibilité d'un âge tendre ? Fut-ce le geste et l'expression qui m'émurent ? Jusqu'à quel point, par quelle magie secrète le ton d'une voix et l'harmonie d'un mouvement qu'adoucit la pitié trouvaient-ils le chemin de mon cœur, je ne sais ? Mais je sais que la leçon d'universelle bonté ainsi gravée dans mon esprit par mon oncle Toby ne s'en est jamais effacée et, sans vouloir déprécier ce que l'étude des belles Lettres [111] à l'Université a pu faire pour moi dans ce sens ou compter pour trop peu le secours de l'éducation coûteuse qui me fut donnée depuis dans mon pays et dans d'autres, je pense pourtant bien souvent que je dois une bonne moitié de ma philanthropie à cette seule impression accidentelle.

☞ Ceci remplacera un volume entier à l'usage des parents et éducateurs. Dans le portrait de mon oncle *Toby*, je ne pouvais tracer ce trait du même crayon que le reste : il ne s'agissait plus de peindre une MAROTTE, mais un caractère moral. Mon père ne souffrait pas les torts si patiemment — comme le lecteur doit l'avoir reconnu depuis longtemps — sa sensibilité naturellement plus vive et plus aiguë s'accompagnait d'une pointe d'aigreur. Celle-ci ne se manifestait jamais d'une façon qu'on pût dire méchante, mais transparaissait plutôt, lorsque l'éveillaient les petites frictions et vexations de la vie quotidienne, sous forme de mauvaise humeur spirituelle et piquante. Il était cependant d'un naturel franc et généreux, toujours ouvert aux arguments d'autrui ; dans ses petits accès d'ébullition, à peine acide, et, surtout, lorsqu'il s'agissait de mon oncle *Toby* qu'il aimait, il ressentait, sauf si ma tante *Dinah* ou l'une de ses hypothèses était en jeu, dix fois plus de peine qu'il n'en causait.

Les caractères des deux frères, comme réfléchis l'un par l'autre se montrent sous le meilleur jour dans cette petite querelle à propos de *Stevinus*.

Le lecteur sait assez, s'il possède lui-même quelque MAROTTE, que la MAROTTE d'un homme est bien ce qu'il a de plus tendre; les coups portés à celle de mon oncle *Toby* sans provocation de sa part ne pouvaient manquer de lui être sensibles. Non, comme je l'ai dit, mon oncle *Toby* les ressentit, et cruellement.

Or, que dit-il, je vous prie? Quelle fut son attitude? Oh! ce fut une grande scène : à peine mon père eut-il insulté sa MAROTTE que mon oncle, se détournant du Dr. *Slop* à qui il s'adressait, lui offrit un visage éclatant de bonté, de calme, d'amour fraternel et d'inexprimable tendresse. Mon père en fut pénétré jusqu'au cœur. Il se leva précipitamment de son siège et, saisissant les deux mains de mon oncle *Toby* : — Mon frère, dit-il, pardonnez-moi, pardonnez à cette humeur acariâtre que j'ai reçue en naissant.

— Mon cher, cher frère, dit mon oncle *Toby*, qui se dressa avec le secours de mon père, plus un mot là-dessus. Je vous pardonnerais de grand cœur dix fois plus.

— Il est déjà cruel, répliqua mon père, de faire souffrir n'importe quel homme, c'est pire pour un frère; mais un frère si tendre, si paisible et si généreux, c'est bas... Que dis-je! ô ciel! c'est lâche.

— Je vous pardonnerais, dit mon oncle *Toby*, de grand cœur cinquante fois plus.

— En quoi d'ailleurs, s'exclama mon père, à vos amusements ou vos plaisirs me concernent-ils? Qu'ai-je à en faire sinon à les accroître si je le pouvais? (mais malheureusement je ne le puis).

— Mon frère *Shandy*, répondit mon oncle *Toby* avec un regard pensif, vous vous trompez sur ce point, car vous accroissez fort mes plaisirs en donnant, à votre âge, des enfants à la famille *Shandy*.

— Mais ce faisant, intervint le Dr. *Slop*, Mr. *Shandy* accroît les siens.

— Nullement, dit mon père.

Chapitre XIII

Mon frère le fait, dit mon oncle *Toby*, par *principe*.
— Par les voies ordinaires, je suppose, dit le Dr. *Slop*.
— Peuh! dit mon père, il ne vaut pas la peine d'en parler.

Chapitre XIV

Nous avons laissé, à la fin du dernier chapitre, mon père et mon oncle *Toby* debout comme *Brutus* et *Cassius* [112] achevant leur dialogue.

Ayant prononcé son dernier mot, mon père se rassit. Mon oncle *Toby* l'imita exactement, non pourtant sans avoir sonné le caporal *Trim* à qui il ordonna d'aller à la maison chercher le *Stevinus*. La maison de mon oncle *Toby* n'était pas plus loin qu'une largeur de rue.

Certains eussent laissé tomber *Stevinus*, mais mon oncle *Toby* ne gardait dans le cœur aucun ressentiment et c'est pour le montrer à mon père qu'il reprit le sujet.

— Votre soudaine apparition, dit-il au Dr. *Slop* en reprenant son fil, m'a fait aussitôt ressouvenir de *Stevinus*. (Mon père, on peut le croire, n'offrit plus de rien parier sur la tête de *Stevinus*.) C'est, poursuivit mon oncle *Toby*, que le célèbre char à voile [113] qui appartenait au prince *Maurice* et qui possédait assez de résistance et de vélocité à la fois pour faire parcourir à six personnes trente milles *allemands* [114] en je ne sais quel petit nombre de minutes avait été inventé par *Stevinus*, le grand mathématicien et ingénieur.

— Vous auriez pu épargner à votre domestique (qui boite), la peine d'aller nous chercher la description qu'en donne *Stevinus*, car en revenant de *Leyde* à *La Haye*, j'ai fait un détour à pied de deux bons milles jusqu'à *Schevling*, afin de voir cette machine.

— Ceci n'est rien, dit mon oncle *Toby*, en regard de ce que fit le savant *Peireskius* [115] qui accomplit, uniquement pour la voir, un voyage à pied de cinq cents milles de *Paris* à *Schevling* et retour.

Certains hommes ne peuvent supporter d'être surpassés !

— *Peireskius* était encore plus fou ! répliqua le Dr. *Slop*. Mais, que le lecteur prenne garde, il n'y avait là aucun mépris pour *Peireskius;* simplement l'infatigable marche de *Peireskius* par amour de la science réduisait à rien l'exploit du Dr. *Slop*. Encore plus fou, répéta-t-il. — Et pourquoi donc ? interrompit mon père. S'il prenait ainsi le parti de mon oncle, ce n'était pas seulement pour réparer le plus tôt possible l'injure qu'il lui avait faite et qui occupait encore son esprit, mais aussi parce que la conversation commençait vraiment à l'intéresser. Et pourquoi donc ? dit-il. En quoi *Peireskius* ou tout autre mérite-t-il d'être maltraité parce que son esprit eut faim de cette nourriture solide ou d'une autre ? J'ignore tout du chariot en question, poursuivit-il, mais il est clair que son inventeur dut avoir la tête bien mécanique, et, quoique je ne puisse deviner sur quels principes de philosophie il a construit sa machine, ceux-ci, quels qu'ils soient, doivent être solides pour que les résultats mentionnés par mon frère aient été atteints.

— Ils furent aussi bons, sinon meilleurs, intervint mon oncle *Toby*, car, comme le dit élégamment *Peireskius* en parlant de sa vitesse *Tam citus erat, quam erat ventus*, ce qui signifie, si je n'ai pas oublié mon latin, qu'il avait la rapidité du vent.

— Mais je vous prie, docteur *Slop*, coupa mon père, non sans en demander pardon à mon oncle, sur quels principes était donc basé le fonctionnement dudit chariot ?

— Sur de très jolis principes, à coup sûr, répliqua le Dr. *Slop*, et je me suis souvent demandé, poursuivit-il, en éludant la question, pourquoi les gentilshommes qui vivent dans de grandes plaines comme les nôtres (et particulièrement ceux dont les femmes sont encore en âge d'avoir des enfants) n'usent pas de machines analogues, car outre qu'elles seraient d'une infinie commodité pour ces visites soudaines que le sexe réclame (si seulement la brise soufflait du bon côté), un tel usage du vent serait d'une économie excellente car il ne coûte ni ne mange rien, tandis que nos chevaux (que le diable emporte !) coûtent et mangent beaucoup.

— C'est parce qu'il ne coûte ni ne mange rien, dit mon père que le plan est mauvais. La consommation de nos produits est aussi nécessaire que leur production pour donner du pain aux affamés, faire circuler les marchandises, amener de l'argent et soutenir la valeur de nos terres. Si j'étais Prince, certes, je récompenserais généreusement le savant qui conçoit de telles machines, mais j'en interdirais radicalement l'usage.

Mon père voguait enfin dans son élément et dissertait sur le commerce avec le même bonheur que naguère mon oncle sur les fortifications mais, pour le malheur de la science, les destinées avaient ce matin-là décrété que mon père ne filerait aucune dissertation d'aucun genre car, à peine ouvrait-il la bouche pour prononcer la la phrase suivante, que,

Chapitre XV

Le caporal *Trim* surgit avec *Stevinus*. Trop tard. Le sujet avait été épuisé sans lui et la conversation coulait maintenant dans d'autres canaux.

— Tu peux rapporter le livre à la maison, *Trim*, dit mon oncle *Toby* avec un signe de tête.

— Mais d'abord, je vous prie, caporal, dit mon père en bouffonnant, voyez si dans ce livre vous pouvez découvrir les traces d'un chariot à voile.

Au service, le caporal *Trim* avait appris à obéir, non à répliquer. Il posa donc le livre sur une petite table et en tourna les pages.

— N'en déplaise à Votre Honneur, dit-il, je ne vois rien de tel. Cependant, poursuivit-il, en bouffonnant à son tour, je vais mieux m'en assurer, n'en déplaise à Votre Honneur et, saisissant le livre à deux mains par les plats de la couverture, les feuilles vers le bas, il le secoua vigoureusement.

— Il est tombé quelque chose, dit *Trim*, n'en déplaise

à Votre Honneur, mais rien qui ressemble à un chariot.
— Qu'est-ce donc, caporal ? dit en souriant mon père.
— Ce serait plutôt, dit *Trim*, en se baissant, un genre de sermon, car cela commence par un texte de l'Ecriture, avec chapitre et verset, pour partir ensuite directement comme un sermon, pas comme un chariot.

On sourit.

— Je ne puis concevoir, dit mon oncle *Toby*, comment un sermon a pu venir se loger dans mon *Stevinus*.

— Je crois que c'est bien un sermon, dit *Trim*, mais, s'il plaît à Vos Honneurs et comme l'écriture est bonne, je vous en lirai une page, car *Trim* aimait s'entendre lire presque autant que parler.

— J'ai toujours grande envie, dit mon père, d'examiner de près ce qu'un hasard aussi étrange que celui-ci place en travers de mon chemin. Et, puisque nous n'avons rien de mieux à faire jusqu'au retour d'*Obadiah*, ordonnez donc à *Trim*, mon frère, de nous lire une page ou deux, si le Dr. *Slop* n'y voit pas d'inconvénient et si les capacités de *Trim* égalent sa bonne volonté.

— N'en déplaise à Votre Honneur, dit *Trim*, j'ai pendant deux campagnes en *Flandre* servi de clerc à notre chapelain.

— Il peut le lire aussi bien que moi, dit mon oncle *Toby*. *Trim*, je vous l'assure, était le plus savant de ma compagnie et la première hallebarde disponible eût été pour lui sans son malheureux accident. Le caporal *Trim*, la main sur le cœur, s'inclina humblement devant son maître, puis, déposant son chapeau à terre, il saisit le sermon de la main gauche afin de garder la droite libre et, d'un pas assuré, gagna le milieu de la pièce d'où il pouvait mieux voir son auditoire et mieux être vu de lui.

Chapitre XVI

—— Avez-vous une objection ? dit mon père en s'adressant au Dr. *Slop*.

— Aucune, répondit celui-ci, car je ne sais encore quel parti soutient l'auteur. Ce dernier peut appartenir à mon

Eglise aussi bien qu'à la vôtre : nous courons donc des risques égaux.

— L'auteur ne prend aucun parti, dit *Trim*, car il ne traite que de la *Conscience*, n'en déplaise à Vos Honneurs.

La raison de Trim égaya toute la compagnie, sauf le Dr. *Slop* qui tourna vers lui un visage un peu irrité.

— Commencez, *Trim*, et lisez distinctement, dit mon père.

— A vos ordres, dit *Trim*, en réclamant l'attention par un geste de la main droite.

Chapitre XVII

—— Mais avant que le caporal *Trim* ne commence, je dois vous décrire son attitude. Je crains que, sans cela, vous ne l'imaginiez dans une posture empruntée, roide, verticale et faisant porter également sur ses deux jambes le poids de son corps, le regard fixe, comme au garde à vous, un visage résolu et le poing crispé sur son sermon comme sur un mousquet. Bref, vous risquez de voir un *Trim* à la tête de son peloton et prêt au combat. Or, son attitude différait de celle-ci autant que vous pouvez le concevoir.

Il se tenait debout devant son auditoire, le corps souplement incliné juste à quatre-vingt-cinq degrés et demi au-dessus de l'horizon. Les habiles orateurs à qui j'adresse ces lignes savent que tel est bien le véritable angle persuasif d'incidence. On peut parler ou prêcher à n'importe quel autre angle, c'est certain ; on le fait même tous les jours, mais avec quel effet, je vous en laisse juge.

Et la nécessité de ces quatre-vingt-cinq degrés et demi exactement mesurés ne nous montre-t-elle pas en passant l'intime union des arts et des sciences ?

Comment diable le caporal *Trim*, qui ne distinguait pas un angle aigu d'un obtus, était-il tombé précisément sur celui-là ? Fût-ce par chance, don naturel, sens commun, ou imitation ? On en disputera dans ce chapitre de l'Encyclopédie des arts et des sciences où seront examinés tous les instruments de l'art oratoire au Sénat, en chaire, au prétoire, au café, dans l'alcôve et au coin du feu.

Trim se tenait donc debout — je me répète pour achever un croquis d'ensemble — le corps incliné et faiblement ployé en avant, les sept huitièmes de son poids portant sur sa jambe droite, cependant que le pied de sa jambe gauche (dont le défaut ne nuisait pas à son attitude) avançait légèrement, non pas de côté ni droit devant soi, mais sur une ligne intermédiaire; le genou plié, mais sans exagération afin de demeurer encore dans les limites d'un bel équilibre [116] et j'ajouterai d'un équilibre scientifique, car cette jambe avait tout de même un huitième du poids à supporter, ce qui déterminait sa position sans ambiguïté, le pied ne pouvant être porté plus avant ni le genou davantage plié qu'il n'était mécaniquement concevable si ce huitième de poids devait être en effet soutenu et porté.

☞ Je recommande ce point aux peintres et dois-je ajouter aux orateurs aussi ? Non, car s'ils ne l'observent pas, ils choiront sur leur nez.

En voilà assez sur le corps et les jambes du caporal *Trim*. Sa main gauche tenait le sermon sans effort mais sans négligence un peu au-dessus de son ventre et en avant de sa poitrine, son bras droit pendait négligemment comme l'ordonnaient la nature et les lois de la pesanteur, la paume déjà tournée vers l'auditoire, prête à seconder le sentiment du discours si le besoin s'en faisait sentir.

Les yeux du caporal *Trim* et les muscles de son visage étaient en harmonie avec le reste. Ils affirmaient la franchise, l'aisance et une fermeté qui ne frisait pas l'arrogance.

Que le critique ne demande pas comment le caporal *Trim* avait acquis tout cela. Je lui ai déjà dit qu'il en recevrait l'explication. Mais c'est ainsi qu'il se tenait devant mon père, mon oncle *Toby* et le Dr. *Slop*, ainsi qu'il balançait son corps, disposait ses membres, son personnage entier à ce point traversé d'un mouvement oratoire qu'un sculpteur l'eût pris pour modèle. Que dis-je ? Le plus vieux Fellow d'un Collège, le professeur d'*hébreu* lui-même n'y eussent rien trouvé à retoucher.

Trim salua donc et lut ce qui suit :

Le Sermon [117]

Hébreux xiii. 18.

Car nous osons *dire que notre Conscience ne nous reproche rien.* —

« Nous osons! Nous osons dire que notre conscience ne nous reproche rien. »

[— *Trim*, interrompit mon père, à coup sûr, vous accentuez mal cette phrase, car vous le prenez de très haut et sur le ton le plus méprisant. On dirait que le pasteur va insulter l'apôtre.

— C'est ce qu'il va faire, n'en déplaise à Votre Honneur, répliqua *Trim*.

— Peuh! dit mon père en souriant.

— Monsieur, intervint le Dr. *Slop*, *Trim* a certainement raison. L'auteur doit être un protestant. Je le perçois à sa façon sèche et tranchante de citer l'Apôtre qu'il va sûrement insulter, si la seule citation n'est pas déjà une insulte.

— Mais d'où avez-vous conclu si vite, docteur, que l'auteur appartient à notre Eglise ? A ce que j'ai entendu de lui, il peut appartenir à n'importe laquelle.

— S'il appartenait à la nôtre, répondit le Dr. *Slop*, il ne prendrait pas plus cette licence qu'un ours par la barbe. Si, dans notre communion, monsieur, quelqu'un s'avisait d'injurier un apôtre, un saint, et même l'ongle du petit doigt d'un saint, on lui arracherait les yeux.

— Qui ferait cela, le saint ? dit mon oncle *Toby*.

— Non, le saint dormirait sous sa vieille église.

— Je vous prie, l'Inquisition est-elle si ancienne ?

— Je n'entends rien à l'architecture, répliqua le Dr. *Slop*.

— N'en déplaise à Vos Honneurs, dit *Trim*, l'Inquisition est la plus vile —

— Epargnez-nous votre description, Trim, dit mon père, ce seul nom m'emplit d'horreur.

— Qu'importe, dit le Dr. *Slop*, si la chose a son utilité. Je ne m'en ferai pas l'avocat et pourtant, dans un cas comme celui-ci, elle aurait tôt fait d'enseigner à notre auteur les bonnes manières. Qu'il poursuive sur ce ton, il sera vite jeté dans un cachot pour son amendement!

— Que Dieu l'assiste alors! dit mon oncle *Toby*.

— Amen, ajouta *Trim*, car le ciel au-dessus de nous sait que mon pauvre frère a été quatorze ans leur captif.

— Quoi, *Trim*, dit précipitamment mon oncle, tu ne m'en avais jamais dit un mot. Comment cela lui advint-il ?

— L'histoire, monsieur, vous ferait saigner le cœur comme le mien a saigné mille fois, mais elle est trop longue pour la raconter maintenant. Votre Honneur l'entendra de bout en bout, un jour que je travaillerai près de lui à nos fortifications; mais, en bref, la voici : Mon frère *Tom*, parti comme domestique à *Lisbonne*, y épousa la veuve d'un *Juif* qui tenait une petite boutique et y vendait des saucisses; je ne sais comment ces dernières furent cause qu'une nuit il fut arraché de son lit où il dormait avec sa femme et deux enfants pour être traîné aussitôt devant l'Inquisition et jeté dans un cachot où le pauvre diable, ajouta *Trim* avec un soupir qu'il alla chercher au fond de son cœur, où le pauvre diable d'honnête homme gît encore maintenant. C'était l'âme la plus honnête, poursuivit *Trim* en tirant son mouchoir, qui se soit jamais incarnée.

Les pleurs ruisselaient sur sa joue plus vite qu'il ne pouvait les essuyer. Pendant quelques minutes, un silence de mort régna dans la pièce. Preuve certaine de pitié!

— Allons, *Trim*, dit mon père, quand il vit que la douleur du soldat se calmait un peu, poursuivez votre lecture et chassez de votre esprit cette triste histoire : je suis aux regrets de vous avoir interrompu mais s'il vous plaît, reprenez le début du sermon car si la première phrase appelle l'insulte comme vous nous le dites, je suis curieux de savoir de quel genre de provocation l'Apôtre s'est rendu coupable.

Le caporal Trim s'essuya le visage et, saluant tandis qu'il remettait son mouchoir dans sa poche, reprit sa lecture.]

Le Sermon
Hébreux xiii. 18.

Car nous osons *dire que notre Conscience ne nous reproche rien.* —

« Nous osons! Nous osons dire que notre conscience ne nous reproche rien. A coup sûr s'il est quelque chose en cette vie sur quoi un homme puisse s'appuyer, à la connaissance de quoi il puisse parvenir avec une indiscutable évidence, ce doit être s'il a ou non une bonne conscience. [Je suis sûr d'avoir raison, dit le Dr. *Slop*.] Aussitôt qu'il pense, l'homme ne saurait s'éprouver étranger à l'état véritable de son âme. Il doit partager le secret de ses pensées et de ses désirs; il doit se souvenir de ses desseins passés et connaître dans leur vérité les ressorts et les buts qui l'ont fait agir dans sa vie.

[Je l'en défie bien s'il n'y est pas aidé, dit le Dr. *Slop*.]

« En d'autres matières, de trompeuses apparences

peuvent nous décevoir et selon la plainte d'usage *c'est à peine si nous entrevoyons les choses qui sont sur la terre et nous avons grand mal à découvrir ce qui est devant nous* [118]. Mais ici l'esprit possède en lui-même l'évidence et les faits. Il connaît la toile qu'il a lui-même tissée, sa texture, son degré de finesse et la part qui revient à chaque passion dans ces dessins que la vertu ou le vice ont tracés sous ses yeux.

[Le style est bon et *Trim* lit fort bien, déclara mon père.]

« Or la conscience n'est rien d'autre que cette connaissance de soi possédée par l'esprit et que ce jugement d'approbation ou de censure qu'il ne peut manquer de porter sur les actions successives de notre vie. Il résulte donc évidemment, direz-vous, des termes mêmes d'une telle proposition, que si un homme voit porter contre lui ce témoignage intérieur, s'il comparaît pour ainsi dire sous sa propre accusation, alors cet homme doit de toute nécessité être coupable. Que si, au contraire, le témoignage est favorable, que si le cœur de l'homme ne le condamne point, vous conclurez, en parlant non plus comme l'Apôtre de *créance* mais de *certitude*, que la conscience et l'homme sont également bons.

[L'Apôtre a donc tout à fait tort, je suppose, dit le Dr. *Slop* et le pasteur protestant raison. — Prenez patience, dit mon père car, à mon avis, nous allons bientôt voir saint *Paul* et le pasteur tomber d'accord. — A peu près comme l'Est et l'Ouest, dit le Dr. *Slop*. Voilà, poursuivit-il en levant les deux bras, où mène la liberté de la presse. — La liberté, au pire, de la chaire, rectifia mon oncle *Toby*, car le sermon ne semble pas avoir été imprimé ni devoir jamais l'être.

— Continuez, *Trim*, dit mon père.]

« Telle semble être, à première vue, la vérité; la connaissance du bien et du mal paraît fortement imprimée en l'esprit de l'homme et s'il n'arrivait pas à la conscience, comme le dit l'Ecriture, de s'endurcir insensiblement par une longue habitude du péché et comme une tendre partie corporelle qu'un long et pénible labeur rend calleuse, de perdre cette sensibilité et ce tact délicat que Dieu et la nature lui ont donnés; si cela, dis-je, n'arrivait point, si l'amour-propre, en outre, ne venait jamais fausser le jugement; si nos petits intérêts inférieurs ne s'élevaient pas pour troubler nos facultés supérieures et les environner de nuages et de ténèbres; si la partialité et la passion n'avaient point accès dans ce TRIBUNAL sacré; si la faveur du JUGE n'y était jamais achetée; si l'AVOCAT rougissait d'y plaider la cause d'une jouissance inavouable, enfin s'il était sûr que l'INTÉRÊT y demeurât silencieux au cours de l'audience et que la PASSION n'y vînt pas usurper le siège de la Raison seule habilitée à présider aux débats et à prononcer la sentence; si donc toutes ces conditions se trouvaient réalisées comme notre objection première le suppose, alors sans aucun doute l'état moral et religieux d'un homme serait bien tel qu'il l'estime lui-même et la culpabilité ou l'innocence de toute vie humaine ne saurait être mieux pesée qu'à la balance de sa propre censure ou de sa propre approbation.

« J'admets que si l'homme se juge coupable, il l'est; sa conscience péchant rarement dans ce sens : hormis les cas de mélancolie ou d'hypocondrie, l'accusation se trouve alors justifiée.

« Mais la proposition inverse ne saurait être admise : où il y a culpabilité, il n'y a pas forcément accusation de soi; de cette absence d'accusation, on ne saurait donc conclure à l'innocence. Fallacieuse est donc la consolation que certains bons chrétiens se donnent communément lorsque, jugeant que leur conscience ne les trompe pas, ils la croient bonne toutes les fois qu'elle est tranquille. Certes, l'inférence est courante et la règle, à première vue, apparaît infaillible, mais regardez-la de plus près, éprouvez-la au contact des faits réels et vous la verrez sujette à tant d'erreurs, par une fausse application, le principe en sera si souvent perverti, diminué, annulé même, qu'il deviendra difficile de découvrir dans l'expérience de la vie humaine quelques exemples qui la confirment.

« Voyez cet homme vicieux et débauché dans ses principes, criticable dans sa conduite, vivant ouvertement dans un péché qu'aucune raison ni prétention ne saurait justifier; voyez-le qui, contrairement à toute humanité, ruine par ce péché la compagne abusée de sa perversion, lui vole son meilleur douaire et non seulement répand le déshonneur sur sa tête, mais emplit de douleur et de honte, à cause d'elle, toute une famille vertueuse. A coup sûr, penserez-vous, la conscience d'un tel homme ne doit pas le laisser en repos. Ses reproches doivent le poursuivre nuit et jour.

« Hélas! sa CONSCIENCE avait bien autre chose à faire. Comme *Baal* qu'accusa *Elisée* [119], ce dieu domestique *devait parler, négocier, voyager ou dormir ayant interdit qu'on l'éveillât.*

« Peut-être une affaire d'HONNEUR l'avait-elle conduit sur le terrain; peut-être réglait-il une dette de jeu ou le sale prix de sa luxure; peut-être la CONSCIENCE de cet homme était-elle occupée à réprouver très haut un menu larcin domestique ou à punir un de ces crimes que sa fortune et son état lui ôtaient toute tentation de commettre; il vit donc aussi joyeusement — [Il ne le pourrait pas s'il appartenait à notre Eglise, dit le Dr. *Slop*] dort aussi profondément dans son lit et envisage enfin la mort avec autant de sérénité si ce n'est davantage qu'un homme bien meilleur que lui.

[Tout cela est impossible chez nous, dit le Dr. *Slop*, un tel cas ne se produira jamais dans notre Eglise. — Il ne se produit que trop souvent dans la nôtre, répliqua mon père. — J'avoue, dit le Dr. *Slop*, un peu frappé par la franchise de cet aveu, que, dans l'Eglise *romaine*, un homme peut vivre aussi mal; mourir, c'est difficile. — Peu importe, dit mon père sur un ton d'indifférence, comment meurt un coquin. — J'entends, dit le Dr. *Slop*, qu'on lui refuserait le bénéfice des derniers sacrements. — Combien en avez-vous, je vous prie ? dit mon oncle *Toby*, je l'oublie toujours. — Sept, répondit le Dr. *Slop*. — H'm! dit mon oncle *Toby*, non point avec un accent d'approbation, mais avec cette surprise particulière qu'éprouve un homme devant un tiroir où il trouve plus de choses qu'il n'avait cru. H'm! dit mon oncle *Toby*. — H'm! reprit le Dr. Slop qui semblait avoir saisi les intentions de mon oncle Toby aussi pleinement que s'il eût écrit un volume contre les sept sacrements. H'm! reprit le Dr. *Slop*, re-exposant ainsi pour lui-même l'argument de mon oncle *Toby*, et pourquoi pas, monsieur ? N'y a-t-il pas sept vertus cardinales ? sept péchés mortels ? sept branches d'or au chandelier ? sept ciels ? — Je n'en connais pas tant, dit mon oncle *Toby*. — N'y a-t-il pas sept merveilles du monde ? la création ne durat-elle pas sept jours ? n'existe-t-il pas sept planètes ? sept plaies ? — J'accorde les sept plaies, dit mon père avec beaucoup de gravité affectée, mais, *Trim*, je vous prie, poursuivez le portrait de votre personnage.]

« Et voyez cet autre homme sordide, impitoyable (*Trim* ici balança sa main droite), son égoïsme rigoureux ne connaît ni amitié privée ni sentiment public. Il frôle la détresse de la veuve et de l'orphelin, il pose son regard sur toutes les misères de la vie humaine sans un soupir et sans une prière. (N'en déplaise à Vos Honneurs, s'écria *Trim*, celui-ci est, à mon avis, encore plus vil que l'autre)]

« Le remords ne va-t-il pas s'élever dans sa conscience et le piquer de son aiguillon ? Non. Car il n'en a pas, Dieu merci, l'occasion. *Je paie à chacun, pense-t-il, ce qui lui est dû. Je n'ai à répondre d'aucune fornication devant ma conscience. J'ai rempli à la lettre mes engagements; je n'ai débauché la femme ou la fille de personne. Dieu merci, je ne suis ni adultère, ni injuste, ni même semblable à ces libertins que je vois devant moi.*

« Le naturel d'un troisième le porte à ses desseins pleins de ruse. Sa vie entière apparaît comme une sombre trame d'intrigues et de subterfuges sans équité cherchant tous à tourner bassement les lois, à fausser le sens évident des contrats et à interdire à autrui la jouissance de ce qui lui revient. Il fonde ses machinations mesquines sur l'ignorance et sur les doutes des pauvres besogneux. Il élève sa fortune aux dépens d'une jeunesse inexpérimentée ou d'un ami sans soupçon qui lui eût confié son existence.

« Que la vieillesse arrive enfin pour lui et que le repentir l'invite à parcourir le sombre bilan de sa vie; sa CONSCIENCE compulse les CODES; elle n'y aperçoit aucune loi qu'il ait expressément violée, aucune forfaiture, aucun vol de bien ou marchandises qu'il ait expressément commis, aucune menace de fouet agité sur sa tête, aucune prison ouvrant ses grilles devant lui : de quoi sa conscience devrait-elle donc s'émouvoir ? elle s'est retranchée sûrement derrière la Lettre de la Loi, invulnérable en cette place forte, flanquée de toutes parts par tant d'actes et de dossiers qu'aucun prêche ne saurait entamer sa position.

[Ici le caporal *Trim* et mon oncle *Toby* échangèrent un regard.

— Eh! Eh! *Trim*, dit mon oncle *Toby* en secouant la tête, voilà de tristes fortifications! — Pauvre travail! répondit Trim, comparé à ce que nous faisons, Votre Honneur et moi. — Ce dernier personnage, interrompit le Dr. *Slop*, est le plus détestable de tous et semble avoir eu pour modèle quelqu'un de vos avoués véreux. Chez nous, la conscience d'un homme ne saurait rester si longtemps aveuglée puisqu'il doit se confesser au moins trois fois l'an. — Cela rendra-t-il la *vue* à sa conscience ?

dit mon oncle *Toby*. — Continuez, *Trim*, dit mon père, ou *Obadiah* sera de retour avant la fin de votre sermon. — Il est très court, répliqua *Trim*. — Je le voudrais plus long, dit mon oncle *Toby* car il me plaît énormément. Poursuis, *Trim*.]

« Un quatrième n'aura même pas ce refuge. Rompant avec le cérémonial de toute la basse chicane, méprisant les machinations douteuses, les secrètes intrigues et les prudents cheminements pour atteindre ses buts, voyez-le, ce fripon, qui trompe, ment, trahit et assassine à visage découvert. Horrible! mais, en vérité, pouvait-on attendre mieux de lui ? Il était dans le noir, le pauvre diable! Un prêtre avait la clef de sa conscience et ne lui en laissait rien connaître sinon qu'il devait croire au Pape, aller à la messe, se signer, dire son chapelet, être un bon catholique et que cela lui suffisait pour gagner le ciel. Se parjure-t-il ? Eh bien, il faisait une réserve mentale. Mais s'il est un coquin aussi fieffé que vous le représentez, s'il vole, s'il poignarde, sa conscience n'en est-elle pas blessée à chaque coup ? Nenni, car l'homme porte ses crimes à la confession. Là, les blessures sont pansées, se cicatrisent assez bien et seront tôt guéries par l'absolution. O Papisme! de quoi ne dois-tu répondre ? La nature n'offrait-elle pas déjà au cœur humain trop de voies fatales qu'il empruntait pour se tromper lui-même ? Et voici que tu ouvres volontairement toute grande la porte de la trahison à ce voyageur couard, déjà trop prompt à errer de lui-même et à se parler de paix quand il n'y a point de paix.

« Les divers exemples que j'ai tirés de la vie sont trop connus pour qu'il soit nécessaire d'en démontrer la vérité. Si quelqu'un doute de leur réalité et juge impossible qu'un homme se dupe à ce point, je lui demanderai de réfléchir un moment sur lui-même, me risquant à appeler en faveur de ma thèse le témoignage de son propre cœur.

« Ne déteste-t-il pas très différemment des *actions* également mauvaises et vicieuses par nature ? Comme il le découvrira bientôt, celles qu'une forte inclination ou l'habitude lui ont fait commettre sont généralement peintes dans son âme, revêtues de toute la fausse beauté que peut leur prêter la douceur d'une main flatteuse. Les autres, celles que rien ne l'incline à commettre, apparaissent au contraire nues et grimaçantes dans la vérité de leur folie et de leur déshonneur.

LIVRE II – CHAPITRE XVII   131

« Lorsque *David*[120] surprit *Saül* endormi dans la grotte et coupa le bord de sa robe, nous lisons que le cœur lui battit. Mais dans son aventure avec *Urie*[121], lorsqu'un fidèle et brave serviteur qu'il aurait dû aimer et honorer refusa de céder à sa luxure, le cœur ne lui battit point. Il se passa une année entière entre l'instant où il commit ce crime et celui où *Nathan* vint le lui reprocher et l'on ne dit pas que, pendant tout ce temps, il ait éprouvé la moindre tristesse ou le moindre remords de ce qu'il avait fait.

« Ainsi la conscience, ce juge jadis qualifié, que notre Créateur a placé en nous, au plus haut de nous, et qu'il a voulu équitable, par une malheureuse série de causes et d'entraves, prend des événements une connaissance si imparfaite, remplit ses devoirs avec tant de négligence et parfois tant de corruption qu'on ne saurait se fier à ses seuls arrêts. Nous découvrons donc qu'il est nécessaire, absolument nécessaire, de lui adjoindre quelque nouveau principe afin d'aider, sinon dicter, ses déterminations,

« Si vous désirez porter un jugement équitable sur des points où il est pour vous d'un intérêt infini de n'être pas trompé, à savoir le degré de votre mérite réel comme honnête homme, bon citoyen, sujet fidèle de votre roi et serviteur zélé de votre Dieu, faites appel à la religion et à la morale. Voyez, qu'est-il écrit dans la loi divine ? Qu'y lisez-vous ? Consultez la calme raison et l'immuable obligation de la justice et de la vérité. Que disent-elles ?

« Sur ces données, la CONSCIENCE doit juger. Si votre cœur alors ne vous condamne pas, selon la supposition de l'Apôtre, la règle sera infaillible. (Ici le Dr. *Slop* s'endormit.) *Vous mettrez votre confiance en Dieu*[122], autrement dit, vous aurez des raisons valables de croire le jugement que vous aurez porté sur vous-même conforme au jugement de Dieu et anticipant en quelque sorte la sentence que prononcera sur vous l'Etre à qui vous devez finalement compte de toutes vos actions.

« *Bienheureux l'homme*, en vérité, comme le dit l'auteur de l'*Ecclésiaste*, *que n'aiguillonne pas la multitude de ses péchés : Bienheureux l'homme que son cœur ne condamne point ; qu'il soit riche ou pauvre, s'il a le cœur bon* (ainsi guidé et informé) *il ne cessera de se réjouir; son esprit l'avertira mieux que sept guetteurs sur une tour élevée*[123] [une tour n'a point de force, dit mon oncle *Toby*, si elle n'est flanquée] parmi les doutes les plus sombres, il le guidera plus sûrement qu'un millier de casuistes et constituera pour l'Etat dont il est sujet un plus sûr garant de vertu que toutes les subtilités et les restrictions nécessairement multipliées par les jurisconsultes, *nécessairement*, dis-je, étant donné notre état présent, car nos lois humaines ne résultent pas d'un choix volontaire; elles nous sont imposées pour nous défendre contre les méfaits de ces consciences qui ne sont pas une loi pour elles-mêmes et visent, dans tous les cas où les principes et les freins de la conscience n'y suffiraient pas, à nous imposer une conduite droite par la peur des geôles et des gibets.

[Je vois clairement, dit mon père, que ce sermon a été composé pour être prêché dans la chapelle du Temple [124] ou de quelque autre prison [125]. J'en aime le raisonnement, et je regrette que le Dr. *Slop* se soit endormi avant d'être convaincu, car il est maintenant clair, comme je l'ai pensé dès le début, que le pasteur n'a jamais voulu insulter saint *Paul* le moins du monde; il n'y a même pas entre eux, frère, le plus léger dissentiment. — Et quelle importance, d'ailleurs, dit mon oncle *Toby* : les meilleurs amis peuvent différer d'opinion quelquefois. — Voilà qui est vrai, mon frère *Toby*, dit mon père en lui prenant la main. Nous allons bourrer nos pipes, puis *Trim* continuera.

— Et qu'en pensez-vous ? dit mon père au caporal *Trim*, en saisissant son pot à tabac.

— Je pense, dit le caporal *Trim* que les sept guetteurs sur la tour — des sentinelles, je suppose — étaient là en surnombre, n'en déplaise à Votre Honneur, à cette allure on aurait tôt fait de harasser un régiment, ce qu'un officier qui aime ses hommes, évite toujours de faire sans nécessité, car vingt sentinelles, ajouta le caporal, ne valent pas mieux que deux. J'ai pris moi-même cent fois le commandement dans le *corps de garde*, poursuivit *Trim* en se redressant d'un pouce, et tout le temps que j'ai eu l'honneur de servir Sa Majesté le Roi *William*, je n'ai jamais, pour les relèves les plus considérables, employé plus de deux sentinelles. — Très juste, *Trim*, dit mon oncle *Toby*, mais tu ne considères pas que ces tours du temps de *Salomon* ressemblaient peu à nos bastions flanqués et défendus par d'autres ouvrages; cette découverte est postérieure à la mort de Salomon; ils n'avaient pas non plus à cette époque d'ouvrages à cornes ni de ravelins devant les courtines; ils ne creusaient pas de fossés comme nous avec un petit poste au milieu et des voies couvertes ainsi qu'une contrescarpe à palissade qui le longe en prévision d'un *coup de main :* ainsi, les sept hommes sur la tour, je crois pouvoir le dire, constituaient un détachement du *corps de garde* ayant pour mission non seulement de veiller, mais de défendre. — Ils ne pouvaient représenter davantage, n'en déplaise à Votre Honneur, qu'une garde de caporal.

Mon père eut un sourire, mais intérieur seulement. Le sujet était trop sérieux pour risquer une plaisanterie. Il se contenta donc, en tirant sur sa pipe à peine allumée, de donner à *Trim* l'ordre de poursuivre.]

« Garder toujours la crainte de Dieu, et dans nos relations humaines, gouverner nos actions selon l'éternelle règle du bien et du mal : du premier de ces principes résultent les devoirs de la religion, du deuxième ceux de la morale; ils sont si inséparables qu'on ne saurait tenter de les *diviser* [126] (ce qu'on fait souvent en pratique) sans les mettre également en pièces.

« J'ai dit que la tentative était souvent faite, et c'est vrai : Rien ne se rencontre en effet plus communément qu'un homme dépourvu de tout sens religieux et poussant la franchise jusqu'à n'y point prétendre et qui ressentirait pourtant comme l'affront le plus cruel un soupçon porté sur sa moralité ou le doute le plus léger sur sa justice et ses scrupules.

« Si même il était en cela apparemment justifié et quelque hésitation que l'on ait à suspecter l'apparence d'une simple honnêteté morale, je suis pourtant persuadé que si nous pouvions, dans un tel cas, en considérer les fondements, nous aurions peu de raisons d'envier à cet homme l'honneur de ses mobiles.

« Si pompeux que soient ses discours à ce sujet, ses actes reposeront en fin de compte sur l'intérêt, l'orgueil, le bien-être, ou sur quelque petite passion changeante sur quoi nous ne saurions fonder notre confiance dans des circonstances graves.

« J'illustrerai ceci par un exemple.

« Je connais le banquier ou le médecin à qui je confie d'ordinaire mon argent ou ma santé (Inutile d'appeler un médecin dans le cas présent, s'écria le Dr. *Slop* qui s'éveillait), et je sais que ni l'un ni l'autre n'ont beaucoup de religion. Ils en plaisantent tous les jours et traitent ses sanctions avec assez de mépris pour n'éprouver même aucun doute. Et cependant, je laisse ma fortune entre les mains du premier et ma vie, qui m'est plus chère encore, aux mains de l'autre.

« Examinons donc les raisons sur quoi je fonde une si grande confiance. Je crois, en premier lieu, très peu probable qu'aucun des deux use à mon désavantage du pouvoir que je lui laisse. A mon avis, l'honnêteté sert les buts mêmes qu'ils se proposent; leur succès dans le monde dépend de leur juste conduite. Bref, je suis persuadé qu'ils ne peuvent me faire de mal sans s'en faire un plus grand encore.

« Mais supposons que leur intérêt soit un jour contraire au mien; que des circonstances surgissent où le premier pourrait, sans souiller sa réputation, s'approprier ma fortune et me laisser nu en ce monde et où le second pourrait m'en faire sortir à jamais et jouir de mon héritage sans déshonneur public et sans remords : que dois-je espérer dans ce cas de l'un ou de l'autre ? Le mobile religieux, le plus fort de tous, est hors de question; l'intérêt, le plus fort mobile après la religion, penche contre moi. Qu'ai-je donc à jeter dans l'autre plateau pour équilibrer cette tentation ? Hélas, je n'ai rien, rien que la plus légère des bulles. Je suis à la merci d'un HONNEUR personnel ou de tout autre principe capricieux. Sécurité bien étroite pour mes biens les plus précieux : ma fortune et moi-même.

« Nous ne pouvons donc compter sur une morale sans religion; à l'inverse, nous ne pouvons rien attendre d'une religion sans morale. Il n'est pas rare de rencontrer un homme se faisant de lui-même, quoique moralement très bas, une très haute idée comme dévot.

« Il ne sera pas seulement rapace, plein de ressentiment, implacable, dépourvu même souvent d'élémentaire honnêteté mais s'élèvera contre l'incrédulité du siècle et, parce qu'il montrera du zèle en quelque matière religieuse, assistera deux fois par jour à un office, recevra les sacrements et accomplira superficiellement quelque devoir religieux, il se croira dévot en toute conscience et se jugera vraiment quitte envers Dieu : vous verrez un homme, se trompant lui-même, mépriser généralement de toute la hauteur de son orgueil spirituel ses semblables possédant une piété moins affectée mais peut-être dix fois plus d'honnêteté que lui-même.

« *Encore un grand mal sous le soleil* [127] et je ne connais pas une erreur de principe qui ait entraîné tant de méfaits.

Si vous en voulez une preuve générale, considérez l'histoire de l'Eglise *romaine*, [Eh bien, que dites-vous de cela ? s'écria le Dr. *Slop*] que de cruautés, de meurtres, de sang répandu [qu'ils s'en prennent à leur propre obstination, cria le Dr. *Slop*], pourtant sanctifiés par une religion que ne gouvernait pas une moralité stricte.

« Dans combien de royaumes de ce monde — [Ici Trim, jusqu'à la conclusion du paragraphe ne cessa d'agiter sa main droite en un continuel va-et-vient.]

« Dans combien de royaumes de ce monde l'épée dévoyée du saint croisé errant n'a-t-elle pas frappé sans considération d'âge, de sexe, de mérite ou de condition ? Comment aurait-il montré la moindre justice, la moindre humanité, puisqu'il combattait sous la bannière d'une religion qui le dégageait de tels devoirs ? Il les piétina sans merci, sourd aux cris des victimes, le cœur fermé à leurs détresses.

[J'ai assisté à bien des batailles, n'en déplaise à Votre Honneur, soupira *Trim*, mais à aucune qui fût si lamentable. Je n'aurais pas tiré un seul coup contre ces malheureux, quand on m'eût fait officier général. — Pourquoi ? Qu'entendez-vous à ces sortes d'affaires, dit le Dr. *Slop* avec plus de mépris que n'en méritait le cœur honnête du caporal. Que savez-vous, mon ami, de ces batailles dont vous parlez ? — Je sais, répliqua *Trim* que je n'ai jamais refusé de faire quartier à un homme qui m'implorait, mais contre une femme ou un enfant, plutôt que d'abaisser mon mousquet, je préférerais cent fois mourir. — Voici une couronne, *Trim*, dit mon oncle *Toby*, pour boire ce soir avec *Obadiah* à qui j'en donnerai une autre. — Dieu vous bénisse, répondit *Trim*, mais j'aimerais mieux que vous la donniez à ces femmes et à ces enfants. — Tu es un honnête garçon, dit mon oncle *Toby*. Mon père acquiesça de la tête. — Mais je te prie, *Trim*, ajouta-t-il, achève ton sermon. Je vois qu'il ne t'en reste plus qu'une ou deux feuilles.] Et le caporal *Trim* poursuivit :

« Si le témoignage des siècles passés ne vous paraît pas suffisant en ces matières, voyez comme, à cet instant même, les fidèles de cette religion cherchent tous les jours à servir et honorer Dieu par des actions qui ne représentent pour eux que déshonneur et scandale.

« Pour en être convaincus, venez un moment avec moi dans les prisons de l'Inquisition [Dieu secoure mon pauvre frère *Tom*]. Contemplez la *Religion*, la *Pitié*, la

Justice enchaînées sous ses pieds. Voyez leur épouvante à comparaître devant ces sombres tribunaux flanqués de chevalets et d'instruments de torture. Ecoutez, écoutez ces gémissements pitoyables. [Ici le visage de *Trim* prit une couleur de cendres.] Penchez-vous sur les misérables qui les poussent. [Ici les pleurs jaillirent.] Ce juste fut amené là pour souffrir l'angoisse d'une procédure dérisoire et pour endurer les plus atroces douleurs qu'un savant système de cruautés ait pu imaginer. [Damnés soient-ils! jeta *Trim*, le visage redevenu soudain pourpre de colère.] Voyez cette victime sans armes livrée aux mains de ses bourreaux, le corps épuisé par le chagrin et l'incarcération. [Oh! c'est mon frère, cria le pauvre *Trim* avec passion, laissant choir le sermon à terre et joignant les mains. C'est le pauvre *Tom*, je le crains. Le cœur de mon père et celui de mon oncle *Toby* s'emplirent de sympathie pour la détresse du pauvre diable. Même *Slop* eut un mouvement de pitié.

— Allons, *Trim*, dit mon père, ce n'est pas un récit, mais un sermon que vous lisez. Reprenez, s'il vous plaît, cette phrase.]

« Voyez cette victime sans armes livrée aux mains de ses bourreaux, le corps épuisé par le chagrin et l'incarcération. Voyez-en souffrir chaque muscle, chaque nerf. Observez le dernier mouvement d'une si horrible machine! [Je préférerais être à la gueule d'un canon! dit *Trim* en frappant du pied.] Voyez les convulsions où elle le jette! Considérez la posture où il gît maintenant, les tourments raffinés qu'on lui inflige! [J'espère que ce n'est pas au *Portugal*], la nature ne peut en supporter davantage. Seigneur Dieu! Voyez comme l'on conserve son âme épuisée à peine suspendue à ses lèvres tremblantes. [Pour rien au monde, je ne voudrais en lire une ligne de plus, dit *Trim*. J'ai peur, n'en déplaise à Vos Honneurs, que tout ceci ne se passe au *Portugal* où se trouve mon pauvre frère *Tom*.

— Je vous répète, Trim, dit mon père, qu'il ne s'agit point d'un récit historique mais d'une description.

— Rien qu'une description, mon brave, dit *Slop*, il n'y a pas un mot de vrai là-dedans.

— Cela, c'est une autre histoire, dit mon père. Mais, puisque cette lecture cause tant de chagrin à *Trim*, il serait cruel de le forcer à poursuivre. Passez-moi le sermon, *Trim*, je le finirai à votre place et vous pouvez partir.

— Je dois rester pour l'entendre jusqu'au bout, si Votre Honneur le permet, dit *Trim*. Et pourtant, je ne le lirai pas, pour la paie d'un colonel!

— Pauvre Trim! dit mon oncle *Toby*. Mon père reprit] :

« Considérez la posture où il gît maintenant, les tourments raffinés qu'on lui inflige. La nature ne peut en supporter davantage. Seigneur Dieu! voyez comme l'on conserve son âme épuisée à peine suspendue à ses lèvres tremblantes : elle voudrait fuir, on ne le lui permet pas. Voyez le misérable qu'on ramène dans son cachot, [Dieu merci, dit *Trim*, ils ne l'ont donc pas tué] et voyez-le de nouveau traîné à la lumière pour affronter les flammes et les insultes à son agonie justifiées par ce principe qu'il peut exister une religion sans pitié. [Dieu merci, le voilà mort, dit *Trim*. Il a fini de souffrir. Ils se sont acharnés de leur mieux contre lui. Oh! —— Calmez-vous, *Trim*, dit mon père en poursuivant sa lecture de peur que Trim n'allumât la colère du Dr. *Slop*, nous n'achèverons jamais à cette allure.]

« Pour fixer la valeur d'une notion sur quoi l'on dispute, la plus sûre méthode est d'en suivre à la trace les conséquences pratiques et de les comparer ensuite avec l'esprit du christianisme; telle est la règle brève et décisive que nous a laissée notre Sauveur pour résoudre ces problèmes et d'autres analogues : elle vaut tous les arguments. *Tu les connaîtras à leurs fruits* [128].

« Je ne prolongerai pas davantage ce sermon, me contentant d'en déduire deux ou trois règles indépendantes.

« En *premier* lieu, lorsqu'un homme parle très haut contre la religion, soupçonnons toujours que la passion et non point la raison étouffe en lui la CROYANCE. Mauvaise vie et bonne foi sont deux voisins qui ne s'accordent guère. S'ils se séparent, soyez-en assurés, c'est dans un souci de tranquillité.

« En *second* lieu, lorsqu'un homme de ce genre vous dira dans un cas particulier que telle chose ne convient *pas* à sa conscience, prenez toujours son affirmation dans le sens où vous prendrez cette autre : que telle chose ne convient *pas* à son estomac, un manque d'appétit étant probablement la vraie cause dans les deux cas.

« Bref, ne vous fiez en rien à qui n'a pas une CONSCIENCE en tout.

« Et dans votre propre cas, gardez présente à l'esprit

cette claire distinction dont l'oubli fut fatal à tant d'hommes : conscience n'est pas loi. Non, Dieu et la raison dictèrent la loi et vous donnèrent la conscience afin que vous jugiez, non point à la façon d'un cadi *asiatique* suivant le flux et le reflux de ses propres passions mais à la façon d'un juge *britannique* qui, sur cette terre de liberté et de sens commun ne promulgue pas de loi nouvelle mais applique la loi déjà écrite. »

FINIS.

— Vous avez fort bien lu ce sermon, *Trim*, dit mon père.
— S'il l'eût moins commenté, répliqua le Dr. *Slop*, il l'aurait mieux lu encore.
— Je l'aurais lu dix fois mieux, monsieur, répondit *Trim*, si je n'avais pas eu le cœur si gros.
— Au contraire, dit mon père, voilà pourquoi vous l'avez si bien lu; et si les pasteurs de notre Eglise, poursuivit-il en se tournant vers le Dr. *Slop*, mettaient dans leurs prêches autant de leur âme que ce pauvre garçon, comme leurs compositions sont fort belles — (Je le nie, dit le Dr. *Slop*) — je soutiens que l'éloquence de notre chaire, avec de tels sujets pour l'enflammer, serait le modèle du genre. Mais hélas! monsieur, ajouta-t-il, je l'avoue avec tristesse, ils ressemblent en cela aux politiciens français et ce qu'ils gagnent dans leur cabinet ils le perdent dans l'action.
— Grave perte, dit mon oncle.
— Ce sermon me plaît, répondit mon père. Il est dramatique et les effets d'un tel style habilement ménagés accrochent l'attention.
— Nous prêchons beaucoup dans ce style, dit le Dr. *Slop*.
— Je le sais bien, dit mon père, mais sur un ton et avec une attitude qui déplurent autant au Dr. *Slop* qu'une simple approbation lui eût donné de plaisir.
— Mais nos propres sermons, ajouta le Dr. *Slop* un peu piqué, tirent alors un grand avantage de ce fait qu'aucun personnage n'y est décrit qui ne soit au moins un patriarche, ou la femme d'un patriarche, ou un martyr ou un saint.
— Ces personnages sont quelquefois très mauvais, dit mon père et je ne crois pas que le sermon en soit très relevé.

— Mais, dit mon oncle *Toby*, à qui pouvait bien appartenir celui-ci ? Comment est-il venu dans mon *Stevinus* ?

— La seconde question, dit mon père, demanderait les facultés de combinaison de *Stevinus* lui-même. La première est sans doute moins difficile car, ou je me trompe fort, ou l'auteur du sermon est le pasteur de notre paroisse.

Mon père fondait sa conjecture sur une similitude de style entre ce sermon et ceux qu'il n'avait cessé d'entendre prêcher dans l'église paroissiale. Autant que son esprit philosophique pouvait admettre une preuve *a priori* il se persuadait par là que l'auteur en était *Yorick* et nul autre. On en eut la preuve *a posteriori* le lendemain, lorsque *Yorick* dépêcha chez mon oncle une servante à la recherche de son sermon.

Sans doute *Yorick*, curieux de toutes sortes de connaissances, avait-il emprunté le *Stevinus* de mon oncle et y avait-il négligemment fourré le sermon qu'il venait de prononcer; coutumier d'oublis de ce genre, il avait ensuite renvoyé *Stevinus* avec son sermon pour lui tenir compagnie.

Infortuné sermon! Tu fus reperdu par la suite. Tu glissas par la fente insoupçonnée d'une poche dans une doublure traîtreusement éraillée, puis dans la boue, où t'enfonça méchamment et profondément sitôt après ta chute, le sabot arrière gauche de Rossinante. Huit jours enterré sous la crotte, ressuscité, ramassé par un mendiant, vendu un sou à un clerc de paroisse, transmis à son pasteur, tu demeuras perdu pour ton auteur le reste de ses jours et n'es enfin restitué à ses MANES inquiètes qu'en cet instant où je raconte ton histoire.

Le lecteur croira-t-il que ce sermon fut prêché dans la cathédrale d'*York*, devant mille personnes prêtes à en témoigner sous serment, par certain prébendier de cette église et imprimé ensuite sous son nom, le tout moins de deux ans trois mois après la mort de *Yorick* ? *Yorick* n'eut, en vérité, jamais plus de chance au cours de sa vie mais il était un peu dur de le maltraiter encore après et de le piller quand il gisait dans sa tombe.

Mais comme le noble auteur de cette action fut un parfait ami de *Yorick* et en toute justice ne fit imprimer que quelques exemplaires qu'il distribua, comme on me dit en outre qu'il aurait été très capable d'écrire un tel sermon s'il l'avait jugé bon, je déclare que je n'aurais pas publié cette anecdote et que je ne la publie pas dans l'intention de nuire à sa réputation et à son avancement ecclésiastique. Je laisse cela à d'autres. Deux raisons, cependant, m'ont contraint d'écrire ce qui précède.

La première est qu'en rendant la justice, je peux apaiser le fantôme de *Yorick*, toujours *errant* selon la croyance des villageois et quelques autres.

La seconde est que l'histoire ainsi révélée au public me fournit l'occasion de l'informer que si le personnage de *Yorick* et cet échantillon de son style ont éveillé sa curiosité, la famille *Shandy* possède assez de sermons de sa main pour composer un joli volume et que tous sont à la disposition d'un monde à qui ils feraient grand bien.

Chapitre XVIII

Obadiah gagna sans discussion ses deux couronnes, car le caporal *Trim* sortait à peine de la pièce lorsqu'il y fit son entrée dans un grand bruit de ferraille à cause du sac vert plein d'outils dont j'ai déjà parlé et qu'il s'était pendu à la ceinture.

— Nous sommes maintenant en état de rendre service à Mrs. *Shandy*, dit le Dr. *Slop* qui se frottait les yeux et il conviendrait de demander là-haut comment elle va.

— J'ai donné l'ordre à la vieille sage-femme, dit mon père, de nous faire signe à la moindre difficulté car je dois vous faire savoir, docteur *Slop*, poursuivit-il avec un sourire perplexe, que selon les termes exprès d'un contrat solennellement établi entre ma femme et moi, vous n'avez été appelé ici qu'à titre auxiliaire et même moins, pour le cas où la vieille carcasse de sage-femme ne pourrait opérer sans vous. Les femmes ont leurs lubies et dans ces sortes d'affaires où tout le fardeau est pour elles et où elles souffrent si cruellement pour le bien de notre famille et de l'espèce, elles réclament le droit de décider *en souveraines* qui fera l'opération et comment.

— Elles ont raison en cela, dit mon oncle *Toby*.

— Pourtant, monsieur, dit le Dr. *Slop* en se tournant vers mon père et sans s'arrêter à l'opinion de mon oncle *Toby*, voilà une souveraineté mal placée; un père de famille qui tient à perpétuer sa race ferait mieux d'échanger cette prérogative contre d'autres.

— Eh! monsieur, dit mon père avec un peu trop d'humeur pour demeurer impartial, contre le droit de choisir qui mettra nos enfants au monde, je ne vois pas trop ce que nous céderions sinon le droit d'en choisir le père.

— On devrait presque céder n'importe quoi, répliqua le Dr. *Slop*, vous seriez étonné d'apprendre quels progrès nous avons réalisés récemment dans toutes les branches de l'art obstétrique et particulièrement dans l'extraction prompte et sans danger du fœtus; de telles lumières ont été répandues sur ce point, que, pour ma part, je le dis tout net (il éleva les mains) je me demande comment le monde...

— Que n'avez-vous vu, dit mon oncle *Toby*, les prodigieuses armées que nous possédions en *Flandre!*

Chapitre XIX

J'ai laissé tomber le rideau sur cette scène, afin de vous rappeler un fait et de vous informer d'un autre.

Ce dernier ne se trouve pas, je le crains, tout à fait à sa place. Vous auriez dû en être averti cent cinquante pages auparavant. Mais je prévis alors que nous nous trouverions nez à nez avec lui et mieux ici qu'en tout autre endroit. Les écrivains doivent regarder loin devant eux pour maintenir la vigueur et la liaison de leurs intrigues.

Mes deux devoirs accomplis, je relèverai le rideau et désormais mon oncle *Toby*, mon père et le Dr. *Slop* poursuivront leur discours sans nulle interruption.

En premier lieu, donc, je vous rappellerai ceci : ayant reçu de la singularité qui marquait les opinions de mon père quelques spécimens au sujet des noms de baptême et sur d'autres points encore, vous avez dû en conclure (et j'ai sans doute dit) qu'il portait la même étrange bizarrerie en cinquante autres matières. En vérité, il n'y avait pas une étape de la vie humaine, depuis le premier acte qui la donne jusqu'aux pantalonnades en pantoufles de la seconde et maigre enfance [129], sur quoi il n'eût son idée favorite, aussi originale, sceptique et éloignée des lieux communs que celle précédemment exposée.

Mr. *Shandy*, mon père, ne pouvait rien voir sous un jour commun; il voyait tout sous le sien propre; il ne pesait rien dans les balances communes; non, il poursuivait ses recherches avec trop de raffinement pour s'en laisser ainsi grossièrement imposer. Qui veut peser exactement les choses à l'étalon d'acier de la science doit user — avait-il coutume de dire — d'une balance dont le point d'appui soit presque invisible pour éviter le frottement des préjugés populaires. Sans cette précaution, les infinitésimaux philosophiques qui font toujours pencher la balance n'auront plus aucun poids. La connaissance comme la matière était, disait-il, divisible *à l'infini* [130]; « grains et scrupules » (1) en faisaient partie au même titre que la force de gravitation du monde entier. En un mot, disait-il encore, l'erreur est l'erreur; d'une fraction ou d'une livre elle est également fatale à la vérité et celle-ci demeure enchaînée au fond de son puits, qu'on se trompe sur la poussière d'une aile de papillon ou sur le disque du soleil, de la lune et de toutes les étoiles ensemble.

C'est parce qu'on manquait, se lamentait-il souvent, de considérer cette vérité et de l'appliquer habilement en matière civile aussi bien que spéculative que les choses allaient si mal en ce monde, que notre édifice politique croulait et que les excellentes constitutions de notre Eglise et de notre Etat étaient sapées dans leurs fondements selon l'estimation des experts.

Vous proclamez, disait-il, que nous sommes un peuple ruiné, défait. Et pourquoi ? demandait-il, faisant usage du sorite cher à *Zénon* [131] et à *Chrysipe* sans connaître les auteurs de ce syllogisme. Pourquoi sommes-nous un peuple ruiné ? Parce que nous sommes corrompus. Et d'où vient, cher monsieur, que nous sommes corrompus ? De ce que nous sommes dans le besoin. Notre pauvreté nous y fait consentir contre notre gré. Et pourquoi, ajoutait-il, sommes-nous dans le besoin ? Parce que nous négligeons les gros et les petits sous [132]; nos bank-notes, monsieur, nos guinées et jusqu'à nos shillings prennent assez soin d'eux-mêmes.

---

(1) Les plus petits poids anglais [note du traducteur].

La même erreur, disait-il, se rencontre partout dans notre science; les grands points fermement établis en sont inexpugnables. Les lois naturelles se défendent assez elles-mêmes mais l'erreur, poursuivait-il en fixant un regard sévère sur ma mère, l'erreur, monsieur, se glisse par les petits trous et les failles que la nature humaine laisse sans défense.

C'est ce tour d'esprit de mon père que j'avais à vous rappeler. L'information que je dois maintenant vous donner et pour laquelle j'avais réservé cette place est la suivante :

Lorsque mon père avait pressé ma mère de préférer l'assistance du Dr. *Slop* à celle de la vieille sage-femme, il lui avait fourni de nombreux et très bons arguments dont l'un surtout, fort singulier et auquel il avait donné toute sa force, comptant en vérité sur lui comme ancre de salut lorsque, ayant achevé de parler en chrétien il avait repris toute la discussion en philosophe. L'argument échoua non point à cause de quelque faiblesse interne mais parce qu'en dépit de tous ses efforts il fut incapable d'en faire saisir à ma mère le caractère probant. L'affreux guignon, dit-il un après-midi, en sortant de la pièce où il venait de développer son argument pendant une heure et demie sans le moindre résultat; l'affreux guignon pour un homme, dit-il en se mordant les lèvres à l'instant où il refermait la porte, d'être possesseur à la fois du plus beau raisonnement en ce monde et d'une femme à la tête si dure que, même pour sauver son âme de la destruction, on ne saurait y accrocher le plus petit maillon logique.

L'argument en question, quoique entièrement perdu pour ma mère, avait pour lui plus de poids que tous les autres bout à bout : je tâcherai donc de lui rendre justice et de l'exposer avec toute la pénétration dont je puisse faire preuve.

Mon père le fondait sur les deux axiomes suivants :
Premier axiome : une once d'un certain esprit peut valoir plusieurs tonnes de certains autres et :
Second axiome (lequel, soit dit en passant constitue le fondement du premier, bien qu'il soit énoncé ensuite) l'esprit de tout homme doit venir de son propre fonds et non pas du fonds d'autrui.

Or, mon père était convaincu que toutes les âmes sont naturellement égales et que la différence entre le plus aigu et le plus obtus des entendements n'a pas sa source dans une différence originale d'acuité dans les substances pensantes mais provient simplement de l'heureuse ou malheureuse organisation du siège corporel de l'âme : il s'était donc préoccupé de définir exactement ce siège.

La lecture des meilleurs auteurs l'avait convaincu qu'on ne pouvait le placer comme *Descartes* au sommet de la glande *pinéale* laquelle forme pour l'âme, selon le philosophe, un coussin de la grosseur d'un pois. Non point que la conjecture fût mauvaise étant donné le grand nombre de nerfs qui se terminaient tous en un seul point, et mon père fût certainement tombé dans le puits de cette erreur en compagnie du grand philosophe français s'il n'avait été retenu à temps par mon oncle *Toby*, lequel lui rapporta l'histoire d'un officier *wallon* qui eut, à la bataille de *Landen*, une partie du cerveau emportée par une balle de mousquet et une autre enlevée ensuite par un chirurgien *français* et qui se retrouva pourtant après guérison capable de remplir tous ses devoirs.

Si la mort, raisonnait mon père, n'est que la séparation de l'âme et du corps, et s'il est vrai que l'on peut marcher et vaquer à ses affaires sans cerveau, celui-ci ne saurait être le siège de l'âme. C.Q.F.D.

Quant à cette liqueur très fluide, subtile et odorante que *Coglionissimo Borri*[133], le grand docteur *milanais*, dans une lettre à *Bartholine*, affirme avoir découverte dans la partie occipitale du cervelet et qu'il assure être le siège de l'âme raisonnable (car vous devez savoir qu'en ces siècles récents et éclairés, chaque homme vivant possède deux âmes dont l'une, selon le grand *Metheglingius*[134] s'appelle *Animus* et l'autre *Anima*[135]); quant à l'opinion, dis-je, avancée par *Borri*, mon père refusa toujours d'y souscrire. Qu'un être aussi noble, aussi raffiné, aussi immatériel, aussi exalté que l'*Anima* ou même l'*Animus* dût barboter tout le jour, hiver comme été, dans une flaque d'un liquide quelconque si épais ou si subtil qu'il soit — cette seule idée, disait-il, révoltait son imagination. A peine pouvait-il entendre parler d'une théorie semblable.

L'hypothèse la moins sujette à objections était donc de placer le sensorium central ou quartier général de l'âme, lieu où convergeaient tous les rapports et d'où émanaient tous les ordres, quelque part à l'intérieur ou proche du cervelet ou plutôt quelque part dans la *medulla oblongata*[136] puisque, selon l'opinion générale des anatomistes *hollandais*, tous les petits nerfs provenant des organes des sept sens viennent s'y rassembler comme des rues et des chemins sinueux en un square.

Rien de singulier jusqu'ici dans l'opinion de mon père; les meilleurs philosophes de tous les siècles et de tous les climats lui tenaient compagnie, mais à partir de ce point il prit un chemin propre; sur les fondements qu'ils avaient posés pour lui et même un peu de côté, il édifia une nouvelle hypothèse *shandienne;* s'étant inquiété de savoir si les subtilités et les finesses de l'âme dépendaient de la température et de la fluidité de ladite liqueur ou au contraire d'une structure plus ou moins fine du cervelet lui-même, c'est à cette dernière opinion qu'il s'arrêta.

Le premier devoir des parents, à son avis, était de veiller soigneusement sur l'acte propre de génération : on ne pouvait trop y songer, puisqu'il créait la contexture d'où dépendent esprit, mémoire, fantaisie, éloquence et en général tout ce que l'on nomme talents naturels. Cet acte, plus le nom de baptême, constituaient les causes les plus originelles et les plus efficientes; mais la troisième cause, ou plutôt celle que les logiciens nomment *sine qua non* et sans laquelle tout le travail fait précédemment perdait sa signification, était la préservation de cette belle et délicate texture qu'il fallait à tout prix garder du dommage généralement imposé par la violente compression et l'écrasement auxquels la tête était soumise par notre façon insensée de mettre les enfants au monde le crâne en avant.

Ceci demande explication.

Mon père, qui plongeait volontiers dans toutes sortes de lectures, avait découvert dans le *Lithopaedus Senonesis de Partu difficili* (1) publié par *Adrianus Smelvgot* [137] que lors de l'accouchement les os de la tête, mous et élastiques, les sutures n'étant pas encore faites, devaient, par suite des efforts de la femme au cours des plus grandes douleurs, supporter une pression perpendiculaire égale à

---

(1) L'auteur commet ici deux erreurs : La première : *Lithopaedus* devrait s'écrire *Lithopaedii Senonensis Icon*. La seconde est que ce *Lithopaedus* n'est pas un auteur mais la gravure d'un enfant pétrifié. Le compte rendu correspondant publié par Athosius en 1580 peut être trouvé dans Spachius à la fin du texte de Cordaeus. M. Tristram Shandy peut avoir été induit en erreur soit par la lecture du nom de *Lithopaedus* dans un catalogue récent des auteurs savants du docteur soit par une confusion de *Lithopaedus* avec *Trinecavellius* étant donné la grande similitude de ces deux noms [note de l'auteur].

quatre cent soixante-dix livres avoir-du-pois [138] en moyenne. Ainsi, dans quarante-neuf cas sur cinquante, ledit crâne était comprimé et moulé en forme oblongue et conique et émergeait semblable à ces morceaux de pâte qu'un pâtissier pétrit pour en faire un pâté!

— Seigneur! s'écria mon père, quels dommages, quels dégâts cela ne doit-il pas causer à la fine structure du cervelet. Et en admettant que la liqueur de *Borri* existe, n'y a-t-il pas là de quoi rendre à la fois féculent et gélatineux le plus limpide des liquides?

Mais quelle ne fut pas son appréhension lorsqu'il s'avisa un peu plus tard que cette force agissant sur le sommet de la tête devait, non seulement blesser le cerveau, mais le propulser par compression contre le cervelet, siège propre de l'intelligence.

— Anges des cieux! Ministres de Grâces, venez à notre secours! s'écria mon père, quelle âme pourrait soutenir ce choc? Comment s'étonner que notre tissu intellectuel soit dans l'état de charpie où nous le voyons et que nos meilleures têtes soient pareilles à un écheveau de soie embrouillé, nœuds de perplexités et de confusion?

Mais lorsque mon père, lisant plus avant, apprit enfin que l'enfant pouvait aisément être retourné par l'accoucheur et extrait par les pieds, de sorte qu'au lieu du cerveau propulsé vers le cervelet c'était le cervelet qui se trouvait propulsé vers le cerveau où il ne pouvait faire aucun dommage : « Ciel! s'écria-t-il, ce monde tout entier conspire à nous arracher le peu d'esprit que Dieu nous donna en partage et les professeurs de l'art obstétrique y prennent part. Que m'importe à moi la partie de mon fils qui doit venir au jour la première, pourvu que tout aille bien par la suite et que son cervelet en réchappe intact? »

L'hypothèse se nourrit naturellement de l'esprit qui la conçoit. Aussitôt née, elle se fortifie de tout ce qu'il peut avoir, entendre, lire ou comprendre. Cela est fort utile.

Mon père ne promenait pas la sienne depuis un mois qu'il pouvait grâce à elle résoudre à peu près tous les problèmes que pose la stupidité ou le génie des hommes. Elle expliquait que le fils aîné eût la tête la plus dure. « Pauvre diable! disait mon père, il a ouvert la voie à l'intelligence de ses cadets. » Elle illuminait les observations d'idiots et de monstres, prouvant *a priori* qu'ils ne pouvaient être autrement à moins de... je ne sais quoi. Elle rendait merveilleusement compte du génie *asiatique*, expliquait le fait que les climats chauds favorisent un tour d'esprit plus féerique et une plus pénétrante intuition. Nul besoin désormais de recourir aux faibles lieux communs d'un ciel plus clair, d'un soleil plus constant, etc., ces conditions pouvant d'ailleurs, aussi bien, raréfier et diluer jusqu'au néant les facultés de l'âme comme le froid, par un extrême opposé, les condense. Mon père remontait aux sources : la nature, démontrait-il, avait traité le plus beau des sexes dans les pays chauds avec plus de clémence; plaisir plus grand, douleur moins vive diminuaient à ce point la pression crânienne que toute la structure du cervelet demeurait intacte; il ne croyait même pas que dans une naissance normale un seul fil de son réseau pût être rompu ou déplacé : ainsi l'âme pouvait simplement faire ce qui lui plaisait.

Lorsque mon père en fut à ce point, quel flot de lumière les comptes rendus de l'opération *césarienne* (à qui tant de génies éminents doivent le jour) ne jetèrent pas sur son hypothèse. Ici, voyez-vous, nul dégât dans le sensorium, nulle pression du crâne contre le pelvis; ni l'os pubis d'ici ni l'os coccyx de là ne propulsaient le cerveau vers le cervelet — avec quels heureux résultats je vous prie! *Jules César*, monsieur, qui avait donné son nom à l'opération, *Hermès Trismégiste* né bien longtemps avant qu'elle eût un nom, *Scipion l'Africain*, *Manlius Torquatus* [139]; notre *Edouard VI* [140], monsieur, s'il avait vécu, eût été un pilier de notre hypothèse — tous ces hommes et bien d'autres dont les noms sonnent dans les annales de la gloire, sont entrés latéralement dans ce monde.

L'incision de l'*abdomen* et de l'*utérus* hanta six semaines durant le cerveau de mon père; il avait lu avec satisfaction que les blessures de l'*épigastre* et de la matrice n'étaient pas mortelles : il était donc fort aisé d'ouvrir la mère pour livrer passage à l'enfant. Ma mère reçut communication du fait un après-midi au simple titre de renseignement mais elle fut envahie aussitôt d'une pâleur si mortelle que mon père, en qui cette opération flattait tant d'espoirs, jugea prudent de ne pas insister, se contentant d'admirer en lui-même qu'on pût penser si bien et proposer si mal.

Telle était donc l'hypothèse de Mr. *Shandy*, mon père; je n'ajouterai plus rien à son sujet, sinon que mon frère *Bobby* s'y conforma aussi scrupuleusement que les héros susdits, faisant ainsi honneur à l'idée sinon à la famille; baptisé en effet, comme je l'ai raconté déjà, né tandis que mon père se trouvait à *Epsom*, premier enfant de ma mère au surplus et venu au monde la tête *la première*, il s'était révélé par la suite doué d'un génie merveilleusement lent; mon père avait donc porté tous ces faits à l'actif de son opinion, et résolu, ayant échoué à un bout, de réussir à l'autre.

Comme il y avait peu à espérer de la gent féminine, qui ne se laisse pas détourner de ses voies, la faveur de mon père se porta vers les hommes de science, plus traitables.

De tous, le Dr. *Slop* était le plus propre à servir ses desseins, car si le fameux forceps de son invention demeurait à son sens l'arme éprouvée et le plus sûr instrument de délivrance, cependant il paraissait avoir jeté çà et là dans son livre quelques mots exactement en accord avec la fantaisie paternelle et recommandait l'extraction par les pieds, non point il est vrai pour le salut de l'âme selon la théorie de mon père, mais pour des raisons purement obstétriques.

Ceci explique suffisamment la coalition qui se noua bientôt dans la suite de la conversation entre le Dr. *Slop* et mon père, au grand dam de mon oncle *Toby*. Comment un honnête homme, armé de son simple bon sens, osa soutenir ainsi l'assaut de deux savants alliés, c'est difficile à concevoir. Conjecturez là-dessus à votre aise, et votre imagination une fois en branle, proposez-lui de découvrir par quelle suite naturelle de causes et d'effets sa blessure à l'aine engendra chez mon oncle *Toby* une telle pudeur; édifiez un système expliquant qu'un contrat de mariage m'ait fait perdre le nez et démontrez au monde comment j'ai pu être baptisé TRISTRAM en dépit de l'hypothèse paternelle et contre le gré de toute la famille, parrain et marraine compris. Car ces énigmes et cinquante autres n'ont pas encore été démêlées et vous pouvez essayer de les résoudre si vous en avez le temps. Je vous préviens pourtant que tous vos efforts seront vains car ni le sage *Alquife*, le magicien de Don *Belianis* de *Grèce*[141] ni sa femme *Urganda*, sorcière également fameuse, s'ils vivaient encore, n'atteindraient là-dessus à une lieue de la vérité.

Elle éclatera aux yeux du lecteur l'année prochaine quand lui auront été révélés des événements auxquels il est loin de s'attendre.

FIN DU LIVRE DEUX

LIVRE III

> *Multitudinis imperitae non formido judicia; meis tamen, rogo, parcant opusculis — in quibus fuit propositi semper, a jocis ad seria, a seriis vecissim ad jocos transire.*
>
> JOAN. SARESBEIRENSIS.
> *Episcopus Lugdun* [142].

Chapitre premier

—— Que n'avez-vous vu, docteur *Slop*, dit mon oncle *Toby* (reprenant le *souhait* déjà adressé au docteur et l'exprimant, cette deuxième fois, avec plus de chaleur et de sérieux encore que la première [143]) que *n'avez-vous vu, docteur Slop, les prodigieuses armées que nous possédions en Flandre!*

Ce souhait de mon oncle *Toby* mit le Dr. *Slop* dans un embarras où le digne homme était bien éloigné de vouloir mettre qui que ce fût. Il l'interdit, provoquant dans ses idées une confusion, puis une déroute, dont il ne put se rendre maître.

Qu'une dispute mette aux prises hommes ou femmes, qu'elle ait pour sujet l'honneur, le profit ou l'amour, peu importe : dans tous les cas il n'est rien de plus désastreux, madame, qu'un souhait inattendu tombant ainsi obliquement sur l'adversaire. En général, pour émousser la force d'un souhait, la plus sûre parade est la suivante : le souhaité doit se lever brusquement et souhaiter au souhaiteur quelque chose en échange de valeur équivalente; ainsi, par un équilibre acquis sur-le-champ, il se retrouve dans la situation précédente et parfois même en meilleure posture, ayant regagné l'initiative.

Mon chapitre sur les souhaits illustrera ce point abondamment. ——

Le Dr. *Slop* ne s'avisa pas de cette défense. Il demeura coi et la discussion en fut suspendue quatre minutes et demie; cinq l'eussent tuée. Mon père aperçut le danger — la dispute était l'une des plus belles qu'on pût imaginer : « l'enfant de ses prières et de ses efforts naîtrait-il sans ou avec tête » ? Il attendit jusqu'au dernier moment, laissant au Dr. *Slop* qui avait reçu le souhait son plein droit de réponse. Hélas! je l'ai dit, le Dr. *Slop* était perdu; il promenait ce regard vide, propre aux âmes interdites, du visage de mon oncle *Toby* à celui de mon père, l'élevait, l'abaissait, l'engageait sur la plinthe du lambris Est, puis Est Est-Sud et ainsi de suite jusqu'à l'orientation opposée; quand mon père s'avisa qu'il comptait les clous de cuivre sur le bras de son fauteuil, il vit qu'il ne restait plus un instant à perdre, que mon oncle *Toby* était vainqueur; il intervint donc comme suit :

Chapitre II

— Que de prodigieuses armées vous possédiez en *Flandre!* » — frère Toby, répliqua mon père, soulevant sa perruque de la main droite, et avec la gauche, tirant de la poche droite de sa veste un mouchoir rayé des Indes pour s'essuyer le front tandis qu'il argumentait contre mon oncle Toby.

Je pense qu'en ceci mon père était blâmable et vais vous en donner la raison.

Des royaumes ont été divisés et des couronnes ont chancelé sur la tête des monarques pour des questions apparemment plus futiles que celle de savoir *si mon père devait saisir sa perruque de la main droite ou de la gauche.* Mais est-il besoin, monsieur, de vous dire que toute réalité en ce monde tient sa forme et sa taille du moule des circonstances environnantes ? Qu'il se resserre ou se relâche et l'apparence change : grande, petite, bonne, mauvaise, indifférente ou non, selon le cas.

Son mouchoir des *Indes* étant dans sa poche droite, mon père n'aurait pas dû souffrir que la dextre fût employée ailleurs; au lieu d'en saisir sa perruque il aurait dû confier ce soin à sa main gauche; alors quand se fût présentée l'exigence impérieuse de s'éponger le front, il n'aurait eu, le plus simplement du monde, qu'à fourrer sa main droite dans sa poche droite pour en sortir son mouchoir des Indes, ce qu'il eût fait sans violence ni torsion peu gracieuse d'un muscle ou d'un tendon quelconque de son corps.

Alors toute son attitude (à moins qu'il n'ait voulu se

ridiculiser par une raideur de sa main gauche tenant la perruque ou par un angle absurde du coude ou de l'aisselle) toute son attitude, dis-je, eût été souple, aisée, naturelle. *Reynolds* [144] lui-même, dont les portraits ont tant de grandeur et de grâce, eût pu le prendre pour modèle.

Au contraire, à la façon dont mon père prit la chose, voyez la diable de silhouette qu'il se donna.

À la fin du règne d'*Anne* et au début du règne de *Georges I*[er] *les poches de la veste étaient coupées très bas*. Inutile d'en dire davantage. L'auteur de nos maux, en y travaillant un mois, n'aurait pu inventer une mode pire pour un homme dans la situation paternelle.

Chapitre III

Sous aucun règne et pour aucun sujet de Sa Majesté (s'il n'a pas ma propre maigreur) il n'est jamais commode d'aller en diagonale fourrer sa main au fond de la poche opposée, mais dans l'année 1718, où ces événements eurent lieu, la chose était incroyablement difficile; elle nécessitait une approche transversale et zigzagante qui évoqua aussitôt dans l'esprit de mon oncle *Toby* le souvenir des mouvements de jadis accomplis devant la porte *Saint-Nicolas*. Cette seule idée l'éloigna à ce point du débat actuel qu'il avança la main droite pour sonner *Trim* et lui demander d'aller chercher sa carte de *Namur* sans oublier ses compas et son rapporteur afin de mesurer l'angle des tranchées d'où partit l'attaque et particulièrement celui de la tranchée où il avait été blessé à l'aine.

Mon père fronça les sourcils et tandis qu'il les fronçait tout le sang qu'il avait dans le corps parut soudain lui sauter au visage. Mon oncle Toby vida aussitôt ses arçons.

— Je n'avais pas saisi que votre oncle *Toby* fût en selle. ——

Chapitre IV

Le corps d'un homme et son esprit — sauf le respect que je leur dois, — semblent pareils à un justaucorps et à sa doublure; fripez l'un, vous fripez l'autre. Il existe une exception à cette règle, celle du gaillard assez heureux pour posséder un justaucorps de taffetas glacé doublé de sarsenet ou de fine perse.

Zénon, Cléanthe, Diogène de Babylone, Denys Héraclite, Antipater, Panaetius et *Possidonius* chez les *Grecs; Caton, Varron* et *Sénèque* chez les *Romains; Pantenus, Clément d'Alexandrie* et *Montaigne* [145] chez les *Chrétiens* et une douzaine et demie de bons et loyaux *Shandiens* à tête vide dont le nom m'échappe, ont tous prétendu posséder des justaucorps de cette façon. Vous pouviez les ployer et les plisser, les froisser et les friper, les râper et les érailler jusqu'à les mettre en charpie extérieurement, bref leur faire subir les plus mauvais traitements imaginables sans abîmer en rien pour cela la délicatesse de leur doublure.

Je crois en conscience la mienne un peu faite sur ce modèle car jamais pauvre justaucorps ne fut plus maltraité que lui en ces neuf derniers mois et pourtant la doublure, autant que j'en puisse juger, n'en vaut pas six sous de moins. Au petit bonheur, de bric et de broc, couci couça, de-ci de-là, d'estoc et de taille, frappant par devant, frappant par-derrière, ils l'ont aménagée pour moi. Si ma doublure avait eu le moindre apprêt, juste ciel! elle serait depuis longtemps éraillée et usée jusqu'à la corde.

Messieurs les critiques périodiques, comment avez-vous pu ainsi fouailler et lacérer mon justaucorps? Saviez-vous si vous ne gâteriez pas aussi la doublure [146]?

De tout mon cœur, de toute mon âme, je vous recommande à la protection de Celui qui ne peut blesser aucun de nous : Dieu vous bénisse donc. Seulement, si l'un de vous, le mois prochain, grince encore des dents et peste de rage contre moi comme firent certains d'entre vous en Mai dernier (un mois très chaud, je me souviens), ne soyez pas exaspérés si je supporte avec bonne humeur la bourrasque : car je suis résolu aussi longtemps que je vivrai ou écrirai (ce qui pour moi revient au même) à ne pas traiter les honnêtes gens de votre sorte plus mal que mon oncle *Toby* la mouche qui lui bourdonnait sur le nez pendant tout le *repas :* « Va, pauvre diable, va, lui dit-il, pars, pourquoi te ferais-je du mal ? ce monde est à coup sûr assez grand pour nous contenir tous deux. »

Chapitre V

Tout homme, madame, parlant assis à un interlocuteur debout et le voyant s'empourprer comme mon père lorsque, je l'ai dit, tout le sang de son corps parut lui sauter au visage, faisant au moins monter son teint picturalement et scientifiquement de six tons et demi, sinon d'une octave, au-dessus de sa couleur naturelle, tout homme, madame — mon oncle *Toby* excepté — qui eût, en outre, observé chez son interlocuteur un tel bourrelet des sourcils, une si extravagante contorsion de tout le corps, se fût dit : « Cet homme est fou de colère. » Dès lors, sans plus ample informé et pour peu qu'il goûtât l'harmonie de deux instruments exactement d'accord, il eût fait monter sa propre fureur au même degré de tension et, tous les diables déchaînés, le morceau entier eût dû être exécuté comme la sixième pièce de Scarlatti [147] : *con furia.* Un peu de patience ! Qu'ont à faire avec l'harmonie ces *con furia, con strepito* et autres danses de saint Guy ?

Excepté, dis-je, mon oncle *Toby* que sa bienveillance incitait à donner de chaque mouvement l'interprétation la plus aimable, tout homme, madame, eût conclu que mon père était en colère et l'eût blâmé. Mon oncle *Toby* blâma seulement le tailleur qui avait coupé la poche. Calmement assis et le regard levé plein d'une indicible tendresse, il attendit que l'extraction du mouchoir ait pris fin. Sur quoi mon père poursuivit :

Chapitre VI

—— « Quelles prodigieuses armées vous possédiez en *Flandre!* » Frère *Toby*, dit-il, je vous tiens pour l'homme le plus honnête, le cœur le plus droit et le plus généreux que Dieu ait jamais créé et ce n'est point votre faute si tous les enfants qui ont été, seront, peuvent ou doivent être mis au monde y sont poussés la tête la première, mais croyez-moi, mon cher *Toby*, les accidents inévitables qu'ils ont à souffrir — et je ne parle pas seulement des malheurs de la conception pourtant bien dignes d'être considérés à mon sens, mais des dangers et des difficultés qui les attendent après leur venue en ce monde — sont bien assez nombreux pour ne pas, à plaisir, leur en ajouter d'autres au moment du passage.

— Ces dangers, dit mon oncle *Toby*, avec un regard grave, la main posée sur le genou de mon père, sont-ils plus grands aujourd'hui qu'autrefois ?

— Frère *Toby*, répondit mon père, pourvu qu'un enfant naquît vivant et sain et que la mère se relevât bien de ses couches, nos aïeux se déclaraient satisfaits. Mon oncle *Toby* retira aussitôt sa main gauche du genou de mon père, se renversa doucement dans son fauteuil, leva la tête jusqu'à ne plus voir que la corniche de la pièce, puis dirigeant habilement dans leurs fonctions les muscles buccinateurs de ses joues et orbiculaires de ses lèvres, il siffla *Lillabullero*.

Chapitre VII

Tandis que mon oncle *Toby* sifflait *Lillabullero* au nez de mon père, le Dr. *Slop*, rageant et pestant contre *Obadiah*, multipliait les jurons avec une terrifiante rapidité. Votre cœur en eût été purifié, monsieur, vous en auriez été guéri à tout jamais du triste péché de blasphème et c'est bien ce qui me décide à vous raconter toute l'histoire.

En confiant à *Obadiah* le sac vert bourré d'instruments, la servante du docteur lui avait sagement recommandé de le porter en bandoulière. Elle avait donc défait le nœud pour allonger la cordelette et l'avait aidé à passer la tête et le bras. Ceci fait, ils s'avisèrent que le sac bâillait; à l'allure où *Obadiah* craignait de revenir, un instrument pouvait être perdu; ils tinrent donc conseil, puis, le cœur plein de crainte et de prudence, ils resserrèrent la coulisse, rattachèrent la cordelette et assujettirent cette fermeture par une bonne demi-douzaine de nœuds qu'*Obadiah* tordit, serra et refoula de toute sa force. Que demander de plus ? — On ne peut cependant tout prévoir; dans ce sac si bien clos mais conique de forme : tire-tête, forceps et seringue en liberté brimballèrent au premier trot avec un tel bruit de ferraille qu'il eût à jamais chassé du pays le dieu Hymen si *Obadiah* l'avait rencontré. Mais lorsque *Obadiah*, piquant des deux, eut passé du trot au galop de charge, ô ciel! alors, monsieur, le ferraillement devint incroyable.

Obadiah avait une femme et trois enfants : il ne médita donc ni sur la turpitude de la fornication ni sur les fâcheuses conséquences politiques d'un tel vacarme. Une objection pourtant lui vint à l'esprit qui lui parut de poids comme à bien d'autres et grands patriotes : *Le pauvre diable, monsieur, ne s'entendait pas siffler.*

Chapitre VIII

A toute la musique instrumentale qui lui résonnait sur le dos, *Obadiah* préférait sa petite flûte. Il mit donc son imagination à l'œuvre afin d'inventer et de combiner un procédé quelconque qui lui permît d'en jouir.

Dans tous les cas désespérés (hormis ceux relevant de la musique) où un homme a besoin d'une petite corde, celle qui lui vient la première à l'esprit est le ruban de son chapeau : la philosophie d'un tel fait est si superficielle que je méprise d'y entrer.

Le cas d'*Obadiah* était mixte — je dis mixte, Messieurs — car il relevait de l'obstétrique, de la *scrip*tique, de la canulique, de la papistique et dans la mesure où un cheval de poste était impliqué dans l'affaire, de la cabal-istique ; la musique n'y entrait que pour une part. *Obadiah* ne refusa donc pas le premier expédient qui s'offrit à lui. Ainsi, maintenant ferme le sac et les instruments d'une seule main, il saisit le ruban de son chapeau entre le pouce et l'index de l'autre, il le porta à la bouche, en prit solidement le bout entre ses dents et faisant glisser sa main plus bas, il ligota le sac, doublant, croisant et recroisant avec une telle profusion de traverses et de tressages compliqués, et des nœuds si excellents à chaque point d'intersection du réseau qu'il eût fallu au Dr. *Slop* au moins les trois cinquièmes de la patience de *Job* pour les défaire. En toute conscience, si la NATURE et le Dr. *Slop* étaient partis à égalité pour une course de vitesse (en admettant que la première fût dans un de ses jours d'agilité et en humeur de se prêter à ce jeu) il n'est personne qui, connaissant d'une part la prestesse dont la déesse peut faire preuve quand elle le juge bon et voyant d'autre part le sac ainsi ficelé par *Obadiah*, eût conservé le moindre doute sur l'issue de la lutte. Ma mère eût été, madame, délivrée plus vite que le sac avec au moins vingt *nœuds* d'avance. *Tristram Shandy*, éternel jouet des menus hasards ! si cette course s'était disputée pour toi — et l'on pouvait parier cinquante contre un que tel était le cas — tes affaires, et d'abord ton nez, eussent été mieux en point; la fortune de ta maison et les occasions si souvent offertes de la relever n'eussent pas été dissipées de façon si vexatoire, si plate, si définitive. Hélas! tout est fini, sauf le récit de tes mésaventures que je ne puis donner aux curieux tant que tu n'es pas au monde.

Chapitre IX

Les grands esprits procèdent par sauts. Dès l'instant où le docteur posa les yeux sur son sac (et il le fit seulement lorsque la dispute de mon oncle *Toby* sur l'art des sages-femmes lui en eut rappelé l'existence) une idée lui vint à l'esprit. « Louons Dieu, se dit-il à lui-même, d'avoir donné à Mrs. *Shandy* un accouchement si ardu; elle en aurait fini sept fois sans cela avant que j'aie défait la moitié de ces nœuds. » Notez-le cependant, la pensée flotta seulement dans l'esprit du Dr. *Slop* comme une barque à la dérive, à titre de simple proposition; des millions d'idées semblables, Votre Altesse ne l'ignore pas, vont nageant dans la fluide liqueur de toute intelligence sans avancer ni reculer jusqu'au moment où une petite bouffée d'orgueil ou d'intérêt les chasse d'un côté ou d'autre.

Un soudain bruit de pas sur le plafond près du lit de ma mère rendit à la proposition du Dr. *Slop* le service que je viens d'indiquer. « Misère de nous! dit-il, la chose va nous arriver si je ne me presse. »

Chapitre X

De cette question de *nœuds*, j'exclus d'abord — qu'on m'entende bien — les nœuds coulants, mon opinion à leur sujet devant trouver sa place exacte quand je parlerai de la catastrophe qui advint à mon grand oncle *Hammond Shandy* — petit homme mais haut fantaisiste — qui prit une part violente à l'affaire du duc de *Monmouth* [148]. Je ne traiterai pas non plus ici de cette sorte particulière de nœuds qu'on appelle nœuds de cravate : il faut pour les défaire si peu de patience ou d'adresse que je ne m'abaisserai pas à leur consacrer la moindre opinion. Les nœuds dont je parle — que Votre Grâce en soit persuadée — sont de bons et honnêtes nœuds durs, serrés en diable et *de bonne foi;* tels étaient ceux d'*Obadiah*, sans équivoque ni restriction mentale, sans bout sournoisement *repassé* à travers l'anneau qui permette de les défaire par une simple traction. J'espère que vous me comprenez.

Placé devant ces *nœuds*, empêtré dans ces nœuds que, n'en déplaise à Votre Grâce, la vie multiplie sur notre chemin, l'homme pressé peut ouvrir son canif et trancher. Mais il aura tort. Croyez-moi, messieurs, la seule conduite vertueuse, celle que nous dictent à la fois la patience et la conscience, est d'y employer nos dents ou nos doigts. Le Dr. *Slop* avait perdu ses dents : au cours d'un accouchement difficile, son instrument favori mal guidé ou mal appliqué lui ayant glissé des mains, le manche était venu lui en casser trois excellentes. Il essaya donc ses doigts : hélas les ongles de ses doigts et de ses pouces étaient coupés ras. Le diable emporte les nœuds! — Rien ne marche, cria le Dr. *Slop*. Le bruit des pas sur le plafond autour du lit de ma mère s'accrut. Peste soit de l'animal! Je ne déferai ces nœuds de ma vie. Ma mère gémit. — Prêtez-moi votre canif; enfin il me faut couper ces nœuds — pschtt — de Dieu! Je me suis coupé le pouce jusqu'à l'os. A tous les diables — pas un autre accoucheur à cinquante milles — me voilà hors d'état pour ce coup-ci — Il faudrait pendre ce coquin — le fusiller — aux cent mille diables d'enfer, l'imbécile!

Mon père respectait fort *Obadiah* et ne pouvait l'entendre traiter ainsi ; en outre il se respectait un peu lui-même et souffrait aussi mal l'injure qui rejaillissait sur lui.

Si le Dr. *Slop* avait coupé toute autre partie de soi que son pouce, mon père eût passé outre ; sa prudence eût triomphé, mais dans ces circonstances il était résolu à prendre une revanche.

— Docteur *Slop*, dit-il, après avoir présenté ses regrets de l'accident, les petits blasphèmes, dans de grandes occasions, ne font que gaspiller notre énergie et mettre notre âme en danger sans résultat utile.

— Je l'avoue, répliqua le Dr. *Slop*.

— Ce sont, dit mon oncle Toby en s'arrêtant de siffler, décharges pour moineaux lancées contre un bastion.

— Ils soulèvent en nous les humeurs, dit mon père, sans en adoucir l'âcreté. Pour moi, je ne jure ou ne blasphème que très rarement, car je tiens l'habitude pour mauvaise et si j'y tombe quelquefois, je garde d'ordinaire assez de présence d'esprit (très juste, dit mon oncle *Toby*) pour servir encore mes desseins : je jure jusqu'à l'instant où je me sens soulagé. Un homme sage et équitable tenterait toujours de proportionner l'échappée ainsi consentie à ses humeurs non seulement à leur agitation intérieure mais à la grandeur et à la méchanceté de l'offensé que ces malédictions accablent.

— C'est l'intention qu'il faut considérer, dit mon oncle *Toby*.

— Voilà pourquoi, dit mon père, avec une cervantesque gravité, j'ai la plus grande vénération du monde pour ce gentilhomme qui, se méfiant de lui-même sur ce point, s'était assis devant sa table et avait composé tout à loisir différentes formules blasphématoires convenant à tous les cas possibles d'offense, de la plus bénigne à la plus cruelle, et qui, ayant bien révisé sa liste, la tenait toujours à portée de main sur le manteau de sa cheminée à toutes fins utiles.

— Je ne comprends pas, dit le Dr. *Slop*, qu'on ait jamais songé à cet expédient, encore moins qu'on l'ait mis à exécution.

— Je vous demande pardon, dit mon père, je lisais encore ce matin (sans l'employer) une de ces formules à mon frère *Toby* pendant qu'il versait le thé; elle est là sur l'étagère au-dessus de ma tête; mais si je me souviens bien, elle a trop de violence pour une simple coupure du pouce.

— Nullement, dit le Dr. *Slop*, le diable emporte l'animal!

— Elle est donc à votre service, dit mon père, à condition que vous la lisiez tout haut. Et se levant, il prit sur l'étagère une formule d'excommunication de l'Eglise *romaine*, copiée (avec son ordinaire curiosité de collectionneur) dans le registre de l'église de Rochester; elle était l'œuvre d'Ernulphus, évêque; affectant un sérieux du regard et de la voix qui eût chatouillé Ernulphus lui-même, il la plaça entre les mains du Dr. *Slop*. Ce dernier entortilla son mouchoir autour de son pouce puis, avec une grimace où ne perçait pourtant aucun soupçon, et tandis que mon oncle *Toby* sifflait *Lillabullero* sans arrêt, lut à haute voix ce qui suit :

Textus de Ecclesiâ Roffensi, per Ernulfum Episcopum [149].

CAP. XXXV

EXCOMMUNICATIO (1)

Ex auctoritate Dei omnipotentis, Patris, et Filii, et Spiritus Sancti, et sanctorum canonum, sanctaeque et intemeratae Virginis Dei genetricis Mariae.

Atque omnium coelestium virtutum, angelorum, archangelorum, thronorum, dominationum, potestatum, cherubin ac seraphin, et sanctorum patriarcharum, pro-

(1) Comme l'authenticité du débat de la *Sorbonne* sur le baptême a été mise en doute par certains et niée par d'autres, nous avons jugé bon de reproduire ici le texte original de cette excommunication. Mr. *Shandy* remercie le bibliothécaire du Doyen et le chapitre de *Rochester* pour lui en avoir donné l'autorisation [note de l'auteur].

Chapitre XI

« Par l'autorité de Dieu Tout-Puissant, du Père, du Fils et du Saint-Esprit, des saints canons et de la Vierge Immaculée, *Marie*, mère et patronne de notre Sauveur. »
— Je ne vois pas la nécessité de lire cela tout haut, dit le Dr. *Slop* en se tournant vers mon père et en reposant le papier sur ses genoux, puisque vous l'avez lu vous-même récemment et puisque le capitaine *Shandy* ne paraît pas très désireux de le ré-entendre. Je peux aussi bien le lire pour moi seul.
— Ce serait contraire à notre traité, dit mon père. D'ailleurs, le document a quelque chose de si fantaisiste, surtout à la fin, que je serais fâché d'en manquer une deuxième lecture. Le Dr. *Slop* ne parut pas très satisfait, mais, l'oncle *Toby* ayant offert d'arrêter son sifflet pour faire la lecture, il jugea mieux d'agir lui-même sous le couvert du *Lillabullero*. Elevant donc le papier à la hauteur de son visage pour masquer son ennui, il reprit sa lecture (mon oncle *Toby* sifflait toujours quoique un peu moins fort).

« Par l'autorité de Dieu Tout-Puissant, du Père, du Fils et du Saint-Esprit, des saints canons et de la Vierge

phetarum et omnium apostolorum et evangelistarum et sanctorum innocentum, qui in conspectu Agni soli digni inventi sunt canticum cantare novum, et sanctorum martyrum et sanctorum confessorum, et sanctarum virginum, atque omnium simul sanctorum et electorum
vel os
Dei — Excommunicamus, et anathematizamus hunc
   s *vel* os   s
furem, vel hunc malefactorem, N.N. et a liminibus sanctae Dei ecclesiae sequestramus, et aeternis suppliciis
   vel i   n
excruciandus, mancipetur, cum Dathan et Abiram, et cum his qui dixerunt Domino Deo, Recede à nobis, scientiam viarum tuarum nolumus : et sicut aquâ ignis
      vel eorum
extinguitur, sic extinguatur lucerna ejus in secula seculo-
   n
rum nisi resipuerit, et ad satisfactionem venerit. Amen.

      os
Maledicat illum Deus Pater qui hominem creavit, Male-
  os
dicat illum Dei Filius qui pro homine passus est. Male-
  os
dicat illum Spiritus Sanctus qui in baptismo effusus est.
    os
Maledicat illum sancta crux, quam Christus pro nostrâ salute hostem triumphans ascendit.

    os
Maledicat illum sancta Dei genetrix et perpetua Virgo
    os
Maria. Maledicat illum sanctus Michael, animarum sus-
  os
ceptor sacrarum. Maledicant illum omnes angeli et archangeli, principatus et potestates omnisque militia coelestis.

    os
Maledicat illum patriarcharum et prophetarum lauda-
  os
bilis numerus. Maledicat illum sanctus Johannes Praecursor et Baptista Christi, et sanctus Petrus, et Sanctus

LIVRE III - CHAPITRE XI

Immaculée, Marie, mère et patronne de notre Sauveur, de toutes les vertus célestes, anges, archanges, trônes, dominations, puissances, chérubins et séraphins, et de tous les saints patriarches et prophètes, et de tous les apôtres et évangélistes, et de tous les Saints Innocents jugés dignes de chanter sous le regard du Saint Agneau les louanges des saints martyrs et des saints confesseurs, et de toutes les vierges saintes et de tous les saints ainsi que des savants élus de Dieu, puisse-t-il *(Obadiah)* être damné (pour avoir noué ces nœuds). Nous l'excommunions et anathématisons et lui interdisons le seuil du sanctuaire de Dieu Tout-Puissant, afin qu'il soit tourmenté, enchaîné et livré avec *Dathan* et *Abiram*[150], et avec ceux qui disent à notre Seigneur Dieu : « Eloigne-toi de nous, nous ne désirons pas entrer dans tes voies. » Et comme l'eau éteint le feu, puisse la lumière de son âme être éteinte à moins qu'il (Obadiah) ne se repente (d'avoir noué ces nœuds) et ne fasse pénitence (pour eux). Amen.

« Puisse le Père qui a créé l'homme, le maudire. Puisse le Fils qui a souffert pour nous, le maudire. Puisse le Saint-Esprit qui nous fut donné dans le baptême, le maudire (Obadiah). Puisse la Sainte Croix, où monta le Christ triomphant de ses ennemis, le maudire.

« Puisse la Sainte Vierge éternelle, *Marie*, Mère de Dieu, le maudire. Puisse Saint *Michel*, avocat des saintes âmes, le maudire. Puissent les Anges et les Archanges, les Principautés et les Puissances et toutes les célestes armées, le maudire. [Nos armées en *Flandre*, cria mon oncle *Toby*, avaient des jurons terrifiants mais rien de semblable à ceci. Pour moi, je n'aurais pas le cœur de maudire mon chien de cette façon.]

« Puissent Saint *Jean le Précurseur*, Saint *Jean-Baptiste*[151], Saint *Pierre*, Saint *Paul*, Saint *André* et tous les autres apôtres du *Christ* le maudire. Puissent tous les autres disciples du *Christ* et les Quatre Evangélistes dont

Paulus, atque sanctus Andreas, omnesque Christi apostoli, simul et caeteri discipuli, quatuor quoque evangelistae, qui sua praedicatione mundum universum conver-
os
terunt. Maledicat illum cuneus martyrum et confessorum mirificus, qui Deo bonis operibus placitus inventus est.
os
Maledicant illum sacrarum virginum chori, quae mundi vana causa honoris Christi respuenda contempserunt.
os
Maledicant illum omnes sancti qui ab initio mundi usque in finem seculi Deo dilecti inveniuntur.
os
Maledicant illum coeli et terra, et omnia sancta in eis manentia.

n n
Maledictus sit ubicunque fuerit, sive in domo, sive in agro, sive in viâ, sive in semitâ, sive in silvâ, sive in aquâ, sive in ecclesiâ.

Maledictus sit vivendo, moriendo,— — — — — — —
— — — — — — — — — — — — — — — —
— — — — — — — — — — — — — — — —
manducando, bibendo, esuriendo, sitiendo, jejunando, dormitando, dormiendo, vigilando, eambulando, stando, sedendo, jacendo, operando, quiescendo, mingendo, cacando, flebotomando.
i n
Maledictus sit in totis viribus corporis.

Maledictus sit intus et exterius.

Maledictus sit in capillis; maledictus sit in cerebro.

Maledictus sit in vertice, in temporibus, in fronte, in auriculis, in superciliis in oculis, in genis, in maxillis, in naribus, in dentibus, mordacibus, sive molaribus, in labiis, in guttere, in humeris, in harnis, in brachiis, in manubus, in digitis, in pectore, in corde, et in omnibus interioribus stomacho tenus, in renibus, in inguinibus, in femore, in genitalibus, in coxis, in genubus, in cruribus, in pedibus, et in inguibus.

Maledictus sit in totis compagibus membrorum, a

le prêche convertit l'univers, puisse la sainte et miraculeuse cohorte des martyrs et des confesseurs, dont les œuvres saintes plaisent à *Dieu Tout-Puissant*, le maudire *(Obadiah)*.

« Puisse le chœur Saint des *Vierges Saintes* qui pour l'honneur du *Christ* ont méprisé les choses de ce monde, le damner. Puissent tous les Saints qui depuis le commencement de ce monde, jusqu'à la fin des siècles ont été chéris de Dieu, le damner.

Puissent les cieux et la terre et tout ce qu'ils comportent de saint le *(Obadiah)* ou la (ou quiconque a mis une main dans la fabrication de ces nœuds) damner.

vertice capitis, usque ad plantam pedis — non sit in eo sanitas.

« Qu'il (Obadiah) soit damné où qu'il puisse être — dans la maison ou l'étable, le jardin ou le champ, sur la route ou le sentier, dans le bois, dans l'eau ou dans l'église. Qu'il soit maudit dans sa vie et dans sa mort. [Ici, mon oncle *Toby*, profitant d'une **blanche** dans la seconde mesure de son air, siffla la même note sans arrêt jusqu'à la fin de la phrase tandis que sous cette pédale supérieure, couraient comme une basse, toutes les malédictions du Dr. *Slop*.] — Qu'il soit maudit en mangeant et en buvant, dans sa faim et dans sa soif, dans son jeûne, dans son sommeil et dans son demi-sommeil, qu'il marche, qu'il s'arrête, qu'il s'asseye, qu'il se couche, qu'il travaille, qu'il se repose, qu'il pisse, qu'il chie ou qu'il saigne!

Qu'il *(Obadiah)* soit maudit dans toutes les fonctions de son corps!

Qu'il soit maudit intérieurement et extérieurement, qu'il soit maudit dans les cheveux de sa tête! dans son cerveau et dans ses vertèbres! (Voilà une juste malédiction, dit mon père), dans ses tempes, dans son front, dans ses oreilles, dans ses sourcils, dans ses joues, dans les os de ses mâchoires, dans ses narines, dans ses dents de devant et dans ses molaires, dans ses lèvres, dans sa gorge, dans ses épaules, dans ses poignets, dans ses bras, dans ses mains, dans ses doigts!

Qu'il soit damné dans sa bouche, dans sa poitrine, dans son cœur et son intérieur jusqu'au tréfonds de son estomac!

Qu'il soit maudit dans ses reins, dans son aine (que le Ciel nous préserve! dit mon oncle *Toby*) dans ses cuisses, dans ses génitoires (mon père secoua la tête), dans ses hanches, ses jambes, ses pieds, dans les ongles de ses orteils!

Qu'il soit maudit dans toutes les jointures et articulations de ses membres, du sommet de son crâne à la plante de ses pieds! Qu'il ne lui reste plus de sens!

Maledicat illum Christus Filius Dei vivi toto suae majestatis imperio

— et insurgat adversus illum coelum cum omnibus virtutibus quae in eo moventur ad *damnandum* eum, nisi penituerit et ad satisfactionem venerit. Amen. Fiat, fiat. Amen.

« Puisse le fils de Dieu vivant et toute la Majesté de Sa Gloire — [Ici mon oncle *Toby* renversant la tête poussa un long, fort, monstrueux « Û-û-û-û » quelque chose d'intermédiaire entre le sifflet et l'*interjection*].

— Par la barbe dorée de *Jupiter*, par celle de *Junon* (en admettant que cette Majesté en portât une), et par toutes les barbes de la mythologie païenne — ce qui, soit dit en passant, en fait un joli nombre puisque, entre les barbes des dieux célestes, aériens et aquatiques (sans compter les dieux des villes et des champs) et les barbes des déesses célestes, leurs épouses, ou infernales, leurs garces et concubines (toujours en admettant qu'elles la portent) *Varron* affirme sur son honneur en compter au moins dans l'univers païen trente mille belles et bonnes ayant chacune le droit et privilège de figurer dans un serment [152] — par toutes ces barbes donc, liées ensemble, je jure et proteste solennellement que si je vaux deux méchantes casaques, j'eusse donné la meilleure des deux aussi volontiers que le *Cid Hamet* [153] lui-même pour me trouver présent à cette scène et y entendre l'accompagnement de mon oncle *Toby*.

« Qu'il soit maudit, poursuivit le Dr. *Slop*, puisse le Ciel et toutes les puissances qui s'y meuvent s'élever contre lui (Oɔadiah) le maudire et le damner à moins qu'il ne se repente et fasse pénitence. Amen. Ainsi soit-il. Amen. »

— Je n'aurais pas le cœur, dit mon oncle *Toby*, de maudire si amèrement le diable en personne!

— Il est le père des malédictions, répliqua le Dr. *Slop*.

— Mais pas moi, dit mon oncle.

— Il est déjà maudit et damné de toute éternité, répliqua le Dr. *Slop*.

— Je le regrette, dit mon oncle *Toby*.

Le Dr. Slop fit la moue pour rendre à mon oncle *Toby* le compliment de son interjection sifflée, quand tout à coup la porte qu'on verra s'ouvrir précipitamment, non dans le chapitre suivant mais dans l'autre, mit le point final à cette dispute.

Chapitre XII

Point de fatuité, je vous prie. N'allons pas prétendre que les jurons dont nous usons librement en ce libre pays sont nôtres; parce que nous avons l'esprit de les prononcer, ne croyons pas avoir eu celui de les inventer.

Je vais aussitôt prouver le contraire à n'importe qui — connaisseurs exceptés — j'entends connaisseurs en jurons, les seuls que je récuse ici comme, à l'occasion, je récuserais les connaisseurs en peinture, etc., etc. Ils sont à ce point *chamarrés* des verroteries et des gris-gris de la critique ou, si l'on veut que j'abandonne ma métaphore (ce qui serait grand'pitié après l'être allé quérir sur la côte de *Guinée*), ils ont, monsieur, la tête si farcie de règles et d'étalons et tant d'inclination à les appliquer partout qu'il vaudrait mieux pour une œuvre de génie aller au diable tout de suite plutôt que de souffrir leurs piqûres et leurs tourments.

— Comment *Garrick*[154] dit-il son soliloque hier soir ?
— Contre toutes les règles, Monseigneur; il n'a cessé d'écorcher la grammaire. Entre le substantif et l'adjectif, lesquels doivent s'accorder, vous le savez, en *nombre*, *cas* et *genre*, il s'est interrompu comme s'il y avait doute entre le nominatif et le verbe qu'il commande, Votre Seigneurie ne l'ignore pas; il a suspendu sa voix douze fois et chaque fois, Monseigneur, trois secondes et trois cinquièmes mesurés au chronomètre.
— Admirable grammairien! Mais en suspendant sa voix, suspend-il aussi le sens ? Aucune expression, aucun geste ne remplit-il l'intervalle ? L'œil était-il silencieux ? L'avez-vous regardé de près ?
— Je regardais le chronomètre, Monseigneur.
— Excellent observateur! Et que pensez-vous de ce nouvel ouvrage dont le monde entier fait si grand bruit ?
— Informe, Monseigneur, tout à fait irrégulier, aucun des quatre angles n'est droit. J'avais règle et compas en poche, Monseigneur!
— Excellent critique!

— Quant au poème épique dont Votre Grâce m'ordonna de mesurer chez moi la longueur, la largeur, la hauteur et la profondeur à la toise-étalon de *Bossu*[155], il est faux, Monseigneur, en toutes ses dimensions.

— Admirable connaisseur! En retournant êtes-vous passé voir notre fameux tableau?

— Monseigneur, c'est un triste barbouillage. Le principe pyramidal n'est respecté dans aucun des groupes. Et quel prix quand on n'y trouve ni le coloris du *Titien*, ni l'expression de *Rubens*, ni la grâce de *Raphaël*, ni la pureté du *Dominiquin*, ni la corrégicité du *Corrège*, ni la science de *Poussin*, ni la bravoure de *Guido*, ni le goût de *Carrache*, ni les nobles contours de *Michel-Ange*.

Justes cieux, donnez-moi quelque patience! De toutes les affectations qui affectent notre monde affecté, l'hypocrisie est peut-être la pire mais la critique est la plus intolérable!

Je ferais cinquante milles à pied (n'ayant pas de cheval qui vaille d'être monté) pour aller baiser la main d'un homme qui sache livrer généreusement son imagination à la conduite d'un auteur et qui ressente du plaisir sans savoir pourquoi et sans se le demander.

Grand *Apollon!* Si tu es en humeur de donner, donne-moi — je ne demande pas davantage — une seule touche de naturel et une seule étincelle de ton propre feu. Quant à Mercure, avec sa *règle et son compas*, envoie-le, s'il est libre, à — peu importe!

Ainsi, à tout autre qu'un connaisseur, je démontrerais que les jurons et imprécations semés à tous vents en ce monde depuis deux cent cinquante ans sont à tort tenus pour originaux. En ce qui concerne le *pouce* de saint *Paul*[156] ou la *chair et le poisson de Dieu*[157], ce furent jurons monarchiques et sans doute peu déplacés si l'on considère leurs auteurs : peu importe qu'un juron de roi soit poisson ou chair. Pour les autres, je déclare qu'il n'y en a pas un qui n'ait été plagié et re-plagié mille fois d'*Ernulphe* sans conserver, comme tous les plagiats, la force et l'esprit de l'original. « Dieu vous damne » — voilà un juron estimé et qui fait un assez bon effet. Mais rapprochez-le d'*Ernulphe* : « *Que Dieu Tout-Puissant vous damne*, que le Fils vous damne, que le Saint-Esprit vous damne, » le premier n'est rien, vous le voyez. Ceux d'*Ernulphe* vous ont un air oriental auquel nous ne saurions prétendre : d'ailleurs l'invention d'*Ernulphe* est plus riche, il possède à un plus haut degré les qualités du jureur ; si complète est sa connaissance de l'homme, de ses membranes, de ses nerfs, de ses ligaments, de ses jointures et de ses articulations que lorsque *Ernulphe* vous a maudit, aucune partie de vous-même ne lui échappe. Il est vrai que sa manière est un peu *dure* et manque de grâce comme celle de *Michel-Ange* : mais en revanche, quelle grandeur et quelle flamme !

Mon père qui ne regardait rien que sous un jour particulier, refusa d'admettre en fin de compte l'originalité d'*Ernulphe*. Il vit plutôt dans son anathème une école de *malédiction* : l'art, soupçonna-t-il, devait s'en être presque perdu sous un pontificat plus doux et, sur l'ordre du Pape suivant, *Ernulphe* en avait ramassé les lois en un seul texte avec beaucoup de science et de soin : ainsi, au déclin de l'Empire, *Justinien* avait ordonné à son ministre *Tribonien* [158] de rassembler en un seul code les lois civiles et *romaines* de peur que le monde ne les perdît à jamais par la rouille du temps et selon le destin commun à tout ce que conserve seulement une tradition orale.

C'est pourquoi mon père prétendait que tous les jurons possibles depuis le grand et formidable juron de *Guillaume* le Conquérant *(Par la Splendeur de Dieu !)* jusqu'au plus bas juron d'un balayeur *(Au diable la charogne !)* se trouvaient déjà dans *Ernulphe*. Bref, ajoutait-il, je défie quiconque de jurer en dehors de lui.

Comme toutes les hypothèses de mon père, celle-ci est à la fois singulière et ingénieuse et je n'aurais contre elle aucune objection si elle ne détruisait la mienne.

CHAPITRE XIII

—— Seigneur ! ma pauvre maîtresse est sur le point de s'évanouir. Les douleurs se sont arrêtées, on a fini les pastilles, la bouteille de julep s'est cassée, la garde s'est entaillé le bras (et moi le pouce, cria le Dr. *Slop*). L'enfant est toujours au même endroit, poursuivit *Susannah*, la sage-femme est tombée en arrière sur le bord du garde-feu ; elle a la hanche toute meurtrie, plus noire que votre chapeau.

— Je vais voir ça, dit le Dr. *Slop*.

— C'est bien inutile, répliqua *Susannah*, vous feriez mieux d'apporter vos soins à ma maîtresse. Mais la sage-femme désire d'abord vous mettre au courant et elle voudrait que vous montiez lui parler aussitôt.

L'homme est le même en toutes professions.

Le Dr. *Slop* n'avait pas encore digéré qu'on lui eût imposé une sage-femme. — Non, répliqua-t-il donc, il serait tout aussi convenable que la sage-femme descendît me parler.

— J'aime la subordination, dit mon oncle *Toby*. Sans elle, après que *Lille* eut été réduite, je ne sais ce qui fût advenu de la garnison à *Gand*, dans cette émeute provoquée par la famine en l'an 10 [159].

— Et moi, répliqua le Dr. *Slop* (en parodiant la marotte de mon oncle *Toby* quoique tout aussi possédé de la sienne) je ne sais ce qu'il adviendrait de cette garnison, là-haut, dans l'état d'émeute et de chaos où je la vois, sans une subordination des doigts et du pouce à ****** — l'application, monsieur, en est si fort à propos après mon accident que, sans elle, les conséquences de mon entaille au pouce eussent pu être ressenties par la famille *Shandy* aussi longtemps qu'elle vivra.

Chapitre XIV

Revenons au ****** — du dernier chapitre. C'est un trait singulier d'éloquence (c'en était un du moins quand l'éloquence fleurissait à *Athènes* et à *Rome* et c'en serait un aujourd'hui si nos orateurs portaient des manteaux) que d'omettre le nom d'un objet lorsque vous tenez l'objet lui-même sous cape, prêt à être produit, soudain, au bon endroit. Cicatrice, hache, épée, pourpoint taché de sang, casque rouillé, urne où gisent deux livres de cendres, pot contenant six sous de cornichons et surtout un tendre marmot en habits royaux : voilà qui fait un bel effet. Si l'enfant est trop jeune, pourtant, et le discours aussi long que la seconde *Philippique*[160], la toge de l'orateur risque fort d'être souillée. S'il est trop vieux, l'action oratoire en sera embarrassée et l'effet du discours perdra d'un côté ce qu'il gagnera de l'autre. Mais en revanche, si un orateur politique tombe sur l'âge juste à une minute près, s'il cache le BAMBINO si astucieusement dans sa toge qu'aucun nez n'en décèle la présence, pour le sortir enfin au moment critique avec tant d'adresse que nul ne peut dire comment s'est présenté l'enfant — alors, oh! alors l'effet est de ceux qui suscitent les miracles, ouvrent les digues, tournent les têtes, ébranlent les principes et jettent hors de ses gonds la politique d'une demi-nation.

On n'obtient toutefois ces résultats, je l'ai dit, qu'aux époques et dans les Etats où les orateurs portent une toge et même une belle toge, mes frères, taillée dans vingt ou vingt-cinq bons mètres de drap pourpre, marchand et superfin, avec de larges plis tombants et des pans amples dessinés dans le meilleur style. D'où il ressort clairement, n'en déplaise à Vos Altesses, que le déclin de l'éloquence et le peu d'usage domestique ou public qui en est fait actuellement n'ont pas d'autre cause que nos vestes courtes et notre abandon du *haut-de-chausse*. Nous ne saurions rien cacher, madame, qui vaille d'être montré.

Chapitre XV

A la règle ainsi démontrée, le Dr. *Slop* fut bien près de constituer une exception : car lorsqu'il se mit à parodier mon oncle *Toby* il avait sur les genoux son grand sac de drap vert qui valait pour lui la meilleure toge du monde et lorsqu'il prévit que sa période allait aboutir aux nouveaux *forceps* de son invention, il plongea la main dans le sac pour les produire avec un effet saisissant à l'instant des ****** remarqués de Votre Altesse : et si le coup avait réussi, mon oncle *Toby* eût certainement été défait par cette coïncidence en un seul point de l'argument et de la figure, coïncidence si analogue à l'angle saillant d'un ravelin. La position du Dr. *Slop* eût été imprenable et mon oncle *Toby* eût jugé fou de lui donner l'assaut. Mais le Dr. *Slop* dut tant farfouiller pour extraire son instrument que tout l'effet en fut ruiné. Un malheur hélas! ne vient jamais seul. Les *forceps* furent produits enfin, mais il y pendait la seringue.

Quand une proposition est ambiguë, la règle des disputes veut que la partie adverse puisse choisir le sens dans lequel elle la réfutera. Ceci fit nettement pencher la balance en faveur de mon oncle *Toby*. « Seigneur! s'écria-t-il, *nos enfants sont-ils mis au monde avec une seringue?* »

Chapitre XVI

—— Sur mon honneur, dit mon oncle *Toby*, vous m'avez entièrement écorché les deux mains avec vos forceps et réduit par-dessus le marché les jointures en marmelade.

— C'est votre faute, dit le Dr. *Slop*, il fallait serrer vos deux poings comme je vous l'ai dit pour imiter la tête d'un enfant, et tenir ferme.

— Voilà bien ce que j'ai fait, dit mon oncle *Toby*.

— Je n'ai peut-être pas assez suiffé les pointes ou peut-être faut-il resserrer le rivet; il est possible aussi que mon entaille au pouce m'ait gêné et il se pourrait encore...

— Il est bon en tout cas, dit mon père, interrompant le détail des possibilités, que l'expérience n'ait pas été faite d'abord sur la tête de mon fils.

— Elle ne s'en fût pas plus mal portée, dit le Dr. *Slop*.

— Je maintiens, dit mon oncle *Toby*, que vous auriez fait avec le cervelet de la bouillie pour les chats si l'enfant n'avait eu le crâne dur comme une grenade.

— Peuh! répliqua le Dr. *Slop*, les enfants ont naturellement la tête comme une pomme blette. Les sutures ont du jeu et d'ailleurs, j'aurais pu ensuite extraire par les pieds.

— Ceci me regarde, dit-*elle*.

— Je préférerais vous voir commencer par là, dit mon père.

— Et moi je vous en prie, ajouta mon oncle *Toby*.

Chapitre XVII

—— Et qui vous dit, ma bonne dame, que c'est la tête et non la hanche de l'enfant ?
— C'est la tête à coup sûr, répliqua la sage-femme.
— Si affirmatives que soient généralement ces dames, dit le Dr. *Slop* en se tournant vers mon père, c'est là un point fort difficile à reconnaître et important à décider car si l'on prend la hanche pour la tête et si l'enfant est un garçon, les forceps peuvent malheureusement ***** *********************

La fin de la phrase fut murmurée à l'oreille de mon père puis de mon oncle *Toby*. La tête n'offre pas le même danger, poursuivit-il.
— En effet, dit mon père. Mais une fois votre malheur survenu à la hanche, autant vaudrait aussi couper la tête.

Moralement le lecteur ne saurait comprendre ce dialogue; il suffit que le Dr. *Slop* l'ait compris. Empoignant son sac de drap vert, donc, et toujours chaussé des escarpins d'*Obadiah*, il traversa la pièce d'un pas singulièrement vif pour un homme de sa corpulence et, conduit par la bonne vieille sage-femme, s'engagea dans l'escalier vers les appartements de ma mère.

Chapitre XVIII

Il y a juste deux heures dix que le Dr. *Slop* et *Obadiah* sont arrivés, cria mon père, l'œil sur sa montre et je ne sais comment, frère *Toby*, il semble à mon imagination qu'il s'est écoulé un siècle.
— Prenez mon chapeau, monsieur, je vous prie, mais prenez aussi le grelot qui y tinte et mes pantoufles.

Le tout, monsieur, pour vous servir. Je vous en fais un don gratuit si vous voulez bien accorder la plus grande attention à ce chapitre.

« *Je ne sais comment* » dit mon père; or, il le savait fort bien car à l'instant où il prononçait sa phrase il était déjà résolu à éclairer le sujet par une dissertation métaphysique sur *la durée et ses modes élémentaires* afin de démontrer à mon oncle *Toby* par quel mécanisme et par quelle mesure mentale la succession rapide des idées et l'éternel sautillement du discours d'une chose à une autre avaient, depuis l'entrée du Dr. *Slop* dans la pièce, si inconcevablement étiré une période si courte. « Je ne sais comment, cria mon père, mais il me semble s'être écoulé un siècle. »

— Cela n'est dû, dit mon oncle *Toby*, qu'à la succession de nos idées.

Mon père qui, selon un prurit commun à tous les philosophes, voulait disserter sur le moindre événement et en rendre raison et qui se proposait un immense plaisir à développer cette succession des idées, n'avait pas imaginé que mon oncle *Toby* pût ainsi la lui arracher des mains, car mon honnête homme d'oncle prenait d'ordinaire les événements comme ils venaient. Rien au monde ne le troublait moins qu'une pensée abstraite; les concepts de temps et d'espace, la façon dont nous les formons en nous, leur nature essentielle, leur caractère inné ou acquis, la question de savoir si nous les acquérons au maillot ou devons attendre de porter culotte, tout cela et cent autres disputes sur l'Infini, la Prescience, la Liberté, la Nécessité, etc., dont les âpres difficultés théoriques ont enivré, désespéré, fêlé tant de cerveaux admirables, jamais, jamais, mon oncle Toby n'en avait souffert. Mon père ne l'ignorait pas; sa surprise égala donc son désappointement.

— Entendez-vous cette théorie ? demanda-t-il.

— Non pas, répondit mon oncle.

— Mais si vous en parlez, en avez-vous, du moins, quelque idée ?

— Pas plus que mon cheval, répliqua mon oncle *Toby*.

— Juste Ciel! s'écria mon père, les yeux levés et les mains jointes, quel mérite dans votre honnête ignorance. Il est presque dommage de l'échanger contre une connaissance exacte. Je vais pourtant vous éclairer.

Pour comprendre la nature du temps, ce qui est très nécessaire à l'intelligence de l'infini, l'un n'étant qu'une partie de l'autre, il nous faut d'abord considérer à loisir notre idée de durée afin d'expliquer clairement la façon dont nous l'avons acquise.

— Qui s'en préoccupe ? dit mon oncle *Toby*.

— *Car si vous voulez bien* (1) *jeter un regard à l'intérieur de votre propre esprit, poursuivit mon père, par une observation attentive vous percevrez, mon frère, qu'à l'instant où vous et moi parlons, pensons et fumons nos pipes, et tandis que nous recevons des idées successives dans nos esprits, nous connaissons par là notre propre existence et nous jugeons par suite que cette existence même et celle de n'importe qui ainsi que leur continuation ont une commune mesure avec la succession de nos idées, notre durée ou la durée de quoi que ce soit qui co-existe à notre pensée, de sorte que, selon cette hypothèse préconçue* [161] —

— Vous me brouillez la tête, cria mon oncle *Toby*.

— Et voilà pourquoi, répliqua mon père, dans nos computations du temps, nous avons pris une telle habitude des minutes, heures, semaines et mois, nous sommes si accoutumés à nos horloges (je voudrais qu'il n'y eût plus une horloge dans ce royaume) pour découper notre temps et le temps de nos proches, que nous pourrons nous estimer heureux un jour si la *succession de nos idées* garde encore pour nous la moindre valeur.

Or, que nous en prenions ou non conscience, poursuivit mon père, il se produit dans la tête de tout homme raisonnable une succession régulière d'idées qui, quel qu'en soit le genre, s'accrochent les unes aux autres pour former une sorte —

— De train d'artillerie ? dit mon oncle *Toby*.

— De train de sornettes! dit mon père, qui se succèdent dans notre esprit à une certaine distance, exactement comme les images de lanterne magique mues par la flammme d'une bougie.

— Les miennes, dit mon oncle *Toby*, ressemblent davantage à un tourne-broche à courant d'air.

— Alors, frère *Toby*, dit mon père, je n'ai plus rien à vous dire sur ce sujet.

(1) Vid. Locke [note de l'auteur].

Chapitre XIX

Quelle conjoncture manqua de se réaliser ici ! D'une part mon père, dans un de ses meilleurs jours d'explication, poursuivant avec ardeur une proie métaphysique jusque dans ces régions où nuages et ténèbres l'eussent bientôt enveloppée ; d'autre part mon oncle *Toby*, merveilleusement disposé à l'entendre, la tête comme un tournebroche à courant d'air, toutes ses idées tournant, tournant à l'intérieur d'un tuyau encrassé, dans un nuage lourd, fuligineux et noir. Par le tombeau de *Lucien* s'il existe (sinon pourquoi pas par ses cendres ?), par les cendres aussi de mon cher *Rabelais* et de mon plus cher *Cervantès*, la conversation de mon père et de mon oncle Toby sur les sujets du Temps et de l'Eternité était une conversation hautement souhaitable et l'humeur pétulante de mon père, en l'interrompant brusquement, priva le *Trésor Ontologique* d'un joyau que lui rendront difficilement les plus rares concours de circonstances et d'hommes.

Chapitre XX

Ce tourne-broche avait piqué mon père qui put bien refuser obstinément de poursuivre son discours mais non pas se l'enlever de l'esprit. Le fond de la métaphore flattait sa fantaisie. Le coude sur la table, donc, et la tête appuyée au creux de sa main, il se prit à y songer philosophiquement, les yeux d'abord fixés sur le feu ; mais son esprit était las d'avoir trop suivi de pistes dans un exercice constant de cette faculté sur chacun des sujets divers qui s'étaient présentés dans la conversation : l'idée de tourne-broche à courant d'air fit donc bientôt chavirer en lui toutes les autres et il s'endormit avant de savoir comment.

Quant à mon oncle *Toby*, donc, son tourne-broche n'avait pas accompli une douzaine de révolutions qu'il tomba endormi à son tour. Que la paix soit sur eux ! Le Dr. *Slop*, là-haut, fait son affaire avec la sage-femme auprès de ma mère. *Trim*, avec une vieille paire de bottes cuissardes, confectionne des mortiers qui trouveront leur emploi l'été prochain dans le siège de *Messine* : à cet instant même il en perce les lumières avec un pique-feu rougi. Je suis débarrassé de tous mes héros et puisque, pour la première fois, je dispose d'un certain loisir, je m'en vais le mettre à profit pour écrire ma préface.

PRÉFACE DE L'AUTEUR

Non, je n'en dirai pas un mot, la voici : en la publiant j'ai fait appel au monde, au monde je la donne, qu'elle parle elle-même.

Pour moi, je ne connais du sujet qu'une chose. Quand je m'assis à ma table, ce fut avec l'intention d'écrire un bon livre, voire même, dans la mesure de mon faible jugement, un sage livre, oui, judicieux ; mon unique soin fut, chemin faisant, d'y mettre, peu ou prou, tout l'esprit et le sens dont le Créateur et Dispensateur de ces qualités a jugé bon, originellement, de me pourvoir.

Or *Agelastes* [162] (dénigrant mon livre) y trouve quelque esprit, peut-être mais point de jugement ; et comment en trouverait-on ? demandent *Triptolemus* [163] et *Phutatorius* [164] faisant chorus, esprit et jugement ne vont jamais ensemble ; ce sont deux opérations aussi opposées que l'est et l'ouest, *Locke dixit*. A quoi je réponds qu'on peut en dire autant de la vesse et du hoquet. Cependant Didius, docteur en droit canon, rétorque dans son gros ouvrage de *fartandi et illustrandi fallaciis* [165] et fait clairement apparaître que comparaison n'est pas raison ; et moi je maintiens qu'essuyer un miroir n'est pas ratiociner, et cependant, n'en déplaise à Vos Altesses, tout le monde y voit mieux ensuite, l'utilité principale des comparaisons étant de clarifier l'entendement avant de commencer à raisonner car les grains de poussière, si on les laisse s'y promener, et les petites taches de matière opaculaire brouillent nos conceptions et gâtent tout.

Et maintenant, anti-shandiens, chers et très compétents critiques et confrères (car c'est pour vous que j'écris cette préface), subtils hommes d'Etat, docteurs judicieux (lissez vos barbes), fameux par la sagesse et par la gravité; *Monopolus*, mon maître en politique; *Didius*, mon conseil; *Kysarcius*, mon ami; *Phutatorius*, mon guide; *Gastriphères*, qui me conserve la vie; *Somnolentius* [166], qui y répand baumes et repos, sans oublier tous les autres, dormants ou éveillés, clercs ou laïques, que je mets tous ici dans le même panier pour être bref, sans intention maligne, croyez-moi, très honorables gentlemen.

Voici le plus ardent souhait que je forme pour vous et moi : fasse le Ciel (s'il ne l'a déjà fait) que les dons et vertus d'esprit et de jugement avec tout ce qui les accompagne d'ordinaire, mémoire, fantaisie, génie, éloquence, vivacité, soient déversés en nous sans parcimonie, mesure, retard ni empêchement, nous comblent de leur surabondance, écume et lie comprises (car je n'en voudrais pas perdre une goutte) et se répandent dans les divers réceptacles, cavités, vaisseaux, chambres, dortoirs, réfectoires, corridors de nos cervelles afin qu'elles en soient perpétuellement injectées et baignées et finissent, selon le plein sens et intention entière de mon souhait, par en être, dans leurs moindres vaisseaux, gros ou petits, à ce point imbibées, gorgées, saturées qu'elles n'en sauraient absorber une goutte de plus par le dedans ou par le dehors quand même cela sauverait un homme.

Dieu nous bénisse! quel noble travail nous ferions! Comme je vous l'enlèverais! Quelle ne serait pas mon ivresse d'écrire pour de tels lecteurs! Et vous, juste ciel! Quelle extase ne trouveriez-vous pas à me lire! Mais c'en est trop! Mes forces s'en vont, un évanouissement délicieux me gagne, la nature n'en saurait supporter davantage. Soutenez-moi! La tête me tourne, ma vue se trouble. Je meurs, je suis mort. Au secours! au secours! au secours! Mais voyez, les forces me reviennent un peu car je commence à prévoir que si nous devenions de grands esprits tous tant que nous sommes, nous ne saurions rester d'accord un jour entier : satires, sarcasmes, risées, quolibets, railleries, ripostes, attaques et parades partant de tous les coins, nous ne connaîtrions que méchanceté et guerres! Pures étoiles! que d'égratignures et de volées, quels grincements, quel infernal vacarme; coups de masse sur le crâne, coups de règle sur les doigts, piqûre aux pires endroits rendraient notre vie intenable.

Cependant, si nous jouissions tous en effet d'un grand jugement, nous devrions pouvoir arranger les choses aussi vite qu'elles se dérangent; ainsi, sans cesser de nous abominer les uns les autres dix fois plus que tous les diables et diablesses réunis, nous ne ferions apparaître, mes très chers, que courtoisie et bonté; le lait et le miel couleraient dans une seconde terre promise; ce serait le paradis sur terre; bref, les choses n'iraient pas si mal.

Ce qui me chagrine maintenant, me met en nage et désespère mes pouvoirs inventifs, c'est la façon d'arriver à mon point principal car, Vos Grâces ne l'ignorent pas, de ces célestes émanations, esprit et jugement, surabondamment souhaitées par Vos Grâces et par moi-même, il n'existe qu'un certain quantum mis en réserve pour l'usage et profit de la race humaine tout entière et la distribution au vaste monde s'en fait par si petites doses, on les y rencontre si rarement dans des coins perdus, en filets si minces et à des intervalles si prodigieux, qu'on s'étonne de les voir persister et suffire à des états si peuplés et de si vastes empires.

En vérité, il faut considérer qu'en *Nouvelle-Zemble* ou en *Laponie du Nord*, dans toutes ces régions froides et tristes de notre globe que couvrent les cercles arctique et antarctique et où, par suite, tous les soucis de l'homme se trouvent, neuf mois durant, limités à la largeur d'une grotte, les ardeurs réduites à presque rien et les passions, avec tout ce qu'elles comportent, aussi glacées que la zone elle-même, la plus petite quantité imaginable de *jugement* suffit à tous les besoins tandis que *l'esprit* y est épargné jusqu'à la dernière étincelle puisqu'on s'y passe d'étincelle absolument. Anges et ministres de grâce, protégez-nous [167]! qu'il eût été morne de gouverner un royaume, de livrer une bataille, conclure un traité, jouer à la course, écrire un livre, faire un enfant ou tenir un chapitre provincial en un *vide si copieux* de jugement et d'esprit! Par pitié, cessons d'y penser et piquons vers le sud aussi vite que possible, atteignons la *Norvège*, traversons la *Suède*, puis le petit triangle de *Germanie* [168] jusqu'au lac de *Bothnie* [169]; longeons ces côtes à l'est et à l'ouest jusqu'en *Carélie* et poursuivons notre chemin d'Etat en Etat jusqu'aux provinces bordant la rive éloignée du *golfe de Finlande* et le nord-est de la *Baltique*, remontons à *Pétersbourg* [170], fuyons à travers l'empire russe et laissant la *Sibérie* un peu à gauche, pénétrons au cœur même de la *Russie* jusque dans la *Tartarie asiatique*.

Or, vous observerez tout au long de ce premier voyage que les braves gens sont déjà beaucoup mieux pourvus que ceux des régions polaires, car si vous regardez très attentivement, la main au-dessus des yeux, vous percevrez comme de faibles et vagues lueurs d'esprit ainsi qu'une confortable provision de bon sens *domestique;* en quantité et qualité cela donne une répartition satisfaisante dont l'équilibre serait détruit s'il y avait plus de l'un ou de l'autre; on manquerait d'ailleurs d'occasions de les mettre en œuvre.

Et maintenant, monsieur, laissez-moi vous reconduire chez nous, dans cette île plus chaude et plus luxuriante : la marée printanière du sang et des humeurs y monte haut; nous y connaissons mieux l'ambition, l'envie, la luxure; nous avons à gouverner et à soumettre au joug de la raison plus de passions bestiales; aussi la *hauteur* de notre esprit et la *profondeur* de notre jugement sont-elles exactement proportionnées à la *longueur* et à la *largeur* des exigences; ces dons du ciel sont répandus parmi nous en un flot assez généreux et abondant pour que nul ne croie avoir sujet de se plaindre.

Il faut cependant avouer qu'à cause d'un air changeant dix fois le jour, tantôt chaud tantôt froid, tantôt humide et tantôt sec, la distribution de ces grâces n'est ni régulière ni fixe : pendant tout un demi-siècle, il se peut qu'on ne voie ni n'entende chez nous presque rien de spirituel ou de sensé : les ruisseaux sont à sec; et tout à coup voici les écluses qui s'ouvrent, des torrents roulent qui semblent ne jamais devoir s'arrêter. C'est alors que nous écrivons, que nous nous battons et faisons vingt autres choses nobles d'une façon qui peut servir de modèle au monde.

C'est sur de telles observations et par un prudent raisonnement analogique, selon le processus nommé par *Suidas* [171] *induction dialectique*, que je fonde et tiens pour véritable la proposition suivante :

Celui dont l'infinie sagesse dispense toute chose exactement en poids et en mesure permet que de ces deux luminaires, esprit et jugement, se répandent sur nous de temps à autre juste autant de rayons qu'il le juge nécessaire pour éclairer notre chemin dans la nuit de notre obscurité. Vos Grâces et Vos Altesses découvrent donc maintenant — et il n'est pas en mon pouvoir de le leur cacher davantage — que l'ardent souhait dont je les ai saluées dans cette préface avait à peu près la valeur d'un insinuant *comment allez-vous* présenté par un auteur qui veut plaire et qui étouffe le lecteur de ses embrassements comme un amant les protestations de sa timide maîtresse. Car si les lumières, hélas! étaient aussi aisément obtenues que le souhaitait notre exorde, y aurait-il (au moins dans la société savante) tant de malheureux égarés dont la pensée me fait trembler, qui n'ont cessé de tâtonner et de trébucher dans le noir toutes les nuits de leur existence, se cognant la tête aux poteaux et se fracassant le crâne sans jamais toucher au but de leur voyage? Ici, la moitié d'un corps savant qui se rue la lance en avant contre l'autre moitié; ils culbutent et se roulent dans la boue comme des pourceaux. Là, les confrères d'une autre profession qui devraient se déchirer s'envolent au contraire comme une troupe d'oies sauvages en bon ordre et dans la même direction. Quel chaos! quelles erreurs! Peintres et musiciens se fient à l'œil et à l'oreille — admirable! et croient à la passion exprimée par un chant ou à l'histoire qu'un tableau raconte à leur cœur au lieu de tout mesurer au quadrant.

Voici au premier plan un *homme d'Etat* au gouvernail qui, de toute sa force, dirige le navire dans le mauvais sens : ne veut-il pas, juste Ciel! *remonter le courant* de la corruption au lieu d'en descendre le fil?

Que fait dans un coin ce fils du divin *Esculape?* Il écrit un livre contre la prédestination; pire peut-être, il prend le pouls de son malade et non celui de son apothicaire; à l'arrière-plan, un autre confrère de la Faculté, à genoux et en pleurs, tire les rideaux du lit de sa victime pour implorer son pardon; au lieu de demander des honoraires, il en offre.

Dans la grande salle d'un Tribunal, toute une cohue de robes poursuit avec rage une sale et méchante cause fuyant devant elle. Mais quoi? sont-ils fous? Ils lui font passer la grand'porte dans le mauvais sens, la *chassant* de la salle au lieu de l'y faire *entrer;* avec tant de furie dans le regard, tant de conviction dans les coups de pied qu'ils lui portent, qu'on croirait la loi vraiment faite pour la paix et la sauvegarde de l'humanité. Erreur pire peut-être encore : un point litigieux est gardé en suspens;

LIVRE III – CHAPITRE XX

par exemple, la question de savoir si le nez du sieur *John O'Nokes* peut se trouver sans abus au milieu de la figure du sieur *Tom O'Stiles* [172] a été résolue en moins de vingt-cinq minutes alors qu'une affaire si complexe avec une estimation convenable des droits des deux parties aurait dû prendre autant de mois et, portée sur un plan vraiment militaire comme doit l'être, Vos Grâces ne l'ignorent pas, une ACTION en justice, avec tous les stratagèmes y afférents, feintes, marches forcées, surprises, embuscades, batteries couvertes et cent autres traits propices à cet art où l'on tire avantage de tout dans les deux camps, l'affaire eût duré autant d'années pendant lesquelles elle eût nourri et vêtu sa bonne centaine de chats fourrés.

Quant au clergé — non! si j'en dis un seul mot on me fusillera. Je n'en ai pas la moindre envie; mais l'eussé-je qu'il serait imprudent pour moi d'aborder ce sujet dans l'état de faiblesse nerveuse où je me trouve; la vie perdrait tout attrait à mes yeux si je me laissais abattre et chagriner par de si tristes et sombres considérations.

Il est donc plus sûr pour moi de fuir un tel sujet et, tirant sur lui le rideau, de me hâter vers le point principal que j'ai résolu d'éclaircir, à savoir pourquoi l'on attribue le plus de *jugement* aux gens qui ont le moins d'esprit. Je dis *attribue* car il s'agit, messieurs, d'un racontar que je tiens au surplus pour vil et malicieux à l'égal de vingt autres quotidiennement crus sur parole.

C'est ce que je vais prouver en me fondant sur le principe déjà posé et, je l'espère, mûrement considéré et pesé par Vos Grâces.

J'ai horreur des dissertations figées et tiens pour la plus grande stupidité du monde d'assombrir soigneusement son sujet en dressant entre l'esprit du lecteur et le sien une bonne enfilade de grands mots opaques alors que, selon toute probabilité, il suffisait de regarder autour de soi pour découvrir, immobile ou errant, quelque exemple concret qui eût tout éclairé aussitôt. « Quel embarras, quel mal, quelle blessure peut causer à quiconque le désir de savoir, où qu'il se trouve, dans un sot, dans un pot, un fou, un tabouret, une mitaine, une poulie, le couvercle d'un creuset d'orfèvre, une bouteille d'huile, une vieille pantoufle ou un fauteuil canné ? » Tel est précisément mon siège. Voulez-vous me permettre d'illustrer ce débat sur l'esprit et le jugement par les deux boules qui en ornent le dos ? Elles sont fixées, voyez-vous, par une cheville enfoncée et collée dans un trou fait à la vrille et leur exemple va jeter sur ma pensée une lumière si vive que le sens et l'enchaînement de toute ma préface vont vous être révélés clairs comme le jour dans leurs moindres détails.

Venons-en directement au fait.

Voilà l'*Esprit*, voilà le *Jugement*, côte à côte comme les deux boules dudit fauteuil où je suis assis.

Ce sont les deux parties les plus hautes et les plus ornementales de sa *structure* (ainsi l'esprit et le jugement de la *nôtre*), sans aucun doute conçues pour aller par paire et, comme on dit dans le cas d'ornements symétriques, pour *se répondre*.

Maintenant, à titre d'expérience et pour illustrer notre thèse, enlevons provisoirement l'un de ces ornements singuliers (peu m'importe lequel) décapitant ainsi la pointe qu'il surmonte : avez-vous jamais vu rien de si ridicule ? Un cochon à une oreille ne fait pas figure plus lamentable. Il faut la paire, et l'un des côtés a juste autant de sens que l'autre. Levez-vous s'il vous plaît pour jeter un regard sur votre fauteuil. Or, quel ouvrier ayant de soi la moindre estime tournerait un objet pareil ? La main sur le cœur, répondez franchement à ma question : que peut cette boule niaisement solitaire sinon attirer l'attention sur l'absence de l'autre ? Nouvelle question enfin : si ce fauteuil était le vôtre ne préféreriez-vous pas cent fois le voir sans boule qu'avec une seule ?

Or, les deux boules de l'entendement humain, le double et suprême ornement qui en couronne l'architecture étant (je l'ai dit) l'esprit et le jugement, les plus nécessaires des dons (je l'ai prouvé), les plus prisés, ceux dont l'absence est la plus calamiteuse et l'acquisition la plus difficile, il n'est pas un mortel assez insoucieux de bonne réputation et de bonne chère ou assez ignorant de ce qui procure l'une et l'autre pour ne point souhaiter la possession ou au moins le crédit de chacune de ces vertus et en vérité des deux à la fois si la chose est possible ou peut être crue telle.

Or, si nos graves gens de qualité n'ont que peu de chances et même aucune chance de posséder une des deux vertus s'ils n'acquièrent aussi l'autre, que peut-il advenir d'eux ? Eh bien, messieurs, il leur faut aller *gravement* nus et crus; et comme une telle épreuve requiert une philosophie hors de question ici, nul ne saurait leur en vouloir s'ils se contentaient de ce qu'ils peuvent ravir sous le manteau ou sécréter sous leur perruque sans ameuter de leurs *cris* le monde entier contre les légitimes propriétaires.

Le tour fut joué, je n'ai pas besoin de le rappeler à Vos Altesses, avec tant d'adresse et de ruse que le grand *Locke* lui-même, rarement abusé par de fausses rumeurs, y fut pris cette fois. La clameur fut profonde et solennelle ; et, la hauteur des perruques, la gravité des visages et tout un attirail de tromperie aidant, devint si générale, accabla si universellement les *pauvres hommes d'esprit* en question qu'elle dupa jusqu'au philosophe. Sa gloire est d'avoir libéré le monde du fardeau de mille erreurs vulgaires ; mais celle-ci n'était pas du nombre. Au lieu de s'asseoir froidement à sa table comme un tel philosophe l'eût dû faire et d'examiner la question de fait avant de philosopher sur elle, il admit *a priori* les faits et, se joignant par suite à la cabale, il cria aussi fort que les autres.

Son arrêt est devenu depuis la *Magna Charta*[173] de la stupidité ; cependant, il fut obtenu par de tels moyens, comme Vos Excellences le voient clairement, qu'en vérité il ne vaut pas un liard et constitue même, soit dit en passant, l'un des nombreux et vils abus de confiance dont la gravité et ses graves défroques auront à répondre devant l'avenir.

Quant aux hautes perruques sur lesquelles on pensera peut-être que j'ai dit mon sentiment avec trop de liberté, je demande l'autorisation de faire à leur sujet une déclaration générale qui corrige ce que j'ai pu en dire par mégarde de diffamatoire ou d'injuste : je n'éprouve ni horreur ni haine particulière pour les hautes perruques et les longues barbes tant qu'on ne s'en coiffe ou ne s'en adorne pas à fin expresse d'imposture comme ci-dessus. Ceci dit, la paix soit sur elles ; — ☞ remarquez simplement que je n'écris pas à leur intention.

Chapitre XXI

Chaque jour, pendant dix ans au moins, mon père résolut de les faire arranger; ils ne le sont pas encore. Aucune autre famille n'eût souffert plus d'une heure cet inconvénient; et ce qui étonnera davantage c'est qu'il n'y avait peut-être pas de sujet sur quoi mon père fût plus éloquent que sur celui des gonds. Pourtant il fut aussi, l'histoire l'atteste, une de leurs plus grandes dupes : sa rhétorique et sa conduite se contrariaient sans cesse. La porte du salon ne s'ouvrait jamais sans que fussent atteints sa philosophie ou ses principes. Trois gouttes d'huile à la pointe d'une plume et un coup de marteau bien placé eussent sauvé son honneur.

Telle est l'inconséquence de l'homme, toujours gémissant de maux qu'il pourrait guérir! Sa vie entière en contradiction avec son savoir et toute la raison que Dieu lui a donnée ne servant qu'à aiguiser ses souffrances (au lieu de mettre de l'huile) et à l'accabler sous les désagréments qu'elle multiplie! Malheureuse la créature soumise à un pareil destin! Les causes fatales de douleur en ce monde ne sont-elles pas suffisantes ? Faut-il en ajouter volontairement d'autres ? Pourquoi lutter en vain contre des maux inévitables et accepter au contraire des souffrances que nous ferions disparaître aisément au prix d'un tracas dix fois moindre ?

Par la vertu divine! s'il existe encore trois gouttes d'huile et un marteau à dix lieues autour de *Shandy Hall*, la porte du salon verra ses gonds réparés sous ce règne!

Chapitre XXII

Lorsque le caporal *Trim* eut achevé ses mortiers, réjoui au-delà de toute expression par l'œuvre de ses mains et connaissant le plaisir qu'en éprouvait son maître, il ne put résister à la tentation de les transporter aussitôt dans le salon.

Quand je parlais tout à l'heure de *gonds*, j'avais en vue, outre la leçon de morale de l'histoire, la considération spéculative que voici :

Si la porte du salon s'était ouverte et avait tourné sur ses gonds comme une porte doit le faire — ou comme notre Gouvernement vient si adroitement de tourner sur les siens (ceci en admettant que Votre Grâce se soit bien sortie de l'affaire, sans quoi je retire mon image), la petite entrée du caporal *Trim* n'aurait fait courir aucun danger à son maître ni à lui-même : voyant mon père et mon oncle *Toby* profondément endormis, il se fût aussitôt retiré avec le respect qui était le sien dans un silence de mort en laissant se poursuivre heureusement le rêve des deux frères dans leurs fauteuils. Mais la chose était moralement impossible : pendant les nombreuses années où l'on supporta que ces gonds grinçassent, l'une des perpétuelles incommodités dont ils accablèrent mon père fut qu'il ne croisait jamais les bras pour une sieste après le repas sans que l'idée de devoir être inévitablement réveillé par la première personne qui ouvrirait cette porte vînt hanter son imagination et s'interposer entre lui et les baumes d'un assoupissement, lui en dérobant ainsi, comme il le déclarait souvent, toutes les douceurs.

Et n'en déplaise à Vos Honneurs, *quelles douceurs pourrait-on goûter quand les gonds grincent ?*

— Qu'y a-t-il ? Qui est là ? cria mon père éveillé en sursaut au premier bruit. Le diable emporte ces gonds ! il faudrait bien que le serrurier les examine.

— Ce n'est rien, n'en déplaise à Votre Honneur, dit *Trim*, rien que deux mortiers que j'apporte.

— Ah ! non ! on ne va pas faire tout ce bruit ici ! cria

mon père. Si le Dr. *Slop* a des poudres à broyer, qu'il le fasse dans la cuisine.

— N'en déplaise à Votre Honneur, cria *Trim*, ce sont deux mortiers d'artillerie pour le siège de l'été prochain : je les ai faits avec une paire de bottes que vous avez cessé de porter, m'a dit *Obadiah*.

— Par Dieu! cria mon père en bondissant de son fauteuil, il n'y avait pas une pièce de ma garde-robe à quoi je tinsse davantage. Elles me viennent de notre arrière-grand-père, frère Toby, ce sont des bottes *héréditaires*.

— Dans ce cas, dit mon oncle *Toby*, je crains que *Trim* n'ait tranché l'hoirie.

— Je n'ai coupé que les extrémités, n'en déplaise à Votre Honneur.

— Je hais les *concessions à perpétuité* autant qu'homme vivant, s'écria mon père, mais ces bottes, frère *Toby*, ajouta-t-il en souriant bien que toujours irrité, ont été dans la famille depuis les guerres civiles. Sir *Roger Shandy* les portait à la bataille de *Marston-Moor* [174]. Je ne les eusse pas données pour dix livres.

— Frère *Shandy*, je vous en donnerai le prix, dit mon oncle *Toby* en considérant les deux mortiers avec un plaisir infini tandis qu'il portait la main à la poche de sa culotte, je m'en vais sur-le-champ vous payer ces dix livres et de grand cœur.

— Mon frère Toby, dit mon père d'une voix soudain changée, vous dissipez très aisément l'argent pourvu qu'il s'agisse de SIÈGE.

— N'ai-je pas cent livres de rente, outre ma demi-solde ? cria mon oncle *Toby*.

— Et qu'est-ce que cela, répliqua vivement mon père, si vous mettez dix livres à une paire de bottes ? douze guinées pour vos *pontons* ? la moitié plus pour votre pont-levis *hollandais* ? et je ne parle pas du train de pièces légères en bronze acquis la semaine dernière et de vingt autres dépenses préparatoires en vue du siège de *Messine*. Croyez-moi, mon cher frère *Toby*, poursuivit mon père en lui prenant la main, ces opérations militaires sont au-dessus de vos moyens. Vos intentions étaient bonnes mais elles vous ont entraîné à de plus grands frais que vous ne l'imaginiez d'abord; ma parole, mon cher *Toby*, elles vous ruineront tout net, elles vous mettront sur la paille.

— Qu'importe, dit mon oncle *Toby*, si c'est pour le bien de la nation ?

Mon père ne put s'empêcher de sourire; sa pire colère n'était jamais qu'une étincelle. Le zèle et la naïveté de *Trim* et la noblesse généreuse (toute chimérique qu'elle fût) de mon oncle *Toby* éveillèrent aussitôt sa belle humeur.

O âmes généreuses, se dit-il in petto, Dieu vous bénisse, vous et vos mortiers!

Chapitre XXIII

— Quel calme et quel silence! s'écria mon père, au moins dans la chambre là-haut. Personne n'y marche. Dites-moi, *Trim*, qui y a-t-il dans la cuisine?

— Dans la cuisine, répondit *Trim* avec une profonde révérence, il n'y a pas âme qui vive excepté le Dr. *Slop*.

— Le beau désordre, cria mon père, en se levant une deuxième fois. Rien n'a marché droit aujourd'hui! Si je croyais à l'astrologie, mon frère (comme notre père y croyait, soit dit en passant) je jurerais que quelque planète rétrograde verse son influence sur cette infortunée maison et y met tout hors de son lieu. Eh quoi? j'imaginais le Dr. *Slop* là-haut, au chevet de ma femme, c'est ce que vous m'aviez dit. A quoi diable rêve-t-il dans la cuisine?

— N'en déplaise à Votre Honneur, dit *Trim*, il est fort occupé à faire un pont.

— C'est fort obligeant de sa part, dit mon oncle *Toby*. Va lui présenter mes respects, *Trim*, et mes plus vifs remerciements.

Mon oncle *Toby* ne se méprenait pas moins sur ce pont que mon père, un instant auparavant, sur les mortiers. Mais je crains que pour vous faire entendre son erreur je ne doive vous faire suivre la route qui l'y amena. Mais laissons les images, elles conviennent mal à un historien. Pour vous faire concevoir l'erreur où tomba mon oncle *Toby*, je dois vous raconter brièvement ce qui advint un jour à Trim. Je le ferai contre mon gré — oui, contre mon gré, et d'abord parce que cette histoire se trouvera ici hors de propos. En bonne règle, elle devrait prendre place soit parmi les anecdotes concernant les amours de mon oncle *Toby* et de la veuve *Wadman* (amours où le caporal *Trim* ne joua pas un mince rôle) soit dans l'histoire de leurs campagnes communes sur le boulingrin : les deux endroits lui conviendraient parfaitement; cependant, si je réserve l'histoire pour ces autres parties de mon ouvrage, je gâche la partie présente; et d'autre part, si je la dis aussitôt j'anticipe et je gâche le reste.

— Que préfèrent dans ce cas Vos Altesses ?
— Dites l'histoire incontinent, Mr. *Shandy*. — *Tristram*, vous êtes fou si vous la dites.

O Puissances célestes! (car Puissances vous êtes et des plus hautes) vous qui soufflez à l'homme une histoire digne d'être contée, qui lui en marquez avec bienveillance le commencement et la fin, lui disant ce qu'il doit y mettre ou en omettre, où jeter l'ombre, où la lumière, vous qui régnez sur l'empire de la flibuste biographique et savez par quels bric-à-brac et quelles ornières vos sujets vont trébuchants, écouterez-vous une prière ?

Faute de mieux faites, du moins je vous le demande en grâce, qu'entre les points de votre royaume où trois chemins se croisent comme ici, soit dressé au centre du carrefour un poteau indiquant, au pauvre diable incertain de sa voie, la route qu'il doit prendre.

Chapitre XXIV

Le choc que souffrit mon oncle *Toby*, l'année après la chute de *Dunkerque* [175], dans ses amours avec la veuve *Wadman* avait fixé sa résolution de chasser à jamais hors de son esprit le beau sexe et tout ce qui le concernait. Le caporal *Trim*, cependant, n'avait rien résolu de semblable. Dans le cas de mon oncle *Toby*, en vérité, c'est une suite de rencontres aussi étranges qu'imprévisibles qui l'avait conduit à investir cette belle et forte citadelle. Dans le cas de *Trim*, la seule rencontre avait été celle de *Brigitte* et du caporal dans la cuisine. Cependant, le brave garçon portait à son maître tant de vénération et d'amour et se plaisait si fort à l'imiter en toute chose, que si mon oncle avait résolu d'employer son temps et son génie à ferrer des aiguillettes, je ne doute pas que *Trim* eût aussitôt déposé les armes pour en faire autant. Quand donc mon oncle *Toby* entreprit le siège de la maîtresse, le caporal Trim dirigea ses batteries vers la servante.

Et maintenant, *Garrick*, mon cher ami que j'ai tant de raisons d'estimer et d'honorer (peu importe ici lesquelles), peut-il échapper à votre pénétration que d'innombrables auteurs dramatiques et autres grands faiseurs de petits dialogues n'ont cessé depuis de plagier *Trim* et mon oncle *Toby*[176]? Je ne me soucie point de ce qu'ont dit *Aristote*, *Pacuvius*[177], *Bossu* ou *Ricaboni*[178] (quoique je ne les aie jamais lus), une chaise à un cheval et le *vis-à-vis* de madame de *Pompadour* ne diffèrent pas plus qu'un amour solitaire et un amour noblement redoublé, emporté par ses quatre chevaux au travers d'un grand drame. Une simple, stupide, seule histoire d'amour se perd, monsieur, dans cinq grands actes. Mais notre cas est tout autre.

Après neuf mois d'attaques et de contre-attaques dont le détail minutieux sera donné en temps convenable, mon oncle *Toby*, l'innocent, se vit contraint de retirer ses forces et de lever le siège, non sans quelque indignation.

Le caporal *Trim*, je l'ai dit, n'avait juré à qui que ce fût de renoncer à rien. Son cœur fidèle, toutefois, lui interdisant de visiter toujours une maison que son maître avait fuie avec dégoût, il se contenta de transformer en blocus sa part de siège : en tenant les autres au large, car s'il cessa d'entrer dans la maison, il ne rencontrait jamais *Brigitte* sans lui adresser un signe de tête, une œillade, un sourire, un regard tendre ; même, si les circonstances le permettaient, il lui serrait la main, s'informant affectueusement de sa santé, lui donnait un ruban ; quelquefois même, toujours quand la chose pouvait être faite avec décorum, il se risquait à ——

Cet état dura précisément cinq ans, depuis la démolition de *Dunkerque*, en 13, jusqu'à la fin de la campagne de mon oncle *Toby* en 18. Mon histoire se place six ou sept semaines plus tard. Un soir de lune, *Trim*, après avoir couché mon oncle, était descendu comme de coutume faire la ronde de ses fortifications lorsque, dans l'allée séparant le boulingrin des massifs et du lierre, il aperçut sa *Brigitte*.

Le caporal ne connaissait rien au monde qui fût plus digne d'être montré que les ouvrages glorieux dressés par mon oncle *Toby* et lui-même; prenant donc la main de la jeune fille avec une galanterie courtoise, il l'y fit entrer. Le secret de cette action ne fut pas tel que les trompettes d'une renommée diffamatoire n'en répandissent bientôt le bruit çà et là; il parvint enfin aux oreilles de mon père, aggravé d'un détail fâcheux : le curieux pont-levis de mon oncle *Toby*, construit et peint à la *hollandaise* et qui enjambait le fossé, s'était effondré et avait été, on ne sait comment, mis en pièces cette nuit même.

Mon père, vous l'avez remarqué, ne nourrissait pas une grande estime pour la chimère de mon oncle *Toby*; ce cheval de bataille était à son avis le plus ridicule qu'un gentilhomme eût jamais monté et il n'y pensait jamais en vérité sans sourire, hormis les jours où mon oncle *Toby* le fâchait. La chimère ne pouvait donc boiter ou souffrir quelque autre mésaventure sans chatouiller au plus haut point l'imagination de mon père, mais ce nouvel accident lui parut plus plaisant qu'aucun autre et devint pour lui une source inépuisable de divertissements.

— Allons, mon cher *Toby*, disait-il, contez-moi exactement cette histoire de pont.

— Pourquoi me taquiner de la sorte, répondait mon oncle *Toby*, je vous ai cent fois répété mot pour mot ce que *Trim* m'a dit à ce sujet,

— Eh bien, caporal, s'écriait mon père, comment les choses se sont-elles passées ?

— Ce fut un simple accident, n'en déplaise à Votre Honneur. Je faisais visiter nos fortifications à Mlle *Brigitte* quand, passant trop près du bord, j'ai malheureusement glissé dans le fossé.

— Fort bien, *Trim*, s'écriait mon père avec un sourire mystérieux et une bienveillante inclination de la tête sans interrompre le narrateur.

—— et comme nous allions bras dessus bras dessous, n'en déplaise à Votre Honneur, j'entraînai après moi Mlle *Brigitte* qui se renversa sur le pont.

— Et *Trim*, s'écriait alors mon oncle *Toby*, lui ôtant l'histoire de la bouche, s'étant pris le pied dans le caniveau, roula, lui aussi, sur le pont. C'est grand miracle, ajoutait-il, que le pauvre garçon ne se soit pas cassé la jambe.

— En effet, frère *Toby*, disait mon père, on s'est vite rompu un membre dans de telles circonstances.

— Et c'est ainsi, achevait *Trim*, n'en déplaise à Votre

Honneur, que le pont qui était très mince, Votre Honneur le sait, s'est écrasé sous notre poids commun et a été mis en pièces.

À d'autres moments, mais surtout si par malheur mon oncle *Toby* laissait échapper le seul mot de canon, de pétard ou de bombe, mon père épuisait son éloquence (dont il avait un grand fonds) à faire le panégyrique du Bélier antique ou de la Vinea dont *Alexandre* fit usage au siège de *Tyr*. Il entretenait mon oncle Toby de la Catapulte syriaque qui projetait à tant de pieds de monstrueux blocs de pierre et ruinait jusque dans leurs fondations les plus solides remparts. Il décrivait ensuite le merveilleux mécanisme de la Balliste dont *Marcellinus* [179] fit un si grand cas; les effets terribles du Pyrobole qui lançait le feu, et les menaces de la Térébra et du Scorpio qui projetaient des javelines.

— Mais qu'est-ce que cela, disait-il, à côté des machines de guerre du caporal *Trim ?* Croyez-moi, frère *Toby*, il n'est au monde pont, bastion ou poterne qui puisse résister aux chocs de son artillerie.

Mon oncle *Toby* n'opposait d'autre défense à ces railleries qu'une véhémence redoublée des fumées de pipe : la fumée en devint un soir si dense que mon père, délicat de la poitrine, fut suffoqué par un violent accès de toux. Mon oncle se leva vivement — sans s'arrêter aux souffrances de sa blessure et se tenant auprès du fauteuil de son frère avec une infinie pitié, lui tapota le dos et lui soutint la tête, non sans essuyer parfois une larme avec le mouchoir de batiste qu'il retirait de sa poche. Ces témoignages d'une si tendre affection éveillèrent dans le cœur de mon père le plus vif remords des souffrances qu'il avait lui-même infligées. — Que ma tête vole en éclats, pensa-t-il, sous les coups d'un bélier ou d'une catapulte, peu m'importe, si je blesse jamais cette âme vertueuse !

Chapitre XXV

Le pont-levis ayant été jugé irréparable, *Trim* reçut l'ordre d'en édifier sur-le-champ un autre, mais d'un modèle différent. En effet, les intrigues du cardinal *Alberoni* [180] venaient alors d'être percées à jour et mon oncle prévoyait justement que la guerre devait s'allumer entre l'*Espagne* et l'Empire, et comme les opérations de cette campagne se dérouleraient selon toute probabilité à *Naples* ou en *Sicile*, son choix se porta sur un pont-levis *italien*. Soit dit en passant, les conjectures de mon oncle n'étaient pas si fausses. Cependant mon père, de beaucoup le meilleur politicien, distançant mon oncle dans le cabinet autant que celui-ci l'emportait sur le terrain, le convainquit bientôt que si le roi d'*Espagne* et l'Empereur en venaient aux mains, l'*Angleterre*, la *France* et les *Pays-Bas* seraient entraînés dans le jeu en vertu de leurs engagements précédents. — Et s'il en est ainsi, frère *Toby*, aussi vrai que nous sommes vivants, l'empoignade aura lieu une fois de plus sur la scène familière des *Flandres;* que ferez-vous alors de votre pont *italien?*

— Refaisons-le donc sur l'ancien modèle, s'écria mon oncle *Toby*.

Le caporal *Trim* en était à la moitié de son œuvre quand mon oncle s'avisa d'un défaut qu'il n'avait pas bien considéré jusqu'alors. Le pont, à ce qu'il semble, muni de gonds à ses deux extrémités, s'ouvrait par le milieu et se composait ainsi de deux volets dont chacun se relevait du côté du fossé. L'avantage de ce dispositif était de permettre à mon oncle *Toby* d'élever ou d'abaisser le pont avec la poignée de sa crosse et d'un seul bras; or, la garnison de mon oncle manquait de bras. Par contre, le désavantage était fatal. — Car je laisse à l'ennemi, disait mon oncle, la moitié de mon pont et alors, de quoi me sert l'autre, je vous prie ?

Le remède évident était de ne munir qu'un seul côté de gonds afin de lever le pont d'une seule pièce mais cette solution fut rejetée pour la raison ci-dessus.

Une semaine entière le pont dut être de ceux dont le tablier se retire horizontalement pour interrompre le passage et se pousse pour le rétablir. Votre Grâce en a peut-être vu trois modèles fameux à *Spire* avant leur destruction et un autre actuellement à *Brisac* [181], sauf erreur de ma part. Mais mon père, ayant le plus sérieusement du monde conseillé à son frère d'éviter désormais les ponts à va-et-vient mon oncle, pour ne pas perpétuer le souvenir des mésaventures de *Trim*, se tourna vers l'invention du marquis *de l'Hôpital* [182], que *Bernouilli* cadet [183] a si longuement et si savamment décrite, comme Votre Grâce peut le voir, dans les *Act. Erud. Lips* an. 1695 [184] : un poids de plomb y maintient un équilibre constant et le pont se trouve automatiquement gardé aussi bien que par deux sentinelles, la courbe de sa construction étant une cycloïde approchée sinon une cycloïde elle-même.

Mon oncle *Toby* connaissait une parabole aussi intimement qu'aucun homme d'*Angleterre ;* sa maîtrise des cycloïdes n'était pas aussi totale ; il en parlait bien tous les jours mais le pont n'avançait pas. — Nous demanderons conseil à quelqu'un, cria mon oncle *Toby* à *Trim*.

CHAPITRE XXVI

Lorsque Trim entra et dit à mon père que le Dr. *Slop*, dans la cuisine, faisait un pont, mon oncle, en qui les bottes cuissardes venaient juste d'éveiller des idées militaires, jugea comme allant de soi que le pont fabriqué par le Dr. *Slop* était du modèle inventé par le marquis *de l'Hôpital*.

— C'est fort obligeant de sa part, dit mon oncle *Toby*. Va lui présenter mes respects, *Trim*, et mes plus vifs remerciements.

Si mon père avait pu glisser un regard dans le cerveau de mon oncle *Toby* et en apercevoir tous les rouages, il n'eût pas mieux compris tout ce qui s'y passait [185]. En dépit donc du bélier, de la catapulte et de ses amers serments, il se préparait à triompher, lorsque *Trim*, par sa réponse, arracha le laurier de sa tête et l'effeuilla.

Chapitre XXVII

—— Votre malheureux pont-levis, dit mon père —
— Dieu bénisse Votre Honneur, cria *Trim*, il s'agit d'un appareil pour le nez de l'enfant.
— En le mettant au monde avec son instrument diabolique il lui a écrasé le nez, dit *Suzannah*, et l'a aplati comme une galette et il confectionne un appareil pour le redresser avec un morceau de coton et un bout de baleine pris à mon corset [186].

Chapitre XXVIII

Depuis l'instant où j'ai commencé à transcrire l'histoire de ma vie pour divertir le monde et mes opinions pour l'instruire, un nuage n'a cessé de s'amasser sur la tête de mon père. Petits maux et menues détresses l'ont assailli comme une marée montante. Comme il l'a observé lui-même, rien n'a marché à souhait; l'orage va maintenant crever sur lui.

J'aborde cette partie de mon histoire avec autant de douleur et de pitié qu'en peut éprouver un cœur tendre. Mon courage défaille en la contant. Chaque ligne diminue la vigueur de mon pouls et cette insouciante pétulance qui, chaque jour de ma vie, me fait dire et écrire mille choses qu'il faudrait taire. A l'instant, comme je trempais ma plume dans l'encre, je n'ai pu m'empêcher de remarquer avec quelle triste solennité j'accomplissais ce geste. Plus rien, Seigneur! de ces vives saccades, de ces giclures étourdies dont tu es, *Tristram*, coutumier dans ta manipulation ordinaire, lâchant ta plume, éclaboussant tes livres et ta table comme si plume, encre, livres et meubles ne te coûtaient rien.

Chapitre XXIX

—— Je ne discuterai pas avec vous; les choses sont ainsi et je n'ai pas à ce sujet, madame, le moindre doute : l'homme ou la femme supportent mieux la douleur, le chagrin et autant que je sache, le plaisir, dans la position horizontale.

Aussitôt dans sa chambre, mon père se jeta sur son lit dans le plus grand désordre imaginable mais aussi dans l'attitude de l'homme le plus accablé de maux et le plus digne de pitié sur qui j'aie jamais versé une larme. Sa main droite qui, à l'instant où il s'abattit sur le lit, soutenait son front et couvrait presque ses deux yeux, s'inclina lentement sous le poids tandis que le coude était ramené en arrière jusqu'à l'instant où le nez de mon père toucha la couverture; son bras gauche pendait insensible au côté du lit, les phalanges frôlant l'anse du pot de chambre qui pointait sous la pente de Damas; sa jambe droite (la gauche étant ramassée sous lui) portait à faux au bord du lit, le tibia pressé contre l'angle du bois sans qu'il s'en aperçût. Tous les traits de son visage étaient rigides et durcis par le chagrin; sa poitrine était constamment soulevée et il poussa même un grand soupir mais sans prononcer une seule parole.

Un vieux fauteuil de tapisserie garni, en guise de frange, de boules de laine mi-partie, se trouvait à la tête du lit en face du coin où s'appuyait la tête de mon père. Mon oncle *Toby* y assit sa propre affliction.

Avant que nous ne soyons accoutumés à une douleur, les consolations viennent trop tôt; elles arrivent trop tard, après. Entre les deux, un consolateur n'a donc, madame, qu'une ligne pour toucher, juste l'épaisseur d'un cheveu. Mon oncle *Toby* la manquait toujours, d'un côté ou de l'autre : autant lui demander, disait-il, souvent, de toucher le cercle des longitudes [187]; c'est pourquoi, une fois assis dans le fauteuil, il tira légèrement les rideaux et comme il avait toujours une larme au service d'autrui, il sortit son mouchoir de batiste et soupira tout bas mais se tint en paix.

Chapitre XXX

—— *Tout ce qui va dans la bourse n'est pas gain*. Si mon père avait reçu le bonheur de lire les plus vieux livres et la grâce de penser le plus étrangement du monde, il était par contre soumis à l'inconvénient de tomber dans des désespoirs aussi bizarres et fantastiques ; celui qui l'accablait présentement en fournit le meilleur exemple.

Sans doute un père souffrira toujours si des forceps, tout scientifiquement appliqués qu'ils soient, brisent la cloison nasale de son fils, surtout s'il s'est donné autant de mal pour l'engendrer. Cependant, un tel accident ne justifie ni une douleur extravagante ni la façon peu chrétienne dont mon père s'y abandonna.

L'explication me demandera une demi-heure pendant laquelle je laisserai mon père sur son lit et mon oncle *Toby* dans son vieux fauteuil à boules de laine.

Chapitre XXXI

——Voilà une exigence extravagante, s'écria mon bisaïeul en froissant le papier qu'il jeta sur la table. D'après le compte que voici votre fortune, madame, s'élève à deux mille livres, pas un shilling de plus, et vous voudriez que je vous en fisse trois cents de revenu dotal.

— C'est, répondit ma bisaïeule pour compenser chez vous une absence presque totale — de quoi ? — de nez [188].

Avant de me risquer à employer le mot nez une deuxième fois et pour éviter toute confusion dans cette partie intéressante de mon histoire, je ne ferais pas mal, on le voit, d'en donner ma définition afin de fixer avec exactitude le sens où je désire être entendu. Les auteurs méprisent trop souvent cette précaution par négligence ou fausseté d'esprit : et voilà pourquoi, à mon sens, les disputes de nos théologiens n'ont pas la clarté démonstrative de celles qui concernent les *feux follets*, par exemple, ou tout autre sujet de philosophie naturelle. Que faire, donc, si l'on veut éviter d'errer dans le brouillard jusqu'au jour du jugement dernier ? Donner avec l'intention de s'y tenir, une bonne définition du terme principal — celui dont on aura trop d'occasions de changer le sens comme on change un billet en menue monnaie. Cela fait, que le père des confusions vienne éblouir, s'il en a le pouvoir et glisser, s'il en a la science, un autre sens dans notre tête ou celle du lecteur. Dans un ouvrage de strict enseignement moral et de raisonnement serré tel que celui-ci, il serait inexcusable de négliger cette précaution. Dans les livres précédents, j'ai trop souvent donné prise au goût de l'équivoque et trop compté sur la pureté d'esprit de mes lecteurs : le ciel m'est témoin de la cruauté avec laquelle le monde s'en est vengé.

— Ce terme a deux sens, s'est exclamé *Eugenius* au cours de notre promenade, pointant l'index vers le mot *fente* à la page de ce livre des livres [189] — deux sens, répéta-t-il.

— Voici deux chemins, répliquai-je avec brusquerie, l'un boueux, l'autre net, lequel prendrons-nous ?

— Le second naturellement, répondit *Eugenius*.

— *Eugenius*, lui dis-je, en lui posant la main sur la poitrine, définir c'est se défier. Ainsi je triomphai de lui, mais comme toujours dans nos discussions, sottement. Un point cependant me console : ma sottise n'est pas obstinée. Donc :

Je vais définir le mot nez non sans supplier auparavant lecteurs ou lectrices, quels que soient leur âge, leur complexion et leur condition, de se garder, par amour de Dieu et de leur salut, contre toute tentation du démon les incitant par art où par malice à mettre dans le mot un autre sens que celui précisé ci-dessous. Par le mot *nez* tout au long de ce chapitre des nez et partout ailleurs dans mon ouvrage où le mot nez peut paraître, j'entends un nez : rien de plus, rien de moins.

Chapitre XXXII

—— Oui, de nez, répéta ma bisaïeule. — Morbleu! cria mon bisaïeul en empoignant cet appendice, il n'est pas si petit, il a bien un pouce de plus que celui de mon père. Or, le nez de mon bisaïeul ressemblait, je le jure, à celui des hommes, femmes et enfants habitant l'île d'Ennasin [190] visitée par *Pantagruel*. Soit dit en passant, si vous voulez connaître l'étrange façon de s'apparier pratiquée par ce peuple à nez plat, lisez le livre car, quant à le trouver vous-même, vous ne le pourrez jamais.

— Ils avaient, monsieur, le nez en as de trèfle.

— Il a, madame, réaffirma mon bisaïeul, en se pinçant l'arête du nez entre le pouce et l'index, un bon pouce de plus que celui de mon père.

— Vous voulez dire celui de votre oncle, répliqua ma bisaïeule.

Mon bisaïeul s'avouant vaincu défroissa le papier et signa l'article.

Chapitre XXXIII

—— Quel revenu exorbitant nous devons verser pour ce petit bien, dit ma grand-mère à mon grand-père.

— Mon père, répliqua celui-ci, n'avait pas plus de nez que sur ma main.

Ma bisaïeule survécut douze ans à mon grand-père; mon père dut donc tout ce temps payer cent cinquante livres à la *Saint-Michel* et à l'*Annonciation*.

Nul ne payait ses dettes de meilleure grâce que mon père. Il vous jetait les cent premières livres sur la table guinée après guinée, avec cette allègre et bienveillante

LIVRE III – CHAPITRE XXXIII

brusquerie qu'une âme généreuse, et elle seule, peut mettre à jeter de l'argent ; mais aussitôt entamée la cinquantaine suivante il poussait d'ordinaire un *hem!* énergique, se frottait méditativement l'aile du nez avec le gras de son index, insinuait prudemment son doigt entre sa tête et la coiffe de sa perruque, considérait chaque pièce sur ses deux faces avant de s'en séparer et parvenait rarement au bout des cinquante livres sans devoir sortir son mouchoir pour s'essuyer les tempes.

Préservez-moi, Seigneur, de ces esprits persécuteurs qui ne font pas la part de ces ressorts intimes. Puissé-je ne jamais coucher sous les tentes de ceux qui, rigoureux sans relâche, ignorent impitoyablement la force de l'éducation et la puissance déterminante des opinions que nous ont transmises nos ancêtres.

En trois générations, ce *préjugé* quant aux longs nez avait pris solidement racine dans notre famille. La TRADITION n'avait cessé de peser en sa faveur et l'INTÉRÊT venait le renforcer tous les six mois. On aurait tort d'en faire tout l'honneur à la bizarrerie de mon père ; cette fantaisie ne ressemblait pas aux autres ; dans une large mesure on pouvait dire qu'il l'avait sucée avec le lait maternel. Il y avait mis du sien toutefois. L'éducation avait implanté l'erreur (si c'en est une), il l'avait arrosée et mûrie jusqu'au point de perfection.

Il déclarait souvent, lorsqu'il développait ce sujet, qu'il pouvait à peine concevoir comment les plus grandes familles d'*Angleterre* supportaient une succession ininterrompue de six à sept nez courts. Et l'un des plus graves problèmes de la vie civile doit se poser, ajoutait-il d'ordinaire, quand une même suite de nez longs et vermeils en enfilade ne vient pas triomphalement remplir les vides du corps politique. Il se flattait souvent du haut rang qu'avait occupé la famille *Shandy* sous *Henri* VIII et en trouvait la cause non dans un génie politique mais seulement dans la longueur des nez. La roue avait tourné ensuite, comme pour les autres familles, et la nôtre ne s'était jamais relevée du coup qu'avait été pour elle le nez de mon bisaïeul. — Un véritable as de trèfle, s'écriait-il en secouant la tête, jamais famille ne tourna pire atout !

Belle, tendre et douce lectrice ! Vers quel objet votre imagination vous emporte-t-elle ? Ou l'homme n'est que mensonge ou, quand je parle du nez de mon bisaïeul, j'entends cet organe extérieur de l'odorat, cette partie du corps humain qui se dresse fièrement au milieu du visage et qui, s'il faut en croire les peintres, quand le visage est beau et le nez respectable, doit en former au moins le tiers de la longueur mesurée à partir de la racine des cheveux.

Quelle aubaine pour un auteur !

Chapitre XXXIV

La nature, par un rare bienfait, a inspiré à l'esprit humain la même inertie heureuse, le même refus de se laisser convaincre observable chez tous les chiens à qui l'on veut apprendre un nouveau tour.

Le plus pondéré des philosophes voltigerait comme un volant fouetté par les raquettes s'il lisait les livres, observait les faits et poursuivait les raisonnements capables de le faire changer d'avis.

Mon père, je vous l'ai dit l'an passé, avait ceci en horreur. Il cueillait une opinion, monsieur, comme un homme à l'état de nature cueille une pomme qui devient aussitôt sa pomme : s'il a du courage on le tuera plutôt que de la lui faire lâcher.

Didius, le plus grand politique, me contestera ce point, je le sais. D'où cet homme tire-t-il ses droits à cette pomme ? criera-t-il contre moi. L'auteur l'avoue, il s'agit de l'état de nature, la pomme appartient à *François* autant qu'à *Jean*. Qu'il nous montre, Mr. *Shandy*, ses lettres de patente, où et quand cette pomme commença-t-elle d'être sienne ? fût-ce quand il fixa sur elle son désir ? quand il la cueillit ? quand il y porta les dents ? quand il la fit cuire, la pela, la rapporta chez lui ? quand il la digéra ? quand il la — car il est clair, monsieur, que si son premier geste ne la fit pas sienne aucun des suivants ne le fera mieux.

Frère *Didius*, répondra *Tribonius* [191] (la barbe de *Tribonius*, docteur en droit civil et droit canon a trois pouces et demi de plus que celle de *Didius* : puisqu'il prend en main ma cause je ne m'inquiéterai plus de ma réponse) Frère *Didius*, dira *Tribonius*, c'est un cas reconnu, comme vous le trouverez dans ce qui nous reste de codes de *Gregorius* et d'*Hermogène* [192] ; ainsi que dans tous les autres codes depuis *Justinius* jusqu'à *Louis* et *Des Eaux* [193], qu'un homme possède la sueur de son front et l'excrétion de son cerveau aussi pleinement que les braies qu'il porte au cul ; or, cette sueur a été dépensée pour trouver la pomme et la ramasser ; n'étant pas recouvrable elle est irrémédiablement passée du ramasseur à l'objet ramassé, emporté, cuit, pelé, mangé et le reste. Il est évident que, par cette suite d'actes, l'homme a mêlé quelque chose d'entièrement sien à la pomme qui n'était pas sienne et qu'il a ainsi acquis sur elle un droit de propriété ; en d'autres termes la pomme appartient à *Jean*.

Le même enchaînement savant faisait de mon père le champion de ses opinions. Il n'épargnait pas sa peine à les aller chercher et plus il les trouvait loin des chemins battus, plus se trouvait fondé son titre de possession. Aucun mortel ne les lui disputait. D'ailleurs il avait dépensé à les cuire et les digérer autant de travail que pour une pomme ; on pouvait donc vraiment et honnêtement les compter parmi ses biens meubles. Il les défendait du bec et de l'ongle ; ayant ravi toutes celles qu'il trouvait de bonne prise, il les retranchait en lieu sûr, les protégeant d'autant de fossés et d'ouvrages que mon oncle *Toby* ses places fortes.

Les choses n'allaient pourtant pas seules : un diable de hic était, au cas d'une attaque en règle, la rareté des matériaux de défense. Par le trot de ma haridelle ! le nombre de grands hommes qui ont écrit sur les grands nez est incroyablement faible. Je n'arrive pas à comprendre comment des trésors de talents et de temps précieux ont été gaspillés à des sujets bien moindres et comment des millions de volumes de tous caractères et de tous formats ont été consacrés à des études deux fois moins importantes pour l'unité et la paix du monde. Ce qui pouvait être rassemblé le fut en tout cas avec d'autant plus de soin : bien que mon père se gaussât quelquefois de la bibliothèque de mon oncle (et soit dit en passant elle était assez ridicule), il collectionnait tous les ouvrages et traités systématiques sur les nez avec autant de soin que mon oncle Toby ceux d'architecture militaire. Ce n'était pas de ta faute, mon cher oncle, s'il lui suffisait d'une table plus petite.

C'est ici — pourquoi plutôt ici qu'ailleurs ? je ne saurais le dire mais c'est ici enfin — que mon cœur me conseille de payer une fois pour toutes, mon cher oncle

Toby, le tribut que je dois à ta bonté. Qu'il me soit permis, donc, écartant mon fauteuil, de m'agenouiller pour exprimer l'amour le plus tendre, la plus vive vénération que jamais nature et vertu aient allumés dans le sein d'un neveu pour la personne et le caractère de son oncle. Puissent la paix et le bonheur descendre à jamais sur ta tête! Tu n'as jalousé la joie de personne ni montré d'intolérance pour aucune opinion; tu n'as point calomnié autrui ni mangé son pain; avec douceur et, suivi du fidèle *Trim*, tu as parcouru à petite allure le cercle de tes plaisirs sans bousculer qui que ce soit en chemin; pour toute peine rencontrée tu avais une larme, pour tout besoin un shilling.

Tant que j'en aurai un moi-même pour payer un jardinier, le chemin qui va de ton seuil à ton boulingrin ne connaîtra point les mauvaises herbes; tant qu'il restera un arpent à la famille *Shandy*, tes fortifications, mon cher oncle *Toby*, demeureront intactes.

Chapitre XXXV

La collection de mon père était petite, mais je dois l'avouer, curieuse; il mit donc quelque temps à la rassembler; il eut toutefois la fortune d'un heureux départ en acquérant le prologue de *Bruscambille* [194] sur les longs nez, presque pour rien — trois couronnes et demie — le libraire ayant vu d'abord avec quelle passion mon père s'emparait du livre. — Il n'y a pas trois exemplaires du *Bruscambille* dans toute la *chrétienté*, dit le libraire, hormis ceux qui ne sortirent jamais de la bibliothèque des amateurs. Mon père lui jeta la somme avec la rapidité de l'éclair, enfouit le *Bruscambille* dans son sein et courut chez lui de *Picadilly* à *Coleman* Street comme s'il avait emporté un trésor, sans desserrer un seul instant son étreinte sur l'ouvrage.

A ceux qui ignorent encore de quel sexe était ce *Bruscambille* (un prologue sur les longs nez pouvant être écrit par les deux), je dirai sans nuire à ma métaphore que mon père rentré chez lui en goûta les charmes comme, je le parierais à dix contre un, Votre Grâce goûta ceux de sa première maîtresse, j'entends du matin au soir sans arrêt ce qui, soit dit en passant et quelques délices qu'y savoure l'inamorato, ne divertit que faiblement ou pas du tout le simple spectateur. Notez-le pourtant, je ne poursuivrai pas cette métaphore : mon père avait les yeux plus grands que le ventre, son zèle dépassait sa science ; il se refroidit ; sa passion se divisa ; il mit la main sur *Prignitz*, acquit *Andrea Scroderus* [195], *Ambroise Paré*, Les Entretiens du soir de *Bouchet* [196] et par-dessus le tout le grand et savant *Hafen Slawkenbergius* [197] dont je ne dirai rien maintenant, ayant mainte allusion à y faire plus tard.

Chapitre XXXVI

Parmi tous les ouvrages que mon père se procura avec beaucoup de peine pour étayer son hypothèse, il n'en est point qui, à première lecture, l'ait plus désappointé que le célèbre dialogue entre *Pamphagus* et *Coclès* [198] sur les divers et convenables usages des longs nez que nous devons à la chaste plume d'Erasme. Ne laissez pas Satan, ma chère fille, se jucher sur n'importe quel monticule pour bondir tout à coup et chevaucher votre imagination pendant la lecture de ce chapitre. Arrêtez-le si vous pouvez et s'il parvient agilement à sauter en selle, comme une pouliche jamais montée, multipliez si bien pour lui les *frétillements, les saccades, les sauts, les bonds, les ruades longues ou brèves* qu'une courroie ou une croupière se rompant vous finissiez, comme la jument de *Tickletoby* [199], par envoyer Son Altesse rouler dans la boue. A quoi bon le tuer ?

— Mais, je vous prie, qui était la jument de *Tickletoby* ?

— Voilà une question, monsieur, qui donne une aussi fâcheuse opinion de votre culture classique que si vous demandiez en quelle année *(ab urb. con.* [200]*)* éclata la deuxième guerre punique. Qui était la jument de Ticketoby ? Lisez, lisez, lisez, lisez, mon ignorant lecteur, lisez ou par la science du grand saint *Paralipomène* [201], vous feriez mieux, je vous le dis à l'avance, de jeter ce livre aussitôt, car sans *beaucoup de lecture* par quoi j'entends, Votre Excellence le sait bien, *beaucoup de science* vous serez aussi incapable de pénétrer le sens moral des marbrures couvrant la page ci-après (emblème jaspé de mon œuvre) que le monde le fut, malgré toute sa sagacité, de discerner les opinions et vérités encore mystiquement cachées sous le voile de ma page noire.

Chapitre XXXVII

Nihil me paenitet hujus nasi [202] dit *Phamphagus*, traduisez « sans ce nez je ne serais rien ». — *Nec est cur paeniteat* [203] répond *Coclès*, entendez : « Comment un tel nez cesserait-il d'être triomphant ? »

Les principes de la doctrine furent donc posés par *Erasme* comme mon père le souhaitait sans la moindre équivoque. Ce qui désappointa mon père fut de ne pas trouver sous une plume aussi savante autre chose que la nudité d'une constatation sans trace de cette subtilité à spéculer, de cette adresse à argumenter dans les deux sens que le ciel a données à l'homme afin qu'il recherche la vérité et combatte pour elle dans tous les camps. A sa première lecture mon père multiplia les *peuh!* et les *fi donc!* Mais une grande réputation vaut bien quelque chose. Puisque l'auteur du dialogue était *Erasme*, mon père en fit bientôt une deuxième, puis une troisième lecture, en étudiant avec une attention extrême chaque mot et chaque syllabe et d'abord selon une stricte interprétation littérale : il n'en put rien tirer ainsi. — L'auteur sous-entend peut-être plus qu'il ne dit, pensa mon père. Un érudit, frère *Toby*, n'écrit pas pour rien un dialogue sur les longs nez. Je vais donc en étudier les sens mystique et allégorique. Reployons-nous vers cette profondeur.

Ainsi mon père continua de lire *Erasme*.

Or, il n'est peut-être pas inutile de rappeler à Vos Grâces que l'auteur du dialogue attribue aux longs nez, outre de nombreux usages dans l'art de la navigation, certaines commodités domestiques : en cas de détresse et faute de soufflet ils se montrent fort utiles *ad excitandum focum* (pour attiser le feu).

La nature avait prodigué ses dons sans mesure à mon père et avait déposé en lui la semence d'une critique des mots aussi profondément que celle de toute autre science; sortant donc son canif il rechercha si, en grattant certaines lettres, il ne pouvait pas découvrir à cette phrase un sens plus profond.

— Frère *Toby*, s'écria mon père, j'ai découvert le sens mystique d'Erasme à une lettre près.
— Vous en avez assez approché en toute honnêteté, répondit mon oncle.
— Peuh! dit mon père, en grattant toujours, autant vaudrait en être à sept lieues. J'y suis, s'écria mon père en faisant claquer ses doigts. Voyez, cher frère *Toby*, comme j'ai approfondi le sens.
— Mais vous avez abîmé un mot, répliqua mon oncle *Toby*. Mon père chaussa ses lunettes, se mordit la lèvre et, de colère, déchira la page.

Chapitre XXXVIII

O *Slawkenbergius!* fidèle analyste de mes disgrâces [204], toi qui sus si bien et si tristement prédire les affronts et les déconvenues qui m'assaillirent çà et là dans mon existence sans que je puisse leur trouver d'autre cause que la brièveté de mon nez. Dis-moi Slawkenbergius! Quelle fut donc cette impulsion secrète ? Quelle voix résonna et d'où venue, à tes oreilles ? Es-tu sûr de l'avoir entendue te crier va, va *Slawkenbergius!* Dédie à cet ouvrage le labeur de ta vie, laisse là tes passetemps, rassemble toutes les facultés et les puissances de ta nature, sacrifie tes plaisirs au bien des hommes et compose sur leurs nez un grand in-folio ?

Sur la façon dont fut transmis à *Slawkenbergius* l'appel de cette vocation et dont se fit connaître à lui celui qui tournait ainsi la clé de sa serrure et attisait son feu, nous ne pouvons que faire des conjectures puisque *Hafen Slawkenbergius* est mort et enterré depuis quatre-vingt-dix ans.

Autant que je sache, *Slawkenbergius* dut être, comme les *disciples de Whitefield* (1), le simple instrument d'une inspiration, mais un *instrument* assez assuré que son *musicien* était Dieu et non le diable pour ne point s'attarder à raisonner là-dessus.

(1) Pasteur méthodiste [note du traducteur].

Car dans l'analyse qu'*Hafen Slawkenbergius* donne des motifs qui l'ont poussé à écrire cet ouvrage et à y consacrer tant d'années, vers la fin de ses prolégomènes (lesquels, disons-le en passant, devraient trouver place au début du livre et non entre la fin et la table des matières où l'imprimeur les a fourrés) l'auteur nous avertit qu'à peine arrivé à l'âge de raison, dès l'instant où il put méditer froidement sur la vraie condition humaine et discerner le sens et le but de notre existence ou (pour citer *Slawkenbergius* en l'abrégeant car il écrit un latin très prolixe) « dès que je compris quoi que ce soit, ou, pour mieux dire, ce qui était en cause, je perçus que la longueur des nez avait été trop légèrement traitée par les auteurs précédents et je ressentis, moi, *Slawkenbergius*, comme une vocation impérieuse, le plus violent désir de me consacrer entièrement à cette tâche négligée ».

Il faut dire en effet, pour rendre justice à l'auteur, qu'il est entré en lice mieux armé, il y a fourni une plus longue carrière que tous ses prédécesseurs ; à plusieurs titres il mérite d'être littérairement *béatifié* et présenté comme modèle aux auteurs d'ouvrages considérables car il a embrassé tout le sujet, en a examiné *dialectiquement* chaque partie et a porté l'ensemble en pleine lumière, l'illuminant tantôt des éclairs qui jaillissaient du choc de ses propres esprits vitaux, tantôt des lumières d'une profonde science, collationnant, colligeant, compilant, reproduisant, empruntant, dérobant en chemin tout ce qui avait été écrit ou publié dans les écoles et sous les portiques érudits ; en sorte que l'ouvrage de *Slawkenbergius* peut être à juste titre considéré non seulement comme un modèle mais comme un traité classique et définitif, composé de main de maître et contenant sur le sujet des *nez*, tout ce qu'on peut juger nécessaire de savoir.

C'est pourquoi je ne parlerai pas ici des nombreux livres et traités (par ailleurs estimables) rassemblés par mon père et écrits en plein sur les nez ou les effleurant seulement : par exemple *Prignitz*, maintenant sur ma table et qui, avec une science infinie, après l'examen le plus sincère et le plus exact de quatre mille crânes échantillonnés sur les pyramides de vingt ossuaires *silésiens*, nous informe que les mesures et la configuration des parties osseuses dans le nez humain (et cela dans *tous* les pays hormis la *Crimée* où elles sont toujours écrasées par le pouce des Tartares, ce qui interdit tout jugement à leur sujet), sont beaucoup plus constantes que le monde ne l'imaginait, les différences, dit-il, étant d'un ordre minuscule tout à fait négligeable; ainsi la dimension et jovialité qui font tout le prix d'un nez individuel et par quoi il peut s'élever si haut au-dessus des autres, tiennent uniquement à ses parties musculaire et cartilagineuse dans les conduits et sinus desquels le sang et les esprits animaux se trouvent projetés par la chaleur et la vivacité de l'imagination qui n'en est qu'à un pas, (exception faite toutefois des idiots, en qui *Prignitz*, à la suite d'un long séjour en *Turquie*, voyait des protégés du ciel) de sorte qu'il existe et doit exister, affirme l'auteur, un rapport arithmétique entre un nez et la fantaisie de son possesseur.

Pour la même raison — l'universalité de Slawkenbergius — je ne dirai rien non plus de *Scroderus (Andrea)* qui attaqua *Prignitz*, le monde entier le sait, avec une rare violence, démontrant à sa façon, *logiquement* d'abord, puis en se fondant sur des faits irréfutables, que « *Prignitz* avait commis l'erreur la plus grossière en affirmant que le nez naissait de l'imagination, puisque c'était au contraire l'imagination qui naissait du nez ».

Maints savants virent là un indécent sophisme et *Prignitz* hurla qu'on se vêtait de ses dépouilles; mais *Scroderus* n'en continua pas moins à soutenir sa thèse.

Mon père balançait entre les deux partis, ne sachant lequel adopter, lorsque *Ambroise Paré* le tira des deux à la fois en mettant également en pièces les systèmes opposés.

Soyez témoin. —

Cet *Ambroise Paré* (je mentionne le fait non pour en instruire le lecteur érudit mais pour lui montrer que j'en suis instruit moi-même) était premier chirurgien et grand réparateur de nez de *François* IX [205] et des deux rois de *France* qui l'ont précédé ou suivi et que j'ai pour ma part oubliés : hormis l'erreur qu'il commit dans l'opération nasale de *Taliacotius* [206], il était tenu par le collège entier des médecins pour l'homme le plus compétent qui jamais prît un nez en main.

Or, ce savant homme convainquit mon père que la véritable cause efficiente en cette matière disputée du monde entier et à l'élucidation de quoi *Prignitz* et *Scroderus* avaient dépensé tant de science et de talent, n'était point ceci ou cela mais tout uniment la plus ou moins tendre élasticité du sein de la nourrice : mou et flasque le sein donnait des nez longs et valeureux, tandis que les nez *camus* ont pour origine cette fermeté d'un sein jeune et dru, circonstance plaisante en soi pour la femme mais fatale à l'enfant, dont le nez se trouve si violemment repoussé, si vertement remis à sa place, refoulé et réfrigéré, qu'il ne parvient jamais *ad mensuram suam legitimam* [207]; que si, à l'inverse, le sein de la nourrice ou de la mère cède, le nez qui s'y enfonce comme dans une motte de beurre s'en trouve ragaillardi, nourri, engraissé, rafraîchi, et mis en humeur de croître sans cesse [208].

Sur cette explication de *Paré* j'ai deux observations à faire : la première, qu'il l'explique dans le langage le plus pudique et le plus châtié (puisse-t-il en être récompensé par le repos éternel de son âme!). La seconde est qu'en ruinant les systèmes de *Prignitz* et de *Scroderus* son hypothèse mit à bas du même coup tout le système de paix et d'harmonie de notre famille; car non seulement elle suscita la brouille trois jours durant entre mon père et ma mère, mais encore mit la maison entière et tout ce qui s'y trouvait, excepté mon oncle *Toby*, sens dessus dessous.

Jamais ni en aucun pays le bruit d'une dispute aussi ridicule entre un homme et une femme ne passa le trou d'une serrure.

Ma mère, je dois vous le dire — mais j'ai vingt autres choses plus nécessaires à vous conter, cent difficultés que j'ai promis de résoudre, mille accidents et mésaventures domestiques qui grouillent, se chevauchent et m'emplissent l'esprit de leur foule innombrable. Demain matin, une vache pénétrera par effraction dans les ouvrages fortifiés de mon oncle *Toby*, broutera deux rations et demie d'herbe sèche, arrachant les mottes de gazon qui tapissent l'ouvrage à cornes et le chemin couvert. *Trim* veut absolument passer en cour martiale; la vache doit être fusillée, *Slop crucifié* et moi-même *tristramisé* et proclamé martyr sur les fonts baptismaux; pauvres diables, tous tant que nous sommes! J'aurais bien besoin d'être emmailloté mais il n'y a pas de temps à perdre en exclamations! J'ai laissé mon père gisant en travers du lit, mon oncle *Toby* assis dans le vieux fauteuil à franges et j'ai promis de les retrouver dans une demi-heure, or trente-cinq minutes sont déjà passées. De toutes les perplexités où jamais auteur vivant se vit plongé ceci est certainement la plus grande car j'ai encore à terminer l'in folio d'*Hafen Slawkenbergius*, à transcrire un dialogue entre mon père et mon oncle *Toby* sur les systèmes comparés de *Prignitz, Scroderus, Amb. Paré, Ponocrates* et *Grandgousier* [209], et à traduire un récit de *Slawkenbergius* — le tout en cinq minutes de moins que point de temps du tout. Quelle tête! ah! si mes ennemis en voyaient l'intérieur.

Chapitre XXXIX

Aucune de nos scènes de famille ne fut plus divertissante. Jamais — je le dis en mon âme et conscience (j'ôte ici mon bonnet et le pose sur la table à côté de mon encrier pour une déclaration solennelle) — jamais, à moins que mon amour et la partialité de mon jugement ne m'aveuglent, la main de Celui qui créa toutes choses ne rassembla une famille dont les personnages fussent dessinés et contrastés avec autant de bonheur dramatique que dans la nôtre, (au moins en cette période dont j'ai voulu ici retracer l'histoire) car le ciel paraissait avoir confié sans réserve à la Famille Shandy le soin de les dépasser toutes par le génie des situations rares et la faculté de les varier indéfiniment du matin au soir.

Mais l'épisode le plus bouffon de cette bizarre comédie familiale fut celui qui naquit à maintes reprises de ce chapitre des longs nez et surtout lorsque l'imagination de mon père, enflammée par sa recherche, ne trouvait partout que prétextes à vouloir échauffer aussi celle de mon oncle *Toby*.

Mon oncle *Toby* donnait à la tentative toutes ses chances et, fumant sa pipe pendant des heures entières, avec une patience infinie, laissait mon père le prendre pour cobaye et éprouver successivement toutes les voies par où il pourrait lui fourrer dans l'esprit les théories de *Prignitz* ou de *Scroderus*.

En vain! Ses systèmes étaient-ils supérieurs ou contraires aux raisonnements de mon oncle *Toby* ? Avait-il l'imagination comme du bois *mouillé* et rebelle à toute étincelle ? Ou bien se trouvait-elle trop encombrée de sapes, mines, tranchées, courtines et autres obstacles militaires pour voir quoi que ce fût dans les théories de *Prignitz* et de *Scroderus*, je n'en dirai rien, laissant aux docteurs, marmitons, anatomistes et ingénieurs le soin d'en disputer.

Un des malheurs de cette affaire fut sans doute que mon père devait traduire à mon oncle *Toby* le *latin* de *Slawkenbergius;* et comme il n'y était pas grand maître, sa traduction manquait de pureté et précisément là où elle eût été le plus nécessaire. Ceci ouvrait naturellement la porte à un second malheur : les idées de mon père, dans son plus grand échauffement et son zèle à ouvrir les yeux de son interlocuteur, bousculaient autant la traduction que la traduction bousculait les idées de mon oncle *Toby* et ni l'une ni l'autre de ces circonstances n'ajoutait à la clarté de la lecture.

Chapitre XL

C'est un don propre à l'homme que celui de raisonner et de construire des syllogismes, car chez les êtres supérieurs tels que les anges ou les esprits tout se passe par INTUITION, n'en déplaise à Vos Honneurs : c'est du moins ce qu'on affirme; quant aux êtres inférieurs, Vos Grâces n'ignorent pas qu'ils syllogisent par le nez. Il existe pourtant une île nageant au sein des mers (quoique pas tout à fait à son aise) dont les habitants, si mon intelligence ne me trompe pas, ont reçu le don merveilleux de syllogiser ainsi et s'en tirent souvent fort bien — mais cette île ne se trouve ni ici ni là.

Notre façon ordinaire de procéder, le grand acte essentiel du raisonnement humain, comme nous le disent les logiciens, consiste à découvrir l'accord ou le désaccord de deux propositions grâce à l'intervention d'une troisième appelée *medius terminus* [210] : ainsi, comme le fait justement observer *Locke*, on peut, au moyen d'une aune, vérifier l'identité de deux rangées de quilles qu'on ne saurait *superposer.*

Si le même grand raisonneur, assistant aux entretiens où mon père tâchait d'illustrer sa théorie des nez, avait pu observer l'attitude de mon oncle *Toby*, l'attention qu'il portait à chaque mot, le sérieux avec lequel chaque fois qu'il ôtait sa pipe de sa bouche il en mesurait la longueur, la tenant entre le pouce et l'index et portant transversalement son regard d'une extrémité à l'autre, la faisant pivoter ensuite pour la considérer dans toutes ses perspectives, il en eût conclu à coup sûr que mon oncle avait saisi l'idée du *medius terminus* et, syllogisant à l'envi, mesuré la vérité de chacune des hypothèses consacrées aux longs nez selon l'ordre où mon père les disposait devant lui. Mon père n'en demandait pas tant : il avait pour unique but, dans ces instructions philosophiques où il se donnait si grand mal, de rendre mon oncle *Toby* capable, non point de *discuter*, mais de *comprendre*, apte à *recevoir* mais non point à *peser* les plus subtiles doses de science. Mon oncle *Toby*, le chapitre suivant vous l'apprendra, ne faisait ni l'un ni l'autre.

Chapitre XLI

C'est grand'pitié, s'écria mon père, un soir d'hiver, après trois grandes heures passées péniblement à traduire *Slawkenbergius*, c'est grand'pitié, s'écria mon père en refermant le livre sur un écheveau de ma mère en guise de signet, que la vérité s'enferme dans d'aussi inexpugnables forteresses et s'entête à ne pas se rendre après le siège le plus serré.

Or, qu'était-il arrivé ? ce qu'il arrivait souvent : l'imagination de mon oncle *Toby*, ne sachant où se reposer dans la théorie de *Prignitz* que venait de lui exposer mon père, avait volé par le plus court vers son boulingrin bien-aimé! Son corps aurait pu l'y suivre sans dommage car, avec toute l'apparence d'un profond docteur penché sur le *medius terminus*, mon oncle *Toby* était aussi loin du débat et de ses arguments opposés que si mon père avait traduit *Hafen Slawkenbergius* du *latin* en *iroquois*. Cependant le mot *siège* dont mon père usa par métaphore ayant ramené comme sur un tapis magique l'imagination de mon oncle *Toby* avec la vitesse d'une note musicale qu'évoque le doigt sur la touche, il rouvrit les yeux; et mon père, le voyant ôter sa pipe de sa bouche et traîner plus près son fauteuil comme pour ne rien perdre de l'instruction donnée, ravi, recommença sa phrase en laissant seulement tomber la métaphore en quoi il appréhendait je ne sais quel vague danger.

— C'est grand'pitié, reprit mon père, que la vérité doive toujours être d'un seul parti — tous ces savants étaient également sincères dans leurs solutions nasales.

— Peut-on mettre les nez en solution ? demanda mon oncle *Toby*.

Mon père repoussa son fauteuil, se leva, mit son chapeau, fit quatre grands pas vers la porte, l'ouvrit brusquement, plongea la tête dans l'embrasure, referma la porte sans prendre garde au grincement du gond, revint à la table, extirpa du *Slawkenbergius* l'écheveau de ma mère, marcha précipitamment vers son bureau, revint à pas lents, enroula l'écheveau autour de son pouce, déboutonna son gilet, jeta l'écheveau dans le feu, mordit à même le coussinet de satin où elle piquait ses épingles, s'emplit la bouche de son et jura; mais remarquez-le bien, le juron visait la pauvre cervelle de mon oncle *Toby*, n'en déplaise à Vos Honneurs, le juron était la balle et le son n'était que la poudre.

Par bonheur les querelles de mon père duraient peu; le temps qu'elles duraient, en effet, elles lui menaient la vie trop dure et parmi mes observations de la nature humaine, aucune ne m'apparut plus inexplicable que celle-ci : ce qui mettait la fougue de mon père à la plus dure épreuve et la faisait exploser en fumée comme une charge de poudre, c'étaient les éclairs de science qui transparaissaient soudain dans la bizarre simplicité des questions que posait mon oncle *Toby*. Piqué çà et là dans le dos par dix douzaines de guêpes en même temps, il n'eût pas dépensé en si peu de temps autant d'énergie mécanique; rien ne le cabrait comme une simple *question* mal placée de trois mots, surgissant tout à coup comme un diable de sa boîte sur la route où sa chimère l'emportait.

Mais tout glissait sur mon oncle *Toby;* il fumait une pipe imperturbable; n'ayant jamais eu dans son cœur l'intention d'offenser son frère et sa tête découvrant rarement où pouvait être l'offense, il donnait invariablement à mon père le loisir de se calmer. Dans le cas présent l'accès dura cinq minutes trente-cinq.

— Par tout ce qui est bon! dit mon père en revenant à lui, et empruntant son juron à la somme des malédictions d'*Ernulphe* — bien que, pour lui rendre justice, il jurât moins que quiconque (comme il l'avait dit au Dr. *Slop* dans l'affaire d'*Ernulphe*), par tout ce qui est bon et grand, frère *Toby*, dit mon père, n'étaient les secours de la philosophie si utiles pour nous garder en humeur bienveillante, vous mettriez le plus patient hors de soi. Par *solution* j'entendais tout à l'heure, comme vous l'auriez su si vous aviez daigné m'accorder la moindre attention, les différentes causes attribuées par des savants d'origines diverses à la longueur ou la brièveté des nez.

— Si un homme a le nez plus long qu'un autre, dit mon oncle *Toby*, le fait ne saurait avoir d'autre cause que la volonté de Dieu.

— C'est la solution de *Grandgousier*, dit mon père.

— Lui seul, poursuivit mon oncle, sans s'arrêter à l'interruption de mon père, nous crée, nous construit et nous compose selon les proportions, dans les formes et pour les desseins qui sont agréables à son infinie sagesse.

— Voilà une explication pieuse, dit mon père, mais non point philosophique ; elle contient plus de religion que de bonne science. Il entrait dans le caractère de mon oncle *Toby* de craindre Dieu et de révérer la religion ; mon père avait donc à peine terminé sa phrase qu'il se mit à siffler son *Lillabullero* plus ardemment mais aussi plus faux que de coutume.

— Qu'est devenu l'écheveau de ma femme ?

Chapitre XLII

Sans importance comme accessoire de lingerie, l'écheveau pouvait avoir pourtant quelque prix pour ma mère : il n'en avait aucun pour mon père comme signet de son *Slawkenbergius*. *Slawkenbergius* offrait à chaque page de si riches trésors d'inépuisable science que mon père ne pouvait se tromper en l'ouvrant ; il avait même coutume de dire, quand il le refermait, que si tous les arts et toutes les sciences du monde étaient perdus avec les ouvrages qui en traitent et si de faux usages avaient fait tomber dans l'oubli la sagesse politique et l'art de gouverner, et si tout ce que les hommes d'Etat ont écrit ou donné l'occasion d'écrire sur les vertus et les faiblesses des cours et des royaumes se trouvait aussi aboli, *Slawkenbergius*, en admettant qu'il demeurât seul, suffirait — disait mon père

— en toute conscience, à remettre le monde en marche. Son ouvrage était donc bien proprement un trésor, une somme de tout ce qu'il fallait connaître sur les nez et sur tout le reste : le *matin*, à midi, le soir, *Hafen Slawkenbergius* demeurait sa récréation et sa joie ; il le gardait sans cesse en main, vous l'eussiez pris, monsieur, pour un livre de prières tant il était usé, luisant, froissé, avec partout des marques de pouce et de doigts.

Je ne suis pas un zélateur de *Slawkenbergius* aussi farouche que mon père ; sans doute ne manque-t-il pas de fond mais à mon sens, le meilleur de cet auteur (je ne dis pas le plus profitable mais le plus amusant), se trouve dans ses contes dont certains ne sont pas sans fantaisie si l'on tient compte du fait qu'ils sont écrits par un *Allemand*. Ils emplissent son deuxième livre, soit presque la moitié de l'in-folio, et sont divisés en dix décades dont chacune comporte dix contes. On ne bâtit pas une philosophie sur des contes ; *Slawkenbergius* eut donc tort de les envoyer dans le monde sous ce nom et je dois avouer que certains dans les huitième, neuvième et dixième décades me paraissent plus enjoués que spéculatifs mais en grand ils doivent être regardés par les hommes d'étude comme un détail de faits indépendants et cependant axés sur son sujet principal, rassemblés très fidèlement par l'auteur et ajoutés à son livre comme autant d'illustrations de sa doctrine centrale sur les nez.

Puisque nous avons un peu de loisir je vais, si vous le jugez bon, madame, transcrire ici le neuvième conte de la dixième décade.

FIN DU LIVRE TROIS

LIVRE IV

Slawkenbergii fabella (1)

Vespera quâdam frigidulâ, posteriori in parte mensis Augusti, peregrinus, mulo fusco colore insidens, manticâ a tergo, poucis indusiis, binis calceis, braccisque sericis coccineis repleta, Argentoratum ingressus est.

Militi eum percontanti, quum portas intraret, dixit, se apud Nasorum promontorium fuisse, Francofurtum proficisci, et Argentoratum, transitu ad fines Sarmatiae mensis intervallo, reversurum.

Miles perigrini in faciem suspexit — Dî boni, nova forma nasi!

At multum mihi profuit, inquit peregrinus, carpum amento extrahens, e quo pependit acienaes: Loculo manum inseruit; et magnâ cum urbanitate, pilei parte anteriore tactâ manu sinistrâ, ut extendit dextram, militi florinum dedit et processit.

Dolet mihi, ait miles, tympanistam nanum et valgum alloquens, virum adeo urbanum vaginam perdidisse: itinerari haud poterit nudâ acinaci; neque vaginam toto Argentorato habilem inveniet. — Nullam unquam habui, respondit peregrinus respiciens — seque comiter inclinans — hoc more gesto, nudam acinacem elevans, mulo lento progrediente ut nasum tueri possim.

Non immerito, benigne peregrine, respondit miles.

Nihili aestimo, ait ille tympanista, e pergamenâ factitius est.

---

(1) Le *De Nasis* d'Hafen Slawkenbergius étant des plus rares, nous avons jugé que le lecteur érudit ne se refuserait pas à parcourir quelques pages de l'original; je me bornerai pour moi à la remarque suivante : le latin de l'auteur est plus concis dans ses Contes que dans ses réflexions philosophiques et d'un tour, à mon sens, plus élégant [note de l'auteur].

Conte de Slawkenbergius

La fraîcheur du soir succédait à une journée particulièrement étouffante vers la fin du mois d'*août*, lorsqu'un étranger, monté sur une mule noire qui portait en croupe un petit sac de voyage contenant quelques chemises, une paire de souliers et une culotte de satin cramoisi, pénétra dans la ville de *Strasbourg*.

A la sentinelle qui le questionna lorsqu'il franchit les grilles, il répondit qu'il venait du Promontoire des Nez, se dirigeait vers *Francfort* et serait de retour à *Strasbourg* dans un mois exactement, pour s'en aller ensuite vers les frontières de la *Crimée*.

La sentinelle leva les yeux vers son visage : de sa vie elle n'avait vu pareil nez!

— C'est une excellente affaire que j'ai faite, dit l'étranger et, dégageant son poignet d'un ruban noir où pendait un court cimeterre, il fouilla dans sa poche et touchant avec beaucoup de courtoisie le bord de son chapeau de sa main gauche, il étendit la droite, donna un florin à la sentinelle et passa.

— Je suis fâché, dit la sentinelle à un tambour, avorton bancal, qu'un gentilhomme si courtois ait perdu le fourreau de son arme; il ne peut voyager cimeterre nu et ne trouvera pas dans tout *Strasbourg* de fourreau qui lui convienne.

L'étranger se retourna.

— Je n'en ai jamais eu, dit-il, la main de nouveau au chapeau. Je vais toujours ainsi, poursuivit-il en levant l'arme tandis que la mule s'éloignait à pas lents, afin de défendre mon nez.

— Il en vaut bien la peine, noble étranger, répondit la sentinelle.

Prout christianus sum, inquit miles, nasus ille, ni sexties major sit, meo esset conformis.

Crepitare audivi ait tympanista.
Mehercule! sanguinem emisit, respondit miles.
Miseret me, inquit tympanista, qui non ambo tetegimus!
Eodem temporis puncto, quo haec res argumentata fuit inter militem et tympanistam, disceptabatur ibidem tubicine et uxore suâ qui tunc accesserunt, et peregrino praetereunte, restiterunt.
Quantus nasus! aeque longus est, ait tubina, ac tuba.
Et ex eodem metallo, ait tubicen, velut sternutamento audias.
Tantum abest, respondit illa, quod fistulam dulcedine vincit.
Aeneus est, ait tubicen.
Nequaquam, respondit uxor.
Rursum affirmo, ait tubicen, quod aeneus est.
Rem penitus explorabo! prius enim digito tangam, ait uxor, quam dormivero.

Mulus peregrini gradu lento progressus est, ut unumquodque verbum controversiae, non tantum inter militem et tympanistam, verum etiam inter tubicinem et uxorem ejus, audiret.
Nequaquam, ait ille, in muli collum fraena demettens, et manibus ambabus in pectus positis (mulo lentè progrediente) nequaquam, ait ille respiciens, non necesse est ut res isthaec dilucidata foret. Minime gentium! meus nasus nunquam tangetur, dum spiritus hos reget artus — Ad quid agendum ? ait uxor burgomagistri.
Peregrinus illi non respondit. Votum faciebat tunc temporis sancto Nicolao! quo facto, in sinum dextrum inserens, e quâ negligenter pependit acinaces, lento gradu processit per plateam Argentorati latam quae ad diversorium templo ex adversum ducit.

— Il ne vaut pas un stiver [211], dit le tambour bancal, c'est un nez de parchemin.
— Aussi vrai que je suis bon catholique, dit la sentinelle, c'est un nez comme le mien, seulement six fois plus gros.

— Je l'ai entendu craquer, dit le tambour.
— Imbécile, dit la sentinelle, je l'ai vu saigner.
— Quel dommage, cria le tambour bancal, que nous ne l'ayons pas touché tous deux.
A l'instant même où se poursuivait cette dispute entre sentinelle et tambour, elle éclatait exactement semblable entre un trompette et sa femme qui s'étaient arrêtés pour voir passer l'étranger.
— *Bénédicité!* Quel nez! dit la femme, il est aussi long qu'une trompette.
— Et du même métal, dit son mari, vous l'avez entendu à son éternuement.
— Il est aussi tendre qu'une flûte, dit-elle.
— C'est du cuivre, dit le trompette.
— C'est de la brioche, répliqua-t-elle.
— Je vous le répète, répliqua le mari, que c'est un nez en cuivre!
— J'en connaîtrai le fin mot, dit la femme, car je le toucherai du doigt avant de m'endormir.

La mule de l'étranger avançait à pas si lents qu'il n'avait rien perdu des deux disputes.
— Non, dit-il, laissant tomber les rênes sur le cou de sa mule et joignant les mains pieusement sur sa poitrine (cependant que sa mule avançait toujours sans hâte). Non, dit-il, les yeux levés vers le ciel, calomnié, trompé, je ne dois rien de tel au monde. Non, personne ne me touchera le nez tant que Dieu me donnera la force —
— De quoi faire? dit la femme du bourgmestre.
L'étranger ne prêta pas la moindre attention à la femme du bourgmestre; il faisait un vœu à saint *Nicolas* [212]; puis il décroisa ses mains avec la même solennité qu'il avait mise à les croiser, reprit les rênes de la main gauche, mit la droite dans son vêtement avec le cimeterre qui balançait librement au poignet et poursuivit son chemin avec toute la lenteur qu'un pas de mule pouvait mettre à suivre un autre pas, à travers les principales rues de *Strasbourg*,

Peregrinus mulo descendens stabulo includi, et manticam inferri jussit : quâ apertâ et coccineis sericis femoralibus extractis cum argenteo laciniato Περιζώμαυτέ *his sese induit, statimque, acinaci in manu, ad forum deambulavit.*

Quod ubi peregrinus esset ingressus, uxorem tubicinis obviam euntem aspicit! illico cursum flectit, metuens ne nasus suus exploraretur, atque ad diversorium regressus est — exuit se vestibus; braccas coccineas sericas manticae imposuit mulumque educi jussit.

Francofurtum proficiscor, ait ille, et Argentoratum quatuor abhinc hebdomadis revertar.

Bene curasti hoc jumentum (ait) mili faciem manu demulcens — me, manticamque meam, plus sexcentis mille passibus portavit.

Longa via est! respondet hospes, nisi plurimum esset negoti. — Enimvero, ait peregrinus, a Nasorum promontorio redii, et nasum speciosissimum, egregiosissimumque quem unquam quisquam sortitus est, acquisivi.

Dum peregrinus hanc miram rationem de seipso reddit, hospes et uxor ejus, oculis intentis, peregrini nasum contemplantur. — Per sanctos sanctasque omnes, ait hospitis uxor, nasis duodecim maximis in toto Argentorato major est! — estne, ait illa mariti in aurem insurrans, nonne est nasus praegrandis ?

Dolus inest, anime mi, ait hospes — nusas est falsus.

Verus est, respondit uxor —

Ex abiete factus est, ait ille, terebinthinum olet —

Carbunculus inest, ait uxor.

Mortuus est nasus, respondit hospes.

Vivus est ait illa, — et si ipsa vivam tangam.

jusqu'au moment où le hasard le conduisit devant la grande auberge sur la place du marché, en face de l'église.

Il sauta aussitôt à terre, ordonna qu'on mît sa mule à l'étable et son bagage dans sa chambre : Là il ouvrit son sac, en sortit sa culotte de satin cramoisi avec des franges d'argent à la — (accessoire que je n'ose traduire), l'enfila, et, son cimeterre en main, sortit aussitôt sur la promenade.

Il y avait à peine fait trois allées et venues lorsqu'il aperçut la femme du trompette à l'autre extrémité; il tourna court et, de crainte qu'on ne lui éprouvât le nez, rentra aussitôt à l'auberge, se dévêtit, replia sa culotte de satin cramoisi, etc., dans son sac de voyage et demanda sa mule.

— Je poursuis ma route vers *Francfort*, dit-il, et serai de retour à *Strasbourg* exactement dans un mois.

J'espère, ajouta-t-il en flattant les naseaux de sa mule avant de remonter en selle, que vous avez bien traité ma fidèle esclave. Elle nous a portés, moi et mon bagage, dit-il en lui tapotant le dos, plus de six cents lieues.

— Un long voyage, monsieur, répondit le patron de l'auberge, il faut une grande affaire pour l'entreprendre.
— Ta, ta, ta! dit l'étranger, j'ai été au Promontoire des Nez et celui que j'y acquis se trouve, Dieu merci, un des meilleurs qui aient jamais échu à un seul homme.

Tandis que l'étranger donnait cette bizarre explication, le patron de l'auberge et sa femme ne quittaient pas son nez des yeux.

— Par sainte *Radegonde*[213], dit la femme de l'aubergiste, il fait plus que n'importe quelle douzaine des plus gros nez de Strasbourg mis ensemble. N'est-ce pas, murmura-t-elle à l'oreille de son mari, n'est-ce pas un noble nez ?

— C'est une imposture, ma chère, répliqua l'aubergiste, c'est un faux-nez.
— C'est un vrai nez, dit sa femme.
— Il est en sapin, répliqua-t-il, je sens la térébenthine.
— Il porte une verrue, dit-elle.
— C'est un nez mort, répliqua l'aubergiste.

Votum feci sancto Nicolao, ait peregrinus, nasum meum intactum ore usque ad — Quodnam tempus ? illico respondit illa.

Minimo tangetur, inquit ille (manibus in pectus ompositis) usque ad illam horam — Quam horam ? ait illa — Nullam, respondit peregrinus, donec pervenio ad — Quem locum, — obsecro ? ait illa — Peregrinus nil respondens mulo conscenso discessit.

— C'est un nez vivant, repartit la femme, et si je suis vivante moi-même, je le toucherai.

— J'ai promis par un vœu à saint *Nicolas*, dit l'étranger, que nul ne toucherait mon nez tant que — Il s'interrompit et leva les yeux vers le ciel.
— Tant que quoi ? dit-elle vivement.
— Nul ne le touchera, dit-il, en joignant les mains sur sa poitrine jusqu'à l'heure —
— Quelle heure ? cria la femme de l'aubergiste.
— Jamais ! Jamais ! dit-il tant que je ne suis pas parvenu —
— Juste Ciel ! en quel lieu ? dit-elle.
L'étranger s'éloigna sans dire un mot.
Il n'avait pas fait une lieue sur la route de *Francfort* que tout *Strasbourg* était en ébullition à propos de son nez. Les cloches sonnaient *complies* afin de clore dévotement la journée des *Strasbourgeois* mais personne ne les entendit ; la cité entière grouillait comme un essaim : hommes, femmes, enfants, tandis que les cloches sonnaient sans arrêt sur leurs têtes, couraient de toutes parts, entraient, sortaient, arrivaient d'ici, partaient de là, suivaient les rues, traversaient, montaient, descendaient, enfilaient une impasse, débouchaient d'une autre :
— L'avez-vous vu ? l'avez-vous vu ? l'avez-vous vu ? Oh ! vous l'avez vu ! — Qui l'a vu ? Qui l'a vraiment vu ? De grâce, dites-moi qui l'a vraiment vu ?

— Hélas ! j'étais aux Vêpres !
— Je lavais, j'amidonnais, je récurais, je piquais. Que Dieu m'assiste, moi qui ne l'ai pas vu.
— Moi qui ne l'ai pas touché !
— Que n'étais-je sentinelle, tambour bancal, trompette, femme de trompette ! Tel était le cri général, l'universelle lamentation s'élevant de tous les coins de *Strasbourg*.
Pendant que la confusion et le chaos emplissaient ainsi la grand'ville de *Strasbourg*, l'étranger, au pas toujours aussi lent de sa mule, faisait route vers *Francfort* comme si rien de tout cela ne l'eût concerné et, chemin faisant il ne cessait de parler en phrases entrecoupées, s'adressant tantôt à sa mule, tantôt à lui-même et tantôt à sa Julia.

O Julia, ma Julia bien-aimée! — non, impossible de nous arrêter pour te laisser manger ce chardon — pourquoi la langue vile d'un rival m'a-t-elle privé de ma joie à l'instant même où j'allais la goûter?

Fi! un chardon! laisse donc cela, tu auras un meilleur souper ce soir.

Banni de ma patrie, séparé de mes amis, de toi. — Ma pauvre mule! Te voilà bien lasse du voyage! Allons, hâte le pas! Je n'ai rien dans mon bagage, rien que deux chemises, une culotte de satin cramoisi avec des franges à la — Chère Julia!

Mais pourquoi *Francfort?* une main me guide-t-elle secrètement à travers des méandres insoupçonnées? —

Par saint *Nicolas!* si nous trébuchons à chaque pas, eh bien à cette allure nous n'arriverons pas de la nuit — au bonheur? — ou bien dois-je rester le jouet de la fortune et de la calomnie? Suis-je destiné à être toujours chassé sans avoir été condamné, sans avoir été entendu ou touché — mais dans ce cas, pourquoi ne pas être resté à Strasbourg afin que justice — mais j'avais juré. — Bon, viens boire! — à saint *Nicolas* — O Julia! — Pourquoi relever ainsi tes oreilles? ce n'est rien qu'un homme, etc.

Ainsi l'étranger conversant avec sa mule et Julia finit par atteindre son auberge; aussitôt mis le pied à terre il fit donner à sa mule le souper promis, défit son bagage, sortit sa culotte de satin cramoisi, etc., se fit servir une omelette, gagna son lit à minuit. Cinq minutes plus tard il dormait profondément.

A peu près à la même heure, à *Strasbourg*, le tumulte venait de s'éteindre pour cette nuit; les *Strasbourgeois* avaient aussi regagné leurs lits mais non point, comme l'étranger, pour le repos de leurs esprits et de leurs corps. La Reine *Mab* [214], comme une fée qu'elle était, avait pris le nez de l'étranger et sans la moindre réduction de sa masse énorme, l'avait cette nuit scindé et multiplié en autant de nez divers par la forme et le tour qu'il y avait de têtes strasbourgeoises pour les porter. L'abbesse de *Quedlinbourg* [215] qui était venue cette semaine à *Strasbourg* accompagnée de quatre dignitaires de son chapitre, la prieure, la doyenne, la sous-chantre et la première chanoinesse, pour consulter l'Université sur un cas de conscience relatif à la fente de leur poche de jupon, en fut malade toute la nuit.

Le considérable nez de l'étranger qui s'était perché au sommet de sa glande pinéale avait également mis dans un tel état l'imagination de ses quatre dignitaires qu'aucune d'entre elles ne put fermer l'œil; s'étant toute la nuit tournées et retournées dans leurs lits, elles se levèrent au matin comme des spectres.

Les pénitentes du Tiers-Ordre de saint *François*, les Filles du *Calvaire*, les *Prémontrées*, les *Clunistes* (1), les *Chartreuses*, et les nonnes de tous ordres couchées cette nuit dans leurs draps ou dans leur cilice souffrirent plus encore que l'abbesse de *Quedlinbourg;* roulant d'un bord à l'autre de leur couche, virant d'ici, virant de là, les membres des diverses communautés s'étaient toute la nuit grattées et fouaillées et s'étaient levées au matin quasiment écorchées vives et chacun des couvents crut que saint *Antoine* [216] était venu le mettre à l'épreuve de son feu, personne en un mot n'y ayant clos les paupières de vêpres jusques à matines.

Les plus sages furent les filles de sainte *Ursule;* elles n'essayèrent pas de se mettre au lit.

Le doyen de *Strasbourg*, les bénéficiaires, les chanoines et membres du chapitre (capitulairement assemblés de grand matin pour examiner le cas de conscience des brioches au beurre [217]) se repentirent tous de n'avoir pas suivi cet exemple.

Dans la hâte et la confusion qui avaient duré toute la nuit, les boulangers avaient tous oublié de poser levain : pas une brioche au beurre dans tout *Strasbourg;* toute l'enceinte de la cathédrale en était secouée. On n'avait connu à *Strasbourg* ni une telle source d'agitation et d'inquiétude ni un si grand zèle à enquêter sur ce qui la causait depuis le jour où *Martin Luther* et ses doctrines avaient mis la ville sens dessus dessous.

Si le nez de l'étranger prenait avec des personnages aussi pieux des libertés aussi poussées, se fourrait — si j'ose dire — dans leurs assiettes (2), on juge des ravages qu'il pouvait provoquer chez les laïques. Ils dépassent les pouvoirs descriptifs d'une plume maintenant réduite à un moignon; notre langue, il est vrai *(s'écrie* Slawken-

---

(1) *Hafen Slawkenbergius* entend par là les Bénédictines de Cluny dont l'ordre fut fondé en 910 [le texte anglais porte 940] par Odo, abbé de ce lieu [note de l'auteur].

(2) Mr. *Shandy* s'excuse de cette impropriété auprès de la rhétorique : Slawkenbergius a évidemment commis la faute, fréquente chez lui, de changer de métaphore; Mr. Shandy dans sa traduction, a fait de son mieux pour rester fidèle à une certaine cohérence mais c'était impossible ici [note de l'auteur].

bergius *avec plus de gaieté que je n'en supposais chez lui*) contient encore sans doute quelques bonnes images capables de les évoquer aux yeux de mes compatriotes; mais à la fin d'un in-folio si copieux écrit pour eux en y consacrant presque toute mon existence, serait-il raisonnable de leur part d'exiger que je me mette encore à leur recherche ? Disons seulement ceci : un tohu-bohu si général bouleversa les imaginations strasbourgeoises, une telle obsession gouverna les esprits et s'empara de leurs facultés avec une force si irrésistible, elle fit dire et jurer tant d'étranges choses avec partout la même confiance et une éloquence égale, elle accapara si bien le discours et l'étonnement universels que chacun dans *Strasbourg*, bon ou méchant, riche ou pauvre, ignorant ou savant, docteur, étudiant, maîtresse, servante, noble, roturier, nonne pure ou femme ayant connu l'œuvre de chair, passa son temps à écouter des nouvelles de ce nez, que chaque œil à *Strasbourg* languit de le voir, que chaque doigt, chaque pouce à *Strasbourg* brûla de le toucher.

Or, ce qui accroissait encore, si quelque chose pouvait l'accroître, un désir si véhément, c'était le fait que la sentinelle, le tambour bancal, le trompette, la femme du trompette, la veuve du bourgmestre, l'aubergiste, si divergents que fussent leurs témoignages sur le nez de l'étranger, s'accordaient pourtant sur deux points, à savoir : primo, que l'étranger était parti pour *Francfort* et ne serait de retour que dans un mois exactement, secundo, que l'étranger lui-même (que son nez fût vrai ou faux) était l'homme le plus parfait, le plus beau, le mieux tourné, le plus noble, le plus généreux dans ses dons, le plus courtois dans son attitude qui ait jamais franchi les grilles de la ville; et que, lorsqu'il avançait par les rues monté sur sa mule, le cimeterre balançant au poignet ou sur la promenade dans sa culotte de satin cramoisi, son air doux, sa modestie libre et virile à la fois, étaient capables de ravir au premier regard, (n'eût été ce nez barrant le passage) le cœur de toute vierge.

Ce n'est pourtant pas à ce cœur étranger aux mouvements d'une curiosité ardente que j'imputerai le geste des abbesses, prieure, doyenne et sous-chantre de *Quedlinbourg* faisant à midi mander la femme du trompette. Elle traversa les rues de *Strasbourg*, à la main la trompette de son époux, dans le plus riche appareil qu'autorisât la misère des temps. L'illustration de sa théorie ne prit pas moins de trois jours.

Mais la sentinelle et le tambour bancal! Ils dépassèrent tous les orateurs de l'antique *Athènes*, lisant leurs discours aux allants et venants sous les portes de la ville avec la pompe d'un *Chrysippe* et d'un *Crantor* [218] sous leurs portiques.

L'aubergiste, à son tour, flanqué de son palefrenier, lut son propre discours dans le même style, sous le portique ou sous le porche de sa cour d'écurie; sa femme fit le sien moins publiquement dans une salle de derrière : il y eut foule à ces divers comptes rendus, chaque *Strasbourgeois* choisissant le sien comme toujours selon sa foi ou sa crédulité, et recevant par suite précisément ce qu'il demandait en fait d'éclaircissements.

Il vaut la peine de noter, à l'usage des orateurs, philosophes, etc., que la femme du trompette eut pour auditoire le Tout-*Strasbourg* élégant dès que, sortant enfin de la conférence privée accordée à l'abbesse de *Quedlinbourg*, elle put parler en public, ce qu'elle fit du haut d'un tabouret, au centre de la promenade, non sans susciter le dépit des autres orateurs. Car lorsqu'un philosophe (s'écrie *Slawkenbergius*) dispose d'une *trompette*, que peuvent ses rivaux contre lui ?

Tandis que les gens du commun, guidés par ces lumières, s'affairaient à descendre au fond du puits où la VÉRITÉ tient sa petite cour, les savants n'en étaient pas moins occupés à en pomper l'eau dans les conduits de leur dialectique : eux ne recherchaient pas des faits : ils raisonnaient.

La Faculté, plus que tout autre corps savant, eût projeté des flots de lumière sur le sujet si elle avait pu ne pas le mêler à ses disputes sur le *goître* et l'enflure œdémateuse; elle n'y réussit malheureusement pas, bien que le nez de l'étranger n'eût pas plus à faire avec l'œdème qu'avec le goître.

Il fut toutefois démontré de façon très satisfaisante qu'une masse aussi pesante de matière hétérogène ne pouvait croître sur le nez par congestion et conglomération, tandis que l'enfant était encore *in Utero*, sans rompre l'équilibre statique du fœtus et sans le faire choir la tête la première neuf mois avant terme.

Certains opposants accordèrent la thèse mais nièrent les conséquences.

Si, dirent-ils, une provision suffisante de veines, artères, etc., n'était pas constituée aux fins de nourrir convenablement un tel nez avant même qu'il ne vînt au monde et dès la première origine de sa formation, il ne saurait (hormis naturellement le cas de goître) se développer régulièrement par la suite.

On répondit entièrement à ceci par une dissertation sur la nutrition, sur l'extension des vaisseaux qui en est l'effet et sur le pouvoir qu'ont les tissus musculaires de se développer et de se prolonger dans toute la mesure imaginable. Le triomphe de cette dernière thèse fut tel qu'on alla jusqu'à affirmer qu'aucune cause naturelle ne saurait empêcher un nez de devenir aussi gros que son porteur entier.

L'opposition rassura pourtant le public en démontrant qu'une telle aventure ne saurait échoir à un homme tant qu'il possédait seulement un estomac et deux poumons. L'estomac, dit-elle, étant le seul organe qui puisse recevoir les aliments pour les convertir en chyle et les poumons la seule machine productrice du sang, le débit, en fin de compte, ne pouvait dépasser l'appétit; en admettant même qu'un homme pût surcharger son estomac, la nature avait limité la capacité de ses poumons. Les diminutions et la force de la machine étant ainsi déterminées, elle ne pouvait dans un temps donné traiter qu'une certaine quantité de matière et produire par suite juste la quantité de sang nécessaire à un homme et rien de plus. S'il y avait autant de nez que d'hommes, une certaine mortification gangréneuse devait fatalement s'ensuivre; ainsi, dans la mesure où tous deux ne pouvaient être nourris, il fallait, soit que le nez tombât de son homme, soit que l'homme tombât de son nez.

La nature s'adapte à ces difficultés, s'écrièrent les adversaires, sinon que pensez-vous du cas où un estomac et des poumons entiers n'ont à nourrir qu'une *moitié* d'homme, les deux jambes ayant été malheureusement emportées par un boulet ?

Nous pensons, répondit-on, que la moitié d'homme mourra de pléthore ou crachera le sang et dans deux ou trois semaines s'en ira de la consomption.

Il en arrive tout autrement, répliqua le parti adverse.
— Eh bien, il ne devrait pas [219].

Les plus curieux connaisseurs de la nature et les mieux avertis de ses usages, encore qu'ils eussent fait de concert un bon bout de chemin, se trouvaient à la fin presque aussi divisés par ce nez que la Faculté elle-même.

Ils s'entendirent bien pour poser en principe qu'il existait entre les diverses parties du corps humain une juste et harmonieuse proportion géométrique réglée par le but, l'utilité et la fonction de chacune d'elles ; tous admirent que cette proportion devait seulement varier dans certaines limites et que la nature, si elle folâtrait, folâtrait à l'intérieur d'un certain cercle : mais on ne put s'entendre sur le diamètre de ce dernier.

Les logiciens s'en tinrent plus exactement qu'aucune autre classe de lettrés à la question soulevée. Ils commencèrent et finirent pas le mot Nez et sans une *petitio principii* [220] contre laquelle le plus doué d'entre eux vint se briser le crâne dès l'ouverture des débats, la question eût été réglée incontinent.

Pour qu'un nez saigne, argua notre logicien, il faut du sang, condition nécessaire quoique non suffisante ; car il faut en outre que ce sang circule afin de pourvoir à une succession de gouttes (un ruisseau n'étant qu'une succession plus rapide de gouttes, ce cas est inclus dans le précédent). Or, poursuivit le logicien, la mort n'est rien que la stagnation du sang —

— Je nie cette définition, interrompit un adversaire : la mort est la séparation de l'âme et du corps.

— Nous ne sommes donc pas d'accord sur nos armes, répliqua le premier.

— S'il en est ainsi, le débat est clos, dit l'adversaire.

Les jurisconsultes furent plus concis encore, ce qu'ils offrirent ressemblant plus à un décret qu'à un examen de la question.

Vrai, opinèrent-ils, un nez si monstrueux eût été civilement intolérable ; faux, il eût constitué une violation plus grave et plus impardonnable encore des droits de la société qu'il cherchait à tromper par son apparence abusive.

La seule objection à ce dilemme fut que s'il prouvait quelque chose, c'était que le nez de l'étranger n'était ni vrai ni faux.

Ceci laissait du champ à la controverse. Les avocats de la cour ecclésiastique maintinrent que rien *a priori* n'interdisait un décret, l'étranger ayant *ex mero motu* [221] confessé qu'il s'était rendu au Promontoire des Nez et y avait acquis un des meilleurs, *etc*. etc. A quoi l'on objecta qu'un tel Promontoire ne pouvait exister sans que les savants en connussent le lieu. Le grand vicaire de l'évêché de *Strasbourg* prit les avocats à partie et expliqua la chose en un traité sur les locutions proverbiales où il démontrait à ces messieurs que l'expression Promontoire des Nez était purement allégorique et signifiait seulement que la nature avait donné un long nez à l'étranger : à l'appui de sa thèse, avec une grande érudition, il cita les autorités ci-dessous (1) qui eussent décidé du point sans contestation possible, si l'on ne s'était avisé qu'elles avaient déjà servi à trancher un différend sur certaines franchises des terres capitulaires, dix-neuf ans auparavant.

Or, pendant tout ce temps, il se trouva (je ne dirai pas malheureusement pour la Vérité car elle en fut hissée un peu plus haut dans son puits) que les deux Universités de *Strasbourg*, la *Luthérienne*, fondée en 1538 par *Jacob Surmis*, conseiller au Sénat, et la *Catholique*, fondée par *Léopold* archiduc d'*Autriche*, employaient toute la profondeur de leur savoir (hormis ce qu'en distrayait le cas des fentes de poche présenté par l'abbesse de *Quedlinbourg*), à tirer au clair la damnation de *Martin Luther*.

Les docteurs *catholiques* avaient entrepris de démontrer *a priori* que l'influence fatale des planètes, le 22 octobre 1483 (la lune se trouvant alors dans la deuxième maison, Mars et Jupiter dans la troisième, tandis que le Soleil, Saturne et Mercure encombraient la quatrième) destinait à la damnation l'homme et par suite les doctrines.

L'aspect de son horoscope où cinq planètes se trouvaient en conjonction avec le Scorpion (2) (à ce point de sa lecture mon père secouait toujours la tête) dans la neuvième maison, que les auteurs *arabes* consacrent à la reli-

(1) Nonnulli ex nostratibus eadem loquendi formulâ utun. Quinimo & Logistae & Canonistae — Vid. Parce Barne Jas in d.L. Provincial. Constitut. de conjec. vid. *Vol. Lib. 4. Titul. l.nl 7*. Quâ etiam in re conspir. Om de Promontorio Nas. Tichmack. *ff. d. tit. 3 fol. 189* passim. Vid. Glos. de contrahend, empt. & necnon J. Scrudr. in cap refut. per totum. Cum his cons. Rever J. Tubal. Sentent. & Prov. *cap. 9 ff. 11, 12* obiter. V. & Librum, cui Tit. de Terris & Phras. Belg. ad finem, cum comment. N. Bardy Belg. Vid. Scrip. Argentotarens, de Antiq. Ecc. in Episc. Archiv. fid. coll. per Von Jacobum Koinshoven-Folio Argent. 1583, praecip. ad finem. Quibus add. Rebuff in L. Obvenire de Signif. Nom. ff. fol. & de jure Gent. & Civil. de protib. aliena feud. per federa, test. Joha. Luxius in prolegom. quem velim videas, de Analy. Cap. 1, 2, 3. Vid. Idea [note de l'auteur].

(2) Haec mira, satisque horrenda. Planetarum coitio sub Scorpio Asterismo in nona coeli statione, quam Arabes religioni deputabant efficit Martinum Lutherum sacrilegum hereticum, Christianae religionis hostem accerrimum atque prophanum, ex horoscopi directione ad Martis coitum, religiosissimus obiit, ejus Anima scelestissima ad infernos navigavit — ab Alecto, Tisiphone & Megara flagellis igneis cruciata perenniter.

— Lucas Gaurieus in Tractatu astrologico de praeteritis multorum hominum accidentibus per genituras examinatis [222] [note de l'auteur].

gion, prouvait en outre que *Martin Luther* se souciait fort peu de toute l'affaire ; et de la position de *Mars* dans l'horoscope on déduisait avec évidence qu'il devait mourir une volée de jurons aux lèvres, dont le vent blasphématoire devait pousser à pleines voiles son âme chargée de péchés dans le lac ardent de l'enfer.

A tout ceci les docteurs *luthériens* opposaient la petite objection que l'âme ainsi fuyant sous la tempête devait être celle d'un autre homme, né le 22 *octobre* 83 puisque, si l'on en croyait les registres d'*Eisleben* dans le comté de Mansfelt, *Luther* avait vu le jour non en 1483 mais en 84, non le 22 *octobre* mais le 10 novembre le soir même de la *Saint Martin*, d'où son nom.

[Je dois ici interrompre ma traduction pour un instant, sinon je le sais bien, je ne pourrai pas plus fermer l'œil que l'abbesse de *Quedlinbourg*. Je dois dire en effet que mon père, parvenu à ce point de sa lecture à haute voix ne manquait jamais de triompher, non sur mon oncle *Toby* qui ne le contredisait pas, mais sur l'univers entier.

— Vous voyez bien, frère *Toby* disait-il alors, que les noms de baptême ne sont pas chose indifférente. Si *Luther* ne s'était pas appelé *Martin*, il eût été damné pour l'éternité. Ce n'est pas que ce soit, à mon sens, un bon prénom — loin de là, ajoutait-il, il vaut juste un peu mieux qu'un neutre, mais ce peu, si peu qu'il soit, lui a tout de même, voyez-vous, rendu service.

Mon père voyait la faiblesse de son raisonnement aussi bien que le meilleur logicien du monde, mais telle est aussi la faiblesse humaine : comme l'argument allait dans son sens il ne pouvait s'empêcher d'en user ; et c'est pour la même raison, j'en suis sûr, bien que *Slawkenbergius* contînt d'autres contes aussi divertissants, que mon père lisait celui-ci avec un plaisir double car il flattait en lui ses PRÉNOMS et ses NEZ. Je parie qu'il aurait pu lire tous les volumes de la Bibliothèque *Alexandrine*[223] (si leur sort n'en avait décidé autrement) sans rencontrer un seul passage où ses deux clous fussent aussi enfoncés d'un seul coup.]

Les deux Universités de *Strasbourg* ahanaient donc à haler cette question de navigation *luthérienne*. Les docteurs protestants avaient démontré que, contrairement à la thèse des catholiques, Luther n'avait pas fui devant la tempête ; et comme tous savaient qu'on ne navigue pas droit contre le vent, on s'apprêtait à disputer (en admettant qu'il eût vraiment navigué) sur son angle de dérive.

Avait-il doublé le cap ou s'était-il échoué ? Le débat était édifiant, au moins pour ceux qui s'entendent à la Navigation : on l'eût donc poursuivi à coup sûr malgré la taille du nez de l'étranger, si la taille du nez de l'étranger n'avait pas accaparé l'attention du monde : le devoir des Facultés était de suivre.

L'abbesse de *Quedlinbourg* et ses quatre dignitaires n'y mettaient pas obstacle ; l'énormité du nez de l'étranger occupant leur imagination tout autant que leur cas de conscience, l'affaire des fentes de poche se refroidit ; les imprimeurs, sur ordre, remirent leurs caractères dans les casses et toute controverse cessa.

On pouvait parier un bonnet carré [224] (avec gland d'argent) contre une coquille de noix que personne ne devinerait de quel côté du nez fameux allait pencher chacune des universités rivales.

— Ce nez est au-delà de la raison, cria un docteur, d'un côté.

— Il est en deçà, crièrent les autres.

— Article de foi, cria l'un.

— Sornette ! répliqua l'autre.

— Le fait est possible, cria l'un.

— Il est impossible, dit l'autre.

— La puissance de Dieu est infinie, crièrent les Naziens ; il peut faire n'importe quoi.

— Il ne peut rien faire, répliquèrent les Antinaziens, qui implique contradiction.

— Il peut douer de pensée la matière, dirent les Naziens.

— A peu près, dirent les Antinaziens, comme vous pouvez faire un chapeau de velours avec une oreille de truie.

— Il ne peut faire [225] que deux et deux fassent cinq, proclamèrent les docteurs Catholiques.

— C'est faux, dit le parti adverse.

— Un pouvoir infini est un pouvoir infini, arguèrent ceux qui tenaient pour la *réalité* du nez.

— L'infinité ne s'étend qu'au possible, objectèrent les *Luthériens*.

— Par Dieu qui est dans le ciel, affirmèrent les docteurs Catholiques, la Toute-Puissance peut créer un nez aussi gros que le clocher de *Strasbourg*.

Le clocher de *Strasbourg* étant, on le sait, le plus haut et le plus gros du monde [226], les Antinaziens nièrent qu'un nez de cinq cent soixante-quinze pieds pût être porté, au moins par un homme de taille moyenne. Les docteurs Papistes jurèrent qu'il pouvait l'être, les *Luthériens* le nièrent formellement.

Ceci fut l'origine d'un débat poursuivi très avant sur l'étendue et les limites des attributs moraux ou naturels de Dieu. De là, on fut naturellement renvoyé à *Thomas d'Aquin* et de *Thomas d'Aquin* au diable.

On ne disait plus un mot du nez de l'étranger dans la dispute, il avait juste servi comme une frégate à les mener en haute mer dans le golfe de la théologie scolastique et tous maintenant fuyaient devant la tempête.

L'ardeur et la vraie science sont en raison inverse.

La controverse sur les attributs théologiques, etc., au lieu de refroidir les imaginations des *Strasbourgeois*, les avait enflammées à un degré extraordinaire. Moins ils comprenaient, plus ils s'échauffaient; livrés à toutes les détresses du désir insatisfait, ils voyaient leurs docteurs, les *Parcheministes*, les *Métallistes*, les *Thérébentinistes* d'une part et d'autre part les Papistes s'embarquer tous les uns après les autres comme *Pantagruel* et ses compagnons à la recherche de la Dive bouteille [227] et disparaître à l'horizon.

Pauvres *Strasbourgeois* abandonnés sur la grève!

Ne sachant que faire et voulant le faire sans retard, ils vivaient dans un tumulte croissant, chaque citoyen hors de lui et les portes de la ville ouvertes.

Infortunés *Strasbourgeois!* Existait-il dans les magasins de la nature, dans les greniers du savoir, ou l'immense arsenal des hasards, un seul ressort qui n'eût pas été mis en œuvre pour torturer votre curiosité ou écarteler vos désirs, une seule arme que la main du Destin n'eût pas aiguisée pour vous égratigner le cœur ?

Ce n'est pas pour exécuter votre reddition que j'ai trempé ma plume dans l'encre, c'est pour écrire votre panégyrique. Montrez-moi une cité dont les habitants, macérant dans l'attente, et n'ayant ni mangé, ni bu, ni prié, ni répondu à aucun appel de la religion ou de la nature vingt-sept jours durant, eussent tenu un jour de plus ?

Le vingt-huitième, l'étranger avait promis de revenir.

Le matin, un grand cortège se forma qui comportait : sept mille carrosses (*Slawkenbergius* a dû faire une erreur de chiffres) — sept mille carrosses donc, quinze mille chaises à un seul cheval, vingt mille charrettes, tous pleins à craquer de sénateurs, conseillers, syndics, béguines, veuves, épouses, vierges, chanoines, concubines (dans les carrosses); l'abbesse de *Quedlinbourg* avec ses prieure, doyenne, sous-chantre ouvrait la marche dans sa voiture, flanquée à sa gauche du doyen de *Strasbourg* avec les quatre dignitaires de son chapitre; le reste de la population suivait pêle-mêle, à cheval, à pied, qui porté, qui poussé, sur la route ou sur le *Rhin*. Bref, de façon ou d'autre, au lever du soleil, la ville entière marchait à la rencontre du courtois étranger.

Et voici venir à toute bride la catastrophe de mon histoire.

Je parle de *catastrophe*, (s'écrie *Slawkenbergius*), dans la mesure où une histoire bien construite jouit *(gaudet)* de la *catastrophe* et des *péripéties* d'un DRAME, étant bien entendu qu'elle jouit aussi de ses autres divisions essentielles car elle a sa *protase*, son *épitase*, sa *catastase*, enfin sa *catastrophe* ou *péripétie*, chacune germant de la précédente dans l'ordre où, le premier, *Aristote* les planta, et si une histoire en est dépourvue, ajoute l'auteur, mieux vaut la garder pour soi.

Dans mes dix décades et les dix histoires de chacune d'elles, je me suis, moi, *Slawkenbergius*, aussi strictement conformé à cette règle que dans celle de l'étranger et de son nez.

La partie qui va de la première conversation avec la sentinelle jusqu'à l'instant où l'étranger quitte la ville de *Strasbourg* après avoir ôté sa culotte de satin cramoisi forme la *protase* ou préambule : le caractère des *Personae Dramatis* [228] y est esquissé et l'on entre dans le sujet.

L'*épitase* pendant laquelle l'action croît peu à peu jusqu'à atteindre son sommet ou *catastase* (parties qui comprennent d'ordinaire les deuxième et troisième actes) est représentée dans mon histoire par la période emplie d'événements qui va de l'agitation suscitée la première nuit par le nez de l'étranger à la conclusion du discours prononcé en pleine promenade par la femme du trompette. La partie qui s'étend du jour où les savants s'embarquent dans leur dispute jusqu'à celui où ils disparaissent à l'horizon, laissant les pauvres *Strasbourgeois* échoués sur la grève, forme ma *catastase* au cours de laquelle mûrissent les passions et les accidents qui doivent exploser au cinquième acte.

Cette dernière partie commence à l'heure où le cortège des *Strasbourgeois* s'ébranle sur la route de *Francfort* et s'achève par le dénouement de tous les fils ramenant le héros (comme dit *Aristote*) de l'état d'agitation à celui d'immobilité et de paix.

Telle est, ajoute *Slawkenbergius*, la catastrophe ou péripétie de mon histoire qui me reste précisément à raconter.

Nous avons laissé l'étranger endormi derrière le rideau. Le voici qui rentre en scène.

— Pourquoi dresses-tu ainsi l'oreille ? Ce n'est rien qu'un homme à cheval, telles furent les dernières paroles de l'étranger à sa mule. Il ne convenait pas alors de dire au lecteur que la mule prit son maître au mot, et sans *disputer* davantage, laissa simplement passer l'homme et le cheval.

Le voyageur se hâtait afin d'atteindre *Strasbourg* le soir même. Quel sot je suis, se dit le voyageur, quand il eut fait une lieue de plus, de vouloir coucher à *Strasbourg* ce soir même. *Strasbourg!* Le grand *Strasbourg!* Capitale de toute l'*Alsace!* *Strasbourg*, ville impériale! *Strasbourg*, Etat souverain! *Strasbourg*, garnison de cinq mille soldats parmi les meilleurs du monde! Hélas! si j'étais à cet instant aux portes de la ville, je n'y pourrais payer le droit d'entrée d'un ducat, que dis-je ? un ducat et demi; c'est trop pour moi : je viens de dépasser une auberge, mieux vaut y revenir qu'aller coucher je ne sais où et payer je ne sais combien. Ayant fait cette réflexion, le voyageur fit rebrousser chemin à sa bête et parvint à l'auberge trois minutes après que l'étranger y fut monté dans sa chambre.

— Nous avons du bacon et du pain, dit l'aubergiste; jusqu'à onze heures, nous avions en outre trois œufs, mais un étranger arrivé depuis une heure s'en est fait faire une omelette et il ne nous reste plus rien.

— Hélas! épuisé par le voyage comme je le suis, je ne demande qu'un lit.

— J'en ai un, dit l'aubergiste, et il n'en est pas de plus moelleux en *Alsace*. L'étranger y eût dormi, car je n'en ai pas de meilleur, sans son nez.

— Il a une fluxion ? dit le voyageur.

— Pas que je sache, cria l'aubergiste. Mais il s'agit d'un lit de camp et *Jacinthe*, dit-il en se tournant vers la servante, a jugé qu'il ne pourrait pas y tourner son nez.

— Comment cela ? dit le voyageur qui sursauta.

— C'est un si long nez, dit l'aubergiste.

Le voyageur fixa son regard sur *Jacinthe*, puis sur le sol, mit le genou droit en terre, la main sur la poitrine.

— Ne vous jouez pas de mon angoisse, dit-il en se relevant.

— Ce n'est pas un jeu, dit *Jacinthe*, c'est le plus triomphal des nez !

Le voyageur remit le genou en terre et la main de nouveau sur le cœur : « Voici donc, dit-il, le regard levé vers le ciel, que Vous m'avez conduit au terme de mon pèlerinage. C'est *Diego*. »

Le voyageur était le frère de cette Julia si souvent invoquée par l'étranger tandis qu'il s'éloignait de *Strasbourg* sur sa mule ; elle l'avait envoyé à sa recherche. Il avait accompagné sa sœur de *Valladolid* à travers la frontière *pyrénéenne*, puis en *France* et certes, il avait eu bien des écheveaux à débrouiller pour le suivre à la trace à travers les méandres, les voltes imprévues d'un chemin épineux d'amant.

Julia, n'ayant pu endurer plus longtemps ces fatigues, s'était arrêtée à *Lyon*. Elle avait mis ce qui lui restait de force à écrire une lettre à *Diego* avec toutes les angoisses d'un cœur tendre si souvent décrites mais si rarement ressenties ; puis, faisant jurer à son frère de ne plus la revoir tant qu'il n'aurait pas retrouvé son amant, elle lui avait mis la lettre en main et s'était alitée.

Cette nuit, bien que le lit de camp n'eût pas de rival en *Alsace*, *Fernandez* (ainsi se nommait le frère de Julia) ne put fermer l'œil. Au petit jour il se leva et comme notre héros avait fait de même, il se rendit dans sa chambre et s'acquitta de sa commission.

La lettre contenait ce qui suit :

« Seigneur DIEGO,

« Le moment n'est pas de rechercher si mes soupçons au sujet de votre nez ont été justement éveillés ou non ; il suffit que j'aie manqué de fermeté pour en prolonger l'épreuve.

« Comment pouvais-je me connaître si peu moi-même lorsque je vous envoyai ma *duègne* pour vous interdire de venir désormais sous ma jalousie ? Et comment pouvais-je vous connaître si peu, à votre tour, *Diego*, et imaginer que vous quitteriez à l'instant *Valladolid* sans faire à mon doute le crédit d'un seul jour ? Abusée, devais-je être abandonnée, *Diego*, et n'était-ce point manquer de cœur que de me prendre ainsi au mot (mon soupçon fût-il ou non justifié) pour me laisser, comme vous le fîtes, livrée à l'incertitude et au chagrin ?

« Quelle fut à ce coup l'affliction de Julia, mon frère

vous le dira en vous remettant cette lettre; il vous dira sa promptitude à se repentir de l'ordre cruel qu'elle vous avait mandé et sa précipitation à regagner cette jalousie où elle devait demeurer accoudée bien des jours et des nuits durant, le regard fixé dans la direction où *Diego* avait coutume d'apparaître.

« Il vous dira comment, ayant ouï la nouvelle de votre départ, ses esprits s'envolèrent, le courage lui faillit; il vous décrira son accablement, ses larmes, sa tête baissée. O *Diego!* que de routes épuisantes j'ai parcourues depuis, languissant sur vos traces et guidée par la main de mon frère pitoyable. Mon désir dépassait mes forces et je me suis bien souvent évanouie en chemin, n'ayant plus dans les bras de mon frère que l'énergie de pleurer. O mon *Diego!*

« Si la noblesse de votre apparence ne ment pas et traduit bien celle de votre cœur, vous volerez vers moi aussi vite que vous m'avez fuie. Si grande que soit votre hâte vous n'arriverez que pour me voir expirer. Voilà qui est bien amer, *Diego*, mais oh! combien il est plus amer encore de mourir sans avoir été —. »

Elle ne put achever.

Slawkenbergius suppose que le mot laissé en suspens était « convaincue » mais les forces manquèrent à Julia pour l'écrire. A cette lecture le cœur de *Diego* déborda. Il ordonna de seller aussitôt sa mule et le cheval de *Fernandez* et, comme pour exprimer de tels mouvements de l'âme aucune prose ne vaut la poésie, *Diego*, à qui le hasard, qui nous fait rencontrer les remèdes aussi bien que les *maladies*, avait offert à cet instant un morceau de charbon, crayonna pour soulager son âme pendant le temps qu'on préparait sa mule l'ode que l'on va lire.

ODE

Amour, faux est ton instrument
Tant que n'en touche ma Julie.
A sa seule main je confie
La partie et le mouvement
Par quoi l'âme à l'âme se lie
En un tendre balancement.

2ᵉ strophe.

O Julia!

Ces vers, dit *Slawkenbergius*, sont fort naturels car ils n'avaient pas été préparés à l'avance et c'est grand dommage qu'il n'y en ait pas plus : on ne saurait dire d'ailleurs si la composition en fut arrêtée parce que Señor *Diego* était lent à écrire des vers ou l'aubergiste leste à seller les mules ; il est certain en tout cas que la mule de *Diego* et le cheval de *Fernandez* se trouvèrent prêts devant la porte avant que ne fût composée la seconde strophe. Ainsi, laissant l'ode interrompue, les deux hommes sautèrent en selle, partirent grand train, passèrent le *Rhin*, traversèrent l'*Alsace*, obliquèrent vers *Lyon* et avant même que les Strasbourgeois n'eussent formé leur cortège avec l'abbesse de *Quedlinbourg* à leur tête, *Fernandez*, *Diego* et sa *Julia* avaient traversé les *Pyrénées* et s'étaient retrouvés sains et saufs à *Valladolid*.

Le lecteur ayant quelques notions de géographie comprendra sans peine que si *Diego* se trouvait en *Espagne* le cortège n'avait aucune chance de rencontrer l'étranger sur la route de *Francfort;* il suffira de dire, puisque de tous les désirs inquiets la curiosité est certainement le plus vif, que les Strasbourgeois en ressentirent tout l'aiguillon : pendant trois jours, donc, ils furent secoués sur la route de *Francfort* d'une agitation frénétique avant de pouvoir retrouver leurs sens et rentrer patiemment chez eux. Hélas ! un événement les y attendait, le plus triste qui puisse advenir à un peuple libre.

Comme on parle souvent de cette révolution *strasbourgeoise* sans l'entendre, ajoute *Slawkenbergius*, je terminerai mon conte en en donnant une très brève explication.

Tout le monde connaît le système de monarchie universelle écrit sur l'ordre de M. *Colbert* et dont le manuscrit fut présenté à *Louis* XIV en l'an 1664 [229].

Il n'est pas moins connu qu'un point de ce système était l'annexion de *Strasbourg* ouvrant à tout moment la province souabe à une armée qui voudrait troubler l'ordre en *Allemagne;* c'est en exécution de ce plan que *Strasbourg* tomba malheureusement aux mains des *Français*.

Peu d'hommes peuvent reconnaître les ressorts véritables de tels événements politiques. Le vulgaire les cherche trop haut, les hommes d'Etat trop bas : pour une fois, c'est bien au milieu qu'est la vérité.

Fatal orgueil, s'écrie un historien, que celui d'une cité libre ! *Strasbourg*, ayant refusé une garnison impériale par amour jaloux de sa liberté, devint la proie des troupes *françaises*.

Le destin des *Strasbourgeois*, écrit un autre, avertit tous les peuples libres d'avoir à épargner leur argent. Ils prodiguèrent leurs revenus à l'avance, durent se soumettre à des taxes, épuisèrent toutes leurs forces; ils n'en eurent bientôt plus assez pour tenir closes les portes de leur ville; les *Français* les ouvrirent.

Hélas! hélas! s'écrie *Slawkenbergius*, ce fut non pas les *Français* mais la curiosité qui en poussa les battants. En vérité les *Français*, toujours aux aguets, sautèrent sur l'occasion : voyant tous les *Strasbourgeois*, hommes, femmes et enfants sortir de la ville pour rencontrer le nez de l'étranger, eux suivirent le leur et y entrèrent.

Le commerce et l'industrie n'ont cessé depuis d'y tomber en décadence mais le fait n'est point dû aux causes que lui ont assignées les économistes : en vérité, les *Strasbourgeois* ont eu l'esprit trop préoccupé de nez pour veiller à leurs affaires.

Hélas! hélas! s'exclame *Slawkenbergius*, ce n'est pas la première ni la dernière place forte qu'une affaire de NEZ ait fait gagner ou perdre.

Fin du conte de *Slawkenbergius*.

Chapitre premier

Avec un cerveau ainsi perpétuellement hanté d'érudition nasale, de préjugés familiaux et des dix douzaines de contes [230] qui tourbillonnaient avec eux, comment mon père, si vif et délicat dans ses sentiments en général mais surtout quand la vérité d'un nez était en cause, aurait-il soutenu le coup qui lui fut porté, au bas ou en haut de l'escalier, dans une autre posture que celle précédemment décrite ?

Jetez-vous une douzaine de fois sur un lit, en ayant seulement soin de placer un miroir sur une chaise à sa tête... Mais pardon! le nez de l'étranger était-il vrai ou faux ?

Vous en informer prématurément, madame, serait faire

tort à l'un des meilleurs contes du monde chrétien : je veux parler du dixième de la dixième décade qui suit immédiatement.

J'ai réservé ce conte, s'écrie *Slawkenbergius* avec une certaine jubilation, pour en faire la conclusion de mon ouvrage : car, quand je l'aurai dit et que le lecteur l'aura lu, il sera grand temps pour tous deux de fermer le livre ; d'autant plus, poursuit-il, que je ne connais pas de conte qu'on puisse placer après celui-là.

Quel conte, en effet !

Il débute dans la chambre de Julia, à l'auberge de Lyon, où *Fernandez* vient de laisser seuls les deux amants pour leur première entrevue, et s'intitule :

Les amours compliquées de *Diego* et de *Julia*

Ciel ! l'étrange homme que vous faites, *Slawkenbergius* ! Quel aspect fantastique du cœur féminin et de ses replis nous avez-vous dévoilé ! Comment traduire cela ? Et pourtant si le monde doit être charmé par cet échantillon des contes de *Slawkenbergius* et par les raffinements de sa pensée, il faudra bien en composer une paire de volumes. Autrement, je ne sais comment on pourrait traduire le conte en bon *anglais :* il semble qu'en certains passages il faille mettre un peu un sixième sens pour le faire correctement. Que peut bien signifier « la tendre pupillarité d'un dialogue entrecoupé, lent et bas, cinq tons au-dessous de la voix naturelle », ce qui, vous le savez, madame, n'est guère plus qu'un murmure ? A la lecture de ces mots, je crus percevoir en moi comme une vibration dans la région du cœur ; le cerveau, lui, n'y comprit pas grand'chose selon un malentendu fréquent, mais j'eus l'impression que je comprenais. Je n'avais point d'idées, cependant le mouvement qui m'agitait ne pouvait être sans cause. Je m'y perds. Je ne puis, n'en déplaise à Vos Altesses, trouver qu'un sens à ce passage : la voix n'étant guère plus qu'un murmure, les yeux doivent non seulement se rapprocher mais fixer réciproquement l'éclat de leurs pupilles — n'est-ce point dangereux ? Mais cette fixité ne saurait être évitée car, dans cette position, si les regards s'élèvent vers les plafonds, les mentons se touchent et, s'ils s'abaissent vers le sein de l'interlocuteur, ce sont les fronts qui entrent en contact — ce qui met immédiatement fin au dialogue ou du moins à sa partie sentimentale. Ce qui en reste, madame, ne vaut pas de s'y arrêter.

Chapitre II

Une heure et demie durant, mon père demeura couché en travers du lit, aussi immobile que si la main de la mort l'y avait poussé : enfin la pointe du pied qui pendait tapota le parquet. Le cœur de mon oncle *Toby* en fut allégé d'une livre. Peu d'instants après, la main gauche (dont les phalanges n'avaient cessé de reposer sur la poignée du pot de chambre) parut reprendre ses sens; elle remonta d'un sursaut vers la pente de damas, puis mon père la reploya dans son sein et poussa un hem! à quoi mon oncle *Toby* fit écho avec un plaisir infini. C'était une ouverture : mon oncle y eût greffé de grand cœur une phrase de consolation mais, dépourvu comme je l'ai dit, de talent oratoire et craignant d'empirer une affaire déjà mauvaise, il se contenta de poser un menton placide sur la poignée de sa crosse.

La pression raccourcissant ainsi le visage de mon oncle lui donna-t-elle un ovale plus plaisant ? Ne croira-t-on pas plutôt que la tendresse de son cœur de philanthrope ému par le spectacle d'un frère émergeant enfin de l'affliction avait revigoré ses muscles et que la compression de son menton ne fit que redoubler cet effet? Lorsque mon père tourna les yeux, son regard fut frappé d'un si doux rayon de soleil que sa douleur et son abattement fondirent aussitôt.

Il rompit ainsi le silence.

Chapitre III

— Quel homme, jamais, frère *Toby*, s'écria mon père en se soulevant sur le coude et en se tournant vers l'autre côté du lit, celui où mon oncle reposait dans son vieux fauteuil à franges, le menton posé sur sa crosse, quel homme malheureux, quel homme infortuné, frère *Toby*, s'écria mon père, fut-il frappé de tant de coups ?

— Celui que j'ai vu en recevoir le plus, répondit mon oncle (en sonnant à la tête du lit pour appeler *Trim*) était un grenadier, du régiment de *MacKay*[231], je pense.

Une balle au cœur n'eût pas fait choir mon père plus instantanément le nez sur la couverture.

— Dieu bon ! dit mon oncle *Toby*.

Chapitre IV

— Est-ce bien dans le régiment de *MacKay* que ce pauvre grenadier fut fouetté à *Bruges* pour une histoire de ducats ? — O Christ ! il était innocent, s'écria *Trim* avec un profond soupir, et les coups le menèrent aux portes de la mort, n'en déplaise à Votre Honneur. On eût mieux fait de le fusiller aussitôt car il fût monté droit au ciel, étant aussi innocent que Votre Honneur.

— Merci, *Trim*, dit mon oncle *Toby*.

— Je ne songe jamais, poursuivit *Trim*, à ses malheurs et à ceux de mon frère *Tom*, car nous étions trois camarades d'école, sans pleurer comme un lâche.

— Les larmes ne sont pas une marque de lâcheté, *Trim*. J'en verse bien souvent moi-même, s'écria mon oncle *Toby*.

— Je le sais, répondit *Trim*, et n'ai donc pas honte des

miennes, mais comment souffrir, poursuivit *Trim*, un pleur perlant à sa paupière, comment souffrir la pensée de deux hommes vertueux, le cœur aussi enflammé par le bien et aussi honnête qu'il se puisse, enfants de parents honorables, cherchant fortune avec bravoure par le monde et soudain accablés de tels maux — toi, pauvre *Tom*, mis au chevalet de torture pour le seul crime d'avoir épousé la veuve d'un *Juif* qui vendait des saucisses, et toi, *Dick Johnson*, fouetté jusqu'au point où ton âme honnête sortit de ton corps pour quelques ducats qu'un autre avait mis dans ton havresac! Je comprends, n'en déplaise à Votre Honneur, cria *Trim*, tirant son mouchoir, qu'on pleure sur son lit de tant d'infortunes.

Mon père ne put s'empêcher de rougir.

— Ce serait grand'pitié, *Trim*, dit mon oncle, que le chagrin vînt un jour te frapper en personne; tu ressens déjà assez vivement celui d'autrui.

— Dieu soit loué! dit le caporal, le visage rasséréné, Votre Honneur sait que je n'ai ni femme ni enfant; quels chagrins peuvent donc m'atteindre?

Mon père ne put s'empêcher de sourire.

— Le moins possible, répondit mon oncle *Toby;* je ne vois pas de quoi pourrait souffrir un cœur comme le tien, sinon des rigueurs de la pauvreté dans tes vieux jours quand tout service te deviendra impossible et que tes amis seront morts.

— Que Votre Honneur n'ait point de craintes, s'écria *Trim* joyeusement.

— C'est toi, au contraire, *Trim*, que je voudrais voir à l'abri de toute crainte, répliqua mon oncle *Toby*, et donc, poursuivit-il en jetant sa crosse à terre et en se levant sur ce « donc », en récompense, *Trim*, de ta longue fidélité et de cette bonté de cœur dont j'ai eu tant de preuves, aussi longtemps, *Trim*, que ton maître possédera un shilling tu n'auras pas à demander un penny à autrui.

Trim voulut remercier mon oncle sans y parvenir; les pleurs ruisselaient sur ses joues plus vite qu'il ne les essuyait. Les mains sur sa poitrine, il salua jusqu'à terre et referma la porte.

— J'ai légué à *Trim* mon boulingrin, dit mon oncle *Toby*.

Mon père sourit.

— Et j'y ai ajouté une pension, poursuivit mon oncle *Toby*.

Mon père devint grave.

Chapitre V

— Est-ce bien le moment, songea mon père, de parler de Pensions et de Grenadiers ?

Chapitre VI

Au premier mot de grenadier, mon père avait piqué du nez sur la courtepointe comme frappé par une balle au cœur. J'ai dit cela sans ajouter que tous ses membres étaient retombés instantanément, à l'image de son nez, dans l'attitude première où nous les avons décrits. Ainsi, lorsque mon père, après le départ du caporal *Trim*, éprouva le désir de quitter son lit, il dut parcourir une seconde fois toute la gamme des petits mouvements préparatoires. Les attitudes, madame, ne sont rien, le fin du fin réside dans les transitions comme, en harmonie, dans les résolutions de dissonances.

Mon père rejoua donc de l'orteil la même petite gigue sur le plancher, gratifia le même pot de chambre d'une poussée supplémentaire, toussota et se dressa sur son coude. Mais, comme il ouvrait la bouche pour interpeller mon oncle *Toby*, l'échec de son premier effort en ce sens lui revint à l'esprit. Le voici donc qui se lève et se met à tourner dans la pièce. Au troisième tour il s'arrêta net devant mon oncle *Toby*, posa les trois premiers doigts de sa main droite sur sa paume gauche et, se penchant un peu, parla en ces termes :

Chapitre VII

— Lorsque je réfléchis, frère *Toby*, à la destinée humaine, que j'en examine le côté sombre, cette vie ouverte à tant de troubles et où le pain de l'affliction nous est si souvent offert comme s'il était dû par droit d'héritage —
— Mon seul droit d'héritage, interrompit mon oncle *Toby*, fut mon brevet d'officier.
— Diable! dit mon père, notre oncle ne vous laissa-t-il pas cent vingt livres de rente ?
— Qu'eussé-je fait sans cela ? répliqua mon oncle *Toby*.
— Ceci est une autre histoire, dit vivement mon père. Je voulais dire, *Toby*, qu'à parcourir le catalogue des dettes et des charges douloureuses dont le cœur humain est accablé, on ne peut que s'émerveiller des ressources cachées qui permettent à l'esprit de se redresser malgré tout et de faire face aux obligations imposées à notre nature.
— Le secours nous vient du Tout-Puissant, s'écria mon oncle *Toby*, les yeux levés et les paumes jointes, nos propres forces n'y sauraient suffire, frère *Shandy*, que penser de la sentinelle qui, dans sa guérite de bois, prétendrait résister à un détachement de cinquante hommes ? Les grâces et l'appui du meilleur des Etres nous soutiennent seuls.
— C'est trancher le nœud, dit mon père, au lieu de le dénouer. Permettez-moi, mon frère *Toby*, de vous guider un peu plus avant dans ce mystère.
— De grand cœur, dit mon oncle.
Mon père, aussitôt, changea d'attitude, adoptant celle que *Raphaël*[232], avec tant d'art, prête à *Socrate* dans son École d'*Athènes*. Votre finesse de connaisseur, Monseigneur, n'a pas manqué de noter par quelle imagination exquise la particularité même du raisonnement socratique y est représentée : car le philosophe, saisissant l'index de sa main gauche entre l'index et le pouce de sa droite, paraît dire aux libertins qu'il instruit : « *Accordez-moi*

ceci, puis ceci, puis ceci ; puis ceci encore, car mes propositions liées se suivent les unes les autres. »

Ainsi mon père, tenant bien serré son index entre l'autre index et le pouce et déduisant pour mon oncle *Toby* assis dans son fauteuil à franges avec sa pente égayée de pompons multicolores. — O *Garrick!* de quelles richesses exquises ton talent n'eût-il pas animé cette scène ! Avec quelle joie je la retracerais pour me prévaloir de ton immortalité et assurer ainsi secrètement la mienne !

Chapitre VIII

Bien que l'homme constitue, dit mon père, le plus curieux des véhicules, le châssis en est si léger et ajusté de façon si chancelante que la brusquerie des soubresauts et la dureté des cahots, inévitables en un si rude voyage, le renverseraient et le mettraient en pièces douze fois par jour sans l'effet, mon frère *Toby*, du ressort secret caché en nous.

— Ce ressort, dit mon oncle *Toby*, je le nomme Religion.

— Redressera-t-il le nez de mon fils ? cria mon père en lâchant son index pour frapper les mains.

— Il redresse tout pour notre bien, répondit mon oncle *Toby*.

— Il se peut (autant que je sache), répliqua mon père, cher *Toby*, mais à la condition de parler en figure. Le ressort dont je parle cependant est en nous, cette grande puissance élastique qui contrebalance le mal, semblable en cela au secret ressort d'une machine bien ordonnée qui ne peut éviter les chocs mais les absorbe et nous les masque.

Ainsi donc, mon cher frère, poursuivit mon père (en ressaisissant son index puisqu'il approchait de la solution délicate), si mon fils était venu au jour sain et sauf et non point martyrisé comme il l'est en cette partie précieuse de lui-même, quelque extravagante et fantaisiste que puisse paraître au monde ma théorie des noms de baptême et de l'influence magique qu'ils exercent irrésistiblement sur notre âme et notre conduite, je n'eusse jamais désiré, le ciel m'en est témoin, couronner sa tête d'un prénom répandant autour d'elle plus de gloire et d'honneur que ceux de GEORGE ou d'EDOUARD [233]. Mais puisque, hélas! le plus grand mal lui est échu, mon devoir est, pour le défaire, de lui opposer le plus grand bien.

Je le nommerai *Trismégiste*, mon frère.

— Espérons que ça marche, dit mon oncle en se levant.

CHAPITRE IX

— Quel chapitre du livre des hasards, s'exclama mon père en tournant sur le premier palier de l'escalier qu'il descendait près de mon oncle, quel long chapitre du livre des hasards ouvre devant nous les cieux qui gouvernent ce monde! Prenez une plume et de l'encre, frère *Toby*, et faites-en le calcul impartial.

— Je ne m'entends pas plus en calcul que ce balustre, dit mon oncle *Toby* (avec un coup de crosse désespéré qui rata le balustre mais non point le tibia de mon père). J'aurais parié cent contre un —, cria mon oncle.

— Je croyais, dit mon père en se frottant la jambe, que vous n'entendiez rien aux calculs, frère *Toby*.

— C'est un pur hasard, dit mon oncle.

— Il s'ajoute donc au chapitre, répliqua mon père.

Chatouillé par ce double succès dans la repartie, mon père ne sentit bientôt plus son tibia, et comme cela tombe bien! (encore le hasard!) le monde n'eût jamais sans cela connu le sujet des calculs de mon père; les chances de ce dernier étaient nulles. L'heureux chapitre des hasards, en fin de compte! Il m'évite la peine d'en écrire un tout exprès quand j'ai déjà assez d'affaires sur les bras. N'ai-je pas promis un chapitre sur les nœuds? deux chapitres sur le bon et le mauvais bout des femmes? un chapitre sur les moustaches? un chapitre sur les souhaits? un chapitre sur les nez? — non celui-là est fait — un chapitre sur la pudeur de mon oncle *Toby*? sans parler d'un chapitre sur les chapitres que je veux achever avant de me mettre au lit. Par les favoris de mon bisaïeul, je n'achèverai pas dans l'année la moitié de ma besogne.

— Prenez une plume et de l'encre, frère *Toby*, dit mon père, et faites-en le calcul impartial : si l'on considère toutes les parties du corps que le tranchant du forceps pouvait abîmer, il y avait, vous le verrez, à peine une chance sur un million que le malheur tombât précisément sur celle-là pour sa ruine et celle de ma maison.

— Il aurait pu arriver pire, objecta mon oncle *Toby*.

— Je ne vous entends pas, dit mon père.

— Supposez que l'enfant se fût présenté par la hanche, comme le docteur *Slop* le craignait.

Mon père réfléchit une demi-minute, considéra le sol et se toucha le front.

— C'est juste, dit-il.

Chapitre X

N'est-il pas honteux de consacrer deux chapitres à ce qui advint sur deux marches d'escalier ? car nous n'avons pas dépassé le premier palier; il reste encore quinze degrés à descendre et puisque, autant que je sache, mon père et mon oncle sont en humeur de bavarder, il risque d'y avoir autant de chapitres que de marches. Eh bien soit, qu'y puis-je ? autant vouloir changer mon destin. Une envie soudaine me prend : *Shandy* baisse donc le rideau; je le baisse; *Tristram*, barre ta page d'un grand trait; je la barre, et en avant pour un nouveau chapitre.

Au diable si je trouve une autre règle pour me guider en cette affaire! En eussé-je une, d'ailleurs, que, faisant tout de façon déréglée, je la froisserais et la déchirerais bientôt pour en jeter les fragments au feu après m'en être servi. Est-ce là trop de chaleur ? La chose en vaut la peine — une plaisante histoire! — l'homme doit-il suivre les règles ou les règles l'homme ?

Puisqu'il s'agit en somme ici, disons-le, de ce chapitre sur les chapitres que j'ai promis d'écrire avant de me mettre au lit, je juge bon de libérer ma conscience sur-le-champ en disant tout ce que je sais du sujet : cela ne vaut-il pas dix fois mieux que de faire un étalage préalable de sentencieuse sagesse et de déclarer à l'instant où l'on va conter l'histoire d'un cheval rôti : qu'une division en chapitres soulage l'esprit, aide l'imagination ou la force, bref paraît aussi nécessaire, dans un ouvrage dramatique de cette sorte, que le découpage en scènes au théâtre — cinquante lieux communs bien propres à éteindre le feu qui doit rôtir mon animal ? Si vous voulez bien comprendre ceci et comment on souffle la flamme du temple de *Diane*, lisez *Longin* [234], lisez-le jusqu'à l'écœurement si de le lire jusqu'au bout ne vous a pas rendu plus sage. Allez, allez, relisez-le sans crainte. *Avicenne* [235] et *Licetus* [236] ont lu quarante fois la métaphysique d'*Aristote* sans en comprendre un traître mot. Mais prenez garde au résultat : car *Avicenne* écrivit désespérément sur tout ce qu'on peut écrire puisqu'il composa un ouvrage *de omni scribili;* quant à *Licetus (Fortunio)* quoique son fœtus (1), comme chacun sait, n'ait mesuré à sa naissance que cinq pouces et demi de longueur, il grandit suffisamment dans le monde littéraire pour écrire un livre dont le titre est au moins aussi long — soit, comme chaque lettré le sait, la *Gonopsychanthropologie* sur les origines de l'âme humaine.

(1) *Ce Fœtus n'étoit pas plus grand que la paume de la main; mais son père l'ayant examiné en qualité de Médecin et ayant trouvé que c'étoit quelque chose de plus qu'un Embryon, le fit transporter tout vivant à Rapallo, où il le fit voir à Jérôme Bardi et d'autres Médecins du lieu. On trouva qu'il ne lui manquoit rien d'essentiel à la vie; et son père pour faire voir un essai de son expérience, entreprit d'achever l'ouvrage de la Nature et de travailler à la formation de l'Enfant avec le même artifice que celui dont on se sert pour faire éclore les Poulets en Egypte. Il instruisit une Nourrice de tout ce qu'elle avoit à faire et ayant fait mettre son fils dans un four proprement accommodé, il réussit à l'élever et à lui faire prendre ses accroissements nécessaires par l'uniformité d'une chaleur étrangère mesurée exactement sur les degrés d'un Thermomètre, ou d'un autre instrument équivalent.* (Vide Mich. Giustinian negli Scritt. Liguri à Cart 223, 488.)

On auroit toujours été très satisfait de l'industrie d'un père si expérimenté dans l'Art de la Génération, quand il n'auroit pu prolonger la vie à son fils que pour quelques mois, ou pour peu d'années.

Mais quand on se représente que l'Enfant a vécu près de quatre-vingts ans et qu'il a composé quatre-vingts ouvrages différents tous fruits d'une longue lecture, il faut convenir que tout ce qui est incroyable n'est pas toujours faux, et que la Vraisemblance n'est pas toujours du côté de la Vérité.

Il n'avait que dix-neuf ans lorsqu'il composa Gonopsychanthropologia de Origine Animae humanae.

(Les Enfants célèbres, revûs et corrigés par M. de la Monnoye de l'Académie Française) [note de l'auteur, en français dans le texte].

J'arrêterai là mon chapitre sur les chapitres ; le meilleur à mon sens de toute mon œuvre et, croyez-moi, qui en fera la lecture assidue emploiera son temps aussi bien qu'à enfiler des perles.

Chapitre XI

— Nous allons tout arranger, dit mon père en posant le pied sur la première marche après le palier. Ce *Trismégiste*, poursuivit-il en retirant la jambe et en se tournant vers mon oncle, fut le plus grand *(Toby)* de tous les humains — le plus grand Roi, le plus grand fondateur de lois, le plus grand philosophe, le plus grand prêtre — et ingénieur, ajouta mon oncle *Toby*.

— Chemin faisant, dit mon père.

Chapitre XII

—— Et comment va ta maîtresse ? cria mon père en redescendant de nouveau la même marche : il avait vu passer *Susannah* au bas de l'escalier, une énorme pelote d'épingles à la main, comment va ta maîtresse ?

— Aussi bien qu'on peut s'y attendre, dit *Susannah* qui fila sans lever les yeux.

— Suis-je sot! dit mon père en retirant une seconde fois le pied, voilà qui répond à tout, frère *Toby*, — et comment va l'enfant je te prie ?

Pas de réponse.

— Et où est le docteur *Slop* ? ajouta mon père, penché sur la rampe, en élevant la voix. *Susannah* était hors de portée.

De toutes les énigmes de la vie conjugale, dit mon père qui retraversa le palier pour venir adosser au mur sa proposition, de toutes les embarrassantes énigmes que comporte l'état conjugal, et vous pouvez m'en croire, frère *Toby*, on en chargerait plus d'ânes que *Job*[237] n'en posséda jamais dans ses troupeaux, la plus retorse est certainement celle-ci : pourquoi dès l'instant où une maîtresse de maison doit s'aliter, toute la gent féminine à son service, de la dame de compagnie jusqu'à la souillon de cuisine, se haussent-elles soudain d'un pouce et pourquoi ce pouce se donne-t-il de plus grands airs que tous les autres bout à bout ?

— C'est plutôt nous, à mon sens, dit mon oncle, qui jugeons d'un pouce plus bas. Pour moi la vue d'une femme enceinte me produit déjà cet effet, c'est un lourd fardeau, frère *Shandy*, dit mon oncle *Toby*, pour la moitié de l'humanité, une charge pitoyable, ajouta-t-il en secouant la tête.

— Oui, oui, la chose est pénible, dit mon père en secouant aussi la tête — mais à coup sûr depuis qu'il est de mode de secouer la tête jamais deux têtes ne furent secouées de concert pour des motifs aussi différents.

Dieu bénisse, / toutes les femmes — dirent, chacun
Le diable emporte \ pour soi, mon oncle *Toby* et mon père.

Chapitre XIII

— Holà ! porteur, voici six pence, entre dans cette librairie et ramène-m'en quelque critique *au goût du jour*[238]. Je donnerai volontiers une couronne à celui qui m'aidera par son savoir-faire à sortir de leur escalier et à mettre au lit mon père et mon oncle.

Il est grand temps ma foi : à part le court somme, en effet, que tous deux se sont accordé pendant que *Trim* ruinait les bottes cuissardes (sans faire le moindre bien à mon père, soit dit en passant, à cause de ce gond grinçant) aucun des deux n'a fermé l'œil depuis l'instant, voici neuf heures, où *Obadiah* introduisit dans le salon le Dr. *Slop* marinant dans son jus.

Si chaque jour de ma vie devait être aussi plein que celui-ci — mais trêve !

Je ne terminerai ma phrase qu'après avoir fait remarquer au lecteur dans quelle étrange situation je me trouve par rapport à lui à cet instant précis — situation qu'aucun biographe n'a jamais partagée depuis que le monde existe et ne partagera jamais plus à mon sens jusqu'à la destruction finale, de sorte que sa nouveauté mérite à elle seule d'attirer l'attention de Votre Excellence.

J'ai ce mois-ci douze mois de plus qu'il y a juste un an ; or, comme, parvenu à peu près au milieu de mon quatrième volume (1), je n'ai retracé que l'histoire de ma première journée, il est clair que j'ai aujourd'hui trois cent soixante-quatre jours à raconter de plus jusqu'à l'instant où j'entrepris mon ouvrage. Ainsi au lieu d'avancer dans mon travail à mesure que je le fais, comme un écrivain ordinaire, j'ai reculé de trois cent soixante-quatre fois trois volumes et demi, si chaque jour de ma vie doit être aussi plein que celui-ci (pourquoi pas ?) et si les événements et les opinions qui l'emplissent doivent être traduits aussi longuement (et pourquoi les couperais-je ?). En outre comme à cette allure je vis trois cent soixante-quatre fois plus vite que je n'écris, il s'ensuit, n'en déplaise à Votre Excellence, que plus j'écris plus j'aurai à écrire et plus, par conséquent, Votre Excellence aura à lire.

La vue de Votre Excellence ne risque-t-elle pas d'en souffrir ?

La mienne s'en accommodera et n'étaient mes opinions qui me feront mourir, je sens que je vivrais assez bien de cette même vie à écrire, ou si l'on veut de ces deux belles vies à vivre.

Quant à l'idée d'écrire douze volumes par an, soit un par mois, elle ne change rien à ce que j'aperçois de mon avenir : je puis écrire autant que je voudrai et piquer en plein sujet comme *Horace* [239] le recommande, je ne me rejoindrai jamais fût-ce par la plus effrénée des galopades. Car en mettant les choses au pire pour moi j'aurai dans tous les cas un jour d'avance sur ma plume : or un jour vaut bien deux volumes et deux volumes valent bien un an.

Que le Ciel favorise donc les papeteries en ce règne propice qui s'ouvre devant nous et où la Providence favorisera, j'en suis sûr, toute entreprise.

Quant à la reproduction des Oies, je n'en suis pas inquiet ; la Nature a des bontés sans limites et je ne

---

(1) Dans la première édition [note du traducteur].

manquerai jamais d'instrument pour mon travail [240].

Ainsi donc, ami critique, vous avez fait descendre l'escalier à mon père et à mon oncle ? Vous les avez conduits au lit ? Comment avez-vous fait cela ? Vous avez baissé le rideau au pied de l'escalier. Je pensais bien que c'était l'unique moyen. Voici pour votre peine une couronne.

Chapitre XIV

— Passe-moi donc mes culottes qui sont sur le fauteuil, dit mon père à *Susannah*.

— Je n'ai pas un instant pour vous habiller, cria *Susannah*, le bébé a le visage aussi noir que mon —

— Que ton quoi ? dit mon père qui, comme tous les orateurs, était friand de métaphores.

— Grand Dieu! dit *Susannah*, le bébé, monsieur, a une convulsion.

— Et où est Mr. *Yorick* ?

— Pas où il faudrait, comme toujours, dit *Susannah*, mais son vicaire attend le nom dans le salon avec le bébé sur les bras et ma maîtresse m'a ordonné de courir chez le capitaine *Shandy* qui est le parrain pour lui demander s'il doit ou non porter son nom.

Si l'on était sûr, songea mon père en se grattant le sourcil, que l'enfant expire vraiment on pourrait aussi bien faire ce plaisir à mon frère *Toby* car il serait dommage dans ce cas de jeter au vent un aussi grand nom que *Trismégiste* — mais il peut se remettre.

— Non, non, dit-il à *Susannah*, je me lève.

— Je n'ai pas le temps, cria *Susannah*, le bébé est aussi noir que mon soulier.

— *Trismégiste*, dit mon père. Attends un peu, tu es un vase percé, *Susannah*, ajouta-t-il, pourras-tu garder ce nom dans ta tête le temps de traverser la galerie ?

— Si je pourrai ? cria *Susannah* en claquant la porte.

— Je veux bien mourir si elle peut, dit mon père. Il bondit de son lit et tâtonna dans l'obscurité à la recherche de ses culottes.

Cependant *Susannah* volait le long de la galerie.

Mon père chercha ses culottes fiévreusement.
Mais *Susannah* conserva son avance.
— C'est *Tris* — quelque chose, cria-t-elle.
— Le seul nom chrétien commençant par *Tris*, dit le vicaire, est *Tristram*.
— C'est donc *Tristramgiste*, dit Susannah.
— Que me chantes-tu de *giste !* C'est mon propre nom, dit le vicaire en plongeant la main dans le bénitier. *Tristram*, prononça-t-il, *etc., etc.* Ainsi fus-je baptisé *Tristram* et le demeurerai-je jusqu'à ma mort.

Mon père s'était précipité derrière *Susannah*, sa chemise de nuit encore sur les bras et vêtu de sa seule culotte à laquelle, dans sa hâte, il n'avait boutonné qu'un seul bouton et seulement à moitié engagé dans sa boutonnière.
— N'a-t-elle pas oublié le nom ? cria-t-il par la porte entrebâillée.
— Non, non, dit le vicaire d'un ton complice.
— Le bébé va mieux, cria *Susannah*.
— Et ta maîtresse ?
— Aussi bien que possible.
— Fi ! cria mon père, sentant que le bouton échappait à sa boutonnière.

Comme en cet instant le bouton glissait dans son logement, il faudra, pour savoir si l'interjection visait *Susannah* ou la boutonnière et si ce « Fi ! » exprimait le mépris ou la pudeur, attendre que j'aie trouvé le temps d'écrire mes trois chapitres favoris à suivre, soit un chapitre sur les *femmes de chambre*, un chapitre sur les *Fi* et un autre sur les *boutonnières*.

Je ne puis pour l'instant qu'éclairer le lecteur sur un point : à peine son Fi ! prononcé mon père s'évanouit de la porte et remontant ses culottes d'une seule main, car sa chemise de nuit pendait à l'autre bras, il remonta la galerie qui le ramenait à son lit un peu plus lentement qu'il ne l'avait descendue.

Chapitre XV

Je voudrais pouvoir écrire un chapitre sur le sommeil. Jamais occasion meilleure qu'en cet instant où tous les rideaux de la famille sont tirés, toutes les chandelles éteintes et tous les yeux clos, sauf un, puisque la nourrice de ma mère était borgne depuis vingt ans.

Le sujet est beau.

Mais si beau soit-il, j'écrirai plus vite et pour plus de gloire douze chapitres sur les boutonnières qu'un seul sur celui-ci.

Ah! les boutonnières! Leur seule idée a je ne sais quoi de plaisant et quand j'en serai là, croyez-moi, messieurs à la barbe solennelle, vous pourrez déployer votre solennité, je ferai du joyeux travail; ces boutonnières seront toutes à moi car le sujet est vierge et je ne m'y briserai pas sur la sagesse ou les belles sentences de qui que ce soit.

Je sais au contraire, avant de commencer, que jamais je ne ferai rien du sommeil. D'une part vos belles sentences ne sont pas mon fait; je suis en outre incapable d'aborder gravement un sujet médiocre pour enseigner au monde : que le sommeil est le refuge de l'infortuné, la libération du prisonnier, le sein maternel où s'apaisent les hommes au cœur brisé, recrus de fatigue ou de désespoir. Je mentirais effrontément encore en affirmant que de toutes les douceurs plaisantes qui accompagnent certaines de nos fonctions naturelles et par lesquelles le Créateur, dans sa bonté, a voulu compenser les souffrances que sa Justice et son bon plaisir nous infligent, le sommeil est la principale (j'en sais qui le valent dix fois); et je ne mentirais pas moins en décrivant le bonheur de l'homme qui, détaché enfin des angoisses et des passions du jour, s'étend sur sa couche, l'âme assez assurée dans son repos pour ne plus rien voir autour d'elle en tous sens que la calme douceur des cieux, sans désir, peur ou doute troublant la pureté de l'air, sans difficulté aussi, passée, présente ou future, l'imagination se découvrant capable de les résoudre toutes dans la douceur de ce retranchement.

« Dieu bénisse, dit *Sancho Pança*, l'inventeur du sommeil toujours semblable à lui-même, il couvre un homme des pieds à la tête comme un manteau [241]. » Je trouve plus de sens à cette phrase et mon cœur s'y réchauffe mieux qu'à toutes les dissertations exprimées à force des cervelles érudites.

Non que je désapprouve entièrement ce qu'avance *Montaigne* et qui est admirable à sa façon (je cite de mémoire).

« Les hommes, dit-il, ne ressentent pas mieux les autres plaisirs que celui du sommeil, les laissant glisser et se dérober sans les éprouver au passage. Nous devrions au contraire en faire l'objet propre de notre étude et rumination afin d'en remercier qui nous l'accorde. C'est pourquoi je me fais souvent troubler dans le mien afin de le mieux et plus raisonnablement savourer. J'en vois peu pourtant, ajoute-t-il, qui prennent moins de sommeil quand la nécessité s'en fait sentir. Mon corps est capable d'une agitation soutenue mais non point soudaine et violente. Je fuis depuis peu tout exercice de cette sorte ; n'étant jamais las de marcher mais craignant depuis l'enfance de chevaucher sur des pavés, j'aime une couche dure et solitaire pour y dormir éloigné même de ma femme [242]. » Ces derniers mots peuvent faire frémir, mais comme dit *Bayle* dans l'affaire de *Liceti* [243] : « la Vraisemblance n'est pas toujours du côté de la Vérité ». Mais en voilà assez sur le sommeil.

Chapitre XVI

— Si ma femme veut bien le lâcher un instant, frère Toby, Trismégiste nous sera présenté emmailloté tandis que nous prendrons le petit déjeuner ensemble.

— *Obadiah*, va dire à *Susannah* de nous l'amener ici.

— Elle vient juste de monter, répondit *Obadiah*, en sanglotant et en se tordant les mains comme si son cœur se brisait.

— Nous allons passer un joli mois, dit mon père, qui

détournant son regard d'*Obadiah* le fixa longuement et pensivement sur le visage de mon oncle, nous allons passer un mois infernal, dit mon père, les mains aux hanches en secouant la tête, le feu, l'eau, les femmes et le vent, frère *Toby!*

— C'est juste, dit mon oncle.

— Triste, en effet, cria mon père, que tant d'éléments discordants puissent se déchaîner soudain et transformer en lieu de sabbat la maison d'un gentilhomme. Nous gardons la possession de nous-mêmes, frère *Toby*, nous demeurons ici silencieux et calmes dans nos fauteuils : mais qu'est-ce que cela ajoute à la paix de notre famille quand une telle tempête fait rage au-dessus de nos têtes ?

— Qu'y a-t-il donc, *Susannah* ?

— On a baptisé l'enfant *Tristram* et ma maîtresse en est tombée dans une crise de nerfs dont elle sort à peine. Non, non, ce n'est pas ma faute, ajouta *Susannah*, je lui ai bien dit que c'était *Tristram-giste*.

— Faites le thé pour vous, frère *Toby*, dit mon père en décrochant son chapeau. Comme il était loin des éclats et des gesticulations que pouvait attendre un lecteur vulgaire !

Ses paroles furent prononcées dans la tonalité la plus douce et son chapeau décroché dans la plus noble attitude : jamais l'affliction n'en fondit, n'en harmonisa de semblables.

— Va chercher Trim dans le boulingrin, dit mon oncle *Toby* à *Obadiah*, aussitôt la porte refermée sur mon père.

Chapitre XVII

Quand le destin frappa du même coup mon nez et mon père, ce dernier monta aussitôt dans sa chambre et se jeta sur son lit. Le lecteur qui s'en souvient, s'il ne possède pas une vue très pénétrante de la nature humaine, peut s'attendre à voir les malheurs de mon nom provoquer le même cycle ascendant et descendant que les malheurs de mon nez. — Non.

Nos malheurs, cher monsieur, n'ont ni le même poids

ni le même emballage et ces différences font grandement varier notre façon de les prendre et de les supporter. Voici moins d'une demi-heure (dans la hâte et l'agitation du pauvre diable qui écrit pour gagner son pain quotidien) j'ai jeté au feu, au lieu du brouillon, la bonne page que je venais de transcrire avec soin.

Désespéré, j'empoigne ma perruque et la projette verticalement au plafond de toute ma force; mais je la rattrape au passage et tout s'arrête là; rien, à mon sens, ne pouvait m'accorder un soulagement plus immédiat : la *Nature*, aimable déesse, déclenche en nous les ressorts *que les circonstances exigent*, fait se dresser tel ou tel membre, vous pousse ici ou là dans une posture ou une autre sans que nous sachions pourquoi; remarquez bien d'ailleurs, madame, que nous vivons au milieu d'énigmes et que les objets les plus évidents qui se pressent à notre rencontre ont un côté sombre que les plus perspicaces des regards ne pénètrent point. Les plus claires et les plus hautes intelligences humaines s'égarent dans les recoins et les crevasses des ouvrages de la nature : là comme ailleurs, nous sommes incapables de raisonner sur ce qui nous échoit mais, n'en déplaise à Vos Excellences, nous en savourons l'agrément tout de même ce qui est bien l'essentiel. Mon père sentit impossible d'allonger son nouveau malheur sur un lit ou de le monter dans sa chambre : noblement, correctement, il l'amena jusqu'au vivier.

Si mon père, la tête dans ses mains, avait voulu raisonner une bonne heure sur le chemin à prendre, toute la force de sa raison ne l'eût pas mieux dirigé : les viviers ont un je ne sais quoi (bâtisseurs de systèmes et creuseurs de viviers s'entendront pour en dire davantage) qui rend une marche à pas mesurés vers l'eau très propre à calmer les premiers transports d'humeurs désordonnées; je m'étonne même que *Pythagore, Platon, Solon, Lycurgue, Mahomet* et autres législateurs n'en aient jamais fait l'ordonnance.

Chapitre XVIII

— Votre Honneur, dit *Trim* qui referma la porte du salon avant de prendre la parole, a eu sans doute connaissance de ce malheureux accident.

— Bien sûr, *Trim*, dit mon oncle, et j'en suis fort affligé.

— Moi aussi, répondit *Trim* et Votre Honneur m'accordera, j'espère, que je n'en suis pas le moins du monde responsable.

— Toi, *Trim ?* s'écria mon oncle en levant vers son serviteur un visage bienveillant. Les responsables sont *Susannah* et le vicaire qui ont perdu la tête ensemble.

— Qu'avaient-ils à faire dans le jardin ? n'en déplaise à Votre Honneur.

— Tu veux dire dans la galerie ? corrigea mon oncle.

Trim se sentant sur une mauvaise piste s'inclina profondément. On parle deux fois trop, songea-t-il, si l'on parle de deux malheurs à la fois. Le dégât que la vache a fait dans les fortifications, Son Honneur le connaîtra bien par la suite. L'adroite casuistique de *Trim* étant couverte par sa révérence, mon oncle n'en eut aucun soupçon, il poursuivit donc en ces termes :

— Pour ma part, Trim, il m'est à peu près ou même tout à fait indifférent que mon neveu soit baptisé *Tristram* ou *Trismégiste* mais la chose affecte si douloureusement mon frère, *Trim*, que j'eusse bien donné cent livres pour l'éviter.

— Cent livres, Votre Honneur, répliqua *Trim*, je ne donnerais pas un liard.

— Moi non plus, *Trim*, dit mon oncle, si j'étais seul en cause, mais mon frère qui ne souffre pas de discussion sur ce point, prétend que les noms de baptême ont infiniment plus d'importance que ne leur en accordent les ignorants et qu'on n'a jamais vu, depuis que le monde est monde, une seule action sage, noble ou héroïque accomplie par un homme prénommé *Tristram* — que dis-je, il est sûr, *Trim*, que ce nom interdit à un homme toute science, toute sagesse et toute bravoure.

— Pure imagination, dit le caporal, n'en déplaise à Votre Honneur. Je me suis aussi bien battu sous le nom de *Trim* au régiment que sous celui de *James Butler*.

— Pour moi, je rougirais de me flatter, dit mon oncle, et pourtant, quand on m'eût nommé *Alexandre*, je n'eusse pu faire à *Namur* plus que mon devoir.

— Par Dieu! cria Trim en avançant de trois pas, un soldat pense-t-il à son nom de baptême quand il monte à l'assaut ?

— Ou quand il le repousse dans sa tranchée, *Trim* ? s'écria mon oncle fermement campé.

— Ou quand il franchit une brèche ? dit *Trim* écartant deux chaises.

— Ou quand il fait une trouée ? jeta mon oncle debout, la crosse en avant comme une pique.

— Ou quand il brave un feu de peloton ? s'exclama *Trim* en épaulant sa canne.

— Ou quand il aborde un glacis ? répliqua mon oncle échauffé et le pied posé sur un tabouret.

Chapitre XIX

Mon père, de retour du vivier, ouvrit la porte au plus fort de l'attaque, à l'instant même où mon oncle *Toby* enlevait le glacis. *Trim* se remit au garde à vous mais mon oncle, jamais, n'avait été surpris à chevaucher si désespérément sa chimère. Pauvre oncle *Toby!* auriez-vous été insultés, vous et votre cheval de bataille, si l'éloquence toute prête de mon père n'avait été accaparée par un sujet autrement important!

Mon père raccrocha son chapeau aussi correctement qu'il l'avait décroché, saisit, après un bref regard sur le désordre de la pièce, l'un des sièges bousculés par le caporal dans l'affaire de la brèche, s'y assit en face de mon oncle et, aussitôt le service à thé enlevé et la porte close, fit éclater la lamentation suivante :

LAMENTATION DE mon PÈRE

C'est en vain que je poursuivrais, dit mon père, adressant son discours aussi bien au tome d'*Ernulphe* posé sur le coin de la cheminée qu'à mon oncle, assis juste au-dessous, c'est en vain que je poursuivrais, dit mon père, en combats dont la monotonie passe l'imagination, une lutte désormais sans espoir; je ne saurais repousser plus longtemps la conclusion la plus déplaisante qu'un homme puisse atteindre : car je vois clairement, frère *Toby*, que pour mes péchés ou pour les péchés ou les folies de la famille *Shandy*, le Ciel a résolu de m'accabler sous le poids de son artillerie la plus lourde, toute la pointe et la force de l'attaque étant dirigées contre le bonheur de mon enfant.

— Si un tel bombardement sifflait à nos oreilles, tout volerait autour de nous, frère *Shandy*, dit mon oncle, et dans ce cas —

— Malheureux *Tristram!* enfant de colère! fils de décrépitude! d'interruption! d'erreur et de hargne rentrée! Quels ne furent pas pour toi, inscrits au chapitre des maux embryonnaires, cette infortune et ce désastre uniques qui purent rompre ta structure et embrouiller tes filaments! Quels coups n'ont pas plu sur ta tête! lorsqu'il fallut venir au monde, quels malheurs t'attendaient au passage! et quels nouveaux malheurs depuis! C'est que l'être te fut donné par un père au déclin de ses jours, alors que fléchissaient ses puissances corporelles et imaginatives, alors que s'épuisaient en lui aussi bien la chaleur que l'humidité radicales dont les éléments eussent dû tempérer les tiens. Que te donnait-il pour y fonder tes forces ? des absences. Pitoyable état, mon frère *Toby*, c'est le moins qu'on en puisse dire, et qui eût réclamé, des deux parties, tous les petits secours, soins et attentions imaginables. D'où vint la défaite ? Vous connaissez l'événement, frère *Toby*, il est trop triste pour que je le rapporte encore. En un instant les rares esprits animaux qui me restaient et dont la fonction eût été de transmettre quelque mémoire, quelque fantaisie, quelque vivacité d'esprit, en un instant, dis-je, tout cela fut jeté au vent, bousculé, confondu, dispersé, envoyé au diable.

Il était donc grand temps de mettre fin à cette persécution et votre sœur aurait dû par le calme et la sérénité de son esprit, par une surveillance convenable de ses évacuations, congestions et autres fonctions naturelles ou intellectuelles, tenter au moins de remettre les choses en place au cours des neuf mois de gestation. Mon fils fut privé de tels soins; la vie de la mère et celle du fœtus, par suite, ne cessèrent d'être tracassées par l'absurde exigence d'un accouchement en ville.

— Je croyais que ma sœur s'était très patiemment soumise, répliqua mon oncle *Toby*. Elle n'a jamais prononcé devant moi un seul mot d'irritation à ce sujet.

— Elle bouillait intérieurement, cria mon père, et c'était dix fois pire pour l'enfant, frère. D'ailleurs, quelles batailles avec moi et quelles tempêtes toujours renaissantes à propos de la sage-femme!

— Cela lui servait donc de soupape, dit mon oncle *Toby*.

— De soupape! cria mon père, le regard levé vers le ciel.

Mais qu'était-ce là, mon cher *Toby*, à côté du dommage qui nous fut causé par la venue au monde de mon enfant la tête la première ? dans le naufrage général de son économie, mon unique désir était pourtant de sauver intacte cette précieuse cassette.

Comment, malgré toutes mes précautions, mon système et mon fils furent-ils mis la tête en bas dans le sein maternel, offrant aux mains de la violence un crâne déjà soumis à une pression de quatre cent soixante-dix livres avoir du poids perpendiculaire à son sommet, de sorte qu'à cette heure il y a quatre-vingt-dix chances *sur cent* pour que la délicate structure de son tissu intellectuel soit déchirée et réduite en mille lambeaux.

Tout espoir pourtant n'était pas perdu. Ecervelé, petit maître, faquin — soit; donnez-lui au moins un NEZ. Infirme, nain, idiot — soit encore; la porte de la fortune demeure ouverte. O *Licetus! Licetus!* si le Ciel m'avait accordé un fœtus de cinq pouces et demi, comme le tien, j'eusse encore bravé le destin. Car il nous restait, frère *Toby*, une fois encore à jeter les dés. O *Tristram! Tristram! Tristram!*

— Mandons Mr. *Yorick*, dit mon oncle *Toby*.

— Vous pouvez bien mander, répliqua mon père, qui il vous plaira!

Chapitre XX

A quelle allure j'ai galopé, Seigneur! gambadant, plongeant et culbutant quatre volumes d'une seule traite, sans un regard jeté derrière moi ou même de côté pour voir sur qui nous passions ventre à terre. Nous ne passerons sur personne, m'étais-je dit au moment de sauter en selle; nous tiendrons, certes, un bon galop mais sans bousculer le plus pauvre des ânes sur la route. Et hop là! nous partîmes donc, grimpant ce sentier-ci, dévalant celui-là, culbutant cette barrière, franchissant cette autre d'un bond comme si le meilleur des jockeys avait été en croupe.

Or, quand un cavalier bondit à cette allure, quelle que soit l'excellence de ses intentions et de ses résolutions on peut parier à un million contre un qu'un malheur surviendra bientôt, frappant soit autrui soit lui-même. Il est désarçonné! Le voici en l'air, il perd son chapeau, il retombe, il va se rompre le col, voyez! voyez! à moins qu'il ne bouscule tout l'échafaudage des entrepreneurs critiques, il va se fracasser le crâne contre leurs poteaux, il perd l'équilibre, regardez-le donc, le voilà qui se lance ventre à terre dans une foule de peintres, de musiciens, de poètes, de biographes, de médecins, de légistes, de logiciens, d'acteurs, de professeurs, d'ecclésiastiques, de politiciens, de soldats, de casuistes, de connaisseurs, de prélats, de papes et d'ingénieurs. N'ayez crainte, dis-je en partant, je ne bousculerai pas le plus pauvre des ânes sur la route du roi. Mais votre cheval nous éclabousse : ne voyez-vous pas cet évêque [244] que vous venez de couvrir de boue? — J'espère que c'était seulement *Ernulphe*, répondis-je. — Cependant, une giclure vient d'atteindre en plein visage MM. *Le Moyne, de Romigny, de Marcilly*, docteurs en Sorbonne [245]. — Oh! ceci se passait l'an dernier, répliquai-je. — Cependant, vous venez de fouler un roi aux pieds. — Les rois ont bien de la malchance, dis-je, s'ils sont foulés aux pieds par un homme comme moi. — Vous l'avez pourtant fait, poursuivit mon accusateur. — Je le nie. Je me suis donc esquivé et me voici, la bride dans une main, mon chapeau dans l'autre, prêt à raconter mon histoire. Quelle histoire ? Vous le saurez au chapitre suivant.

Chapitre XXI

Le roi *François* Ier de *France* se chauffait un soir à la braise d'un feu de bois en causant avec son premier ministre de choses et d'autres pour le plus grand bien du royaume (1)[246].

— Il ne serait pas mauvais, dit le roi en grattant les cendres du bout de sa canne, de renforcer un peu la bonne entente qui règne entre la *Suisse* et nous.

— Sire, répondit le ministre, on ne finirait pas de donner de l'argent à ces gens-là : ils avaleraient le Trésor de la Couronne.

— Peuh ! peuh ! dit le roi, on n'achète pas les Etats qu'avec de l'argent. J'offrirai à la *Suisse*, en guise de cadeau, l'honneur de parrainer mon prochain enfant.

— Que Votre Majesté s'en garde, répondit le ministre, elle se mettrait à dos tous les grammairiens d'*Europe* car la *Suisse* est une république et une république étant au féminin ne peut être parrain de qui que ce soit dans une phrase correcte.

— Mais qui l'empêche d'être marraine ? dit vivement le roi. Faites-lui donc part de mon intention par un courrier demain matin.

— Je m'étonne, dit *François* Ier quinze jours plus tard à son ministre quand celui-ci pénétra dans son cabinet, de n'avoir reçu aucune réponse de la *Suisse*.

— Sire, répliqua le ministre, j'allais précisément vous communiquer mes dépêches à ce sujet.

— Ils acceptent gracieusement, dit le roi.

— En effet, Sire, ils sont même profondément touchés du grand honneur que Votre Majesté leur fait ainsi, mais la République prétend user de son droit de marraine et nommer l'enfant.

(1) *Vide Menagiana*, vol. I [note de l'auteur].

— C'est très raisonnable, dit le roi, elle le nommera donc *François*, *Henri* ou *Louis* selon le choix qu'elle jugera nous être agréable.

— Votre Majesté s'abuse, répliqua le ministre, car je viens de recevoir la dépêche m'annonçant la décision prise par la République sur ce point.

— Et quel nom la République a-t-elle élu pour le dauphin ?

— *Shadrach*, *Meshech*, *Abed-nego* [247], répliqua le ministre.

— Par la ceinture de saint *Pierre !* je ne veux rien avoir à faire avec ces *Suisses*-là, cria *François* Ier qui, remontant sa culotte, se mit à arpenter le plancher.

— Votre Majesté, fit remarquer calmement le ministre, ne saurait revenir sur son offre.

— Nous les paierons en argent, dit le roi.

— Sire, il ne reste plus soixante mille couronnes dans votre cassette, répondit le ministre.

— J'engagerai les plus beaux joyaux de la couronne, dit *François* Ier.

— Votre Majesté l'a déjà fait, répliqua le premier ministre.

— Eh bien, monsieur, nous leur ferons la guerre, dit le roi.

Chapitre XXII

S'il est vrai, gracieux lecteur, que j'aie désiré le plus sérieusement et tenté le plus minutieusement du monde (dans la mesure, naturellement, des faibles talents qui me furent accordés par le Créateur et des loisirs que me laissent diverses autres occupations profitables ou salutaires) de placer en vos mains ces petits livres afin qu'ils vous tiennent lieu de nombreux et gros volumes, j'ai cependant pris la chose sur un tel ton de nonchalante fantaisie que je ne viens pas maintenant sans quelque honte réclamer de votre indulgence un entretien sérieux et vous prier de me croire sur parole si je vous affirme que, dans l'histoire de mon père et de ses noms de baptême je n'avais pas la moindre intention de bousculer *François* I*er* ; que ma digression sur les nez ne visait pas *François* IX [248] ; qu'en peignant mon oncle *Toby* je n'ai pas songé à peindre l'esprit militaire de mon pays (sa blessure à l'aine infirmant du même coup toute comparaison de cet ordre) ; que *Trim* ne représente pas dans ma pensée le duc d'*Ormond* [249] ; que mon livre n'est pas écrit contre la prédestination, le libre arbitre ou les impôts, et que s'il faut l'avoir écrit contre quelque chose ce sera, n'en déplaise à Votre Honneur, contre le spleen afin que, par une élévation et un abaissement plus fréquents et plus convulsifs du diaphragme, sans parler des secousses imprimées aux muscles intercostaux et abdominaux par le rire, la *bile* et autres *liqueurs amères* soient expulsées de la poche à fiel, du foie et du pancréas des sujets de Sa Majesté pour être projetées avec tout le flot des noires passions qu'ils nourrissent jusqu'au tréfonds de leurs duodénums.

Chapitre XXIII

— Mais peut-on y revenir, *Yorick* ? dit mon père, c'est impossible à mon sens.

— Je suis un piètre canoniste, répondit *Yorick*, mais je tiens l'indécision pour le pire des maux : nous serions au moins fixés.

— Je déteste ces grands dîners [250], dit mon père.

— L'importance du dîner n'est pas en cause, répliqua *Yorick*, nous voudrions, Mr. *Shandy*, sonder ce doute : peut-on, ou non, changer un nom de baptême puisque les barbes de tant d'officiers, avocats, procureurs, avoués, sans parler des plus éminents docteurs en théologie ou autres matières doivent se trouver rassemblées à la même table et puisque *Didius* vous presse tant de vous y asseoir aussi, comment, dans votre détresse, laisseriez-vous échapper cette occasion ? Il ne vous faut que prévenir *Didius* afin qu'il mette la conversation sur ce sujet après le dîner.

— Eh bien ! cria mon père en frappant des mains, mon frère *Toby* nous accompagnera donc.

— *Trim*, dit mon oncle *Toby*, tu feras sécher au feu toute la nuit ma vieille perruque et mon uniforme galonné.

Chapitre XXV

— Vous avez bien raison, monsieur, un chapitre entier manque à cette place, laissant dans le livre un trou d'au moins dix pages. Le relieur n'est pourtant point un sot ni un fripon ; quant au livre, il n'est pas pour cela plus mauvais ; je le tiens au contraire pour amélioré et complété par l'absence de ce chapitre ainsi que je le démontrerai à Votre Grâce de la façon suivante. On peut se demander d'abord, soit dit en passant, si le même traitement n'eût pas pleinement réussi, appliqué çà et là à d'autres chapitres ; mais comme, n'en déplaise à Votre Grâce, le traitement des chapitres est une chose qu'on ne finit jamais d'essayer, nous finirons au moins d'en discuter.

Laissez-moi pourtant vous dire ceci avant d'entamer ma démonstration ; le chapitre que j'ai déchiré et que vous auriez tous lu sans cela aux lieu et place de ces phrases, décrivait au départ et sur la route, mon père, mon oncle, *Trim* et *Obadiah* se rendant en visite à ****[251].

— Nous prendrons le carrosse, avait dit mon père. A-t-on repeint les armes, s'il te plaît, *Obadiah* ? J'eusse mieux fait de vous rapporter d'abord ce qui advint lorsque notre carrosse fut repeint, les armes de ma mère devant être jointes à celles des *Shandy* après le mariage. Le carrossier exécuta-t-il son travail de la main gauche, à l'exemple de *Turpilius*[252] le *Romain* ou de *Hans Holbein*, de *Bâle* ? Sa tête plutôt que sa main commit-elle la sottise ? Ou faut-il seulement accuser le tour désormais sinistre des événements en notre famille ? Quoi qu'il en soit : au lieu de la *bande dextre* ornant notre blason depuis le règne d'*Henri* VIII, une *bande senestre*, dite de bâtardise, était venue, par je ne sais quelle fatalité, barrer le champ de nos armes familiales. Comment l'esprit d'un homme aussi sage que celui de mon père se laissait-il incommoder par une bagatelle de cette sorte ? On ne pouvait parler d'un valet de pied quel qu'il fût, d'un cocher, d'un cheval ou d'un loueur de coche dans la famille sans le faire aussitôt gémir sur la marque infamante souillant la porte de sa propre voiture ; pas une fois il n'y monta ou n'en descendit sans se détourner pour contempler encore son blason et sans faire le serment de ne plus jamais mettre pied dans son carrosse tant que cette *bande senestre* n'aurait pas été enlevée : mais cette affaire, comme celle du gond, était écrite au Livre des *Destins* comme une de celles dont on grogne toujours (et dans des familles plus sages que la nôtre) sans y remédier jamais.

— A-t-on au moins ôté cette tache du blason ? dit mòn père.

— Non, monsieur, répondit *Obadiah*, on a seulement ôté celles du coussin.

— Nous irons à cheval, dit mon père, en se tournant vers *Yorick*.

— De toutes les sciences politiques, dit *Yorick*, l'héraldique est la moins connue du clergé.

— Qu'importe ? s'écria mon père, j'aurais honte de paraître devant eux avec un écusson souillé.

— Une bande senestre est peu de chose, avança mon oncle *Toby* en coiffant sa perruque.

— Peu de chose en vérité, dit mon père, vous pouvez s'il vous plaît aller en visite aux côtés de tante *Dinah* avec une *bande senestre*. Mon pauvre oncle *Toby* s'empourpra. Mon père en fut fâché contre lui-même.

— Non, mon cher frère *Toby*, reprit-il sur un ton changé, mais l'humidité des coussins pourrait réveiller ma sciatique comme en *décembre, janvier* et *février* de l'hiver passé; montez donc la jument de ma femme et vous, *Yorick*, puisque vous devez prêcher, passez devant; je prendrai soin de mon frère et nous vous suivrons à notre petite allure.

Or, le chapitre que j'ai déchiré était la description de cette cavalcade où l'on voyait *Trim* et *Obadiah* montés sur des chevaux de trait, ouvrir la voie côte à côte au pas d'une patrouille, cependant que mon père et mon oncle (ce dernier en uniforme galonné et perruque à nœud) avançaient de front par des chemins profonds et de non moins profondes dissertations portant alternativement sur les avantages du savoir ou des armes selon que l'un ou l'autre prenait le pas.

Mais le style et la manière de ce tableau m'ont paru, en me relisant, si fort au-dessus de tout ce que j'avais pu prendre dans mon livre qu'il me sembla ne pouvoir l'y laisser sans en ruiner les autres scènes et sans détruire le juste équilibre, l'égalité (bonne ou mauvaise) de chapitre à chapitre d'où résulte l'harmonie de l'ensemble. A peine entré dans la carrière, j'y suis sans doute très ignorant et pourtant à mon sens, madame, écrire un livre est comme siffloter une chanson : prenez-la haut ou bas, peu importe si vous conservez votre propre ton.

— C'est ainsi, n'en déplaise à Votre Honneur, que nous acceptons les compositions les plus plates (comme *Yorick* le confia un soir à mon oncle *Toby*) par un siège en règle de l'esprit. Mon oncle *Toby* fut vivement intéressé par le mot siège : quant à la phrase, il ne lui trouva ni queue ni tête.

— Je dois prêcher à la Cour dimanche prochain, me dit *Homenas*[253], ayez donc la bonté de parcourir mes notes. Je chantonnai donc les premières notes du Dr. *Homenas*.

— Cela n'ira pas mal, dis-je, si vous soutenez ce ton. Je poursuivis donc et trouvai la chanson passable. Sans doute n'aurais-je jamais compris, n'en déplaise à Vos Révérences, à quel point elle était plate, faible, indigente et privée de souffle, sans un air qui s'y éleva tout à coup si beau, si riche, si céleste en vérité que mon âme en fut transportée dans un autre monde. *Montaigne* se plaint quelque part [254] d'un accident semblable : mon esprit, certes, comme le sien, se fût laissé jouer par une pente plus facile, un accent montant par degrés aisés.

— Vos notes sont bonnes, *Homenas*, mais ce passage est coupé du reste de l'œuvre par un précipice si abrupt que la première note chantonnée, je me suis senti planer dans un autre monde ; et la vallée où j'avais marché jusqu'alors m'est apparue si basse, si profonde, si triste que plus jamais je n'aurai le cœur d'y redescendre.

☞ C'est un sot nain qui porte son mètre sur lui. Et en voilà assez sur les chapitres à déchirer.

Chapitre XXVI

— Voyez, sans doute est-il en train de le déchirer en morceaux et de les distribuer alentour pour allumer les pipes !
— C'est abominable, répondit *Didius*.
— Laisserons-nous passer cela ? dit le Dr. *Kysarcius*
— ☞ il appartenait aux *Kysarcii* des Pays-Bas.
— A mon sens, dit *Didius* en se soulevant de son fauteuil pour écarter une bouteille et un haut carafon qui le séparaient en droite ligne de *Yorick*, vous auriez pu nous éviter ce trait sarcastique, viser plus juste, Mr. *Yorick*, ou attendre une occasion plus convenable de marquer votre mépris pour l'affaire qui nous préoccupe : si le sermon n'était bon qu'à allumer des pipes, il ne devait certainement pas être prêché devant une société aussi savante, et s'il pouvait être prêché devant une société aussi savante il méritait certainement mieux que d'en allumer des pipes.

(Le voici bien accroché, songea *Didius*, à l'une des deux cornes de mon dilemme ; qu'il s'en dépêtre s'il le peut.)

— J'ai produit ce sermon, dit *Yorick*, dans des tourments si indicibles que je préférerais, *Didius*, souffrir mille fois le martyre (et le faire partager à mon cheval) plutôt que de m'asseoir pour en écrire un autre semblable. J'en fus délivré par le mauvais bout, j'entends par la tête et non par le cœur ; je me venge maintenant des douleurs souffertes à le composer et à le prêcher. Prêcher ainsi, c'est étaler l'ampleur de nos lectures ou la subtilité de notre esprit, c'est parader aux yeux du vulgaire sous l'habit d'une misérable science pailletée de mots qui scintillent mais n'éclairent pas et réchauffent moins encore; c'est user malhonnêtement de la pauvre demi-heure qui nous est accordée chaque semaine; c'est prêcher non point l'Evangile mais nous-mêmes. Pour moi, poursuivit *Yorick*, je préférerais cinq mots faisant balle et visant droit au cœur.

Yorick avait à peine prononcé les mots *faisant balle* que mon oncle *Toby* se leva pour avancer une remarque de balistique et il en fut empêché par un mot, un seul, qui, prononcé à l'autre bout de la table, fit aussitôt se tourner toutes les têtes — le dernier mot du dictionnaire que l'on pût s'attendre à trouver ici, un mot que j'ai honte d'écrire et qui pourtant doit être écrit, doit être lu, contraire à la loi, contraire aux canons— Je vous le donne en mille, en dix, en cent mille; vous pouvez torturer votre imagination, vous n'arriverez à rien. Bref, je vous le dirai au prochain chapitre.

CHAPITRE XXVII

FOUTRE ! ─────────────────────

───────────────── Foutre ! prononça *Phutatorius* in petto sans doute, mais assez fort pour être entendu de tous et, ce qui paraît le plus étrange, sur un ton, avec un regard qui marquait aussi bien la stupeur que la douleur physique.

Un ou deux convives qui avaient l'ouïe délicate et qui pouvaient distinguer ces deux tonalités aussi clairement qu'une *tierce*, une *quinte* ou toute autre harmonie, en furent le plus intrigués. La *consonance*, jugèrent-ils, était bonne en soi mais étrangère au ton général et sans rapport avec le sujet. Avec toute leur science ils ne surent donc que faire du mot.

D'autres, sans oreille pour la musique de l'accent et ne considérant que le sens du *terme*, en conclurent que *Phu-*

tatorius dont le naturel était quelque peu colérique, arrachant la massue des mains de *Didius*, allait assener à *Yorick* un discours dont l'exorde désespéré laissait bien présager qu'il serait une volée de bois vert. Le cœur de mon bon oncle *Toby* en fut contracté d'avance. Mais voyant *Phutatorius* s'arrêter court, un tiers-parti se prit à penser qu'il s'agissait peut-être simplement d'une expiration involontaire qui avait pris par hasard la tournure d'un juron vulgaire [255] sans en avoir le corps ni le péché.

D'autres au contraire, et en particulier un ou deux voisins immédiats de *Phutatorius*, jugèrent qu'il s'agissait bien d'un juron réel et substantiel, formellement dirigé contre *Yorick* (pour lequel il nourrissait, on le savait, des sentiments peu amicaux) et actuellement formé dans une vapeur de rage fumante, ainsi qu'en disserta ultérieurement mon père, dans la région supérieure des entrailles *phutatoriennes* : il en avait jailli, conformément à l'ordre naturel des choses, sous l'influx de sang qui avait projeté dans le ventricule du cœur le choc d'une violente surprise à l'énoncé d'une si étrange théorie de la prédication.

Quels beaux arguments nous tirons de faits erronés !

Les divers raisonnements suscités à l'envi par l'interjection de *Phutatorius* partaient tous d'un même point, admis *a priori* et tenus pour un axiome, à savoir : que l'esprit de *Phutatorius* était plein de la discussion qui venait de naître entre *Didius* et *Yorick*. Et qui ne l'eût pensé en le voyant se tourner ainsi tantôt vers l'un, tantôt vers l'autre des disputeurs ? La vérité était tout autre : *Phutatorius* n'entendait pas un mot du débat. Son attention entière, la totalité de ses pensées se trouvaient, en cet instant précis, concentrées sur un événement en cours, dans l'enceinte de ses chausses et en un point où il importait particulièrement de prévenir tout accident. Ainsi son regard fixe et l'extrême tension musculaire de son visage ne signifiaient pas, comme on pouvait le croire, qu'il se préparait à décocher son trait le plus aigu contre *Yorick* assis juste en face de lui : l'explication devait être cherchée au moins un mètre plus bas.

Je tâcherai de l'exposer ici avec la plus grande décence.

Sachez donc que *Gastriphère*, faisant dans les cuisines un tour d'inspection préalable peu avant le dîner, y avait remarqué un panier de châtaignes posé sur le bahut : il avait ordonné d'en rôtir une ou deux centaines pour les servir dès la fin du repas. Il donna cet ordre avec insis-

LIVRE IV - CHAPITRE XXVII

tance, *Didius* et surtout *Phutatorius* étant, dit-il, très friands de châtaignes.

Quand le maître d'hôtel les apporta donc (deux minutes à peine après que mon oncle *Toby* eut interrompu *Yorick*), se souvenant de la prédilection que leur marquait *Phutatorius*, il les posa brûlantes devant lui, enveloppées dans une serviette.

Six mains fourragèrent aussitôt dans l'étoffe : pouvait-on éviter qu'une châtaigne en échappât, plus ronde et plus pétulante que les autres ? Elle roula d'un élan sur la table, sauta par-dessus bord et, comme *Phutatorius* écartait largement ses genoux sous la table, tomba perpendiculairement dans cette ouverture pour laquelle, disons-le à la honte de notre langue, le gros dictionnaire entier de *Johnson* [256] ne contient pas un seul mot chaste ; il suffira de dire que les lois du décorum exigent universellement, comme pour le temple de *Janus*, et en temps de paix au moins, sa fermeture.

Une négligence de *Phutatorius* sur ce point ouvrit la porte à l'accident : puisse-t-il servir d'avertissement à l'humanité tout entière.

Je parle d'accident, selon un usage commun sans toutefois m'élever pour cela contre l'opinion d'*Acrites* ou de *Mythogeras* [257] : tous deux furent alors et demeurent pleinement persuadés que le fait n'eut rien d'accidentel : la châtaigne, en roulant juste dans cette direction, en tombant de cette façon et dans cette ouverture précisément élue, portait à leur sens condamnation contre *Phutatorius* pour le sale et détestable ouvrage *De Concubinis retinendis* qu'il avait publié vingt ans plus tôt et dont, cette même semaine, il allait donner une seconde édition.

Je n'ai pas à plonger ma plume dans l'encre de cette controverse ; sans doute pourrait-on écrire beaucoup à l'appui des deux thèses. Historien, je dois me limiter aux faits et rendre croyable aux lecteurs, d'abord que l'ouverture dans les chausses de *Phutatorius* ait été assez béante pour laisser passer une châtaigne, et en second lieu que cette dernière ait pu rouler, tomber et se loger où je l'ai dit, toute brûlante, sans attirer l'attention de *Phutatorius* ou de ses voisins.

Pendant les vingt ou vingt-cinq premières secondes c'est une clémente tiédeur, et nullement désagréable, que la châtaigne répandit ; l'attention de *Phutatorius* n'en fut que doucement sollicitée ; mais la chaleur crût par degrés ; en un instant elle eut franchi la limite d'un plaisir discret pour se ruer à toute vitesse dans la zone des perceptions douloureuses ; et soudain, l'âme de *Phutatorius* suivie de ses idées, pensées, attention, imagination, jugement, résolution, ratiocination, mémoire, fantaisie et dix bataillons d'esprits animaux en une foule tumultueuse, dévala par tous les défilés et circuits accessibles jusqu'au lieu du danger, laissant ces régions supérieures, on l'imaginera aisément, aussi vides que ma bourse.

En dépit des renseignements fournis par de tels messagers, *Phutatorius* fut incapable de pénétrer le secret de ces événements inférieurs ; il ne put même faire la moindre conjecture sur ce qui diable se passait là-bas. Ignorant la vraie cause de sa situation il jugea sage de la supporter à la mode stoïque ; il y eût réussi sans doute avec l'aide de quelques grimaces si son imagination était restée neutre. Mais cette faculté a sur ce point des saillies incontrôlables. Une pensée jaillit dans l'esprit du malheureux : si l'impression était celle d'un fer rouge la réalité pouvait être aussi bien une morsure qu'une brûlure. Une *salamandre* ou quelque autre reptile détestable avait-il grimpé jusque-là et planté ses dents — ? L'horrible idée survint à l'instant où la châtaigne faisait des siennes et coïncida avec un poignant élancement. *Phutatorius* fut saisi de panique. La violence inopinée de cette passion le trouva, comme tant de généraux sur cette terre, sans défense immédiate ; il sauta sur son siège en émettant, dans le suspens d'une aposiopesis, l'interjection de surprise, objet de tant de commentaires, f—— exclamation qui, pour n'être pas strictement canonique, était pourtant ce qu'un homme pouvait dire de plus modéré en pareille occasion : canonique ou non d'ailleurs, *Phutatorius* n'y pouvait rien, non plus qu'à sa cause.

Le récit de ces événements a été long : dans la réalité ils laissèrent tout juste à *Phutatorius* le temps d'extraire la châtaigne pour la jeter violemment à terre et à *Yorick* le temps de se lever pour la ramasser.

Curieux est le triomphe des petits incidents sur l'esprit : ils jouent un rôle incroyable dans la naissance et l'orientation de notre opinion sur les hommes et sur les choses ; la bouffée d'un incident [258] sème une conviction dans notre esprit et l'y plante si fermement que toutes les démonstrations d'*Euclide*, quand leur bélier pourrait la battre en brèche, ne parviendraient pas à la renverser.

Yorick, je l'ai dit, avait ramassé la châtaigne que *Phutatorius* dans sa rage avait lancée à terre ; l'acte était si menu que j'ai honte de le rapporter ; *Yorick* l'accomplit simplement parce qu'à son avis une bonne châtaigne valait la peine de se baisser, l'aventure de celle-ci ne devant pas l'avoir rendue plus mauvaise. Cependant *Phutatorius* y vit tout autre chose : le geste de *Yorick* quittant son siège pour ramasser la châtaigne lui apparut comme la manifestation avouée d'un sentiment de propriétaire : or, qui pouvait, sinon le propriétaire, lui avoir joué une telle farce ? Il fut pleinement confirmé dans son sentiment par la réflexion suivante : la table formant un rectangle très étroit, *Yorick* qui était assis juste en face de lui pouvait aisément glisser la châtaigne, il l'avait donc fait. A ces pensées *Phutatorius* jeta sur *Yorick* un regard où se lisait plus que du soupçon ; et comme, en cette matière, on pouvait le supposer mieux informé que quiconque, son opinion devint en un instant l'opinion générale, qu'une raison, bien différente de celle évoquée jusqu'ici, mit bientôt hors de discussion.

Lorsque de grands événements tombent du ciel à l'improviste sur la scène de ce monde sublunaire l'esprit humain, curieux par essence, vole derrière les décors pour en rechercher la cause première et le ressort caché. Dans le cas qui nous préoccupe la recherche ne fut pas longue : *Yorick* n'avait que peu d'estime pour l'ouvrage de *Phutatorius De Concubinis retinendis*, qu'il tenait même pour un livre malfaisant, tout le monde le savait. On eut tôt fait de découvrir par suite que la farce possédait un sens caché et que la châtaigne brûlante fourrée dans la *** — ***** de *Phutatorius* visait sarcastiquement un traité qui avait, dit-on, enflammé tant d'hommes honnêtes précisément au même lieu.

Ce trait piquant réveilla *Somnolentus*, fit sourire *Agélaste* ; le regard du chercheur, découvrant enfin le mot d'une énigme, illumina le visage de *Gastriphère* : bref, l'opinion se répandit que le trait était génial et comme un chef-d'œuvre d'esprit. Elle n'avait pourtant pas plus de fondement que les rêves des philosophes : nul doute que *Yorick* fût, comme son ancêtre dont parle *Shakespeare*, « *un homme de plaisanterie* [259] » : mais d'autres sentiments tempéraient en lui cette humeur qui l'eussent arrêté au bord d'une pareille farce et de bien d'autres qu'on lui attribue faussement. Mais tel fut le malheur de sa vie : on l'a mille fois blâmé pour des paroles ou des actes dont il était (si mon amitié ne m'aveugle pas) naturellement incapable. Ce que je blâme en lui (ou plutôt ce que j'aime et blâme alternativement) c'est cette singularité d'âme qui lui interdisait de se justifier devant le monde même s'il en avait le pouvoir. Injustement traité il réagit exactement chaque fois comme dans son histoire de Rossinante : Il eût pu en parlant la faire tourner à son honneur, il se tut cependant par hauteur d'esprit. Mis en présence des hommes qui avaient imaginé, propagé, ou cru tant de rapports sans générosité et faussement injurieux sur lui, il ne put s'abaisser à fournir sa propre version et s'en remit au temps et à la vérité pour le faire à sa place.

Ce tour héroïque valut à *Yorick* bien des ennuis. Dans le cas présent il fixa sur lui la haine de *Phutatorius*. Yorick achevait à peine sa châtaigne que l'autre se leva de nouveau pour lui faire connaître son sentiment. Il le fit avec un sourire disant seulement qu'il s'efforcerait de ne pas oublier l'obligation contractée.

Mais le lecteur devra distinguer ici soigneusement : le sourire était pour la compagnie, la menace pour *Yorick*.

Chapitre XXVIII

— Pouvez-vous me dire, demanda *Phutatorius* à *Gastriphère* son voisin de table, pouvez-vous me dire — car il me déplaît de consulter un médecin pour une affaire si sotte — quel est le meilleur remède pour ôter le feu d'une brûlure ?

— Demandez à *Eugenius*, dit *Gastriphère*.

— Cela dépend, répondit *Eugenius*, feignant d'ignorer l'aventure : la partie brûlée est-elle tendre ? facile à envelopper ?

Phutatorius approuva énergiquement de la tête : Elle est l'une et l'autre, dit-il en posant la main sur la région souffrante cependant qu'il levait la jambe droite pour lui donner un peu d'air.

— Dans ce cas, dit *Eugenius*, je vous conseille de n'y toucher sous aucun prétexte; mais faites prendre chez l'imprimeur une feuille sortant des presses, et si vous ne craignez pas de confier votre guérison à ce simple remède, emmaillotez-vous avec.

— Je sais, intervint *Yorick*, assis près de son ami *Eugenius*, que le papier humide maintient une douce fraîcheur mais je suppose que dans ce cas il joue le rôle de véhicule, et que l'encre grasse dont il est imprégné est le véritable lénitif.

— Exact, dit *Eugenius*, et c'est de toutes les applications que je pourrais recommander, la plus sûre comme la plus anodine.

— A sa place, dit *Gastriphère*, puisque l'important est l'encre grasse, j'en étendrais une bonne couche sur un chiffon et l'appliquerais telle quelle.

— Il en sortirait joli, dit *Yorick*.

— Et d'ailleurs, ajouta *Eugenius*, que faites-vous de l'extrême élégance et propriété des prescriptions que la faculté tient en si grande estime ? Si le caractère est petit (et il doit l'être) les particules lénifiantes se trouvent réparties en une couche dont la minceur et l'égalité mathématique (exception faite pour les paragraphes et les majuscules) défient de loin l'art de la plus experte spatule.

— Cela tombe bien, dit *Phutatorius* puisque la deuxième édition de mon traité *De Concubinis retinendis* se trouve actuellement sous presse.

— Prenez-en donc une feuille, peu importe laquelle.

— Pourvu qu'il n'y ait point de ribauderie, dit *Yorick*.

— On est juste en train d'imprimer le neuvième chapitre, l'avant-dernier du livre.

— Quel est son titre, je vous prie ? dit *Yorick* en s'inclinant respectueusement.

— *De re concubinariâ* [260], je crois.

— Juste Ciel! évitez ce chapitre, s'écria *Yorick*.

— A tout prix, ajouta *Eugenius*.

Chapitre XXIX

— *Didius* se leva, la main droite ouverte sur sa poitrine. Si, dit-il, pareille erreur de nom s'était produite avant la Réforme (elle est survenue avant-hier songea mon oncle *Toby*) et lorsque le baptême était administré en *latin* (il l'a été en *anglais* d'un bout à l'autre, songea mon oncle) bien des coïncidences auraient pu se produire qui eussent permis l'annulation selon une jurisprudence établie et l'attribution d'un nom nouveau. Si un prêtre, par exemple, avait par ignorance du latin (ce qui n'était point rare) baptisé un enfant de *Tom O'Stiles in nomine patriae et filia et spiritum sanctos* — le baptême était déclaré nul.

— Pardon, interrompit *Kysarcius*, comme l'erreur dans ce cas ne portait que sur des *terminaisons*, le baptême demeurait valable ; il fallait pour justifier l'annulation qu'elle eût porté sur la première syllabe d'un mot et non sur la dernière.

Mon père que ravissaient de telles subtilités écoutait avec infiniment d'attention.

— *Gastriphère*, par exemple, poursuivit *Kysarcius*, baptise *in Gomine* gatris, etc., etc., au lieu de *in Nomine* patris, etc. — est-ce là un baptême ?

— Non, dit le plus érudit des canonistes, car la racine et par suite le sens de chaque mot sont complètement altérés ; *Gomine* ne signifie plus un nom ni *gatris* un père.

— Que signifient-ils donc ? demanda mon oncle Toby.

— Absolument rien, dit *Yorick*.

— Ergo, le baptême est nul, conclut *Kysarcius*.

— Cela va de soi, ajouta Yorick sur un ton où entraient deux parties de plaisanteries pour une de sérieux.

Mais dans le cas cité, poursuivit *Kysarcius*, où *patriae* est mis pour *patris*, *filia* pour *filii*, etc., la faute n'est que dans la déclinaison des mots, leurs racines demeurent intactes et l'inflexion de leurs branches d'un côté ou de l'autre n'altère pas le baptême, les vocables suivant toujours le même sens.

— Il faudrait cependant prouver, interrompit *Didius*, que l'intention grammaticale du prêtre qui les prononça inclinait bien dans cette direction.

— C'est juste, répondit *Kysarcius* et nous en avons un exemple dans une décrétale du pape *Léon* III.

— Mais voyons, cria mon oncle *Toby*, le fils de mon frère n'a rien à faire avec le pape ; il est l'enfant d'un gentilhomme protestant baptisé *Tristram*, contre la volonté et le désir de son père, de sa mère et de toute sa parenté.

— Si les désirs et volontés des membres de la famille avaient quelque poids en cette affaire, interrompit *Kysarcius*, la moindre part reviendrait sans doute à ceux de

Mrs. *Shandy*. Mon oncle *Toby* posa sa pipe et mon père, pour mieux entendre la suite d'une déclaration aussi étrange, rapprocha son siège de la table.

Non seulement, poursuivit *Kysarcius*, les meilleurs juristes (1) de ce royaume se sont demandé, capitaine *Shandy*, si une mère était apparentée à son enfant mais encore, après une enquête impartiale et l'examen de tous les arguments pour ou contre, ils ont conclu par la négative, à savoir que la mère n'était pas apparentée à son enfant (2). Mon père aussitôt mit la main devant la bouche de mon oncle *Toby* sous prétexte de lui murmurer quelque chose à l'oreille; en vérité il avait eu grand'peur de *Lillabullero* et, curieux d'entendre jusqu'au bout un raisonnement aussi subtil, il pria mon oncle *Toby* pour l'amour de Dieu, de ne pas le désappointer à ce sujet. Mon oncle *Toby* le rassura d'un signe de tête et, remettant sa pipe entre les dents, se contenta d'un *Lillabullero* intérieur tandis que *Kysarcius*, *Didius* et *Triptolemus* poursuivaient ainsi le débat.

— Un tel jugement, dit *Kysarcius*, si contraire qu'il parût au flot des idées vulgaires, avait pourtant la raison de son côté : le cas fameux connu sous le nom du duc de *Suffolk*, l'a mis à jamais hors de discussion.

— *Brook* [261] le cite, dit *Triptolemus*.

— Et lord *Coke* [262] le note ajouta *Didius*.

— Et vous le trouverez encore dans l'ouvrage de Swinburn sur les *Testaments* dit *Kysarcius*. Voici, Mr. *Shandy*, le cas :

Sous le règne d'*Edouard* VI, *Charles*, duc de *Suffolk*, ayant donné une fille à sa première femme et un fils à sa seconde légua par testament ses biens à son fils et mourut. Ce fils mourut à son tour sans laisser ni femme, ni enfant, ni testament. Cependant sa mère et sa sœur (du côté paternel) vivaient encore. Sa mère prit en mains l'administration des biens conformément à l'ordonnance d'*Henri* VIII selon laquelle l'administration des biens de toute personne morte sans testament est confiée à son parent le plus proche. Contre cette décision subreptice la sœur intenta une action devant la Cour ecclésiastique alléguant, premièrement, qu'elle-même était le parent le plus proche du défunt, deuxièmement, que la mère de ce dernier n'était sa parente à

---

(1) *Vide Swinburn on Testaments*, Part. 7, § 8 [note de l'auteur].
(2) *Vide Brook, Abridg. Tit. Administr.* N. 47 [note de l'auteur].

aucun degré; elle priait par suite le juge de bien vouloir annuler la décision première et lui confier l'administration desdits biens en vertu de l'ordonnance précitée.

Ensuite de quoi, comme la famille était des plus grandes, les biens en cause considérables et que, selon toute probabilité, le jugement créerait un précédent d'où dépendrait le règlement de mainte affaire à venir, les jurisconsultes les plus éminents du royaume et les plus érudits tant en droit religieux que civil, se rassemblèrent pour décider si une mère était parente de son fils ou non. Or, non seulement les juristes laïques, mais les clercs, docteurs, professeurs, avocats, commissaires, doyens des Facultés, juges du Consistoire et de la Cour prérogative de *Canterbury* et d'*York*, tous, unanimement, déclarèrent que la mère n'était pas parente de son enfant (1).

— Et qu'en dit la duchesse de *Suffolk*? dit mon oncle *Toby*.

L'inattendu de cette question confondit plus sûrement *Kysarcius* qu'un éloquent plaidoyer. Il demeura une grande minute abasourdi, les yeux fichés sur le visage de mon oncle *Toby* et cette minute suffit à *Triptolemus* pour s'emparer de la tribune.

— C'est un principe fondamental en nature juridique, déclara-t-il que le droit ne monte pas mais descend : voilà pourquoi, sans aucun doute, et bien que de toute évidence un enfant soit du sang de ses parents, un parent n'est pas du sang de son enfant; car l'enfant est engendré par ses parents mais non les parents par l'enfant. Et il est écrit : *Liberi sunt de sanguine patris et matris sed pater et mater non sunt de sanguine liberorum* [264].

— Eh là! interrompit *Didius*, voilà qui prouve trop, car de l'autorité citée on pourrait conclure non seulement ce qui est universellement accordé, à savoir la non-parenté de la mère pour l'enfant, mais également la non-parenté du père.

— C'est pourtant l'opinion tenue pour la meilleure, dit *Triptolemus*, car le père, la mère et l'enfant, quoique en trois personnes, ne forment qu'une seule chair *(una caro)* (2). Il n'y a donc là ni parenté ni source de parenté.

— Vous poussez encore trop loin le raisonnement, s'écria *Didius*, car la nature, au moins, sinon la loi lévitique [265], n'interdit pas de faire un enfant à sa grand-

---

(1) *Mater non numeratur inter consanguineos, Bald.* [263] *in ult. C. de Verb. signific.* [note de l'auteur].
(2) Cf. *Brook, Abridg. Tit. Administr.* N. 47 [note de l'auteur].

mère ; supposons que l'enfant soit une fille, son degré de parenté serait —

— Eh ! s'écria *Kysarcius*, qui a jamais eu l'idée de coucher avec sa grand-mère ?

— Ce jeune homme, répliqua *Yorick*, dont parle *Selden* [266], et qui non seulement en eut l'idée mais encore la justifia devant son père en se basant sur la loi du talion : « Vous couchez, lui dit-il, avec ma mère, pourquoi ne coucherais-je pas avec la vôtre ? » C'est un *Argumentum commune* [267], ajouta *Yorick*.

— La discussion ne mérite pas mieux, dit Eugenius en prenant son chapeau. La compagnie se sépara.

Chapitre XXX

— Tout compte fait, *Yorick*, dit mon oncle *Toby* appuyé sur l'ami qui l'aidait avec mon père à descendre paisiblement l'escalier (chassez votre terreur, madame, cette conversation dans l'escalier durera moins que la précédente) tout compte fait, *Yorick*, je vous prie, dans quel sens ces hommes savants ont-ils tranché notre affaire ?

— De la façon la plus satisfaisante, répondit *Yorick*, car elle n'est l'affaire de personne : Mrs. *Shandy* n'est rien à son fils et comme le côté de la mère est encore le plus sûr, Mr. *Shandy* doit lui être moins que rien. Bref le plus proche parent est peut-être moi.

— C'est bien possible, dit mon père en secouant la tête.

— Pourtant, ajouta mon oncle *Toby*, quoi qu'en disent nos savants, il devait bien exister une sorte de consanguinité entre la duchesse de *Suffolk* et son fils.

— Telle est jusqu'à ce jour, dit *Yorick*, l'opinion du vulgaire.

Chapitre XXXI

Tant de subtilité dans les discours avait enchanté mon père mais la tristesse l'assaillit de nouveau dès son retour à la maison comme après un pansement à un membre cassé nous retombons d'un poids plus lourd quand l'appui qui nous soutenait nous fait défaut. Il devint mélancolique, multiplia ses promenades au vivier, perdit une ganse de son chapeau, soupira sans cesse, s'abstint de tout éclat hargneux et, puisque les rapides mouvements des humeurs accompagnant la hargne favorisent si puissamment, d'après *Hippocrate*, la transpiration et la digestion, il serait infailliblement tombé malade sans le divertissement et le secours que vint lui apporter, avec un nouveau train d'inquiétude, un legs de mille livres de ma tante *Dinah*.

A peine avait-il lu la lettre que, son papier dans la main droite, il se mit à jurer et à se torturer l'esprit à la recherche d'une solution honorable pour sa famille. Cent cinquante projets bizarres se formèrent tour à tour dans son esprit : il allait faire ceci, cela et autre chose; partir pour *Rome*, plaider, acquérir du cheptel, acheter la ferme de *John Hobson*, refaire la façade de sa maison, ajouter une aile pour la symétrie; en face du joli moulin à eau, de ce côté-ci de la rivière, il bâtirait un moulin à vent sur l'autre rive [268], bien dégagé, pour lui faire pendant. Mais par-dessus tout au monde il fallait enclore la *Chênaie* et faire commencer ses voyages à mon frère *Bobby*.

Le chiffre de la somme était *fini* : on ne pouvait donc tout réaliser; en vérité on pouvait réaliser très peu; et de l'ensemble des projets qui se présentèrent à son esprit les deux derniers firent sur mon père la plus forte impression. Il eût infailliblement résolu de les mettre tous deux à exécution sans la petite difficulté ci-dessus qui le contraignit à choisir d'exécuter l'un ou l'autre.

Ce n'était pas si facile; certes, en ce qui concerne cette partie de l'éducation due à mon frère, mon père avait depuis longtemps arrêté sa décision et résolu de lui consacrer le premier argent revenu des secondes actions du *Mississippi* [269] où il avait risqué quelque capital ; mais la *Chênaie,* belle et vaste friche fertile en ajoncs et en marécages, du domaine de *Shandy,* avait sur son cœur des droits presque aussi anciens et il avait souvent rêvé de lui faire rendre quelque chose.

Entre ces deux projets cependant les circonstances ne l'avaient jusqu'ici jamais pressé de faire un choix ou d'établir une priorité : il s'était donc sagement abstenu de les examiner de près et dans un esprit critique. Mais en cet instant de crise et tous les autres projets ayant été écartés, le vieux dilemme — la CHÊNAIE ou mon FRÈRE — divisa de nouveau son esprit ; l'équivalence des deux partis était à peu près parfaite et ce ne fut pas petite affaire pour le vieux gentilhomme que de décider lequel prendre d'abord.

On en rira si l'on veut mais tel était le cas.

Par une coutume établie depuis si longtemps dans la famille qu'elle était devenue matière de droit, le fils aîné avant son mariage voyageait et re-voyageait librement en terre étrangère, non seulement pour améliorer son éducation grâce aux bienfaits de ces changements d'air mais encore pour le pur divertissement de sa fantaisie et cette plume au chapeau que vous donne le fait d'avoir couru le monde : *tantum valet,* avait coutume de dire mon père, *quantum sonat* [270].

Mon frère aîné devait jouir régulièrement de cette indulgence raisonnable et somme toute très chrétienne : l'en priver sans cause ni raison et faire de lui, exemplairement, le premier *Shandy* qui n'eût pas roulé en chaise de poste à travers l'*Europe* simplement parce qu'il était un garçon plutôt lourd, c'était le traiter plus mal que dix Turcs.

Le problème de la *Chênaie,* d'autre part, n'était pas moins difficile : outre son prix d'achat originel, soit huit cents livres, elle en avait coûté à la famille, par l'effet d'un procès quinze ans auparavant, huit cents autres et Dieu seul savait combien de soucis et d'ennuis.

Elle appartenait aux *Shandy* depuis le milieu du siècle précédent et s'étalait bien en face de la maison depuis le moulin à eau d'une part et de l'autre le futur moulin à vent dont on a parlé plus haut : en pleine vue elle semblait donc mériter en premier chef l'attention et les soins de la famille. N'empêche que par une fatalité commune aux hommes et aux terres qu'ils foulent on avait toujours honteusement négligé de s'en préoccuper ; elle en avait tant souffert, à dire la vérité que (selon l'expression d'*Obadiah*) le spectacle de son état avait de quoi faire saigner le cœur de tout homme ayant le moindre respect de la terre.

Comme mon père, cependant, n'était personnellement responsable ni de l'achat de cette pièce ni de sa situation en face de la maison, il n'avait jamais jugé que la chose le regardât jusqu'au jour fatal, quinze années auparavant, où éclata le procès susdit sur une question de bornage : l'action où mon père était alors directement engagé réveilla en lui, comme de juste, tous les arguments favorables, et quand il les eut très bien résumés, il s'avisa qu'il fallait faire quelque chose, qu'il y allait de son intérêt mais aussi de son honneur et que le moment était venu ou jamais.

Une certaine malchance, à mon sens, voulut que les deux partis se fissent aussi exactement et aussi raisonnablement équilibre ; vainement mon père en pesa les pour et les contre dans les humeurs les plus diverses, consacra mainte heure d'angoisse à la recherche abstraite et méditative du meilleur bien, lut un jour des ouvrages d'agriculture et le lendemain des récits de voyage, chassa toute passion partiale, considéra sous tous les jours les arguments des deux partis, ouvrit son cœur à mon oncle *Toby*, disputa avec *Yorick*, re-examina avec *Obadiah* l'affaire de la *Chênaie* dans son ensemble : rien n'y fit. Il n'était pas une considération qui ne fût également applicable des deux côtés ou exactement balancée par une autre considération de même importance de sorte que les plateaux de la balance s'équilibraient toujours.

S'il n'était pas douteux en effet que, par un secours diligent, la *Chênaie* pouvait être amenée à faire dans le monde une tout autre figure qu'aujourd'hui, on pouvait en dire autant de mon frère *Bobby* quoi qu'en pensât *Obadiah*.

D'un point de vue pécuniaire l'égalité, je l'avoue, n'était pas à première vue aussi parfaite. A chaque fois que mon père prenait la plume et faisait son compte, opposant aux débours nécessaires pour défricher, brûler et enclore la *Chênaie*, etc., les profits assurés qu'il en retirerait en retour, cette deuxième partie ressortait si prodigieusement dans le bilan à la mode paternelle que la *Chênaie*, vous l'auriez juré, devait l'emporter haut la main. Car, de toute évidence, on allait y récolter, dès la toute première année, cent charges de colza à vingt livres la charge, plus une excellente moisson d'avoine l'année suivante, et l'année suivante encore cent quartiers, pour rester dans les limites raisonnables, mais plus probablement cent cinquante et peut-être deux cents quartiers de pois et de fèves et d'innombrables pommes de terre. Mais la pensée, soudain, que pendant ce temps-là mon frère serait élevé comme un porc pour se gorger de ces nourritures, jetait tout à bas laissant le vieux gentilhomme dans un tel état d'indécision que ses souliers, confiait-il à mon oncle *Toby*, savaient mieux que lui ce qu'il devait faire.

Seuls les hommes qui ont souffert savent ce que peut être un tel écartèlement de l'esprit partagé par deux profits de force égale tirant chacun de son côté, sans parler du bouleversement qu'une semblable contradiction fait inévitablement subir par voie de conséquence certaine à l'ensemble du système délicat où circulent, comme on le sait, du cœur à la tête, les esprits animaux et les humeurs les plus subtiles ; on ne saurait dire quelle usure sa friction entraîne pour les parties les plus solides et les plus grossières de l'organisme, gaspillant les graisses et détruisant les forces de l'homme en un va-et-vient perpétuel.

Le courage de mon père y eût succombé, comme naguère sous le coup de mon BAPTÊME, sans le secours, cette fois encore, d'une nouvelle infortune : la mort de mon frère *Bobby*.

La vie humaine n'est-elle pas ce perpétuel glissement d'un côté à l'autre, d'un chagrin à un autre chagrin, le souci qui se noue dénouant le précédent ?

Chapitre XXXII

Me voici désormais héritier de la famille *Shandy*. De cet instant date en vérité le récit de ma VIE et de mes OPINIONS. Ma hâte et ma précipitation jusqu'ici ne m'ont servi qu'à aplanir le terrain où s'élèvera l'édifice que j'entrevois, tel qu'aucun homme depuis *Adam* n'en a jamais bâti ni conçu de semblable. Dans cinq minutes au plus j'aurai jeté au feu ma plume et la petite goutte d'encre épaisse qui demeure au fond de mon encrier. Il ne me reste plus qu'une demi-douzaine de choses à faire avant ce geste : une chose à nommer, une à déplorer, une à espérer, une à faire aimer et une à faire craindre; j'ai encore une chose à supposer, une à déclarer, une à cacher, une à choisir, et une à demander en grâce. Je *nommerai* donc ce chapitre le chapitre des CHOSES à faire; le suivant sera le chapitre dit des MOUSTACHES, de façon à garder une certaine suite dans les idées de mon ouvrage.

La chose que je déplorerai est que trop de choses m'étouffent : ainsi, en dépit de tous mes efforts je n'ai pu encore parvenir à cette partie de mon livre vers quoi je n'ai cessé très sérieusement de tendre; je veux parler des campagnes et des amours de mon oncle *Toby* : les incidents en furent si singuliers et si cervantesque le moule, qu'ils ne sauraient manquer d'assurer à mon livre une fortune égale à celle de son modèle pour peu que je sache en imprimer dans le cerveau du lecteur la vive image que j'en reçus moi-même. O *Tristram, Tristram*, si un tel bonheur pouvait seulement t'advenir, le renom qui t'en échoirait comme auteur compenserait les maux dont tu fus accablé comme homme; tu jouirais de l'un après avoir perdu jusqu'au souvenir des autres.

La démangeaison que j'en ressens de revenir à ces personnes n'étonnera donc pas. De toute mon histoire elles sont le morceau de choix. Que j'y arrive enfin et je vous garantis, bonnes gens, que, sans souci d'offenser les estomacs dégoûtés, je ne mâcherai pas les mots : telle est la chose que j'avais à *déclarer*. Jamais cependant je ne m'en sortirai en cinq minutes : voilà ce que je crains. Mon *espoir* est que Vos Altesses et Révérences n'ont pas été offensées. Que si vous l'êtes, bonnes gens, vous aurez lieu l'an prochain de l'être davantage. C'est ainsi que ma chère *Jenny* prend les choses. — Mais qui est ma chère *Jenny?* — Où est le bon, où est le mauvais côté d'une femme ? telle est la chose que j'ai à *cacher*. Je vous la confierai dans mon chapitre presque contigu au chapitre des Boutonnières et pas un avant.

Et puisque vous voici parvenus à la fin de ce quatrième volume, j'ai à vous *demander* ceci : comment va votre tête ? La mienne me fait un mal affreux. Pour vos santés, elles sont sûrement meilleures. Le vrai *shandysme*, quoi que vous en pensiez, dilate le cœur et les poumons et, comme toutes les affections du même genre contraignant le sang et les autres fluides à circuler plus librement dans leurs vaisseaux, active les rouages de la vie longtemps et très joyeusement.

S'il m'était donné comme à *Sancho Pança* de choisir mon royaume, ce ne serait point une île ni un royaume d'esclaves, non, je le voudrais peuplé de francs rieurs et comme les passions bilieuses ou saturniennes, par les désordres qu'elles apportent dans le sang et les humeurs, font autant de torts, me semble-t-il, au corps de l'Etat qu'à celui de l'individu, comme d'autre part une longue habitude de la vertu donne seule à la raison le pouvoir de les soumettre, je prierais Dieu de rendre mes sujets aussi sages que JOYEUX. Ainsi serais-je le plus heureux des monarques et mes sujets les plus heureux des sujets.

Sur cette morale, plaise à Vos Altesses et Révérences que je prenne congé : dans douze mois d'ici sans faute (à moins que cette maudite toux ne m'emporte entre temps) j'aurai l'honneur de tirer un peu vos barbes sérénissimes tout en vous contant une histoire dont vous n'avez pas la moindre idée.

FINIS.

LIVRE V

VIE ET OPINIONS
de
TRISTRAM SHANDY

Gentilhomme

> *Dixero si quid forte jocosius, hoc mihi juris Cum venia dabis* [271] — Hor.
>
> — *Si quis calumnietur levius esse quam decet theologum, aut mordacius quam deceat Christianum — non Ego, sed Democritus dixit* [272]. — Erasmus.

Au Très Honorable Lord Vicomte JOHN SPENCER [273].

My Lord.

Permettez-moi, je vous en prie très humblement, de vous offrir ces deux volumes (1); ils sont ce que de faibles talents joints à une mauvaise santé peuvent produire de mieux. Si la Providence avait daigné m'accorder de l'une et des autres, le présent serait plus digne de Votre Seigneurie.

Vous me pardonnerez en outre, j'espère, si j'ajoute encore à la liberté que je prends ici, en joignant le nom de Lady SPENCER au vôtre et en plaçant sous son patronnage l'histoire de *Le Fever*. Le seul motif que mon cœur m'ait dicté pour en agir ainsi est l'humanité de cette histoire.

Je suis,
My Lord,
le très humble
et très obéissant
serviteur de Votre Seigneurie,

LAUR. STERNE.

---

(1) Livres V et VI de l'édition originale [Note du traducteur].

Chapitre premier

Sans ces deux petits bidets fougueux et la tête brûlée du postillon qui les fouetta de Stilton à Stamford, jamais pareille idée ne me fût entrée dans l'esprit. Cet homme allait comme l'éclair sur une pente qui dure bien trois milles et demi; nous rasions à peine le sol; nous volions impétueusement; mon cerveau en fut ébranlé; mon cœur prit feu. « Par le Dieu du jour, m'écriai-je, les yeux levés vers le soleil et le bras étendu par la portière de la chaise tandis que je prononçais mon serment, aussitôt rentré chez moi je ferme à double tour la porte de mon cabinet et j'en précipite la clef à quatre-vingt-dix pieds plus bas dans le puits derrière la maison [274]. »

La poste de Londres me confirma dans ma décision. Presque immobile, elle titubait, à flanc de colline, hissée par huit *bêtes pesantes*. « Voilà de la force, approuvai-je, mais nous qui vous dépassons, que suivons-nous ? Le même chemin, celui de tout le monde. O rare exploit ! »

Dites-moi, cher lettré, ne cesserons-nous pas d'ajouter tant à la *quantité* et si peu à la *vraie richesse* ?

Ferons-nous éternellement de nouveaux livres comme les apothicaires font de nouvelles potions en versant d'une bouteille dans l'autre ?

Enroulerons-nous éternellement la même corde que nous venons de dérouler ? éternellement sur la même voie ? éternellement à la même allure ?

Notre destin demeurera-t-il de montrer au peuple jour après jour, et les fériés comme les ouvrables, les *reliques de notre savoir*, comme les moines montrent celles de leurs saints sans faire un seul petit miracle ?

L'Homme qu'un pouvoir suprême éleva soudain de la terre vers le ciel, la plus grande, la plus parfaite, la plus noble des créatures de ce monde, ce *miracle* de la nature ainsi que le nomme *Zoroastre* dans son ouvrage περὶ Φύσεως, cette SHEKINAH [275] de la présence divine d'après *Chrysostome* [276], cette *image* de Dieu d'après Moïse, ce *rayon* de la divinité d'après Platon, cette *merveille* des *merveilles* d'après Aristote, est-il donc fait pour se traîner ainsi à la plus plate, la plus piteuse, la plus paperassière des allures ?

Je dédaignerai d'employer ici le langage insultant d'*Horace* [277] me bornant à souhaiter (si un tel souhait ne comporte ni catachrèse ni péché) que tous les imitateurs [278] de *Grande-Bretagne*, de *France* et d'*Irlande* attrapent la morve, ou farcin, pour leur peine; afin qu'on vous les enferme tous dans quelque bonne farcinerie où ils pourraient se purifier, *houppes et perruques* comprises, poils et plumes, mâles et femelles, tous ensemble. Et ceci me conduit à mon histoire de *moustaches*. Par quelle chaîne d'idées ? Je lègue aux prudes et aux Tartufes, comme bien de *mainmorte*, la jouissance de s'en scandaliser.

Sur les moustaches

Sincèrement je regrette, car jamais promesse plus inconsidérée n'entra dans une cervelle humaine. Un chapitre sur les moustaches, hélas! ce monde délicat ne le souffrira pas, mais j'ignorais de quel bois il se chauffe et n'avais pas lu le fragment ci-dessous; sans quoi, aussi vrai qu'un nez est un nez et une moustache une moustache (quoi qu'en dise le monde) j'eusse côtoyé de très loin ce dangereux chapitre.

Fragment.

* * * * * * * * *
* * * * * * * * *
* * * — Vous dormez à moitié, ma bonne amie, dit le vieux gentilhomme qui venait de saisir la main de la vieille dame pour la presser doucement tandis qu'il prononçait le mot *moustaches*. Changerons-nous de sujet ?

— Nullement, répondit la vieille dame; j'aime vos commentaires sur ces sortes de sujets; jetant donc une gaze transparente sur sa tête elle la renversa contre le dossier de son fauteuil et avançant les pieds pour mieux s'accommoder : je désire, poursuivit-elle, que vous continuiez.

Le vieux gentilhomme continua donc de la sorte :

— Des *moustaches!* s'écria la reine de *Navarre* [279] en laissant tomber sa pelote. *La Fosseuse* réépingla la pelote à la ceinture de la reine et, faisant la révérence :

— Des moustaches, madame, répéta-t-elle.

La Fosseuse parlait d'une voix naturellement douce et basse mais elle articulait distinctement et l'oreille de la reine ne perdit pas une syllabe du mot.

— Des *moustaches!* s'exclama de nouveau la reine avec plus de force encore comme si un doute avait persisté dans son esprit.

— Oui, des moustaches, répéta pour la troisième fois *la Fosseuse*.

— Jamais à son âge, poursuivit la dame de compagnie, cavalier de *Navarre* ne posséda une si belle paire de...

— De quoi ? s'écria *Marguerite* en souriant.

— De moustaches, répondit *la Fosseuse* avec infiniment de modestie.

Malgré l'usage indiscret qui venait ainsi d'en être fait, le mot moustaches tint bon et ne cessa d'être employé par la meilleure compagnie dans le petit royaume de *Navarre*. En vérité *la Fosseuse* avait toujours prononcé le mot non seulement devant la reine mais à la Cour en diverses menues occasions sur un ton vaguement mystérieux. Il régnait à la Cour de *Marguerite*, comme chacun sait, un mélange de dévotion et de galanterie; le mot à double sens gagna donc autant de terrain qu'il en perdit; les clercs furent pour, les laïcs contre, et les femmes — se *partagèrent*.

La prestance et la mine du Sieur *de Croix* commençaient alors d'attirer les regards des demoiselles d'honneur vers la terrasse où l'on montait la garde devant la grille du palais. Mme *de Baussière* tomba profondément amoureuse de lui. *La Battarelle* fit de même. Jamais le printemps n'avait été si beau en *Navarre : la Guyol, la Maronette, la Sabatière* s'éprirent à leur tour du sieur *de Croix*. *La Rebours* et *la Fosseuse* furent plus fines mouches. Le jeune cavalier n'avait pas réussi dans une tentative auprès de *la Rebours* et *la Rebours* et *la Fosseuse* étaient inséparables.

La reine de *Navarre* et ses demoiselles d'honneur étaient assises devant la fenêtre qui surplombe la grille de la deuxième cour lorsque *de Croix* franchit cette dernière.

— Il a de l'élégance, dit Mme *de Baussière.*
— Et de l'esprit, ajouta *la Battarelle.*
— Il est très bien fait, dit *la Guyol.*
— Jamais officier de la garde, dit *la Maronette,* n'eut de si belles jambes.
— Et n'en usa plus gracieusement, ajouta *la Sabatière.*
— Mais il n'a pas de moustaches, cria *la Fosseuse.*
— Pas un duvet, dit *la Rebours.*

La reine s'en fut à son oratoire, rêvant tout au long de la galerie, tournant et retournant le sujet dans sa tête : *Ave Maria* † — que voulait donc dire *la Fosseuse ?* songea-t-elle en s'agenouillant sur son coussin.

La Guyol, la Battarelle, la Maronette, la Sabatière s'étaient retirées dans leurs chambres. Des moustaches ! se dirent-elles toutes quatre en poussant leurs verrous.

Dame *Carnavalette,* sous son vertugadin, égrenait un chapelet insoupçonnable : de saint *Antoine* à sainte *Ursule* incluse, cependant il n'était pas un bienheureux qui n'eût ses moustaches. Saint *François,* saint *Dominique,* saint *Benoît,* saint *Basile,* sainte *Brigitte,* tous en possédaient.

Quant à dame *Baussière,* des gloses trop subtiles sur le texte de *la Fosseuse* l'avaient conduite en un étrange désert de rêveries ; elle y cheminait sur son palefroi, suivie de son page ; l'armée passa ; dame *Baussière* poursuivit sa route.

Un denier, cria l'Ordre de la Merci, un seul denier pour ces mille captifs dont le regard levé implore leur rédemption du ciel et de vous-même.

Dame *Baussière* poursuivit sa route.

Pitié pour les misérables, dit un pieux vieillard, hirsute et vénérable, en soulevant avec humilité, dans ses mains flétries, une boîte cerclée de fer. Je demande l'aumône pour les infortunés, ma bonne dame, pour une prison, pour un hôpital [280], pour un pauvre vieillard ruiné par un naufrage, par les hommes de loi, par le feu. Dieu et tous ses anges m'en sont témoins, je mendie pour vêtir ceux qui sont nus, nourrir ceux qui ont faim, réconforter les malades et tous les désespérés.

Dame *Baussière* poursuivit sa route.

Un parent accablé par l'âge la salua jusqu'à terre.

Dame *Baussière* poursuivit sa route.

Tête nue, il courut aux flancs de son palefroi la suppliant par tous les liens, de l'amitié, de l'alliance, du sang, *etc.* — cousine, tante, sœur, mère — au nom de la vertu, par l'amour de vous, de moi, du Christ, souvenez-vous, prenez pitié de moi [281].

Dame *Baussière* poursuivit sa route.

— Prenez mes moustaches, ordonna-t-elle. Le page prit son cheval par la bride ; elle en descendit à l'extrémité de la terrasse.

Certaines suites d'idées semblent venir se graver à notre insu, en nos regards ou sur nos fronts ; la conscience que notre cœur y prend ne les rend que plus visibles ; autrui les aperçoit, les lit et les entend sans dictionnaire.

Ha, ah ! Hi, hi ! s'écrièrent *la Guyol* et *la Sabatière* en déchiffrant leurs aveux réciproques. Ho, ho ! s'exclamèrent *la Battarelle* et *la Maronette* en faisant de même. — Aïe ! cria l'une, ts, ts, dit l'autre, chut ! souffla la troisième, peuh ! peuh ! répliqua une quatrième. Grand merci ! cria dame *Carnavalette :* c'était elle qui avait emmoustaché sainte *Brigitte*.

La Fosseuse tira une épingle de son chignon, en dessina avec la pointe mousse une fine moustache sur un côté de sa lèvre supérieure, puis la tendit à *la Rebours*. *La Rebours* secoua la tête.

Dame *Baussière* toussa trois fois dans son manchon, *la Guyol* sourit. Fi ! dit dame *Baussière*. Quant à la reine de *Navarre*, elle porta la pointe de son index jusqu'à son œil comme pour dire : je vous entends toutes.

La disgrâce du mot apparut avec évidence à toute la Cour. *La Fosseuse* lui avait porté le premier coup et son cheminement à travers tant de pensées n'avait pas amélioré son état. Il résista faiblement quelques mois encore mais bientôt son absence de moustaches ayant rendu la cour de *Navarre* intenable au sieur *de Croix* le terme devint indécent et, après quelques vains efforts, tout à fait impossible à prononcer.

Dans le meilleur monde, le meilleur mot du meilleur langage doit souffrir de tels hasards. Le curé d'*Estella* écrivit un livre à ce sujet pour marquer le péril des associations d'idées et mettre les *Navarrais* en garde contre elles.

N'est-il pas universellement connu, écrit le curé d'*Estella* [282] dans sa conclusion, que les nez, voici quelques siècles et dans de nombreux pays d'*Europe*, furent aussi injustement traités que les moustaches aujourd'hui dans le royaume de *Navarre* ? Le mal pour cette fois ne s'étendit pas davantage mais n'avons-nous pas risqué de voir s'engloutir à leur tour les mots : lit, traversin, bonnet de nuit et pot de chambre ? Les mêmes associations d'idées ne menacent-elles pas les fentes des jupons [283], les poignées de pompes, les faussets de tonneaux ou les robinets ? La pudeur est le plus doux des mouvements naturels, donnez-lui trop d'empire, elle devient un lion rugissant.

Les arguments du curé d'*Estella* ne furent pas suivis. On s'engagea sur une fausse piste. On brida l'âne par la queue : et aux prochaines assises où se rencontreront la *dernière* DÉLICATESSE et la *première* CONCUPISCENCE cette phrase elle-même ne sera-t-elle pas décrétée impossible ?

Chapitre II

Mon père calculait ce que lui coûterait pour son fils aîné une chaise de *Calais* à *Paris* puis de *Paris* à *Lyon* quand il reçut la triste lettre lui annonçant la mort de mon frère Bobby.

Ce voyage jouait de malheur. Déjà mon père avait dû le recommencer pied par pied et reprendre à leur début des calculs presque achevés parce qu'*Obadiah*, ouvrant soudain la porte, était venu l'avertir qu'on manquait de levure et demandait l'autorisation de prendre le grand cheval du carrosse pour aller en chercher.

— De grand cœur, dit mon père sans interrompre son voyage, prends le cheval et va, je te bénis.

— Mais il manque un fer à la pauvre bête, dit *Obadiah*.

— La pauvre bête, redit en écho mon oncle *Toby* comme une corde vibrant à l'unisson.

— Monte donc l'*Ecossais*, dit vivement mon père.

— Rien au monde, répliqua *Obadiah*, ne lui fera supporter une selle.

— C'est donc le diable, ce cheval! Eh bien, prends PATRIOTE et ferme la porte.

— Nous avons vendu PATRIOTE, dit *Obadiah*.

— Que me chantes-tu là ? cria mon père en s'interrompant cette fois, les yeux fixés sur le visage de mon oncle *Toby* comme si le fait pouvait être mis en doute.

— Votre Grâce m'a ordonné de le vendre en *avril* dernier.

— Marche donc à pied, cela t'apprendra, dit mon père.

— Je préfère marcher de beaucoup, dit *Obadiah* en fermant la porte.

— La peste les emporte ! cria mon père en reprenant ses calculs. Mais la porte se rouvrit. Les rivières ont débordé, dit *Obadiah*.

Mon père, penché sur une carte *Sanson*[284] et le tarif des postes, avait jusqu'à cet instant gardé la main sur son compas dont une pointe demeurait fichée sur *Nevers*, la dernière étape qu'il eût payée avec le ferme propos de poursuivre sa route et son addition sitôt débarrassé d'*Obadiah*. Mais ce fut trop pour lui que cette attaque renouvelée, la porte réouverte et le pays soudain couvert par les eaux. Il lâcha le compas ou, pour mieux dire, mi-accident, mi-colère, le jeta sur la table. Il ne lui restait plus désormais qu'à revenir à *Calais*, Gros-Jean comme devant (ainsi que tant d'autres).

Quand la lettre contenant la fatale nouvelle lui fut apportée dans le salon il s'en manquait à peine d'une enjambée de compas qu'il n'eût atteint *Nevers* pour la deuxième fois. — Permettez, M. *Sanson*, s'écria mon père en transperçant *Nevers* et le bois de la table et en faisant signe à mon oncle *Toby* de décacheter la lettre, un gentilhomme et son fils, M. *Sanson*, ne se laissent pas renvoyer deux fois le même soir d'une ville aussi pouilleuse. — Qu'en penses-tu, *Toby* ? ajouta mon père d'un ton badin.

— A moins qu'une troupe n'y tienne garnison, ajouta mon oncle *Toby*.

— Je me croirais un sot toute ma vie, sourit mon père et, renouvelant son signe, une main fermement posée sur le compas et le tarif des postes de l'autre, calculant et écoutant à la fois, il s'appuya des deux coudes sur la table. Mon oncle *Toby* alors commença de lire à mi-voix :

— — — — — —
— — — — — —
— — — — — —
— — — — — Parti !

dit mon oncle *Toby*.

— Où ? Qui ? cria mon père.

— Mon neveu, dit mon oncle *Toby*.

— Sans permission ? sans argent ? sans gouverneur ? s'écria mon père stupéfait.

— Non, mon frère, il est mort, dit mon oncle *Toby*.

— Sans maladie ? s'écria de nouveau mon père.

— Hélas non, répondit mon oncle d'une voix grave avec un soupir qui venait du plus profond de sa poitrine, le pauvre garçon a été assez malade ; j'en répondrais pour lui puisqu'il est mort.

Lorsque *Agrippine* [285] apprit la mort de son fils, ne pouvant modérer, nous apprend *Tacite*, la violence de sa douleur, elle interrompit brusquement son travail. Mon père, lui, piqua plus vite sur *Nevers*. Quelles contradictions ! A vrai dire le travail de mon père était mathématique, celui d'*Agrippine* devait être d'autre nature. Sinon, comment raisonner sur l'histoire ?

Quant au comportement ultérieur de mon père, il mérite à mon sens un nouveau chapitre.

Chapitre III

——— ——— Il l'aura et ce sera même un diable de chapitre. Soyez donc sur vos gardes.

Fût-ce *Platon*, *Plutarque*, *Sénèque*, *Xénophon*, *Epictète*, *Théophraste* ou *Lucien* ? fût-ce quelque auteur plus récent, *Cardan* [286], *Budé*, *Pétrarque*, *Stella* ou encore quelque auteur sacré, quelque Père de l'Eglise, saint *Augustin*, saint *Cyprien* ou saint *Bernard* ? quelqu'un a affirmé en tout cas qu'une irrésistible et naturelle inclination contraint l'homme à pleurer la perte de ses amis ou de ses enfants. *Sénèque* [287], je puis l'assurer, a dit quelque part que de telles douleurs n'ont pas de meilleur exutoire ; c'est ainsi que *David* pleura son fils *Absalon* [288], *Adrien* son *Antinoüs* [289], *Niobé* ses enfants et qu'*Appolodore* et *Criton* pleurèrent tous deux *Socrate* avant sa mort [290].

Mon père traita autrement sa propre affliction, se distinguant en vérité sur ce point de presque tous les hommes anciens ou modernes. Il ne la traita ni par les pleurs comme les *Hébreux* ou les *Romains*, ni par le sommeil comme les *Lapons*, ni par la pendaison comme les *Anglais*, ni par la noyade comme les *Allemands;* ni par le blasphème, ni par la malédiction, ni par l'excommunication, ni par la rime, ni par le *Lillabullero*.

Il en guérit pourtant.

Vos Grâces me permettront-elles d'insinuer une histoire entre ces deux pages ?

Quand ce cher *Tullius* eut perdu *Tullia* [291], sa fille bien-aimée, il l'ensevelit d'abord dans son cœur, écouta la voix de la nature et y accorda la sienne. O ma *Tullia!* ma fille! mon enfant! et pourtant, pourtant — c'était elle, ô ma *Tullia!* ma *Tullia!* je crois voir ma *Tullia*, entendre ma Tullia, parler avec ma *Tullia*. Mais dès qu'il eut exploré les magasins de la philosophie et vu combien l'on pouvait dire de choses excellentes en telle occasion, tout changea : « Combien je me sentis alors heureux et joyeux, déclare le grand orateur, personne au monde ne peut le dire. »

Mon père était aussi fier de son éloquence que MARCUS TULLIUS CICÉRON et, je pense, avec autant de raison en dépit de tous les arguments contraires : là étaient sa force et aussi sa faiblesse, sa force, car il possédait une éloquence naturelle, sa faiblesse parce qu'il en était à tout instant victime; pourvu que la vie lui offrît l'occasion d'exercer ses talents et de prononcer une parole sage, ou spirituelle, ou mordante, et hormis le cas d'infortunes systématiques, il n'en demandait pas davantage. Un bonheur qui lui liait la langue et un malheur qui la lui déliait avec grâce, s'équivalaient à peu près pour lui : en vérité, il préférait quelquefois le malheur; si, par exemple, la joie de discourir comptait pour *dix* et la douleur de l'accident seulement pour *cinq*, mon père y gagnait encore de moitié et sortait de l'aventure en meilleur état qu'il n'y était entré.

Ce trait dominant éclaire tout ce que la conduite domestique de mon père pouvait avoir d'illogique en apparence; il explique en particulier la bizarrerie et surtout la durée imprévisible de ses colères envers un serviteur négligent ou maladroit ou dans les menus incidents de la vie familiale.

Mon père avait une petite jument favorite qu'il avait fait monter par un magnifique cheval arabe dans l'intention de s'en réserver le produit. Enthousiaste dans tous ses projets il parlait chaque jour de son cheval futur avec la plus entière assurance, comme s'il l'avait eu déjà grandi, dressé, bridé, sellé, devant sa porte. Par la négligence d'*Obadiah*, ou par hasard, tant d'espoirs se réduisirent enfin à une mule et à la plus laide des mules que la terre ait jamais portées.

Ma mère et mon oncle *Toby* attendirent la mort d'*Obadiah* et un désastre qui n'aurait pas de fin.

— Fripon, voilà ce que tu as fait! cria mon père, le doigt pointé vers la mule.

— Ce n'est pas moi, dit *Obadiah*.

— Comment le savoir ? répliqua mon père.

Le triomphe de cette repartie noya les yeux de mon père; le sel *attique* les emplit de larmes et *Obadiah* fut tenu pour quitte.

Revenons maintenant à la mort de mon frère.

La philosophie dispose pour chaque événement d'une belle parole; pour la *mort*, elle dispose d'un jeu entier; par malheur, elles se ruèrent toutes à la fois dans l'esprit de mon père; il était bien malaisé d'ordonner cette foule. Mon père les prit comme elles venaient.

— Telle est l'inévitable loi de nos hasards, l'article premier de notre *Magna Charta*, l'éternel décret du législateur, mon cher frère : *nous sommes tous mortels* [292].

Que mon fils puisse ne pas mourir, voilà de quoi m'étonner, non qu'il soit mort.

Les monarques et les princes dansent au même violon que nous.

La mort est notre dette, le tribut qu'il nous faut payer à la nature : les tombes et les monuments élevés pour perpétuer notre mémoire le paient à leur tour, et les plus orgueilleuses pyramides qu'aient jamais érigées la puissance et le savoir des hommes perdent leur pointe et se profilent, mutilées, à l'horizon que le voyageur contemple. (Mon père se sentant grandement soulagé poursuivit.) Royaumes et provinces, villes et cités ne connaissent-ils pas même déclin ? Les principes qui les cimentent, les puissances qui les assemblent achèvent leur évolution et les voici qui retombent.

— Frère *Shandy*, interrompit mon oncle *Toby* qui, au mot *évolution* avait déposé sa pipe.

— Que dis-je : révolution! s'exclama mon père. Par Dieu, c'est révolution que je voulais dire, frère *Toby*, l'évolution est un non-sens.

— Que non pas, dit mon oncle *Toby*.

— Mais n'est-ce pas un non-sens, cria mon père, de rompre ainsi le fil d'un tel discours dans une pareille occasion ? Non, non, je vous en supplie, poursuivit-il en saisissant la main de son frère, ne m'interrompez pas en un instant si critique. Mon oncle *Toby* remit sa pipe dans sa bouche.

— Où sont *Troie* et *Mycènes*, *Thèbes* et *Délos*, *Agrigente* et *Persépolis ?* reprit mon père en saisissant le tarif des chaises de poste sur la table. Que sont devenues, mon frère *Toby*, *Ninive* et *Babylone*, *Cizique* et *Mithylène ?* Les plus belles des villes qu'ait jamais éclairées le soleil levant ne sont plus, maintenant leurs noms seuls demeurent; encore tombent-ils en ruines à leur tour, lentement détruits par l'ignorance; l'oubli les gagnant peu à peu les enveloppera bientôt dans la nuit où tout sombre. Car l'univers lui-même, mon frère *Toby*, l'univers doit finir.

Quand, retournant d'*Asie* et faisant voile d'*Egine* à *Mégare (quand donc cela a-t-il bien pu se passer ? se demanda mon oncle)*, je pus contempler enfin la contrée environnante; *Egine* était derrière moi, *Mégare* devant, le *Pirée* à ma droite et *Corinthe* à ma gauche : O villes jadis florissantes qui jonchez maintenant le sol. Hélas! hélas! me dis-je, comment l'homme laisse-t-il son cœur se troubler par la perte d'un enfant quand un tel passé gît enseveli à son entour ? Souviens-toi, souviens-toi me dis-je encore, que tu es homme.

Mon oncle *Toby* ignorait que ce dernier paragraphe fût un fragment de la lettre adressée à *Cicéron* par *Servius Sulpicius* pour le consoler dans son malheur; il n'était pas plus familier, le cher homme, avec les extraits qu'avec les œuvres complètes de l'Antiquité. Et comme mon père, à l'époque où il s'occupait de commerce avec la *Turquie*, avait fait deux ou trois séjours dans le *Levant* (dont l'un d'un an et demi à *Zante*) mon oncle *Toby* en conclut qu'au cours de ces voyages il avait poussé une pointe en *Asie* à travers l'*Archipel;* il prit donc cette histoire de voile, avec *Egine* derrière, *Mégare* devant, le *Pirée* à droite, *etc.* comme le souvenir exact des randonnées et des réflexions fraternelles. Tout cela était d'ailleurs dans le style de mon père et plus d'un maître critique eût bâti — et bâti deux étages plus haut — sur de semblables fondations.

Mon oncle *Toby* attendit que la période fût bien achevée; puis, touchant amicalement de sa pipe la main de mon père : Dites-moi, interrogea-t-il, en quel an de grâce était-ce donc ? — En aucun an de grâce, répliqua mon père. — Comment est-ce possible ? cria mon oncle *Toby*. — Nigaud! dit mon père, cela remonte à quarante ans avant la naissance du Christ.

Mon oncle *Toby* ne vit que deux explications : ou son frère était le *Juif* errant ou ses malheurs lui avaient troublé l'esprit. « Seigneur du ciel et de la terre, protégez-le et redonnez-lui la santé », pria-t-il silencieusement tandis que des larmes montaient à ses yeux.

Mon père trouva une explication à ses larmes et reprit son discours avec beaucoup d'ardeur.

— Il n'y a pas entre le bien et le mal, frère *Toby*, l'énorme disparité qu'imagine le monde (et soit dit en passant cette façon de repartir n'était pas de nature à calmer les soupçons de mon oncle). Labeurs, chagrins, tourments, maladies et misères sont les condiments de la vie. (Grand bien leur fasse, songea mon oncle *Toby*.)

Mon fils est mort; tant mieux — il serait honteux de n'avoir qu'une ancre dans la tempête.

Il nous a quittés pour toujours ? Soit. Disons qu'il a échappé aux mains de son barbier avant d'être chauve, qu'il a quitté le festin avant d'en avoir la nausée, qu'il abandonne le banquet avant l'ivresse.

Les *Thraces* pleuraient à la naissance d'un fils (nous n'en fûmes pas loin, dit mon oncle *Toby*) mais festoyaient et riaient à chaque mort avec raison. La mort ouvre les portes de la gloire et ferme celles de l'envie; elle délie les chaînes des captifs et, soulageant enfin l'esclave, passe à un autre sa besogne.

Montrez-moi l'homme qui, connaissant la vie, craigne la mort, et je vous montrerai un prisonnier craignant la liberté.

Ne vaut-il pas mieux, mon frère *Toby* (car, remarquez-le bien, nos appétits ne sont que des maladies) ne vaut-il pas cent fois mieux ne jamais avoir faim que de manger ? ne jamais avoir soif que de la calmer par des drogues ?

Être délivré des soucis et des fièvres, de l'amour et de la tristesse, et de tous les chauds et froids de l'existence ne vaut-il pas mieux que d'arriver chaque soir à l'auberge comme le voyageur amer qui se sait condamné à repartir le lendemain ?

Il n'y a rien d'effrayant dans la mort, frère *Toby*, et notre terreur n'est qu'empruntée aux gémissements, aux cris qui emplissent la chambre d'un mourant où chacun se mouche et essuie ses larmes aux rideaux. Dépouillez-la de ces manifestations, qu'en reste-t-il ? — Elle est meilleure au combat qu'au lit. — Otez-lui ses catafalques, ses pleureurs à gages, ses cérémonies funèbres, ses plumets, ses inscriptions, tout son attirail mécanique, qu'en reste-t-il ? *Meilleure au combat!* poursuivit mon père en souriant car il avait absolument oublié mon frère *Bobby*, mais elle n'est terrible nulle part. Prenez-y garde, en effet, mon frère *Toby*, tant que nous *sommes*, la mort *n'est pas;* quand elle *est*, nous *ne sommes pas*.

Mon oncle *Toby* ôta la pipe de sa bouche pour considérer la proposition. Mais l'éloquence de mon père coulait trop impétueusement pour qu'on lui résistât; elle reprit son cours, roulant dans son flot les idées de mon oncle Toby.

— Il vaut la peine, à ce propos, poursuivit mon père, de rappeler le peu d'altération que les approches de la mort apportèrent à l'esprit des grands hommes. *Vespasien* mourut en plaisantant sa chaise percée, *Galba* au milieu d'une sentence, *Septime Sévère* en expédiant une affaire, *Tibère*, en dissimulant et *César Auguste* en faisant un compliment.

— Sincère, au moins ? dit mon oncle *Toby*.
— Il l'adressait à sa femme, dit mon père.

Chapitre IV

—— L'histoire, poursuivit mon père, fourmille d'anecdotes à ce sujet; voici celle qui les couronne toutes comme un dôme doré : le héros en est *Cornelius Gallus* [293], le préteur dont vous connaissez certainement, frère *Toby*.

— Certainement non, dit mon oncle.
— Il était au lit, dit mon père, lorsque ************
— S'il y était avec sa femme, dit mon oncle *Toby*, il ne pouvait en résulter aucun mal.
— Je n'en sais pas tant, répliqua mon père.

Chapitre V

A l'instant où mon oncle *Toby* prononçait le mot *femme* ma mère avançait très prudemment dans l'obscurité du couloir qui menait au salon. Les deux syllabes, déjà distinctement prononcées, lui parvinrent d'autant mieux qu'*Obadiah* avait négligé de fermer complètement la porte : elle put donc se croire le sujet de la conversation. Retenant son souffle, donc, et un doigt posé sur les lèvres, la tête penchée avec une gracieuse torsion du col (qui plaçait juste son oreille à portée de la fente) elle écouta passionnément : le graveur n'eût pu souhaiter plus beau modèle pour son « Esclave attentif » qu'accompagne la « Déesse du Silence ».

Je la laisserai cinq minutes dans cette attitude, le temps d'amener au même point, comme *Rapin* [294] celles de l'Eglise, les affaires de la cuisine.

Chapitre VI

Il est vrai, en un sens, que notre famille était une machine simple, le nombre de ses roues étant petit; ces dernières, cependant, il faut le dire, étaient mues par des ressorts si divers, s'engrenaient selon des principes et par suite d'impulsions si bizarres que cette simplicité méritait tous les honneurs dus à une machine complexe : on y pouvait contempler un aussi grand nombre de mouvements étranges que dans n'importe quel métier *hollandais*.

Je vais parler de l'un d'entre eux, moins singulier peut-être que beaucoup d'autres. Le voici : à tout ce qui se déroulait dans le salon — proposition, débat, harangue, dialogue, projet de dissertation — correspondait, en général, dans la cuisine, un entretien du même genre et sur le même sujet.

Afin d'assurer ce parallélisme, en un certain nombre de circonstances : lettre ou message extraordinaire apporté au salon ; discours suspendu jusqu'à la sortie du domestique ; nuage de mécontentement sur le front de mon père ou de ma mère ; bref, espérance de quelque chose valant d'être écouté ou su, il était de règle de ne pas fermer complètement la porte mais de laisser, comme en cet instant, une fente, ce que le prétexte du gond grinçant rendait aisé : peut-être même faut-il voir là une des nombreuses raisons qui empêchèrent toujours qu'on lui fît l'aumône d'une goutte d'huile. Par cet expédient, dans ces occasions difficiles, un passage demeurait en général toujours ouvert, non pas aussi large sans doute que les *Dardanelles*, mais suffisant en tout cas pour qu'on prît le vent dans la maison et qu'on épargnât ainsi à mon père le souci de la gouverner ; ma mère en profite à cette heure. *Obadiah* en avait fait autant après avoir posé sur la table la lettre annonçant la mort de mon frère ; ainsi mon père n'était pas encore revenu de sa surprise ni entré dans le vif de son discours que déjà Trim, dans la cuisine, s'était levé pour exprimer son sentiment sur le même triste sujet.

Un curieux observateur de la nature, fût-il riche de tous les troupeaux de *Job* — bien que, soit dit en passant, *vos curieux observateurs de la nature ne méritent pas en général un liard de crédit* — en eût volontiers donné la moitié pour entendre deux orateurs aussi opposés de nature et d'éducation discourir sur le même cercueil : mon père, nourri de bons auteurs, prompt à s'en souvenir, possédant son *Caton*, son *Sénèque*, son *Epictète* sur le bout du doigt ; le caporal sans souvenirs livresques, l'esprit nourri, en fait de lectures, du seul état nominatif de son escouade et en fait de grands noms de son seul contenu ; le premier avançant par métaphores ou allusions de période en période, donnant en chemin libre cours à sa fantaisie (comme font les hommes d'esprit) en un style toujours agrémenté d'images pittoresques ou poétiques ; l'autre dépourvu d'esprit, d'antithèses, de pointes, de tours et de méandres mais guidé par la nature et sans souci du pittoresque et du poétique de part et d'autre de sa route, marchant, sous sa conduite, droit au cœur. O *Trim !*

plût au Ciel que tu eusses un meilleur historien et ton historien une meilleure paire de culottes! O critiques! rien ne fondra-t-il votre glace ?

Chapitre VII

—————— Notre jeune maître est mort à *Londres*, dit *Obadiah*.
La première image évoquée [295] par cette annonce dans l'esprit de *Susannah* fut celle d'une chemise de nuit en satin vert appartenant à ma mère et déjà nettoyée deux fois. *Locke* pouvait avec raison écrire un chapitre sur l'imperfection des mots. Il nous faut donc tous prendre le *deuil*, dit *Susannah*. Notez encore : le mot deuil, bien que *Susannah* l'eût employé elle-même, manqua de remplir son office ; il n'évoqua pas la moindre idée noire ou grise [296]; tout demeura vert; la chemise de nuit en satin vert persista.

— Oh! ce sera la mort de ma pauvre maîtresse, cria *Susannah*. Toute la garde-robe de ma mère se déploya. Quel cortège! damas rouge, perse orangée, lustrine de soie jaune et blanche, taffetas brun, bonnets de dentelle, robes de chambre, confortables jupons, pas un chiffon ne fut laissé en arrière. — Non, *elle ne s'en relèvera jamais*, dit *Susannah*.

Nous avions pour fille de cuisine une grosse bête; mon père, je pense, la gardait pour sa simplicité. Tout cet automne elle s'était battue contre une hydropisie.

— Il est mort, dit Obadiah, il est sûrement mort!
— Ce n'est pas comme moi, dit la grosse bête.
— Triste nouvelle, s'écria *Susannah* en s'épongeant les yeux lorsque *Trim* fit son entrée dans la cuisine. Mr. *Bobby* est mort et enterré (les funérailles étaient une interpolation de *Susannah*), il nous faudra tous prendre le deuil, ajoute-t-elle.

— J'espère que non, dit *Trim*.
— Vous espérez que non? s'étonna sévèrement *Susannah*.

Le deuil n'entrait pas dans la tête de *Trim* quelque progrès qu'il fît dans celle de *Susannah*.

— J'espère, expliqua *Trim*, j'espère, grâce à Dieu que la nouvelle est fausse.

— J'ai entendu lire la lettre de mes propres oreilles, répondit *Obadiah*. Il va même en résulter un rude travail pour nous — ce défrichage de la Chênaie.

— Oh! il est bien mort, dit *Susannah*.

— Aussi sûr que je suis vivante, dit la grosse bête.

— Je le plains de tout mon cœur, de toute mon âme, dit *Trim* avec un profond soupir. Pauvre enfant! Pauvre monsieur!

— Il vivait encore pour la *Pentecôte* dit le cocher. Pentecôte, hélas! cria Trim qui, étendant le bras gauche, retomba aussitôt dans l'attitude qu'il avait en lisant le sermon. Où est *Pentecôte*, Jonathan? (tel était le nom du cocher). Où est *Mardi Gras*? Où sont les fêtes et les temps passés en face du présent? Nous que voici, bien vivants, poursuivit-il en frappant le sol d'un bâton bien vertical afin de donner une impression de vigueur et de stabilité, soudain ne serons-nous pas (laissant tomber son chapeau à terre) — morts? L'auditoire fut infiniment frappé. Un flot de pleurs jaillit des yeux de *Susannah*. Les hommes ne sont faits ni de bois, ni de pierre. *Jonathan*, *Obadiah*, la cuisinière, tous fondirent en larmes. La grosse bête elle-même qui récurait la marmite à poisson posée sur ses genoux fut soulevée par l'émotion. L'office entier fit cercle autour du caporal.

Or, d'une exacte compréhension de ce trait d'éloquence, il est clair pour moi que dépend le sain équilibre de notre Constitution, de notre Eglise, de notre Etat, peut-être même du monde entier ou, ce qui revient au même, l'équitable distribution de la propriété et du pouvoir : je prie donc Vos Grâces de lui accorder quelque attention; elles auront en échange le droit de dormir à l'aise dix pages durant, prises n'importe où dans mon livre.

J'ai dit que les hommes n'étaient ni de bois ni de pierre. Fort bien. J'aurais dû ajouter qu'ils ne sont pas non plus des anges (je préférerais) mais des créatures vêtues de chair et gouvernées par leur imagination. Et l'étrange ribote que fait cette dernière avec nos sept sens, particulièrement avec certains d'entre eux! J'avoue que pour ma part j'en suis honteux. Il me suffira d'affirmer ici que de tous les sens, la vue (et non point le toucher quoi qu'en pensent, je le sais, la plupart de nos *Barbus*) entretient avec l'âme le commerce le plus vif, frappe plus juste l'imagination et retrace plus sûrement à la fantaisie cet inexprimable que les mots ne sauraient transmettre.

Je me suis égaré; peu importe, ce sont promenades salutaires; et revenons simplement par ce détour au chapeau (mortel) de *Trim*.

— « Nous que voici, bien vivants, soudain, ne serons-nous pas — morts ? » La phrase n'était rien — une de ces vérités évidentes que nous pouvons entendre tous les jours et *Trim* n'en eût rien fait s'il ne s'était fié davantage à son chapeau qu'à sa tête.

— « Nous que voici, bien vivants, soudain ne serons-nous pas — (lâchant verticalement son chapeau et suspendant le mot fatal) morts ? » Le chapeau tomba aussi droit que si l'on avait bourré sa coiffe d'argile. Rien ne pouvait mieux exprimer la mort que ce couvre-chef, son image et son annonce; la main qui le soutenait parut s'évanouir; il tomba, le caporal le considéra fixement comme un cadavre et un flot de larmes jaillit des yeux de *Susannah*.

Or, la matière et le mouvement étant infinis, un chapeau peut tomber de dix mille façons, et de dix mille fois dix mille façons sans produire aucun effet. Si *Trim* avait lancé, jeté, plaqué, précipité le sien, en plongeon ou en rase-motte, s'il l'avait laissé choir ou glisser dans une direction quelconque ou en recherchant la meilleure direction, s'il l'avait lâché comme un empoté, comme une oie, comme un âne, si pendant qu'il accomplissait ce geste ou même après, il avait eu l'air d'un sot, d'un idiot, d'un cuistre — la chose était ratée et l'effet sur le cœur, perdu.

O vous qui gouvernez par les puissances de l'éloquence ce monde énorme et ses vastes affaires, vous qui *pour vos desseins* l'échauffez, le glacez, amollissez, fondez et durcissez les cœurs; vous qui, virant le grand cabestan des passions, dirigez les humains où vous le jugez bon; vous enfin qui menez la foule (et qui êtes aussi menés, pourquoi pas ?) comme un troupeau de dindons avec une étoffe rouge au bout d'un bâton, méditez je vous en supplie, méditez sur le chapeau de *Trim*.

Chapitre VIII

Paix! J'ai un petit compte à régler avec le lecteur avant que *Trim* ne poursuive sa harangue. Ce sera fait en deux minutes.

Entre autres dettes littéraires dont je m'acquitterai le moment venu je confesse devoir au monde deux chapitres sur les *femmes de chambre et les boutonnières*. J'en ai fait dans la première partie de cet ouvrage une promesse que je compte bien tenir cette année. Mais Vos Grâces m'ayant fait remarquer que ces deux sujets (et surtout liés de la sorte) pourraient offenser la morale, je prierai qu'on m'excuse et qu'au lieu des chapitres sur les femmes de chambre et les boutonnières on veuille bien accepter le précédent, lequel, n'en déplaise à Vos Grâces, est un chapitre sur les *femmes de chambre*, les *chemises de nuit* vertes [297] et les *vieux chapeaux* [298].

Trim ramassa le sien, le replanta sur sa tête, et poursuivit son discours sur la mort de la manière qu'on va lire.

Chapitre IX

— Pour nous autres, *Jonathan*, qui ne connaissons ni misère ni souci et qui vivons ici au service de maîtres comme il en est peu (j'en excepterai pour ma part Sa Majesté *Guillaume* III que j'eus l'honneur de servir en *Irlande* et dans les *Flandres*), pour nous autres donc, le temps qui sépare la *Pentecôte* de décembre, n'est point long — presque rien en vérité; mais pour ceux, *Jonathan*, qui connaissent de près la mort et savent quels désastres et quelles ruines peuvent s'abattre sur un homme avant qu'il ait fait demi-tour, ce même temps a la longueur

d'un siècle. O *Jonathan!* l'homme vertueux a le cœur percé, poursuivit *Trim* au garde à vous, quand il songe aux lieux où ont dû descendre pendant cet intervalle tant d'hommes braves et fièrement campés. Et croyez-moi, *Suzy*, ajouta le caporal, maintenant tourné vers *Susannah* aux yeux toujours noyés de larmes, avant que cette date ne revienne, bien des regards brillants se seront obscurcis. *Susannah* tout en pleurs n'en fit pas moins la révérence.
— Ne sommes-nous pas, poursuivit Trim, le regard toujours fixé sur la femme de chambre, ne sommes-nous pas semblables à la fleur des champs (dans l'indescriptible affliction de *Susannah* l'orgueil à ces mots se glissa : une larme d'orgueil pour deux d'humilité) et toute chair ne sèche-t-elle pas comme l'herbe ? Elle est argile; elle est ordure. Tous les regards se tournent vers la souillon; elle achevait juste de récurer sa marmite; ce fut fort injuste.
— Le plus beau visage que l'homme ait jamais contemplé qu'est-il donc ? dit *Trim*. (Je n'arrêterais jamais de l'entendre, s'écria *Susannah*).
— Oui, qu'est-il donc ? (*Susannah* lui mit la main sur l'épaule) il est pourriture (*Susannah* retira la main).
C'est pourquoi je vous aime; votre charme, chères créatures, provient de ce délicieux mélange et si quelqu'un vous hait au contraire pour cela c'est qu'il possède une citrouille pour tête et une pomme reinette à la place du cœur [299]; ainsi que l'autopsie le démontrera.

Chapitre X

En retirant un peu trop vite la main, *Susannah* (sa passion évanouie en un clin d'œil) avait-elle troublé dans leur cours les réflexions du caporal ? Ce dernier s'était-il avisé qu'il empiétait sur un terrain doctoral et parlait davantage le langage du pasteur que le sien propre ——
Ou bien —— —— —— —— —— —— —— —— —— ——
ou bien —— dans de pareils cas un homme d'esprit aura toujours plaisir à couvrir deux pages de suppositions. Laissons le curieux physiologiste ou le curieux n'importe

quoi décider de la vraie cause du phénomène; le fait est que le caporal poursuivit ainsi sa harangue.

— En plein air, pour ma part, je tiens la mort pour moins que rien : moins que ceci, ajouta-t-il en faisant claquer ses doigts avec une expression dont lui seul était capable. Dans le combat je la tiens pour moins que ceci — surtout qu'elle ne vienne pas me saisir lâchement comme ce pauvre *Joe Gibbins* qui nettoyait son fusil. Qu'est-ce que la mort dans la bataille ? une gâchette pressée, une baïonnette poussée, un pouce de plus à droite ou à gauche, et l'on meurt ou non. Voyez la ligne déployée à votre droite : un coup de feu, *Jack* tombe.
— Eh bien, un escadron des gardes n'eût pas été pire pour lui. Non, c'était *Dick*. *Jack* ne s'en porte donc pas plus mal. Mais peu importe, nous passons; dans l'ardeur de l'assaut la blessure même qui donnera la mort n'est pas ressentie; le mieux est de faire front; à fuir la mort on court dix fois plus de danger qu'à se précipiter dans sa gueule. Je l'ai vue, ajouta le caporal, cent fois face à face et je la connais bien. Elle n'est rien, *Obadiah*, sur le champ de bataille.

— Mais dans une maison, dit *Obadiah*, elle est très effrayante.

— Je n'y songe jamais, dit *Jonathan*, sur le siège de ma voiture.

— Pour moi, intervint *Susannah*, je crois plus naturel de mourir dans son lit.

— S'il me fallait alors, pour lui échapper, ajouta *Trim*, me glisser dans la plus mauvaise peau de veau dont on ait jamais fait une gibecière, je le ferais : mais c'est là un mouvement naturel.

— La nature est la nature, dit *Jonathan*.

— Et voilà pourquoi j'ai si grand'pitié de ma maîtresse, cria *Susannah*. Elle n'en prendra jamais le dessus.

— Pour moi c'est le capitaine que je plains le plus, répliqua *Trim*. Madame se soulagera en pleurant et Monsieur en parlant de cette mort. Mais mon pauvre maître se taira et gardera tout sur le cœur. Je vais l'entendre tout un mois soupirer dans son lit comme il fit pour le lieutenant *Le Fever*. N'en déplaise à Votre Honneur, lui disais-je, couché dans le lit voisin, ne soupirez pas ainsi.

— Je ne puis m'en empêcher, *Trim*, répondait mon maître, c'est un accident si triste. Je ne puis me l'ôter de l'esprit.

— Votre Honneur ne craint pas la mort pour lui.
— J'espère, *Trim*, disait-il alors, n'avoir peur de rien, que de mal faire. Enfin, ajoutait-il, quoi qu'il advienne, je prendrai soin de son enfant. Sur cette pensée qui lui faisait l'effet d'une potion calmante mon maître s'endormait.
— J'aime entendre *Trim* parler du capitaine, dit *Susannah*.
— C'est le plus généreux des gentilshommes qui aient jamais vécus, dit *Obadiah*.
— Pour sûr, et le plus brave aussi qui ait marché en tête d'une troupe. L'armée n'a jamais eu de meilleur officier ni le monde que Dieu créa plus honnête homme, car il marcherait à la gueule d'un canon quand il en verrait la mèche allumée, ce qui ne l'empêche pas d'avoir pour autrui un cœur tendre comme un enfant. Il ne ferait pas de mal à un poulet.
— Je préférerais, dit *Jonathan*, conduire sa voiture pour sept livres par an que certaines autres pour huit.
— Merci pour ces vingt shillings, *Jonathan*, dit le caporal en lui secouant la main, merci tout autant que si tu les mettais dans ma poche. Je le servirais par amour jusqu'à la fin de ma vie. Il est pour moi un ami, un frère et si j'étais sûr que *Tom* fût mort, poursuivit le caporal en sortant son mouchoir, quand je posséderais dix mille livres, je les laisserais au capitaine jusqu'au dernier penny. A cette preuve notariée de son affection pour son maître, *Trim* ne put retenir ses larmes. L'émotion gagna toute la cuisine.
— Racontez-nous l'histoire du pauvre lieutenant, dit *Susannah*.
— De grand cœur, répondit le caporal.
Susannah, la cuisinière, *Jonathan*, *Obadiah* et le caporal *Trim* firent le cercle autour du feu et dès que la souillon eut fermé la porte de la cuisine, le caporal commença.

Chapitre XI

Turc si je mens! J'avais oublié ma mère dans le couloir comme si je n'en avais jamais eu, comme si la nature, me pétrissant d'argile dans son moule, m'avait déposé nu au bord du *Nil* [300]. Votre très humble serviteur, dame Nature! Je vous ai causé pas mal de tracas et j'espère en être digne mais vous m'avez laissé le dos fendu; un grand morceau me manque par là devant et dites-moi, que faire de ce pied ? Je n'atteindrai jamais l'*Angleterre*.

Je ne m'étonne jamais de rien pour ma part et mon jugement m'a si souvent trompé qu'à tort ou à raison je me défie toujours de lui : du moins ne m'échauffé-je jamais sur de froids sujets. Je respecte la vérité autant que personne et quand elle nous a échappé, si un homme vient simplement me prendre par la main pour aller la chercher comme nous ferions d'un objet perdu par tous deux et à tous deux indispensable, je suis prêt à le suivre au bout du monde. Je hais cependant les disputes et à seule fin d'en éviter une je souscrirais volontiers (religion ou principes sociaux mis à part) à n'importe quelle opinion pourvu qu'elle ne m'ôte pas, d'abord, le souffle. Mais je ne supporte pas la suffocation, les mauvaises odeurs moins encore. Pour toutes ces raisons, j'ai résolu depuis toujours, si l'armée des martyrs devait être augmentée ou si l'on en levait une nouvelle, de ne m'y engager ni dans un parti ni dans l'autre.

Chapitre XII

—— Revenons à ma mère.

La phrase de mon oncle *Toby* (à savoir que *Cornelius Gallus*, le préteur, pouvait bien coucher avec sa femme) ou plutôt le dernier mot de cette phrase (car ma mère n'en avait pas entendu davantage) la prit par le côté faible de son sexe, je veux dire, ne vous y trompez point, par la curiosité. Elle en conclut aussitôt qu'elle était l'objet de la conversation. Tout naturellement donc, elle interpréta dans ce sens les paroles de mon père, les appliquant soit à elle-même soit aux affaires de la famille.

— Et je vous prie, madame, dans quelle rue demeure celle qui n'en eût pas fait autant ?

De l'étrange mort de *Cornelius* mon père était passé à celle de *Socrate* et donnait à mon oncle *Toby* un aperçu de son plaidoyer devant les juges. Ce plaidoyer était irrésistible : entendez que mon père ne pouvait résister à la tentation de le rapporter. Lui-même avait écrit une Vie de *Socrate* (1) juste avant de quitter les affaires et je crains précisément que cette retraite n'en ait été fort accélérée. Personne donc, mieux que lui, n'était capable de s'embarquer sur le sujet, toutes voiles dehors, et d'y prendre le large avec plus de grandeur héroïque. Il n'y avait pas dans ce discours de *Socrate* une seule période qui consentît à finir sur un mot de moindre envergure que *transmigration* ou *annihilation* et la moindre pensée en cours de période ne descendait pas au-dessous d'*être* ou *ne pas être*, offrant à choisir entre l'expérience neuve d'un état inouï et la longue plongée paisible dans un sommeil qu'aucun rêve ne saurait plus troubler. *Nous et nos enfants*, ajoutait-il, *sommes nés pour mourir mais nul n'est né pour être esclave*. Non, je fais erreur. Cette phrase était extraite du discours d'Eleazar tel que le rapporte *Joseph* [301] (de Bell. Judaic.), lequel *Eleazar* l'avait, de

---

(1) Mon père ne voulut jamais publier cet ouvrage que notre famille garde en manuscrit avec quelques autres : tous ou presque seront édités le moment venu [note de l'auteur].

son propre aveu, empruntée aux philosophes de l'*Inde;* selon toute probabilité *Alexandre* le Grand, lorsqu'il pénétra dans les *Indes* après avoir vaincu les *Perses*, leur vola ce sentiment entre autres multiples larcins. Elle fut ainsi transportée en *Grèce* sinon par *Alexandre* lui-même (nous savons tous qu'il mourut à *Babylone*) du moins par quelqu'un de ses compagnons maraudeurs; de la *Grèce* elle gagna *Rome*, puis la *France*, puis l'*Angleterre*. Ainsi tourne le monde.

Par terre je n'imagine pas d'autre voie.

Par eau, pareil sentiment eût aisément pu descendre le Gange, déboucher dans le *Sinus Gangeticus* ou *Golfe de Bengale*, traverser l'*océan Indien* et, suivant la route du cabotage (puisque celle du *Cap de Bonne-Espérance* était alors inconnue) et remontant la *mer Rouge* pêlemêle avec la drogue et les épices, gagner *Djeddah* le port de *la Mecque*, ou peut-être *Tor* ou *Suez* au fond du golfe, pour s'en aller ensuite par caravane jusqu'à *Coptos*, à trois journées seulement de distance, et descendre le *Nil* enfin vers *Alexandrie* où notre SENTIMENT, déchargé sur la première marche du grand escalier de la bibliothèque *alexandrine*, y eût été entreposé dans ce grand magasin à toutes fins utiles. Dieu! Quel commerce devaient entreprendre les savants de cette époque!

Chapitre XIII

—— Or mon père avait quelque chose de *Job* (en admettant que Job ait jamais existé : sinon, la discussion est close. J'ajouterai pourtant que nos savants seraient un peu cruels s'ils le rayaient simplement de l'existence sous le prétexte qu'ils ne peuvent fixer avec précision le siècle où vécut ce grand homme, par exemple avant les patriarches ou après, etc., à coup sûr ils ne feraient pas ainsi à autrui ce qu'ils ne voudraient qu'on leur fît). Mon père, donc, quand les choses allaient mal pour lui et particulièrement sous l'aiguillon de la première impatience, demandait aussitôt au ciel pourquoi il était né : que ne suis-je mort! clamait-il. Il allait plus loin encore et quand il se sentait plus particulièrement visé, accablé de maux extraordinaires, on eût dit, monsieur, *Socrate* lui-même. Ses moindres mots respiraient le dédain d'une grande âme pour la vie et une égale indifférence pour tous ses développements. Ma mère, malgré son manque de lecture, n'était donc pas entièrement neuve à ce plaidoyer de *Socrate* dont un aperçu était alors donné à mon oncle *Toby*. Elle l'écouta avec un silence tranquille et l'eût écouté jusqu'à la fin de ce chapitre si mon père n'avait subitement plongé (ce qu'il n'avait jamais fait en sa présence) dans cette partie du discours où le grand philosophe, faisant état de ses parents, de ses alliances et de ses enfants, refuse le salut qu'il pourrait acheter en excitant les passions de ses juges : « J'ai des amis, dit *Socrate*[302], des parents, trois enfants malheureux. »

— Un de plus que mon compte, Mr. *Shandy*, s'écria ma mère en poussant la porte.

— Hélas! un de moins, dit mon père qui se leva et sortit.

Chapitre XIV

—— Ce sont les enfants de *Socrate*, dit mon oncle *Toby*.
— Voilà cent ans qu'il est mort, répliqua ma mère.
Mon oncle *Toby* n'était pas versé en chronologie. Peu soucieux, donc, de s'avancer en terrain mal assuré, il posa sa pipe avec décision sur la table, prit tendrement ma mère par la main et sans lui dire un mot de plus en bien ou en mal, la reconduisit vers mon père pour un total éclaircissement.

Chapitre XV

Si mon livre était une farce (et je n'en crois rien à moins que la vie et les opinions de n'importe qui n'en soient une), le chapitre précédent en eût clos le premier acte : et voici comment il aurait dû finir.

Grr..r.r., zing, frim, fram, nuiiii, damné violon ! détestable violon ! Savez-vous s'il est accordé ou non ? frim, from. Ce devrait être des *quintes* — les cordes sont abominables, tra—c—i—o—u, bang. Le chevalet est un mille trop haut et l'âme à fond de cale. Frim, from, écoutez, cet air-là n'est pas mal. Tra la la, tra la la. Messieurs, vous êtes trop bons juges mais il y a une personne là — non pas celui qui a un paquet sous le bras, l'autre, avec son air funèbre. La mort, pas le gentilhomme qui porte l'épée. Je jouerais plutôt un *Capriccio* à *Calliope* elle-même plutôt que de tirer l'archet devant lui et pourtant je suis prêt à parier mon *Crémone* contre une trompette *juive* (le plus risqué des paris musicaux) que je puis jouer à cent lieues du ton sans agacer un seul nerf du macabre personnage. Fram, frem, frum, from, frum, tra la li crrr ! Vous êtes à bout, monsieur, mais vous voyez que lui ne s'en porte pas plus mal, et quand *Apollon* prendrait son violon après moi il ne réussirait pas mieux. Tra la la la la la la la am stram gram.

Vos Grâces et Vos Excellences aiment la musique. Dieu leur a donné de bonnes oreilles et certaines d'entre vous jouent elles-mêmes de façon exquise, frim-fram from.

Oh ! Voici ——— qui peut me ravir des journées entières, ——— dont le violon exprime tout ce qu'il sent, qui m'insuffle joie et espoir en touchant à son gré les plus secrets ressorts de ma nature. Si vous voulez, monsieur, m'emprunter cinq guinées (soit dix de plus qu'il ne m'en reste d'ordinaire) et si vous, monsieur mon apothicaire ou monsieur mon tailleur, désirez me voir payer vos notes, approchez-vous, c'est le moment.

Chapitre XVI

Une fois les affaires de famille à peu près réglées et *Susannah* en possession de la chemise de nuit en satin vert, la première idée qui vint à l'esprit de mon père fut de s'asseoir froidement à l'exemple de *Xénophon* [303] afin d'écrire pour moi un système d'éducation ou Tristra-*pédie*. Rassemblant à cette fin ses notions, ses pensers et ses esprits épars, il en fit un faisceau et composa la Charte qui devait gouverner mon enfance et mon adolescence. J'étais le dernier atout de mon père ; il avait entièrement perdu mon frère *Bobby;* sur moi, et d'après ses propres calculs, il avait perdu les bons trois quarts de l'enjeu. Ses trois premiers coups de dés en effet — procréation, nez et nom, ayant été malheureux, il ne lui en restait plus qu'un. Mon père se dévoua donc à sa tâche avec autant de cœur que mon oncle *Toby* en mit jamais dans ses conceptions balistiques. Une différence pourtant : alors que mon oncle *Toby* extrayait toute sa science des projectiles de *Nicolas Tartaglia,* mon père ne tirait que de lui-même le fil dont il tissait sa toile et s'il devait rebobiner le fil d'autrui ou tramer une chaîne étrangère la torture était pour lui la même.

En trois ans ou guère plus mon père parvint presque à la moitié de son ouvrage. Les déceptions ne lui furent pas plus épargnées qu'aux autres auteurs. Il s'était d'abord flatté d'exprimer ses idées avec tant de concision que l'ouvrage, achevé et relié, pourrait être roulé dans le porte-aiguilles de ma mère. La matière foisonne sous nos doigts. Fou qui dirait : « Je vais écrire un *in-12.* »

Mon père se donna tout entier à son travail, souffrant mille soucis et n'avançant que pas à pas sur chaque point, avec moins de sentiment religieux dans les principes peut-être mais à coup sûr autant de prudence et de circonspection que l'archevêque de *Bénévent, Jean de la Casse* [304] dans sa *Galatée.* Son Eminence y dépensa quarante années de sa vie et quand la chose parut elle était à peu près deux fois moins épaisse qu'un almanach.

Comment le saint homme s'y prit-il, en admettant qu'il n'ait pas dépensé tout son temps à se lisser la barbe ou à jouer aux dominos avec son chapelain ? Voilà de quoi intriguer tout homme qui ne serait pas dans le secret. Une explication sera donc la bienvenue, ne fût-ce qu'à titre d'encouragement, pour les rares auteurs moins soucieux de pain que de gloire.

Je professe pour la mémoire de *Jean de la Casse* (en dépit de sa *Galatée*) la plus haute vénération — mais j'avoue que si l'archevêque de *Bénévent* avait été un clerc médiodre, terne d'esprit, pauvre en talent, chiche en imagination, etc., lui et son ouvrage auraient pu cheminer cahin-caha jusqu'à l'âge de *Mathusalem* sans que je leur accordasse une parenthèse. Mais c'est le contraire, précisément qui est vrai : *Jean de la Casse* fut un génie richement pourvu, fertile en inventions ; or, malgré tant d'avantages naturels qui eussent dû les faire voler, lui et sa *Galatée*, il demeurait accablé par l'impuissance à écrire plus d'un vers et demi par jour — d'été, s'entend —. Et d'où provenait la disgrâce qui affligeait ainsi Son Eminence ? D'une opinion. *Jean de la Casse* croyait que lorsqu'un chrétien écrit un livre non pour son divertissement privé mais *bona fide* aux fins d'impression et de diffusion dans le monde, ses premières pensées sont toujours des tentations du Malin. Ceci était déjà vrai, à son sens, pour un écrivain ordinaire ; mais qu'un personnage vénérable et occupant une situation élevée dans l'Eglise ou dans l'Etat se fasse auteur, et Jean de la Casse soutenait aussitôt que tous les démons de l'enfer sortent de leurs trous pour le séduire. L'échéance est venue : pas une pensée en dépit des plus belles apparences et sous quelque couleur ou forme qu'elle se présente, qui ne constitue un danger, qui ne soit, à la vérité, un trait décoché par quelque démon. Ainsi, d'après notre archevêque, la vie d'un auteur, quoi qu'il en pût penser lui-même, était plus vouée à la *guerre* qu'à la *composition*, comme pour tout autre militant, son succès devant l'épreuve dépendait moins de son esprit que de sa RÉSISTANCE.

Mon père prenait le plus grand plaisir à cette théorie de *Jean de la Casse*, archevêque de *Bénévent* et n'eût été l'entorse à sa foi religieuse, je crois bien qu'il eût volontiers donné pour en être l'auteur cent acres parmi les meilleures de *Shandy*. Lorsque, dans le cours de cet ouvrage, j'en viendrai à traiter des idées religieuses de mon père, le lecteur saura jusqu'à quel point il croyait au démon. Disons seulement que, ne pouvant revendiquer l'honneur de la lettre, il prenait à son compte au moins l'allégorie, et il avait coutume de dire, surtout quand sa plume lui obéissait mal, que la parabole de Jean de la Casse cachait sous son voile autant de bon sens, de vérité et de savoir que n'importe quel mythe ou fiction poétique de l'Antiquité. C'est le diable qu'un préjugé, disait-il, et la foule de préjugés que nous suçons avec le lait maternel *sont le diable* et son escorte. Nos réflexions et nos recherches *en sont hantées,* frère *Toby;* et si un auteur se soumettait sans résistance à leurs suggestions obsédantes, que resterait-il de son ouvrage ? Rien, poursuivait-il en jetant sa plume, rien qu'un pot-pourri des sornettes et des radotages que les nourrices et les vieilles femmes (des deux sexes) répètent dans tout le royaume.

Je n'expliquerai pas davantage les lents progrès de mon père dans la composition de sa *Tristrapédie;* il y consacra, je l'ai dit, trois ans et plus d'un labeur acharné pour n'achever, de son propre aveu, que la moitié tout juste du travail qu'il s'était tracé. Par malheur, pendant tout ce temps je fus complètement négligé et abandonné à ma mère; et le plus fâcheux fut que ce retard même rendit inutile la première partie de l'ouvrage, celle à quoi mon père avait consacré le plus de soin; chaque jour qui passait annulait une page ou deux.

C'est certainement à dessein et pour châtier l'orgueil de la sagesse humaine que nous sommes ainsi dupés par les plus sages d'entre nous, si acharnés à poursuivre nos buts qu'ils les précèdent éternellement.

Bref, mon père fut si long à organiser sa résistance ou, en d'autres termes, il progressa si lentement dans son ouvrage, et je me mis, de mon côté à vivre et à grandir si vite que, sans un événement qui sera révélé en temps utile s'il peut être rapporté décemment, j'eusse planté là mon père au bord de la route, tout occupé à dessiner un cadran solaire [305] qu'on enterrerait aussitôt fini.

Chapitre XVII

—— Ce ne fut rien, je ne perdis pas deux gouttes de sang dans l'opération ; quand un chirurgien eût habité la maison voisine il n'eût pas valu la peine de l'appeler ; des milliers d'hommes s'offrent par choix à ce qui fut pour moi un accident. La chose ne méritait pas le dixième du bruit qu'en fit le Dr. *Slop*. Certains hommes ont développé l'art d'accrocher de grands poids à de petites ficelles : je paie en ce jour (10 *août* 1761), pour une part au moins, le prix de cette invention. La façon dont les choses vont en ce monde indignerait une pierre. La femme de chambre n'avait pas mis de *** ** ******* sous le lit.

— N'aurez-vous pas l'obligeance, mon petit homme, dit Susannah en relevant d'une main le châssis de la fenêtre à guillotine et en me hissant de l'autre jusqu'au niveau de l'appui, n'allez-vous pas vous débrouiller pour ****** ** ** ******************** ?

J'avais cinq ans. *Susannah* avait oublié que rien ne tient dans notre famille : le châssis tomba comme un éclair.

— Plus rien, cria *Susannah*, plus rien, pour moi, qu'à fuir dans la campagne.

La maison de mon oncle *Toby* était un sanctuaire beaucoup plus accueillant. *Susannah* y vola.

Chapitre XVIII

Lorsque le caporal apprit de *Susannah* l'accident du châssis avec tous les détails de ce qu'elle appelait un *meurtre*, les joues du soldat s'empourprèrent : tous les complices, en cas de meurtre, partageant la responsabilité du crime, *Trim* se sentait en conscience aussi blâmable que *Susannah* ; mon oncle *Toby* lui-même, si le principe était juste, avait autant qu'eux à répondre devant Dieu du sang versé. La raison ou l'instinct, combinés ou non, n'eussent donc pu guider les pas de *Susannah* vers un meilleur asile. Mais pourquoi *Trim* se sentait-il complice ? Je ne laisserai pas au lecteur le soin de l'imaginer : il lui faudrait ou se rompre la tête ou en posséder une qu'aucun lecteur ne posséda jamais. Pourquoi cette épreuve ou cette torture ? C'est mon affaire et je vais l'exposer.

Chapitre XIX

Mon oncle *Toby* et *Trim* passaient en revue leurs ouvrages d'art.

— C'est grand'pitié, *Trim*, dit mon oncle, une main posée sur l'épaule du caporal, c'est grand'pitié que nous n'ayons pas deux pièces de campagne pour garnir la gorge de cette redoute. Elles couvriraient ces lignes-ci et compléteraient parfaitement l'attaque. Fais-moi fondre deux pièces, *Trim*.

— Votre Honneur les aura demain matin.

Fournir le matériel nécessaire aux campagnes de mon oncle était pour *Trim* une joie pure et l'exigeante fantaisie de l'un ne trouvait jamais à court d'expédient l'imagination fertile de l'autre. Pour prévenir un désir de son maître, le caporal eût martelé et mué en pedrero (1) sa dernière couronne. Déjà, en rognant les tuyaux de la maison de mon oncle *Toby*, en entaillant et ciselant des gouttières de plomb, en fondant le plat à barbe d'étain, en grimpant même comme *Louis* XIV [306] sur les toits de l'église à la recherche des bribes de métal, etc., *Trim*, au cours de cette seule campagne, n'avait pas fourni moins de huit nouveaux canons de siège sans parler de trois demi-couleuvrines. A la demande for-

---

(1) Nom espagnol du pierrier, canon lançant des pierres [note du traducteur].

mulée par mon oncle de deux nouvelles pièces, *Trim* s'était donc remis en quête et rabattu, faute de mieux, sur le plomb des deux contre-poids à la fenêtre de ma nursery. Une fois les poids enlevés les poulies devenaient inutiles : *Trim* avait donc pris aussi les poulies pour en faire les roues d'un des affûts.

Voilà longtemps, d'ailleurs, qu'il avait démantelé toutes les fenêtres de mon oncle *Toby* de la même façon sinon dans le même ordre car il était arrivé parfois qu'on eût besoin des poulies non du plomb, mais alors, les poulies une fois retirées, le plomb, devenu inutile, avait été envoyé à la fonte.

Je tirerais aisément de ceci une élégante démonstration morale, mais le temps me manque; disons seulement que la démolition, par quelque bout qu'on l'entreprît, était fatale au châssis de la fenêtre.

Chapitre XX

Le caporal avait manœuvré assez habilement pour ne rien dévoiler de ses préparatifs d'artillerie; il eût pu maintenir ce secret, laissant à *Susannah* tout le poids de l'attaque; mais le vrai courage ne se satisfait pas de pareilles dérobades. Comme inspecteur ou général du train, peu importe, Trim avait pris l'initiative fatale; sans elle, le malheur ne fût point arrivé, *du moins* à *Susannah*. Qu'eussent fait Vos Honneurs à la place de *Trim?* Il résolut aussitôt d'abriter *Susannah* au lieu de s'abriter derrière elle et, dans cette intention bien arrêtée, il pénétra, la tête haute, dans le salon afin d'exposer tout son plan à mon oncle Toby.

Ce dernier achevait de donner à *Yorick* un aperçu de la bataille de *Steinkerque* et de l'étrange décision prise par le Comte *Solmes* [307] ordonnant à l'infanterie de faire halte et à la cavalerie d'avancer sur un terrain où elle ne pouvait *manœuvrer :* cet ordre, contraire à ceux du roi, fit perdre la bataille.

La vie de certaines familles comporte des incidents si à-propos, si bien agencés avec ce qui doit suivre, que l'invention des dramaturges — j'entends ceux d'autrefois — ne les dépasse pas.

Trim, grâce à un index posé à plat sur le bord de la table, et que frappait perpendiculairement le tranchant de son autre main, se fit si bien entendre qu'un auditoire de prêtres ou de vierges aurait pu l'écouter. L'histoire dite, le dialogue suivant s'engagea.

Chapitre XXI

—— Plutôt que de voir punir cette femme, s'écria *Trim* quand il eut achevé, je préférerais pour moi la mort par les baguettes. C'est ma faute et non la sienne, n'en déplaise à Votre Honneur.

— Caporal *Trim*, dit mon oncle *Toby* en coiffant son chapeau qu'il avait pris sur la table, si l'on peut appeler faute ce que le service exigeait absolument, le blâme n'en revient certainement qu'à moi seul. Tu as exécuté les ordres reçus.

— Si le Comte *Solmes* en avait fait autant à la bataille de *Steinkerque*, *Trim*, intervint *Yorick* avec un peu de moquerie, il t'aurait sauvé du dragon qui te renversa pendant la retraite.

— Il aurait sauvé, interrompit vivement *Trim*, cinq bataillons du premier au dernier homme : *Cutts*, poursuivit *Trim* en comptant sur ses doigts, *Mackay*, *Angus*, *Graham* et *Leven*, tous taillés en pièces, et les Gardes auraient subi le même sort sans la bravoure de quelques régiments à leur droite qui marchèrent à leur secours essuyant en plein visage le feu de l'ennemi avant d'avoir pu décharger un seul mousquet : ils ont gagné le ciel ce jour-là.

— *Trim* a raison, ajouta mon oncle avec un signe de tête vers *Yorick*, il a parfaitement raison.

— Et quel sens y avait-il, poursuivit le caporal, à faire avancer la cavalerie sur un terrain parfaitement plat où les *Français* se dissimulaient à l'ordinaire dans une multitude de fossés, de taillis, ou derrière des arbres abattus çà et là ? C'est nous qu'il aurait dû envoyer en avant; nous aurions rendu coup pour coup à bout portant; la cavalerie n'avait rien à faire. Le Comte *Solmes*, poursuivit *Trim*, eut pour sa peine le pied traversé dès la campagne suivante, à *Landen*.

— C'est là que le pauvre *Trim* fut blessé, dit mon oncle *Toby*.

— La faute en est au Comte *Solmes*, n'en déplaise à Votre Honneur, poursuivit *Trim* : l'ennemi bien étrillé à *Steinkerque* ne nous eût pas combattus à *Landen*.

— C'est possible, *Trim*, dit mon oncle *Toby*, et cependant, pour peu qu'ils aient l'avantage d'un bois ou que vous leur laissiez le temps de se retrancher, les *Français* sont des diables qui ressortent sans fin de leur boîte. La seule méthode est de marcher froidement vers leurs positions, d'essuyer leur feu et de tomber sur eux pêlemêle.

— Bing, bang, ajouta *Trim*.
— Fantassins et cavaliers, dit mon oncle *Toby*.
— Cognant tous ensemble, dit *Trim*.
— De droite et de gauche, cria mon oncle *Toby*.
— Allez-y les gars, hurla le caporal.

Le combat faisait rage. *Yorick*, par précaution, écarta son fauteuil. Enfin, après un temps d'arrêt, mon oncle *Toby*, d'une voix plus basse, reprit ainsi son discours.

Chapitre XXII

— Le roi *William*, dit mon oncle *Toby* en s'adressant à *Yorick*, entra dans une telle colère contre le Comte *Solmes* qu'il refusa de le laisser paraître en sa présence pendant plusieurs mois.

— Je crains, répondit *Yorick*, que le seigneur de ce lieu ne soit tout aussi furieux contre le caporal. Mais il serait cruellement injuste que *Trim* encourût la même disgrâce en récompense d'une conduite diamétralement opposée. Ainsi vont trop souvent les choses de ce monde.

— Plutôt que d'assister à pareil spectacle, je préférerais, s'écria mon oncle, miner mes fortifications, les faire sauter avec ma maison et périr sous les décombres.

Légèrement, mais avec gratitude, *Trim* s'inclina devant son maître, ce qui termine le chapitre.

Chapitre XXIII

—— Vous, *Yorick*, et moi, dit mon oncle *Toby*, allons marcher en avant, coude à coude.

Quant à toi, *Trim* tu te tiendras quelques pas en arrière.
— N'en déplaise à Votre Honneur, ajouta *Trim*, *Susannah* formera l'arrière-garde.

Le dispositif était excellent; ainsi placés, en colonne, mais sans tambours roulant ni drapeaux déployés, nos héros franchirent gravement la distance qui séparait de *Shandy Hall* la maison de mon oncle *Toby*.

Quand ils passèrent le seuil :
— Que n'ai-je pris, dit *Trim*, au lieu des poids de la fenêtre, le tuyau de l'église, comme un instant j'en ai eu l'intention.
— Vous avez, répondit *Yorick*, assez épointé de tuyaux [308].

Chapitre XXIV

J'ai déjà donné ici bien des portraits de mon père et tous se ressemblent malgré la diversité des expressions et des attitudes : aucun d'eux cependant, ni même leur totalité, ne permet au lecteur d'imaginer le moins du monde à l'avance ce que mon père allait penser, dire ou faire dans une circonstance encore inéprouvée de la vie. Par quel bout la prendrait-il ? Portant en lui un infini de singularités et par suite de chances, il décevait, monsieur, tous les calculs. Il poursuivait en vérité un chemin si à l'écart de la route commune que les objets lui présentaient toujours quelque face ou quelque section ignorée des épures ordinaires de l'humanité. C'étaient en somme, d'autres objets et, par suite, différemment considérés : telle est la vraie raison des interminables querelles à propos de rien qui nous séparent, ma chère *Jenny* et moi, et séparent tous les autres hommes. Elle surveille son apparence extérieure, c'est l'intérieure qui me préoccupe. Comment nous accorderions-nous ?

Chapitre XXV

Le point est établi et je ne le mentionne ici que pour le réconfort de *Confucius* (1) dont une simple histoire embarrasse la langue : un auteur peut aller et venir sur la ligne de son récit sans se rendre coupable de digression.

Je vais moi-même m'autoriser de cette admission pour prendre la liberté de revenir en arrière.

Chapitre XXVI

Cinquante mille panerées de diables (non pas ceux de l'Archevêque de *Bénévent*, ceux de *Rabelais*[309]) quand on leur eût coupé la queue ras du croupion, n'eussent pu pousser un hurlement plus diabolique que le mien lors de l'accident. Ma mère, à l'ouïr, se précipita vers la nursery; *Susannah* eut ainsi tout juste le temps de disparaître par l'escalier de derrière tandis que sa maîtresse montait par l'autre.

J'étais assez âgé pour raconter l'histoire moi-même, quoique assez jeune, j'espère, pour la raconter sans

---

(1) Mr. *Shandy* vise probablement ici M***** *** *** et non pas le législateur *chinois* [note de l'auteur].

malice; mais déjà *Susannah,* traversant la cuisine, l'avait jetée en raccourci à la cuisinière; celle-ci l'avait transmise avec commentaires à *Jonathan* et *Jonathan* à *Obadiah*. A peine mon père avait-il, par suite, sonné une demi-douzaine de fois pour demander ce qui se passait là-haut, qu'*Obadiah* pouvait déjà lui faire un rapport minutieux de l'événement.

— Je n'attendais pas moins, dit mon père qui, ramassant les plis de son vêtement de nuit, s'engagea dans l'escalier.

On déduirait aisément de là (bien que je conserve pour ma part certains doutes) que mon père avait, à cette date, déjà écrit ce remarquable chapitre de sa *Tristrapédie*, à mon sens le plus original et le plus intéressant, je veux parler du *chapitre sur les fenêtres à guillotine* qui se termine par une amère *philippique* contre la négligence des femmes de chambre. J'ai pourtant deux raisons de penser autrement.

Primo, si les réflexions de mon père avaient précédé l'événement — il eût à coup sûr fait clouer une fois pour toutes les châssis des fenêtres — cela lui eût coûté dix fois moins de peine que d'écrire le chapitre si l'on considère les difficultés qu'il trouvait à composer. J'avoue que, d'après cet argument, il n'aurait même pas dû écrire le chapitre l'événement passé. Mais cette opinion est combattue par le second argument que j'ai l'honneur de proposer au monde pour soutenir ma thèse, à savoir qu'il n'avait pas écrit lors de l'accident son chapitre sur les fenêtres à guillottine et les pots de chambre. Et tel est mon second argument :

Afin de compléter la *Tristrapédie*, j'ai écrit le chapitre moi-même.

Chapitre XXVII

Mon père chaussa ses lunettes, regarda, ôta ses lunettes et les remit dans leur étui en moins de temps qu'il n'en faut pour l'écrire. Puis, sans desserrer les dents, il se précipita dans l'escalier. Ma mère crut qu'il dégringolait à la recherche de charpie et d'onguent. Mais le voyant revenir avec deux in-folios sous le bras et suivi par *Obadiah* portant un énorme pupitre, elle admit qu'on allait consulter un herbier et approcha une chaise du lit pour que mon père pût établir son diagnostic à l'aise.

— Si l'opération avait été bien faite, dit mon père en consultant la section — *de sede vel subjecto circumcisionis* — car il avait apporté son *Spencer* [310] *de Legibus Hebræorum Ritualibus* — et son *Maimonides* [311] pour nous confronter, eux et moi, après examen — si l'opération avait seulement été bien faite. —

— Mais dites-nous donc, cria ma mère, quelles herbes ?

— Pour cela, répondit-il, il faut mander le docteur *Slop*.

Ma mère descendit donc, et mon père continua. Voici ce qu'il lut :

* * * * * * * * *
* * * * * * * * *
* * * * — Fort bien, — dit mon père,
* * * * * * * * *
* * * — ma foi, si la chose est avantageuse — Il se leva et sans décider pour lui-même si les *Egyptiens* la tenaient des *Juifs* ou vice-versa, frottant seulement son front de sa paume (ainsi effaçons-nous les pas du souci quand le mal nous a été plus léger que nous le craignions), il ferma le livre et redescendit. Ma foi, reprit-il en prononçant un nom de nation par marche d'escalier si les Egyptiens, les Syriens, les Phéniciens, les Arabes, les Cappadociens, si les Colchidiens et les Troglodytes l'ont pratiquée, si Solon et Pythagore y furent soumis pourquoi pas Tristram ? Pourquoi jetterais-je, moi, feu et flamme ?

Chapitre XXVIII

— Mon cher *Yorick*, dit mon père en souriant (car l'étroite porte du salon avait brisé l'ordonnance du rang, forçant *Yorick* à entrer le premier) notre *Tristram* n'a pas de chance avec ses rites religieux. Jamais fils de *Juif*, de *Chrétien*, de *Turc* ou d'*Infidèle* ne fut ainsi initié à la va-comme-je-te-pousse.

— Il ne s'en porte pas plus mal, dit *Yorick*.

— Le diable, poursuivit mon père, devait faire des siennes quelque part dans l'écliptique à l'instant où ce rejeton fut engendré.

— Là-dessus vous en savez plus que moi, répliqua *Yorick*.

— Un astrologue, dit mon père, en saurait plus long que nous deux. Les aspects triple et sextile allaient-ils de guingois ? Les oppositions des ascendants tombaient-elles à faux ou les esprits de la génération jouaient-ils à *cache-cache* ? Quelque chose allait mal au-dessous ou au-dessus de nous.

— C'est possible, avoua *Yorick*.

— Mais l'enfant, cria mon oncle, est-ce sérieux pour lui ?

— Les *Troglodytes* disent que non, répliqua mon père. Et vos théologiens, nous disent —

— Parlent-ils, dit *Yorick*, théologiquement ou à la mode des apothicaires (1) ? Est-ce l'opinion des hommes d'Etats (2) ou des blanchisseuses (3) ?

— Je ne puis l'assurer, dit mon père, mais à les entendre, frère *Toby*, l'enfant ne s'en porte que mieux.

— Pourvu, dit *Yorick*, que vous le transportiez en Egypte.

— Il en tirera avantage, dit mon père, face aux *Pyramides*.

— Et ceci, dit mon oncle *Toby*, est pour moi du pur arabe.

— Que n'en est-il de même, dit *Yorick*, pour la moitié du monde !

— ILUS (4), poursuivit mon père, circoncit son armée entière un beau matin.

— Pas sans une cour martiale, j'espère ? s'écria mon oncle Toby.

Mon *père* ne s'arrêta pas à cette remarque mais, se tournant vers *Yorick* : les savants, dit-il, disputent tou-

---

(1) Χαλεπης νόσου, καὶ Συσιάτου ἀπαλλαγὴ, ἣν ἄνθρακα καλοῦτιν [312]. — PHILO.
(2) Τὰ τευνόυενα Τῶν ἐθνῶν πολυγονώτατα, Καί πολναν θρωπότατα εἶναι [313].
(3) Καθαριότηροσ ει νεχεν [314]. — BOCHART.
(4) Ὁ Ἴλος, τὰ αἰδοῖα περιτέμνεται, τάυτὸ ποιησαι Καὶ τοὺς ἅμ' ἀυτῶ συμμάκους Καταναγκάσας [315]. — SANCHUNIATHO. [notes de l'auteur].

jours ardemment sur cette question : qui était *Ilus ?* *Saturne*, selon les uns, l'Etre Suprême pour les autres ; pour certains, le petit Brigadier général d'un *Pharaon*.

— Qu'il soit ce qu'il voudra, interrompit mon oncle *Toby*. Je ne vois pas quelle loi de la guerre pouvait justifier son acte.

— Les disputants, répondit mon père, en donnent deux cent cinquante raisons différentes ; d'autres, il est vrai, tirant leur plume pour une cause adverse, ont réduit à néant la plupart des motifs invoqués. Sur quoi, pourtant, nos meilleurs théologiens polémistes —

— Je voudrais qu'il n'y eût pas un seul théologien polémiste en ce royaume, interrompit *Yorick*. Une once de religion pratique vaut plus qu'une cargaison des marchandises que Leurs Révérences ont importées chez nous ces cinquante dernières années.

— Mr. *Yorick*, questionna mon oncle *Toby*, je vous prie, qu'est-ce qu'un théologien polémiste ?

— La meilleure description que je puisse vous en donner, répondit *Yorick*, nous est fournie, capitaine *Shandy*, par le récit singulier entre *Gymnaste* et le capitaine *Tripet*[316] : je l'ai là dans ma poche.

— Je voudrais bien l'entendre, dit mon oncle *Toby* avec un grand sérieux.

— Vous l'entendrez, répondit Yorick.

— Le caporal m'attend sur le seuil de la porte, ajouta mon oncle, et je sais qu'un récit de combat le régalerait davantage que son dîner, le pauvre garçon. Mon frère, lui permettrez-vous d'entrer ?

— De grand cœur, accorda mon père.

Trim entra, droit et rayonnant comme un empereur. *Yorick* referma la porte et, tirant un livre de sa poche droite, lut ou feignit de lire ce qui suit.

Chapitre XXIX

―― « ces mots entendus, aucuns d'entre eux commencèrent avoir frayeur, et se signaient de toutes mains, pensant que ce fût un diable déguisé. Et quelqu'un d'eux, nommé Bon Joan, capitaine des Francs-taupins, tira ses heures de sa braguette et cria assez haut : *Agios ho Theos!* Si tu es de Dieu, si parle; si tu es de l'Autre, si t'en va. Et pas ne s'en allait : ce qu'entendirent plusieurs de la bande, et départaient de la compagnie; le tout notant et considérant Gymnaste. Pourtant fit semblant descendre de cheval, et quand fut pendant du côté du montoir, fit souplement le tour de l'étrivière, son épée bâtarde au côté et, par-dessous passé, se lança en l'air et se tint des deux pieds sur la selle, le cul tourné vers la tête du cheval. Puis dit : « Mon cas va à rebours. » Adonc, en tel point qu'il était, fit la gambade sur un pied, et tournant à senestre, ne faillit onques de rencontrer sa propre assiette sans en rien varier. Dont dit Tripet : « Ha! ne ferai pas celui-là pour cette heure, et pour cause. »

— Bren, dit Gymnaste, j'ai failli; je vais défaire cetui saut.

« Lors, par grande force et agilité, fit, en tournant à dextre la gambade comme devant. Ce fait, mit le pouce de la dextre sur l'arçon de la selle, et leva tout le corps en l'air, se soutenant tout le corps sur le muscle et nerf dudit pouce, et ainsi se tourna trois fois. A la quatrième, se renversant tout le corps sans à rien toucher, se guinda entre les deux oreilles du cheval, soudant tout le corps en l'air sur le pouce de la senestre, et en cet état fit le tour du moulinet. Puis, frappant du plat de la main dextre sur le milieu de la selle, se donna tel branle qu'il s'assit sur la croupe comme font les damoiselles. »

(Drôle de combat! dit mon oncle *Toby*. — Le caporal secoua une tête désapprobatrice. — Prenez patience, dit *Yorick*.)

« Ce fait, tout à l'aise passe la jambe droite par sus la selle, et se mit en état de chevaucheur sur la croupe. « Mais, dit-il, mieux vaut que je me mette entre les arçons. » Adonc, s'appuyant sur les pouces des deux mains à la croupe devant soi, se renversa cul sur tête en l'air, et se trouva entre les arçons en bon maintien; puis d'un soubresaut leva tout le corps en l'air, et ainsi se tint pieds joints entre les arçons, et là tournoya plus de cent tours, les bras étendus en croix [317]. »

— Seigneur, cria *Trim*, perdant toute patience, un coup droit de baïonnette vaut plus que cette voltige.

— C'est aussi mon avis, répliqua *Yorick*.

— Ce n'est pas le mien, dit mon père.

Chapitre XXX

—— Non, répondit mon père à une question que *Yorick* avait pris la liberté de lui poser, je n'ai rien avancé dans la *Tristrapédie* qui ne soit aussi évidemment clair qu'une proposition d'*Euclide*. Fais-moi passer ce cahier, *Trim*, je me suis souvent proposé de vous le lire à vous et à mon frère *Toby*; je trouve même un peu inamical d'avoir tant tardé à le faire. Voulez-vous en entendre un court chapitre ou deux sur-le-champ et d'autres plus tard quand l'occasion s'en présentera, tant que nous n'aurons pas achevé le livre ?

Mon oncle *Toby* et *Yorick* firent ce que la bienséance ordonnait. Le caporal, bien qu'exclu du compliment de mon père, ne s'inclina pas moins, la main sur le cœur. On sourit.

—— *Trim*, dit mon père, aura payé sa place pour ne pas se *divertir*.

—— Il n'a pas goûté la comédie, dit *Yorick*.

—— C'était une arlequinade, n'en déplaise à Vos Honneurs, répondit *Trim*, que ce combat singulier où le capitaine *Tripet* et l'autre officier faisaient tant de sauts périlleux en marchant l'un vers l'autre; de temps en temps les *Français* font de telles gambades mais jamais à ce point.

Jamais mon oncle *Toby* n'avait souri à sa propre existence avec autant de satisfaction qu'à cet instant sous l'effet des paroles de *Trim* et de ses propres réflexions. Il alluma sa pipe, *Yorick* approcha son siège de la table, *Trim* moucha la chandelle, mon père tisonna le feu, prit son cahier, toussa deux fois et commença.

Chapitre XXXI

— Les trente premières pages, dit mon père en tournant les feuillets, sont un peu sèches et comme le sujet n'y est pas encore serré de près nous les passerons pour l'instant; elles constituent, poursuivit-il, une introduction en guise de préface ou une préface en guise d'introduction (je ne sais trop quel nom leur donner encore) et traitent du gouvernement politique et civil. Le fondement de ce dernier se trouve dans l'union du mâle et de la femelle pour le maintien de l'espèce et c'est là ce qui m'a conduit insensiblement à en parler.

— C'était naturel, dit *Yorick*.

— Je tombe d'accord avec *Politien* [318] que la forme originelle de la société est le couple, l'union, et rien de plus, d'un homme et d'une femme à quoi le philosophe adjoint (d'après *Hésiode*) un domestique. Si l'on admet toutefois qu'il n'y eut pas, dès l'origine, de « domestique-né », il réduit cette forme fondamentale à un homme, une femme et un taureau.

— Je pencherais pour un bœuf, dit *Yorick* qui cita le passage suivant (οἶκον μὲν πρώτιστα, γυναῖκά τε, βοῦν τ' ἀροτῆρα [319]) — « Un taureau leur eût coûté en ennuis plus qu'il ne valait. »

— Mais il y a, dit mon père en plongeant sa plume dans l'encre, une raison meilleure encore. Le bœuf étant le plus patient des animaux, le plus utile aussi pour le labour du sol qui devait les nourrir, la Providence n'aurait pu associer au nouveau couple un instrument et un emblème plus convenables.

— J'aperçois, dit mon oncle *Toby*, en faveur du bœuf une raison plus forte encore que celle-ci.

L'attente de cet argument annoncé par mon oncle *Toby* arrêta dans l'encrier la plume de mon père.

— La terre une fois labourée, dit mon oncle *Toby*, devint précieuse et il fallut la protéger par une enceinte de murs et de fossés ce qui fut l'origine des fortifications.

— Excellent, excellent, mon cher *Toby*, s'écria mon

père en rayant le taureau pour y mettre un bœuf à sa place.

D'un signe de la tête il ordonna à Trim de remoucher la chandelle et reprit son discours :

— Ces spéculations, observa-t-il négligemment, son cahier à demi refermé, me servent seulement à marquer les divers fondements naturels de la relation qui unit un père à son fils, le premier pouvant tenir ses droits juridiques sur le deuxième :

1º du mariage,
2º de l'adoption,
3º de la légitimation,
4º de la procréation. Je les énumère par ordre de valeur.

— Je ferai une petite réserve, dit *Yorick;* l'acte de procréation, borné à lui-même, ne soumet pas plus l'enfant à une obligation qu'il ne donne au père de droit.

— Vous avez tort, argua mon père, et pour l'évidente raison que voici : ******************************** ** **************************************. — Voilà pourquoi je soutiens, ajouta mon père, que l'enfant n'est pas dans la même dépendance juridique à l'égard de la *mère*.

— La raison que vous donnez, objecta *Yorick*, vaut également pour elle.

— Non, car elle est elle-même placée sous une autorité; sans compter, *Yorick*, ajouta mon père en se frottant doucement le nez, qu'*elle n'est pas l'agent principal*.

— En quoi ? dit mon oncle *Toby*, la pipe en suspens.

— Il n'en reste pas moins, poursuivit mon père sans répondre à l'interruption, que « *le fils, en toute circonstance, doit le respect à sa mère* ». Vous trouverez cela tout au long, *Yorick*, dans les Institutions de *Justinien*, premier livre, onzième chapitre, dixième section.

— Je le trouverai aussi bien dans le catéchisme, dit *Yorick*.

Chapitre XXXII

— *TRIM* le sait par cœur d'un bout à l'autre, dit mon oncle *Toby*.
— Peuh! répondit mon père qui se souciait peu de voir *Trim* l'interrompre par une récitation de catéchisme. — Si, si, dit mon oncle Toby. Mr. *Yorick*, posez-lui la question qui vous plaira.
— Quel est le cinquième commandement, *Trim* demanda *Yorick* avec douceur comme à un modeste catéchumène. Le caporal se tut.
— Vous ne lui posez pas bien la question, intervint mon oncle *Toby* qui jeta aussitôt sur le ton bref et sonore d'un commandement : *Trim*, le cinquième.
— Il me faut commencer au premier, n'en déplaise à Votre Honneur, répondit le caporal.

Yorick ne put s'empêcher de sourire.
— Votre Honneur, dit le caporal qui, portant sa canne à l'épaule en guise de mousquet, se mit à défiler dans la pièce pour illustrer son point de vue, Votre Honneur ne considère pas que c'est là pour moi une sorte d'exercice.

« *La main droite à la gâchette,* » cria le caporal en effectuant lui-même le mouvement qu'il commandait.

« *Pressez la gâchette* » poursuivit le caporal toujours adjudant et simple soldat à la fois.

« *Lâchez la gâchette.* » N'en déplaise à Votre Honneur, chaque mouvement conduit au suivant. Si Votre Honneur voulait bien commencer par le premier.
— Le Premier! lança mon oncle Toby en posant la main sur la hanche********************************
***.
— Le Deuxième! cria mon oncle *Toby* brandissant sa pipe comme il eût fait de son épée à la tête d'un régiment.

Le caporal récita tout au long son *manuel* avec exactitude puis, ayant *honoré père et mère*, revint se placer sur le côté de la pièce.

— Il n'est rien en ce monde, dit mon père, qui ne comporte une plaisanterie et de tout nous pouvons tirer divertissement et instruction à la fois si nous savons les reconnaître.

Que voyons-nous ici ? de la SCIENCE ? Non, son *échafaudage* — pure folie si le BÂTIMENT n'est pas derrière.

Voici le miroir où pédagogues, précepteurs, tuteurs, éducateurs, bourreaux de grammaire et montreurs d'ours [320] peuvent se voir avec leur vrai visage.

Le fruit de la connaissance, *Yorick*, s'entoure d'une coque qui grossit avec lui et que leur maladresse ne sait comment rejeter.

— ON PEUT SERINER LES SCIENCES MAIS NON PAS LA SAGESSE.

Yorick crut mon père inspiré.

— Je veux bien, poursuivit mon père, signer aussitôt l'engagement de donner à des œuvres charitables l'entier héritage de ma tante *Dinah* (et, soit dit en passant, mon père n'avait pour les œuvres charitables qu'une estime médiocre) si le caporal associe une seule idée claire à un seul des mots qu'il a récités.

— Dis-moi, *Trim*, qu'entends-tu par « *tes père et mère honoreras* » ?

— J'entends, n'en déplaise à Votre Honneur, leur allouer trois sous par jour [321] sur ma paie quand ils seront vieux.

— Et l'as-tu fait, *Trim* ? dit *Yorick*.

— Certainement, répliqua mon oncle *Toby*.

— Dans ce cas, *Trim*, dit *Yorick* qui se leva pour prendre la main du soldat, tu es le meilleur commentateur que je connaisse de cette partie du *Décalogue* et je t'en estime davantage que si tu avais contribué au *Talmud* lui-même.

CHAPITRE XXXIII

— O santé bénie ! s'écria mon père en tournant les pages à la recherche du chapitre suivant, plus précieuse que tous les trésors. C'est toi qui ouvres l'âme, développant en elle le pouvoir d'accueillir la science et de goûter la vertu. Qui te possède n'a plus beaucoup à désirer ; le malheureux à qui tu fais défaut perd tout avec toi [322].

J'ai comprimé en peu d'espace tout ce qu'on peut dire d'important à ce sujet : nous pouvons donc lire le chapitre d'un bout à l'autre.

Tout le secret de la santé gît dans le combat que se livrent en nous la chaleur radicale et l'humidité radicale.

— Vous avez, je suppose, déjà prouvé ce fait dans un chapitre précédent, dit *Yorick*.

— Suffisamment, répliqua mon père.

Mon père, sur ces mots, referma son cahier sans mauvaise humeur puisqu'il le referma lentement, sans intention d'interrompre sa lecture, puisqu'il garda l'index au chapitre entamé tandis que le pouce et les trois autres doigts n'exerçaient qu'une pression modérée.

— Oui, Yorick, dit mon père, j'ai suffisamment démontré dans le chapitre précédent la vérité de cette proposition.

Or, supposons que l'homme de la lune pût être informé de la nouvelle : un homme de la terre vient d'écrire un chapitre où il est suffisamment démontré que tout le secret de la santé gît dans la lutte opposant *chaleur radicale et humidité radicale;* et ce chapitre a été si parfaitement équilibré par son auteur qu'on n'y trouve pas sur l'humidité ou sur la chaleur un seul mot plus mouillé ou plus sec que les autres, une seule syllabe partielle sur la dispute opposant ces deux pouvoirs en n'importe quel point de l'économie humaine.

« O Toi, éternel créateur de tous les êtres! » s'exclamerait-il en se frappant la poitrine de sa dextre (à supposer qu'il ait une dextre). « O Toi qui peux élargir et porter à ce point de perfection l'intelligence de Tes créatures, que T'avons-nous fait, nous autres, LUNATIQUES ? »

Chapitre XXXIV

Mon père avait fait la chose en deux traits, dirigés l'un contre *Hippocrate*, l'autre contre Lord *Verulam* [323].

Au prince de la médecine était réservée une brève apostrophe attaquant sa plainte chagrine : *Ars longa — Vita brevis* [324].

— Ah! la vie est courte ? s'écriait mon père et fastidieux sont les traités sur l'art de guérir ? Et à qui sommes-nous redevables de ce double malheur, s'il vous plaît, sinon à l'ignorance des charlatans eux-mêmes et à ces tréteaux également surchargés d'élixirs universels et de fatras philosophiques du haut desquels ils ont, de tout temps, flatté d'abord le monde pour le duper ensuite ?

O milord *Verulam!* s'était ensuite exclamé mon père en se détournant d'*Hippocrate* pour décocher son deuxième trait à celui qu'il tenait pour le principal faiseur d'élixir et le plus propre à être choisi pour exemple, que te dirai-je mon grand lord *Verulam* ? que dirai-je à ton « esprit intérieur », ton opium, ton salpêtre, tes onguents, tes purges de chaque jour, tes clystères de chaque nuit, sans compter les succédanés ?

Mon père n'était jamais embarrassé pour dire quelque chose à n'importe qui sur n'importe quel sujet; l'exorde lui était plus inutile qu'à tout autre. Comment il disposa de l'opinion de Sa Seigneurie, vous le verrez, mais quand, je l'ignore : car il faut d'abord voir quelle était l'opinion de Sa Seigneurie.

Chapitre XXXV

— « Deux grandes causes, dit lord *Verulam*[325], conspirent à raccourcir notre existence. »

La première est l'esprit intérieur qui, pareil à une douce flamme, consume peu à peu notre corps. La deuxième est l'air extérieur qui, peu à peu, le dessèche et le réduit en cendres. Ces deux ennemis nous attaquant par les deux bouts, ruinent à la longue nos organes et les rendent inaptes à remplir les fonctions de la vie.

Ceci posé, la voie menant à la longévité apparaissait clairement : il suffisait, d'après Sa Seigneurie, de réparer la consomption due à l'esprit intérieur; on y parvenait en épaississant et en condensant la substance à consumer par deux moyens, l'usage régulier d'opiats d'une part et d'autre part une réfrigération du feu interne par l'absorption de trois grains et demi de salpêtre chaque matin avant le lever.

Restait le deuxième assaut, celui de l'air ennemi à quoi le corps demeurait exposé par l'extérieur; on parait à ce danger par l'usage d'onguents gras saturant si exactement les pores de la peau qu'aucune particule aiguë ne pouvait plus pénétrer ni d'ailleurs en sortir. Mais ceci arrêtait toute transpiration, sensible ou insensible, et un tel arrêt pouvant être cause d'indispositions malignes, l'usage régulier des clystères devenait nécessaire pour emporter le flux des humeurs superfétatoires et achever l'harmonie du système.

Ce que mon père avait à dire sur les opiats de Lord *Verulam*, son salpêtre, ses onguents gras et ses clystères, vous le saurez. Pas aujourd'hui toutefois, ni demain. Le temps me presse, mon lecteur s'impatiente et je dois avancer. Vous lirez le chapitre à loisir (s'il vous plaît) aussitôt la *Tristrapédie* publiée.

Il nous suffira de dire ici que mon père fit table rase de l'hypothèse; cela signifie, les savants le savent, qu'il bâtit et dressa la sienne sur le sol nivelé.

Chapitre XXXVI

— Tout le secret de la santé, reprit mon père, gît évidemment dans le combat que se livrent en nous la chaleur radicale et l'humidité radicale : la moindre habileté eût donc suffi à maintenir leur équilibre sans la confusion introduite dans le discours par les scolastiques qui ne cessèrent (comme le fameux chimiste *Van Helmont* [326] l'a prouvé) de prendre pour l'humidité la graisse et le suif des corps animaux.

Or, l'humidité radicale n'est nullement le suif ou la graisse des corps mais une substance huileuse et balsamique car graisse et suif sont froids de même que le phlegme ou esprit aqueux; les atomes huileux et balsamiques, au contraire, possèdent une chaleur vive et gaie, ce qui explique l'observation d'*Aristote quod omne animal post coitum est triste* [327].

Il est donc assuré que la chaleur radicale siège dans l'humidité radicale bien que l'inverse soit encore douteux : en tout cas la ruine de l'une entraîne celle de l'autre. Il en résulte soit une chaleur anormale qu'accompagne une anormale sécheresse, soit une humidité anormale qui est la cause des hydropisies. Si donc on peut apprendre à un enfant, dans ses premières années, à ne se précipiter ni dans le feu ni dans l'eau, puisque chacun des deux éléments le menace de destruction, on aura fait tout le possible sur ce chapitre.

Chapitre XXXVII

Un exposé sur le siège de *Jericho* n'eût pas attiré l'attention de mon oncle plus puissamment que ce dernier chapitre; pendant toute la lecture ses yeux demeurèrent fichés sur mon père et pas une fois les mots de chaleur radicale ou d'humidité radicale ne furent prononcés sans que mon oncle *Toby* aussitôt ôtât la pipe de sa bouche et secouât la tête. Aussitôt le chapitre fini il fit venir le caporal tout près de son fauteuil pour lui poser en *aparté* la question suivante. —— * * * * * * * * * * * * * *. C'était au siège de *Limerick* [328], n'en déplaise à Votre Honneur, répliqua le caporal avec une révérence.

— Ce pauvre garçon et moi, dit alors mon oncle à mon père, pûmes à peine nous traîner hors de notre tente quand le siège de *Limerick* fut levé, et précisément à cause de ce que vous dites.

— Aïe! que s'est-il passé dans cette chère caboche? s'écria mentalement mon père. O ciel! poursuivit-il en silence, un *Œdipe* lui-même ne saurait par quel bout la prendre.

— Je crois, n'en déplaise à Votre Honneur, dit le caporal, que sans la quantité de brandy que nous fîmes flamber chaque soir et sans le vin clairet parfumé à la cinnamome dont je vous abreuvai—

— N'oublie pas le genièvre, *Trim*, dit mon oncle *Toby*, qui nous fit plus de bien que tout le reste—

— Je crois fermement, reprit *Trim*, n'en déplaise à Votre Honneur, que nous fussions morts dans ces tranchées, et enterrés.

— Un soldat ne saurait désirer plus noble tombe, s'écria mon oncle *Toby*, le regard étincelant.

— Mais quelle mort pitoyable pour lui, n'en déplaise à Votre Honneur !

Tout ceci restait aussi incompréhensible à mon père que naguère la *Colchide* et les *Troglodytes* à mon oncle *Toby*. Fallait-il sourire ou se renfrogner ?

A cette indécision de mon père, mon oncle *Toby* mit fin en reprenant pour *Yorick* son histoire de façon plus intelligible qu'il ne l'avait commencée.

Chapitre XXXVIII

— La dysenterie, dit-il alors, sévit à *Limerick* vingt-cinq jours dans notre camp ; par le plus grand des bonheurs nous fûmes, le caporal et moi, pendant cette période, brûlés d'une fièvre ardente et d'une soif furieuse ; sans cela, ce que mon frère appelle l'humidité radicale aurait eu, si je le comprends bien, inévitablement raison de nous.

Mon père emplit d'air ses poumons dilatés puis, levant la tête, le rejeta le plus lentement possible.

— C'est le ciel, poursuivit mon oncle *Toby* qui, dans sa bonté, suggéra à *Trim* de maintenir l'équilibre entre la chaleur radicale et l'humidité radicale en nourrissant notre fièvre, comme il ne cessa de le faire, de vin chaud et d'épices. Ainsi le caporal alimenta le brasier, semble-t-il et permit à la chaleur radicale de tenir jusqu'au bout sans se laisser abattre par l'humidité, pour terrible qu'elle fût. Sur mon honneur, frère *Shandy*, le bruit de ce combat qui se livrait dans nos corps, vous l'eussiez entendu à vingt toises.

— Quand le canon ne tonnait pas, dit *Yorick*.

— Eh bien, dit mon père après une aspiration et une longue pause, si j'étais juge et si la loi de mon pays le permettait, je ne consentirais à condamner quelques-uns des pires malfaiteurs que si leur clergé ———————

——— *Yorick* prévoyant une fin de phrase impitoyable, posa la main sur la poitrine de mon père en le priant de le laisser d'abord poser une question ; et sans attendre l'autorisation demandée : je te prie *Trim*, donne-nous honnêtement ton opinion sur cette chaleur et cette humidité radicales.

— Tout humblement soumis que je sois au jugement de Votre Honneur, commença *Trim* avec une révérence vers mon oncle *Toby*.

— Dis librement ce que tu penses, *Trim*, intervint ce dernier qui, se tournant vers mon père, ajouta : le pauvre garçon est mon domestique et non mon esclave.

Le caporal, son chapeau sous le bras gauche et sa canne pendue au poignet droit par une lanière de cuir noir dont l'extrémité s'effilochait en gland, revint d'un pas tout militaire vers le lieu où il avait récité son catéchisme, se prit le menton à pleines mains et ouvrant enfin la bouche, exposa son point de vue comme suit :

Chapitre XXXIX

Le caporal ânonnait sa première syllabe quand, d'un pas de canard, entra le Dr. *Slop*. Voilà qui est sérieux — le caporal parlera au chapitre suivant, entre alors qui voudra.

— Eh bien, mon cher docteur, s'écria gaillardement mon père, qui sautait d'une émotion à l'autre avec une vivacité imprévisible, qu'en dit notre jeune amputé.

Quand il se fût agi de la queue d'un chiot mon père n'eût pas posé la question sur un ton plus badin : le traitement systématique auquel s'était arrêté le docteur ne lui permettait pas d'entrer dans ce mode plaisant. Il s'assit.

— Je vous prie, docteur, intervint mon oncle sur un ton qui, lui, exigeait une réponse, comment va l'enfant ?

— Cela finira par un phimosis, répondit le Dr. *Slop*.

— Je n'en sais pas plus long, dit mon oncle en faisant tourner sa pipe entre ses dents.

— Eh bien, dit mon père, que *Trim* poursuive donc sa causerie médicale. Le caporal s'inclina devant son vieil ami, le Dr. *Slop*, puis formula son opinion, sur la chaleur radicale et l'humidité radicale dans les termes suivants :

Chapitre XL

La ville de *Limerick*, devant laquelle Sa Majesté *William* mit elle-même le siège l'année après mon enrôlement, se dresse au milieu d'un pays, n'en déplaise à Vos Honneurs, diablement humide et marécageux.

— Le *Shannon*, dit mon oncle, en fait complètement le tour, de sorte qu'elle est une des plus fortes places d'*Irlande*.

— Voici une façon toute nouvelle, intervint le Dr. *Slop*, de commencer une causerie médicale.

— Elle est véridique, dit *Trim*.

— Puisse donc la Faculté l'adopter, ajouta *Yorick*.

— On n'y rencontre, poursuivit *Trim*, que marais et canaux en tous sens; il tomba d'ailleurs tant d'eau pendant le siège que tout le pays n'était qu'une mare. Telle fut la cause de ce flux d'entrailles qui n'eût pas mieux demandé que de nous emporter Votre Honneur et moi-même; après seulement dix jours, poursuivit-il, pas un soldat ne pouvait songer à dormir au sec sous sa tente s'il n'avait préalablement creusé un fossé tout autour pour l'écoulement des eaux. Mais cela ne suffisait pas encore : ceux qui, comme Votre Honneur, pouvaient se le permettre, devaient encore chaque soir faire flamber dans un plat une pleine potée de brandy, ce qui chassait l'humidité de l'air et mettait dans la tente une chaleur de four.

— Et quelle conclusion, caporal, cria mon père, tires-tu de tant de prémisses ?

— J'en déduis, répliqua *Trim*, que l'humidité radicale est tout simplement l'eau des fossés, n'en déplaise à Votre Honneur, et la chaleur radicale, pour ceux qui peuvent se la payer, le brandy enflammé; pour un homme du rang, l'humidité et la chaleur radicales ne sont rien que l'eau du fossé et une goutte de genièvre : donnez-lui-en suffisamment avec une pipe de tabac pour chasser les vapeurs et il bravera la mort.

— Capitaine *Shandy*, dit le Dr. *Slop*, je ne sais dans quelle branche du savoir humain votre domestique brille davantage — si c'est en physiologie ou en théologie, car Slop n'avait pas oublié les commentaires de Trim sur le sermon.

— Il n'y a pas une heure, intervint *Yorick*, que *Trim* a passé en effet son examen de théologie et y a reçu une mention honorable.

Le Dr. *Slop* se tourna vers mon père. — Chaleur et humidité radicales, dit-il, sont les racines de notre être comme celles d'un arbre sont la source de sa végétation. Elles sont inhérentes à toutes les semences animales et nous pouvons les préserver de diverses façons, principalement à mon sens par l'ingestion de matières *substantielles*, *épaississantes* et *absorbantes* [329]. Le pauvre diable, ajouta-t-il en désignant *Trim*, a par malheur écouté sans doute quelque élucubration de rebouteux sur ce sujet singulièrement intéressant.

— En effet, répondit mon père.
— C'est fort probable, dit mon oncle.
— J'en suis même sûr, ajouta *Yorick*.

Chapitre XLI

Mais le Dr. *Slop*, sur ces entrefaites, ayant été appelé à surveiller l'application de son cataplasme, mon père en profita pour ouvrir un nouveau chapitre de la *Tristrapédie*. Allons-y, mes gars, et réjouissez-vous, car nous touchons terre et une fois franchi ce chapitre en souquant ferme, je vous promets que le livre ne sera plus ouvert de douze mois. Hurrah!

Chapitre XLII

—— Cinq ans avec un bavoir sous le menton;
Quatre ans pour franchir l'étape entre le ba-ba et *Malachie* (1).
Un an et demi pour apprendre à écrire son nom;
Sept ans et plus à décliner grec et latin [330];
Quatre ans d'essais, succès et insuccès [331], et toujours la statue au cœur du marbre, simplement aiguisés les outils qui l'en feront sortir. Lamentable retard! Un peu plus et les outils du grand *Julius Scaliger* [332] n'étaient pas prêts à temps puisqu'il mit quarante-quatre ans à savoir le grec. Quant à *Petrus Damianus* [333], archevêque d'*Ostie*, nul n'ignore qu'il parvint à l'âge d'homme sans savoir lire. Le grand *Baldus* [334] lui-même, si éminent qu'il dût se montrer par la suite, commença son droit si tard qu'on le soupçonna de vouloir plaider dans l'autre monde. Il n'est pas étonnant qu'*Eudamidas* [335], fils d'*Archimadas*, ayant ouï *Xenocrate* disputer de la *sagesse* à soixante-dix ans, ait demandé gravement *à quel âge le vieillard comptait user de cette sagesse dont il recherchait et discutait encore la nature.*

Yorick écoutait mon père avec la plus grande attention car, aux plus étranges fantaisies de ce dernier, se mêlait sans qu'on puisse dire comment, un assaisonnement de sagesse et dans ses plus sombres éclipses éclataient des illuminations qui les rachetaient presque : prenez garde, monsieur, si jamais vous l'imitez.

— Je suis convaincu, *Yorick*, poursuivit mon père mi-lisant mi-discourant, qu'il existe pour le monde intellectuel aussi un passage du Nord-Ouest et que l'esprit humain peut acquérir instruction et science et se mettre enfin à l'œuvre par des chemins plus courts que ceux actuellement suivis. Mais hélas, tous les enfants, *Yorick*, n'ont pas un père qui les guide. En fin de compte, ajouta mon père d'une voix grave, tout dépend des *verbes auxiliaires*, Mr. *Yorick*.

(1) Dernier livre de l'*Ancien Testament* [note du traducteur].

Yorick, posant le pied sur le serpent de *Virgile*[336], n'eût pas marqué plus de surprise. Je suis aussi étonné que vous, dit mon père qui l'observait, et je tiens pour la pire calamité ayant jamais frappé la République des Lettres, le fait que les hommes chargés d'éduquer nos enfants, de leur ouvrir l'esprit et de les nourrir promptement d'idées qui missent leur imagination en branle, aient fait un si pauvre usage des verbes auxiliaires dans le système qu'ils ont adopté. Seuls font exception *Raymond Lulle*[337] et surtout *Pelegrini* l'aîné[338], lequel s'en servit avec tant de maîtrise qu'après quelques leçons ses jeunes élèves pouvaient discourir honorablement sur n'importe quel sujet, donner le pour et le contre et dire ou écrire tout ce qui pouvait être dit ou écrit sur le point en litige sans une erreur, à la grande admiration des assistants.

— J'aimerais bien, interrompit *Yorick*, qu'on m'aidât à comprendre ce fait.

— Vous le comprendrez, dit mon père.

C'est dans l'extrême métaphore qu'un mot atteint au plus vaste élargissement dont il soit capable; à mon sens l'idée s'en trouve plus mal que bien; mais quoi qu'il en soit, une fois ce travail fait pour un seul mot, une limite est atteinte, esprit et idée demeurant alors en repos tant qu'un nouveau vocable n'entre pas en jeu — et ainsi de suite.

Or, l'usage des verbes *auxiliaires* met l'esprit en mouvement, le contraint de travailler sur les matériaux qui lui sont fournis; ce sont de grands outils, aisément orientables et auxquels s'adaptent et s'enroulent toutes les données : ainsi sont ouvertes de nouvelles voies de recherches.

— Vous excitez grandement ma curiosité, dit *Yorick*.

— Pour moi, dit mon oncle *Toby*, j'ai déjà abandonné. ——

— Les *Danois*, dit le caporal, qui nous flanquaient à gauche durant ce siège de *Limerick* étaient tous des auxiliaires.

— Et même de très bons auxiliaires, ajouta mon oncle *Toby*, mais ceux dont parle mon frère, *Trim*, sont de nature différente, à ce que je crois comprendre. ——

— Vraiment ? dit mon père qui se leva.

Chapitre XLIII

Mon père fit un seul va-et-vient dans la pièce, puis se rassit et termina la lecture de son chapitre.

Les verbes auxiliaires que nous considérons ici sont : *être, avoir, faire* (actif et passif), *devoir, vouloir, pouvoir, avoir coutume de*. Ceux-ci doivent être conjugués à tous les temps *présent, passé* ou *futur;* on leur ajoutera les questions suivantes, simples d'abord : *est-ce? était-ce? sera-ce? serait-ce? se peut-il? se pourrait-il?* puis négatives : *n'est-ce pas? n'était-ce pas? ne devrait-il pas être?* suit la forme affirmative : *c'est, c'était, ce devrait être,* puis la forme chronologique : *cela a-t-il été toujours? depuis peu? combien de temps?* puis l'hypothétique : *si c'était, si ce n'était pas*, que s'ensuivrait-il ? Si les *Français* battaient les Anglais ? Si le soleil sortait du Zodiaque ?

Par l'usage correct et continu de cette méthode, poursuivit mon père, il n'est pas une idée qui ne puisse entrer dans l'esprit d'un enfant rompu à de tels exercices, si ingrate qu'en soit la nature; sa mémoire s'enrichira sans cesse des concepts et des conclusions qu'il en aura tirés. — As-tu jamais vu un ours blanc ? s'écria mon père en se tournant vers *Trim*, debout derrière son fauteuil.

— Non, n'en déplaise à Votre Honneur, répliqua le caporal.

— Mais, en cas de besoin, tu pourrais en parler ?

— Comment le pourrait-il, mon frère, s'il n'en a jamais vu ? intervint mon oncle *Toby*.

— C'est une question de fait, dit mon père et la possibilité est la suivante :

Un Ours Blanc, bon! En ai-je vu un ? aurais-je pu en voir jamais un ? en verrai-je jamais un ? eussé-je dû en voir un ? me sera-t-il possible d'en voir un ?

Puissé-je avoir vu un ours blanc! (sinon comment l'imaginer ?)

Si je voyais un ours blanc, que dirais-je ? Si je ne devais jamais en voir, que penser ?

Si je ne dois, ne puis, ou ne souhaite voir un ours

blanc vivant, n'ai-je jamais vu la peau d'un ? en ai-je lu la description ? en ai-je vu en peinture ? en rêve ?

Mes père, mère, oncle, tante, frères, sœurs, ont-ils jamais vu un ours blanc ? Que donneraient-ils pour cela ? Comment se comporteraient-ils ? Comment l'ours blanc se serait-il comporté ? Est-il sauvage ? apprivoisé ? terrible ? hérissé ? peigné ?

Vaut-il la peine de voir un ours blanc ?

N'est-ce rien, après tout, qu'un ours blanc ?

Vaut-il plus qu'un Ours Noir ?

FIN DU LIVRE CINQ

LIVRE VI

CHAPITRE PREMIER

—— Un seul instant, cher monsieur, mais voici franchi le cinquième volume (asseyez-vous sur la pile, je vous prie, c'est toujours mieux que rien) et il nous faut bien jeter un regard en arrière sur le pays traversé. ——
Quelle contrée sauvage! Si nous n'y avons pas, vous et moi, perdu notre route, si nous avons échappé à la dent des bêtes féroces, remercions le ciel.
Pensiez-vous, monsieur, qu'il y eût tant de baudets[339] de par le monde? Nous ont-ils assez considérés, assez épluchés comme nous passions ce ruisseau au fond de la petite vallée! Et quand, grimpant sur la colline, nous étions près de disparaître à leur vue, Seigneur! quel braiement ils ont trompeté tous ensemble!
— Dis-moi, berger, à qui tant d'ânes?
— Le Ciel les ait en sa sainte garde. Quoi! jamais étrillés? jamais enfermés pour l'hiver? Hi-han, hi-han, hi-han. Brayez toujours, le monde vous doit beaucoup; brayez plus fort, ceci n'est rien : en vérité vous êtes victimes; si j'étais baudet, je le déclare solennellement, je brairais en sol — sol, ré, do — du matin jusques au soir.

CHAPITRE II

Lorsque mon père eut fait danser son ours blanc en tous sens une bonne douzaine de pages, il ferma définitivement son cahier et d'un air quasi triomphal le remit aux mains de *Trim* en lui ordonnant d'un signe de le replacer sur son bureau.

— Nous ferons, dit-il, conjuguer ainsi à *Tristram* tous les mots du dictionnaire en tous sens comme l'ours. Chaque vocable, vous le voyez, *Yorick*, est transformé de cette façon en thèse ou hypothèse; chaque thèse ou hypothèse engendre ses propositions et chaque proposition comporte ses conséquences ou conclusions dont chacune, à son tour, conduit l'esprit vers de nouvelles pistes ou des doutes nouveaux; la puissance de cette machine est incroyable, ajouta mon père, pour ouvrir l'esprit aux enfants. ——

— Ouvrir ? s'écria mon oncle *Toby;* elle le fera voler en éclats.

Yorick sourit.

— Je suppose, dit-il, qu'il faut attribuer à ces systèmes (car les logiciens ont beau dire, l'emploi des dix catégories [340] n'est pas une explication suffisante) la précocité du fameux *Vincent Quirino* [341] *:* le cardinal *Bembo* [342], exact historien des hauts faits de son enfance, rapporte entre autres merveilles qu'à l'âge de huit ans il n'afficha aux murs du collège de *Rome* pas moins de quatre mille cinq cent cinquante thèses sur les points les plus abstrus de la plus abstruse théologie, thèses qu'il soutint ensuite de façon à embarrasser et confondre tous ses adversaires.

— Qu'est cela ? s'écria mon père, à côté d'*Alphonsus Tostatus* [343] dont on nous rapporte qu'à peine sorti des bras de sa nourrice il acquit toutes les sciences et tous les arts libéraux sans que rien lui en fût enseigné ? Et que dire du grand *Piereskius ?*

— C'est lui, s'écria mon oncle *Toby* dont je vous ai parlé un jour, frère *Shandy*, qui fit à pied une trotte de cinq cents milles, soit *Paris-Scheveningue* et retour, simplement pour voir le char volant de *Stevinius*. Un grand homme, ajouta mon oncle Toby qui pensait à *Stevinius*.

— En effet, frère *Toby*, dit mon père qui pensait à *Piereskius*. Ses idées avaient proliféré si vite, et il avait amassé un tel capital de savoir que, s'il faut en croire certaine anecdote (et comment refuser ce crédit sans ébranler l'autorité de toutes les autres anecdotes), à l'âge de sept ans son père lui confia entièrement, non seulement l'éducation de son cadet qui en avait cinq, mais encore le gouvernement de toute sa maison.

— Le père était-il aussi sage que le fils ? demanda mon oncle *Toby*.

— J'en doute, dit *Yorick*.

— Mais qu'est ceci, cria mon père, transporté soudain d'enthousiasme, qu'est ceci quand on songe aux jeunes prodiges que furent *Grotius*[344], *Scioppius, Heinsius*[345], *Politien, Pascal, Joseph Scaliger*[346], *Ferdinand de Cordoue*[347] et d'autres; certains à neuf ans et même plus tôt, se dégageant des formes de l'école, continuèrent à raisonner sans leur secours; d'autres achevèrent à sept ans leurs études classiques et écrivirent à huit des tragédies. *Ferdinand de Cordoue*, à neuf ans, faisait éclater tant de sagesse qu'on le crut possédé du démon, et donna à Venise de telles preuves de savoir et de prud'hommie que les moines virent en lui l'antéchrist, seule explication possible à leur sens. On a vu des enfants posséder quatorze langues à dix ans, achever à onze leurs cours de rhétorique, poésie, logique et éthique, composer à douze des commentaires à *Servius*[348] et *Martianus Capella*[349] et à treize passer docteurs en philosophie, droit et théologie.

— Vous oubliez, dit *Yorick*, l'ouvrage que fit le grand *Lipsius*[350] le jour de sa naissance (1).

— On aurait dû, dit mon oncle *Toby*, l'en torcher et n'en plus rien dire.

Chapitre III

Au moment d'appliquer le cataplasme un souci de *convenance* s'était malencontreusement élevé dans l'âme de *Susannah* chargée de tenir la chandelle tandis que *Slop* emmaillotait le mal. *Slop* n'ayant pas jugé bon de

(1) Nous aurions quelque intérêt, dit Baillet[351], de montrer qu'il n'a rien de ridicule s'il étoit véritable au moins dans le sens énigmatique que *Nicius Erythraeus* a tâché de lui donner. Cet auteur dit que pour comprendre comment *Lipse* a pu composer un ouvrage le premier jour de sa vie, il faut s'imaginer que ce premier jour n'est pas celui de sa naissance charnelle, mais celui auquel il a commencé d'user de la raison; il veut que ç'ait été à l'âge de *neuf* ans, et il nous veut persuader que ce fut en cet âge que *Lipse* fit un poëme. Le tour est ingénieux, etc., etc. [Cette note est en français dans le texte.]

traiter par des calmants la folie de *Susannah*, une querelle avait éclaté.

— Oh! Oh! dit *Slop* en jetant sur le visage de *Susannah*, après qu'elle eut refusé ses services, un regard qui n'était pas sans effronterie, je connais votre genre, madame.

— Mon genre, monsieur, cria *Susannah* pincée, avec un hochement de tête visant plus la personne que la profession du docteur, mon genre!

Le Dr. *Slop* se boucha vigoureusement le nez. *Susannah* faillit étouffer de rage.

— C'est faux! cria-t-elle.

— Allons, allons, Madame Modestie, dit *Slop* épanoui par le succès de son trait, si vous ne voulez pas voir en tenant la chandelle vous pouvez la tenir en fermant les yeux.

— Encore une de vos hypocrisies papistes, cria *Susannah*.

— Jeune femme, dit le Dr. *Slop*, vous préféreriez sans doute la vérité sans chemise.

— Je ne vous crains pas, monsieur, cria *Susannah* en rabaissant ses manches sur son avant-bras [352].

On ne saurait imaginer cordialité plus hargneuse entre un chirurgien et son assistante.

Slop empoigna le cataplasme et *Susannah* la chandelle.

— Un peu plus d'ici, dit *Slop*.

Aussitôt *Susannah*, regardant à droite et ramant à gauche, fourra la flamme de sa chandelle dans la perruque du Dr. *Slop* ; quelque peu broussailleuse et graisseuse à souhait elle eût flambé avant d'avoir pris feu.

— Sale putain! cria *Slop* (la colère ne transforme-t-elle pas l'homme en bête sauvage ?). Sale putain, cria *Slop* en se redressant, le cataplasme à la main.

— Personne ne doit d'avoir perdu son nez [353], dit *Susannah*, et vous ne pouvez pas en dire autant.

— Vraiment ? cria *Slop* en lui flanquant le cataplasme au visage.

— Vraiment! rétorqua *Susannah* en appuyant sa réponse de ce qui restait dans la casserole. ——

Chapitre IV

Deux plaintes en bonne et due forme furent déposées au salon. Après quoi, le cataplasme ayant échoué, *Susannah* et le Dr. *Slop* se retirèrent dans la cuisine pour me préparer un bain émollient; cependant mon père prenait la détermination suivante :

Chapitre V

— Il est grand temps, vous le voyez, dit mon père, s'adressant aussi bien à *Yorick* qu'à mon oncle *Toby*, de retirer l'enfant des mains de ces femmes et de le confier à un précepteur privé. *Marc-Aurèle* désigna quatorze précepteurs à la fois pour veiller à l'éducation de son fils *Commode* [354]; en six semaines il en renvoya cinq. Je n'ignore pas, poursuivit mon père, que la mère de *Commode* tomba amoureuse d'un gladiateur pendant sa grossesse [355] ce qui explique bien des cruautés de *Commode* empereur; je crois pourtant que les cinq précepteurs renvoyés par *Antoninus* firent en ce court laps de temps plus de mal à *Commode* que n'en purent réparer les neuf autres pendant toute leur vie.

Or, je considère l'homme qui doit s'occuper de mon fils comme le miroir où ce dernier pourra s'étudier du matin au soir; d'après cette image il réglera ses regards, son port et tel que mon fils puisse le scruter.

— Voilà qui est bien pensé, se dit in-petto mon oncle *Toby*.

— Il existe, dit mon père, un comportement corporel, une façon de se tenir, de se mouvoir ou de parler qui fait bien augurer de *l'intérieur* d'un homme. *Grégoire* de

Nazianze, ayant observé les gestes hâtifs et malheureux de *Julien* [356], prédit un jour qu'il serait apostat, et cela ne me surprend guère; saint *Ambroise* [357] chassa son *Amanuensis* à cause d'un mouvement indécent de la tête qu'il balançait comme un fléau; *Démocrite* reconnut en *Protagoras* un savant lorsqu'il le vit lier un fagot en disposant à l'intérieur les plus petites branches. L'apparence d'un homme, poursuivit mon père, présente mille ouvertures presque insensibles par où un regard pénétrant peut se glisser jusque dans son âme; et je maintiens, ajouta-t-il, qu'un homme de sens ne peut disposer son chapeau lorsqu'il entre dans une pièce ou le reprendre quand il en sort sans laisser paraître quelque signe qui le découvre. Ainsi, je ne souffrirai pas que le précepteur de mon choix (1) zézaie, louche, cligne de l'œil, parle fort, ait une expression sauvage ou imbécile; qu'il se morde les lèvres, qu'il grince des dents, qu'il parle du nez, qu'il se mouche avec les doigts. ——

Il ne marchera ni trop vite, ni trop lentement, il ne se croisera pas les bras, signe de paresse, il ne les laissera pas pendre, indice de stupidité; il ne fourrera pas non plus les mains dans ses poches, ce qui est idiot. ——

Jamais il ne frappera, pincera, chatouillera; jamais il ne se rongera les ongles; jamais il ne graillonnera, crachera, reniflera, tambourinera des pieds ou des mains en compagnie; il ne devra pas, selon le conseil d'*Erasme* [358], parler à autrui en pissant, montrer du doigt un excrément ou une charogne.

— Voilà les bêtises qui recommencent, pensa mon oncle *Toby*.

— Je le veux, poursuivit mon père, gai, facétieux, jovial mais aussi prudent, économe, avisé, pénétrant, subtil, inventif, vif à dissiper les doutes et à trancher les problèmes spéculatifs; il sera sage, judicieux, instruit.

— Et aussi, dit *Yorick*, pourquoi pas humble, modéré, doux et bon ?

— Et pourquoi pas, cria mon oncle *Toby*, libre, ardent, généreux et brave ?

— Je vous le promets, frère *Toby*, répliqua mon père qui se leva pour lui serrer la main.

— Dans ce cas, dit mon oncle *Toby*, en quittant son fauteuil et déposant sa pipe pour prendre l'autre main de son frère, permettez-moi, je vous en prie humblement,

---

(1) V. Pellegrina [note de l'auteur].

de vous recommander le fils du pauvre *Le Fever ;* une larme de la plus belle eau perla dans les yeux de mon oncle lorsqu'il fit cette proposition ; *Trim* l'accompagna du même regard mouillé ; les motifs de cette émotion, vous les connaîtrez en lisant l'histoire de *Le Fever :* fus-je assez sot de ne pas laisser le caporal la conter dans son propre style ! Ce qui m'en empêcha, je ne puis m'en souvenir (ni vous, probablement) sans remonter à ce point de mon récit ; l'occasion est maintenant perdue ; il me faut raconter l'histoire à ma manière.

Chapitre VI

Histoire de Le Fever

Un soir d'été, l'année où *Dendermont* [359] fut prise par les alliés (soit environ sept ans avant la retraite de mon père à la campagne et à peu près sept ans aussi après la fuite secrète de mon oncle *Toby* et de *Trim,* quittant la maison de mon père, en ville, pour s'en aller mettre les plus beaux sièges devant les plus belles places fortes d'*Europe*), un soir donc, mon oncle *Toby* prenait son repas, servi par *Trim* assis à une petite table latérale : je dis bien assis car le caporal souffrait parfois beaucoup de son genou blessé et mon oncle *Toby,* lorsqu'il dînait ou soupait seul, supportait mal que Trim restât debout. La vénération du pauvre diable pour son maître était d'ailleurs telle que, pour gagner ce point, mon oncle avait dû dépenser des efforts inouïs : la prise de *Dendermont,* avec une artillerie convenable, lui en eût certes moins coûté ; et bien souvent, quand il croyait la jambe de *Trim* au repos, il lui suffisait de jeter un regard derrière lui pour retrouver le vieux soldat debout dans l'attitude la plus respectueuse. En vingt-cinq années ce dissentiment engendra plus de petites querelles entre eux que n'importe quelle autre cause mais il n'en est pas question ici ; pourquoi donc en parlais-je ? Je ne conduis pas ma plume, elle me conduit.

Mon oncle soupait donc un soir quand le propriétaire d'une petite auberge du village entra dans le salon : une fiole vide à la main, il venait demander un verre ou deux de vin des Canaries : — C'est pour un pauvre gentilhomme, de l'armée, je pense, tombé malade chez moi; depuis quatre jours il n'a plus relevé la tête, refusant de goûter à quoi que ce soit; aujourd'hui un verre de ce vin et un toast très mince lui feraient plaisir. Il me *semble*, a-t-il dit en ôtant la main de son front, que *cela me remettrait*. ——

Si on ne me donnait, prêtait ou vendait la chose, ajouta l'aubergiste, je crois que je la volerais pour ce pauvre gentilhomme; il est si malade. Dieu veuille que sa santé s'améliore encore; nous en avons tous souci.

— Brave cœur! cria mon oncle *Toby*, je répondrai pour toi : tu boiras, toi aussi, un verre de vin des Canaries à la santé du pauvre gentilhomme; prie-le d'en accepter deux bouteilles avec mes respects. Dis-lui que je les lui offre de grand cœur avec une bonne douzaine d'autres s'il s'en trouve bien.

Ce garçon est compatissant, *Trim*, dit mon oncle quand l'aubergiste eut refermé la porte, et cependant je ne puis m'empêcher d'avoir une haute opinion de son malade : car pour avoir conquis en si peu de temps l'affection de son hôte il doit avoir quelque chose au-dessus du vulgaire.

— Ajoutez, dit le caporal, l'affection de sa famille entière, puisque tous s'inquiètent de lui.

— Va, *Trim*, rejoins-le, dit mon oncle *Toby*, et demande-lui s'il connaît son nom.

L'aubergiste rentra bientôt dans le salon accompagné par *Trim* : En vérité, dit-il, j'ai oublié son nom. Mais je puis le redemander à son fils.

— A-t-il son fils auprès de lui? demanda mon oncle.

— Oui, un garçon de onze ou douze ans; à peine a-t-il plus mangé que son père car il pleure et se lamente nuit et jour. Voici quarante-huit heures qu'il n'a pas quitté le chevet du malade.

A ces mots, mon oncle *Toby*, posant sa fourchette et son couteau, repoussa son assiette. Trim silencieux desservit avant même d'en recevoir l'ordre; quelques minutes après il apportait la pipe et le tabac de son maître.

— Reste ici un instant, dit mon oncle *Toby*. ——

Il alluma sa pipe et tira une douzaine de bouffées.

— *Trim!* appela-t-il encore. *Trim* s'avança et s'inclina. Mon oncle *Toby*, sans un mot, continua de fumer.

— Caporal! dit encore mon oncle *Toby*. Le caporal

s'inclina. Mon oncle *Toby* n'ajouta plus rien jusqu'à la fin de sa pipe.

— *Trim*, dit mon oncle *Toby*, j'ai envie, comme il fait mauvais ce soir, de m'envelopper dans mon roquelaure (1) pour aller rendre visite à ce pauvre gentilhomme.

— Votre Honneur n'a plus porté ce roquelaure, dit *Trim*, depuis le jour de sa blessure où nous montions la garde devant la porte *Saint-Nicolas*. Et d'ailleurs la pluie est si froide ce soir qu'entre le roquelaure et le temps il n'en faudra pas plus pour mettre à mort Votre Honneur et réveiller sa blessure à l'aine.

— Je le crains, *Trim*, dit mon oncle, mais je ne puis garder l'esprit en repos depuis le récit de l'aubergiste. Je sais déjà trop de cette affaire, ajouta-t-il, et voudrais pouvoir l'oublier. Qu'allons-nous faire ?

— Que Votre Honneur, dit *Trim*, m'en laisse la charge. Je prends mon chapeau et ma canne et je pars en reconnaissance. Vous aurez dans une heure un rapport complet.

— C'est cela, *Trim*, dit mon oncle, et voici un shilling pour boire avec son domestique.

— Je lui tirerai tous les vers du nez, dit *Trim* qui déjà refermait la porte.

Mon oncle *Toby* bourra sa seconde pipe et tout le temps qu'il fuma, hormis de rares échappées vers le problème de la tenaille (pour la courtine n'en serait-elle pas droite plutôt que crochue ?) on peut dire que son esprit demeura fixé sur *Le Fever* et sur son fils.

Chapitre VII

Histoire de Le Fever *(suite)*

Il lui fallut une troisième pipe; mon oncle *Toby* en secouait les cendres lorsque, enfin, *Trim* rentra, de retour de l'auberge. Tel fut alors son rapport.

— J'ai désespéré d'abord de pouvoir fournir à Votre

(1) Manteau long du XVIIIe siècle [note du traducteur].

Honneur un renseignement quelconque sur le pauvre lieutenant malade.

— Il est donc dans l'armée ? demanda mon oncle *Toby*.

— Il est dans l'armée, répondit le caporal.

— Quel régiment ? questionna mon oncle.

— Je rapporterai dans l'ordre, dit le caporal, ce que j'ai appris.

— Laisse-moi donc, dit mon oncle *Toby*, bourrer une autre pipe, et je ne t'interromprai plus jusqu'à la fin. Assieds-toi à l'aise dans l'embrasure de la fenêtre et reprends ton récit. *Trim* fit sa vieille révérence, laquelle disait clairement d'ordinaire ce qu'elle voulait dire : *Votre Honneur est trop bon*, puis s'étant assis comme on le lui ordonnait, il reprit son récit à peu près exactement dans les mêmes termes :

— J'ai désespéré d'abord, dit-il, de pouvoir rapporter à Votre Honneur le moindre renseignement sur le lieutenant et son fils, car ayant demandé à voir son domestique dont j'étais sûr de tirer tout ce qu'on peut honnêtement demander...

— Excellente réserve, *Trim*, dit mon oncle *Toby*.

— Je reçus pour réponse, n'en déplaise à Votre Honneur, qu'il n'avait pas de domestique ; que lui et son fils étaient arrivés à l'auberge sur des chevaux de louage et que, se voyant incapable de poursuivre sa route (pour rejoindre son régiment, je suppose) il les avait renvoyés dès le lendemain. — Si je me remets, mon enfant, avait-il dit en confiant sa bourse à son fils pour payer l'homme, nous relouerons des chevaux sur place. « Mais hélas, le pauvre gentilhomme ne partira plus d'ici, m'a dit la femme de l'aubergiste, toute la nuit j'ai entendu l'horloge de la mort (1) et s'il meurt, son fils mourra aussi car il a déjà le cœur brisé. »

— J'écoutais ces paroles, poursuivit *Trim*, quand le jeune garçon entra dans la cuisine pour commander le mince toast dont nous avait entretenu l'aubergiste.

— Je vais le griller moi-même pour mon père, dit l'enfant.

— Permettez-moi, mon jeune gentilhomme, l'interrompis-je, de vous épargner cette peine. Et, saisissant une fourchette, je lui offris mon siège.

---

(1) Nom populaire donné aux bruits mystérieux de certains insectes dans le bois [note du traducteur].

— Je crois, me répondit-il modestement, pouvoir le satisfaire mieux moi-même.

— Je suis sûr pour moi, répliquai-je, que Son Honneur ne trouvera pas le toast plus mauvais pour avoir été grillé par un vieux soldat. L'enfant me saisit la main et aussitôt éclata en sanglots.

— Pauvre garçon! dit mon oncle *Toby*, il a grandi au sein de l'armée et le mot de soldat, *Trim*, signifie ami pour lui. Je voudrais le voir ici.

— Jamais, dit *Trim*, au cours de nos plus longues marches, je n'eus tant envie de dîner qu'à cet instant de pleurer avec lui : qu'avais-je donc ? Je le demande à Votre Honneur.

— Rien, *Trim*, dit mon oncle en se mouchant, rien qu'un bon cœur.

— En lui donnant le toast, poursuivit le caporal, je jugeai convenable de dire à l'enfant que j'étais le domestique du capitaine *Shandy* et que Votre Honneur, bien qu'inconnu de lui, s'inquiétait fort de son père. J'ajoutai que votre maison et votre cave (tu aurais pu ajouter aussi ma bourse, dit mon oncle *Toby*) étaient entièrement à sa disposition. Il s'inclina profondément (la révérence s'adressait à Votre Honneur) mais incapable de répondre tant il avait le cœur gros, remonta l'escalier sans un mot.

— Je vous donne ma parole, dis-je en lui ouvrant la porte de la cuisine, que votre père recouvrera la santé. Le vicaire de Mr. *Yorick* fumait sa pipe devant le feu de la cuisine mais n'a pas dit un seul mot de réconfort à l'enfant. A mon sens ce ne fut pas bien.

— C'est aussi mon avis, dit mon oncle *Toby*.

— Quand le lieutenant eut pris son toast et le verre de vin des Canaries, il se sentit un peu ragaillardi et me fit avertir qu'il serait heureux de me recevoir dans dix minutes.

— J'imagine, dit l'aubergiste, qu'il va lire ses prières, car un livre était posé sur la chaise à côté du lit et j'ai vu, avant de quitter la pièce, l'enfant qui prenait un coussin. ——

— Quoi, dit le vicaire, je pensais que vous autres, messieurs de l'armée, ne disiez jamais vos prières.

— Le pauvre gentilhomme priait hier soir très dévotement, dit la femme de l'aubergiste, je ne l'aurais jamais cru si je ne l'avais entendu de mes propres oreilles.

— En êtes-vous sûre ? répliqua le vicaire.

— N'en déplaise à Votre Révérence, dis-je, un soldat

prie Dieu aussi souvent qu'un pasteur, et de son plein gré; n'a-t-il pas plus de raison que quiconque pour le faire quand il se bat pour son roi, pour sa vie, et pour son honneur ?

— Bien répondu, *Trim*, dit mon oncle *Toby*.

— Mais le soldat, poursuivis-je, n'en déplaise à Votre Révérence, qui reste debout douze heures de suite dans une tranchée avec de l'eau jusqu'aux genoux, ou qui fait, des mois durant, des marches longues et dangereuses, harassant aujourd'hui les arrières de l'ennemi et demain harassé lui-même, détaché ici, renvoyé là par un contre-ordre, dormant une nuit la tête sur son bras, essuyant une attaque la nuit suivante, les articulations roidies de fatigue et sans peut-être un peu de paille pour s'agenouiller sous sa tente, ce soldat, dis-je, doit prier *quand* et *comme* il pourra. Et je crois, poursuivis-je, car j'étais piqué pour la réputation de l'armée, je crois, n'en déplaise à Votre Révérence, que quand ce soldat trouve le temps de le faire, il prie aussi bien qu'un pasteur quoique avec moins de micmac et d'hypocrisie.

— Ces derniers mots étaient de trop, *Trim*, dit mon oncle *Toby*, car Dieu seul connaît l'hypocrite. Il y aura pour nous tous une grande revue générale au jour du Jugement Dernier, et c'est alors seulement, caporal, que nous saurons qui a bien ou mal fait et que nous recevrons de l'avancement en conséquence.

— Je l'espère, dit *Trim*.

— C'est dans l'Ecriture, ajouta mon oncle *Toby* et je te montrerai le passage demain. En attendant, *Trim*, nous pouvons nous abandonner à la bonté et à la justice du Dieu tout-puissant qui gouverne ce monde et compter, y ayant accompli nos devoirs, qu'il ne nous demandera pas si nous le fîmes en habit noir ou rouge.

— J'espère que non, dit le caporal.

— Mais poursuis ton histoire, *Trim*, dit mon oncle *Toby*.

— J'attendis que les dix minutes fussent expirées pour monter dans la chambre du lieutenant. Je le trouvai dans son lit, légèrement soulevé sur son coude et la tête appuyée sur sa main; près de l'oreiller était un mouchoir de batiste propre et blanc; l'enfant, courbé à côté du lit, ramassait d'une main le coussin sur lequel il venait, je pense, de s'agenouiller et de l'autre, le livre encore posé sur la couverture.

— Laisse-le là mon enfant, dit le lieutenant.

Il attendit, pour s'adresser à moi, que je fusse dans la ruelle.

— Si vous êtes, me dit-il alors, le domestique de ce capitaine Shandy qui servit dans le régiment de *Leven*, portez-lui mes remerciements et ceux de mon petit garçon pour la courtoisie dont il a fait preuve à notre égard. Je l'assurai qu'il ne se trompait pas. J'ai donc fait avec lui, me dit-il, trois campagnes de *Flandre*, mais comme je n'ai pas eu l'honneur de le rencontrer, sans doute ne sait-il rien de moi. Dites-lui cependant que celui qui a contracté envers sa bonté une dette de reconnaissance est un nommé *Le Fever*, lieutenant dans le régiment d'*Angus*. Mais non, il ne saurait me connaître, ajouta-t-il rêveusement; peut-être a-t-il entendu mon histoire; dites au capitaine, je vous prie, que je suis cet enseigne qui à *Breda* vit sa femme tuée dans ses bras, sous sa tente, par un coup de mousquet malheureux.

— Je me souviens moi-même très bien de cette histoire, lui dis-je.

— Ah! vraiment! dit-il en portant à ses yeux son mouchoir, alors je puis m'en souvenir aussi. Il prit sur sa poitrine un anneau suspendu à un ruban noir et le baisa deux fois.

— Viens, *Billy*, appela-t-il. L'enfant vola dans la ruelle et, tombant à genoux, saisit l'anneau, le baisa à son tour, baisa son père et s'assit sur le lit en pleurant.

— Hélas, *Trim*, dit mon oncle *Toby*, hélas, je voudrais que ceci fût un rêve.

— Votre Honneur, dit le caporal, se laisse trop affliger. Vous servirai-je un verre de vin des Canaries avec votre pipe?

— Oui, *Trim*, dit mon oncle.

— Je me rappelle, dit mon oncle *Toby*, avec un nouveau soupir, l'histoire de l'enseigne et de sa femme; il y a même un détail qu'il a omis par modestie, et je me souviens en particulier que tous deux, en raison de je ne sais trop quelle circonstance, excitèrent la pitié de tout le régiment; mais achève ton propre récit.

— Il est achevé, répondit le caporal, car je ne pus demeurer plus longtemps et partis en souhaitant une bonne nuit à Son Honneur. Le jeune *Le Fever* quitta le lit pour me raccompagner jusqu'au bas de l'escalier. Ils venaient d'*Irlande*, me dit-il, pendant le trajet, et rejoignaient le régiment en *Flandre*. Mais hélas, remarqua le caporal, le lieutenant vient d'accomplir sa dernière étape.

— Et que deviendra le pauvre enfant ? s'écria mon oncle *Toby*.

Chapitre VIII

Histoire de Le Fever *(suite)*

L'éternel honneur de mon oncle *Toby* — je le dis ici pour la gouverne de ceux qui, claquemurés entre une loi naturelle et une loi positive [360] ne savent plus à quel saint se vouer, l'éternel honneur de mon oncle *Toby*, donc, fut, alors qu'il était passionnément engagé dans le siège de *Dendermond* et qu'il le pressait jour par jour à l'allure vigoureuse où les alliés le poussaient eux-mêmes (au point que mon oncle *Toby* n'avait plus le temps de dîner) de planter là *Dendermond* et le logement qu'il s'était établi dans la contrescarpe, pour s'incliner tout entier vers la détresse particulière des voyageurs de l'auberge. Il fit bien, il est vrai, verrouiller la porte du jardin transformant ainsi en blocus, si l'on veut, le siège de la ville : mais ce geste mis à part on peut dire qu'il abandonna *Dendermond* laissant au roi de *France* liberté de le délivrer ou non selon son bon plaisir et n'ayant plus souci, pour lui, que de délivrer de leurs maux le lieutenant et son fils.

Puisse l'Etre de bonté, l'ami des sans amis, t'en récompenser, mon cher oncle !

— Tu n'es pas allé jusqu'au bout de cette affaire, dit mon oncle au caporal qui l'aidait à se mettre au lit et je vais te dire en quoi, *Trim*. En premier lieu, si tu as bien offert mes services, tu n'as pas offert ma bourse, pourtant, voyage et maladie coûtent également cher et le pauvre lieutenant, tu le sais, doit vivre sur sa solde ainsi que son fils ; et s'il en avait besoin, je dépenserais pour lui mon argent aussi volontiers que pour moi.

— Votre Honneur sait, dit le caporal, que je n'avais pas d'ordres.

— C'est juste, *Trim*, tu as très bien agi en soldat mais très mal en homme.

Un second point, poursuivit mon oncle, pour lequel tu as en vérité, la même excuse : quand tu as offert tout le contenu de ma maison tu aurais dû offrir ma maison elle-même. Un officier est un frère; malade, il doit jouir des meilleurs quartiers; si nous l'avions ici avec nous, nous pourrions le soigner et veiller sur lui. Tu es un excellent infirmier, *Trim;* par tes soins, ceux de la vieille bonne, ceux de son fils et les miens conjugués nous pourrions restaurer aussitôt sa santé et le remettre sur ses jambes. ——

Dans quinze jours ou trois semaines, ajouta mon oncle *Toby* en souriant, il pourrait prendre la route.

— N'en déplaise à Votre Honneur, il ne prendra plus de route en ce monde, dit le caporal.

— Il faut qu'il la prenne, dit mon oncle *Toby* en se dressant, déchaussé d'un pied, dans la ruelle.

— N'en déplaise à Votre Honneur, dit le caporal, il ne prendra que la route du cimetière.

— Il faut! cria mon oncle *Toby* en prenant lui-même la route de son seul pied chaussé (sans toutefois avancer d'un pouce), il faut qu'il rejoigne son régiment.

— Il est trop faible, dit le caporal.

— On le soutiendra, dit mon oncle *Toby*.

— Il finira par tomber, dit le caporal, et que deviendra son fils ?

— Il ne tombera pas, dit fermement mon oncle *Toby*.

— Miséricorde! faisons pour lui ce que nous pourrons, dit *Trim* sans céder de terrain, le pauvre diable mourra tout de même.

— Par Dieu! cria mon oncle *Toby*, il ne mourra pas.

L'Esprit Accusateur, emportant le juron aux cieux, rougit lorsqu'il le déposa au Greffe; et l'Ange Greffier quand il l'eut inscrit, laissa tomber sur le mot une larme qui l'effaça pour l'éternité.

Chapitre IX

—— Mon oncle *Toby* ouvrit son cabinet, fourra sa bourse dans la poche de sa culotte, donna l'ordre à Trim d'aller le lendemain de grand matin chercher un docteur et s'endormit.

Chapitre X

Histoire de Le Fever *(fin)*

Le lendemain le soleil se leva brillant pour tous les yeux du village sauf ceux de *Le Fever* et de son fils au désespoir. La mort faisait peser une main lourde sur les paupières du malade et cette roue de la citerne dont parle l'Ecclésiaste était prête à tomber lorsque mon oncle *Toby*, levé une heure plus tôt que d'habitude, pénétra dans la chambre du lieutenant; sans préambule ni excuses, il s'assit auprès du lit et, tirant les rideaux au mépris de toute coutume comme un vieil ami et frère d'armes pouvait seul le faire, s'enquit de sa santé : avait-il reposé cette nuit ? Où et de quoi souffrait-il ? Que faire pour le secourir ? Puis, sans attendre de réponse à une seule de ses questions, mon oncle exposa aussitôt le plan dressé la veille au soir de concert avec *Trim*.

— Vous allez rentrer directement chez vous, *Le Fever*, c'est-à-dire chez moi, dit mon oncle *Toby*; nous manderons un docteur pour vous examiner, nous prendrons un apothicaire, le caporal sera votre infirmier et moi votre serviteur, *Le Fever*.

Il y avait en mon oncle *Toby* une franchise qui n'était point l'*effet* de sa familiarité mais la cause. Elle vous ouvrait son âme d'abord et vous en montrait la bonté.

Ajoutez à cela un regard, un ton, des manières qui ne cessèrent jamais, comme des phares, d'attirer les malheureux en leur promettant un abri. Aussi mon oncle *Toby* n'en était-il pas à la moitié de ses offres que déjà le fils, se pressant contre ses genoux, avait saisi sur sa poitrine les revers de son habit et les attirait vers lui. Le sang et les esprits déclinants de *Le Fever* qui déjà refluaient, languissants et froids, vers le cœur, leur ultime citadelle, firent volte-face ; le voile répandu sur ses yeux s'écarta un moment, la lueur d'un désir s'alluma dans le regard du malade qui, d'abord porté sur la visage de mon oncle, revint se fixer sur l'enfant ; un lien se noua qui, si léger qu'il fût, ne devait jamais se rompre. ——

Bref instant : la nature reflua, le regard se voila de nouveau, le pouls frémit — s'arrêta — repartit en saccades — s'arrêta encore — un battement — un autre arrêt — dois-je poursuivre ? Non.

Chapitre XI

Je suis si impatient de reprendre ma propre histoire que je terminerai en peu de mots dans le chapitre suivant celle du jeune *Le Fever* depuis ce jour infortuné jusqu'à celui où mon oncle *Toby* le recommanda à mon père comme précepteur pour moi. Quant au présent chapitre, j'y ajouterai seulement ce qui suit :

Mon oncle *Toby*, tenant l'enfant par la main, accompagna le pauvre lieutenant jusqu'à sa tombe comme s'il eût fait partie de la famille.

Le gouverneur de *Dendermond* rendit au défunt les honneurs militaires et *Yorick*, pour ne pas être en reste, les honneurs ecclésiastiques puisque *Le Fever* fut enterré dans le chœur de l'église. Il *apparaît* probable, en outre, que le pasteur lui dédia un sermon funèbre : *Yorick* avait en effet l'habitude (généralement adoptée, je crois, dans sa profession) d'inscrire sur la première page de chaque sermon la date et l'occasion du prêche ; il y ajoutait d'ordinaire quelques mots de commentaire ou d'appréciation, rarement à l'avantage de l'œuvre, par exemple :

Je n'aime pas du tout ce sermon sur la loi juive; il contient, je l'avoue, beaucoup d'érudition A LA WATERLAND (1) *mais rebattue et la composition l'est plus encore. Ceci n'est qu'un ouvrage très lâche. Qu'avais-je donc dans la tête en le composant ?*

— N. B. — *Le bon de ce texte c'est qu'il convient à n'importe quel sermon; le bon de ce sermon qu'il convient à n'importe quel texte.* ——

— *Ce sermon me fera pendre car j'en ai volé la plus grande part. Le Dr*. Paidagunes [361] *m'a pris sur le fait.*

☞ *Rien ne vaut un voleur pour attraper les autres.* ——

Au dos d'une demi-douzaine, je trouve seulement écrit : *Couci-couça;* deux portent : *Moderato*. L'autorité, jusqu'à un certain point, du dictionnaire *italien d'Altieri*, et surtout celle d'un certain bout de ficelle verte qu'*Yorick* semble avoir obtenu en détordant la mèche de son fouet et qui liait en un seul rouleau les deux sermons *moderato* et la demi-douzaine de *couci-couça* peuvent nous faire admettre que par ces deux appréciations leur auteur entendait à peu près la même chose.

Une difficulté pourtant en cette conjecture : les *moderato* sont cinq fois meilleurs que les *couci-couça;* montrent dix fois plus de science du cœur humain, soixante-dix fois plus de vivacité et d'esprit et (si je veux une gradation convenable) au moins mille fois plus de génie; disons, pour couronner le tout, qu'ils sont infiniment plus captivants que leurs compagnons de rouleau. Pour toutes ces raisons, quand une édition des *dramatiques* sermons de *Yorick* sera présentée au public, je n'y admettrai qu'un seul des *couci-couça* mais prendrai la liberté d'imprimer les deux *moderato* sans le moindre scrupule.

Par contre, je ne m'aventurerai pas à deviner ce que Yorick voulait signifier en appliquant à des compositions théologiques les mots *lentamente*, *tenute*, *grave* et quelquefois *adagio* par lesquels il caractérise certains de ses sermons. Je trouve plus déconcertants encore les mots *a l'octava alta* que porte un manuscrit; *con strepito* au dos d'un autre; *siciliana* sur un troisième; *alla capella* sur un quatrième; ou encore *con l'arco* ici; *senza l'arco* là. Je sais seulement que ces termes de musique ont un sens; or, Yorick était musicien; son esprit retrouvait donc

---

(1) Théologien anglais du XVIIIe siècle, fondant la foi sur des faits matériels [note du traducteur].

sans doute en eux par une bizarre transposition métaphorique le caractère général des œuvres auxquelles il les appliquait.

Parmi elles prend place la composition particulière, cause de cette inexcusable digression : le sermon funèbre sur la mort du pauvre *Le Fever*. Il semble avoir été transcrit en hâte, d'une belle écriture. Je le considère d'autant plus qu'il fut apparemment la composition favorite de son auteur. Il traite de notre état mortel. Ses feuillets attachés en long et en travers avec un morceau de gros fil ont été ensuite roulés dans une demi-feuille d'un papier bleu et sale qui paraît avoir été la couverture déchirée d'une revue et dégage aujourd'hui encore une forte odeur de drogue vétérinaire [362]. Ces humiliations furent-elles infligées à dessein ? j'en doute un peu. A la fin du sermon, en effet, et non pas au début, *Yorick* traitant cet ouvrage bien différemment des autres, a écrit ——

Bravo!

Le jugement est pourtant assez discret puisqu'il s'inscrit au moins deux pouces et demi au-dessous de la dernière ligne, tout à fait au bas de la page, dans ce coin droit que le pouce couvre d'ordinaire, vous le savez. J'ajouterai, pour lui rendre pleinement justice, qu'il est tracé très faiblement avec une plume de corneille, d'une petite écriture *italienne;* il sollicite si peu le regard que la présence ou non du pouce n'y fera guère de différence et cette modestie dans l'*attitude* l'excuse déjà à moitié. L'encre en est si pâle au surplus et diluée jusqu'à l'évanouissement qu'il faudrait voir là plutôt que le portrait [363] de la VANITÉ, celui de son ombre : fantôme vague d'un applaudissement passager qui s'est élevé soudain dans le cœur de l'écrivain, plutôt qu'approbation grossière et scandaleusement imposée à autrui.

Malgré ces atténuations, je sais fort bien qu'en publiant ceci je dessers *Yorick* et sa réputation d'humilité : mais nul homme n'est sans défaillance et voici une remarque qui diminue encore celle-ci au point de l'effacer presque complètement : le mot fut traversé de part en part quelque temps après (comme on le voit à la couleur différente de l'encre) par un trait qui le raie ainsi B̶r̶a̶v̶o̶ comme si l'auteur se rétractait ou avait nourri quelque honte de l'opinion jadis soutenue.

Hormis cet unique exemple, les brèves appréciations

caractérisant chaque sermon sont toujours inscrites sur la première page qui sert de couverture, et d'ordinaire à l'intérieur de cette page, sur la face tournée vers le texte mais à la fin de ses discours quand il disposait encore de cinq ou six pages, peut-être même d'une douzaine, il se donnait la liberté d'y faire un large tour à une allure beaucoup plus fougueuse en vérité, saisissant l'occasion apparemment de se relâcher et de décocher au vice quelque trait plus fantaisiste que ne le permet l'ordinaire rigueur de la chaire; ces petits engagements à la houzarde menés sans ordre en marge du combat n'en servent pas moins la cause de la vertu. Dites-moi donc, Mynheer Vander Blonederdondergewdenstronke [364], pourquoi ne les imprimerais-je pas avec le reste ?

Chapitre XII

Lorsque mon oncle *Toby* eut tout converti en argent et réglé l'ensemble des comptes entre l'intendant du régiment et *Le Fever* d'une part, *Le Fever* et le reste de l'humanité d'autre part, il ne lui resta entre les doigts qu'une vieille vareuse militaire et une épée; et l'on comprendra qu'il ait pu, à peu près sans opposition, s'ériger administrateur de tels biens. La vareuse, mon oncle *Toby* en fit don au caporal — Porte-la, *Trim*, dit-il, tant qu'elle pourra l'être, en souvenir du pauvre lieutenant. Quant à ceci, poursuivit mon oncle *Toby* en saisissant l'épée qu'il sortit du fourreau, quant à ceci, *Le Fever*, je le prends en garde pour toi, car c'est toute la fortune, dit-il en suspendant l'épée au mur, c'est toute la fortune que Dieu, mon cher *Le Fever*, t'a laissée. Mais s'il t'a donné aussi le courage d'en vivre en combattant et si tu l'as fait avec honneur c'en est assez pour nous.

Le temps, pour mon oncle *Toby*, de poser une fondation et de donner à l'orphelin l'art d'inscrire un polygone régulier dans un cercle, le jeune *Le Fever* fut envoyé au collège où il demeura (hormis les vacances de *Noël* et de *Pentecôte* où *Trim* allait régulièrement le chercher) jusqu'au printemps de 1717. Mais quand l'empereur dépêcha son armée en *Hongrie* contre les *Turcs*, une étincelle se raviva dans son sein ; abandonnant grec et latin, il courut se jeter aux pieds de mon oncle *Toby* et lui demanda, avec l'épée de son père, la liberté d'aller chercher fortune sous les ordres d'*Eugène* [365]. Deux fois mon oncle *Toby*, oubliant sa blessure, cria : *Le Fever*, je t'accompagne, tu te battras à mes côtés ; et deux fois, reportant la main à son aine, il laissa retomber sa tête qu'emplissait son inconsolable chagrin. ——

Enfin il décrocha l'épée du clou qu'elle n'avait plus quitté depuis la mort du lieutenant, et la tendit au caporal pour être remise en état. A peine quinze jours plus tard, n'ayant gardé le jeune *Le Fever* que le temps de l'équiper et de lui assurer un passage par *Livourne*, il lui remit l'épée en main. — Si tu es brave, dit-il, ceci ne te trahira point ; mais la fortune, poursuivit-il un peu rêveusement, la fortune, elle, pourrait le faire. Dans ce cas, ajouta mon oncle *Toby* en embrassant le jeune homme, reviens me trouver, *Le Fever*, et nous te fraierons une autre voie.

La pire douleur n'eût pas oppressé le cœur du jeune homme plus que la bonté paternelle de mon oncle *Toby*. Leur séparation fut celle du meilleur fils et du meilleur père, tous deux versaient des larmes. Mon oncle *Toby*, en l'accolant une dernière fois, glissa dans la main de l'orphelin soixante guinées nouées avec l'anneau de sa mère et pria Dieu de le bénir.

Chapitre XIII

Le *Fever* rejoignit les Impériaux juste à temps pour éprouver le métal de son arme à la défaite des *Turcs* devant *Belgrade*. Mais une malchance imméritée ne cessa de le pourchasser par la suite : quatre années il la garda sur ses talons. Il supporta ces coups du sort jusqu'au jour où il tomba malade à *Marseille :* c'est de là qu'il écrivit à mon oncle *Toby* lui annonçant qu'il avait tout perdu : temps, service, santé, tout hormis son épée et n'attendait que le premier bateau pour venir lui redemander l'hospitalité.

La lettre étant arrivée six semaines avant l'accident de *Susannah*, *Le Fever* était attendu à tout instant; sa pensée n'avait cessé de hanter l'esprit de mon oncle *Toby* pendant tout le discours de mon père décrivant à ses interlocuteurs l'homme qu'il entendait donner comme précepteur à son fils. Au début cependant mon oncle *Toby* avait jugé quelque peu fantaisistes les exigences de son frère : il s'était donc abstenu de mentionner le nom de l'orphelin; mais sur l'intervention de *Yorick* le personnage décrit ayant pris l'aspect d'un homme affable, généreux et bon, l'image de *Le Fever* et l'intérêt qu'il lui portait s'imposèrent à lui avec une telle force que mon oncle *Toby* soudain se dressa sur son fauteuil et, déposant sa pipe pour saisir à deux mains la main de son frère :

— Je vous en supplie, frère *Shandy*, s'écria-t-il, laissez-moi vous recommander instamment le fils de mon pauvre *Le Fever*.

— Je vous en prie aussi, ajouta *Yorick*.

— Il possède un grand cœur, ajouta mon oncle *Toby*.

— Et courageux, n'en déplaise à Votre Honneur, dit le caporal.

— Les meilleurs cœurs, *Trim*, sont toujours les plus braves, répliqua mon oncle *Toby*.

— Les plus couards de notre régiment étaient aussi les plus fieffés coquins, le sergent *Kumbur*, par exemple et l'enseigne ——

— Nous en reparlerons un autre jour, dit mon père.

Chapitre XIV

Quel jovial, quel plaisant monde serait le nôtre, n'en déplaise à Vos Altesses, sans cet inextricable labyrinthe de dettes, de soucis, de maux, de misères, de chagrins, d'irritations, d'humeurs noires, de biens en communautés, d'impostures et de mensonges !

Le Dr. *Slop* comme un fils de p— (selon l'expression de mon père) me tua presque, rabaissant mon état pour relever le sien et donnant à l'accident de *Susannah* dix mille fois plus d'importance qu'il n'était raisonnable;

ainsi, moins d'une semaine après, on répétait partout que *le pauvre fils Shandy* * * * * * * * * * *
* * * * * * * * * * * * * * * complètement ;
trois jours plus tard la Rumeur Publique qui double volontiers ce qu'elle rapporte jurait qu'elle avait vu positivement la chose de ses yeux et le monde entier, une fois de plus, ajoutait crédit à son témoignage : « la fenêtre de la nursery n'avait pas seulement * * * * * * * * *
* * * * * * * ; — mais avait aussi* * * * * * * * * *
* * * * * * * * * * * * * du même coup. »

S'il avait pu traîner l'univers en justice comme un Corps Constitué mon père eût intenté le procès et rossé l'univers d'importance ; mais comment s'en prendre aux particuliers ? Chaque bonne âme avait répété l'histoire avec le plus grand serrement de cœur : on ne soufflette pas ses meilleurs amis. Ne répondre que par le silence ? c'était admettre ouvertement la vérité des faits rapportés au moins pour la moitié du monde ; provoquer un nouveau remous en protestant ? c'était, pour l'autre moitié, confirmer nettement le bruit.

— Un pauvre diable de gentilhomme campagnard, geignait mon père, s'est-il jamais trouvé dans un tel embarras ?

— Pour moi, dit mon oncle Toby, j'exposerais l'enfant sur la place du marché.

— Sans résultat, ripostait mon père.

Chapitre XV

Je lui mettrai tout de même des culottes, dit mon père, que le monde pense ce qu'il voudra.

Chapitre XVI

Des milliers de décisions concernant, monsieur, l'Eglise ou l'Etat, sans parler, madame, d'affaires plus privées et domestiques, ont passé dans le monde pour hâtives, irréfléchies, écervelées, qui cependant (comme vous et moi l'aurions su si on nous avait admis dans le cabinet ou cachés derrière un rideau) avaient été mûries, pesées, soupesées, discutées, établies, réglées, sondées, examinées sous tous les angles avec tant de froideur que la Déesse de la Froideur elle-même (je ne me chargerai pas de prouver qu'elle existe) n'eût rien pu souhaiter ni faire de mieux.

Il faut compter parmi ces décisions celle que prit mon père de me mettre des culottes, subitement arrêtée dans un accès de pique et en défi à l'humanité entière. Elle n'en résultait pas moins d'un *débat* régulier, judicieux, épuisant, entre mon père et ma mère au cours de plusieurs lits de justice tenus un mois auparavant sous l'autorité paternelle. J'expliquerai la nature de ces *lits de justice* dans le chapitre suivant et dans le chapitre qui suivra le suivant vous viendrez avec moi, madame, derrière le rideau, à seule fin d'entendre comment se déroulèrent entre mon père et ma mère ces débats sur une question de culottes; vous aurez par là quelque idée de la façon dont ils traitaient tous les autres sujets moins graves.

Chapitre XVII

Les anciens *Goths* de *Germanie* dont le berceau fut, (le savant *Cluverius* [366] l'affirme) le pays situé entre *Oder* et *Vistule* et que grossirent par la suite d'autres tribus *van-*

dales [367] avaient sagement adopté pour coutume de débattre deux fois les affaires d'importance; ils les discutaient une fois saouls et une fois sobres : saouls pour que leurs conseils ne manquassent pas de vigueur, sobres pour qu'ils ne fussent pas dépourvus de sagesse.

Mon père qui buvait seulement de l'eau fut longtemps, de ce fait, dans un embarras mortel : comment tirer avantage de ce précepte comme il le faisait de tout ce qu'ont dit ou fait les Anciens. C'est seulement la septième année de son mariage et après mille essais infructueux qu'il tomba sur l'expédient convenable. Il résolut, chaque fois que devait être prise une importante décision lourde de conséquences pour la famille et qui exigeait, par suite, autant de sobriété que de chaleur, d'en disputer au lit avec ma mère, précisément le premier dimanche de chaque mois et le samedi qui le précédait. Grâce à ce dispositif astucieux et considérant, monsieur, que, * * * * * * * * *
* * * * * * * * *
* * * * * * * * *
* * * * *.

C'est ce que mon père, non sans humour, appelait ses *lits de justice* : car des deux conseils tenus dans deux dispositions d'esprit si différentes résultait généralement une décision moyenne aussi sagement équilibrée que si mon père avait été cent fois, alternativement, ivre et sobre.

Ce procédé, je dois le révéler au monde, convient aussi bien aux discussions littéraires qu'aux militaires ou aux conjugales; n'importe quel auteur n'a pas les moyens cependant de le pratiquer à la mode des *Goths* ou des *Vandales;* et s'il le peut, ne sera-ce pas aux dépens de son corps ? ou de son âme s'il en use à la façon de mon père ? ——

Voici comment j'agis pour moi : quand survient un point délicat (et Dieu sait si le présent livre en fourmille) et quand je me sens en danger d'avoir sur le dos, à chaque pas, soit Vos Altesses, soit Vos Révérences, j'écris, *repu,* la moitié de mon discours et *à jeun* l'autre moitié; il m'arrive d'ailleurs de l'écrire tout entier, repu, et de le corriger à jeun, ou de l'écrire à jeun et de le corriger repu, car tout cela revient au même. Mon père avait retouché le procédé *gothique,* je retouche le sien, mais moins; je me sens ainsi son égal pour le premier lit de justice et nullement inférieur pour le second. La nature, par de sages et merveilleux mécanismes, produit également ces effets différents et quasi contradictoires : qu'à elle seule en revienne l'honneur. Nous ne pouvons qu'orienter et faire tourner la machine pour le bien et la production améliorée des Arts et des Sciences. ——

Or, quand j'écris repu, j'écris comme si je ne devais jamais plus jeûner de ma vie; j'écris libre des soucis et des terreurs du monde. Je ne compte plus mes cicatrices; mon imagination ne me précède plus sinistrement de défilé en coupe-gorge pour y prévoir les coups qui me menacent. En un mot ma plume prend sa course et j'écris dans la plénitude de mon cœur et de mon estomac réunis.

La rédaction à jeun, n'en déplaise à Vos Honneurs, est une tout autre histoire : je fais preuve envers le monde de l'attention la plus respectueuse et partage largement avec vous (tant que mon jeûne dure) la vertu subalterne de discrétion. Ainsi en mêlant les deux modes, je finis par écrire *shandiennement*, cet honnête, cet absurde, ce très joyeux ouvrage, bénéfique à vos cœurs.

Et à vos têtes — pourvu que vous l'entendiez.

Chapitre XVIII

— Nous devrions, Mrs. *Shandy*, dit mon père en faisant un demi-tour dans le lit et en déplaçant légèrement son oreiller vers celui de ma mère, nous devrions commencer à y songer : cet enfant, bientôt, devra porter culottes.

— En effet, dit ma mère.

— Nous sommes déjà, dit mon père, honteusement en retard. ——

— C'est vrai, Mr. *Shandy*, répondit ma mère.

— Il a cependant, dit mon père, très bonne mine dans ses robes. ——

— Très bonne mine, assurément, répliqua ma mère. ——

— A tel point, ajouta mon père, qu'on pècherait presque en les lui ôtant. ——

— Je le crois, dit ma mère. ——

— Et pourtant, insista mon père, il a beaucoup grandi, beaucoup. ——

— Il est, certes, très grand pour son âge, approuva ma mère. ——

— De qui diable tire-t-il ? dit mon père.

— Oui, de qui ? s'interrogea ma mère.

— Hum ! dit mon père.

(Le dialogue s'interrompit un instant.)

— Je suis moi-même de petite taille, poursuivit gravement mon père.

— Oui, de petite taille, dit ma mère.

— Hum ! se redit mon père qui, ayant ainsi murmuré, empoigna son oreiller, le désunit de l'autre, fit demi-tour et se tut. Pendant trois minutes et demie le débat cessa.

— Il aura l'air idiot, cria mon père, dans ses culottes neuves.

— Il sera très gauche, assurément, répondit ma mère. ——

— Et nous aurons de la chance, ajouta mon père, si la chose s'arrête là.

— Beaucoup de chance, répondit ma mère.

— J'imagine, reprit mon père après une pause, qu'il ressemblera aux enfants d'autrui. ——

— Exactement, dit ma mère. ——

— Je le suppose mais j'en serais fâché, ajouta mon père : sur quoi le débat s'interrompit de nouveau.

— Il faut les faire de cuir, dit mon père en se retournant. —

— Elles dureront davantage, répliqua ma mère.

— Mais on ne pourra les doubler, dit mon père. ——

— Non, dit ma mère.

— La futaine, dit mon père, serait mieux.

— Rien de mieux, dit ma mère. ——

— Sauf le basin, dit mon père.

— Le basin l'emporte sur tout, dit ma mère.

— Il ne faut tout de même pas le faire mourir de froid, dit mon père.

— Surtout pas, dit ma mère.

Sur quoi le dialogue s'arrêta de nouveau.

— J'ai résolu pour moi, dit mon père rompant une quatrième fois le silence, qu'il n'y aurait pas de poches.

— Elles n'ont aucune nécessité, dit ma mère. ——

— J'entends à sa veste et à son gilet, cria mon père.

— C'est bien ce que j'entends aussi, répondit ma mère.

— Et cependant s'il possède une toupie ou un sabot, dit mon père — plus qu'un royaume pour eux, pauvres enfants ! — il faudra bien qu'il sache où les fourrer en lieu sûr. ——

— Selon votre bon plaisir, Mr. *Shandy*, répondit ma mère. ——

— Mais ne pensez-vous pas que j'aie raison ? poussa mon père.

— Tout à fait raison, Mr. *Shandy*, si cela vous plaît. ——

— Vous voilà bien ! s'écria mon père. Si cela me plaît ! Vous ne connaîtrez jamais, Mrs. *Shandy*, et je m'épuiserai en vain à vous l'apprendre, la différence entre ce qui plaît et ce qui convient.
Ceci se passait le dimanche soir et ce chapitre n'en dira pas davantage.

Chapitre XIX

Sur cette affaire de culottes, après en avoir débattu avec ma mère, mon père consulta *Albertus Rubenius* [368]. Or, *Albertus Rubenius* en usa s'il se peut dix fois plus mal avec mon père que celui-ci avec ma mère. Car *Rubenius* ayant expressément écrit un in-quarto, *De re Vestiaria Veterum*, c'eût été, semble-t-il, l'affaire de *Rubenius* d'éclairer quelque peu mon père. Or, ce dernier eût plus aisément tiré les sept vertus cardinales d'une longue barbe que de *Rubenius* un traître mot sur le sujet.
Sur tous les autres articles d'une garde-robe antique *Rubenius* renseigna généreusement mon père ; il lui décrivit avec un détail pleinement satisfaisant :
la Toge, ou robe lâche,
la Chlamis,
la Tunica, ou camisole,
la Synthesis,
la Paenula,
la Lacema avec son Cucullus,
le Paledamentum,
la Proetexta,
le Sagum ou justaucorps des soldats,
la Trabea dont, à en croire *Suétone*, il y avait trois espèces. — Mais quel rapport avec des culottes ? demanda mon père.

Rubenius jeta devant lui toutes les variétés de chaussures de l'élégance *romaine*. —
 la chaussure ouverte,
 la chaussure fermée,
 la savate,
 la chaussure de bois,
 la socque,
 le cothurne,
 et le soulier militaire, ferré de clous, comme le remarque *Juvénal*,
 la galoche,
 le patin,
 la pantoufle,
 le brodequin,
 la sandale à lanières,
 la chaussure de feutre,
 la chaussure de drap,
 la chaussure ajourée,
 la chaussure passementée,
 le calceus incisus,
 et le calceus rostratus.
Grâce à *Rubenius*, mon père n'ignora plus rien de leur juste monture, de leurs lacets, aiguillettes, courroies, lanières, rubans, festons et découpures. ——

— Mais c'est sur les culottes que je voudrais être informé, dit mon père.

Albertus Rubenius renseigna mon père sur toutes les variétés d'étoffes issues de manufactures *romaines* : unies, rayées, diaprées, même de soie et d'or dans toute la trame; la toile, apprit-il, n'était devenue d'un usage commun qu'au déclin de l'Empire, mise à la mode par les *Egyptiens* immigrants.

Il sut que les personnes de qualité se distinguaient par la finesse et la blancheur de leurs habits, le blanc étant la couleur la plus estimée (après la pourpre d'emploi officiel) et généralement adoptée pour les anniversaires et les réjouissances publiques; ainsi, à en croire les historiens les plus réputés, les Romains envoyaient fréquemment leurs habits au dégraisseur pour les faire nettoyer et blanchir; seuls les hommes de basse caste, pour éviter cette dépense, portèrent des habits bruns et d'une texture plus rude jusqu'au début du règne d'*Auguste* : on vit alors l'esclave s'habiller comme son maître, et de toutes les distinctions vestimentaires, seul demeurer le *Latus Clavus*.

— Et qu'était ce *Latus Clavus ?* demanda mon père.

Rubenius lui répondit que la chose était encore disputée parmi les savants ; que *Egnatius, Sigonius, Bossius Ticinensis, Bayfius, Budaeus, Salmasius, Lipsius, Lazius, Isaac Casaubon* [369] et *Joseph Scaliger* différaient tous d'opinion et que lui-même n'étaient pas de leur avis : certains y voyaient le bouton, d'autres le vêtement, d'autres la couleur du vêtement ; le grand *Bayfius,* dans sa Garde-Robe des Anciens, chap. 12, dit honnêtement qu'il n'en peut rien dire et qu'il ignore s'il s'agit d'une *fibula,* d'un bouton mobile ou fixe, d'une ganse, d'une boucle ou d'une griffe ou d'une agrafe.

Mon père perdit pied mais ne se démonta pas : c'était, dit-il, un *crochet* et sa *bride ;* et de brides et de crochets il ordonna qu'on munît mes culottes.

Chapitre XX

Une nouvelle action va commencer. ——

Laissons donc mes culottes aux mains du tailleur : il écoute, accroupi et travaillant, la conférence sur le *latus clavus* que lui lit mon père, debout et la canne à la main, non sans préciser exactement le point de la ceinture où il entend que l'objet soit cousu. ——

Laissons ma mère (la plus vraie des *Pococurantes* [370] de son sexe !) s'en soucier fort peu, comme de tout ce qui la concernait en ce monde — indifférente, j'entends, à la façon dont une chose était faite, pourvu qu'elle le fût. ——

Laissons *Slop* jouir pleinement du profit de tous mes déshonneurs. ——

Laissons le pauvre *Le Fever* se remettre, quitter *Marseille* et regagner, comme il peut, son pays ; en dernier lieu parce que c'est le plus dur, laissons si possible —

Qui ? Moi. Mais c'est impossible, je dois vous accompagner jusqu'au bout de l'ouvrage.

Chapitre XXI

Si le lecteur n'a pas une claire vision de cet arpent et demi de terres de mon oncle *Toby*, fond de son potager et lieu de ses délices, qu'il ne s'en prenne pas à moi mais à son imagination : car je suis sûr de l'avoir décrit avec un détail dont j'avais presque honte.

Lorsque la Destinée, perdue dans la contemplation des grands événements futurs, se souvint, un après-midi, du rôle qu'assignait à ce mouchoir de poche une loi gravée dans l'airain, elle l'indiqua simplement d'un signe de tête à la Nature — et c'en fut assez, car la Nature, incontinent, jeta sur le lieu une pelletée de sa terre la plus exquise contenant juste *assez* d'argile pour se mouler en angles et en indentations durables, mais assez *peu* d'argile cependant pour ne point coller à la bêche et rendre détestable, les jours de mauvais temps, un travail aussi glorieux.

Mon oncle *Toby* s'était retiré, comme j'en ai averti le lecteur, avec le plan de presque toutes les places-fortes d'*Italie* et des *Flandres*. Ainsi le duc de *Marlborough* où les alliés pouvaient entreprendre n'importe quel siège : mon oncle était prêt.

Voici comment il agissait le plus simplement du monde : aussitôt une ville investie (et avant qu'elle ne le fût quand le dessein était prévisible), mon oncle *Toby* en cherchait le plan, le trouvait, quel qu'il fût, et l'agrandissait à l'échelle aux dimensions exactes de son boulingrin. Il transportait ensuite le schéma sur son terrain, grâce à un énorme peloton de ficelle et à un grand nombre de menus piquets qu'il plantait pour marquer les angles et les redans ; consultant alors le profil de la place et de ses ouvrages pour déterminer la profondeur et la pente des fossés, le talus du glacis et la hauteur précise des banquettes, parapets, etc., il mettait le caporal à l'ouvrage et doucement le menait à son terme : car la nature du terrain, celle du travail, celle surtout de mon bon oncle *Toby* plaisamment assis là du matin au soir à bavarder avec *Trim* de leurs exploits passés, tout conspirait pour que ce passe-temps ne gardât plus du LABEUR que le nom.

Quand la place-forte ainsi achevée se trouvait en état de défense, son investissement commençait : le caporal et mon oncle *Toby* creusaient leur première parallèle. Je prierai qu'on n'interrompe pas mon histoire en venant m'objecter *que la première parallèle doit être tracée au moins à trois cents toises du corps principal des fortifications et que je n'ai pas laissé sur le terrain un pouce de libre*, car mon oncle *Toby* avait pris la liberté de mordre sur son potager pour donner plus d'espace aux ouvrages du boulingrin de sorte qu'il traçait généralement sa première et sa deuxième parallèles entre deux rangées de choux verts ou de choux-fleurs. Les inconvénients et les commodités de ce dispositif seront étudiés tout au long dans une histoire des campagnes de mon oncle *Toby* et du caporal : j'en trace ici seulement une esquisse que j'achèverai en trois pages, si je compte bien — mais il peut y avoir des surprises. Les campagnes elles-mêmes occuperont autant de livres. Les chanter, donc, comme j'en ai eu l'intention, dans le corps du présent ouvrage, serait en surcharger l'armature fragile ; mieux vaut, à coup sûr, les imprimer à part et en attendant que je considère cette affaire le lecteur fera bien de prendre mon esquisse.

CHAPITRE XXII

La ville et ses fortifications une fois achevées, mon oncle *Toby* et le caporal traçaient leur première parallèle non pas au petit bonheur mais selon le plan des alliés eux-mêmes et, réglant leurs approches et leurs attaques sur les comptes rendus que mon oncle *Toby* lisait chaque matin dans les journaux, ils menaient pas à pas leur siège en le calquant sur la réalité.

Quand le duc de *Marlborough* prenait pied quelque part, mon oncle *Toby* prenait pied aussi ; quand un bastion était battu en brèche, quand une défense croulait, le caporal, saisissant sa pioche, jetait bas sans retard l'ouvrage correspondant ; gagnant ainsi du terrain, ils prenaient les ouvrages les uns après les autres jusqu'au moment où la ville tombait entre leurs mains.

Pour un homme caché derrière la charmille et capable de se réjouir à la vue du bonheur d'autrui, quel spectacle, après l'heure du courrier, un matin où le duc de *Marlborough* avait enfin pratiqué une brèche dans le corps principal de la place, que celui de mon oncle *Toby* suivi de *Trim* donnant l'assaut avec un courage sans égal : l'un avec sa *Gazette* [371] à la main, l'autre, sa bêche sur l'épaule, prêt à réaliser ce que la *Gazette* allait dire. Quel honnête triomphe dans les yeux de mon oncle Toby marchant sus au rempart! Quel plaisir noyait son regard quand, debout près du caporal en plein travail, il lui lisait et relisait dix fois le même paragraphe de peur qu'il n'élargît indûment la brèche d'un pouce ou ne la rétrécît d'autant. Mais quand les tambours battaient la *chamade*, quand Trim, aidant mon oncle d'une main à se hisser sur le rempart et portant les couleurs de l'autre, plantait enfin ces dernières au sommet de la citadelle — ô cieux! ô terre! ô mer! en vain vous apostropherai-je, jamais tous vos éléments réunis n'ont composé pareille ivresse.

Sur cette voie heureuse, de nombreuses années durant, et sans la moindre interruption (sauf peut-être lorsque le vent d'Ouest [372] soufflant huit ou dix jours de suite leur apportait, avec trop d'insistance, une torturante senteur des *Flandres* : encore était-ce la torture des bienheureux) sur cette voie heureuse, donc, mon oncle *Toby* et *Trim* avancèrent longtemps; et chaque année, et chaque mois même, par l'invention de l'un ou de l'autre, une nouvelle amélioration, une astuce, une fioriture enrichissaient leur passe-temps, leur ouvrant de nouvelles sources de joie et les incitant à poursuivre.

Le premier an leur campagne fut menée selon l'évidente et simple méthode que j'ai décrite ci-dessus.

La deuxième année mon oncle *Toby* prit *Liège* et *Ruremond* [373] : il crut alors pouvoir s'offrir quatre beaux ponts-levis (le lecteur se souviendra que j'en ai décrit deux minutieusement au début de mon ouvrage).

Dès la fin de la même année il leur adjoignit deux grilles avec leurs herses; elles furent d'ailleurs converties plus tard en orgues jugées plus modernes. L'hiver, encore, de la même année, à la place de l'habit neuf qu'on lui faisait chaque *Noël*, mon oncle *Toby* s'offrit le luxe d'une belle guérite qu'on dressa au coin du boulingrin, non sans laisser entre elle et le pied du glacis une sorte d'esplanade où mon oncle *Toby* et *Trim* pouvaient conférer et tenir leurs conseils de guerre.

La guérite servait les jours de pluie.

Tout ce matériel fut peint dès le printemps suivant d'une triple couche de blanc ce qui permit d'ouvrir en toute splendeur la campagne suivante.

Mon père le disait souvent à *Yorick :* si, dans tout l'univers, un autre mortel s'était comporté de la sorte, le monde entier y aurait vu la plus malicieuse des satires contre la façon orgueilleuse et caracolante dont *Louis* XIV avait ouvert ses campagnes pendant toute la guerre et en particulier cette année-là; mais il n'est pas dans sa nature — le brave cœur! — de railler qui que ce soit [374].

Chapitre XXIII

Bien que, dans la première campagne, le mot de ville ait été souvent mentionné, je dois observer qu'il n'y avait à cette époque aucune *ville* dans le polygone. L'addition n'en fut faite que l'année où l'on peignit pont-levis et guérite, et dans l'été, soit pendant la troisième campagne de mon oncle *Toby;* on venait de prendre successivement *Amberg, Bonn, Rhimberg, Huy* et *Limbourg* [375] quand l'idée vint à l'esprit du caporal que tant parler de villes prises *sans en avoir* UNE SEULE *à montrer* était une façon très absurde de travailler. Il proposa donc à mon oncle d'en faire construire un modèle monté à la hâte en lattes de sapin qu'on peindrait ensuite et qu'on fourrerait dans le polygone intérieur une fois pour toutes.

Mon oncle *Toby*, séduit sur-le-champ par un tel projet, sur-le-champ y acquiesça, mais en y apportant deux améliorations dont il ressentit autant de fierté que s'il avait conçu le projet lui-même.

La première fut de donner au modèle le style des cités qu'il représenterait probablement avec fenêtres grillagées et pignons sur rue, etc., etc., comme on les voit à *Bruges, Gand* et autres villes de *Flandre* [376].

La seconde fut de monter la ville non pas en un seul bloc, comme le proposait le caporal, mais par maisons indépendantes qu'on accrocherait ou décrocherait à son gré pour composer le plan de la ville choisie. La mise en chantier eut lieu sans retard et, pendant le travail du charpentier, mon oncle *Toby* et *Trim* échangèrent bien des regards de félicitation mutuelle.

L'été suivant, le succès tint du prodige : parfait Protée, la ville fut *Landen, Trerebach, Santvliet, Drusen, Haguenau;* elle fut *Ostende* et *Menin;* elle fut *Aeth* et *Dendermond* [377].

Jamais à coup sûr, depuis *Sodome* et *Gomorrhe*, une ville ne joua tant de rôles que la VILLE de mon oncle *Toby*.

La quatrième année, une ville sans église parut stupide à mon oncle *Toby;* il en adjoignit une très belle avec un clocher, *Trim* y eût suspendu des cloches mais mon oncle *Toby* jugea meilleur de réserver le métal pour la fonte de canons.

—— Voilà pourquoi, dès la campagne suivante, six pièces de bronze encadrèrent trois par trois la guérite de mon oncle *Toby*. Et voilà pourquoi d'autres suivirent bientôt, d'un calibre sensiblement augmenté, puis d'autres plus grosses encore (selon la marche ordinaire des lubies) depuis les batteries d'un demi-pouce jusqu'aux bottes cuissardes de mon père.

Lille fut assiégée [378] l'année suivante dont la fin vit tomber entre nos mains *Bruges* et *Gand;* c'est alors que le manque de munitions convenables mit mon oncle *Toby* à cruelle épreuve, je dis munitions convenables car sa grosse artillerie ne supportait pas la poudre, par bonheur pour la famille *Shandy*, car la canonnade incessante des assiégeants faisait tant de bruit dans les gazettes et leur compte rendu échauffait si fort l'imagination de mon oncle *Toby* qu'il eût infailliblement dissipé tout son bien en fumée.

On manqua donc cruellement, et en particulier au cours d'un ou deux paroxysmes, d'un quelconque *succédané* qui soutînt l'illusion d'un bombardement continu : ce *succédané*, *Trim*, dont le fort était l'invention, y suppléa par un nouveau système de martelage entièrement de son cru et sans lequel les critiques militaires n'eussent pas manqué jusqu'au bout du monde de porter au passif de mon oncle *Toby* un *défaut* majeur de dispositif.

L'explication va en être donnée et je ne la rendrai pas plus mauvaise en m'écartant, comme d'ordinaire, quelque peu du sujet.

Chapitre XXIV

Aux deux ou trois babioles, précieuses pourtant à ses yeux, que Trim avait reçues de *Tom*, son frère infortuné, quand celui-ci avait épousé la veuve *juive*, se trouvaient jointes une *montera* [379] et une paire de pipes *turques*.

Je décrirai la *montera* en temps voulu. Les narguilés n'avaient rien de particulier : montés et ornés à l'ordinaire, ils possédaient un tuyau flexible en cuir du *Maroc* fileté d'or et terminés par un bouquin en ivoire pour l'un, et pour l'autre en ébène incrusté d'argent.

Mon père qui ne voyait rien que sous un jour singulier, disait souvent à *Trim* que ces deux cadeaux marquaient plus chez son frère de délicatesse que d'affection.

— *Tom* se souciait peu, *Trim*, insinuait-il, de porter la coiffure ou de fumer la pipe d'un *Juif*.

— Dieu vous bénisse, s'écriait le caporal qui soutenait avec vigueur la thèse adverse, comment est-ce possible ?

La montera, écarlate, du plus fin drap d'*Espagne* et de la meilleure teinture [380], était entièrement bordée de fourrure sauf quatre pouces sur le devant qu'occupait une applique bleu pâle et finement brodée; elle paraissait avoir appartenu à un maréchal des logis *portugais* monté, comme le nom l'indique.

Le caporal qui n'en était pas peu fier, aussi bien pour lui que pour le donateur, ne la portait que rarement et les jours de GALA. Jamais pourtant montera ne servit à tant d'usages car en toute controverse, militaire ou culinaire, le caporal, pourvu qu'il fût assuré d'avoir raison *jurait* par elle, ou la *pariait*, ou *l'offrait*.

Dans le cas présent, c'est de cadeau qu'elle servit.

Que je *donne*, se dit Trim, ma montera au premier mendiant qui frappe à la porte, si je ne me sors pas de cette affaire à la satisfaction de Son Honneur.

La solution devait être trouvée pour le lendemain matin dernier délai, l'assaut devant être alors donné à la contrescarpe entre la *Deûle* et la porte *Saint-André*, à gauche, et à droite, entre la porte *Sainte-Madeleine* et la rivière [381].

Cette attaque fut la plus fameuse de toute la guerre,

celle où, des deux côtés, l'on déploya le plus de courage et d'obstination ; la plus sanglante aussi puisque la seule matinée coûta aux alliés plus de onze cents hommes. Mon oncle *Toby* s'y prépara donc avec une solennité inaccoutumée.

La veille au soir, en se mettant au lit, il fit sortir sa perruque à la Ramillies (1) de sa vieille cantine où depuis des années elle reposait, retournée à l'envers, dans la ruelle, et la fit poser sur le couvercle, prête à être coiffée le lendemain. Ce qu'il fit en effet, au saut du lit et en chemise, après avoir retourné la perruque comme un gant et mis le crin à l'extérieur. Ensuite seulement il enfila ses culottes, boutonna la ceinture et boucla son ceinturon ; il avait à moitié engagé son épée quand il s'avisa qu'on devait lui faire la barbe et que cette arme serait une grande incommodité : il la retira donc. Mais quand il essaya d'enfiler gilet et tunique la perruque ne le gêna pas moins : il ôta donc aussi la perruque. Ainsi harcelé de toutes parts, comme il arrive toujours aux gens pressés, ce ne fut pas avant dix heures soit une demi-heure plus tard qu'à l'ordinaire, que mon oncle *Toby* put faire sa sortie.

CHAPITRE XXV

A peine contournée la rangée d'ifs qui séparait le potager du boulingrin, mon oncle *Toby* s'avisa que le caporal avait attaqué sans lui. ——

Laissez-moi vous décrire avec quel dispositif et vous dépeindre *Trim* lui-même dans la furie de son action tel qu'il apparut aux regards de mon oncle *Toby* quand celui-ci tourna les yeux vers la guérite où le caporal se démenait : car la nature n'offre pas deux tableaux de ce genre et la combinaison de tout ce qui, en elle, apparaît grotesque ou bizarre, ne produirait pas son égal.

Le caporal ——

Que votre pas soit léger à ses cendres, ô hommes de génie, car il était des vôtres.

---

(1) Perruque portée depuis la victoire de Marlborough à Ramillies [note du traducteur].

Sarclez la terre de sa tombe, ô hommes de bonté, car il fut votre frère. O caporal! que ne t'ai-je aujourd'hui près de moi quand je pourrais t'offrir table et protection. Comme je te chérirais! Tu porterais ta montera à toute heure du jour et tous les jours de la semaine; quand elle serait défraîchie, je t'en achèterais deux autres. Mais hélas! hélas! hélas! quand je puis le faire, en dépit de Leurs Révérences, l'occasion est perdue — tu n'es plus de ce monde; ton génie s'est envolé, regagnant les étoiles d'où il était descendu et ton cœur chaleureux, aux vaisseaux généreusement ouverts, n'est plus que *terre au creux de la vallée!*

Mais qu'est ceci auprès de la page redoutée qu'il me faudra écrire quand se déploiera sous mes yeux le velours funèbre portant les insignes militaires de ton maître — le premier, le meilleur des êtres créés, — quand je te verrai, serviteur fidèle, déposer d'une main tremblante sur son cercueil, l'épée et le fourreau, puis repasser le seuil et, le visage d'une pâleur de cendres, saisir par la bride le cheval de deuil qui doit suivre ses funérailles ainsi qu'il te l'a ordonné; alors je verrai mon père, tous ses systèmes balayés par le chagrin, et en dépit de sa philosophie, à l'instant où il vérifiera la plaque laquée du cercueil, ôter deux fois de son nez ses lunettes pour en essuyer la rosée qu'y dépose la nature. Alors je le verrai accablé, dans ce silence inconsolé qui me crie aux oreilles [382] : « O *Toby!* en quel coin de ce monde trouverai-je ton égal ? »

Grâces surnaturelles dont les pouvoirs ont ouvert les lèvres du muet dans son infortune et fait parler distinctement la langue bégayante, quand j'en arriverai à cette page terrible n'étendez pas vers moi une main parcimonieuse.

Chapitre XXVI

Le caporal, donc, on s'en souvient, s'était juré la veille au soir de pallier un *défaut majeur* et d'inventer quelque dispositif qui donnât l'impression d'un feu roulant accablant l'ennemi au plus fort de l'attaque. Or, tout son esprit ne l'avait pas mené plus loin que l'artifice suivant : souffler de la fumée de tabac contre la ville par le canal d'une des six pièces de campagne encadrant la guérite; et comme le projet était né dans sa fantaisie en même temps que les moyens de le réaliser, il avait jugé peu dangereux de parier sa montera sur sa réussite.

Même, à ruminer un peu son idée, il s'était bientôt avisé qu'avec l'aide de ses deux narguilés et en adaptant à la base de chacun trois petits tubes en peau de chamois terminés par des tuyaux de métal qu'on enfoncerait dans les lumières et qu'on luterait ensuite avec de l'argile tandis qu'on rendrait rigoureusement étanches avec de la cire les insertions sur les tubes de cuir, il devenait possible de tirer ensemble les six pièces aussi aisément qu'une seule. ——

Qui dira de quels ajouts et de quelles tombées peuvent être bâties les inventions qui permettent l'avancement des sciences humaines ? Qui, ayant lu l'histoire des deux *lits de justice* de mon père, se lèvera pour proclamer de quel heurt corporel peut jaillir, ou ne pas jaillir, la lumière qui doit porter arts et sciences à leur point de perfection ? Seigneur! Vous savez si je les aime, le secret de mon cœur vous est connu et vous savez qu'à cet instant je donnerais volontiers ma chemise. ——

— Vous seriez sot, *Shandy*, dit *Eugenius*, car vous n'en possédez qu'une douzaine et cela romprait votre assortiment. ——

— Peu importe, *Eugenius*, je donnerais la chemise que j'ai sur le dos pour en faire de l'amadou, si un savant, brûlé par la fièvre des recherches, me la demandait. Quelle gerbe d'étincelles le silex et l'acier projetteraient d'un bon coup sur son pan. — Mais ne pensez-vous pas qu'une *explosion* pourrait s'ensuivre ? — Certainement.

Mais si nous revenions au projet de *Trim*.

Le caporal veilla la plus grande partie de la nuit pour le *parfaire* puis, ayant mis ses canons à suffisante épreuve en les chargeant jusqu'à la gueule de tabac, il gagna son lit, satisfait.

Chapitre XXVII

Le caporal était sorti à la dérobée dix minutes avant son maître : le temps d'agencer son dispositif et d'adresser à l'ennemi une salve ou deux avant l'arrivée de mon oncle *Toby*.

Il avait pour ses fins ramené les six pièces de campagne devant la guérite en ne laissant qu'un intervalle de quatre pieds environ entre les deux groupes de trois pour la commodité de la manœuvre, charge, etc. — peut-être aussi jugeait-il deux fois plus honorable de posséder deux batteries.

Sagement et de crainte d'être tourné, le caporal s'était posté en arrière des pièces, le dos à la porte de la guérite : il tenait entre le pouce et l'index, dans sa main droite, la pipe d'ivoire reliée à la batterie de droite entre le pouce et l'index de la main gauche, la pipe d'ébène incrustée d'argent reliée à la batterie de gauche. Ainsi, le genou droit en terre comme à la tête de son peloton et le chef coiffé de la montera, le caporal, jouant alternativement de ses deux batteries, bombardait-il avec furie la contre-garde face à la contrescarpe où l'assaut allait être donné ce matin. Sa première intention, je l'ai dit avait été de projeter vers l'ennemi une bouffée ou deux, mais le plaisir de chaque bouffée et l'excitation du jeu s'étaient insensiblement emparés du caporal; de bouffée en bouffée il avait engagé l'attaque et elle battait son plein quand mon oncle *Toby* arriva.

Ce fut un bonheur pour mon père que mon oncle *Toby* ne fît pas son testament ce jour-là.

Chapitre XXVIII

Mon oncle *Toby* prit le bouquin d'ivoire de la main du caporal, le considéra une demi-minute et le rendit.

Moins de deux minutes plus tard il reprit le bouquin, l'éleva presque jusqu'à ses lèvres et hâtivement le rendit une seconde fois.

Le caporal redoubla son attaque, mon oncle *Toby* sourit, prit un air grave, sourit de nouveau, puis demeura longtemps sérieux.

— Passe-moi la pipe d'ivoire, *Trim*, dit enfin mon oncle Toby.

Il la porta à ses lèvres, la retira aussitôt, puis s'en fut jeter un coup d'œil sur le parapet de l'ouvrage à cornes. Jamais pipe n'avait fait si abondamment saliver la bouche de mon oncle *Toby*. Le bouquin à la main, mon oncle se retira dans la guérite. ——

Ne faites pas cela, mon cher oncle *Toby*. Il ne faut pas trop augurer de ses forces, étant donné l'objet et le coin.

Chapitre XXIX

Le lecteur m'aidera, j'espère, à rouler dans la coulisse l'artillerie de mon oncle *Toby*, à déménager sa guérite, à débarrasser *si possible* la scène des ouvrages à cornes et des demi-lunes et pousser à l'écart tout le reste de son attirail militaire ; cela fait, *Garrick*, ami cher, nous moucherons les chandelles, nous balaierons les planches avec un balai neuf, lèverons enfin le rideau et camperons, de mon oncle *Toby*, pour le montrer au monde, un personnage si nouveau que nul ne pourra prévoir ses actions. Si la pitié pourtant est bien sœur de l'amour et si le courage ne lui est pas étranger, vous avez assez vu mon oncle *Toby* se manifester dans un premier état pour faire ressortir dans le second les traits de famille par où ils s'apparentent. Hélas! Vaine science! dans des cas de ce genre tu ne nous aides jamais et nous embarrasses toujours.

Il y avait, madame, en mon oncle *Toby*, une pureté de cœur qui l'égarait et le menait bien loin des petites voies serpentines où ces sortes d'affaires nous engagent ordinairement. Vous ne sauriez — non, vous ne sauriez vous en faire une idée. Ajoutez à cela une pensée si directe et si simple, une telle ignorance sans suspicion des plis et replis du cœur féminin que, dans la nudité sans défense où il se présentait à vous (quand il n'avait pas un siège en tête) vous pouviez bien, à l'abri de vos voies serpentines, lui percer le foie [383] de dix flèches par jour en admettant que neuf n'aient point suffi à vos desseins.

Ajoutez à ceci, madame, ce trait naturel chez mon oncle *Toby* dont je vous ai déjà parlé, cette inégalable pudeur, sentinelle si constante de ses sentiments que vous eussiez plutôt — Mais où vais-je? Ces réflexions se pressent sous ma plume dix pages trop tôt et me volent le temps que je dois consacrer aux faits.

CHAPITRE XXX

Rares furent les fils légitimes d'*Adam* dont la poitrine ne ressentit jamais l'aiguillon de l'amour (les misogynes étant *a priori* tenus pour bâtards) : et de cet honneur, neuf parts au moins sur dix reviennent aux plus grands héros de l'histoire antique et moderne. Si je pouvais un instant retirer de son puits la clef de ma bibliothèque [384], je vous dirais leurs noms; quant à m'en souvenir, impossible; veuillez donc accepter ceci en échange. ——

Le grand roi *Aldrovandus*, *Bosphorus*, *Cappadocius*, *Dardanus Pontus* et *Asius* furent du nombre, sans parler de *Charles* XII au cœur de fer dont la Comtesse K ***** elle-même ne put rien tirer. Il y eut encore *Babylonicus*,

Mediterraneus, Polixene, Persicus et *Prusicus* [385]; pas un d'entre eux (sauf peut-être Cappadocius et *Pontus* qui ne furent pas exempts de soupçons) ne plia une seule fois le genou devant la déesse. En vérité, tous avaient autre chose à faire : mon oncle *Toby* aussi, jusqu'au jour où la Destinée, je dis bien la Destinée, jalouse de voir son nom passer à la postérité avec ceux d'*Aldrovandus* et des autres, par une basse combinaison, fit conclure la paix d'*Utrecht*.

Vous pouvez m'en croire, messieurs, elle ne commit rien de pire cette année-là.

Chapitre XXXI

Le traité d'*Utrecht* eut bien des conséquences fâcheuses; l'une d'elles fut de donner à mon oncle *Toby* quasiment la nausée des sièges. Il recouvra bien l'appétit par la suite mais le nom d'*Utrecht* demeura dans son cœur une cicatrice plus profonde que celui de *Calais* dans le cœur de la Reine *Mary* [386]; jusqu'à la fin de ses jours il ne put l'entendre, ou même lire quelque nouvelle citée dans la *Gazette d'Utrecht*, sans pousser le plus profond des soupirs — à peu que son cœur ne se fendît.

Mon père, grand DÉCOUVREUR DE MOTIFS, et par suite le plus dangereux des témoins pour la joie ou la douleur d'autrui (car il savait aussitôt mieux que vous quel motif vous faisait pleurer ou rire) consolait alors toujours son frère en laissant entendre que ce qui chagrinait le plus mon oncle *Toby* dans cette histoire de traité était le coup porté à sa chère *lubie*.

— Point d'inquiétude, frère *Toby*, disait-il, grâce à Dieu, une autre guerre éclatera bien un de ces jours; et une fois la chose faite, les puissances belligérantes, quand elles se pendraient, ne sauraient nous empêcher d'entrer dans le jeu. Je les défie, mon cher *Toby*, ajoutait-il, de prendre des provinces sans prendre des villes — et de prendre des villes sans les assiéger.

Mon oncle *Toby* n'acceptait jamais en souriant les coups ainsi traîtreusement décochés par mon père; sans générosité, à son sens, ils atteignaient non seulement la chimère mais celui qui la chevauchait, et du côté le moins honorable ; il posait donc toujours sa pipe en ces occasions pour se défendre avec plus de feu que de coutume.

J'ai confié au lecteur, voici juste deux ans, que mon oncle *Toby* n'était pas éloquent — non sans donner, d'ailleurs, un démenti dans la même page. Je renouvellerai ici la remarque et la contradiction : mon oncle *Toby* n'était pas éloquent. Il avait de la peine à prononcer de longues harangues et haïssait les discours trop fleuris ; mais le flot parfois emportait l'homme si fort à contrecourant de lui-même que mon oncle *Toby* pouvait égaler *Tertullien* [387] et quelquefois le dépasser infiniment.

Mon père conçut un tel plaisir d'un de ses discours apologétiques prononcés un soir devant *Yorick* et luimême qu'il l'écrivit avant de se coucher.

Par un rare bonheur j'ai retrouvé cet écrit parmi les papiers de mon père ; ce dernier y a mêlé quelques réflexions de son cru, entre crochets, ainsi [ ], et l'a intitulé :

Plaidoyer de mon frère Toby
pour justifier ses principes et son attitude
en faveur d'une poursuite de la guerre

Ayant moi-même, je puis l'affirmer, relu cent fois le discours apologétique de mon oncle *Toby*, je n'ai cessé d'y voir un modèle de défense mêlant aux meilleurs principes l'usage du naturel le plus doux et le plus brave à la fois : je le publierai donc mot pour mot (en respectant même la disposition manuscrite).

Chapitre XXXII

Discours apologétique de mon oncle Toby

Qu'un soldat soit mal vu du monde, frère *Shandy*, lorsqu'il souhaite la poursuite de la guerre comme je viens de le faire, je le conçois sans peine. Si justes que puissent être ses motifs et si droites ses intentions, il n'en paraît pas moins en fâcheuse posture et se défendra difficilement contre l'accusation de prêcher pour son saint.

Si donc ce soldat est prudent, comme il peut l'être en effet sans que sa prudence diminue en rien sa bravoure, il évitera sûrement de formuler son désir à portée d'une oreille ennemie; car il aura beau dire ensuite, l'ennemi ne le croira pas. Il se gardera même sur ce point de se confier à un ami par crainte d'en être abaissé dans son estime. Mais si un poids trop lourd opprime un jour son cœur et si ses lèvres doivent laisser échapper un soupir qui trahisse son secret désir de bataille, il ne le poussera qu'à l'oreille d'un frère qui connaisse le fond de son âme, ses vraies dispositions, ses pensées et les principes de son honneur. Ce que furent les miens, du moins je l'espère, frère *Shandy*, il ne me convient pas de le dire. J'ai été, je le sais, moins bon que je n'aurais dû et sans doute moins bon que je ne pense : mais tel que je suis, vous, cher frère *Shandy*, que le même sein a nourri, qui m'avez accompagné depuis le berceau, et à qui, depuis le temps où nous jouions ensemble jusqu'à cette heure-ci, je n'ai pas caché une seule de mes actions, à peine une de mes pensées — tel que je suis donc, vous devez, mon frère, me reconnaître avec les vices, avec les faiblesses aussi, de mon âge, de mon tempérament, de mes passions et de mon intelligence.

Aussi, lorsque je condamne la paix d'*Utrecht* et déplore que la guerre n'ait pas été poursuivie avec vigueur quelque temps encore, dites-moi, mon frère, sur lequel de ces vices ou laquelle de ces faiblesses vous pouvez vous fonder pour croire que je le fais dans une pensée injuste ? L'accusation que je voudrais voir la guerre prolongée, massacrés de nouveaux compagnons d'armes, d'autres hommes tombés en servitude, d'autres familles chassées de leurs habitations paisibles et tout cela pour mon seul plaisir dites-moi, frère *Shandy*, sur lequel de mes actes la fondez-vous ? [*Sur un seul morbleu!* pensa mon père : *celui que vous avez signé quand je vous ai prêté cent livres pour la poursuite de vos sièges maudits.*]

Si, écolier, je ne pouvais entendre battre un tambour sans que le cœur me battît aussi, est-ce ma faute ? Suis-je responsable de mon inclination ? L'appel aux armes venait-il de moi ou de la nature ?

Quand *Guy*, Comte de *Warwick* [388], *Parismus* et *Parismenus*, *Valentin* et *Orson* [389], et les *Sept Champions d'Angleterre* devinrent fameux par toute l'école, le récit de leurs exploits circulant de main en main n'avait-il pas été acheté avec mon propre argent de poche ? Etait-ce là de l'égoïsme, frère *Shandy* ? Quand nous lisions le siège de *Troie* qui dura dix ans et huit mois (avec une artillerie comme celle que nous possédions à *Namur* la ville aurait pu être emportée en une semaine) la destruction des *Grecs* et des *Troyens* me chagrina-t-elle moins que tout autre garçon de la classe ? Ne reçus-je pas deux coups de férule sur la main droite et un sur la gauche pour avoir traité *Hélène* de garce ? Quelqu'un de vous versa-t-il plus de larmes pour *Hector* ? Et quand le roi *Priam* vint au camp réclamer son corps et dut rentrer dans *Troie* sans l'avoir obtenu [390] n'est-il pas vrai, mon frère, que je ne pus dîner ? ——

Etait-ce marque de cruauté ? Parce que mon sang bondissait vers le combat, parce que mon cœur n'aspirait qu'à la guerre n'étais-je point capable de souffrir des détresses que la guerre entraîne ?

O frère ! une chose est pour le soldat de cueillir des lauriers, une autre de planter des cyprès. [*Qui t'a dit, mon cher* Toby, *que le cyprès avait pour les Anciens un sens funèbre ?*]

Une chose, frère *Shandy*, est pour le soldat de risquer sa propre vie, de sauter le premier dans la tranchée où il est sûr d'être mis en pièces. Une chose est, par courage civique ou par soif de gloire, de pénétrer le premier dans la brèche, de charger au premier rang dans le bruit des tambours et des trompettes, la soie des drapeaux claquant aux oreilles. Une chose est ceci, frère *Shandy*, autre chose est de méditer sur les malheurs de la guerre en considérant, avec la désolation de provinces entières, les fatigues et les souffrances intolérables que doit endurer lui-même (pour douze sols par jour quand il les a) le soldat qui en est l'instrument.

Est-il nécessaire de me dire, comme vous le fîtes, mon cher *Yorick*, dans le sermon funèbre de *Le Fever*, *que l'homme, créature douce et tendre, n'a pas été formé pour de telles fins, mais pour l'amour, la merci, la bonté ?* Pourquoi n'avez-vous pas ajouté, Yorick, que l'homme était entraîné à la guerre, sinon par sa NATURE, du moins par la NÉCESSITÉ ? Qu'est la guerre, en effet, *Yorick ?* Qu'est-elle lorsqu'elle se fonde, comme la nôtre, sur des principes de *liberté* et d'*honneur* — oui, qu'est-elle donc, sinon le rassemblement d'hommes inoffensifs et paisibles mais, leur épée à la main, résolus à maintenir dans leurs limites la turbulence et l'ambition ? Et le ciel m'est témoin, frère *Shandy*, que les plaisirs de la guerre et en particulier l'immense agrément des sièges dans mon boulingrin n'ont eu d'autre origine, chez moi, et je pense chez le caporal, que le sentiment où nous étions tous deux de répondre ainsi aux desseins de Celui qui nous créa.

Chapitre XXXIII

J'ai déjà dit au Chrétien qui me lit — je le nomme *chrétien* l'espérant tel; s'il ne l'est pas, je le regrette et le prie de disputer la chose avec sa conscience sans rendre mon ouvrage responsable, ——

Je lui ai dit, monsieur — car, en vérité, lorsqu'un auteur raconte une histoire aussi étrangement que je le fais ici, il doit sans cesse revenir en arrière et repartir en avant afin de tisser tous ses fils dans l'imagination du lecteur, précaution dont je me suis peut-être avisé trop tard moi-même : tant de sujets fusent de toutes parts, incertains et ambigus, leur poursuite comporte tant de brisures et de trous, les constellations nous servent si mal, ce qui n'empêche pas d'ailleurs d'en suspendre quelques-unes dans la nuit des passages les plus obscurs, sachant bien comme il est aisé de se perdre fût-ce dans la pleine lumière du jour — et voyez-vous, me voilà perdu moi-même ! ——

La faute en est à mon père et sitôt mon cerveau disséqué, vous y distingueriez sans lunettes, large et irrégulier, le défaut de tissage pareil à ceux qu'on rencontre parfois dans une pièce de batiste invendable, courant d'un bout à l'autre de la trame, et si malencontreux qu'on ne saurait y tailler une ** (j'accroche encore ici une ou deux étoiles) un bandeau pour les cheveux ou même une « poupée » pour le pouce, sans que le défaut soit sensible à l'œil ou au doigt. ——

Quanto id diligentius in liberis procreandis cavendum [391], dit Cardan. Ceci mûrement considéré et dans l'impossibilité morale où je suis, vous le voyez bien, de revenir par ce détour au point d'où je suis parti —

je vais recommencer mon chapitre.

Chapitre XXXIV

Au début du chapitre qui précède le discours apologétique de mon oncle *Toby*, j'ai déjà dit au lecteur chrétien sous une forme métaphorique, il est vrai différente de celle que je vais employer maintenant, que la paix d'*Utrecht* avait failli créer entre mon oncle *Toby* et sa chimère la même réserve ombrageuse qu'entre la reine et les autres puissances confédérées.

Ainsi parfois un cavalier saute de son cheval avec une indignation qui semble dire : « Je préfère, monsieur, aller à pied le reste de mes jours plutôt que de franchir un mille de plus sur votre dos. » Mon oncle *Toby* n'abandonnait pas sa chimère exactement de cette façon-là ; à proprement parler, même, il ne l'abandonnait pas mais fut désarçonné par une assez vicieuse ruade et prit la chose d'autant plus mal. Que les officiels jockeys se tirent comme ils voudront de ces sortes de pas. Il en résulta, je l'ai dit, entre mon oncle *Toby* et sa chimère une espèce de réserve ombrageuse. De *mars* à *novembre*, après la signature du traité, peu d'occasions s'offrirent de rompre cette glace : à peine fallut-il, en de brèves escapades, s'assurer que le port de *Dunkerque* était détruit, conformément aux stipulations.

Les *Français*, tout l'été, tergiversèrent, reculant l'ouverture des travaux : M. *Tugghe*, député des Echevins de *Dunkerque*, ne cessa d'adresser à la reine d'émouvantes épîtres en suppliant Sa Majesté de réserver ses foudres aux ouvrages militaires qui pouvaient l'avoir irritée et d'épargner le môle [392] pour l'amour des môles en général : car, disait-il, un môle nu ne pouvait être qu'un objet de pitié et la reine étant une femme — et une femme pitoyable — ses ministres eux-mêmes, d'autre part, ne pouvant avoir résolu dans leur cœur de démanteler complètement la ville, il résultait de ces considérations intimes ** ___

****
****
*****; ainsi mon oncle *Toby* connaissait-il des jours sans allégresse. Il avait avec Trim construit et mis la ville en état d'être détruite mais on fut trois grands mois avant de recevoir des commandants, commissaires, députés, négociateurs et intendants divers, l'autorisation de le faire. Intervalle fatal d'inactivité!

Le caporal proposait de commencer par une brèche dans le rempart, principal ouvrage de la ville.

— Non, caporal, cela n'ira pas, disait mon oncle *Toby* car la garnison *anglaise*, de ce fait, cessera d'être protégée; car si les *Français* sont capables de traîtrise — (autant que des démons, n'en déplaise à Votre Honneur, dit le caporal), voilà bien mon éternel souci, *Trim*, dit mon oncle *Toby* — ils ne manquent pas d'une certaine bravoure; que l'on fasse une brèche dans le rempart, ils peuvent y entrer et se rendront maîtres de la place quand ils voudront.

— Eh bien, qu'ils y entrent, répondit le caporal en empoignant sa bêche à deux mains comme pour en coucher une nuée d'assaillants, qu'ils y entrent, s'ils l'osent.

— Dans de pareils cas, *Trim*, dit mon oncle qui saisit sa canne par le milieu et l'agita comme un gourdin, l'index en avant, un commandant n'a pas à considérer ce que l'ennemi osera ou n'osera pas faire : il doit agir avec prudence. Nous commencerons par les ouvrages extérieurs tant du côté de la mer que vers la terre; le fort *Louis* en particulier qui est le plus distant sera jeté bas le premier et nous démolirons le reste fort à fort à gauche et à droite, en nous retirant vers la ville; nous détruirons ensuite le môle, nous comblerons le port et gagnerons enfin la citadelle que nous ferons sauter : cela fait, caporal, nous nous embarquerons pour l'*Angleterre*.

— Nous y sommes, dit le caporal qui avait retrouvé ses esprits. Mon oncle *Toby* regarda l'église : en effet, dit-il.

Chapitre XXXV

Une ou deux consultations de ce genre avec le caporal sur la démolition de Dunkerque ramenaient, perfides délices, en mon oncle *Toby*, le souvenir des plaisirs qui lui échappaient. Et pourtant — et pourtant les jours passaient sans allégresse — chaque bouffée de magie laissait l'esprit plus faible; la PAIX, puis le SILENCE envahissant le salon solitaire, jetaient leurs voiles sur le front de mon oncle *Toby*; l'INDIFFÉRENCE s'asseyait, chair molle et yeux vagues, avec lui dans son fauteuil. Amberg, Rhimberg, *Limbourg*, *Huy* et *Bonn* dans une même année et la perspective de *Landen*, *Trerebach*, *Drusen* et *Dendermond* pour l'année suivante n'étaient plus là pour fouetter le sang. Sapes, mines, tranchées, gabions et palissades n'écartaient plus de mon oncle *Toby* le plus bel ennemi de la quiétude humaine : il ne pouvait plus, franchissant les lignes *françaises*, tout en mangeant l'œuf de son souper, pénétrer au cœur même de la *France*, traverser l'*Oise* et, laissant derrière lui la *Picardie* ouverte, marcher droit jusqu'aux portes de *Paris*, et tomber en un rêve de pure gloire. Il ne pouvait plus songer qu'il plantait le drapeau britannique au sommet de la *Bastille* et se réveiller dans son claquement.

De plus tendres visions, des vibrations plus douces se glissaient dans sa chambre et traversaient ses sommes; la trompette de guerre lui tombait des mains; il saisissait le luth. Mon cher oncle *Toby*, comment avez-vous touché ce doux instrument, le plus délicat, le plus difficile de tous ?

Chapitre XXXVI

Parce que, dans mon bavardage inconsidéré, j'ai déjà affirmé une ou deux fois, que le récit des amours de mon oncle *Toby* et de la veuve *Wadman*, quand j'aurai le temps de l'écrire, apparaîtrait au monde comme le traité élémentaire et pratique le plus complet qui lui ait jamais été donné en la matière, pensez-vous que j'aille commencer ici par une *définition de l'amour ?* Me revient-il de dire avec *Plotin* que Dieu et le diable ont chacun leur part dans sa formation ? ——

Selon une équation plus précise et en admettant que l'on compte pour dix la totalité de l'amour, dois-je déterminer avec *Ficin* [393] *quelle proportion en revient à Dieu et quelle au diable ?* Faut-il le croire, au contraire, *tout démon, de la tête à la queue,* ainsi que *Platon* prend sur lui de l'affirmer ? Sur ce trait brillant de son esprit je ne prononcerai point mais voici mon opinion sur *Platon* lui-même : cet exemple le montre comme un homme très proche par le tempérament et la façon de raisonner du Dr *Baynyard* [394] lequel, ayant conçu une grande haine pour les vésicatoires dont il jugeait qu'une demi-douzaine vous emmenaient leur homme au tombeau aussi sûrement qu'un corbillard à six chevaux, en concluait un peu hâtivement que le démon lui-même n'était rien qu'une énorme et capricante *cantharide.* ——

A ceux qui, dans la discussion prennent une liberté si monstrueuse je n'ai rien à dire sinon ce que *Nazianze* cria *(dans une polémique)* à *Philagrius :* « Εὐγε ! » *Le rare et beau raisonnement, en vérité!* « ὅτι Φιλοσοφεῖς ἐν Πάθεσι. »

La noble façon que voilà de tendre la vérité en philosophant selon son humeur et ses passions.

Je ne m'arrêterai pas non plus à rechercher si l'amour est une maladie ou à disputer confusément avec *Rhasis* [395] et *Dioscorides* [396] s'il a son siège dans le cerveau ou dans le foie — car je serais infailliblement conduit par là à considérer les deux traitements médicaux appliqués à l'amour : le premier prôné par *Aetius* [397] qui débutait toujours par un clystère rafraîchissant de chènevis et de concombre broyé et se poursuivait par des infusions légères de nénuphar et de pourpier, par une prise nasale de l'herbe *Hanea* et, quand *Aetius* s'y risquait, le port d'un anneau de topaze [398]; le second prescrit par *Gordonius* [399] lequel (dans son chap. 15 *De Amore*) recommande de rosser les malades d'amour *ad putorem usque* jusqu'à leur faire recouvrer leur puanteur.

Ce sont là des recherches subtiles dont l'esprit de mon père, riche en connaissances de cette sorte, se trouvera fort occupé tout au long des amours de mon oncle *Toby* : je me bornerai ici à anticiper en signalant que mon père, s'il usa largement de sa théorie sur l'amour pour torturer l'esprit aussi bien que les inclinations de mon oncle *Toby*, n'entra cependant qu'une fois dans la voie de la pratique : ce fut en imposant au tailleur de mon oncle *Toby*, qui lui confectionnait une paire de culottes, l'usage d'une toile camphrée [400] pour linceul à la place de bougran : ainsi l'on satisfit à *Gordonius* et mon oncle *Toby* pua, mais sans être battu.

Le lecteur connaîtra en temps voulu les changements qui en résultèrent. Ajoutons simplement à l'anecdote que l'effet du traitement, quel qu'il ait été pour mon oncle *Toby*, se révéla désastreux pour la maison; et le désastre n'eût pas été moins grand pour mon père lui-même si mon oncle ne l'avait combattu à force de fumée.

Chapitre XXXVII

—— Tout émergera peu à peu. Je ne me *défends* pour l'instant que de débuter par une définition de l'amour; aussi longtemps que je puis raconter mon histoire de façon intelligible, en me servant du mot « amour » sans y mettre autre chose que ce que le monde et moi-même entendons par là, pourquoi m'écarterais-je de ce sens commun ? Lorsque je ne pourrai plus avancer, l'esprit perdu dans le labyrinthe mystique, alors je ferai état de mon opinion afin d'en sortir.

Pour l'instant je crois être suffisamment entendu du lecteur si je lui dis que mon oncle *Toby tomba amoureux*.

Non que l'expression soit de mon goût, car en disant qu'un homme tombe amoureux ou qu'il est *profondément* amoureux, ou qu'il est dans l'amour jusqu'au cou, sinon *jusqu'aux oreilles et par-dessus la tête*, on paraît impliquer que l'amour est au-dessous de l'homme; nous revenons ainsi à l'opinion *platonicienne* que je tiens, malgré la divinité de son auteur, pour damnable et hérétique. Assez là-dessus.

Que l'amour soit ce qu'il voudra, mon oncle *Toby* y tomba.

Et sans doute, cher lecteur, y fussiez-vous tombé aussi : car jamais vos yeux ne contemplèrent ni ne convoita votre concupiscence, objet plus concupiscible au monde que la veuve *Wadman*.

Chapitre XXXVIII

Pour en avoir une idée juste, faites-vous apporter, je vous prie, une plume et de l'encre. Voici du papier à portée de votre main. Asseyez-vous, monsieur, et tracez un portrait à votre guise : qu'il se rapproche autant que vous le pourrez des traits de votre maîtresse, qu'il diffère autant que votre conscience vous le permettra des traits de votre femme — peu m'en chaut — ne songez qu'à vous satisfaire.

La nature offre-t-elle jamais rien de plus doux! de plus exquis!

— Comment, cher monsieur, mon oncle *Toby* eût-il résisté ?

O livre trois fois heureux! tu contiendras au moins sous ta couverture une page que la MALICE ne noircira pas, dont l'IGNORANCE ne pourra pas fausser le sens.

Chapitre XXXIX

Une dépêche de Mrs. *Bridget* ayant averti *Susannah*, quinze jours avant l'événement, que mon oncle *Toby* était tombé amoureux de sa maîtresse, et *Susannah* l'ayant, dès le jour suivant, communiqué à ma mère, voici pour moi l'occasion de traiter mon sujet avec, sur lui, deux semaines d'avance.

— J'ai une nouvelle à vous annoncer, Mr. *Shandy*, dit ma mère, qui vous surprendra grandement. ——

Mon père qui tenait alors un de ses seconds lits de justice, rêvait aux épreuves de la vie conjugale lorsque ma mère rompit le silence. ——

— Mon frère *Toby*, dit-elle, va épouser Mrs. *Wadman*.

— Il ne pourra donc jamais plus, dit mon père, s'allonger en *diagonale* dans son lit.

La plus vive, la plus épuisante des contrariétés pour mon père, était le fait que ma mère ne demandait jamais d'explication sur ce qu'elle n'entendait pas.

— Qu'elle ne soit pas femme de science, disait mon père, c'est son malheur, mais elle pouvait poser une question. —

Ma mère n'en posait jamais. En fait, elle quitta cette terre sans savoir si elle *tournait* ou *non*. Mon père lui avait maintes fois et obligeamment indiqué la solution juste mais elle oubliait toujours.

C'est pourquoi leurs entretiens l'irritaient généralement : après l'énoncé d'une proposition, une réponse et une réplique, suivaient d'ordinaire quelques minutes de suspens (comme dans l'affaire des culottes) puis la conversation repartait.

— S'il l'épouse, dit ma mère, nous y perdrons.
— Pas un radis, répondit mon père, qu'il dépense sa poudre sur un moineau ou sur un autre.
— Evidemment, répliqua ma mère; et telles furent la proposition, la réponse et la réplique dont je vous ai parlé.
— D'ailleurs cela le divertira, dit mon père.
— Surtout, répondit ma mère, s'il a des enfants. ——
— Dieu me protège! pensa mon père — * * *
* * * * * * * * *
* * * * * * * * *
* * * *.

Chapitre XL

Me voici maintenant bien engagé dans mon travail; un régime végétarien, quelques graines rafraîchissantes et je ne doute pas de poursuivre à peu près droit l'histoire de mon oncle Toby et la mienne. Or,

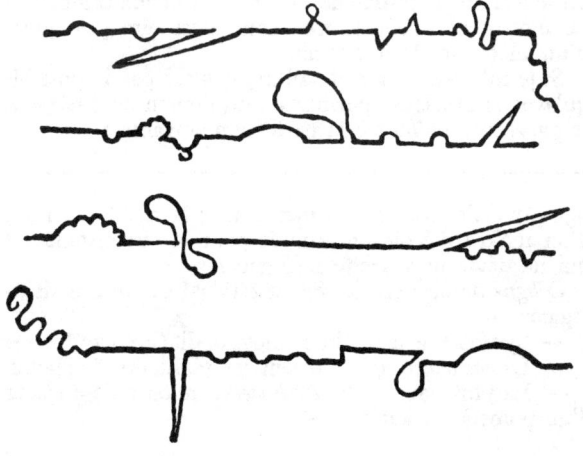

Inv. T.S   *Scul.T.S*

Tels furent les tracés décrits par mes premier, deuxième, troisième et quatrième volumes (1). J'ai beaucoup mieux fait dans le cinquième. La courbe précise que j'ai suivie étant la suivante :

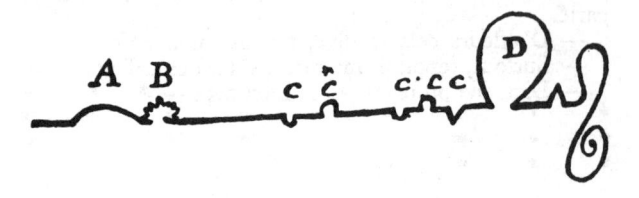

D'où il ressort qu'à l'exception du point A — mon petit voyage en *Navarre* — et de l'indentation B qui correspond à l'épisode de Lady Baussière et de son page, je ne me suis pas offert la moindre digression capricante jusqu'où moment où les démons de *Jean de la Casse* m'ont fait faire le détour D car les menues variations *ccccc* ne sont rien d'autre que les fluctuations passagères et ces petits incidents qui animent la vie des grands hommes d'Etat : comparés à l'ensemble de leur œuvre ou à mes propres écarts d'importance tels qu'ils apparaissent en A B D ils se réduisent à rien.

Le présent volume est bien meilleur puisque du point où se termine l'épisode de *Le Fever* jusqu'aux campagnes de mon oncle *Toby* je n'ai pour ainsi dire pas quitté d'un mètre le droit chemin.

Si je m'améliore à cette allure, il n'est pas impossible qu'avec la gracieuse permission du démon de *Benevento* je parvienne bientôt à la perfection suivante :

───────────────────────────

ligne que j'ai tracée moi-même avec la meilleure règle d'un maître d'école empruntée pour la circonstance et qui ne dévie ni à droite ni à gauche.

O *ligne droite :* sentier des chrétiens! disent nos théologiens. ──

— Symbole de la *rectitude morale!* dit *Cicéron* [402]. ──

— La *meilleure ligne!* disent les planteurs de choux.

— La plus courte, dit *Archimède*, qu'on puisse tracer d'un point à un autre. ──

---

(1) De l'édition originale [note du traducteur].

Veuillent ces dames s'en souvenir quand nous leur offrirons une robe pour leur fête!
— Quel voyage!
Dites-moi je vous prie (sans vous mettre en colère) avant que je n'écrive mon chapitre sur les lignes droites, par quelles erreurs, sur la foi de qui ou par quelle suite de hasards, vous autres, génies et hommes d'esprit, en êtes arrivés à la confondre avec la courbe de GRAVITATION ?

FIN DU LIVRE SIX

LIVRE VII

Non enim excursus hic ejus, sed opus ipsum est
Plin. Lib. quintus Epistola sexta [403].

Chapitre Premier

Non — je crois avoir dit que j'écrirais deux volumes par an pourvu que la méchante toux qui me tourmentait alors et que j'ai toujours crainte, depuis, plus que le diable, voulût bien me le permettre. Dans un autre passage même (mais lequel ? je ne puis m'en souvenir), comparant mon livre à une *machine* et après avoir disposé ma règle et ma plume en croix sur ma table pour donner plus de force à mon image, j'ai juré de la faire fonctionner quarante ans à cette allure si la source de toute vie et de toute grâce voulait bien m'octroyer ce laps de santé et de belle humeur.

Pour ce qui est de mon humeur, je n'ai pas à m'en plaindre : si peu, en vérité (à moins que le fait de me forcer à caracoler sur un bâton comme un imbécile dix-neuf heures sur vingt-quatre ne soit un chef d'accusation valable) que j'ai, au contraire, bien des grâces à lui rendre. O belle humeur, tu m'as, certes, joyeusement fait fouler le sentier de la vie avec, sur le dos, tous les fardeaux (moins les soucis) qu'elle comporte. Je ne me souviens pas dans mon existence d'un seul instant où tu m'aies abandonné et où les objets de ma route me soient apparus souillés de poussière ou de moisissures verdâtres. Aux instants de danger tu as doré mon horizon d'espoir; quand la Mort même a frappé à ma porte tu l'as priée de revenir un peu plus tard, sur un ton de si insouciante indifférence qu'elle a douté de son rendez-vous. ——

« Il doit y avoir, dit-elle, une erreur quelque part. »

Or, je n'abomine rien plus au monde que d'être interrompu dans une histoire et précisément j'étais en train d'en raconter une d'assez mauvais goût à Eugenius. Il s'agissait d'une nonne qui s'était muée en coquillage et d'un moine qui avait gobé une moule, ce pourquoi il avait été damné. J'exposais à Eugenius les considérants du jugement. ——

« Vit-on jamais, dit la Mort, personnage aussi noble que moi se mêler à une dispute aussi basse ? »

— Vous l'avez échappé belle, Tristram, me dit Eugenius en me saisissant la main tandis que j'achevais mon histoire. ——

— Il n'y a pas d'espoir, dis-je, de *vivre* dans ces conditions, l'*enfant de putain* a trouvé mon logis ——

— Vous la qualifiez justement, me dit Eugenius, car il est dit que le péché l'a introduite dans ce monde.

Peu m'importe comment elle y est entrée, répondis-je, je voudrais seulement qu'elle eût moins de hâte à m'en faire sortir, car j'ai quarante volumes à y écrire et quarante mille choses à y faire que nul ne peut écrire ou faire à ma place sauf vous. Mais puisqu'elle me tient à la gorge, Eugenius (à peine, en effet, pouvait-il m'entendre parler de l'autre côté de la table), plutôt que d'affronter un combat inégal, ne ferais-je pas mieux, tant qu'il me reste quelque courage et ces deux pattes d'araignée (je lui montrai une de mes jambes) ne ferais-je pas mieux de décamper ?

— C'est mon avis, cher Tristram, dit Eugenius.

— Pardieu ! répondis-je, je vais donc la faire danser sur un air dont elle aura lieu d'être surprise, et galoper sans tourner une seule fois la tête jusqu'aux rives de la Garonne; et si j'entends ses os cliqueter sur mes talons, je bondirai jusqu'au Vésuve, du Vésuve à Jopa (1) et de là au bout du monde où, si je la rencontre encore, je prierai Dieu de lui tordre le cou ——

— Elle sera *là* plus en danger que vous, dit Eugenius.

L'esprit et l'affection d'un tel ami ramenèrent le sang aux joues qu'il avait abandonnées. Le moment était mal choisi pour un adieu. Eugenius me mit dans mon coche.

— *Allons* [404] ! dis-je; le postillon fit claquer son fouet; je partis comme un boulet de canon; en quatre sauts je fus à Douvres.

---

(1) Nom de Jaffa dans la Bible anglaise [note du traducteur .

Chapitre II

— Au diable! dis-je, les yeux tournés vers la côte française. Un homme devrait connaître son propre pays avant d'aller à l'étranger. Or, je n'ai pas jeté un coup d'œil sur l'église de Rochester, ni parcouru les docks de Chatham, ni visité Saint-Thomas à Canterbury [405] bien que tous trois fussent sur mon chemin —
Mon cas, cependant, est particulier —
Ainsi, sans discuter plus avant là-dessus avec Thomas O'Becket ou tout autre, je sautai dans le bateau. Cinq minutes plus tard il avait mis voile et filait comme le vent.

— Capitaine, dis-je, en descendant vers ma cabine, la *Mort* a-t-elle jamais rattrapé quelqu'un au cours de cette traversée?

— On n'a pas le temps d'y avoir le mal de mer, me répondit-il.

— Damné menteur! pensai-je, me voici déjà malade comme un cheval; mon cerveau chavire, mes cellules se rompent: sang, lymphe, sucs nerveux, sels fixes et sels volatils se mêlent, se confondent en une seule masse. Juste ciel! mille entonnoirs se creusent et tournoient dans ce méli-mélo. En écrirai-je plus clairement? Je donnerais un shilling pour le savoir —
Malade! malade! malade! oh! que je suis malade! ——

— Quand retrouverons-nous la terre? Capitaine — (mais ces gens ont des cœurs de pierre). Je suis malade à en mourir — Garçon, faites-moi passer — Jamais déconfiture plus totale. Je voudrais être au fond de l'eau. Et vous, madame, comment vous sentez-vous? ——

— Je suis défaite! défaite! dé — oh! défaite! monsieur.

— Est-ce la première fois?

— Non, monsieur, la deuxième, la troisième, la sixième, la dixième fois. Ciel! Quel remue-ménage là-haut! Hello! garçon! qu'arrive-t-il?

Le vent a viré! C'est la mort! Nous allons donc nous trouver face à face.

Quel guignon !
— Le vent, monsieur, vient de virer encore.
— Eh bien, qu'il vire à tous les diables —
— Capitaine, s'écria la dame, la terre, pour l'amour de Dieu !

Chapitre III

C'est un grand inconvénient pour le voyageur pressé qu'il existe trois routes distinctes reliant Calais à Paris : les divers zélateurs des villes que chacune d'elles traverse ont tant à vous dire que l'on perd bien une demi-journée à fixer son choix.

La première, celle de Lille et d'Arras, est la moins directe mais la plus intéressante et la plus instructive.

Qui veut voir Chantilly pourra emprunter la deuxième, par Amiens ——

Reste celle de Beauvais que l'on prend si cela vous plaît.

Voilà pourquoi beaucoup choisissent Beauvais.

Chapitre IV

« Avant de quitter Calais il ne serait pas mauvais d'en donner une description. » Ainsi parlent les livres de voyage. Je trouve très mauvais, moi, qu'un homme ne puisse pas laisser en paix une ville qui le lui rend bien, mais doive, furetant partout, décrire le moindre ruisseau pour le seul plaisir de décrire. Car si l'on en juge par les écritures de tous ceux qui ont *écrit et galopé* ou *galopé et écrit* (ce n'est pas tout à fait la même chose), ou encore, pour expédier plus d'ouvrage, ont *écrit en galopant* — tel est mon propre cas — selon l'exemple du grand Addison, lequel chevauchait, sa serviette de notes au cul [406], excoriant la croupe de sa bête à chaque pas, il n'est pas un seul de nous autres galopeurs qui eût pu, sans inconvénient parcourir ses terres à l'amble (en admettant qu'il eût des terres) et écrire ce qu'il avait à écrire, les pieds au sec.

Pour ma part, aussi vrai que le Ciel me juge et que je mets en lui mon dernier recours, à part ce que mon barbier a pu m'en dire en affilant son rasoir, je ne sais rien de plus sur Calais que sur le *Caire;* car nous débarquâmes à la brune et quand je repartis le lendemain matin il faisait encore noir comme la poix. N'empêche qu'avec un peu de jugeote, en déduisant ceci, déchiffrant cela et combinant le reste, je parie tout mon argent de voyage que je pourrais vous écrire sur l'heure un chapitre sur Calais long comme le bras, avec un détail si clair et si précis de tout ce qui mérite l'intérêt d'un voyageur, que vous me prendrez pour le greffier municipal de Calais lui-même — et qu'y aurait-il d'étonnant à cela ? Démocrite qui riait dix fois plus que moi n'était-il pas greffier municipal d'*Abdera* et ce personnage dont j'ai oublié le nom, plus muni de sagesse que Démocrite et moi, ne fut-il pas greffier municipal d'Ephèse [407] ? Ma description d'ailleurs serait tracée avec tant de science, de bon sens, de vérité, de précision —

Vous n'en croyez rien ? Lisez donc le chapitre suivant pour votre peine.

Chapitre V

CALAIS, *Calatium, Calusium, Calesium* [408].

Cette ville, si l'on en croit ses archives (et je n'aperçois aucune raison de les mettre en doute ici) n'était *jadis* qu'un petit village, fief d'un des premiers comtes de Guignes; comme elle s'enorgueillit aujourd'hui de compter pour le moins quatorze mille habitants, outre les quatre cent vingt familles peuplant la *ville basse* ou banlieue, elle a dû, je suppose, parvenir peu à peu à ses dimensions présentes par une croissance graduelle.

Malgré la présence de quatre couvents, la ville entière n'offre qu'une seule église paroissiale; l'occasion m'a été refusée d'en prendre les mesures exactes mais il est facile de faire à ce propos des conjectures probables : en effet, puisque la cité compte quatorze mille habitants, ou l'unique église les contient tous et elle doit être alors des plus vastes, ou c'est grand'pitié qu'il n'en existe pas une seconde; elle est bâtie en forme de croix et dédiée à la Vierge Marie; le clocher, que surmonte une flèche, se dresse au centre de l'église, supporté par quatre piliers assez élégants et légers, certes, mais assez forts aussi pour le soutenir — onze autels ornent le sanctuaire; on les dira plus volontiers remarquables que beaux. Le grand autel est en son genre un chef-d'œuvre, construit de marbre blanc il a, m'a-t-on affirmé, soixante pieds de haut — plus haut, il eût presque atteint la hauteur du Calvaire — on peut donc le juger assez grand en toute conscience.

Rien dans la ville ne m'a davantage frappé que la grand'place, je ne puis affirmer pourtant qu'elle soit bien pavée ou entourée de maisons bien bâties, mais elle est heureusement située au cœur de la ville et toutes les rues, toutes celles de ce quartier particulièrement, y aboutissent; s'il pouvait exister une fontaine dans Calais — ce qui paraît malheureusement impossible — je ne doute pas que les habitants en eussent magnifiquement orné le milieu de ce square, qu'on ne saurait d'ailleurs proprement appeler ainsi puisqu'il mesure d'est en ouest quarante pieds de plus que du nord au sud; les Français ont donc raison, en général, d'appeler *places* des *squares* qui, à strictement parler, n'en sont pas (1).

L'hôtel de ville m'a paru un triste édifice assez mal conservé, il eût sans cela servi de second ornement à la grand'place, sans doute n'en remplit-il pas moins son rôle en abritant les magistrats qui s'y réunissent de temps à autre, d'où l'on peut augurer que la justice est régulièrement distribuée.

On m'a beaucoup parlé de *Courgain*, qui ne présente pourtant rien de particulièrement curieux : c'est un quartier distinct de la ville, habité seulement par des marins et des pêcheurs; il se compose d'un certain nombre de ruelles joliment bordées de maisons en briques; la population y est très dense, fait qui n'a rien de très

---

(1) *Square* en anglais veut dire *carré* [note du traducteur].

curieux non plus, le genre de nourriture en fournissant une explication naturelle. Le voyageur pourra le visiter pour sa satisfaction personnelle; sous aucun prétexte cependant il n'omettra de jeter un regard sur la *Tour de Guet*, ce nom lui vient du rôle qui lui est assigné : c'est d'elle en effet qu'en temps de guerre on peut surveiller les approches de l'ennemi par terre ou par mer, elle est d'ailleurs d'une taille si monstrueuse qu'on ne peut manquer de la voir, quand même on s'y appliquerait.

Je fus singulièrement désappointé de ne pouvoir, faute d'autorisation, visiter en détail les fortifications de la ville qui sont parmi les plus fortes du monde et dont l'ensemble des ouvrages, depuis leur premier établissement par Philippe de France, comte de Boulogne, jusqu'à la présente guerre où elles durent être fortement réparées, a coûté (ainsi que je l'ai appris plus tard d'un ingénieur en Gascogne) plus de cent millions de livres. Fait très remarquable : c'est à la *Tête de Gravelines*, position naturellement la plus faible, que l'on a dû dépenser le plus d'argent, prolongeant très avant dans la campagne des ouvrages extérieurs qui couvrent par suite une grande étendue de terrain. Il n'en reste pas moins, *tous comptes faits*, que Calais doit son importance moins à sa grandeur propre qu'à sa situation et aux facilités qu'elle nous offrait pour pénétrer en France; ceci n'allait d'ailleurs pas sans contrepartie et Calais dut causer autant de soucis à nos ancêtres que Dunkerque aux hommes d'Etat de notre temps. C'est donc à juste titre que l'on considéra Calais comme la clef des deux royaumes, et le point de savoir qui la tiendrait étant litigieux, il faut voir dans ce fait la source de nombreuses disputes dont le siège de Calais ou plutôt son blocus (car la ville fut aussi bien isolée par eau que par terre) constitue l'épisode le plus mémorable, puisque la cité soutint les efforts d'Edouard III pendant une année entière et ne céda enfin qu'à la famine et à la misère; la bravoure d'*Eustache de Saint-Pierre*, qui le premier s'offrit comme victime pour le salut de ses concitoyens, a élevé ce personnage au rang des héros. La chose pouvant être faite en moins de cinquante pages, il serait injuste de ne pas donner au lecteur, de cet événement romanesque et du siège lui-même, un détail que nous extrairons mot pour mot de Rapin.

Chapitre VI

—— Courage, cher lecteur! Je méprise le procédé; il me suffit de te tenir en mon pouvoir, mais profiter de l'avantage que je dois à la fortune de la plume — c'en serait trop! Non! Par ce feu tout-puissant qui réchauffe l'esprit des visionnaires et guide les courages sur les voies à l'écart du monde, avant de t'accabler si durement, pauvre âme sans défense, en te faisant payer cinquante pages que je n'ai nul droit de te vendre, je préférerais brouter par les montagnes en souriant au vent du nord qui ne m'apporterait ni tente ni souper.

Chapitre VII

—— Boulogne! — ah! — nous voici donc tous rassemblés, débiteurs et pécheurs devant le ciel : jolie compagnie! Mais je ne puis demeurer à vider avec vous la question et maints verres. Je suis plus poursuivi que mille diables et risque d'être rattrapé avant qu'on ait changé les chevaux; pour l'amour du ciel, faites vite!
— Il doit être recherché pour crime de haute trahison, murmure aussi bas que possible un tout petit homme à un très grand à ses côtés.
— Ou pour meurtre, répond le grand.
— Bien envoyé, Mégamicron! dis-je.
— Non, dit un troisième, ce monsieur a certainement commis ——.
— Ah! ma chère fille, dis-je (elle trottinait de retour de matines), vous voici rose comme le matin — car le soleil se levait juste et le compliment n'en était que plus gracieux.

— Impossible, répondit le quatrième (elle m'a fait la révérence, je me baise la main) : on le poursuit pour dette.

— Rien de plus sûr, dit un cinquième.

— Je n'en répondrai pas pour mille livres, dit M. *Micron*.

— Ni moi pour six mille, dit M. *Mégas*.

— Bien envoyé encore, Mégamicron ! répondis-je. Je ne dois rien pourtant qu'à la NATURE et ne lui demande qu'un peu de patience car je la paierai jusqu'au dernier liard. Quelle dureté, MADAME, que de vouloir arrêter ainsi un pauvre voyageur courant à ses affaires sans molester personne ; arrêtez plutôt ce squelette sur échasses, cet épouvantail de péché qui court la poste derrière moi, il ne me suit qu'avec votre permission ; arrêtez-le ne fût-ce qu'une étape ou deux pour me donner un peu d'avance, je vous en supplie, chère dame —.

— En vérité, dit mon Irlandais d'aubergiste, c'est grand dommage que vous ayez fait votre cour en pure perte : la jeune femme était hors de portée pour l'entendre.

— Nigaud ! dis-je.

— Ainsi, vous n'avez rien d'autre à voir dans Boulogne ?

— Par Jésus ! Il y a le plus beau SÉMINAIRE du monde —.

— Le plus beau du monde, en effet, dis-je.

Chapitre VIII

Quand les désirs précipités entraînent les idées d'un homme dix fois plus vite que le véhicule qui l'emporte, ah ! malheur pour la vérité et malheur pour le véhicule et son équipement (quelle qu'en soit la qualité) sur quoi s'exerce la fureur désappointée de son âme.

En colère, je m'abstiens toujours de généraliser ; la première fois, donc, que la chose arriva *rien ne sert de courir* fut ma seule remarque. Les seconde, troisième, quatrième et cinquième fois, je n'accusai respectivement que les circonstances correspondantes, limitant par suite mon blâme aux second, troisième, quatrième et cinquième postillons, mais l'événement s'étant renouvelé à mon dam une sixième, septième, huitième, neuvième et dixième fois, sans exception aucune, je ne pus manquer d'en faire une réflexion nationale, ainsi formulée :

Toute poste française a quelque chose qui ne va pas au départ.

En d'autres termes :

Tout postillon français doit mettre pied à terre trois cents mètres après la sortie d'une ville.

Qu'y a-t-il encore ? Diable ! — une corde s'est rompue — un nœud s'est défait — un crampon s'est arraché — il faut raccourcir un trait — quelque chose pend, ou passe, ou pique; il faut changer une courroie, ou une boucle, ou l'ardillon d'une boucle. ——

Tout cela est vrai : jamais pourtant je ne me juge en droit d'excommunier la chaise de poste et ses conducteurs — je ne jure pas par le Dieu vivant que je préférerais mille fois aller à pied et que je veux être damné si je remonte dans ce véhicule. Non, je prends la chose froidement : je considère que toujours, et où que je voyage, quelque chose pendra, passera, piquera; qu'un trait, qu'une boucle, qu'un ardillon de boucle feront défaut ou devront être changés. Ainsi, sans mauvaise humeur, je prends le bon et le mauvais comme ils viennent et poursuis mon chemin. Fais, mon garçon, lui dis-je; il avait déjà perdu cinq minutes à descendre de son siège et à fouiller dans le coffre de la chaise pour en extraire un croûton de pain noir; remonté sur son siège, il nous avait fait repartir à l'aise afin de mieux savourer son repas; va, mon garçon, dis-je vivement mais sur le ton le plus persuasif du monde — ne fis-je pas sonner contre la vitre une pièce de vingt-quatre sous, en prenant soin de bien en offrir l'effigie à son regard baissé ? Ce chien de postillon me répondit d'une oreille à l'autre par le plus intelligent des sourires en découvrant dans son mufle barbouillé une telle rangée de perles que la Couronne eût mis pour l'acquérir tous ses joyaux en gage. —

Juste ciel ! { quelle mâchoire ! —
{ quel pain ! —

Comme il broyait la dernière bouchée, nous entrâmes dans Montreuil.

Chapitre IX

Montreuil : il n'est pas de ville française qui ait, à mon avis, meilleure grâce sur la carte ; j'avoue que le livre des postes lui est moins favorable, mais quand on la voit de ses yeux son apparence est à la vérité très lamentable.

On y trouve pourtant aujourd'hui au moins une chose charmante : la fille de l'aubergiste. Ayant fait dix-huit mois de classes à Amiens et six à Paris, elle tricote, coud, danse et joue les petites coquettes le mieux du monde.

La donzelle ! — voici cinq minutes que je la regarde et elle a déjà laissé tomber une bonne douzaine de mailles dans son bas de fil blanc — Oui, oui, je vous vois bien, bohémienne rusée : ce bas long et effilé, qu'il est superflu de fixer ainsi à votre genou, est le vôtre et vous sied.

Elle eût dû, la Nature, souffler à cette enfant la règle du *pouce des statuaires*. Mais elle-même vaut tous leurs pouces ; j'ai ses pouces et ses doigts par-dessus le marché pour me guider en cas de besoin, et *Jeanneton* — car c'est son nom — pose comme le meilleur des modèles : que je ne dessine donc plus jamais, ou plutôt que je dessine à jamais chaque jour de ma vie comme un cheval de labour, si je ne la croque à l'instant dans toutes ses proportions et d'un crayon aussi déterminé que si je la tenais sous mon regard dans la plus mouillée des draperies. ——

Vos Altesses préfèrent peut-être que je leur donne les longueur, largeur et hauteur de l'église paroissiale ou que je leur dessine la façade de l'abbaye de Saint-Austreberte, transférée d'Artois ? Mais tout y est, je suppose, dans l'état où l'ont laissée charpentiers et maçons ; tout s'y retrouvera encore dans cinquante ans si la foi chrétienne persiste jusque-là. Vos Altesses et Révérences ont donc tout loisir de mesurer ces édifices. Qui veut te mesurer, Jeanneton, doit au contraire le faire sur-le-champ, car tu portes en toi le principe du changement, et quand je considère les hasards d'une vie transitoire je ne saurais répondre un instant de ta grâce; avant que deux fois douze mois ne s'écoulent, tu peux croître comme une courge et perdre ta forme ou t'évanouir comme une fleur et perdre ta beauté — que dis-je! tu peux t'évanouir aussi comme une garce et te perdre toi-même. Je ne répondrais pas de ma tante Dinah vivante, à peine en vérité répondrais-je de son portrait, fût-il peint par Reynolds ——

Mais si je poursuis mon dessein après avoir nommé ce fils d'Apollon que je meure —

Contentez-vous donc de l'original, que vous pourrez voir si le soir est beau, en passant par Montreuil, à la porte de votre chaise pendant qu'on changera les chevaux; si vous n'avez pas d'ailleurs pour vous hâter une aussi mauvaise raison que la mienne, vous ferez mieux de vous arrêter. Elle a quelque chose de la *dévote*, mais ceci, monsieur, est plutôt un atout dans votre jeu —

Que Lucifer m'aide! Ne pouvant pour ma part compter un seul point, je fus pique, repique et capot [409] à tous les diables.

Chapitre X

Tout ceci bien considéré et la Mort pouvant être plus proche que je ne l'imagine, je voudrais, dis-je, être à Abbeville, ne serait-ce que pour y voir carder et filer — en route, donc.

(1) *De Montreuil à Nampont, une poste et demie*
de Nampont à... Bernay ——— une poste
de Bernay à... Nouvion ——— une poste
de Nouvion à ABBEVILLE, *une poste*
— mais cardeurs et fileurs étaient déjà au lit.

---

(1) *Vide* le Livre des Postes françaises, p. 36, édition de 1762 [note de l'auteur].

Chapitre XI

Les voyages ont un grand avantage; ils échauffent cependant mais à cela il existe un remède, vous en cueillerez la recette dans le chapitre suivant.

Chapitre XII

Si je pouvais discuter avec la Mort comme je le fais en cet instant avec mon apothicaire (quand et comment son clystère me sera-t-il administré ?) je refuserais à coup sûr de m'y soumettre en présence de mes amis; le mode et les circonstances de cette catastrophe me torturent davantage l'esprit que la catastrophe elle-même et je n'y réfléchis jamais sérieusement sans tirer le rideau et sans prier le Dispensateur de toutes choses de bien vouloir ordonner la cérémonie hors de ma maison — je préfère quelque auberge décente. Chez moi, je le sais, le chagrin de mes amis et les derniers services qu'ils me rendraient en essuyant mon front et en tapotant mon oreiller d'une main pâlie que ferait trembler l'émotion, jetteraient mon âme dans une telle douleur que je mourrais bientôt d'un mal ignoré des médecins; à l'auberge, au contraire, les quelques services indifférents dont j'aurais alors besoin — exactement payés par quelques guinées — me seraient rendus avec une ponctualité sans trouble, mais attention! cette auberge ne devrait, sous aucun prétexte, être l'auberge d'Abbeville, et s'il n'existait que cette auberge au monde, je rayerais l'auberge de mon contrat. Ainsi, que les chevaux soient attelés dès quatre heures du matin — Oui, monsieur, à quatre heures — Ou, par Geneviève [410]! je fais un vacarme qui éveillera les morts.

Chapitre XIII

« RENDEZ-LES *semblables à une roue*[411] » : tel est l'amer sarcasme que David (comme les érudits le savent) jeta contre les périples et contre cet esprit d'inquiétude qui nous y pousse et devait, selon la vision prophétique, hanter le cerveau des derniers humains. Selon le grand évêque Hall[412], David ne prononça jamais d'imprécation plus dure contre les ennemis du Seigneur; c'était, autant dire, leur souhaiter le pire des destins; celui de rouler éternellement. Cet évêque était corpulent; tant d'agitation, poursuivait-il, est pure inquiétude, la béatitude céleste est dans le repos.

Le maigre que je suis pense différemment, le mouvement m'apparaît vie et joie, l'immobilité ou la lenteur, mort et diable.

Hé là! Hé là! le monde entier est endormi! — Sortez-moi ces chevaux! Graissez-moi ces roues! Attachez la malle et plantez un clou dans cette moulure, je n'ai pas un instant à perdre —

Or, la roue en question et *en laquelle* (plutôt que *sur laquelle*, car ce serait une roue d'Ixion) ce David voulait nous loger lorsqu'il nous maudit selon une habitude propre à la corporation des évêques, devait être certainement une roue de chaise de poste; — qu'il existât ou non des postes en Palestine et en ce temps — ma propre roue, au contraire, et de façon non moins certaine, doit être une de ces roues de charrette accomplissant par siècle une révolution grinçante et dont je ne craindrais pas d'affirmer, si je me transformais en commentateur biblique, qu'elles ne devaient certes pas manquer dans la montagneuse patrie du prophète.

J'ai plus d'amour que je n'ai jamais osé le confier à ma chère Jenny pour les Pythagoriciens et leur précepte « Χωρισμὸν ἀπὸ τοῦ Σώματος, εἰς τὸ καλῶς Φιλοσοθεῖν » « *Sortir du corps afin de bien penser* », car nul homme ne pense bien tant qu'il y demeure, aveuglé qu'il doit être par ses humeurs naturelles et différemment tiraillé d'un côté ou d'autre ainsi que l'évêque et moi-même par une fibre ou trop lâche ou trop roide. La RAISON est SENS pour moitié et notre mesure de la béatitude céleste elle-même n'est que celle de nos appétits et cuisine.

Des deux inclinations, cependant, dans le cas présent, laquelle jugerez-vous fausse ?

— La vôtre, me répondit-elle, qui va troubler si grand matin le repos d'une famille.

Chapitre XIV

—— Elle ignorait le vœu que j'avais fait de ne plus me raser avant d'arriver à Paris, mais je déteste les mystères — ils sont le fait de ces petites âmes rusées et froides dont *Lessius (lib. 13 de moribus divinis, cap. 24.)* calcule qu'un mille hollandais [413] au cube peut contenir sans presse aucune huit cent mille millions, c'est-à-dire selon l'estimation du savant, un nombre d'âmes égal à celui qui peut être damné de la chute d'Adam jusqu'à la fin du monde.

Sur quoi Lessius basa-t-il ce second calcul ? Je l'ignore. Sans doute sur la paternelle bonté de Dieu. Je comprends bien moins encore ce que Franciscus Ribera [414] pouvait avoir dans l'esprit lorsqu'il prétendit que pour loger un pareil nombre d'âmes, au moins cent ou deux cents milles romains [415] au carré étaient nécessaires ; sans doute pensait-il aux grandes âmes romaines de ses lectures, sans réfléchir qu'en l'espace de dix-huit cents ans et par l'effet d'un déclin et d'une consomption graduels, elles devaient s'être ratatinées à presque rien.

A l'époque de Lessius, l'esprit le plus froid des deux, les âmes étaient aussi minuscules qu'on peut l'imaginer. Nous les trouvons moindres *encore;* l'hiver prochain les contractera un peu plus; si donc nous poursuivons ainsi du minuscule au moindre et du moindre au néant, je n'hésiterai pas à affirmer que, dans un demi-siècle, nous n'aurons plus d'âme du tout et comme je doute qu'à la fin de cette même période il demeure quoi que ce soit de la foi chrétienne, nous aurons du moins la consolation

de les voir s'évanouir toutes deux en même temps.
Bienheureux Jupiter! Bienheureux autres dieux et déesses païens! Vous allez de nouveau rentrer en scène avec Priape sur vos talons! — ô temps de liesse! — mais où suis-je ? et dans quelle délicieuse turbulence me ruai-je ? Moi, moi qui dois être coupé de ces délices au milieu de mes jours et n'en plus goûter que d'imaginaires — paix, généreux bouffon et laisse-moi poursuivre mon histoire!

Chapitre XV

—— Ainsi, détestant les *mystères*, au premier tour de roues je confiai mon vœu au postillon, il me rendit le compliment par un clic-clac de son fouet et, notre limonier trottant, l'autre bête soulevée par une ondulation vague, nous dansâmes notre chemin jusques en *Ailly-aux-Clochers*, fameux au bon vieux temps pour ses carillons les plus beaux du monde — mais nous dansâmes dans la ville sans musique : les carillons ne fonctionnaient plus; en vérité ils ne fonctionnaient nulle part en France.
Volant donc sur la route, d'*Ailly-aux-Clochers* je gagnai Hixcourt; d'Hixcourt, Péquignay; de Péquignay, AMIENS dont je vous ai déjà tout dit : Jeanneton y avait fait ses classes.

Chapitre XVI

Dans le catalogue entier des désagréments qui, comme autant de souffles contraires, traversent et battent nos plans humains, il n'en est pas un dont les tracassantes tortures dépassent celles que je vais décrire et qui sont d'ailleurs inévitables en voyage si l'on n'envoie pas, comme beaucoup le font en effet, un courrier devant soi pour y parer. Voici mon désagrément.

Quand bien même vous n'auriez jamais éprouvé une aussi douce inclination au sommeil, au travers du paysage le plus riant, sur la plus belle route et dans le véhicule le plus commode — que dis-je ? Quand bien même vous vous sentiriez capable de dormir cinquante milles d'une traite sans ouvrir une seule fois les yeux — que dis-je encore ? Quand bien même vous seriez assuré, par la plus certaine démonstration d'Euclide, de voyager aussi bien dormant que veillant et même mieux, eh bien ! vous n'en sauriez rien faire, par la nécessité où vous êtes de payer vos chevaux à chaque étape : ne vous faut-il pas à chaque fois fouiller dans votre poche pour en extraire trois livres quinze sous, sou par sou ? Cette impérieuse obligation, quand il en irait du salut de votre âme, limite nécessairement votre projet à des sommeils de six milles (de neuf au plus quand il s'agit d'une poste et demie). Que faire ? Se montrer à la hauteur des circonstances : envelopper la somme précise dans un morceau de papier et la garder au creux de la main pendant l'étape. Il ne me restera plus, dis-je, en me disposant commodément, qu'à laisser tomber le paquet dans le chapeau du postillon. Hélas ! le postillon réclame deux sous pour boire ; une pièce ne passe pas [416], douze sols de Louis XIV ; il y a un report d'une livre et quelques liards que Monsieur n'a pas payés à l'étape précédente. Il est mal commode de disputer en dormant, Monsieur s'éveille donc, le doux sommeil n'est pourtant pas chassé définitivement ; la lourde chair peut l'emporter encore sur l'esprit et se remettre de ces heurts ; hélas ! vous n'avez payé qu'une poste quand c'est une poste et demie : ceci vous contraint à sortir votre livre de poste ; le caractère en est si petit qu'il vous faut bon gré mal gré ouvrir les yeux. Monsieur le Curé en profite pour vous tendre sa tabatière, un pauvre soldat vous montre sa jambe ou un tonsuré sa boîte ; la prêtresse de la citerne vient arroser vos roues, vous assurez qu'elles n'en ont nul besoin, elle vous jure le contraire par sa prêtrise tout en rejetant l'eau : autant de points à discuter ou à reconsidérer ; les puissances rationnelles se réveillent, rendormez-les ensuite si vous pouvez.

Sans une de ces mésaventures, j'eusse manqué les écuries de Chantilly [417]. Mais le postillon ayant affirmé et maintenu à ma barbe que mes deux sous ne valaient rien, j'ouvris les yeux, vis clair comme le jour qu'ils valaient quelque chose, bondis de rage hors de ma chaise et malgré moi ne manquai rien de Chantilly. Ma fureur ne dura que trois postes et demie, mais croyez-moi, c'est encore le meilleur moyen d'aller vite, car nul objet ne vous paraissant plaisant il en est peu qui vous arrêtent; c'est ainsi que j'ai traversé Saint-Denis sans avoir même à tourner la tête vers l'abbaye. —

L'opulence de son trésor! Quelle bêtise! Les joyaux mis à part, d'ailleurs tous faux, je ne donnerais pas trois sous du reste, sauf peut-être de la *lanterne de Jaida* [418], et encore! parce que le soir tombe et qu'elle pourrait nous être utile.

Chapitre XVII

— Clic-clac, clic-clac, clic-clac, voici donc Paris, dis-je avec la même méchante humeur. Voici donc Paris! — hum! Paris! criai-je, pour la troisième fois.

Le grand, le beau, le brillant —

Les rues n'en sont pas moins puantes; espérons que l'apparence en sera meilleure que l'odeur. Clic-clac, clic-clac — voilà bien du tapage, comme s'il importait d'avertir les bonnes gens qu'un homme pâle et vêtu de noir vient visiter leur ville, conduit par un postillon en veste fauve lisérée de calmande rouge — clic-clac, clic-clac, clic-clac — je voudrais voir ton fouet — mais tel est l'esprit de ta nation : clic-claque donc! clic-claque!

Ha! et personne ne cède le haut du pavé! Quoi faire d'autre, à vrai dire et selon la meilleure POLITESSE quand le haut du pavé est tout em — ?

Et, je vous prie, quand allume-t-on les réverbères? Jamais pendant les mois d'été? — Oh! c'est l'époque des salades. Arrière! soupe et salade — salade et soupe — soupe et salade, *encore* —

C'est *trop* pour mes péchés.

Insupportable cruauté! Comment ce cocher sans vergogne ose-t-il traiter aussi grossièrement une bête étique? Ne voyez-vous pas, mon ami, l'affreuse étroitesse de ces rues qui ne permettrait pas d'y tourner une brouette?

Dans la plus magnifique des cités il n'eût pas été mal de les concevoir une idée plus larges; que dis-je ? on eût au moins pu permettre au passant de reconnaître (pour sa satisfaction personnelle) s'il marchait à droite ou à gauche de la rue. Une, deux, trois, quatre, cinq, six, sept, huit, neuf, dix... dix rôtisseries! et deux fois plus de barbiers! en trois minutes de coche! Tous les rôtisseurs du monde joyeusement réunis à tous les barbiers ne se sont-ils pas dit : « Allons, allons vivre à Paris; les Français aiment la bonne chère; ce sont tous des *gourmands*, ils nous porteront aux nues; s'ils ont leur ventre pour dieu, ils feront leurs cuisiniers gentilshommes », et comme *la perruque fait l'homme* et le perruquier la perruque : « ergo, dirent les barbiers, nous serons portés plus haut encore, nous vous dépasserons tous, nous serons au moins Capitouls (1), par Dieu! nous porterons, sans exception, l'épée ». Et voilà pourquoi jurera-t-on (mais à la lueur des chandelles l'on n'y saurait jurer de rien) ils la portent encore.

Chapitre XVIII

Les Français sont, à coup sûr, mal compris. La faute est-elle toute leur ou pas tout à fait nôtre ? Ne s'expliquent-ils pas suffisamment et avec toute la précision que nous attendrions sur un point pour nous assez contestable ? Ne les entendons-nous pas avec assez de sens critique pour décider où ils veulent en venir ? Je l'ignore. Mais quand ils affirment que *qui a vu Paris a tout vu*, ils doivent certainement parler de ceux qui ont vu Paris en plein jour.

Aux chandelles, je m'abstiendrai. J'ai déjà dit qu'on n'y saurait jurer de rien et le répète; non que les lumières et les ombres y soient trop marquées, les teintes confuses, ou que le tableau manque de beauté, d'harmonie dans les rapports, etc. —— car tout ceci n'est point vrai mais c'est à coup sûr une lumière incertaine en ce sens que si

---

(1) Premier magistrat de Toulouse [note de l'auteur].

Paris compte, dit-on, cinq cents hôtels et mettons, cinq cents bonnes choses (calcul modeste, en somme, puisqu'il admet une seule bonne chose par hôtel) que l'on puisse *voir, entendre, sentir ou comprendre* à la lueur des chandelles (je cite Lilly [419], soit dit en passant), le diable m'emporte si un Anglais sur cinquante a la chance d'y fourrer son nez.

Le calcul des Français est tout différent, le voici : d'après le dernier recensement fait en l'année 1716 et après lequel la ville s'est encore fort augmentée, Paris comptait neuf cents rues à savoir :

Dans le quartier dit de la *Cité* : cinquante-trois rues.

Dans le quartier Saint-*Jacques*-des-Abattoirs : cinquante-cinq rues.

Dans le quartier Sainte-*Opportune* : trente-quatre rues.

Dans le quartier du *Louvre* : vingt-cinq rues.

Dans le *Palais-Royal* ou Saint-*Honoré* : quarante-neuf rues.

Dans *Montmartre* : quarante et une rues.

Dans Saint-*Eustache* : vingt-neuf rues.

Dans les *Halles* : vingt-sept rues.

Dans Saint-*Denis* : cinquante-cinq rues.

Dans Saint-*Martin* : cinquante-quatre rues.

Dans Saint-*Paul* ou la *Mortellerie* : vingt-sept rues.

Dans la *Grève* : trente-huit rues.

Dans Sainte-*Avoye* ou la *Verrerie* : dix-neuf rues.

Dans le *Marais* ou le *Temple* : cinquante-deux rues.

Dans Saint-*Antoine* : soixante-huit rues.

Dans la *place Maubert* : quatre-vingt-une rues.

Dans Saint-*Benoît* : soixante rues.

Dans Saint-*André-des-Arcs* : cinquante et une rues.

Dans le quartier du *Luxembourg* : soixante-deux rues.

Et dans celui de Saint-Germain : cinquante-cinq.

Autant de rues que vous pouvez parcourir et quand vous les avez toutes vues avec tout ce qui leur appartient : grilles, ponts, places, statues, que vous avez en outre visité toutes leurs églises paroissiales, sans en omettre sous un prétexte quelconque Saint-*Roch* et Saint-*Sulpice*, quand vous avez, pour couronner le tout, fait le tour des quatre palais en contemplant ou non à votre choix leurs statues et leurs tableaux, alors seulement vous aurez vu,

— mais à quoi bon le dire puisque vous le lirez écrit au fronton du Louvre :

LA TERRE N'A NULLE NATION! — NULLE NATION N'A
DE VILLE QUI VAILLE PARIS! — TRA DERI DERA (1).

Les Français ont une façon *joyeuse* d'entendre la grandeur; voilà tout ce qu'on peut en dire.

Chapitre XIX

Le mot *joyeux* (tel qu'il apparaît à la fin du dernier chapitre) évoque dans l'esprit de qui l'emploie (c'est-à-dire un auteur) celui de *spleen* — surtout si l'auteur a quelque chose à en dire. Non qu'on puisse tirer de leur analyse ou d'un tableau généalogique de racines, plus de raisons de les accoupler que la lumière et l'ombre ou toute autre paire d'opposés naturellement ennemis. Mais, comme les politiciens entre les hommes, les écrivains doivent toujours avoir le souci rusé de maintenir entre les mots une bonne intelligence : car ils ne savent à quel point ils devront un jour les rapprocher. Ceci admis (à seule fin d'en faire à ma tête) j'écrirai ici le mot —

SPLEEN

Rien de mieux au monde pour voyager vite : tel fut le principe que j'affirmai en quittant Chantilly, mais je ne le donnai qu'à titre d'opinion. Mon sentiment demeure le même; une expérience accrue me permet seulement d'ajouter ceci : une méchante humeur vous fait aller comme le vent mais non sans quelque incommodité pour vous-même. J'abandonne donc ici mon principe entièrement et à jamais pour le mettre à votre disposition : il m'a gâté la digestion d'un bon souper et provoqué dans mes entrailles un tel flux de bile que je proclame retourner incontinent à mon premier principe : avec lui je suis parti, avec lui je détale maintenant jusqu'aux rives de la Garonne —

(1) *Non orbis gentem, non urbem gens habet ullam ulla parem* [420] [note de l'auteur].

— Non, je ne puis m'arrêter un instant pour vous décrire le caractère des habitants, leur génie, leurs manières, leurs coutumes, leurs lois, leur religion, leur gouvernement, leur industrie, leur commerce, leurs finances avec toutes leurs ressources et les ressorts secrets qui les soutiennent. Deux jours et trois nuits passés à Paris et pendant lesquels je n'ai pas cessé de me consacrer entièrement à l'étude de tels sujets me qualifieraient cependant pour en parler —

Mais je dois partir. Les routes sont pavées, les postes courtes, les jours longs, il est midi à peine. Je serai à Fontainebleau avant le roi.

— S'y rendait-il ? Pas que je sache —

CHAPITRE XX

Les postes, prétend-on parfois, sont moins rapides en France qu'en Angleterre ; je déteste ces plaintes, surtout de la part d'un voyageur ; en vérité, les postes françaises sont beaucoup plus rapides *consideratis considerandis* [421], entendez qu'avec le poids des coches et celui des bagages dont on les charge à l'avant et à l'arrière, la chétivité des bêtes et le peu qu'on leur donne à manger, il est déjà miraculeux qu'on arrive ; les chevaux de poste français sont traités peu chrétiennement et je ne sais ce qu'il adviendrait d'eux sans le secours de deux mots ****** et ****** qui paraissent les soutenir autant qu'un picotin de grain ; l'usage de ces mots étant gratis, mon plus fervent désir est d'en faire part au lecteur, mais voilà : leur effet est nul s'ils ne sont clairement et distinctement articulés et si je les lâche ainsi tout à trac Vos Excellences en riront peut-être dans leurs chambres mais, je le sais, m'en voudront au salon. En vain je tourne et retourne depuis un instant la question dans mon esprit sans découvrir le tour élégant, la modulation subtile qui me permettraient de satisfaire *l'oreille* que me *tend* le lecteur sans froisser celle qu'il garde pour lui.

— L'encre me brûle le bout des doigts : essaierai-je ? hélas ! j'ai peur que mon papier, ensuite, ne sente le roussi.

Non, je n'ose pas —
Mais si vous désirez savoir comment *l'abbesse* des Andouillettes [422] et une novice de son couvent vinrent à bout de cette difficulté, je vous le conterai (en accompagnant mon histoire de tous mes vœux) sans le plus léger scrupule.

Chapitre XXI

Consultez la plus détaillée des cartes provinciales aujourd'hui imprimées à Paris : vous y découvrirez l'abbaye des Andouillettes parmi les collines aux frontières de la Bourgogne et de la Savoie. De trop longues matines ayant provoqué dans un genou de l'abbesse une *ankylose* ou roideur *sinoviale*, tous les remèdes furent successivement essayés : prières, d'abord et actions de grâces ; appels à tous les saints sans distinction ; invocations précises ensuite, aux saints qui avaient souffert avant elle d'une roideur de la jambe ; application sur la partie malade de toutes les reliques du couvent et particulièrement d'un os de la cuisse, celui de l'homme de Lystra [423], infirme depuis sa jeunesse. La roideur persistant, l'abbesse emmaillota son genou dans son voile en se mettant au lit, puis y enroula son rosaire. Le livrant enfin au bras séculier, elle l'oignit de baume et de graisses animales, le soumit à des vapeurs émollientes et résolutives, l'enveloppa d'emplâtres de guimauve, mauve, bonus Henricus, nénuphar et fenugrec [424]. Rien n'y faisait ; l'abbesse prit donc les bois — j'entends leurs fumées balsamiques — son scapulaire en travers de sa robe ; elle prit ensuite des décoctions de chicorée sauvage, de cresson, de cerfeuil, de colcheria — en vain. Il fallut donc à la fin se résoudre à tâter des eaux chaudes de Bourbon. L'abbesse ayant obtenu du supérieur général l'autorisation de veiller à son salut corporel ordonna de tout préparer pour son voyage. On hésita, pour l'accompagner, entre une novice de dix-sept ans et une vieille nonne souffrant de sciatique ; les bains chauds de Bourbon [425] auraient pu à jamais guérir cette dernière mais le panaris que la jeune avait contracté en fourrant son médius dans les cataplasmes de sa supérieure lui avait acquis tant de considération que la novice l'emporta.

L'abbesse possédait une vieille calèche bordée de ratine verte, on la ramena au jour. Le jardinier du couvent, préposé muletier, sortit les deux vieilles mules pour leur tailler la queue, cependant que deux sœurs laies s'affairaient l'une à repriser les housses, l'autre à recoudre les lambeaux de bordure déchiquetée par la dent cruelle du temps. L'aide-jardinier lustra le chapeau du muletier à la lie de vin chaude, enfin, sous un hangar adossé au couvent, un tailleur mélodieux, s'assit pour fixer au harnais quatre douzaines de grelots en sifflant à chaque clochette cousue au bout de sa courroie. —

Le forgeron et le charron des Andouillettes tinrent un grand conseil des roues; et le lendemain dès sept heures tout se trouva devant la grille, pimpant et prêt pour les eaux chaudes de Bourbon. Depuis une heure les malheureuses qui ne partaient pas avaient déjà formé la haie.

L'abbesse des Andouillettes, appuyée sur Marguerite, la novice, s'avança lentement vers la calèche. Toutes deux étaient vêtues de blanc, un rosaire noir sur la poitrine, contraste simple et solennel; elles montèrent dans la calèche. Les nonnes vêtues du même uniforme, pur emblème de l'innocence, s'approchèrent une à une de la fenêtre et tandis que l'abbesse et la novice gardaient leurs regards levés, agitèrent l'extrémité de leur voile, puis baisèrent la main d'une blancheur de lys qu'on leur tendait à la portière; la bonne abbesse et Marguerite joignirent saintement les mains sur leur poitrine, contemplèrent le ciel, puis la communauté : Dieu vous bénisse, chères sœurs.

Cette histoire m'intéresse : que n'étais-je présent ?

Le jardinier, que j'appellerai désormais le muletier, était un petit homme bien assis, jovial, généreux, bavard et amoureux de la bouteille; les *pourquoi* et les *comment* de la vie ne le tourmentaient guère. Il avait en cette occasion engagé un bon mois de ses honoraires conventuels dans l'achat d'un borrachio, outre de cuir remplie de vin qu'il avait assujettie derrière la calèche et soigneusement recouverte, pour la préserver des ardeurs du soleil, d'un vaste manteau de voyage feuille-morte. Il faisait chaud et l'homme n'était point avare de sa peine. On le vit donc marcher dix fois plus souvent qu'il ne conduisait, sauter de son siège et gagner l'arrière de la calèche bien plus fréquemment que ne l'exigeait la nature, bref faire tant d'allées et venues qu'à mi-chemin déjà tout le vin du borrachio s'en était échappé par son ouverture *normale*.

L'habitude gouverne l'humaine créature. La journée avait été lourde, le soir tomba délicieux, le vin bu était généreux, roides les pentes bourguignonnes où il avait mûri; au pied de la colline un petit bouchon [426] tentateur vibrait au-dessus d'une porte fraîche à l'unisson des passions terrestres; douce, la brise bruissait dans les feuillages : « Viens, viens, muletier assoiffé, par ici. »

Notre muletier était fils d'Adam : que dire de plus ? Il enveloppa chaque mule d'un bruyant coup de fouet, non sans échanger au même instant un regard avec l'abbesse et Marguerite comme pour leur dire « vous me voyez, j'y suis », un second clic clac parut dire aux mules : « allez, allez donc » et l'homme se glissant derrière la calèche entra furtivement dans la petite auberge au pied de la colline.

C'était, je l'ai dit, un luron jovial et bavard, insoucieux du lendemain, n'ayant pas plus cure du temps passé que du jour à venir, pourvu qu'il eût dans le présent du bourgogne à sa suffisance et un brin de causette pour l'accompagner; le voici donc, contant par le menu comment il était chef jardinier au couvent des Andouillettes, *etc.*, *etc.*, — comment, par pure amitié pour l'abbesse et Mlle Marguerite (encore dans son noviciat) il les avait accompagnées depuis les confins de la Savoie, *etc.*, *etc.*, — comment, par dévotion, elle avait gagné une enflure et quelle armée de simples il lui avait cueillies pour amollir ses humeurs, etc., etc., — enfin comment, si les eaux de Bourbon ne guérissaient pas cette jambe, autant vaudrait boiter des deux, *etc.*, *etc.;* son récit l'entraîna si bien qu'il en oublia l'héroïne, la novice et — point plus délicat encore — les deux mules. Or, les mules sont des créatures particulières, d'autant plus résolues à jouir du monde, puisqu'elles ne peuvent (comme les hommes, les femmes et les autres bêtes) regagner en procréant le plaisir que leurs parents ont eu à les faire. Cette prise de possession, elles l'accomplissent de biais, de front, de cul, par monts, par vaux, de toutes les façons possibles. Jamais les philosophes avec toutes leurs éthiques n'ont sondé le fond d'un pareil problème; comment un pauvre muletier l'eût-il même considéré ? Il n'en fit rien, à nous de le faire à sa place; abandonnant donc aux tourbillons de son élément le plus heureux et le plus insouciant des mortels, suivons, pour nous, les deux mules, l'abbesse et Marguerite.

Par la vertu des deux derniers clic-clac du muletier, les mules avaient d'abord paisiblement poursuivi leur chemin et gravi la pente comme leur conscience le leur dictait; elles en avaient parcouru environ la moitié quand la plus âgée des deux, vieille sorcière pleine de malice et de ruse, profita d'un tournant pour glisser un regard en coulisse : plus de muletier.

— Par ma figure! jura-t-elle, je n'irai pas plus loin! — Que mon cuir, dit l'autre, devienne tambour si j'avance. —

Ainsi d'un commun accord elles s'arrêtèrent —

Chapitre XXII

——— Voulez-vous bien filer, dit l'abbesse.
— Ouie — ouch — dit Marguerite.
— Hus — hou — hi — hucha l'abbesse.
— Vvvou ou ou — û û û — émit Marguerite, fronçant ses jolies lèvres pour quelque chose d'intermédiaire entre la huée et le sifflet.

Toc, toc, toc, protesta sèchement l'abbesse des Andouillettes du bout de sa canne à pommeau d'or contre le fond de la calèche —

La vieille mule p—

Chapitre XXIII

— Ma chère enfant, dit l'abbesse à Marguerite, nous voici accablées et perdues; nous devrons passer ici toute la nuit. On nous pillera et nous serons la proie des ravisseurs —

— Hélas! dit Marguerite, ils ne nous manqueront pas.
— Sancta Maria, s'écria l'abbesse (qui en oublia le

O!) pourquoi ai-je obéi à cette maudite articulation ? Pourquoi ai-je quitté mon couvent des Andouillettes ? Pourquoi ne pas permettre à ta servante de descendre au tombeau impolluée ?

— O mon doigt, mon doigt, s'écria la novice enflammée par le mot servante, que ne t'ai-je fourré ailleurs, n'importe où, pour ne point me trouver en cette position critique ?

— Position — dit l'abbesse.
— Position — dit la novice, car la même terreur empêchait l'une de parler, l'autre de répondre à propos.
— O ma virginité ! virginité ! s'écria l'abbesse.
— Inité ! inité ! sanglota la novice.

Chapitre XXIV

— Chère mère, dit la novice quand elle reprit ses sens, il existe, dit-on, deux mots auxquels cheval, âne ni mule ne sauraient résister, bon gré mal gré, si roide que soit la côte et si opiniâtre la bête, il suffit de les prononcer pour être obéi.

— Des mots magiques ! s'exclama l'abbesse saisie d'horreur.

— Magiques ! non, répliqua calmement Marguerite, mais on pèche en les prononçant.

— Quels sont-ils ? interrompit l'abbesse.
— On pèche au premier chef, mortellement, répondit Marguerite et si, les ayant prononcés, nous mourons de la main de nos ravisseurs sans absolution, nous serons toutes deux —

— Je vous autorise à les prononcer pour moi seule, dit l'abbesse des Andouillettes.

— On ne saurait les prononcer du tout, dit la novice, le sang nous sauterait au visage.

— Mais vous pouvez me les murmurer à l'oreille, repartit l'abbesse.

Juste ciel ! n'as-tu point d'ange gardien que tu puisses envoyer au pied de la colline ? — point d'esprit aimable et généreux inoccupé en cet instant ? — point d'agent naturel, point de frisson prémonitoire qui se glisse jusqu'au muletier et par le canal de ses artères éveille dans son cœur un pressentiment ? point de harpe, point d'harmonie pour évoquer dans son esprit les belles images de l'abbesse et de Marguerite au noir rosaire ?

Debout, muletier ! Debout ! Trop tard — les deux mots horribles ont été déjà prononcés. Mais comment les rapporter ? O vous dont rien ne peut souiller les lèvres, instruisez-moi, guidez-moi —

Chapitre XXV

— Notre confesseur, dit l'abbesse, que cet affreux embarras rendait casuiste, tient qu'il existe seulement deux classes de péchés : les mortels et les véniels. Or, un péché véniel étant déjà le moindre et le plus léger doit se réduire à rien si on le coupe en deux, soit que l'on prenne sur soi la moitié en laissant le reste, soit qu'on le partage en toute charité avec autrui.

Je ne vois donc rien de mal à répéter mille fois *bou, bou, bou, bou, bou*, et n'aperçois aucune turpitude à énoncer *gre, gre, gre, gre, gre* [427] de matines jusqu'à vêpres. Par conséquent, ma chère fille, poursuivit l'abbesse des Andouillettes, je vais dire : *bou* et vous direz *gre*. Et, alternativement, comme il n'y a pas plus de mal dans *fou* que dans *bou*, vous entonnerez : *fou* et comme dans le fa, sol, la, ré, mi, ut, de nos complies, je répondrai : *tre* [428]. Ainsi fut fait. L'abbesse ayant donné le la, commença :

L'abbesse } bou - bou - bou ——
Marguerite } gre - gre - gre
Marguerite } fou - fou - fou ——
L'abbesse } tre - tre - tre.

Un double coup de queue prouva la sensibilité des mules à ce chant, pourtant la chose en demeura là. Le remède, dit la novice, doit agir peu à peu.

L'abbesse } bou - bou - bou - bou - bou - bou
Marguerite } — gre, gre, gre, gre, gre, gre

— Plus vite ! cria Marguerite.

Fou - fou - fou - fou - fou - fou - fou - fou - fou

— Encore plus vite !
Bou - bou - bou - bou - bou - bou - bou - bou - bou
— Encore plus vite !
— Dieu me garde ! dit l'abbesse.
— Elles ne nous entendent point, soupira la novice.
— Le diable, lui, nous entend, répondit l'abbesse des Andouillettes.

Chapitre XXVI

— Que de pays j'ai parcourus ! et, avançant de maints degrés vers le chaud soleil, que de belles et bonnes villes j'ai traversées, madame, pendant que vous lisiez cette histoire et méditiez sur son enseignement ! — Oui, j'ai traversé FONTAINEBLEAU, SENS, JOIGNY, AUXERRE, DIJON capitale de la BOURGOGNE et CHALON et MÂCON capitale du Mâconnais et une bonne douzaine d'autres villes sur la route de LYON : cependant s'il fallait aujourd'hui vous en dire un seul mot, je préférerais vous décrire le même nombre de bourgs dans la lune. J'y perdrais ce chapitre sinon encore le suivant —

— Que nous contez-vous là Tristram, voilà qui est bien étrange ?

— Hélas, madame, si j'avais dû traiter dévotement des affections humaines, de la paix que l'on goûte dans l'humilité et des joies qu'apporte la résignation, je serais mieux accommodé, et si mon intention avait été d'écrire sur les plus pures abstractions de l'âme et de vanter l'aliment de sagesse, de sainteté et de contemplation qui seul nourrira dans l'éternité l'esprit de l'homme enfin séparé de son corps, j'aurais mieux excité votre appétit —

Je voudrais n'avoir point écrit ce chapitre mais puisque je ne raye jamais rien, cherchons quelque moyen honnête de le chasser incontinent de nos esprits.

— Mon bonnet de fou, s'il vous plaît. Je crains, madame, que vous ne soyez assise sur lui. N'est-il pas sous le coussin ? Je m'en vais le coiffer —

— Dieu me bénisse, monsieur ! voici une demi-heure que vous l'avez sur la tête. Qu'il y reste donc- -la rirette.

la rirette et la rira.

— Ce qu'ayant dit, madame, nous pouvons, je pense, poursuivre.

Chapitre XXVII

Si l'on vous interroge à son sujet, il vous suffira de répondre que *Fontainebleau* se trouve à quarante milles (au sud quelque chose) de Paris, au centre d'une vaste forêt. — Que le séjour ne manque pas de grandeur — que le roi s'y rend une fois tous les deux ou trois ans avec l'ensemble de sa cour pour y goûter les plaisirs de la chasse et qu'à ces débauches cynégétiques les Anglais de qualité (pourquoi vous omettre de leur nombre ?) trouvent aisément une monture ou deux et une invitation, sous la réserve toutefois qu'ils ne dépassent pas le roi au galop.

N'allez pas cependant raconter cette histoire de chasse tout haut et à n'importe qui, pour deux raisons :

Primo : lesdites montures seraient plus difficiles à trouver,

Secundo : il n'y a pas un mot de vrai dans tout ceci. *Allons!*

Sens sera dépêché promptement : Sens *est un archevêché.*

Quant à Joigny, moins on en dit, je pense et mieux vaut.

Pour Auxerre, j'en pourrais parler indéfiniment et voici pourquoi : quand vint le jour de mon *voyage en Europe*, mon père, tous comptes faits et n'osant me confier à personne, résolut de m'accompagner lui-même; mon oncle Toby, Trim, Obadiah et en vérité presque tous les membres de la famille se joignirent à l'expédition, à l'exception de ma mère qui, s'étant mis en tête de tricoter pour mon père d'amples culottes de laine (une bonne idée en somme) et détestant d'être dérangée dans ses projets, avait résolu de demeurer à Shandy Hall pour y veiller au bon ordre domestique; or, mon père nous fit arrêter deux jours à Auxerre et comme ses recherches eussent fructifié dans un désert, il m'a laissé sur cette ville assez à dire. Où qu'il allât d'ailleurs (mais dans ce voyage en France et en Italie plus peut-être qu'à toute époque de son existence) il paraissait suivre une route si fort à l'écart de celle adoptée par les voyageurs précédents — il apercevait les rois, les cours et l'arc-en-ciel de leurs soieries sous des lumières si étranges — ses remarques et ses conclusions au sujet des personnages, mœurs et coutumes en honneur dans les pays que nous traversions contredisaient si bien celles du commun des mortels (et en particulier celles de mon oncle Toby et de Trim pour ne rien dire de moi-même), pour couronner le tout, enfin, ses systèmes et l'entêtement qu'il apportait tendaient autour de nous et nous précipitaient dans un réseau si bizarre et divers d'incidents et d'embûches, qu'aucun voyage en Europe n'eut jamais à coup sûr la couleur singulière du nôtre et que la faute sera toute mienne si le récit de ce dernier n'est pas lu par les voyageurs et les amateurs de voyages jusqu'au jour où l'on ne voyagera plus, c'est-à-dire, car cela revient au même, jusqu'au jour où la terre se sera mis dans la tête de ne plus tourner.

Mais ce n'est point ici le lieu de déployer ce ballot de richesses ; je n'en déroulerai qu'un mince fil ou deux : car le mystérieux arrêt de mon père à AUXERRE doit être maintenant élucidé à part.

Comme j'en ai déjà parlé je ne puis plus suspendre le récit de ce frêle événement, et tissé dans l'ensemble, il se réduit à rien.

— Frère Toby, dit mon père, pendant que le dîner mitonne, allons voir l'abbaye de Saint-Germain, ne serait-ce que pour ces corps dont M. Sequier [429] fait un si grand éloge.

— Je suis prêt à aller voir n'importe qui, dit mon oncle Toby, dont l'absolue complaisance ne se démentit jamais au cours du voyage.

— Pardieu ! dit mon père, ce ne sont que momies.

— Inutile de se raser, donc, dit mon oncle.

— Nous raser ! s'écria mon père, avec nos barbes, au contraire, nous aurons l'air d'être de la famille. Sur quoi nous sortîmes en masse, mon oncle au bras de Trim formant l'arrière-garde pour un assaut à l'abbaye de Saint-Germain.

— Rien de plus beau, de plus riche, de plus grand, de plus magnifique, dit mon père au sacristain, jeune frère de l'Ordre des Bénédictins. Cependant nous sommes venus ici pour voir les corps dont M. Sequier a donné une description si exacte. Le sacristain s'inclina et, après avoir déposé une torche allumée à cette fin dans le vestibule, nous conduisit vers la tombe de saint Heribald.

— Ce fut, dit le sacristain en posant sa main sur la tombe, un prince renommé de la maison de Bavière : sous les règnes successifs de Charlemagne, Louis le Débonnaire, et Charles le Chauve, il pesa d'un grand poids dans les affaires publiques et contribua puissamment à rétablir l'ordre et la discipline —

— Il dut donc, dit mon oncle Toby, se montrer aussi grand sur le champ de bataille que dans le cabinet. Ou je me trompe fort ou ce fut un soldat courageux.

— Il était moine, dit le sacristain.

Mon oncle Toby et Trim se consultèrent du regard à la recherche d'un réconfort qui ne vint pas ; mon père, des deux mains, se claqua la basque de l'habit — geste familier qui, chez lui, dénotait un amusement extrême, car bien qu'un moine et l'odeur d'un moine lui fussent plus odieux que l'enfer, ce coup, plus dur pour mon oncle Toby et pour Trim que pour lui-même, lui procurait un triomphe relatif et le divertissait au plus haut point.

— Et ce gentilhomme-ci, comment le nommez-vous ? demanda mon père sur un ton assez jovial.

— Cette tombe, répondit le Bénédictin les yeux baissés contient les os de sainte MAXIMA; venue tout exprès de Ravenne pour toucher le corps —

— De saint MAXIMUS, dit mon père montrant son nez et poussant son saint devant lui : deux grandes figures du martyrologe chrétien.

— Pardonnez-moi, dit le Bénédictin, elle vint toucher les os de saint Germain, fondateur de l'abbaye.

— Et qu'y gagna-t-elle ? dit mon oncle Toby.

— Qu'y gagnent ordinairement les femmes ? interrompit mon père.

— Le MARTYRE, répliqua le Bénédictin en s'inclinant jusqu'à terre et sur un ton à la fois si humble et si net que mon père en fut un instant désarmé.

— On suppose, poursuivit le sacristain, que sainte Maxime gît dans cette tombe depuis quatre cents ans et y a attendu deux siècles sa canonisation.

— Dans l'arme des martyrs, frère Toby, dit mon père, on n'a pas de l'avancement tous les jours.

— De quoi désespérer un homme, n'en déplaise à

Votre Honneur, dit Trim, à moins que l'on puisse acheter son brevet.

— Je préférerais tout bazarder, dit mon oncle Toby.

— Je suis assez de votre avis, frère Toby, dit mon père.

— Pauvre sainte Maxime! dit à haute voix, pour lui-même, mon oncle Toby, comme nous nous éloignions de sa tombe.

— Sa beauté avait peu d'égales en Italie ou en France, poursuivit le sacristain.

— Mais qui diable gît ainsi auprès d'elle ? demanda mon père en désignant une large tombe du bout de sa canne.

— Saint *Optat*, monsieur, répondit le sacristain.

— Saint *Optat* est fort bien placé. Et quelle est l'histoire de saint Optat ?

— Saint *Optat* était un évêque, répondit le sacristain—

— Pardieu! j'en étais sûr, interrompit mon père. Saint Optat pouvait-il manquer ? — Il sortit vivement son carnet et à la lueur de la torche que tenait le Bénédictin il nota la nouvelle confirmation apportée ainsi à sa théorie des noms de baptême : un trésor découvert dans la tombe de saint *Optat* ne l'eût pas, j'ose le dire, plus généreusement enrichi. Jamais visite aux morts à la fois plus courte et plus réussie que la nôtre. Ses divers incidents avaient mis mon père de si belle humeur qu'il résolut de passer un jour de plus à Auxerre.

— Je présenterai demain mes hommages au reste de la compagnie, dit mon père en retraversant la place.

— Et pendant ce temps, jeta mon oncle Toby, Trim et moi visiterons les remparts.

Chapitre XXVIII

—— Voici le plus embrouillé de mes écheveaux : n'ai-je pas en ce seul dernier chapitre (dans la mesure au moins où il m'a permis de franchir *Auxerre*) confondu deux voyages et avancé sur deux chemins d'un même trait de plume ? Dans le voyage, en effet, que j'écris présentement, je suis déjà sorti d'Auxerre, mais je n'en suis sorti qu'à moitié dans celui que j'écrirai plus tard. Il n'existe pour chaque chose qu'un point de perfection; en voulant pousser au-delà, je me suis jeté dans un embarras qu'aucun autre voyageur n'avait connu; car à cette minute même si je retraverse pour aller dîner la grand'place d'Auxerre en compagnie de mon père et de mon oncle Toby, je fais aussi mon entrée à Lyon dans un coche réduit en miettes et me trouve pour comble dans un élégant pavillon bâti par Pringello (1) [430] sur les rives de la Garonne et que m'a prêté M. Sligniac pour y écrire tout ceci.

Rassemblons nos esprits et poursuivons notre route.

Chapitre XXIX

— J'en suis fort aise, dis-je en entrant à Lyon. Je marchais lentement, l'esprit plein de calculs, derrière une charrette où se trouvaient entassés pêle-mêle mes bagages et les débris de ma chaise — fort aise, en vérité car, puisque tout est en morceaux, je vais pouvoir descendre par eau jusqu'en Avignon : cent vingt milles qui ne me coûteront pas sept livres; ensuite, dis-je, poursuivant mes calculs, je louerai deux mules ou deux ânes (car personne ne me connaît) et traverserai pour presque rien les plaines du Languedoc; ce malheur va gonfler ma bourse de quatre cents bonnes livres et me donner deux fois plus de plaisir! Volons! m'écriai-je en battant des mains, sur les eaux rapides du Rhône, le VIVARAIS à droite, le DAUPHINÉ à gauche, en jetant à peine un regard hâtif sur les cités antiques de VIENNE, VALENCE et Viviers. Passant en flèche aux pieds de l'Hermitage et des Côtes rôties, nous y arracherons une grappe rougissante : quel éclat jettera soudain notre lampe! quelles flammes et quelle

---

(1) Ce même Don Pringello, célèbre architecte espagnol, dont mon cousin Antony fait un si vif éloge dans son *commentaire au Conte* qui lui est attribué. Vid. p. 129, petite édit. [note de l'auteur].

fraîcheur aussi dans notre sang à voir sur les rives du fleuve s'approcher et se reculer les châteaux de légende, où les chevaliers de jadis protégeaient les infortunés — à contempler encore parmi les rocs, les monts, les cataractes la Nature affairée à son grand œuvre —

Là-dessus, je revins à ma chaise : les dimensions de son épave, d'abord assez considérables, diminuaient peu à peu à mes yeux : la peinture était écaillée, l'or avait perdu tout son lustre; l'ensemble m'apparut si misérable, si morne, si digne de mépris, si fort au-dessous, en un mot, de la condition même où se trouva réduite l'abbesse des Andouillettes, que j'ouvrais la bouche pour tout abandonner au diable quand un gaillard effronté, rafistoleur ou équarrisseur de chaises, traversa prestement la rue pour me demander si Monsieur désirait voir réparer son véhicule.

— Non, non, dis-je en secouant énergiquement la tête.

— Monsieur consentirait-il à le vendre ? rattrapa l'équarrisseur.

— De tout mon cœur, répondis-je : la ferronnerie vaut quarante livres, les glaces autant, mangez le cuir si bon vous semble!

Il me compta l'argent : quelle source de revenus, dis-je, que cette chaise! Car c'est ainsi que je tiens ordinairement mon grand livre ou du moins que j'y inscris mes désastres, en extorquant un sou à chacun d'eux—

— Racontez pour moi, ma chère Jenny, de quelle façon j'ai su soutenir la plus accablante infortune qui puisse échoir à un homme naturellement fier de sa virilité—

— Cela suffit, me ditez-vous en vous serrant contre moi, cependant que je méditais debout et mes jarretières à la main sur ce qui n'avait pas eu lieu. Cela suffit, Tristram, et je suis heureuse avez-vous murmuré à mon oreille, *** ** **** *** ******; — **** ** **** — un autre fût rentré sous terre—

— Tout a son bon côté, dis-je.

Je pars pour le pays de Galles où je boirai six semaines du petit lait de chèvre. Cet accident aura prolongé ma vie de sept ans. Voilà pourquoi je suis impardonnable de blâmer si souvent la fortune, cette aigre duchesse comme je l'appelle, pour la grêle de menus traits dont elle n'a cessé de me poursuivre; je devrais m'irriter au contraire qu'elle m'ait épargné les grands malheurs :

une bonne douzaines de ruines infernales eussent valu pour moi une pension.

— Environ cent livres par an me combleraient; au-dessus il faudrait payer l'impôt; ce serait trop pour moi.

Chapitre XXX

Tous ceux qui, avertis par l'expérience, appellent contrariété une CONTRARIÉTÉ, conviendront que la pire est de se trouver une grande demi-journée à Lyon, la plus opulente des villes françaises (riche d'ailleurs en monuments antiques) sans pouvoir la visiter. Une entrave est déjà *en soi* une contrariété mais être entravé par une contrariété représente à coup sûr ce que la philosophie nomme :

CONTRARIÉTÉ
sur
CONTRARIÉTÉ.

J'avais bu mes deux bols de café au lait (excellent mélange [431], soit dit en passant, mais à condition de faire bouillir ensemble lait et café, sans quoi l'on n'obtient qu'un lait et café) et il était huit heures à peine; le bateau partait à midi : je pouvais donc voir assez de Lyon pour lasser de mes descriptions la patience de tous mes amis. Marchons jusqu'à la cathédrale, me dis-je, après consultation de ma liste et voyons en premier lieu le merveilleux mécanisme de l'horloge montée par Lippius de Bâle; or, la mécanique est ce que je comprends le moins au monde; je n'en ai ni le génie, ni le goût, ni la fantaisie — mon cerveau s'y montre à ce point rebelle que je n'ai jamais pu, je le déclare solennellement ici, saisir le principe d'une cage à écureuil ou celui d'une meule d'aiguiseur, quoique j'aie consacré bien des heures à la contemplation de la première et, à l'étude de la seconde, une patience insurpassée d'aucun chrétien—

Je m'en vais voir les mouvements surprenants de cette horloge, dis-je, en tout premier lieu; ensuite seulement je visiterai la bibliothèque des Jésuites avec l'espoir d'y feuilleter l'histoire générale de la Chine [432] en trente volumes écrite non plus en tartare mais en chinois et en caractères chinois.

Or, je m'entends à peine un peu plus en chinois qu'en mécanique, pourquoi donc ces deux articles s'étaient-ils fourrés en tête de ma liste — c'est un problème de la Nature, que je laisserai aux amateurs curieux, le soin de résoudre. J'y vois, je l'avoue, un des caprices de cette grande dame : ses galants ont autant d'intérêt que moi à pénétrer le secret de ses humeurs.

— Ces curiosités vues, dis-je en m'adressant à demi à mon *valet de place* debout derrière moi, nous ne ferions pas mal de gagner d'abord l'église de Saint-Irénée, afin d'y voir le pilier où fut attaché le Christ [433], puis la maison de Ponce Pilate [434].

— Ceci est dans la prochaine ville, Vienne, m'avertit le *valet de place*.

— J'en suis fort aise, repartis-je, en me levant vivement de ma chaise pour arpenter la pièce d'un pas deux fois plus long que mon pas ordinaire ; j'arriverai d'autant plus vite à la *Tombe des deux Amants* [435].

Je pourrais également laisser aux curieux le soin d'expliquer le mouvement et les enjambées qui accompagnèrent ces paroles mais comme il ne s'agit plus d'un principe d'horlogerie le lecteur n'y perdra peut-être rien si je fournis l'explication moi-même.

Chapitre XXXI

Il y a dans la vie d'un homme une douce période où (les fibrilles molles du cerveau ressemblant plus à une bouillie qu'à toute autre chose) l'histoire de deux amants séparés l'un de l'autre par des parents cruels et une destinée plus cruelle encore—

Lui—Amandus
Elle—Amanda—

chacun ignorant tout de l'autre.

Lui—à l'est
Elle—à l'ouest

Lui, Amandus, captif des Turcs, est transporté à la Cour du Sultan du Maroc où la princesse, sa fille, amoureuse de lui, le retint vingt années en prison pour le punir de sa fidélité à Amanda—

Elle, Amanda, ne cesse d'errer tout ce temps par les montagnes, de roc en roc, pieds nus, les cheveux épars, cherchant et appelant son Amandus !

—Amandus ! Amandus !—

il n'est point de vallée dont l'écho ne lui renvoie ce nom. — Amandus ! Amandus ! à la porte de chaque cité, de chaque ville, l'abandonnée s'asseoit et interroge : Amandus, mon Amandus est-il entré ici ? — Après avoir ainsi tourné et retourné par le monde, le hasard les amène un soir à la même heure, quoique par des chemins différents, aux portes de Lyon, leur commune ville natale. Chacun entend une voix connue :

Amandus, - vit-il ?
Mon Amanda, - vit-elle encore ?

Ils volent dans les bras l'un de l'autre et tombent tous deux morts de joie.

Il y a dans la vie de tout mortel une période tendre où une histoire de ce genre nourrit davantage le cerveau que tous les Récits *roussis* et *rancis* de l'Antiquité savamment mijotés par d'érudits cuisiniers voyageurs.

De tout ce que Spon et d'autres auteurs d'ouvrages sur Lyon avaient *déversé à force* dans le mien, voilà ce qui était demeuré du bon côté de la passoire. Ayant même lu dans un guide — mais lequel, Dieu le sait ! — que pour honorer la fidélité d'Amandus et d'Amanda un monument leur avait été élevé *extra muros* où les amants venaient protester de leur foi et les prendre à témoin de leur sincérité, je ne me suis jamais, au cours de ma vie, trouvé dans quelque difficulté de cet ordre sans finir par songer de façon ou d'autre à ce *tombeau des amants* — que dis-je ? l'obsession en était devenue telle que je ne pouvais guère songer à Lyon, en parler, ou même examiner *un gilet de Lyon*, sans voir ce reste de l'antiquité se représenter à mon imagination. N'ai-je pas affirmé maintes fois avec mon intempérance ordinaire — et, je le crains, un certain irrespect — qu'à mon sens et si négligé qu'il fût ce sanctuaire valait bien La Mecque, et, question de richesse mise à part, se rapprochait assez de la Santa Casa [436] elle-même, pour me donner le désir d'un pèlerinage à Lyon où je n'avais rien à faire, à seule fin de lui rendre visite ?

Sur ma liste, donc, de *curiosités* [437] lyonnaises, la *dernière* n'était pas, on le voit, la *moindre* et c'était sa seule pensée qui m'avait fait ainsi arpenter ma chambre à grandes enjambées. Calmé, je descendis en la *basse-cour*, fis apporter ma note car je n'étais pas sûr de pouvoir revenir à l'auberge, donnai dix sous à la servante et recevais tout juste de M. Le Blanc son dernier souhait d'heureux voyage sur le Rhône quand je fus arrêté à la porte—

Chapitre XXXII

——— Par qui ? Par un pauvre âne qui, avec ses deux grands paniers sur le dos, avait franchi le seuil pour demander l'aumône d'une feuille de navet ou de chou et qui, ses deux pattes de devant à l'intérieur et son arrière-train dans la rue, hésitait maintenant, incertain s'il devait pénétrer ou sortir. Or, quelle que soit ma hâte, je ne puis me résigner à frapper un âne : l'endurance inaffectée, la soumission à toutes les souffrances si clairement inscrites dans ses regards et dans son port plaident en sa faveur avec tant de puissance que j'en suis toujours désarmé; je ne puis même lui parler rudement; bien au contraire, où que je le rencontre, à la ville ou aux champs, attelé ou sous le bât, libre ou captif, j'ai toujours de mon côté quelque civilité à lui offrir et, comme un mot en entraîne un autre, s'il n'a pas plus à faire que moi, nous finissons par lier conversation, car mon imagination s'emploie tout entière avec une activité jamais dépassée à lire ses réponses dans tous les traits de son maintien ou, si je ne pénètre pas ainsi assez avant, à voler jusque dans son cœur pour découvrir ce qu'il est naturel qu'un âne, après un homme, sente. En fait, de tous les êtres qui me sont inférieurs, l'âne est la seule créature avec qui un tel commerce me soit permis; avec les perroquets, corneilles, *etc.*, je n'échange jamais un mot, non plus d'ailleurs qu'avec les singes et pour la même raison : comme les uns parlent, les autres agissent par cœur et je n'ai plus qu'envie de me taire; mon chien et mon chat, quelque estime que je leur porte (et sans nul doute mon chien parlerait s'il le pouvait) demeurent on ne sait comment privés du vrai talent de la conversation; nos discours, en dépit de mes efforts, ne dépassent pas le cadre qui était déjà celui des entretiens de mon père et de ma mère au cours de leurs lits de justice : *proposition — réponse* et *riposte;* sur quoi le dialogue s'interrompt—

Avec un âne, au contraire, je puis sympathiser indéfiniment.

— Viens, Honnêteté! lui dis-je, car je vis qu'il était impossible de passer entre lui et la porte — veux-tu entrer ou sortir ?

L'âne tordit le col et coula un regard dans la rue—

— Fort bien, répondis-je, nous attendrons ton maître une minute.

L'âne balança une tête méditative pour la détourner enfin pensivement—

— Compris, répondis-je. Si tu ne marches pas droit il te rompra l'échine. Bon : une minute n'est qu'une minute après tout et si elle évite à un frère d'être rossé, elle n'aura pas été mal employée.

L'âne, pendant mon discours, avait commencé à broyer une queue d'artichaut et, divisé par le débat sans aménité où la nature oppose l'appétit du sujet à l'objet peu appétissant, l'avait déjà laissé tomber six fois pour la ramasser ensuite.

— Dieu t'assiste, Martin, lui dis-je, car amer est ton déjeuner, amer le labeur de tes jours, amer, je le crains, le salaire de coups dont il t'est payé; quelle que soit la vie pour les autres, pour toi elle est toute, toute amertume. Pour qui la connaîtrait dans sa vérité, la saveur de ta bouche en cet instant, poursuivis-je — car il venait d'abandonner la queue d'artichaut — doit être plus amère que la suite et tu ne possèdes peut-être pas en ce monde un seul ami pour te donner un macaron. Ce disant, je sortis précisément de ma poche un cornet de macarons que je venais d'acheter et lui en tendis un. Aujourd'hui, en rapportant ce geste, le cœur me bat : car je me demande si le goût des concetti et le plaisir de voir comment un âne viendrait à bout d'un macaron n'y eurent pas plus de part qu'une bienveillante charité.

Le macaron mangé, je pressai mon âne d'entrer — lourde était la charge du pauvre animal, ses jarrets paraissaient trembler sous lui; il eut comme un recul et la bride que je tirais se rompit dans ma main; pensif, son regard se leva vers moi : Ne m'en frappe pas; si tu veux, pourtant, cela t'est permis. » — Si je le fais, dis-je, je veux bien être fou — Comme l'abbesse des Andouillettes je n'avais prononcé que la moitié du mot évitant ainsi tout péché, quand un nouveau personnage, surgissant soudain, fit grêler sur la croupe du pauvre diable un orage retentissant de coups qui mirent fin à la cérémonie.

— *Je vais vous faire voir* —*!* criai-je — phrase équivoque et à mon avis mal placée — car à cet instant même un brin d'osier pointant d'un des paniers de l'âne venait d'accrocher la poche de ma culotte; la bête partit à fond de train; ma culotte se déchira dans la direction la plus malencontreuse qu'on puisse imaginer — à mon sens, c'est ici que mon exclamation « *je vais vous faire voir* » eût justement trouvé sa place; ai-je raison ou tort? Je laisse à mes

CRITIQUES
des
CULOTTES

emmenés tout exprès avec moi le soin d'en décider.

Chapitre XXXIII

Quand tout fut réparé, je redescendis dans la *basse-cour*, avec mon valet de place, bien résolu à m'en aller voir la Tombe des Amants, *etc.* — pour la seconde fois, je fus arrêté à la grille, non plus par l'âne mais par l'homme qui l'avait frappé et qui, comme on le fait assez ordinairement, avait occupé le terrain abandonné par le vaincu.

C'était un commis de la poste, porteur d'un mémoire à moi destiné et me prescrivant de payez six livres et quelques sous.
— A quel titre ? demandai-je.
— Au nom du roi, répliqua le commis en soulevant les épaules.
— Mon ami, lui dis-je, aussi vrai que je suis moi et que vous êtes vous—
— Qui êtes-vous donc ? me dit-il.
— Pas de question embarrassante, répondis-je.

Chapitre XXXIV

—— Il est tout à fait certain, poursuivis-je, en changeant seulement la forme de mon assertion, que je ne dois rien au roi sinon mes respects car il est fort honnête homme, et mes vœux les plus sincères de santé et de divertissement.
— *Pardonnez-moi*, répondit le commis, vous lui devez six livres quatre sous pour votre prochaine poste d'ici à Saint-Fons sur la route d'Avignon, car c'est une route royale, ce qui vous permettra de doubler postillon et chevaux, sans quoi vous n'auriez à payer que trois livres deux sous.
— Je n'emprunterai pas la route par terre, dis-je.
— A votre guise, monsieur——
— Votre très obéissant serviteur, monsieur, répliquai-je en faisant une profonde révérence——
Le commis, avec la sincère gravité d'une bonne éducation, s'inclina tout aussi profondément. Jamais révérence ne me déconcerta davantage.
Le diable emporte le sérieux de ces gens! me dis-je *in petto*, ils n'entendent pas mieux l'ironie que cet—
Mon terme de comparaison était encore là tout bâté, mais je ne sais quoi me ferma la bouche.
— Monsieur, dis-je en raffermissant mes esprits, je n'ai pas l'intention de prendre la poste—
— Cependant vous pouvez la prendre, persista-t-il — vous le pouvez, s'il vous plaît—

— Je puis aussi saler mon hareng s'il me plaît — mais il ne me plaît pas—
— Cependant vous devez payer, qu'il vous plaise ou non—
— Oui pour le sel [438], (je sais)——
— Pour la poste aussi——
— Pardieu! criai-je. Je voyage par eau; je m'embarquerai sur le Rhône dès cet après-midi, mon bagage est à bord et j'ai payé neuf livres pour mon passage——
— *C'est tout un* [439] dit-il.
— Bon Dieu! quoi, payer pour la route que j'emprunte et pour celle que je n'emprunte pas!
— *C'est tout un* [439], répliqua le commis——
— C'est le diable, dis-je — mais avant de payer j'irai dans dix mille Bastilles——
O Angleterre, Angleterre, m'écriai-je, terre de liberté, région du bon sens, toi, la plus tendre des mères, la plus douce des nourrices! J'avais mis un genou en terre pour prononcer mon apostrophe quand le directeur de Mme Le Blanc entra : à la vue de ce personnage en train de faire ses dévotions, vêtu de noir, le visage d'une pâleur de cendres et rendu plus pâle encore par le contraste de sa propre robe et l'émoi où m'avait jeté son apparition, il demanda si j'avais besoin des services de l'Église—
— C'est par EAU que je vais, dis-je, encore un qui me voudrait faire payer, pour aller cette fois, par huile [440].

Chapitre XXXV

Le commis des postes, je le vis bien, aurait à la fin ses six livres quatre sous; il ne me restait qu'à discourir pour mon argent.
Je me lançai donc—
— S'il vous plaît, monsieur le commis, quelle loi d'hospitalité courtoise vous permet-elle d'en user avec un étranger sans défense tout autrement qu'avec un Français?
— Je n'en fais rien, dit-il.

— Pardonnez-moi, répliquai-je, car après avoir déchiré ma culotte, vous me demandez ma bourse——

Si vous m'aviez, comme à vos compatriotes, pris ma bourse d'abord, pour me laisser le cul à l'air ensuite, j'aurais été un grand sot de me plaindre——

Mais l'ordre que vous avez suivi est contraire
à la *Nature,*
à la *logique,*
et à l'Évangile.

— Il n'est pas contraire à ceci, dit-il en me fourrant un papier imprimé dans la main.

DE PAR LE ROY

— Substantifique prolégomène, dis-je, et je poursuivis ma lecture —— —— —— —— —— —— ——
—— —— —— —— —— —— —— —— —— —— ——
—— —— —— —— —— —— —— —— —— —— ——
—— —— —— —— —— —— —— —— —— —— ——
—— —— —— —— —— —— —— —— —— —— ——

—— Si j'entends bien, dis-je, après une lecture un peu trop rapide, dès l'instant où un homme a quitté Paris en chaise de poste il doit, ou voyager le restant de ses jours ou au moins payer pour ce voyage.

— Pardonnez-moi, dit le commis, l'esprit de l'ordonnance est le suivant : une fois manifestée l'intention d'aller en poste de Paris à Avignon, etc., il serait abusif que vous modifiiez votre décision ou votre genre de véhicule sans payer aux fermiers deux postes au-delà du point où vous changez d'avis; et cela est fondé sur la raison majeure que les Revenus ne sauraient encourir un déficit du fait de votre *légèreté.*

— O ciel! m'écriai-je, si la légèreté est imposable en France, il ne nous reste plus qu'à conclure la paix.

AINSI FUT FAIT; [441]

Si c'est une mauvaise paix, comme Tristram Shandy en posa la pierre angulaire, Tristram Shandy seul a mérité d'être pendu.

Chapitre XXXVI

Raisonnablement j'avais fait aux dépens du commis assez d'esprit pour mes six livres quatre sous : cependant je ne voulus point quitter la place sans noter l'exaction sur mes tablettes; à la recherche, donc, de mes tablettes je fouillai la poche de ma veste; hélas! — et ceci, soit dit en passant, pourrait avertir les voyageurs de veiller sur *leurs* tablettes avec un soin plus jaloux dans l'avenir — mes tablettes m'avaient été *volées*. Jamais voyageur affligé ne fit pareil vacarme pour ses tablettes perdues.

— Ciel! Terre! Mer! Feu! m'écriai-je, appelant tout à mon secours, excepté ce qu'il eût fallu, on m'a volé mes tablettes! Que vais-je faire ? Monsieur le commis, n'ai-je rien laissé échapper lorsque j'étais près de vous ?

— Si fait, dit-il, un certain nombre de remarques très singulières.

— Peuh! dis-je, une pincée valant à peine six livres et deux sous, mais celles notées sur mes tablettes étaient considérables. Il secoua la tête.

— Monsieur Le Blanc! Madame Le Blanc! n'avez-vous pas vu de mes papiers ? Servante de céans, monte vite dans ma chambre! Toi, François, cours derrière elle—

Il me faut mes tablettes! — c'étaient les meilleures tablettes au monde, les plus sages, les plus spirituelles. Que faire ? Où me tourner ?

Sancho Pança [442] lorsqu'il perdit le HARNACHEMENT de son âne ne poussa pas de plaintes plus amères.

Chapitre XXXVII

Lorsque les premiers transports apaisés, les enregistrements de mon cerveau s'éclaircirent un peu, après l'obscur tohu-bohu où les avaient jetés ce chaos d'accidents contraires, il me revint à l'esprit que j'avais laissé mes tablettes dans la poche de ma chaise, avec cette dernière, donc, je les avais vendues au rafistoleur de chaises.   J'ai laissé ce blanc pour que le lecteur y inscrive son juron le plus familier. Pour moi, si j'ai jamais jeté un juron dans un trou c'est bien dans celui-là — *** **** **, dis-je, ainsi j'ai vendu mes tablettes françaises, ces tablettes pleines comme un œuf, mais d'esprit, et valant mille bœufs, je les avais vendues pour quatre louis d'or, en donnant par-dessus le marché une chaise qui en valait au moins six; encore si je les avais vendues à Dodsley ou Becket [443] ou tout autre honorable éditeur, soit qu'il se retirât des affaires et eût alors besoin d'une chaise, soit qu'il y entrât et eût alors besoin d'un manuscrit et de deux ou trois guinées par-dessus! mais à un raccommodeur!

— Mène-moi chez lui sur l'heure, François, dis-je. Le valet de place enfonça son chapeau et ouvrit la route; je levai le mien devant le commis et lui emboîtai le pas.

Chapitre XXXVIII

Chez le raccommodeur de chaises, maison et boutique apparurent également closes; c'était le 8 septembre, nativité de la Très Sainte Vierge Marie, mère de Dieu——

Tantarra-ra-tam-tivi. Tout le monde était sorti danser autour des mais; on sautait, on gambadait, sans se soucier plus que d'une guigne de moi et de mes tablettes ; j'assis mon abandon sur un banc près de la porte et philosophai sur mon état. Le destin cependant me sourit plus qu'à l'ordinaire : je n'avais pas attendu une demi-heure que la maîtresse de maison arriva, elle venait défaire ses papillotes avant d'aller danser au mai—

Les Françaises, soit dit en passant, aiment les mais *à la folie*, c'est-à-dire autant que leurs matines. Donnez-leur seulement un mai, en mai, juin, juillet ou septembre, peu leur chaut, il tombera toujours bien ; un mai vaut tout pour elles : le manger et le boire, le blanchissage et le couvert et n'en déplaise à Vos Altesses, si nous adoptions pour politique, le bois étant un peu rare en France, de leur envoyer des mais, les femmes vous les dresseraient gaillardement et danseraient autour en entraînant les hommes jusqu'à en perdre la vue.

La femme du raccommodeur de chaises, je l'ai dit, était venue défaire ses papillotes ; la présence d'un homme n'allait pas la retarder dans sa toilette ; sur le seuil, donc, elle ôta son bonnet pour commencer l'ouvrage ; une des papillotes tomba, à l'instant je reconnus mon écriture——

— Seigneur ! criai-je, vous avez, madame, toutes mes remarques sur la tête.

— *J'en suis bien mortifiée*, dit-elle. Heureux encore qu'elles se soient arrêtées là ; en pénétrant dans la tête d'une Française, quelle confusion n'y eussent-elles pas portée ! Il eût mieux valu pour elle aller sans frisettes pour l'éternité.

— *Tenez*, dit-elle, et sans soupçonner l'acuité de mes souffrances, elle déplia ses boucles et jeta gravement les feuilles une à une dans mon chapeau. Qu'elles étaient tordues, d'ici, de là ! Va, mon ami, me dis-je, quand elles seront imprimées on te les tordra bien davantage.

Chapitre XXXIX

— Et maintenant, dis-je, en avant pour l'horloge de Lippius, sur le ton d'un homme qui a franchi tous les obstacles ; rien ne saurait plus m'empêcher de la voir ainsi que l'Histoire de Chine, *etc.*

— Rien sauf le temps, dit François, car il est presque onze heures.

— Il faut nous hâter en conséquence, répondis-je, et je forçai le pas vers la cathédrale.

Sur le seuil de la porte ouest, j'appris, il faut le dire sans chagrin exagéré, de la bouche d'un chanoine, que l'horloge de Lippius, complètement détraquée, ne fonctionnait plus depuis plusieurs années. Je n'en aurai que plus de temps, pensai-je, pour scruter l'Histoire de Chine ; je serai mieux à même, en outre, de donner au monde un aperçu de cette horloge : sa décadence me convient davantage. En route, donc, pour le Collège des Jésuites !

Or, ce désir de feuilleter une Histoire de Chine en caractères chinois ressemblait à beaucoup d'autres que je pourrais citer et qui piquent surtout la curiosité de loin ; à mesure que le but se rapprochait mon sang se refroidit, mon zèle mollit peu à peu, enfin, je n'eusse pas donné un liard pour voir combler mon vœu. En vérité je manquais de temps et c'est à la Tombe des Amants que mon cœur se trouvait.

— Plût au ciel, dis-je, la main sur le marteau de la porte, que l'on eût égaré la clef de la bibliothèque ; aussi bien je fus exaucé quoique par des voies différentes : *tous les* JÉSUITES [444] *avaient la colique* à un degré inégalé dans les annales du plus vénérable praticien.

Chapitre XL

Si j'avais habité vingt ans Lyon je n'eusse pas mieux connu la situation géographique de la Tombe des Amants : il suffisait de tourner à droite après avoir franchi la porte conduisant au faubourg de Vaise. Je dépêchai donc François vers le bateau, afin de rendre à ce monument, sans témoin de ma faiblesse, l'hommage que je lui devais depuis si longtemps. C'est plein de la plus vive allégresse que je fis le chemin et lorsque j'aperçus la grille qui devait protéger la tombe je sentis mon cœur s'enflammer : Ombres tendres et fidèles ! m'écriai-je, en invoquant

Amandus et Amanda. Longtemps, longtemps j'ai dû attendre de verser ce pleur sur votre tombe : j'arrive, me voici——

J'arrivai : il n'y avait point de tombe où verser quoi que ce fût.

Ah! mon oncle Toby, que n'eussé-je donné pour vous entendre siffler *Lillabullero!*

Chapitre XLI

Comment et dans quel sentiment quittai-je ces lieux, peu importe! Le fait est que je fuis, abandonnant la Tombe des Amants, ou plutôt *ne l'abandonnant pas* puisqu'il n'existait rien de la sorte. Juste à temps je sautai dans le bateau; nous n'avions pas navigué cent mètres que le Rhône et la Saône s'enlacèrent et gaiement m'emportèrent ensemble vers le sud.

J'ai décrit cette descente du Rhône avant même de l'avoir faite——

Me voici donc à Avignon et comme il n'y a rien à y voir [445] sinon l'hôtel où résida le duc d'Ormond, je ne m'arrêterai que le temps d'une remarque et dans trois minutes vous allez me voir traverser le pont sur un mulet, suivi de François à cheval, mon portemanteau en croupe, et précédé à grands pas du propriétaire de nos montures, un immense fusil sur l'épaule et une épée sous le bras : il ne risque pas ainsi que nous nous sauvions en lui volant son bétail. La vue de mes culottes, lorsque j'entrai dans Avignon — et mieux encore lorsque je sautai en selle — vous eût assez expliqué cette précaution pour n'en pas garder rancune au bonhomme; pour moi, je pris bénignement la chose et résolus de donner à la fin du voyage mes culottes à mon conducteur pour le payer de la peine qu'il avait dû prendre à s'armer jusqu'aux dents sur leur mine.

Mais avant d'aller plus loin, laissez-moi me débarrasser de ma remarque sur Avignon : à mon sens, sous prétexte que son chapeau a été emporté le premier soir, un homme n'a pas le droit de répéter partout qu'Avignon est la ville la plus venteuse de France. En toute logique, je me gardai donc de souligner l'incident, cependant mon aubergiste, interrogé, m'apprit très sérieusement que j'avais tort et que les bourrasques d'Avignon étaient passées en proverbe dans le pays ; je notai donc le fait sur mes tablettes pour en demander la cause aux savants ; quant à la conséquence, elle m'apparaît assez clairement : du diable si l'on trouve un baron en Avignon, ce ne sont que ducs, marquis et comtes avec qui l'on ne saurait tenir conversation un jour de vent. En effet :

— S'il vous plaît, mon ami, dis-je, tenez-moi mon mulet un instant — car une de mes bottes me blessait le talon et je voulais la tirer. L'homme flânait devant la porte ; vaguement persuadé qu'il était domestique à la maison ou à l'étable, je lui mis la bride dans la main et m'occupai de ma botte. Quand je me redressai pour reprendre mon mulet et remercier l'homme, *M. le Marquis* était rentré——

Chapitre XLII

Du Rhône à la Garonne, j'avais désormais tout le sud de la France à traverser tout à loisir — *tout à loisir* car j'avais laissé la Mort derrière moi, — le Seigneur, et Lui seul, sait à quelle distance.

— J'ai déjà pourchassé bien des hommes à travers la France, dit-elle, mais jamais à cette allure endiablée. Elle ne cessa point pourtant de me poursuivre et je ne cessai point de voler devant elle le plus joyeusement du monde. Elle maintint encore son effort sans espoir, bientôt, de saisir sa proie, alors elle traîna et à chaque pas perdu je vis son aspect s'adoucir. — Pourquoi la fuir encore à cette allure ?

Contre le jugement de mon commis des postes, je changeai donc une fois de plus ma *façon* de voyager : après cette galopade ventre à terre je flattai mon imagination par le riant tableau d'une mule qui me fît franchir les riches plaines du Languedoc avec l'extrême lenteur d'un sabot précautionneux.

Rien de plus charmant pour le voyageur — rien, par contre, de plus terrible pour l'auteur d'un récit de voyages — qu'une plaine vaste et riche, surtout si, peu coupée de fleuves et de ponts, elle ne présente guère à l'œil qu'une monotone abondance, car lorsque nos auteurs ont proclamé de ce séjour délicieux ou exquis, selon les cas, que la terre y est généreuse, que la nature y répand tous ses dons, etc., ils n'en demeurent pas moins avec sur les bras une plaine dont ils ne savent que faire, qui ne leur sera jamais d'aucune utilité et qui les conduira au mieux à une ville, peut-être sans intérêt d'ailleurs, sinon comme point de départ pour une autre plaine etc.

Affreux travail! je me sors tout de même mieux de mes plaines.

Chapitre XLIII

A peine avais-je fait deux lieues et demie que l'homme au fusil se mit à vérifier ses amorces.

Par trois fois déjà, j'étais resté *terriblement* en arrière, perdant un demi-mille au moins à chaque coup. La première occasion fut une conférence avec un fabricant de tambours qui travaillait pour les foires de *Beaucaire* et de *Tarascon :* je ne compris pas les principes de son art——

On ne peut dire exactement que je fus arrêté ensuite par deux Franciscains : comme ils étaient plus pressés que moi, en effet, et ne saisissaient pas le fond de ma pensée, je dus rebrousser chemin pour les accompagner un peu——

Ma troisième interruption fut une affaire commerciale : l'achat à une peu silencieuse personne de son panier de figues provençales pour quatre sous; un litige s'éleva : une fois la somme versée, en effet, il apparut que le fond du panier recélait deux douzaines d'œufs, au frais sous des feuilles de vigne; n'ayant pas la moindre intention d'acheter des œufs, je renonçai d'abord à tous droits sur ceux-ci; l'espace qu'ils avaient occupé ne m'importait pas davantage : j'avais assez de figues pour mon argent, mais je voulais le panier; or, si je le gardais la femme peu silencieuse ne pouvait rien faire de ses œufs et dans le cas contraire je pouvais moins faire encore de mes figues déjà trop mûres et souvent crevées ; une discussion suivit qui se termina par diverses propositions sur ce que nous devions faire l'un et l'autre——

Ce que nous fîmes enfin de nos œufs et de nos figues, je vous défie bien de le deviner si peu que ce soit et j'en défierais le diable si je n'étais persuadé qu'il fût présent au débat. Vous en connaîtrez le fin mot non pas cette année, car je dois me hâter vers les amours de mon oncle Toby, mais dans la collection des incidents rencontrés en traversant cette plaine et que j'appellerai par suite

MES HISTOIRES DE PLAINES.

Le monde jugera si ma plume s'est harassée comme celle des autres voyageurs en ce parcours littéralement stérile, mais à en juger par les souvenirs dont le concert vibre à cet instant dans ma mémoire, ce fut la période la plus féconde et la plus affairée de ma vie. Je n'avais fait avec l'homme au fusil aucune convention de temps : m'arrêtant donc à chaque rencontre, parlant à toute âme qui vive pourvu qu'elle ne trottât pas — rattrapant les uns — attendant les autres — hélant aux carrefours ceux qui venaient par le travers — interrogeant sans exception mendiants et pèlerins, violoneux et moines — ne passant jamais auprès d'une femme juchée sur son mûrier sans louer ses mollets ou l'inviter à la conversation par une prise de tabac — saisissant en somme les occasions de toutes formes et de tous poils que le hasard pouvait m'offrir au cours de ce voyage, je changeai ma *plaine* en *cité*. Je ne cessai jamais d'être en compagnie et en la plus diverse, comme en outre mon mulet, aussi amoureux de la société que moi-même, avait toujours quelque avance à faire aux bêtes rencontrées, je suis persuadé qu'un mois dans Pall Mall ou Saint James street [446] nous eût apporté moins d'aventures et moins d'occasions de connaître les hommes.

O franchise enjouée qui dépouilles si vivement de leurs épingles les plis des fichus languedociens, ce que tu révèles ainsi ressemble tant à la simplicité antique chantée par les poètes que je le croirai tel encore par une volontaire illusion !

C'était sur la route entre Nîmes et Lunel et parmi les vignes qui donnent le meilleur muscat de France et appartiennent, soit dit en passant, aux honnêtes chanoines de MONTPELLIER : honni soit qui l'ayant goûté à leur table leur ferait reproche d'une seule goutte!

Le soleil était couché, le travail fini, les nymphes avaient renoué leurs tresses et les bergers se préparaient aux bachiques orgies. Mon mulet se planta :

— C'est le fifre et le tambourin, dis-je.

— J'ai une peur horrible, affirma-t-il.

— Ils courent à la ronde du plaisir, dis-je en le piquant de l'éperon.

— Par saint Bougre et tous les autres saints derrière la porte du purgatoire, reprit-il aussi résolument que la mule de l'abbesse des Andouillettes, je n'avancerai plus d'un pas.

— Fort bien, monsieur, ripostai-je, je ne discuterai jamais avec un membre de votre famille. Ainsi sautant à terre et jetant de deux coups de pied une botte dans chaque fossé : « Je vais danser, dis-je ; vous, restez là. »

Une fille du travail, hâlée par le soleil, se détacha du groupe pour venir à ma rencontre; sa chevelure d'un châtain presque noir était quasiment nouée en une seule torsade.

— Nous avons besoin d'un cavalier, dit-elle, en avançant les deux mains comme pour les offrir. Je les saisis toutes deux.

— Un cavalier vous aurez donc, répondis-je.

Si tu avais porté, Nanette, les atours d'une duchesse! — mais cette déchirure qui bâillait dans ton jupon! Nanette s'en souciait fort peu.

— Nous n'aurions pu faire sans vous, dit-elle, et lâchant une de mes mains avec une politesse naturelle, elle me conduisit par l'autre.

Un jeune garçon boiteux qu'Apollon avait gratifié d'une flûte et qui, selon son goût, y avait accordé un tambourin, assis sur la rive, préluda par un air vif et doux.

— Vite, nouez-moi cette tresse, me dit Nanette en me mettant un bout de lacet dans la main. Ainsi j'appris à oublier ma qualité d'étranger. Tout le chignon se déroula : ne nous connaissions-nous pas depuis sept ans!

Le jeune musicien marqua le temps sur son tambourin, sa flûte suivit, nous nous élançâmes — diablesse de déchirure!

D'une voix qu'elle avait ravie au ciel, la sœur du musicien alternait avec lui; c'était un rondeau gascon :

Viva la Joia !
Fidon la Tristessa [447] !

les nymphes le chantaient à l'unisson et leurs bergers une octave au-dessous.

Pour la faire recoudre j'eusse bien donné une couronne. Nanette pas un sou. *Viva la joia* était sur ses lèvres. *Viva la joia* était dans ses yeux. Une douce et rapide étincelle éclatait entre nous : que son air était aimable ! Que ne pouvais-je ainsi vivre jusqu'à la fin de mes jours !

— Juste Dispensateur de nos joies et de nos peines, m'écriai-je, qu'y aurait-il de mal à reposer ici dans le sein des plaisirs, à danser, à chanter, à vous louer et à gagner enfin le ciel en compagnie de cette brune fille ? Ah ! le caprice d'une tête qui s'incline un peu de côté, la traîtrise d'une danse qui soulève — « dansons mais fuyons », dis-je, et ne changeant que de danseuse et d'air, je fuis et dansai de Lunel à Montpellier, puis de Pézenas à Béziers — je franchis en dansant Narbonne, Carcassonne et Castelnaudary et finis par asseoir ma danse dans un pavillon de M. Perdrillo [448] où, sortant aussitôt un papier rayé afin d'aller droit sans digression ni parenthèse aucune, tout droit aux amours de mon oncle Toby, je commençais ainsi —

FIN DU LIVRE SEPT

LIVRE VIII

Chapitre premier

—— Mais doucement — car en ces plaines folâtres et sous cet allègre soleil où toute chair à cet instant s'ébat, souffle dans la flûte, râcle du violon et danse en l'honneur des vendanges, où l'imagination à chaque pas surprend le jugement, je défie — malgré tout ce que j'ai pu écrire sur les *lignes droites* [449] en divers passages de mon livre — oui, je défie le plus rectiligne des planteurs de choux au monde, qu'il les plante d'ailleurs en avançant ou en reculant peu importe (sauf que ses fautes ne lui seront pas comptées de la même façon dans les deux cas) de continuer à planter ses choux un à un froidement, exactement, canoniquement, en files impeccables et à intervalles réguliers — surtout si les déchirures de jupon ne sont pas recousues — sans jamais, jamais un écart, une bosse, une fuite oblique vers quelque digression bâtarde. Dans la *terre de glace*, dans la *terre de brumes* et autres terres que je connais, ces choses-là sont possibles ——
Mais en ce clair pays de fantaisie et de sueur où toute idée raisonnable ou déraisonnable se manifeste — en cette terre, mon cher Eugenius, en cette riche terre du romanesque et de la chevalerie où me voici maintenant, dévissant mon encrier pour chanter les amours de mon oncle Toby, avec, sous ma fenêtre même, tous les méandres de la route où Julia poursuivit son Diego, si tu ne viens, Eugenius, me prendre par la main et me servir de guide, que ne vais-je pas finir par écrire—
Commençons.

Chapitre II

Il en est de l'Amour comme du Cocuage——
Mais en cet instant où je parle de commencer un livre, j'ai dans l'esprit une réflexion que j'ai trop longtemps voulu communiquer au lecteur, je dois le faire sur-le-champ ou jamais; ma Comparaison, au contraire, peut lui être soumise à n'importe quelle heure du jour. Je me contenterai donc d'énoncer cette dernière et commencerai sérieusement.

Voici ma réflexion :

Entre toutes les façons de commencer un livre actuellement pratiquées en ce monde, la mienne est, j'en suis certain, la meilleure. La meilleure parce que la plus religieuse : j'écris en effet la première phrase et pour la seconde fais confiance au Tout-Puissant.

L'auteur qui, du seuil de sa porte, appelle à lui ses voisins, ses amis, ses concitoyens, le diable même et ses diablotins, avec leurs marteaux et leurs ustensiles, etc., se guérirait de sa folie et de sa vanité rien qu'en observant comment dans mes écrits une phrase suit l'autre et le plan suit l'ensemble.

Que ne me vîtes-vous, soulevé dans mon fauteuil, la main crispée sur son bras et le regard levé saisir au vol — avec quelle foi — l'idée qui passe souvent à mi-chemin de mon entendement : je crois en toute conscience avoir intercepté ainsi maintes pensées que le ciel destinait à un autre homme.

Pope et son portrait [450] ne sont que niaiseries auprès de moi — nul martyr ne connut tant de foi ni de flamme — (je voudrais en dire autant des bonnes œuvres) mais je n'ai ni

— Zèle ou Courroux — ni
Courroux ou Zèle ——

et tant que les dieux et les hommes ne s'accorderont pas pour donner aux choses le même nom, les plus errants des Tartufes en science, politique ou religion n'éveilleront pas chez moi la moindre étincelle de sympathie et ne se verront pas plus maltraités ou plus hargneusement reçus qu'ils ne vont l'être dans le prochain chapitre.

Chapitre III

—— Bonjour! Bonjour! Déjà un manteau! Le matin est froid, il est vrai, et vous fûtes sage. Mieux vaut être bien monté qu'aller à pied et les engorgements de glandes sont funestes! Comment vont votre concubine, votre femme et leurs enfants respectifs? Avez-vous reçu des nouvelles de votre noble père et de sa noble épouse? De vos sœur, tante, oncle et cousins? J'espère qu'ils se portent mieux de leurs rhumes, bronchites, chaudes-pisses, maux de dent, fièvres, stranguries, sciatiques, œdèmes, orgelets?

Diable d'apothicaire! qui vous saigne ici sans mesure et distribue si bassement purges, vomitifs, cataplasmes, emplâtres, tisanes, clystères et vésicatoires! Pourquoi tant de grains de calomel, Santa Maria! une dose d'opium à vous assommer! De la tête à la queue, pardi, il ruine ma famille entière! Par le vieux masque de velours de ma tante Dinah, cela était, je crois, fort inutile.

Un peu râpé au menton, ce masque, ma tante Dinah l'avait mis et ôté trop de fois avant d'être engrossée par son cocher, de sorte que personne dans la famille n'avait plus voulu le porter. Le recouvrir d'un velours neuf? Il n'en valait plus la peine — et porter un Masque râpé, quasi transparent par l'usure, ne valait guère mieux que de n'en point porter du tout——

Et voilà pourquoi, n'en déplaise à Vos Révérences, notre très nombreuse famille, en quatre générations, n'a guère fourni qu'un archevêque, un juge en Ecosse [451], trois ou quatre échevins et un seul charlatan [452]; au XVIᵉ siècle nous pouvons nous flatter d'avoir compté une douzaine d'alchimistes.

Chapitre IV

Il en est de l'amour comme du cocuage : la partie souffrante est au moins la *troisième* et généralement la dernière dans la maison à en être avertie. D'où vient cela ? De ce que, comme chacun sait, nous possédons une demi-douzaine de noms pour une seule chose, le nom varie selon l'organe ou le vaisseau : *amour* pour celui-ci, *haine* pour celui-là, *sentiment* deux pieds plus haut, *folie* — non pas ici, madame, mais là où pointe mon index ; tant qu'il en sera ainsi qui pourrait s'y reconnaître ?

De tous les hommes mortels — et immortels s'il vous plaît — qui soliloquèrent jamais sur ce sujet mystérieux, mon oncle Toby était le plus mal équipé pour l'analyse de telles contestations sentimentales et à coup sûr il les eût laissé se développer comme nous faisons de situations pires (on verra bien au bout !) si les prognostications de Brigitte à Susannah et les éclaircissements répétés que Susannah ne cessa par suite d'en donner au monde n'avaient contraints mon oncle Toby à considérer l'affaire d'un peu plus près.

Chapitre V

Que les tisserands, jardiniers et gladiateurs (sans compter les hommes dont une vague maladie au pied fait s'atrophier la jambe) brisent toujours en secret le cœur de quelque tendre nymphe, voilà un point réglé et depuis longtemps établi par les physiologistes anciens et modernes.

Le buveur d'eau, pourvu qu'il en fasse profession et ne se livre pas à des manœuvres frauduleuses, entre dans la même catégorie, non qu'il y ait la moindre apparence de logique dans cette proposition : qu'un filet d'eau froide ruisselant dans mon sein doive allumer une torche dans celui de ma Jenny, cela ne paraît nullement évident mais contraire à l'ordre naturel de la cause et de l'effet. C'est que la raison humaine est imbécile.

— Et votre santé, monsieur, point très bonne ?

— Aussi bonne, madame, que l'amitié peut me le souhaiter.

— Et vous ne buvez vraiment que de l'eau ?

Fluide impétueux, quand tu te rues contre les écluses du cerveau comme elles s'ouvrent devant toi! Déjà la CURIOSITÉ y nage et ordonne à ses nymphes de la suivre, toutes plongent au milieu du courant : l'IMAGINATION, assise sur la rive, suit du regard le fil de l'eau, change pailles et joncs en mâts et en beauprés; le DÉSIR, lui, troussant d'une main sa robe au-dessus du genou, happe de l'autre au passage les brins flottants——

O buveurs d'eau! est-ce donc par le flot de cette illusoire fontaine que si souvent vous avez mû et révolutionné le monde comme une roue de moulin, écrasant le visage des faibles, pulvérisant leurs os, transformant leurs nez en moutarde et changeant même quelquefois la structure et l'aspect de la nature ?

— A votre place, Eugenius, je boirais un peu plus d'eau, dit Yorick.

— J'en ferais autant à la vôtre, Yorick, dit Eugenius. D'où il ressort que tous deux avaient lu Longin [453].——

Pour moi, je suis résolu à ne lire toute ma vie qu'un seul livre : le mien.

Chapitre VI

Je voudrais bien que mon oncle Toby eût été un buveur d'eau car on s'expliquerait alors pourquoi, dès le voir, la veuve Wadman sentit s'émouvoir en elle quelque chose — je ne sais quoi — quelque chose d'un peu plus que l'amitié, d'un peu moins que l'amour, peu importe quoi, peu importe où — je n'arracherais pas un poil à la queue de ma mule (qui n'en a pas de reste et ne manque pas de vice, par contre) pour être mis dans le secret de Vos Altesses. Mais en vérité mon oncle Toby n'était pas buveur d'eau; il ne la buvait ni pure ni mélangée, ni d'aucune autre façon, en aucune circonstance; à peine l'avait-il goûtée, par hasard, en quelques postes avancés où tout autre liquide demeurait introuvable, ou encore durant le temps de sa maladie, car le chirurgien lui ayant assuré alors que l'eau allongerait ses fibres et hâterait leur contact cicatrisant, mon oncle en but pour avoir la paix.

Or comme, d'une part, ainsi que chacun sait il n'y a pas d'effet sans cause, et comme, d'autre part, ainsi que nul aussi bien n'en ignore, mon oncle Toby n'était ni tisserand, ni jardinier, ni gladiateur (à moins que vous ne vouliez absolument le tenir pour tel sous prétexte qu'il était capitaine : encore vous ferai-je remarquer qu'il était à pied et qu'il y a équivoque), il reste seulement à supposer que la jambe de mon oncle Toby —— Encore faudrait-il que l'atrophie procédât d'une vague maladie *au pied*, or, le pied de mon oncle Toby ne souffrait de rien de semblable; sa jambe, nullement émaciée, à peine un peu roidie et rendue malhabile par le manque d'usage des trois années passées par mon oncle à la ville, dans la maison de mon père, apparaissait au contraire rebondie et musculeuse et sous tous autres aspects aussi appétissante et solide que l'autre.

Jamais, je le déclare, dans l'expression de mes opinions ou le récit de mon existence, je n'ai éprouvé plus de difficultés que dans le cas présent à joindre les deux bouts et à ployer le chapitre déjà écrit au service du suivant; ne dira-t-on pas que je m'embarrasse moi-même dans des nœuds inouïs pour le simple plaisir de m'en délier ensuite ?

Ame inconsidérée! N'y a-t-il pas assez des ennuis inévitables qui doivent t'assaillir de tous côtés, comme auteur et comme homme ? Faut-il, Tristram, que tu t'empêtres encore davantage ?

Ne te suffit-il pas d'être endetté, écrasé par les dix charretées de tes cinquième et sixième volumes invendus — invendus, hélas! — et presque à bout d'imagination pour te tirer de ce pas ?

N'es-tu point tourmenté par l'asthme horrible que tu acquis dans les Flandres en patinant contre le vent ?

Voici deux mois à peine, à voir un cardinal pisser à

deux mains comme un enfant de chœur, tu fus saisi d'un tel accès de rire qu'un de tes vaisseaux se rompit dans tes poumons; tu perdis alors deux quarts de sang, un par main : ne fus-tu pas averti par la Faculté que tu en aurais perdu quatre quarts, soit un gallon [454], si ta perte avait été deux fois plus forte ?——

Chapitre VII

—— Mais juste Ciel ! ne parlons plus ici de quarts ni de gallons, allons tout droit à notre histoire — si délicate et si enchevêtrée qu'elle ne saurait supporter un seul déplacement de virgule — or je ne sais comment vous avez failli m'y jeter en plein milieu——

— Allons-y, je vous prie, avec plus de ménagements.

Chapitre VIII

Pour prendre possession de leur fameux terrain et engager leur campagne en même temps que les autres alliés, mon oncle Toby et le caporal avaient galopé hors de Londres avec une chaleur si précipitée qu'ils en oublièrent un article essentiel : non point une bêche, un pic ou une pelle mais simplement un lit où coucher. Shandy Hall n'avait pas de meubles à cette époque et la petite auberge où devait mourir le pauvre Le Fever n'était pas encore bâtie : voici donc mon oncle Toby contraint d'accepter un lit chez Mrs. Wadman, une nuit ou deux, en attendant que Trim, flanqué d'un menuisier et d'un couple de tailleurs, lui en eût monté un, car à ses talents d'ordonnance, valet de chambre, cuisinier, linger (e), chirurgien et ingénieur, le caporal joignait encore ceux de tapissier.

Fille d'Eve, telle était Mrs. Wadman et il me suffira d'en dire ceci : le mieux était pour un homme que *cette femme parfaite* fût à cinquante milles de là — ou au chaud dans son lit — ou qu'elle jouât avec un poignard ou avec tout ce qui vous plaira ; le pire était d'attirer son attention dans une maison où tout lui appartenait.

En plein air et au grand jour passe encore : un homme peut y être vu, physiquement parlant, sous des aspects divers, mais dans le logis même de la maîtresse de maison, le voici en tout cas mêlé à ses biens meubles et immeubles ; le moment vient où, par l'effet d'associations réitérées, elle l'englobe dans son inventaire, et alors bonsoir !

Ceci non point en matière de SYSTÈME (la chose a été traitée plus haut) — ou de BRÉVIAIRE (car je ne veux imposer ma croyance à personne) — ou de FAIT (à ma connaissance) mais en matière copulative, d'introduction à ce qui suit.

CHAPITRE IX

Je n'entends parler ici ni de leur finesse, ni de leur blancheur, ni de la force de leurs coulisses : mais n'est-il pas vrai qu'une chemise de nuit diffère d'une chemise de jour par la longueur plus que par toute autre chose, la première laissant pendre au-delà des pieds de la dame couchée au moins autant d'étoffe qu'il en manque à l'autre en deçà ?

Les chemises de nuit de la veuve Wadman, du moins, étaient taillées ainsi selon la mode, je suppose, des règnes de William et d'Anne [455] ; si la mode a changé (puisqu'en Italie elles se réduisent à rien) tant pis pour le bien public ; celles de Mrs. Wadman mesuraient donc deux aunes flamandes et demie [456] ; concédons deux aunes à une femme raisonnable, restait une demi-aune dont la veuve pouvait faire ce qu'elle voulait. Or, de petits soins en petits soins tenus un à un pour acquis contre les nuits glacées et les décembres de sept années de veuvage, un état de fait s'était insensiblement établi, que les deux années précédentes avaient même transformé en règle ordinaire de toilette nocturne : aussitôt Mrs. Wadman mise au lit et ses jambes allongées jusqu'au fond — ce dont Brigitte était régulièrement avertie — Brigitte, avec tout le décorum convenable, écartait les rideaux au pied du lit, saisissait la demi-aune de toile en question, la tirait avec douceur et à deux mains vers le bas, le plus bas possible, la resserrait en cinq ou six plis bien égaux et, retirant une longue épingle de sa manche, en piquait, la pointe vers elle, les plis bien ajustés un peu au-dessus de l'ourlet, puis, ceci fait, reployait, renfonçait le tout très strictement et souhaitait le bonsoir à sa maîtresse.

Telle était la coutume constante avec, pour seule variante, celle-ci : aux soirs cruels de tempête et de glace, Brigitte, quand elle défaisait le pied du lit, *etc.*, ne consultait d'autre thermomètre que celui de son cœur et accomplissait son office debout, agenouillée ou accroupie selon son propre degré de foi, d'espérance et de charité et le sentiment qu'elle nourrissait, cette nuit, à l'égard de sa maîtresse. Sur tout autre point, l'étiquette sacrée n'avait rien à envier au rituel mécanique de la plus rigoureuse chambre chrétienne.

Le premier soir, quand le caporal eut conduit mon oncle Toby dans sa chambre, soit vers dix heures environ, Mrs. Wadman se jeta dans son fauteuil, croisa son genou gauche sur le droit, y appuya son coude et penchée en avant, la joue au creux de la paume, considéra jusqu'à minuit les deux côtés de la question.

Le second soir, elle s'assit devant son bureau et après avoir ordonné à Brigitte de lui apporter deux chandelles neuves, prit dans un tiroir son contrat de mariage et le relut dévotement d'un bout à l'autre ; le troisième soir enfin (le dernier du séjour de mon oncle Toby) à l'instant précis où Brigitte ayant plissé et tiré la chemise allait y piquer la longue épingle, Mrs. Wadman, d'un coup de talon double et pourtant le plus naturel qu'elle pût donner dans sa position (car ****** *** il fut porté nord-est en prenant ce que l'on imagine comme le soleil à son méridien), fit sauter l'épingle des doigts de Brigitte : du même coup, l'*étiquette* y attachée, sauta, croula, vaine poussière.

D'où il ressort avec évidence que Mrs. Wadman était amoureuse de mon oncle Toby.

Chapitre X

La tête de mon oncle Toby à cette époque était farcie de tout autre souci; seuls, donc, la démolition de Dunkerque et le règlement de toutes les autres questions européennes lui donnèrent le loisir de reprendre celle-ci.

Ce que nous nommerons au regard de mon oncle Toby un armistice mais au respect de Mrs. Wadman une vacance dura ainsi presque onze ans. Toutefois, dans ces sortes d'engagements, c'est le second coup — si éloigné soit-il du premier — qui fait la bagarre; voilà pourquoi j'ai choisi de parler des amours de mon oncle Toby avec Mrs. Wadman plutôt que des amours de Mrs. Wadman avec mon oncle Toby.

La distinction n'est pas vaine.

Nous sommes loin de la distinction entre un *chapeau cabossé* de vieux et un chapeau de *vieux cabossé* [457], cause de tant de disputes parmi Vos Révérences. Il s'agit ici messieurs, d'une différence de nature et permettez-moi de vous le dire, d'une très large différence.

Chapitre XI

Puisque la veuve Wadman aimait mon oncle Toby et que mon oncle Toby n'aimait pas la veuve Wadman, la veuve Wadman n'avait que le choix entre deux solutions : continuer à aimer mon oncle Toby ou n'y plus songer.

La veuve Wadman ne voulut faire ni l'un ni l'autre.

Juste ciel! N'oubliai-je pas que je partage cette humeur, quand il m'arrive en effet (comme cela m'arrive quelquefois aux alentours de l'équinoxe) de découvrir chez quelque terrestre déesse tant de ceci, de cela ou du reste que j'en perds le goût des déjeuners alors que mon jeûne ou mon déjeuner demeure le cadet de ses soucis. Peste soit de la déesse! Je vous l'envoie chez les Tartares et de la Tartarie à la *Tierra del Fuego* [458], au pire lieu, à tous les diables : bref, il n'est pas une niche infernale où je ne rencoigne sa divinité.

Mais le cœur est tendre, la marée des passions rapide : je vais donc rechercher celle que j'ai bannie, pour la placer, toujours extrême, au centre même de la voie lactée——

O la plus brillante des étoiles! répands ton influence sur celui — Que l'enfer l'engloutisse, elle et son influence (car je perds toute patience à ce mot) si quelqu'un la subit, grand bien lui fasse! Par tout ce qui est hirsute et béant, m'écriai-je, en saisissant mon bonnet de fourrure que j'enroule autour de mon doigt, je n'en donnerai pas six sous de la douzaine.

C'est pourtant un bonnet de choix, dis-je en y enfonçant ma tête jusqu'aux oreilles, chaud, doux, surtout si on sait bien le mettre (tel hélas! ne sera jamais mon cas et voici ma philosophie de nouveau en détresse).

Non, non, jamais, je ne fourrerai le doigt dans cette tarte (nouvelle et violente métaphore)
croûte-crème,
dehors-dedans,
dessus-dessous, je la déteste, la hais, la renie, sa seule vue me soulève le cœur.

Elle n'est que vinaigre,
piment,
saumure,
ail et fiente de démon [459]. Par le cuisinier des cuisiniers qui semble ne rien faire, assis au coin du feu du matin au soir, qu'inventer à notre intention des plats inflammatoires, je ne toucherai à celui-là pour rien au monde—

— O Tristram! Tristram! cria Jenny.

— O Jenny! Jenny! répliquai-je, et passai au chapitre douze.

Chapitre XII

— Je n'y toucherai pour rien au monde, ai-je dit——
Seigneur ! Comme j'ai échauffé mon imagination avec cette métaphore !

Chapitre XIII

D'où il appert, quoi qu'en disent Vos Révérences et Vos Seigneuries (car s'il s'agissait de *penser*, tous ceux qui *pensent* pensent à peu près de même sur ce sujet et sur d'autres) que l'Amour est, alphabétiquement parlant, à peu près la plus

    A ngoissée,
    B ousculante,
    C avalière,
    D ivagante — des affaires de cette vie.
    E nsorceleuse
    F utile
    G émonies (vouée aux)
    H aut de chausseuse
    I nfernale (supprimez à peu près)
    (P oint de K ?)
    L yrique des passions de cette terre ;
    M inaudeuse
    N iaisifiante
    O péradique
    P ragmatique
    S tridulente
    R idiculisante (non le R devrait être avant), des —

Bref, la nature de l'amour est telle que, comme mon père le dit un jour à mon oncle Toby pour clore une longue discussion :

— L'on ne saurait, mon cher Toby, joindre deux idées à son sujet sans tomber dans quelque hypallage.
— Dans quoi ? s'écria mon oncle Toby.
— C'est, dit mon père, mettre la charrue devant le bœuf—
— Et que peut faire le bœuf ? s'écria mon oncle—
— S'atteler ou s'en aller, répondit mon père.
Or, la veuve Wadman, je l'ai dit, ne voulait faire ni l'un ni l'autre. Elle attendait pourtant, lustrée, et prête à tout hasard.

Chapitre XIV

Les Destins, sans nul doute avertis dès l'origine des amours de mon oncle Toby et de la veuve Wadman, avaient depuis la création de la matière et du mouvement et avec plus de courtoisie qu'ils n'en apportent d'ordinaire à ces sortes d'affaires, noué un enchaînement si strict de causes et d'effets qu'à peu près la seule maison au monde où mon oncle Toby pût loger et le seul jardin chrétien où il pût se divertir étaient ceux jouxtant et confrontant la maison et le jardin de la veuve Wadman, avec l'avantage pour cette dernière d'une tonnelle très ombreuse qui, longeant la haie de mon oncle Toby, fournissait à la veuve toutes les occasions que peut souhaiter une stratégie amoureuse ; elle pouvait de là observer tous les mouvements de mon oncle Toby et dominer tous ses conseils de guerre ; une porte rustique d'ailleurs, que, dans son ingénuité, sur les instances de Brigitte et sous le prétexte de promenades allongées, mon oncle Toby avait permis à Trim de pratiquer, laissait Mrs. Wadman pousser ses approches jusqu'au seuil même de la guérite — que dis-je ? la laissait attaquer, sous couvert de gratitude, et menacer de faire sauter mon oncle Toby en personne au cœur de son retranchement.

Chapitre XV

C'est un fait très pitoyable, mais vérifié par de quotidiennes observations qu'un homme peut, comme une chandelle, être allumé par les deux bouts, pourvu que pointe une longueur suffisante de mèche — sans mèche il n'en faut plus parler. Avec, comme la flamme ainsi allumée par le bas a généralement le malheur de s'éteindre, il n'en faut plus parler non plus.

Pour moi, si l'on me laissait le choix du bout par lequel je désire être brûlé — l'idée d'être rôti comme une bête m'étant insupportable — je prierais la ménagère de m'allumer toujours par le haut; ainsi brûlerais-je décemment vers le bas jusqu'au fond du chandelier : de la tête au cœur, d'abord, du cœur au foie, du foie aux entrailles, etc., par le labyrinthe des artères et des veines suivant tous les détours et embranchements de l'intestin et de ses tuniques jusqu'au cæcum—

— Docteur Slop, qu'est-ce que le *cæcum*, je vous prie ? interrogea mon oncle Toby, lorsque le mot fut prononcé dans une conversation avec mon père le soir où je fus mis au monde, car, à mon âge, je ne saurais dire encore où il se trouve.

— Le *cæcum*, dit le Dr. Slop, se situe précisément entre l'*iléon* et le *colon*.

— Chez l'homme ? s'écria mon père.

— Il en est exactement de même chez la femme, dit le Dr. Slop—

— Je n'en sais pas tant, dit mon père.

Chapitre XVI

—— Pour plus de sécurité, la veuve Wadman résolut de n'allumer mon oncle Toby ni par un bout ni par l'autre mais, comme les prodigues éhontés, par les deux bouts à la fois.

Or, quand elle eût fourragé sept ans, avec l'aide de Brigitte, tous les greniers des intendances militaires — cavalerie ou infanterie — du grand Arsenal de Venise à la Tour de Londres (exclue) Mrs. Wadman n'eût pas trouvé meilleures *blindes* ou *pare-balles* plus efficaces que ceux commodément mis à portée de main par les occupations de mon oncle Toby.

Sans doute ne vous ai-je pas dit (si je l'ai fait, peu importe, car c'est là une de ces choses sur lesquelles il vaut mieux revenir que se disputer) qu'à chaque nouvel investissement de ville ou de forteresse au cours d'une campagne, mon oncle Toby avait toujours soin de piquer, sur la paroi intérieure de sa guérite à gauche, un plan de l'ouvrage en question, maintenu dans le haut par deux ou trois épingles mais gardé libre vers le bas pour la commodité de sa consultation quand l'occasion s'en présentait; ainsi, quand elle avait résolu une attaque, il suffisait à Mrs. Wadman parvenue jusqu'au seuil de la guérite d'avancer la main droite et, le pied gauche gagnant peu à peu du terrain par le même mouvement, de saisir par un coin la carte (ou selon les cas le plan ou l'élévation) en tendant légèrement le cou pour mieux voir, avec l'assurance que mon oncle Toby prendrait feu aussitôt et, saisissant la carte par l'autre coin de sa main gauche — la pipe toujours dans la droite — se pencherait à son tour pour lui commenter la situation.

On comprendra sans peine, une fois l'attaque menée jusqu'à ce point, les raisons de la nouvelle et savante manœuvre stratégique opérée par Mrs. Wadman : elle consistait à s'emparer, dans le plus bref délai possible, de la pipe tenue par mon oncle Toby. Comme tous les prétextes paraissaient bons, le plus ordinaire étant de pointer sur la carte quelque redoute ou retranchement, l'opération était menée à bien avant même que mon oncle Toby, pauvre âme, eût lui-même avancé d'une demi-douzaine de toises. Voici donc mon oncle Toby contraint d'employer son index.

Le point gagné était le suivant : tant que dans le premier cas l'index de Mrs. Wadman ne faisait qu'accompagner le bouquin de la pipe sur le plan, la promenade le long des lignes eût pu se poursuivre de Dan à Bircheba sans résultat appréciable, car la tiédeur du tuyau de pipe n'étant naturellement ni artérielle, ni vitale ne pouvait ni éveiller de sentiment, ni céder quelque chaleur par pulsation, ou en recevoir par sympathie : ce n'était que vaine fumée.

Mais aussitôt que l'index de la veuve Wadman suivait celui de mon oncle Toby par tous les détours et les zigzags de l'ouvrage — tantôt se pressant contre lui, tantôt grimpant sur son ongle et tantôt trottinant sur sa phalange, sautant ici et le touchant là, quelque chose du moins était mis en mouvement. Ces menues escarmouches, toutes pratiquées qu'elles fussent à distance du corps principal, ne tardaient guère à l'engager dans la bataille : car le plan une fois retombé le long de la paroi, mon oncle Toby, dans la simplicité de son cœur, y posait la main toute grande afin de poursuivre son explication; rapide comme l'éclair, Mrs. Wadman ne manquait point de placer la sienne à côté. La voie ainsi ouverte à la commodité d'un va-et-vient sentimental était aussi large que pouvait le souhaiter une personne experte en l'art élémentaire et pratique d'aimer. Quatre doigts alignés comme précédemment sur ceux de mon oncle Toby faisaient automatiquement entrer le pouce en action et le pouce et l'index une fois engagés, entraînaient non moins naturellement la main entière. Ta propre main, mon cher oncle Toby, n'était jamais exactement où elle eût dû se trouver et celle de la veuve Wadman se voyait sans cesse contrainte soit de la soulever, soit de l'écarter le plus légèrement du monde par toute la série de poussées, d'indications ou de pressions équivoques à quoi une main peut être soumise.

Au cours de cette manœuvre, d'ailleurs, comment eût-on manqué de faire sentir à mon oncle Toby que la jambe pressant délicatement son mollet dans les profondeurs de la guérite était celle de la veuve Wadman elle-même ? Mon oncle Toby devenait ainsi l'objet d'une attaque vivement poussée sur les deux ailes : s'étonnera-t-on dès lors qu'un certain désordre se soit parfois manifesté dans son centre ? —

— A tous les diables! dit mon oncle Toby.

Chapitre XVII

Ces attaques de Mrs. Wadman offraient, on le conçoit sans peine, une grande diversité — opportunément variées comme celles dont l'histoire est pleine et pour les mêmes raisons. A les observer de haut, un stratège eût même peut-être hésité à les nommer attaques ou les eût en tout cas confondues dans une seule manœuvre; ce n'est pas le lieu ici d'en donner une description détaillée. Je le ferai le moment venu, pas avant plusieurs chapitres. J'ajouterai seulement ceci : dans un rouleau de papiers originaux et de dessins, soigneusement mis à part par mon père, se trouve un plan de Bouchain [460] jusqu'ici en parfait état — et que je conserverai tel quel tant qu'il me sera donné de conserver quelque chose; le coin du bas à droite montre les traces d'un pouce et d'un index jaunis de tabac à priser et qu'on a toutes raisons de croire ceux de Mrs. Wadman, car la marge opposée (celle à mon sens de mon oncle Toby) est parfaitement nette. Sans doute possédons-nous ici le souvenir authentique d'une de ces attaques; l'on aperçoit en effet les traces des deux trous : l'un déchiré mais l'autre bien visible dans le coin opposé, par où le plan était fixé à la paroi de la guérite —

Par tout ce qu'il faut adorer, je mets cette précieuse relique avec ses *stigmates* et ses *épines* au-dessus de toutes celles de l'Eglise papiste à l'exception toutefois (exception jamais omise quand j'écris sur ce sujet) des épines qui, au désert, pénétrèrent la chair de sainte *Radegonde* et que, sur votre route de Fesse à Cluny, les nonnes de ce dernier lieu offriront à votre contemplation amoureuse.

Chapitre XVIII

— N'en déplaise à Votre Honneur, dit Trim, je crois les fortifications complètement détruites et rasées au niveau du môle.
— Je le crois aussi, dit mon oncle Toby en réprimant à moitié un soupir, va dans le salon, Trim et prends le traité sur la table.
— Il y est resté six semaines, dit Trim, mais ce matin la vieille femme en a allumé le feu——
— Nos services dès lors, reprit mon oncle Toby, ne sont plus ici d'aucune utilité.
— Et c'est d'autant plus triste, n'en déplaise à Votre Honneur, ajouta Trim. Le caporal en prononçant ses mots rejeta la bêche dans la brouette à son côté avec l'apparence de la plus profonde affliction. Il se disposait pesamment à ramasser pic, pelle, piquets et autre matériel militaire pour une évacuation totale du terrain quand un ha! d'affliction poussé du fond de la guérite, et tristement renvoyé par ses planches de sapin l'arrêta dans son geste.
— Non, se dit le caporal, je ferai cela demain matin avant que Son Honneur ne soit levé. Il reprit donc sa bêche dans la brouette avec un peu de terre comme pour niveler le pied du glacis, mais avec l'intention, en fait, de se rapprocher de son maître afin de le divertir; il souleva une ou deux mottes de gazon, en égalisa le tranchant, les tapota doucement du plat de son outil, puis s'asseyant aux pieds mêmes de mon oncle Toby, commença de la sorte.

Chapitre XIX

— C'est grand'pitié — quoique, n'en déplaise à Votre Honneur, ce que je vais dire soit sans doute une stupidité dans la bouche d'un soldat—

— Un soldat, s'écria mon oncle Toby, peut dire des stupidités aussi bien qu'un homme de lettres.

— Moins souvent, n'en déplaise à Votre Honneur, répliqua le caporal.

Mon oncle Toby approuva d'un signe de tête.

— C'est grand'pitié, reprit Trim, en jetant sur Dunkerque et son môle le même regard que jadis sur Corinthe et le Pirée *Servius Sulpicius* lorsqu'il fit voile d'Egine vers Mégare——

— C'est grand'pitié, n'en déplaise à Votre Honneur, qu'il ait fallu jeter bas ces ouvrages, mais c'eût été dommage de les laisser debout——

— Tu as deux fois raison, Trim, dit mon oncle Toby.

— Et voilà pourquoi, reprit Trim, pas une fois, du début à la fin de leur démolition, je n'ai sifflé, chanté, ri, pleuré de nos actions passées ou raconté à Votre Honneur une histoire bonne ou mauvaise—

— Tu parles excellemment d'ordinaire, Trim, dit mon oncle Toby et ce n'est pas la moindre de mes louanges qu'étant un conteur d'histoires et m'en ayant tant conté, soit pour me consoler aux heures douloureuses, soit pour me divertir aux heures graves, tu m'en aies si rarement conté de mauvaises—

— C'est, dit Trim, qu'à part celle du *roi de Bohême et de ses sept châteaux*, mes histoires sont toutes vraies, car je les ai vécues moi-même—

— Le sujet ne m'en intéresse pas moins, Trim, dit mon oncle Toby. Mais, dis-moi quelle est ta nouvelle histoire : tu as éveillé ma curiosité.

— Je m'en vais vous la raconter aussitôt, répondit le caporal.

— A condition toutefois, interrompit mon oncle Toby, le regard toujours gravement posé sur Dunkerque et son môle, à condition toutefois qu'elle ne soit pas gaie, car à la gaieté d'une histoire, Trim, l'auditeur doit participer au moins pour moitié et l'humeur où je me sens présentement, Trim, nuirait à toi aussi bien qu'à ton conte.

— L'histoire n'est nullement gaie, répliqua le caporal.

— Je ne désirerais pas davantage qu'elle fût grave ajouta mon oncle Toby.

— Elle n'est ni l'un, ni l'autre, répondit le caporal, et vous conviendra parfaitement.

— Dans ce cas, je t'en remercierai de tout mon cœur, s'écria mon oncle Toby; commence donc, Trim.

Le caporal s'inclina. Il n'est pas aussi aisé qu'on l'imagine de retirer une *montera* avec grâce; il ne l'est pas davantage, à mon sens, pour un homme accroupi sur le sol, de mettre dans une révérence le très profond respect que le caporal voulait exprimer; en prenant pourtant la licence de poser sa main droite sur l'herbe derrière lui et vers son maître afin de donner par cet appui plus d'ampleur à son balancement, en pinçant délicatement, d'autre part, entre le pouce et l'index de la main gauche, une montera ainsi amenuisée et pour ainsi dire escamotée plutôt que soulevée largement, le caporal s'acquitta de son double geste avec plus d'élégance que sa posture n'eût semblé l'autoriser; enfin le vieux soldat ayant toussoté par deux fois à la recherche du ton le plus convenable à son histoire et le mieux en accord avec les dispositions de son maître, commença ainsi :

Histoire du roi de Bohême
et de ses sept châteaux.

Il était une fois un roi de Bo--hê——

A peine le caporal franchissait-il les frontières de la Bohême que mon oncle Toby le pria de s'arrêter un instant. Trim était parti tête nue, la montera que nous l'avons vu ôter à la fin du chapitre précédent était demeurée depuis lors posée à terre.

Rien n'échappe aux regards de la Bonté : le caporal n'avait pas prononcé les cinq premiers mots de son histoire que déjà mon oncle Toby avait deux fois touché la montera du bout d'une canne interrogatrice comme pour dire : « Pourquoi ne la remets-tu pas, Trim ? »

LIVRE VIII – CHAPITRE XIX

Avec la plus respectueuse des lenteurs, Trim ressaisit son couvre-chef, puis, jetant un regard humilié sur les feuillages de la broderie frontale, vigoureux jadis, aujourd'hui tristement ternis ou éraillés, le reposa entre ses pieds, pour moraliser sur sa décadence.

— Hélas! ce n'est que trop vrai, s'écria mon oncle Toby avant qu'il eût pris la parole, *rien ne dure en ce monde.*

— Mais quand se seront évanouis, reprit Trim, jusqu'aux gages, cher Tom, de ton amour et de ton souvenir, que dirons-nous?

— Nous ne saurions en dire davantage, Trim, répondit mon oncle Toby. Quand un homme se torturerait l'esprit jusqu'au jour du Jugement Dernier, je crois, Trim, qu'il n'y parviendrait pas.

Le caporal se rendit à tant de raisons et jugeant impossible, en effet, d'extraire d'un chapeau usé une plus pure morale, remit celui-ci sur sa tête, puis, d'un revers de main effaçant de son front la ride qu'y avaient fait naître conjointement la coiffure et son commentaire, il reprit sur le même ton et avec le même visage l'histoire du roi de Bohême et de ses sept châteaux.

Histoire du roi de Bohême et de ses sept châteaux.
(Suite)

IL était une fois un roi de Bohême — sous quel règne? hormis le sien, je ne saurais le dire à Votre Honneur——

— Je ne te le demande nullement, Trim, s'écria mon oncle Toby.

— C'était, n'en déplaise à Votre Honneur, un peu avant l'époque où la race des géants cessa de se perpétuer — mais en quel an de grâce——

— Je ne donnerais pas un liard pour le savoir, protesta mon oncle Toby.

— La seule question, dit Trim, n'en déplaise à Votre Honneur, est que cela rendrait l'histoire plus jolie——

— C'est ton histoire, Trim, orne-la donc à ta manière; de toutes les dates du monde, poursuivit mon oncle, mets ici celle qui te plaira, j'y consens très volontiers——

Le caporal s'inclina. La suite entière des siècles et chaque année de chaque siècle, de la création du monde au Déluge de Noé, du Déluge à la naissance d'Abraham et, par le cheminement des Patriarches à la fuite des Israélites hors d'Egypte, de cette fuite par la succession des Dynasties, Olympiades, Fondations de Villes, et autres périodes mémorables de l'histoire universelle jusqu'à l'avènement du Christ, de cet avènement, enfin, jusqu'à l'instant précis où le caporal contait son histoire, l'immensité du temps, de son empire et de tous ses abîmes — voilà ce que mon oncle Toby mettait aux pieds du caporal; mais comme la DISCRÉTION effleure seulement du doigt ce que la LIBÉRALITÉ lui offre à deux mains largement ouvertes, en cet amas d'années Trim ne prit qu'une seule et la PIRE. La pire n'est-elle pas toujours la dernière, morte avec le dernier almanach ? Sur cette question de principe, Vos Honneurs majoritaires et minoritaires risquent de s'entre-déchirer à belles dents. Pour prévenir un tel carnage, je déclarerai qu'en fait la dernière fut bien choisie, mais pour des raisons étrangères à votre dispute. L'an de grâce 1712 — le plus proche étant celui où le duc d'Ormond avait fait des siennes dans les Flandres — Trim l'adopta pour sa propre expédition en Bohême.

Histoire du roi de Bohême
et de ses sept châteaux.
(Suite)

EN l'an de grâce 1712, il était, n'en déplaise à Votre Honneur—
— A dire vrai, Trim, interrompit mon oncle Toby, toute autre date m'eût satisfait davantage et je ne songe pas seulement à la tache qui, cette année-là, ternit notre histoire quand nous retirâmes nos troupes, refusant de couvrir le siège de Quesnoi, bien que Fagel en emportât les ouvrages avec une incroyable vigueur; je pense aussi, Trim, à ton propre conte car il s'y trouve (à ce que tu m'as laissé entendre du moins) des géants—
— Un seul géant, n'en déplaise à Votre Honneur—
— Le mal est aussi grand pour un que pour vingt, reprit mon oncle Toby; tu aurais dû, pour le mettre à l'abri des critiques ou autres, le reporter au moins sept ou huit cents ans en arrière; je te conseille donc, quand tu raconteras de nouveau cette histoire—

— Si je vis assez, répondit Trim, pour la raconter au moins une fois, je ne la répéterai à âme qui vive, homme, femme ou enfant.
— Bah! Bah! dit mon oncle, mais sur un ton de si doux encouragement que le caporal reprit son histoire avec plus de vivacité que jamais.

Histoire du roi de Bohême
et de ses sept châteaux.
(Suite)

Il était donc, n'en déplaise à Votre Honneur, dit Trim qui haussa la voix et se frotta joyeusement les mains, un certain roi de Bohême——
— Ne donne aucune date, Trim, dit mon oncle Toby penché, la main posée sur l'épaule du caporal pour faire excuser son interruption, aucune date, Trim; les histoires se passent très bien de ces enjolivements si l'on n'en est pas très sûr.
— Trim secoua la tête : « Comment en être sûr ? »——
— C'est juste, dit mon oncle; pour un homme comme toi ou moi, grandi dans le métier des armes et peu accoutumé à regarder plus loin que le bout de son mousquet en avant ou que sa gibecière en arrière, cette science-là n'est pas facile.
— Dieu bénisse Votre Honneur, dit le caporal, conquis par la *façon* de raisonner de mon oncle Toby autant que par ses raisons mêmes, il a bien autre chose à faire. S'il n'est pas engagé dans l'action en marche ou de service à la caserne, il doit, n'en déplaise à Votre Honneur, fourbir son fusil, maintenir son équipement en état, repriser son uniforme, se raser et veiller à la propreté personnelle afin de paraître toujours tel qu'à la parade. Qu'importe, ajouta le caporal triomphalement, qu'importe la *géographie* à un soldat ?
— C'est *chronologie* que tu devrais dire, Trim, observa mon oncle, car la géographie lui est indispensable. Il doit posséder parfaitement le caractère et les frontières de tous les pays où son métier l'appelle; il doit connaître chaque ville, chaque village, chaque hameau, ainsi que les canaux, les routes et les chemins creux qui y aboutissent; il n'est pas une ornière ou un ruisseau qu'il soit amené à franchir dont il ne doive pouvoir dire à première

vue le nom, la source, le cours, la portion navigable et les gués. Il doit connaître la fertilité de chaque vallée, savoir qui la laboure, être capable de décrire ou même, s'il est nécessaire, de coucher sur une carte les plaines, défilés, points forts, pentes, forêts et morasses que traversera son armée ; il doit en connaître les produits, les plantes, les minéraux, les eaux, la faune, les saisons, les climats, les chauds et froids, les habitants, les coutumes, le langage, les mœurs et la religion même.

Comment concevoir autrement, caporal, poursuivit mon oncle Toby que la chaleur de son discours fit alors se dresser dans sa guérite, que Marlborough ait pu conduire ses armées des rives de la Meuse à Belbourg, de Belbourg à Kerpenord (le caporal, ici, ne put demeurer assis plus longtemps), de Kerpenord, Trim, à Kalsaken, de Kalsaken à Newdorf ; de Newdorf à Landenbourg ; de Landenbourg à Mildenheim ; de Mildenheim à Elchingen ; d'Elchingen à Gingen ; de Gingen à Balmerchoffen ; de Balmerchoffen à Skellenbourg, pour fondre enfin sur les ouvrages ennemis, forcer le passage du *Danube*, traverser le *Lech*, pousser ses troupes jusqu'au cœur de l'Empire et voler à leur tête par Fribourg, Hokenvert et Schonevelt jusqu'aux plaines de Blenheim et d'Hochstet ? Si grand qu'il fût, caporal, il n'eût pas fait un pas ou franchi une seule étape sans le secours de la *géographie*. Quant à la *chronologie*, poursuivit mon oncle Toby qui se rassit, calmé, dans sa guérite, j'avoue, Trim, que de toutes les sciences c'est celle dont un soldat pourrait le plus aisément se passer n'étaient les lumières qu'elle jettera un jour sur l'invention de la poudre : car ce furieux coup de tonnerre, renversant tout devant lui, ouvrit un champ nouveau au génie militaire et bouleversa toutes les méthodes d'attaque par terre et par mer, suscita de ce fait tant d'art et tant d'habileté que le monde ne saurait fixer avec assez de précision la date d'une telle découverte ni rechercher avec assez de soin le grand esprit et les circonstances qui en furent l'origine.

Je suis bien loin, poursuivit mon oncle Toby, de mettre en doute ce que les historiens s'accordent à rapporter, soit qu'en l'An de Grâce 1380, sous le règne de Wenceslas, fils de Charles IV, certain prêtre nommé Schwartz [461] enseigna l'usage de la poudre aux Vénitiens alors en guerre contre les Génois mais il n'en fut certainement pas l'inventeur. Si nous en croyons, en effet, Don Pedro, évêque de Léon [462]—

LIVRE VIII – CHAPITRE XIX

— Qu'ont à faire les prêtres et les évêques, n'en déplaise à Votre Honneur, avec la poudre à canon pour s'en tourmenter ainsi l'esprit ?

— Dieu seul le sait, répondit mon oncle Toby, sa Providence tire parti de tout. Don Pedro affirme, en tout cas, dans sa chronique du roi Alphonse, le vainqueur de Tolède, qu'en l'année 1343, soit trente-sept ans auparavant, le secret de la poudre était déjà connu et que Maures et chrétiens l'employèrent également avec succès dès cette époque, non seulement dans leurs combats navals mais au cours des sièges les plus mémorables en Espagne et en Barbarie. Chacun sait d'ailleurs que le Frère Bacon[463] en parle expressément, en a généreusement donné la recette plus de cent cinquante ans avant la naissance de Schwartz ; les Chinois nous embarrassent davantage encore lorsqu'ils se flattent d'avoir fait la découverte plusieurs siècles avant Bacon.

— Une bande de menteurs, s'écria Trim——

— Ils font erreur, en tout cas, reprit mon oncle Toby, ainsi que me le prouve le misérable état de leur architecture militaire, limitée à un seul fossé et à un mur de briques sans flanquements, car ce qu'ils nous donnent comme un bastion à chaque angle est encore d'une construction si barbare qu'on y verrait plutôt— L'un de mes sept châteaux, n'en déplaise à Votre Honneur, dit Trim.

Si désespérément qu'il courût après sa comparaison, mon oncle Toby, avec beaucoup de courtoisie, refusa l'offre ; Trim insista : n'en possédait-il pas, en Bohême, six autres dont il ne savait comment se débarrasser ? Une telle grandeur d'âme émut si fort mon oncle Toby qu'interrompant son propre discours sur la poudre à canon, il pria Trim de continuer son histoire du roi de Bohême et de ses sept châteaux.

Histoire du roi de Bohême
et de ses sept châteaux.
(Suite)

CE *malheureux* roi de Bohême — dit Trim.

— Il était donc malheureux ? s'écria mon oncle Toby car, s'il avait bien désiré que Trim poursuivît son histoire, son esprit encore tout enveloppé des fumées de la poudre et autres nuages militaires concevait mal que

ses seules interruptions pussent justifier cette épithète.
— Il était donc *malheureux*, Trim ? s'écria mon oncle Toby sur un ton pathétique.

Le caporal, qui eût désiré avant toute chose voir au diable l'*épithète* et ses synonymes, se mit aussitôt à passer en revue dans son esprit les principaux événements de son histoire royale : or, chacun d'eux montrait plus clairement que ce roi de Bohême avait été le plus heureux des hommes. Trim en demeura interdit. Peu soucieux de retirer son épithète, moins encore d'en donner une explication, tout à fait ignorant, enfin, des souplesses d'anguille de nos hommes de loi, il leva simplement vers mon oncle Toby un regard qui implorait son assistance, mais voyant que mon oncle Toby attendait précisément de lui le même service, il toussota — hem! ho! — et poursuivit——

— Le roi de Bohême, n'en déplaise à Votre Honneur, était *malheureux* pour la raison suivante : il adorait la mer et la navigation et comme dans tout son royaume il *n'existait pas* un seul port——

— Mais voyons Trim, s'écria mon oncle, la Bohême se trouvant à l'intérieur des terres, comment diable! aurait-il pu en être autrement ?

— Par la volonté de Dieu, dit Trim.

Mon oncle Toby ne parlait jamais qu'avec une prudente hésitation de l'être et des attributs naturels de Dieu.

— Je ne le pense pas, répondit-il après un instant de silence, car la Bohême, placée comme je l'ai dit à l'intérieur des terres et flanquée par la Silésie et la Moravie à l'est, la Lusace et la Haute-Saxe au nord, la Franconie à l'ouest et la Bavière au sud, n'aurait pu être transportée jusqu'à la mer sans cesser d'être la Bohême; la mer, d'autre part, n'aurait pu monter jusqu'à la Bohême sans inonder une grande partie de l'Allemagne et noyer plusieurs millions d'habitants infortunés sans défense contre les flots.

— Horreur! s'écria Trim.

— Un tel fléau, poursuivit mon oncle avec douceur révélerait chez Celui qui est le père de toutes créatures un manque si total de compassion que je le tiens pour absolument impossible.

Le caporal s'étant incliné avec la plus sincère des convictions poursuivit :

— Le roi de Bohême, donc, la reine et leur cour, un beau soir d'été, sortirent *par hasard* pour une promenade.

— Fort bien, s'écria mon oncle Toby, l'expression « *par hasard* » est juste ici car le roi de Bohême et la reine pouvaient partir en promenade ou y renoncer ; ce sont là choses contingentes qui arrivent ou non selon la chance.

— N'en déplaise à Votre Honneur, dit Trim, le roi William pensait que tout est prédestiné dans notre existence, il disait même souvent à ses soldats que « chaque balle a son billet ».

— Un grand homme ! dit mon oncle Toby.

— Je suis convaincu, pour ma part, poursuivit Trim, qu'à la bataille de Landen la balle qui me brisa le genou me fut adressée tout exprès pour m'ôter du service de Sa Majesté et me placer à celui de Votre Honneur afin que j'y sois mieux soigné dans mes vieux jours.

— Rien ne démentira cette explication, Trim, dit mon oncle.

Maître et soldat avaient un cœur également sensible à des flots soudain d'émotion ; un bref silence s'établit.

— D'ailleurs, sans cette simple balle, reprit le caporal sur un ton plus joyeux, n'en déplaise à Votre Honneur, je n'eusse jamais été amoureux——

— Tu l'as donc été une fois, Trim ? demanda mon oncle souriant——

— J'ai fait le plongeon, dit Trim, et, n'en déplaise à Votre Honneur, j'en avais par-dessus la tête.

— Dis-moi où, quand, dans quelles circonstances, je n'en ai jamais su un traître mot, dit mon oncle Toby.

— J'ose dire que pas un tambour, pas un enfant de troupe ne l'ignorait dans le régiment.

— Il est grand temps que j'en sois informé, dit mon oncle Toby.

— Votre Honneur ne se souvient pas sans chagrin, dit Trim, de la panique et de la confusion totale qui régnaient à Landen dans notre camp et dans notre armée ; chacun devait se tirer seul d'affaire et sans les régiments de Wyndham, Lumley et Galway qui couvrirent la retraite au pont de Neerspecken, le roi lui-même eût pu difficilement s'échapper, pressé qu'il était de toutes parts——

— Le noble courage ! s'écria mon oncle Toby soulevé par l'enthousiasme. Je le vois encore à l'instant où tout était perdu galoper devant moi vers la gauche pour rassembler les restes de la Garde, voler au secours de la droite et arracher les lauriers du front de Luxembourg [464] si c'était encore possible — je le vois, sans souci de son écharpe dont une balle venait d'arracher le nœud, infuser un nouveau courage au régiment du pauvre Galway, parcourir le front des troupes, puis faire demi-tour et charger Conti à leur tête. C'est un brave, pardieu! s'exclama mon oncle Toby et qui mérite la couronne!

— Aussi dignement qu'un voleur la corde, hurla Trim.

Mon oncle Toby connaissait bien la loyauté du caporal envers son roi, cette réserve faite, la comparaison lui parut franchement incongrue. Une fois lancée, le caporal ne la jugea pas non plus très heureuse, mais on ne pouvait y revenir, le mieux était donc de poursuivre. Trim poursuivit :

Le nombre des blessés était prodigieux et nul n'avait le temps que de songer à son propre salut.

— Talmash, dit mon oncle Toby, ramena pourtant son infanterie avec beaucoup de prudence.

— Je fus, moi, laissé sur le terrain, dit le caporal.

— Pauvre diable! je le sais bien, dit mon oncle Toby.

— Je dus ainsi, poursuivit Trim, attendre le lendemain midi pour être échangé puis transporté à l'hôpital sur une charrette avec treize ou quatorze autres. Il n'y a point de partie du corps, n'en déplaise à Votre Honneur, où une blessure soit plus douloureuse qu'au genou——

— L'aine exceptée, dit mon oncle Toby.

— N'en déplaise à Votre Honneur, je crois le genou plus douloureux, à cause de tous les tendons et les je-ne-sais-trop-quoi qui y arrivent.

— Voilà précisément, riposta mon oncle Toby, ce qui rend l'aine plus sensible car outre les tendons et les je-ne-sais-trop-quoi-non-plus (leur nom m'est aussi inconnu qu'à toi) il y a***——

Mrs. Wadman qui, durant toute cette conversation, n'avait pas quitté sa tonnelle retint à ce coup son souffle, dénoua le ruban de son béguin et demeura un pied en l'air. Entre mon oncle Toby et Trim l'amicale discussion se prolongea quelque temps encore sans rien perdre de sa force; Trim, enfin, se souvenant que les douleurs de son maître lui avaient maintes fois arraché des larmes tandis qu'il endurait les siennes les yeux secs, fit mine d'abandonner la partie; mon oncle Toby ne le lui permit pas——

— Cela ne prouve rien, dit-il, que ta générosité naturelle.

Ainsi la question de savoir si la douleur d'une blessure au genou dépasse (caeteris paribus [465]) celle d'une blessure à l'aine ou, à l'inverse, si celle d'une blessure à l'aine n'est pas plus grande que celle d'une blessure au genou, demeure entièrement irrésolue.

Chapitre XX

— La souffrance de ma blessure au genou était déjà atroce en elle-même, poursuivit le caporal, mais l'incommodité de la charrette et les durs cahots d'une route creusée d'ornières la rendaient pire encore, je pensais mourir à chaque pas ; ajoutez à cela la perte de sang, l'absence de soins, la fièvre que je sentais grandir (Pauvre homme ! dit mon oncle Toby) ; c'était, n'en déplaise à Votre Honneur, plus que je n'en pouvais supporter.

— Notre charrette, la dernière de la file, s'arrêta devant une maison de paysans ; quand on m'eut aidé à y entrer, je confiai mes souffrances à une jeune femme qui se trouvait là ; elle sortit un cordial de sa poche et m'en donna quelques gouttes sur un morceau de sucre ; me voyant réconforté, elle recommença par deux fois. Ma douleur, lui dis-je, était si intolérable que, n'en déplaise à Votre Honneur, je préférais m'allonger (je tournai mon visage vers un lit au coin de la pièce) et mourir là plutôt que de continuer ma route ; elle voulut alors m'aider à gagner cette couche et je m'évanouis dans ses bras. Elle avait l'âme bonne, dit Trim en essuyant une larme, comme Votre Honneur va l'apprendre par la suite.

— Je croyais l'*amour* joyeux, remarqua mon oncle Toby.

— N'en déplaise à Votre Honneur, c'est (quelquefois) la plus grave chose du monde.

Sur les instances de la jeune femme, poursuivit le caporal, le chariot de blessés partit sans moi : le premier cahot me tuerait, assura-t-elle. En revenant à moi, je me retrouvai donc dans une chaumière paisible, où ne restaient que la jeune femme, le paysan et son épouse. J'étais couché en travers du lit, ma jambe blessée sur une chaise ; la jeune femme, à mes côtés, d'une main me faisait respirer son mouchoir mouillé de vinaigre, de l'autre me frictionnait les tempes.

Je la pris d'abord pour la fille du paysan (car la maison n'était pas une auberge) et lui offris la petite bourse avec dix-huit florins dont mon pauvre frère Tom — Trim, ici, s'essuya les yeux — m'avait fait présent juste avant son départ pour Lisbonne —

Je n'ai jamais conté à Votre Honneur, cette pitoyable histoire. (Trim s'essuya les yeux une troisième fois.)

La jeune femme fit entrer dans la pièce le vieux paysan et son épouse et leur montra l'argent qui paierait, leur dit-elle, le lit et les menus soins nécessaires jusqu'au moment où je pourrais être transporté à l'hôpital. — Allons! dit-elle, en reployant la petite bourse, me voici votre banquier et comme cet emploi n'absorbera pas tout mon temps, je serai aussi votre infirmière.

A ces paroles et aux habits de la jeune femme que j'examinai alors avec plus d'attention, je compris qu'elle ne pouvait être la fille des paysans.

Vêtue de noir jusqu'aux pieds, elle avait pour coiffure un béguin de batiste qui cachait entièrement ses cheveux; c'était, n'en déplaise à Votre Honneur, une de ces nonnes dont Votre Honneur sait qu'il existe un grand nombre en Flandre où elles ne sont pas cloîtrées.

— Je devine à ta description, Trim, dit mon oncle Toby, qu'il s'agissait d'une jeune Béguine comme on en trouve seulement dans les Flandres espagnoles — Amsterdam excepté. Elles diffèrent des nonnes en ceci qu'elles peuvent quitter leur cloître s'il leur plaît de se marier, elles visitent et soignent les malades par obéissance à leurs vœux, je préférerais qu'elles le fissent par humanité.

— Elle m'a souvent dit, reprit Trim, qu'elle me soignait par amour du Christ, je n'aimais pas beaucoup cela.

— Je crains que nous n'ayons tort tous deux, Trim, dit mon oncle Toby; nous interrogerons là-dessus Mr. Yorick ce soir à Shandy Hall, fais-m'en souvenir.

— A peine la jeune Béguine, poursuivit Trim, m'avait-elle annoncé son intention d'être mon infirmière qu'elle se mit promptement en devoir de remplir son office; un bref instant plus tard (quoiqu'il m'eût paru fort long) elle revint avec des bandes, *etc.*, baigna mon genou pendant deux bonnes heures, *etc.*, me prépara pour mon souper une assiettée de gruau léger et, me souhaitant une nuit de repos, promit de revenir le lendemain de grand matin.

Son souhait, n'en déplaise à Votre Honneur, ne devait

pas être exaucé car ma fièvre monta rapidement cette nuit-là. L'image de la jeune femme me jeta dans une agitation profonde ; je ne cessai de partager le monde pour lui en offrir la moitié. Hélas ! m'écriai-je aussitôt, je ne possède rien à lui offrir en partage qu'une gibecière et dix-huit florins. La nuit entière, je vis à mon chevet la belle Béguine, pareille à un ange, entr'ouvrant les rideaux de mon lit pour me tendre un cordial ; et ce fut elle qui m'éveilla seulement de mon rêve lorsque, entrant à l'heure promise, elle me l'offrit en effet. En vérité, elle ne me quitta presque plus. Et je m'accoutumai si bien à recevoir la vie de ses mains que je pâlissais et défaillais lorsqu'elle sortait de la chambre. Et cependant, poursuivit le caporal (énonçant alors la plus étrange des remarques) *ce n'était pas de l'amour*, car, en trois semaines où elle demeura constamment près de moi, nuit et jour baignant mon genou de ses propres mains, je puis dire honnêtement à Votre Honneur, * pas une seule fois.

— Très bizarre, Trim, dit mon oncle Toby—
— En effet, dit Mrs. Wadman.
— Jamais, dit le caporal.

Chapitre XXI

— Ce n'est pas merveille, dit Trim voyant mon oncle Toby songeur, car l'amour, n'en déplaise à Votre Honneur, ressemble à la guerre en ceci qu'un soldat, sorti sain et sauf le samedi soir de trois semaines de bataille, peut être frappé en plein cœur le dimanche matin ; c'est précisément *ce qui m'advint ici*, avec pourtant cette différence que je tombai, pour ma part, amoureux le dimanche après-midi. Cet amour éclata, n'en déplaise à Votre Honneur, comme une bombe, presque sans me donner le temps de me dire : « Dieu me bénisse ».

— Je ne croyais pas, Trim, dit mon oncle Toby, qu'un homme pût tomber si soudainement amoureux.

— Si fait, répondit Trim, pourvu qu'il soit déjà en bon chemin.

— Dis-moi, demanda mon oncle Toby, comment cela t'arriva-t-il ?

— Je vous le conterai très volontiers, répondit Trim en s'inclinant.

Chapitre XXII

J'avais échappé jusque-là ; j'aurais continué jusqu'à la fin si les destins n'en avaient décidé autrement : on ne résiste pas à leurs décrets.

C'était, je l'ai déjà dit à Votre Honneur, un dimanche après-midi—

Le vieux paysan et sa femme étaient sortis—

Il régnait dans la maison la quiétude et le silence de minuit, pas un canard, pas un caneton dans la cour. La belle Béguine entra.

Ma blessure était alors en bonne voie de guérison : à l'inflammation, disparue depuis quelques jours, avait succédé au-dessus et au-dessous du genou une démangeaison si insupportable que je n'avais pu fermer l'œil de la nuit.

— Faites voir, me dit-elle, en s'agenouillant sur le sol parallèlement à ma jambe et en posant la main sous ma blessure ; il n'y faut qu'une petite friction. Couvrant ma jambe du drap, elle se mit à la frictionner sous le genou d'un index que guidait la bande de flanelle qui maintenait mon pansement ; cinq ou six minutes plus tard, je perçus le frôlement du médius, qui bientôt se joignit à l'autre ; cette friction circulaire se poursuivit un bon moment ; l'idée me vint alors que je devais tomber amoureux. La blancheur de sa main me fit rougir ; de ma vie, n'en déplaise à Votre Honneur, je n'en verrai une aussi blanche.

— A cet endroit, intervint mon oncle Toby—

Quelque sincère que fût son désespoir, le caporal ne put s'empêcher de sourire.

— Devant le soulagement, poursuivit-il, que sa friction apportait à mon mal, la jeune Béguine passa de deux à trois doigts, puis abaissa le quatrième et finit par y employer toute la main. Je ne dirai plus rien des mains, n'en déplaise à Votre Honneur, mais celle-ci était plus douce que le satin—

— Je te prie, Trim, dit mon oncle, fais-en tout l'éloge qui te plaira, j'écouterai, pour moi, ton histoire avec d'autant plus de plaisir. Le caporal remercia très vivement son maître mais n'ayant rien de plus à dire sur la main de la Béguine passa sans retard aux effets du traitement.

— La belle Béguine, dit-il, m'ayant ainsi longtemps frictionné à pleine main, je craignis pour elle une fatigue : « J'en ferais mille fois plus, s'écria-t-elle, pour l'amour du Christ ! » A ces mots, elle franchit la bande de flanelle et attaqua le dessus du genou où je lui avais dit souffrir d'une égale démangeaison.

Je perçus alors les approches de l'amour. Sous cette friction répétée, je le sentis se répandre et gagner tout mon corps ; plus elle frottait fort et plus loin le feu s'allumait dans mes veines, deux ou trois mouvements enfin d'une ampleur plus marquée élevèrent ma passion à son paroxysme, je lui saisis la main—

— Pour la presser, j'imagine, contre tes lèvres, dit mon oncle Toby, et faire ta déclaration.

Cette scène des amours de Trim s'acheva-t-elle exactement comme l'imaginait mon oncle Toby, rien ne le prouve. L'essence du romanesque amoureux tel que les hommes l'ont chanté depuis le commencement du monde ne s'y trouve pas moins incluse.

Chapitre XXIII

A peine Trim achevait-il — ou plutôt laissait-il achever par mon oncle Toby le récit de ses amours, que Mrs. Wadman émergea de sa charmille, re-épingla son béguin et, franchissant la porte rustique, avança lentement vers la guérite de mon oncle Toby. L'histoire de Trim avait éveillé dans l'esprit de mon oncle de trop favorables dispositions pour qu'on laissât échapper une occasion critique : l'attaque fut donc résolue ; elle se trouva facilitée encore par un ordre de mon oncle Toby enjoignant à Trim de reporter dans sa brouette les pelle, pic, piquets et autres engins militaires jonchant la place où avait été Dunkerque ; le caporal parti, le terrain était libre.

Or, qu'un homme se batte, écrive ou entreprenne (avec ou sans rime ni raison) une action quelconque, considérez, monsieur, quelle absurdité c'est pour lui de faire un Plan. Si jamais PLAN, en effet, mérita d'être écrit en lettres d'or (j'entends dans les archives de Gotham [466]) ce fut bien celui de l'attaque menée par Mrs. Wadman contre mon oncle Toby dans sa guérite : or, voici que le plan contenu, suspendu à l'intérieur de ce PLAN, était celui de Dunkerque ; l'intérêt de Dunkerque se relâchait et cela détruisait d'autant l'impression toute contraire que Mrs. Wadman entendait produire. D'ailleurs, en supposant qu'elle pût la poursuivre, sa manœuvre digitale et manuelle était à ce point dépassée par celle de la belle Béguine que, malgré ses succès antérieurs, elle apparaissait maintenant comme la plus languissante qui fût. Mais fiez-vous aux femmes ! A peine Mrs. Wadman avait-elle poussé la porte rustique que déjà son génie, s'adaptant à des circonstances nouvelles, imaginait sur-le-champ une manœuvre inouïe.

Chapitre XXIV

—— Je suis à moitié folle, capitaine Shandy, dit, au seuil de la guérite, Mrs. Wadman en portant son mouchoir de batiste à son œil gauche, un grain de poussière, de sable, je ne sais trop quoi, m'est entré dans l'œil : regardez, je vous prie, pas dans le blanc—

Déjà, cependant, elle avait pénétré dans la guérite et se glissant sur le coin du banc où mon oncle Toby était assis, lui évitait, pressée contre lui, jusqu'à la peine de se lever : regardez, regardez, dit-elle.

Ame honnête ! tu regardas, en effet, et ton cœur avait l'innocence de l'enfant qui regarde un kaléidoscope : on ne t'eût pas blessé comme lui sans péché. De l'homme qui coule volontairement un regard dans ces sortes de choses, je n'ai rien à dire — tel n'était pas le cas de mon oncle Toby ; il fût demeuré, j'en réponds, de juin à janvier (ce qui englobe, on le sait, les mois les plus chauds et les plus froids de l'an) assis paisiblement sur un sofa, près de l'œil de Rhodope (1) de Thrace elle-même, sans pouvoir dire si cet œil était noir ou bleu.

Amener mon oncle Toby à le regarder, telle était la difficulté unique. Elle est désormais vaincue; et je vois mon oncle Toby, la pipe aux doigts balancée comme un pendule, la cendre tombant peu à peu à terre, je le vois qui regarde, regarde, s'essuie les yeux, puis regarde encore, avec deux fois la pureté d'âme de Galilée [468] cherchant une tache au soleil.

En vain! car, par tous les pouvoirs qui meuvent nos organes, l'œil gauche de Mrs. Wadman brille en cet instant du même éclat que son œil droit : pas le moindre grain de sable, poussière, escarbille, pas le moindre brin de paille, la moindre tache, la moindre particule opaque n'y flotte; rien, mon cher oncle paternel, rien qu'un feu tendre et délicieux, mille étincelles en tous sens et de toutes parts furtivement dardées de cet œil dans le tien. Un seul instant de plus, mon cher oncle Toby, à la recherche de cette poussière, et te voilà perdu.

Chapitre XXV

Un œil et un canon ont ceci de commun : leur efficacité provient moins d'eux-mêmes que de leur manœuvre et de leur train; je ne trouve pas la comparaison mauvaise. L'ayant placée pourtant à la tête du chapitre plutôt pour l'usage que pour l'ornement, je désire simplement qu'en retour le lecteur l'ait présente à son esprit toutes les fois qu'il sera question des yeux de Mrs. Wadman, sauf une.

— J'avoue, madame, que je ne puis rien voir dans votre œil, dit mon oncle Toby.

— Pas dans le blanc, dit Mrs. Wadman.

De toutes ses forces mon oncle Toby scruta la pupille—

Or, de tous les yeux jamais créés, depuis les vôtres,

---

(1) Rhodope Thracia tam inevitabili fascino instructa, tam exactè oculus intuens attraxit, ut si in illam quis incidisset, fieri non posset, quin caperetur [467]. — Je ne sais qui [note de l'auteur].

madame, jusqu'à ceux d'Aphrodite elle-même (lesquels durent être les plus aphrodisiaques qu'un visage ait jamais offerts) l'œil le plus idoine à voler le repos de mon oncle Toby était précisément celui où plongeait son regard — non point passionné, madame, ou effrontément folâtre, non point étincelant, hardi, impérieux, proclamant haut ses fulgurantes exigences qui eussent fait aigrir sur l'heure la bonne pâte d'homme qu'était mon oncle Toby, mais un œil plein d'aimables avances et de tendres répons et qui disait : (non sur le ton où se modulent — trompettes de méchantes orgues — les criailleries d'yeux que je connais bien), qui murmurait plutôt avec l'accent expirant d'un saint : « Comment pouvez-vous vivre, capitaine Shandy, seul, sans affection, sans un sein où poser votre tête et à qui confier vos soucis ? »

C'était un œil — mais un mot de plus et j'en tombe amoureux moi-même.

Il fit l'affaire de mon oncle Toby.

Chapitre XXVI

Rien ne saurait montrer sous un jour plus attrayant les personnages de mon père et de mon oncle Toby que le contraste de leurs attitudes en une même circonstance : je dis circonstances et non infortunes, l'amour étant toujours, à mon sens, un accident heureux pour le cœur humain. Grand Dieu! que dut devenir le cœur de mon oncle Toby, déjà débordant de bénévolence.

Mon père — ses papiers le prouvent — fut avant son mariage fort sujet à cette passion, mais l'impatience spirituelle et un peu aigre qui formait le fond de sa nature l'empêcha toujours de s'y soumettre en chrétien. Fi donc! il vous prenait la mouche et ruant, renâclant, faisant feu des quatre pieds, écrivait sur l'œil en question les plus amères Philippiques; il en existe une en vers contre je ne sais quelle prunelle qui, deux ou trois nuits durant, l'avait empêché de dormir; le premier transport de sa rancune s'y exprime dans ce début :

> C'est un démon, vous dis-je, et ce triste animal,
> Plus que tous les Païens, Juifs et Turcs fit le mal (1) [469].

Bref, tant que durait le paroxysme de sa passion, mon père n'était rien qu'insultes et injures frôlant sans cesse la malédiction, sans toutefois la méthode d'Ernulphe, il était trop impétueux pour cela, ni sa prudente sagacité : car bien que mon père, avec la plus universelle intolérance, maudît de proche en proche tout ce qui existait sous le ciel ou paraissait aider ou favoriser ses amours, cependant il ne terminait jamais son chapitre des malédictions sans se maudire lui-même par-dessus le marché comme le plus illustre, disait-il, des idiots et des fats jamais lâchés sur cette terre.

Mon oncle Toby, à l'inverse, prit la chose avec la douceur d'un agneau : paisiblement assis, il laissa sans résistance le poison agir dans ses veines. Au plus vif de sa douleur, comme jadis pour sa blessure à l'aine, il ne laissa jamais échapper un seul mot de colère ou de ressentiment — il ne blâma ni le ciel ni la terre — n'injuria en pensée ou en parole ni un individu quelconque ni une quelconque partie d'individu ; solitaire et pensif, il demeura dans son fauteuil la pipe à la main, à contempler sa jambe malade, soufflant de temps à autre un sentimental, oh ! la, la, qui dans sa bouffée de fumée ne pouvait importuner personne.

Il prit la chose, dis-je, avec la douceur d'un agneau.

En fait, il se méprit d'abord ; dès le matin, en effet, il était parti à cheval avec mon père pour tâcher de sauver un bosquet que le doyen et son chapitre faisaient abattre afin d'en distribuer le bois aux pauvres (2); or, ledit bosquet, fort agréable (vu des fenêtres de mon oncle Toby) lui était en outre d'un utile secours pour retracer à ses amis le plan de la bataille de Wynnendale. Il fallait trotter dur pour arriver à temps, la selle était mauvaise, le cheval pire, *etc.*, bref la sérosité du sang de mon oncle Toby s'était infiltrée entre les deux peaux de sa partie la plus postérieure. Les premiers élancements de ce mal se mêlant à ceux de la passion, mon oncle Toby encore sans expérience de l'amour les confondit d'abord, mais

---

(1) Ces vers seront imprimés avec la Vie de Socrate et d'autres ouvrages de mon père, *etc.*, *etc.* [note de l'auteur].
(2) Mr. Shandy doit parler des pauvres *d'esprit* car le chapitre se partageait l'argent [note de l'auteur].

l'une des deux ampoules ayant crevé et crevé seule, mon oncle Toby dut se convaincre que sa véritable souffrance intéressait non sa peau mais son cœur.

Chapitre XXVII

Le monde a honte de sa vertu. Mais mon oncle Toby ne connaissait pas le monde. Lors donc qu'il se sentit amoureux de la veuve Wadman il n'eut pas plus l'idée d'en faire mystère que si la veuve Wadman lui avait tailladé le doigt avec un couteau ébréché; même s'il eût été, d'ailleurs, d'une humeur différente, comme il avait toujours vu en Trim un humble ami et que chaque jour apportait à ce sentiment des forces nouvelles, la confidence qu'il lui fit n'eût sans doute pas changé.

— Je suis amoureux, caporal, dit mon oncle Toby.

Chapitre XXVIII

— Amoureux! dit le caporal — Votre Honneur se portait encore bien avant-hier quand je contais à Votre Honneur l'histoire du roi de Bohême.

— De Bohême! dit mon oncle Toby avec une longue pause rêveuse, qu'est-il advenu de cette histoire, Trim ?

— Elle s'est perdue, n'en déplaise à Votre Honneur, quelque part entre nous, dit Trim, mais Votre Honneur ne souffrait pas plus alors d'amour que moi.

— Ce fut quand tu partis avec ta brouette et que Mrs. Wadman — la balle est restée là, ajouta mon oncle Toby en désignant sa poitrine—

— Elle ne soutiendra pas un siège, cria le caporal—

— Cependant nous sommes voisins, Trim, dit mon

oncle, et je crois que cela m'oblige à une courtoise déclaration préalable.

— S'il m'était permis, dit Trim, de ne pas partager l'opinion de Votre Honneur—

— T'en parlerais-je sans cela ? dit doucement mon oncle.

— Je commencerais, dit Trim, n'en déplaise à Votre Honneur, par une attaque foudroyante; ayant ainsi répondu au coup qu'elle vous a porté, je ferais ensuite ma déclaration courtoise, car si elle était avertie d'avance en quoi que ce fût de l'amour que Votre Honneur—

— Dieu l'assiste ! dit mon oncle Toby, elle en est aussi ignorante que l'enfant encore à naître—

Ames pures !—

Or, à cet instant précis, Mrs. Wadman et Brigitte, informée depuis vingt-quatre heures, tenaient conseil sur l'issue de la bataille, car le démon qui, selon le proverbe ne fait jamais le mort dans le fossé, avait glissé dans l'esprit de la veuve, avant d'accompagner bienveillamment son *Te Deum*, certaines appréhensions, légères il est vrai—

— En admettant que je l'épouse, dit Mrs. Wadman, j'ai une peur affreuse, Brigitte, que ce pauvre capitaine, avec cette horrible blessure à l'aine, ne jouisse jamais d'une santé totale—

— La blessure, madame, peut n'être pas aussi large que vous le pensez, répliqua Brigitte, d'ailleurs, ajouta-t-elle, je la crois cicatrisée—

— J'aimerais en être sûre, pour lui, dit Mrs. Wadman—

— Nous en connaîtrons la longueur et la largeur avant dix jours, répondit Brigitte : pendant que le capitaine vous adressera ses hommages, j'ai tout lieu de croire que M. Trim voudra me faire la cour; je ne lui refuserai rien, ajouta Brigitte, pour mieux tirer de lui tous les renseignements—

Toutes mesures furent donc prises sur-le-champ; cependant mon oncle Toby et Trim poursuivaient leurs propres préparatifs—

— Et maintenant, dit Trim, le poing gauche campé sur la hanche tandis que sa main droite décrivait une sobre arabesque prometteuse simplement de succès, si Votre Honneur me permet de tracer moi-même le plan de l'attaque—

— Je t'en saurai gré infiniment, dit mon oncle Toby.

Et comme tu devras agir, je le prévois, en qualité d'aide de camp, voici une couronne, caporal, pour arroser ta nomination.

— Nous commencerons donc, dit Trim, après une révérence de gratitude, par sortir de la grande cantine votre habit galonné pour lui faire prendre l'air, raviver l'or et le bleu des manches; je retuyauterai votre perruque à la Ramillies et ferai venir un tailleur afin qu'il retourne la fine culotte écarlate de Votre Honneur—

— Je prendrai plutôt celle en peluche rouge, dit mon oncle Toby.

— Elle serait peu gracieuse, dit le caporal.

Chapitre XXIX

—— Tu donneras un coup de brosse et passeras la pierre à mon épée.

— Elle ne ferait qu'embarrasser Votre Honneur, répondit Trim.

Chapitre XXX

—— Je ferai changer la lame aux deux rasoirs de Votre Honneur, je fourbirai ma montera et mettrai la vareuse du pauvre lieutenant Le Fever que Votre Honneur m'a donnée en souvenir de lui et aussitôt Votre Honneur rasé de frais, avec une chemise blanche, et tantôt l'habit bleu et or, tantôt l'écarlate de drap fin, hardi! nous partirons comme à l'attaque d'un bastion. Tandis que Votre Honneur engagera l'action avec Mrs. Wadman dans le salon, à l'aile droite, j'exercerai dans la cuisine une pression sur Mrs. Brigitte, à l'aile gauche; la passe une fois enlevée, je me porte garant, dit Trim en faisant claquer ses doigts sur sa tête, que la victoire est nôtre.

— Je voudrais bien, dit mon oncle Toby, m'en tirer avec honneur, mais je préférerais, sois-en sûr, partir à l'assaut d'une tranchée — et grimper sur le parapet même—

— Une femme, c'est tout autre chose, dit Trim.

— J'imagine, dit mon oncle Toby.

Chapitre XXXI

Tant que mon oncle Toby fut amoureux, rien, dans les discours de mon père, ne le choqua davantage que l'usage pervers d'une parole d'Hilarion l'ermite [470], lequel traitant des jeûnes, veilles, flagellations et autres disciplines religieuses avait coutume de dire (plus plaisamment sans doute qu'il ne sied à un ermite) qu'il faisait perdre ainsi à son *âne* (1) (par quoi il entendait son corps) l'habitude de ruer.

Une telle expression réjouissait mon père par sa façon laconique et satirique à la fois de désigner les désirs et les appétits de nos parties inférieures. Elle fut donc adoptée par lui et pendant de nombreuses années demeura son mode constant d'expression ; il ne parlait jamais de *passion* mais d'*âne*, au point qu'on eût pu le dire, en vérité, juché tout ce temps sur l'échine osseuse de son baudet ou du baudet d'autrui.

Je dois au lecteur de bien marquer ici la différence entre l'âne paternel et ce que j'ai appelé ma chimère, afin que leur personnage moral demeure dans ce qui va suivre aussi distinct que possible pour notre imagination.

Ma chimère, en effet, l'on voudra bien s'en souvenir, n'a rien d'une bête vicieuse : pas un trait, pas un poil d'âne n'entre dans sa composition ; c'est, léger et vif, le lutin qui vous emporte hors du présent — c'est la lubie, le papillon, la gravure, l'archet, le siège-à-la-oncle-Toby, c'est le dada *quelconque*, enfin, sur quoi l'homme saute, s'évade, échappe aux soucis et aux accaparements de

---

(1) Le même mot anglais désigne à la fois âne et cul. Le lecteur s'en avisera par la suite [note du traducteur].

l'existence — c'est la plus utile des bêtes créées : je ne vois pas, à parler franc, ce que le monde ferait sans elle.

Quant à l'âne de mon père, montez-le, montez-le, montez-le (ce qui fait trois, n'est-ce pas?) montez-le donc le moins souvent possible; c'est une bête concupiscente; et honni, deux fois honni soit l'homme qui ne l'empêche pas de ruer.

Chapitre XXXII

— Eh bien, mon cher frère Toby, dit mon père lorsqu'il le revit pour la première fois après l'événement, comment va votre âne?

Mon oncle Toby à cet instant pensait davantage à ses *ampoules* qu'à la métaphore d'Hilarion l'ermite. Or, nos idées *a priori* influent, on le sait, sur notre audition autant que les réalités elles-mêmes; et comme mon père n'était pas très cérémonieux dans le choix de ses expressions, mon oncle Toby imagina qu'il usait du mot propre pour lui demander des nouvelles de son postérieur meurtri. Aussi, malgré la présence dans le salon de ma mère, du Dr. Slop et de Mr. Yorick, jugea-t-il plus civil d'adopter la même licence que de paraître la blâmer. Quand un homme n'a plus le choix entre deux offenses à la politesse, quelque parti qu'il prenne, selon mon observation constante, le monde le blâme toujours. Je ne m'étonnerai donc point s'il blâme mon oncle Toby.

— Mon tr—d—c— va beaucoup mieux, frère Shandy, dit mon oncle Toby. Mon père, qui avait fondé de grands espoirs sur cette attaque brusquée, l'eût renouvelée à coup sûr. Cependant, un énorme éclat de rire du Dr. Slop et le « Dieu nous bénisse! » suffoqué de ma mère avaient chassé l'âne de la conversation; l'hilarité générale qui suivit ne permettait pas de le ramener aussitôt à la charge. L'entretien reprit donc sans lui.

— Chacun prétend, dit ma mère, que vous êtes amoureux, frère Toby : nous espérons que c'est vrai.

— Je suis, en effet, aussi amoureux, ma sœur, répondit

mon oncle Toby, qu'un homme peut l'être communément.
— Hem! dit mon père.
— Quand l'avez-vous appris? demanda ma mère—
— Quand mon ampoule s'est crevée, répondit mon oncle Toby.

Cette réponse mit mon père en si belle humeur qu'il résolut de charger à pied.

Chapitre XXXIII

— Les Anciens, dit-il, s'accordent pour distinguer deux sortes d'*amour*, selon que l'organe affecté se trouve être le cerveau ou le foie. A mon avis, il convient donc un peu à un homme amoureux d'examiner dans quelle catégorie il se range.

— Frère, qu'importe la catégorie, dit mon oncle Toby, pourvu qu'elle incite un homme à se marier, à aimer sa femme et à engendrer quelques enfants.

— Quelques enfants! s'écria mon père, qui bondit de son fauteuil et, les yeux fixés sur ma mère, passa entre elle et le Dr. Slop — quelques enfants, répéta-t-il, en marchant précipitamment dans la pièce.

— Non point, ajouta-t-il vivement — à nouveau maître de lui-même il était venu s'appuyer au dos du fauteuil qu'occupait mon oncle Toby — non point que la pensée de vous voir douze enfants éveille en moi la moindre crainte; au contraire, je m'en réjouirais fort et les traiterais tous en père—

Furtivement, mon oncle Toby glissa sa main derrière le fauteuil pour serrer celle de son frère—

— Que dis-je! reprit mon père sans lâcher la main qu'il tenait, c'est grand'pitié que le monde ne soit pas repeuplé par des hommes de votre sorte, tant l'on trouve en vous de douceur humaine pour si peu d'âpreté. Si j'étais un monarque asiatique, je vous contraindrais même, poursuivit-il, échauffé par son projet; à condition toutefois qu'un abus dans ce genre d'exercice n'ait pas pour résultat, comme il est ordinaire, d'épuiser vos forces, de dessécher trop vite votre humidité radicale et d'affaiblir en vous mémoire et imagination ; je vous contraindrais donc, vous ayant amené les plus belles femmes de mon royaume, à m'engendrer, *nolens, volens* [471], un sujet chaque m*v*is—

Ma mère souligna ces derniers mots d'une prise de tabac.

— Je ne ferais pas un enfant, dit mon oncle Toby, *nolens volens*, c'est-à-dire bon gré mal gré, pour le plaisir du plus grand prince de la terre—

— Je serais cruel de vous y forcer, dit mon père et voulais seulement vous faire connaître mon véritable souci, lequel concerne moins votre progéniture — si vous êtes capable d'en avoir une — que le système d'amour et de mariage où je voudrais vous voir justement engagé—

— Il y a pour le moins, dit Yorick, dans l'opinion du capitaine Shandy sur l'amour beaucoup de raison et de bon sens, et j'ai dans ma jeunesse, avec une prodigalité dont je devrai répondre, consacré beaucoup de temps aux ouvrages fleuris de poètes et de rhétoriciens dont je n'ai rien su tirer de semblable—

— Yorick, que n'avez-vous lu Platon [472] ? dit mon père, il vous eût enseigné qu'il existe deux AMOURS.

— Je savais, répondit Yorick, que les Anciens possédaient deux RELIGIONS, l'une pour le vulgaire, l'autre pour les initiés, mais je pensais qu'un SEUL AMOUR pouvait suffire à toutes deux

— Non pas, répliqua mon père, et pour la même raison : car de ces deux amours, suivant le Commentaire de Ficin sur Velasius [473], l'un est *rationnel*, l'autre *naturel*, l'un primordial — sans mère — étranger à Vénus, l'autre engendré de Jupiter et Dionée—

— En quoi, frère Shandy, dit mon oncle, cela concerne-t-il l'homme qui croit en Dieu ?

Mon père ne pouvait répondre, crainte de rompre le fil de son discours—

— Ce dernier Amour, poursuivit-il, participe sans réserve de la nature de Vénus.

Le premier est la chaîne d'or suspendue aux cieux, il excite en nous l'amour héroïque, lequel comprend et éveille à son tour le désir de la philosophie et de la vérité ; le second n'excite que le simple *désir*—

— Je trouve la procréation des enfants, dit Yorick, aussi bienfaisante pour le monde que la découverte de la longitude.

— Bien sûr, dit ma mère, l'*amour* tient le monde en paix—

— La *maison*, je veux bien, ma chère amie.

— Il remplit la terre, dit ma mère—

— Mais il vide le Ciel, ma chère amie, répondit mon père.

— C'est la Virginité, cria Slop triomphalement, qui peuple le paradis.

— Bien joué, nonne! dit mon père.

Chapitre XXXIV

Mon père, au cours de ses discussions, faisait preuve d'un style si agressif, si cinglant même, il distribuait à la ronde de tels coups de boutoir, se rappelant tour à tour au bon souvenir de chacun des membres de la compagnie, que si celle-ci comprenait vingt personnes, il était assuré en une demi-heure de les avoir toutes contre lui.

Un fait d'ailleurs ne contribuait pas peu à le priver ainsi d'allié : il suffisait qu'apparût une position particulièrement intenable pour qu'on le vît s'y précipiter et l'on doit ajouter qu'il la défendait alors si brillamment que tout homme brave ou généreux eût éprouvé quelque regret à l'en voir chassé.

Ainsi Yorick, encore qu'il l'attaquât souvent, ne pouvait jamais se résoudre à y employer toutes ses forces.

Pour une fois la Virginité du Dr. Slop plaçait mon père du bon côté des remparts et il se disposait à faire exploser aux oreilles de son interrupteur tous les couvents de la Chrétienté, lorsque le caporal Trim entra : il ne fallait pas compter, annonça-t-il, sur les culottes de drap fin écarlate (celles que mon oncle Toby devait arborer dans son attaque contre Mrs. Wadman) car le tailleur, en les décousant pour les retourner, venait de découvrir qu'elles avaient été déjà retournées une fois.

— Retournez-les donc une seconde fois, frère Toby, dit vivement mon père; vous aurez à le faire bien souvent avant d'avoir mené cette affaire à bout.

— L'étoffe est gâtée, dit le caporal.
— Dans ce cas, répondit mon père, commandez-en une autre, frère. Je n'ignore pas, poursuivit-il en se tournant vers la compagnie, que la veuve Wadman, profondément amoureuse depuis plusieurs années de mon frère, a usé de tous les artifices et stratagèmes féminins pour le circonvenir et lui faire partager sa passion : mais elle le tient maintenant et sa fièvre va décliner puisqu'elle a gagné la partie.

Platon, poursuivit-il, n'a jamais songé à cela : l'amour y doit être regardé non comme un SENTIMENT mais comme un ETAT que mon frère adopte comme il entrerait dans un *régiment :* la chose faite, que le service lui plaise ou non, il agira comme s'il lui plaisait en effet et tâchera en toutes circonstances d'y faire figure de galant homme.

L'hypothèse, comme toutes celles de mon père, apparaissait plausible ; mon oncle Toby n'avait qu'un mot à objecter et Trim se tenait prêt à lui porter secours, cependant mon père n'avait pas atteint sa conclusion—

— Voilà pourquoi, poursuivit-il donc, en dépit du fait universellement connu que Mrs. Wadman nourrit pour mon frère *un sentiment que mon frère rend* à Mrs. Wadman, quand les violons pourraient par suite attaquer ce soir même puisque plus rien ne s'y oppose, je me porte garant qu'ils ne joueront pas avant douze mois.

— Notre dispositif est donc mauvais ? remarqua mon oncle Toby, en levant vers Trim un regard interrogateur.

— Je parierais ma montera — dit Trim. La montera de Trim, je l'ai déjà indiqué au lecteur, constituait son enjeu perpétuel et comme elle avait été fourbie cette nuit même en vue de l'attaque, les risques du pari apparaissaient d'autant plus redoutables.

— Je jouerais ma montera contre un shilling, n'en déplaise à Votre Honneur, reprit Trim avec une révérence, s'il m'est permis de proposer un pari à Vos Honneurs —

— Rien ne s'y oppose, Trim, dit mon père, ce n'est qu'une façon de parler, car en jouant ta montera contre un shilling tu affirmes simplement croire — et que crois-tu donc ?

— Que Mrs. Wadman, n'en déplaise à Votre Grâce, ne tiendra pas dix jours.

— Et d'où te vient, mon ami, cria Slop, sarcastique, cette connaissance de la femme ?

— De mon amour, répliqua Trim, pour une religieuse papiste.
— Une Béguine, corrigea mon oncle Toby.
Distinction trop subtile pour la rage de Slop! Mon père ayant d'ailleurs profité de cet instant critique pour tomber à bras raccourcis sur le corps entier des nonnes et des béguines — ces stupides friponnes qui sentaient le moisi — Slop ne put supporter le choc. Comme, d'ailleurs, en vue de leurs attaques variées et prochaines, mon oncle Toby et Yorick avaient à prendre des dispositions particulières concernant pour l'un ses culottes, pour l'autre la mise en batterie de son quatrième paragraphe, la compagnie se dispersa.

Mon père, demeuré seul, disposait d'une demi-heure avant son coucher : il se fit donc apporter plume, encre et papier et rédigea pour mon oncle Toby la lettre d'instructions que voici :

Mon cher frère Toby [474],

C'EST de la nature des femmes que je veux t'entretenir et des moyens de leur faire la cour; sans doute doit-on compter à ton avantage plutôt qu'au mien le fait que tu me fournisses l'occasion de t'adresser sur ce sujet une lettre d'instructions et que je sois précisément en l'état de te l'écrire.

Si Celui qui règle nos destinées avait renversé nos rôles et m'avait désigné comme victime par ignorance, tu eusses à ma place trempé ta plume dans l'encre et j'en eusse été satisfait, mais puisque tel n'est pas le cas, puisque je vois à mes côtés Mrs. Shandy se préparer à gagner notre chambre, j'ai résolu de jeter ici, pour toi, dans le désordre où ils se présentent à mon esprit, les témoignages et les indications que je crois pouvoir t'être utiles; je te les offre, mon cher Toby, comme le gage de mon affection, assuré par ailleurs du sentiment dans lequel ils seront reçus.

C'est la chaleur aux joues que j'aborde mon premier sujet : celui de la religion, car je n'ignore point ce que ta modestie secrète cache d'assiduité à en remplir tous les devoirs; il en est un pourtant que je ne voudrais pas manquer de te rappeler particulièrement et qui est, tant que tu feras ta cour, de ne jamais pousser ton entreprise le matin ou le soir sans te recommander au Tout-Puissant afin qu'il te protège du démon.

Rase-toi très soigneusement le sommet du crâne, au moins une fois tous les quatre ou cinq jours et davantage si c'est nécessaire, de crainte qu'en ôtant ta perruque par mégarde devant Mrs. Wadman tu ne lui laisses découvrir dans la coupe de tes cheveux quelle part revient au temps, quelle à Trim.

Mieux vaut soustraire toute idée de calvitie à l'imagination d'une amante.

La conservant toujours dans ton esprit, fonde ton action sur cette maxime assurée que « *les femmes sont craintives* » *:* heureux défaut dont l'absence rendrait tout commerce avec elles impossible.

Ne porte point de culottes trop serrées ou flottantes autour des cuisses comme les hauts-de-chausses de nos aïeux : un juste milieu sur ce point interdit toutes conclusions.

Quoi que tu doives dire (que ce soit peu ou prou), conserve une intonation basse et douce — le silence et tout ce qui en approche tisse dans l'esprit un songe de minuits mystérieux; pour la même raison, si tu peux l'éviter, ne projette pas à terre les pincettes et le piquefeu.

Evite les plaisanteries et facéties dans tes entretiens avec elle; fais même tout en ton pouvoir pour éloigner de sa main les livres et les écrits de ce genre; il existe certains ouvrages pieux dont tu pourras avec profit lui recommander la lecture. Mais ne souffre pas, au contraire, qu'elle s'adonne à celle de Rabelais, Scarron ou Don Quichotte : ces auteurs excitent le rire et nulle passion, tu le sais, mon cher Toby, n'est plus grave que la volupté.

Epingle soigneusement ta chemise avant d'entrer dans son salon.

Si, t'ayant permis de prendre place auprès d'elle sur un sofa, elle ne te défend pas de poser la main sur les siennes, garde-toi de cette licence, car ses mains ne manqueraient pas d'éprouver la fièvre des tiennes; maintiens-la dans l'indécision sur ce point et sur le plus grand nombre d'autres possibles : ainsi sa curiosité sera ton alliée. Si elle ne succombe pas aussitôt à cette manœuvre et si ton ANE, comme il est fort probable, continue à ruer, tu en seras quitte pour te faire tirer quelques onces de sang sous les oreilles, selon la pratique des anciens Scythes qui avaient coutume de calmer par ce moyen les ardeurs les plus effrénées.

Avicenne conseille, après l'opération, d'oindre la partie avec du sirop d'ellébore et de favoriser les évacuations par des purges : ordonnance judicieuse à mon sens. Tu ne dois, en outre, manger que peu ou point de viande de chèvre ; évite aussi le cerf et, en général, tous gibiers ; abstiens-toi avec soin (j'entends autant que tu le pourras) du paon, des grues, des foulques, et des poules d'eau.

Pour boisson, est-il utile de te rappeler que ton choix devra se porter essentiellement sur l'infusion de Verveine ou celle de l'herbe Henea, dont Elien [475] rapporte les effets ? Si son usage constant donnait la nausée à ton estomac, tu pourrais le suspendre pendant quelque temps en faveur du concombre, melon, pourpier, nénuphar, chèvrefeuille et de la laitue.

Rien ne me vient plus à l'esprit qui puisse t'être de quelque secours — sinon peut-être une nouvelle guerre. Dans l'espoir donc que tout ira pour le mieux, je demeure
ton frère affectueux,

Walter Shandy.

Chapitre XXXV

Tandis que mon père écrivait sa lettre d'instructions, mon oncle Toby et Trim s'affairaient à préparer l'attaque.

Le projet de retourner la culotte écarlate ayant été écarté, au moins pour l'instant, rien ne retardait plus le déclenchement de l'action : il fut fixé pour le lendemain matin onze heures.

— Venez donc, ma chère amie, dit mon père, il revient à un frère et à une sœur d'aller faire un tour chez Toby pour le soutenir dans son attaque.

Lorsque mon père et ma mère firent leur apparition, mon oncle Toby et Trim étaient déjà depuis un instant sur le pied de guerre, onze heures sonnèrent : l'offensive commençait — mais un tel récit mérite mieux que le bout d'un huitième volume. Mon père eut tout juste le temps de glisser sa lettre d'instructions dans la poche de mon oncle Toby et de lui souhaiter, avec ma mère bonne chance.

— La *curiosité*, dit ma mère, pourrait bien me pousser à regarder par le trou de la serrure.

— Appelez les choses par leur nom, ma chère amie, dit mon père et *regardez par le trou de la serrure* tant qu'il vous plaira.

FIN DU LIVRE HUIT

LIVRE IX

Si quid urbaniusculè li sum a nobis, per Musas et Charitas et omnium poëtarum Numina, Oro te, ne me malè capias [476].

DÉDICACE
A UN GRAND HOMME [477].

Mon intention *a priori* était de dédier *les amours de mon oncle Toby* à Mr. *** A posteriori je vois plus de raison d'en faire hommage à Lord *******.

Je serais fâché sur mon âme que ce changement m'exposât à la jalousie de Leurs Révérences, car, *a posteriori*, en latin de cour, signifie qu'on baise la main pour demander quelque avancement ou toute autre chose pour l'obtenir.

Je ne tiens pas Lord ******* [478] en plus haute ou plus basse estime que Mr. *** [479], un titre de noblesse peut, comme l'effigie d'une médaille, donner à un morceau de vil métal quelque valeur idéale et locale, mais l'or et l'argent peuvent aller de par le monde sans autre introduction que leur propre poids.

La même bonne volonté qui m'inclinait à offrir une demi-heure de divertissement à Mr. ***, libre de fonctions publiques [480], vaut ici encore davantage, la demi-heure de divertissement devant être plus utile et plus rafraîchissante après les travaux et les soucis, qu'après un festin philosophique.

Rien ne *divertit* davantage qu'un changement total d'idées et rien ne diffère plus des préoccupations d'un ministre que celles d'amants innocents, et voilà pourquoi, parlant ici d'hommes d'Etat et de patriotes assez clairement pour éviter toute méprise et toute erreur future, je propose de dédier ce volume à un aimable berger.

> Vers les lointains où fuient guerriers, hommes d'Etat
> Un orgueilleux savoir n'entraîne point ses pas
> Ses espoirs sont comblés par la *simple nature :*
> L'humble ciel qui convient à sa cervelle obscure,

> Une humide clairière, un horizon de bois
> Font de l'île où il règne, ignoré de nos rois
> Cet Eden où son *chien fidèlement* partage
> Le ciel égal, la terre et le bonheur du sage [481].

Bref, en présentant à son imagination des objets entièrement nouveaux, je ne saurai manquer de *divertir* mon berger, malade d'amour, de sa contemplation passionnée. Cependant,

je demeure

L'AUTEUR.

Chapitre premier

J'en prends à témoin les puissances du temps et du hasard si sévèrement liguées pour nous freiner dans nos élans : il ne m'a pas encore été permis d'aborder franchement les amours de mon oncle Toby et j'ai dû, pour le faire, attendre cet instant où ma mère, mue par un motif qu'elle nomme *curiosité* et que mon père voudrait désigner autrement, a résolu de glisser sur lesdites amours un regard par le trou de la serrure.

— Appelez les choses par leur nom, ma chère amie, dit mon père et regardez par le trou de la serrure tant qu'il vous plaira.

L'origine d'une telle insinuation ne peut être cherchée que dans la fermentation de cette humeur piquante, tant de fois déjà signalée dans l'économie paternelle ; mon père n'en était pas moins, par nature, franc, généreux, toujours ouvert à l'opinion d'autrui ; il avait donc à peine prononcé les derniers mots d'une réplique malgracieuse que le remords le frappa.

Ma mère lui donnait alors conjugalement le bras, sa main reposait sur celle de mon père, elle leva les doigts et les laissa retomber. Pouvait-on appeler ce geste une tape de reproche ou une tape d'aveu ? Un casuiste y eût perdu son latin. Mon père, sensible des pieds à la tête, ne s'y trompa point. Le remords frappa un second coup ; mon père détourna brusquement la tête ; ma mère, imaginant que le corps allait suivre, vit dans ce mouvement l'indication d'un retour à la maison ; elle pivota donc sur son pied gauche, se portant ainsi si fort en avant qu'en reprenant une direction normale, le regard de mon père croisa le sien. Ce qu'il vit lui offrit mille raisons d'effacer son accusation et autant de s'accuser lui-même — le plus bleu, le plus froid, le plus translucide des cristaux, une eau si parfaitement immobile que la moindre tache de concupiscence, si elle eût existé, eût été visible au fond. Elle n'existait pas. D'où vient ma propre lascivité ? (particulièrement aux approches des équinoxes de printemps et d'automne). Dieu seul le sait. Ma mère, madame, ne fut jamais lascive, ni par nature, ni par institution, ni par imitation.

Un sang modéré courait dans ses veines avec une parfaite égalité à tous les mois de l'an et à tous les instants critiques du jour et de la nuit. Même les effusions ordinaires des ouvrages pieux, ferveurs avides ou presque, à qui la nature doit souvent, par suite, donner un sens, n'éveillaient point en elle d'ardeurs surajoutées; quant à mon père, bien loin de lui fournir par son exemple une aide ou un encouragement complice, le souci de toute sa vie avait été, au contraire, d'écarter de son imagination les fantaisies de cet ordre. Pour lui épargner cette peine, d'ailleurs, la nature avait déjà fait beaucoup : le plus fort est qu'il le savait. Or, me voici, moi, en ce douzième jour d'août 1766, vêtu d'un pourpoint violet et d'une paire de pantoufles jaunes, sans perruque ni chapeau, tragi-comique accomplissement sur ce point précis de la prédiction paternelle selon laquelle « je ne penserai ou n'agirai jamais comme les enfants d'autrui ».

La véritable erreur de mon père fut d'incriminer l'intention et non l'acte. Les trous de serrure n'ont certainement pas été faits pour cet usage : l'acte suggéré par ma mère, en niant une proposition évidente et en prenant les trous de serrure pour autre chose qu'ils ne sont, violait la nature et devait donc être tenu pour criminel.

D'où il résulte, n'en déplaise à Vos Révérences, que les trous de serrure ont fourni plus d'occasions de pécher et de se mal conduire que tous les autres trous du monde mis ensemble. Et ceci me conduit naturellement aux amours de mon oncle Toby.

Chapitre II

Trim avait tenu sa parole, il avait tuyauté la perruque à la Ramillies de mon oncle Toby, mais le temps de l'opération s'était montré trop court pour une parfaite réussite. Trop longtemps la perruque était restée écrasée dans un coin de la vaste cantine et, soit que ses mauvaises habitudes fussent trop difficiles à perdre, soit que l'on connût mal alors l'usage des bouts de chandelle, il y eut de la résistance et l'affaire ne se passa pas aussi bien qu'on l'eût souhaité. En vain le caporal, l'œil vif et les bras étendus, s'était-il reculé une bonne douzaine de fois face à la perruque, dans l'espoir de lui inspirer une attitude plus gracieuse. Elle eût arraché un sourire à la MÉLANCOLIE elle-même si Son Altesse avait daigné la regarder — elle frisait partout, sauf où le caporal l'eût souhaité; là au contraire où une boucle ou deux lui eussent fait honneur — on eût plutôt fait se dresser les morts.

Telle elle était — telle, à mieux dire, elle fût apparue sur n'importe quel autre front, mais la douce bonté qui régnait sur celui de mon oncle Toby s'assimilait si souverainement tout l'alentour, et la nature, d'autre part, avait d'une si belle main inscrit dans tous ses traits le GENTILHOMME, que même son chapeau au galon d'or terni et sa cocarde de pauvre taffetas, devenaient lui : bien que ne valant pas un rouge liard en eux-mêmes, dès l'instant où mon oncle les coiffait, ils se muaient en objets sérieux et qu'on eût dit choisis par une main savante pour le parer avantageusement.

Rien au monde ne pouvait mieux encore renforcer cet effet que l'habit bleu et or de mon oncle Toby, à cette réserve près que *le Nombre est hélas! nécessaire à la Grâce*, car depuis quinze ou seize années qu'on le lui avait fait, par la conséquence fâcheuse d'une vie tout à fait inactive (sa promenade dépassant rarement le boulingrin) mon oncle Toby était devenu si ample pour son habit bleu et or que Trim eut toutes les peines du monde à l'y faire entrer. La plus sévère remontée des manches demeura même sans résultat; par contre, il était galonné dans le dos, sur les coutures latérales, etc., selon la mode du règne de William, bref, il brillait tant au soleil ce matin-là et lui donnait un air de preux si métallique que si mon oncle Toby avait désiré pour l'attaque une armure, rien n'eût plus opportunément comblé ses vœux.

Quant aux belles culottes écarlates, le tailleur, après en avoir déchiré la couture entre jambes, les avait laissées dans ce *triste état*—

— Oui, madame, bridons pourtant nos imaginations — elles avaient été mises hors de cause la veille au soir, cela suffit, et puisque sa garde-robe ne lui offrait pas d'autre choix, c'est en culottes de peluche rouge que mon oncle Toby partit à l'attaque.

L'arroi du caporal comportait la vareuse du pauvre Le Fever et, fourbie pour cette occasion, la montera sous laquelle il avait ramassé ses cheveux. Il marchait à trois pas derrière son maître. Sur le poignet de sa chemise qu'un souffle d'orgueil militaire faisait bouffer, s'enroulait, noire, une lanière effilochée en gland à partir du nœud; au-dessous pendait le bâton du caporal. Mon oncle Toby portait sa canne comme une pique.

— Belle apparence, au moins, se dit mon père.

Chapitre III

Plus d'une fois mon oncle Toby tourna la tête pour s'assurer que le caporal ne lui faisait pas défaut et le caporal, chaque fois, ne manqua pas de répondre par un léger moulinet de bâton, sans fanfaronnade pourtant, cependant que d'une voix douce et sur le ton le plus respectueux il encourageait son maître :
— Allez sans peur.
Or, mon oncle Toby avait peur, grand'peur, car mon père avait touché juste : mon oncle ignorait tout des femmes. Incapable de distinguer leur main droite de leur main gauche ou leur bonne de leur mauvaise, il n'était jamais tout à fait à l'aise avec elles, sinon dans l'infortune et le chagrin; infinie alors était sa pitié. Nul chevalier n'eût erré plus loin (au moins sur une jambe) pour sécher un pleur à ces yeux de femme que jamais pourtant, hormis une fois et par la traîtrise de Mrs. Wadman, il n'avait franchement osé contempler; une telle effronterie, disait-il souvent à mon père dans l'ingénuité de son cœur, me paraît presque aussi coupable qu'une parole obscène (si ce presque n'est pas de trop). —
— Et quand cela serait ? disait mon père.

Chapitre IV

— Comment prendra-t-elle la chose ? dit mon oncle Toby, en faisant halte à vingt pas de la porte — elle ne peut s'y tromper. —
— Elle prendra la chose n'en déplaise à Votre Honneur, dit Trim, exactement comme la veuve du Juif à Lisbonne la prit de mon frère Tom—
— Et comment la prit-elle ? demanda mon oncle Toby, franchement tourné vers le caporal.
— Votre Honneur, répondit le caporal, connaît les malheurs de mon frère Tom, mais l'unique rapport entre eux et cette affaire est le suivant : si mon frère n'avait pas épousé la veuve, ou s'il avait seulement plu à Dieu qu'ils missent du porc dans leurs saucisses, le pauvre garçon n'aurait jamais été tiré de la chaleur de son lit pour se voir traîné aux cachots de l'Inquisition — satané endroit, dit le caporal, en secouant la tête — quand on y est, on y est, n'en déplaise à Votre Honneur, pour toujours.
— Très juste, dit mon oncle Toby, fixant un regard grave sur la maison de Mrs. Wadman.
— Rien de plus triste, poursuivit le caporal, qu'une prison à vie — rien de plus doux que la liberté.
— Rien, Trim, dit mon oncle Toby, rêveur——
— Tant qu'un homme est libre — s'écria le caporal, tandis que son bâton décrivait le moulinet page suivante—

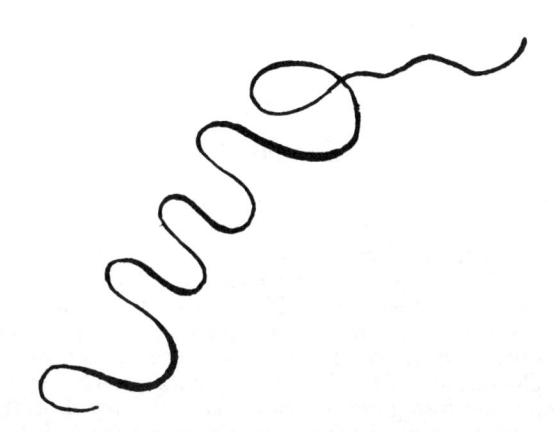

Mon père, avec un millier de ses subtils syllogismes n'eût pas mieux plaidé la cause du célibat.

Avec un grand sérieux, mon oncle Toby considéra son cottage et son boulingrin.

Cet esprit de calcul si imprudemment évoqué par Trim avec l'histoire de sa blessure, il ne restait plus à Trim qu'à le conjurer et à le faire rentrer sous terre par l'exorcisme d'une nouvelle histoire : ce qu'il fit le moins ecclésiastiquement du monde.

Chapitre V

La position de Tom était bonne et le temps chaud : l'idée lui vint donc naturellement de s'établir dans le monde. Précisément, un Juif qui vendait des saucisses dans la même rue venait par malchance de mourir d'une rétention d'urine, en laissant à sa veuve un commerce en plein essor. Tom (en ce Lisbonne où chacun se débrouillait à sa guise) ne vit aucun mal à lui offrir ses services. La seule introduction nécessaire étant d'aller acheter une livre de saucisses à la veuve, Tom sortit aussitôt de sa maison, et calculant, chemin faisant, qu'il en serait quitte, s'il échouait, pour une livre de saucisses payée son prix, tandis qu'il obtiendrait, en cas de réussite, la livre de saucisses plus une femme et une boutique de marchand de saucisses par-dessus le marché.

De haut en bas, toute la domesticité de la famille lui avait souhaité bonne chance. Il me semble le voir, dans son gilet et ses culottes de basin blanc, le chapeau un peu sur l'oreille, arpenter joyeusement les rues, le bâton balancé au bout des doigts et un sourire ou une parole aimable pour tous ceux qui le rencontraient.

— Hélas ! Tom, tu ne souris plus, s'écria le caporal, le regard détourné vers la terre comme s'il apostrophait Tom au fond de son cachot.

— Pauvre diable ! dit mon oncle ému.

— C'était le plus honnête, n'en déplaise à Votre Honneur, le plus gai des garçons qu'un sang chaud ait jamais nourris—

— Il te ressemblait donc, coupa vivement mon oncle.

Le caporal rougit jusqu'au bout des doigts — une larme de tendre modestie, une autre de gratitude pour mon oncle Toby, une autre enfin de tristesse sur l'infortune de son frère jaillissant de ses yeux, vinrent, avec douceur, mêler leurs ruisseaux sur sa joue ; cette émotion, comme une lampe une autre, alluma celle de mon oncle Toby ; empoignant la veste de Trim (jadis celle de Le Fever) comme pour soulager sa jambe gauche, mais pour s'abandonner, en vérité, à l'expression d'un sentiment plus délicat, il demeura silencieux une minute et demie; enfin, il retira sa main et le caporal, s'étant incliné, poursuivit l'histoire de la veuve.

Chapitre VI

Quand Tom, n'en déplaise à Votre Honneur, entra dans la boutique, il n'y trouva qu'une pauvre négrillonne, balançant au bout d'un long roseau quelques plumes blanches pour chasser les mouches sans les tuer.

— Joli tableau! dit mon oncle Toby; ayant souffert de la persécution, Trim, elle avait appris la pitié—

— Sa bonté, dit Trim, provenait de son naturel autant que de ses souffrances et je connais certains détails dans sa vie de servante sans un ami au monde qui amolliraient un cœur de pierre. Un triste soir d'hiver, quand Votre Honneur sera en humeur de les entendre, je les lui rapporterai, en complétant l'histoire de Tom dont ils font en effet partie——

— Tâche donc de ne pas l'oublier, Trim, dit mon oncle Toby.

— Un nègre a-t-il une âme? n'en déplaise à Votre Honneur, demanda Trim sur un ton de doute.

— Je ne suis pas très versé en ces matières, caporal, dit mon oncle Toby, mais j'imagine que Dieu ne laissera pas plus un nègre sans âme que toi ou moi—

— Ce serait, dit Trim, placer tristement un homme au-dessus d'un autre.

— En effet, répondit mon oncle Toby.

— Pourquoi donc, n'en déplaise à Votre Honneur, en use-t-on plus mal avec une servante noire?

— Je n'en puis donner de raison, dit mon oncle Toby —

— La seule raison, s'écria Trim en secouant la tête, est que personne ne la défend——

— Voilà, dit mon oncle Toby, qui la recommande plutôt à notre protection, elle et ses enfants; les hasards de la guerre nous mettent aujourd'hui le fouet dans les mains; qui le tiendra demain? Dieu seul le sait! Où qu'il soit, Trim, l'homme courageux ne s'en servira pas méchamment.

— Dieu nous en garde, dit le caporal.

— *Amen*, acheva mon oncle Toby, les mains posées sur la poitrine.

Le caporal voulut revenir à son histoire. Il ne put cependant le faire sans un embarras que certains lecteurs, épars en ce monde, auront de la peine à comprendre — sa voix, en effet, par suite des modulations nombreuses et soudaines que lui avait fait subir le passage d'un sentiment passionné à un autre, avait perdu le ton juste qui donnait sel, âme et sens au récit; le caporal tenta par deux fois de le retrouver sans parvenir à se satisfaire; il poussa un hem! retentissant pour rallier ses esprits en retraite et, le poing gauche sur la hanche pour aider à son naturel, la main droite en avant pour le soutenir, il atteignit la note juste ou presque et dans cette attitude poursuivit son histoire.

Chapitre VII

Tom à cette époque n'avait rien à faire, n'en déplaise à Votre Honneur, avec la jeune Maure ; il passa donc aussitôt dans l'arrière-boutique pour entretenir la veuve du Juif de son amour et de sa livre de saucisses ; c'était, je l'ai dit à Votre Honneur, un franc et joyeux garçon ; son caractère était peint sur son visage ; il prit un siège et sans beaucoup d'excuses mais avec une grande politesse, vint s'asseoir à la table et tout près de la veuve.

— Rien de plus incommode, n'en déplaise à Votre Honneur, que de faire la cour à une femme en train de bourrer des saucisses. Tom mit donc la conversation sur celles-ci, parla d'abord gravement de leur composition : viandes — herbes — épices. Puis s'égaya modérément, posa des questions sur leur peau, demanda si elle n'éclatait jamais — si les plus grosses n'étaient pas les meilleures, etc., en prenant garde toutefois, tandis qu'il traitait le sujet, de ménager son assaisonnement afin de conserver du jeu pour l'avenir—

— Utile précaution, remarqua mon oncle Toby la main posée sur l'épaule de Trim ; c'est pour l'avoir négligée que le comte de la Motte perdit la bataille de Wynendale ; s'il n'avait pas, comme il le fit, poussé trop vivement dans le bois, Lille ne fût pas tombée entre nos mains, non plus que Gand et Bruges, qui se hâtèrent de suivre cet exemple. L'année était déjà fort avancée, poursuivit mon oncle Toby, et l'hiver qui suivit fut si terrible que, sans cette fausse manœuvre, le froid eût décimé nos troupes en pleins champs—

— Pourquoi, n'en déplaise à Votre Honneur, batailles et mariages ne se feraient-ils pas au Ciel ? Mon oncle Toby demeura pensif—

Son sentiment religieux l'entraînait vers une réponse, son admiration pour l'art militaire vers une autre. Incapable, par suite, de forger une réponse qui le satisfît, mon oncle Toby ne répondit rien du tout et Trim poursuivit son histoire.

— Quand Tom sentit qu'il gagnait du terrain et que ses remarques sur les saucisses étaient reçues avec bienveillance, il s'offrit à aider la veuve dans leur fabrication. D'abord, en maintenant la tripe où elle entonnait et pressait la viande; puis en coupant à la bonne longueur les bouts de ficelle qu'elle lui prenait des mains un à un; il les lui mit ensuite aux lèvres pour qu'elle les prît plus commodément. Ainsi, de proche en proche, il en vint à nouer la saucisse lui-même tandis qu'elle maintenait l'entonnoir—

Une veuve choisit toujours, n'en déplaise à Votre Honneur, son second mari aussi différent du premier que possible; Tom n'avait donc pas encore exposé son projet que l'affaire était plus qu'à moitié conclue dans l'esprit de l'intéressée; elle esquissa pourtant une fausse défense en brandissant une saucisse, Tom aussitôt en empoigna une autre et comme cette dernière était la plus graisseusse des deux, elle signa sa capitulation; Tom y mit le sceau et ce fut la fin de cette affaire.

Chapitre VIII

— Du rang le plus élevé au plus bas, ajouta Trim en guise de commentaire, toutes les femmes aiment les plaisanteries : la difficulté est de reconnaître le genre qui leur convient; on n'y parvient que par tâtonnements, comme nous réglons sur le terrain le tir de notre artillerie en élevant ou abaissant la culasse [482], jusqu'au moment où nous touchons juste——

— La comparaison, dit mon oncle Toby, me plaît davantage que la chose elle-même—

— C'est que Votre Honneur, dit Trim, chérit la gloire plus que le plaisir.

— J'espère aimer l'humanité davantage encore, dit mon oncle Toby et puisque la science militaire a pour but évident la paix et le bien de ce monde et puisque, en particulier, la branche de cette science pratiquée par nous dans le boulingrin ne vise qu'à refréner les ambitions et à protéger la vie et la fortune du *petit nombre* en les fortifiant contre le pillage de la *multitude,* je suis assuré que ni toi, ni moi, caporal, à chaque fois que ce tambour battra la charge à nos oreilles, ne manquerons à l'humanité fraternelle mais que nous ferons face et marcherons au combat.

En prononçant ces derniers mots, mon oncle Toby fit demi-tour et, d'un pas ferme, partit en avant, comme à la tête de sa compagnie. Le fidèle caporal aussitôt mit le bâton sur l'épaule, puis, faisant claquer la main sur la basque de sa vareuse, emboîta le pas du capitaine et descendit l'allée sur ses talons.

— Qu'est-ce qui peut bien se passer dans leurs caboches ? cria mon père. Juste Ciel! Les voici qui mettent le siège devant Mrs. Wadman selon les formes et font au pas le tour de la maison pour marquer le tracé de la tranchée d'attaque.

— On dirait bien ma foi — commença ma mère. — Mais arrêtez, cher lecteur, tout ce qu'on dirait sur la foi de ma mère et ce que mon père dit en effet, les réponses de l'une et les répliques de l'autre — tout cela sera lu, scruté, commenté, analysé, paraphrasé, froissé et refroissé en somme par le pouce de la postérité, dans un chapitre à part. J'ai parlé de postérité et ne crains pas de répéter ce mot : qu'a fait ce livre de plus que le Pentateuque [483] ou l'Histoire d'un Tonneau [484] pour qu'il lui soit interdit de nager comme eux au fil du temps ?

Je ne discuterai pas sur ce point : le temps s'évanouit trop vite; de chaque lettre tracée ici j'apprends avec quelle rapidité la vie suit ma plume; ces heures et ces jours, plus précieux, ma chère Jenny, que les rubis de ton collier, fuient sur nos têtes comme les nuages légers un jour de vent. Ils ne retourneront plus. Tout nous presse. A peine as-tu roulé cette boucle de tes cheveux que, déjà, elle grisonne. Chacun des baisemains où je te dis adieu, chacune des absences qui le suit sont un prélude à cette séparation que nous devrons bientôt connaître.

Que le Ciel ait pitié de nous également!

Chapitre IX

Que pensera le monde de cette oraison jaculatoire ? Je ne donne pas un liard de son opinion.

Chapitre X

Le bras de ma mère n'avait pas quitté celui de mon père, ils atteignirent ainsi l'angle fatal où le Dr. Slop avait été culbuté par Obadiah et son cheval de trait; comme cet angle pointait précisément vers la maison de Mrs. Wadman, mon père y jeta un regard : mon oncle Toby et le caporal étaient à dix mètres de la porte, mon père, à cette vue, se retourna : — Arrêtons-nous un instant, dit-il, et voyons avec quel cérémonial mon frère Toby et son fidèle Trim vont faire leur première entrée; nous en avons pour moins d'une minute.
— Et quand ce serait dix ? dit ma mère.
— Moins d'une demi-minute, répliqua mon père.
Le caporal, à cet instant, commençait l'histoire de Tom et de la veuve; elle se poursuivit longtemps. Il y avait des épisodes : les épisodes se déroulèrent. L'histoire revint sur ses pas, puis reprit sa marche. Elle allait son train, durait, durait toujours. En vérité cette histoire n'avait pas de fin. Le lecteur l'a trouvée très longue—

Dieu assiste mon père! Il pestait plus furieusement à chaque nouvelle attitude, donnant le bâton de Trim, ses moulinets et ses envolées oratoires à tous les diables qui les voulaient bien prendre.

Quand un décret du ciel — pareil à celui qu'attendait mon père — demeure ainsi en suspens dans les balances du destin, une seule ressource permet au spectateur de soutenir jusqu'au bout l'épreuve : c'est celle de modifier par trois fois le principe de son attente.

La Curiosité gouverne le *premier temps*, le second est économique : on justifie par une attente nouvelle cette mise de fonds première; durant les troisième, quatrième, cinquième, sixième temps et ainsi de suite jusqu'au Jugement Dernier, c'est par point d'Honneur qu'on persiste.

Je n'ignore pas que les moralistes assignent tout ceci en bloc à la patience, mais cette Vertu gouverne, à mon sens, d'assez vastes royaumes et y trouve assez à faire pour qu'on ne lui permette point d'envahir encore les rares châteaux démantelés que l'Honneur lui a laissés sur la terre.

Mon père, grâce à ce triple secours, tint de son mieux, d'abord jusqu'à la consommation de l'histoire déroulée par Trim, puis, jusqu'à la fin du panégyrique à la gloire des armes par quoi mon oncle Toby lui répondit et qui emplit le chapitre suivant. C'est alors que la manœuvre des deux hommes, absolument contraire à ses espérances puisqu'il les vit non point marcher sus à la porte de Mrs. Wadman mais faire demi-tour et redescendre l'avenue, c'est alors, dis-je, que cette manœuvre provoqua chez mon père la petite explosion acidulée qui, dans certaines circonstances, distinguait si parfaitement son caractère.

Chapitre XI

—— Qu'est-ce qui peut bien se passer dans leurs caboches ? dit mon père — etc. ——
— On dirait bien, ma foi, répondit ma mère, qu'ils établissent des fortifications.
— Pas cependant sur les terres de Mrs. Wadman! cria mon père en reculant d'un pas.
— Je suppose bien que non, dit ma mère.
— Au diable! poursuivit mon père en élevant la voix, au diable! la science des fortifications, avec son faux décor de sapes, mines, chemins couverts, gabions et cuvettes——
— Niaiseries que tout cela! dit ma mère.

Elle avait sa façon à elle — et je donne sur l'heure à Vos Révérences mon justaucorps violet et mes pantoufles jaunes si elles se montrent capables de l'imiter — de ne jamais refuser à toute proposition formulée par mon père son entier assentiment, son approbation sans réserve, pour la simple raison qu'elle n'y comprenait goutte, le mot principal ou le terme technique sur lequel roulait l'argument n'ayant pas dans son esprit la moindre signification. Tenir scrupuleusement, mais sans plus, les promesses jadis faites pour elle par ses parrain et marraine suffisait à son bonheur; elle pouvait ainsi, vingt années durant employer un mot difficile, ou lui donner la réplique en usant, si c'était un verbe, de tous ses temps et de tous ses modes, sans se donner jamais la moindre peine pour en rechercher le sens.

Une telle attitude était pour mon père une source inépuisable d'afflictions : elle tuait dans l'œuf tout espoir de dialogue plus sûrement que ne l'eût fait la plus pétulante des contradictions. Les rares survivants durent beaucoup aux *cuvettes*——
— Niaiseries que tout cela, dit ma mère.
— Et en particulier, les *cuvettes*, reprit mon père.
Il n'en faut pas plus. Mon père, le goût du triomphe déjà sur la langue, poursuivit :

— Non pas, dit-il, se corrigeant en partie lui-même, qu'il s'agisse à proprement parler des terres de Mrs. Wadman, puisqu'elle en a seulement un bail à vie.

— Ce qui est tout différent, dit ma mère——

— Oui, dans l'esprit d'un idiot, répliqua mon père——

— A moins qu'elle n'ait un enfant, dit ma mère——

— Elle doit d'abord persuader mon frère Toby de lui en faire un——

— Sans doute, Mr. Shandy, dit ma mère.

— Quoique — si elle l'en persuade, dit mon père — eh bien! Dieu les assiste.

— Amen, dit ma mère *piano*.

— Amen, cria mon père *fortissimo*.

— Amen, répéta ma mère dans un soupir mais avec un tel accent de pitié personnelle dans la chute du mot que mon père en demeura entièrement déconfit; il sortit aussitôt son almanach de sa poche, le ruban n'en était pas dénoué cependant que la foule des fidèles sortant des sermons d'Yorick répondait déjà par avance à la moitié de la question posée; ma mère, en lui apprenant que c'était jour de communion [485], répondit pour l'autre moitié. Mon père remit son almanach dans sa poche.

Notre Ministre des Finances à la recherche de *voies et moyens* nouveaux ne rentre pas chez lui avec un visage plus soucieux.

Chapitre XII

Un regard jeté en arrière, partant de la fin du dernier chapitre et parcourant le texte qui précède, a fait apparaître avec évidence la nécessité d'inclure ici dans cette page et dans les trois suivantes une dissertation sur des sujets divers afin de conserver entre la folie et la sagesse ce juste équilibre sans quoi un livre ne tiendrait pas un an ; en vain, d'ailleurs, pour emplir cet office, glisserai-je ici une pauvre petite digression n'ayant que le nom sans la chose — non, autant vaudrait suivre la grand-route — s'il y faut une digression, qu'elle soit fringante et sur un sujet fringant, cheval et cavalier ne pouvant être pris qu'au vol.

La seule difficulté est d'évoquer les puissances idoines : la Fantaisie est capricieuse — l'Esprit ne doit pas être recherché et la Plaisanterie, si bonne à tout faire qu'elle soit, ne répondra pas au premier appel, quand on déposerait un empire à ses pieds.

— Le mieux est encore de dire ses prières—

Il est vrai que l'auteur risque de s'en trouver plus mal pour cette tâche, si ses prières rappellent à son esprit le souvenir de ses misères et infirmités tant corporelles que spirituelles, mais pour d'autres tâches il s'en trouvera mieux.

J'ai, pour ma part, appliqué tous les traitements moraux et physiques auxquels j'ai pu songer. Je me suis d'abord adressé directement à l'âme elle-même ; j'ai discuté et rediscuté avec elle sur l'étendue de ses facultés, elles n'ont pas grandi d'un pouce pour cela. Changeant alors de système, j'ai tenté d'agir sur mon âme par l'intermédiaire de mon corps, que j'ai voulu sobre, tempérant et chaste. De telles vertus, dis-je, sont bonnes en soi ; elles sont bonnes absolument ; elles sont bonnes relativement ; bonnes pour la santé ; bonnes pour le bonheur dans ce monde et dans l'autre. Bref, elles étaient bonnes pour tout, sauf pour ce que je désirais. Là, elles n'étaient bonnes à rien et laissaient l'âme comme Dieu l'avait faite. Quant aux vertus théologales : la Foi et l'Espérance, il est vrai qu'elles donnent à l'âme du courage, mais ce dernier lui est bientôt enlevé par ce que mon père nommait la pleurnichante résignation et l'âme se retrouve ainsi au point d'où elle était partie.

Somme toute, pour les cas ordinaires et bénins, le meilleur remède m'a toujours paru celui-ci : A coup sûr, me dis-je, si la logique a quelque valeur et si je ne suis pas aveuglé par l'amour-propre, je puis me croire en une certaine mesure véritablement génial et n'en veux pour preuve chez moi qu'une absence absolue d'envie; aussitôt découverts, en effet, le tour, le procédé nouveau, la neuve amélioration dans l'art d'écrire, je n'hésite pas à les rendre publics; je voudrais que le monde entier écrivît aussi bien que moi.

Ce qu'il fera sans aucun doute quand il voudra bien penser aussi peu.

Chapitre XIII

Dans les cas ordinaires donc, lorsque je me sens seulement stupide, mes pensées pesantes collant à ma plume ; quand je me trouve encore, sans savoir trop comment, dans quelque veine froide et languissante, sans métaphore et sans éclat, incapable, *quand j'y mourrais*, d'en sortir d'un coup d'aile, contraint, par suite, à me traîner si rien n'arrive jusqu'à la fin de mon chapitre comme un commentateur hollandais, je ne m'attarde pas un seul instant à discuter avec ma plume et mon encre : si une pincée de tabac ou quelques pas dans la pièce ne me sortent pas d'embarras, je saisis mon rasoir sur l'heure, en éprouve le fil sur la paume de ma main, et sans autre cérémonie qu'un bon coup de blaireau, me rase en prenant garde, si je laisse un poil sur ma joue, que du moins il ne soit pas gris ; ceci fait, je passe une chemise propre, puis un meilleur habit, je me fais apporter ma plus fraîche perruque, enfile ma topaze au doigt et m'habille, en un mot, de la tête aux pieds du mieux que je puis. Ou tous les diables d'enfer s'y opposent ou la chose doit réussir ; considérez, en effet, monsieur, qu'un homme qui se fait la barbe doit généralement assister à l'opération (bien qu'il y ait des exceptions à toute règle), qu'il doit même, s'il y participe, se contempler face à face : cette situation dès lors, comme toute autre, éveille dans l'esprit les idées qui lui correspondent.——

Je prétends que les traits d'esprit chez un homme à la barbe dure gagnent sept ans de concision et de fraîcheur en une seule opération et qu'en multipliant cette dernière on les ferait atteindre aux cimes du sublime, n'était le risque de les voir à leur tour fauchées par le rasoir. Comment Homère pouvait-il écrire avec une telle barbe ? je l'ignore et d'ailleurs n'en ai cure puisque le fait contredit mon hypothèse. Mais revenons à la toilette.

— Ludovicus Sorbonensis en fait une affaire corporelle (ξωτερικὴ πράξυς [486]) dit-il, en quoi il s'abuse : le corps et l'âme sont de part dans tout ce qui leur échoit. Un homme ne saurait s'habiller sans vêtir ses idées du même coup; et s'il s'habille en gentilhomme, elles apparaîtront aussitôt à son imagination dans un appareil plus noble. Il ne lui reste donc plus qu'à prendre la plume pour écrire à son image.

Voilà pourquoi Vos Honneurs et Vos Révérences, désireux de savoir si j'ai le style net et le mot propre, pourraient aussi bien consulter mes notes de blanchisseuse que mon livre. Je pourrais leur montrer qu'en un seul mois, je n'ai pas sali moins de trente et une chemises à écrire purement et que précisément le travail de ces quatre semaines m'a valu d'être plus insulté, maudit, vilipendé, et foudroyé dans un grand secouement de têtes obscures que celui des onze autres mois.

Mais leurs Honneurs et Révérences n'avaient rien vu de mes *notes*.

Chapitre XIV

Bien résolu à n'entamer qu'au quinzième chapitre ma Digression ainsi longuement préparée, je puis faire du quatorzième tel usage qui me plaira; j'en ai vingt de prêts sous la main. Je puis écrire ici :
 Soit mon chapitre sur les Boutonnières—
 Soit mon chapitre sur les *Fi!* lié au précédent—
 Soit enfin mon chapitre sur les *Nœuds* pour complaire à leurs Révérences, mais cela pourrait tourner mal : la plus sûre façon de m'en sortir reste encore de suivre la trace de Messieurs les savants et de critiquer ce que j'ai déjà écrit. Mais comment répondre aux critiques ? Disons-le par avance : ma pantoufle le sait mieux que moi.

Je poserai en principe que certaines satires blessantes *à la Thersite* [487] sont plus noires que l'encre dont on les écrit (soit dit en passant, quiconque souscrit à cette proposition doit se reconnaître l'obligé de Monsieur l'Inspecteur général des armées grecques, lequel nous a fourni un terme de comparaison en permettant que continue à figurer sur les rôles le nom d'un individu aussi laid que mal embouché); l'auteur de telles productions soutiendra que tous les nettoyages et lessivages de la terre ne sauraient faire aucun bien à un penseur de génie bien au contraire, puisque lui-même réussit d'autant mieux, dans le genre choisi, qu'il est plus sale.

A quoi je n'ai point de réponse immédiate sinon que l'archevêque de Benevento écrivit, comme chacun sait, son *malpropre* roman de Galatée [488] en habit violet et culottes de même teinte et que le châtiment qu'on lui infligea par la suite de commenter le Livre des Révélations, si dur qu'il ait semblé à la moitié du monde, le parut infiniment moins à l'autre moitié sur la seule révélation de ce *détail* vestimentaire.

Une autre objection à mon remède est son manque d'universalité, puisqu'une loi inaltérable interdit dans l'espèce humaine à toute la gent féminine ainsi exclue cet usage du rasoir à quoi nous avons donné tant d'importance. Je répondrai qu'au moins en France et en Angleterre les femmes écrivains peuvent à la rigueur s'en passer——

Quant à ces dames espagnoles, je ne suis nullement désespéré pour elles——

Chapitre XV

Le quinzième chapitre arrive enfin, n'apportant avec lui que le triste témoignage de cette vérité : « Que les plaisirs de ce monde échappent tôt à notre étreinte. »

En parlant de ma digression (le Ciel m'est témoin) ne l'ai-je point faite ? Étrange créature, dit-elle, que l'homme mortel !

— Etrange, en effet, répondis-je, mieux vaudrait cependant chasser tout ceci de nos têtes et revenir à mon oncle Toby.

Chapitre XVI

Mon oncle Toby et Trim, une fois parvenus au bas de l'allée, se ressouvinrent qu'ils avaient précisément affaire à l'autre bout. Après un nouveau demi-tour, ils piquèrent donc sur la porte de Mrs. Wadman.

— Votre Honneur peut être sûr du succès, dit le caporal, la main levée vers la montera en passant devant mon oncle pour soulever le marteau de la porte. Toujours bienveillant d'ordinaire envers son serviteur fidèle, mon oncle Toby, ici, ne répondit rien en bien ou en mal; en vérité, ses idées demeuraient confuses et à l'instant même où Trim franchissait les trois marches du perron, le désir d'une nouvelle conférence fit toussoter mon oncle par deux fois. Ainsi, coup sur coup, quelque chose de son âme hésitante vola jusqu'en celle de Trim qui, le marteau en main, suspendit sans savoir pourquoi son geste une bonne minute. Brigitte, debout derrière la porte, sentinelle avancée, demeura muette d'attente, le pouce et l'index sur le loquet, Mrs. Wadman, assise à la fenêtre de sa chambre, surveillait l'approche entre les rideaux.

— Trim! prononça mon oncle Toby, mais la minute était finie : le marteau tomba. Percevant que son choc assommait tout espoir d'une nouvelle conférence, mon oncle Toby siffla Lillabullero.

Chapitre XVII

Mrs. Brigitte avait les doigts sur le loquet, Trim n'eût donc pas la peine de frapper aussi souvent que, je suppose, le tailleur de Votre Grâce. J'aurais pu choisir plus près mon exemple : je dois au mien vingt-cinq livres au moins et ne suis pas sans inquiétude sur l'étendue de sa patience—

Le monde se moque bien de vingt-cinq livres ! L'état de débiteur n'en est pas moins très détestable et les finances de certains princes pauvres (celles de notre maison en particulier) semblent poursuivies par une fatalité qu'aucune économie ne saurait mettre aux fers. Je suis persuadé, pour ma part, qu'il n'existe pas en ce monde un seul souverain, prélat, pape ou potentat, petit ou grand, plus désireux que moi de régler ses comptes jusqu'au dernier sou, ou adoptant, pour y parvenir, de plus sages mesures. Je ne donne jamais plus d'une demi-guinée, ne porte point de bottes, ne marchande aucun cure-dents et ne jette pas en un an un shilling sur un carton à chapeau ; pendant les six mois où je vis à la campagne, mon train y est si réduit qu'avec la meilleure grâce du monde je dois battre Rousseau d'une mesure, car je n'y tiens ni homme, ni jeune valet, ni cheval, ni vache, ni chien, ni chat, ni rien qui boive ou mange, à la seule exception, pour garder mon feu, d'une pauvre petite vestale, généralement aussi dépourvue d'appétit que moi-même, mais si vous imaginez, braves gens, que cela fait de moi un philosophe, je ne donne pas un radis de votre jugement.

La véritable philosophie — mais le Lillabullero de mon oncle ne nous donne pas le loisir de traiter ce sujet.

Entrons donc dans la maison.

Chapitre XVIII

Chapitre XIX

Chapitre XX

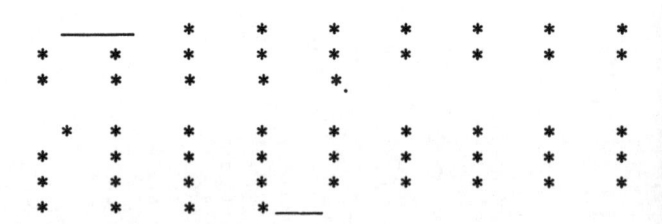

```
         *   *   *   *   *   *   *
  *   *   *   *   *   *   *   *
  *   *   *   *   *.

    *   *   *   *   *   *   *   *
  *   *   *   *   *   *   *   *
  *   *   *   *   *   *   *   *
  *   *   *   *___
```

— Vous verrez l'endroit précis, madame, dit mon oncle Toby.

Mrs. Wadman rougit — tourna les yeux vers la porte — pâlit — rougit de nouveau légèrement — reprit son teint naturel — rougit plus fort que jamais — succession que je traduirai ainsi pour le lecteur ignorant——

Seigneur! Mais je ne peux pas regarder—
Que dirait le monde si je regardais.
Je m'évanouirais si je regardais——
Que ne puis-je regarder——
Quel péché y aurait-il à regarder?
Je regarderai.

Pendant que tout ceci se déroulait dans l'imagination de Mrs. Wadman, mon oncle Toby avait quitté le sofa et, traversant la pièce, ouvrait la porte du salon pour donner ses ordres à Trim dans le couloir——

```
  *   *   *   *   *   *   *   *
    *   *   *   *___
```
Je crois bien qu'elle est au grenier, dit mon oncle Toby.

— Je l'y ai vue ce matin, n'en déplaise à Votre Honneur, répondit Trim.

— Va donc, je te prie, et rapporte-la aussitôt dans le salon, dit mon oncle Toby.

Le caporal n'approuvait pas ces ordres mais n'en obéit pas moins joyeusement, car il était libre d'obéir s'il ne l'était pas d'approuver. Il coiffa donc sa montera et partit aussi vite que sa jambe plus courte le lui permettait. Rentré dans le salon, mon oncle Toby se rassit sur le sofa.

— Je vous ferai toucher l'endroit du doigt, dit mon oncle Toby.

— Non, je n'irai pas jusqu'à le toucher, pensa Mrs. Wadman.

Ceci exige encore une traduction, car les mots seuls disent fort peu et l'on doit pour comprendre remonter au premier ressort.

Si je veux dissiper le brouillard des trois pages précédentes il me faut maintenant être moi-même aussi clair que possible.

Frottez-vous trois fois le front, braves gens, mouchez-vous — dégagez vos émonctoires, éternuez — Dieu vous bénisse —— Donnez-moi maintenant tout le secours possible.

Chapitre XXI

La femme qui prend un mari peut poursuivre cinquante fins différentes : civiles, religieuses, je les ai toutes dénombrées. La femme les prend donc en main, les soupèse et, soigneusement, discerne la sienne, puis, par discours, enquête, induction et déduction, elle éprouve si le fil qu'elle tient est bien le bon. Dans ce cas, procédant par traction légère 'de côté et d'autre, elle s'informe plus avant et vérifie s'il ne se rompra pas.

Slawkenbergius, dans le début de sa troisième décade, use pour rendre sensible ce point au lecteur d'une image si ridicule que mon respect pour le sexe m'interdit de la rapporter ici ; elle n'est pas, d'ailleurs, dénuée d'humour.

« Elle arrête d'abord l'âne, dit *Slawkenbergius*, puis, tenant la bride de la main gauche crainte qu'il ne s'échappe, elle plonge la droite au fond de son panier et fouille à la recherche de la chose. — Quelle chose ? — Vous ne l'apprendrez pas plus vite en m'interrompant, dit Slawkenbergius »——

« Je ne porte rien que des flacons vides, ma bonne dame ; » dit l'âne.

« Je suis chargé de tripes ; » dit le second.

— Et toi tu n'en vaux guère mieux, dit-elle à un troisième, ton panier ne contient qu'un pourpoint et une paire de pantoufles ; ainsi du quatrième, puis du cinquième ; elle parcourt toute la file jusqu'au moment où, parvenue à l'âne qui semble porter la chose en question, elle retourne le panier sens dessus dessous, considère la chose, l'examine, l'échantillonne, la mesure, l'étire, la mouille, la sèche, en éprouve des dents et la chaîne et la trame——

— Mais, pour l'amour du Christ, de quoi s'agit-il ?

— Toutes les puissances de la terre, dit résolument *Slawkenbergius*, ne m'arracheront pas ce secret.

Chapitre XXII

Nous vivons en un monde qu'assiègent de toutes parts mystères et énigmes — peu importe donc un de plus. Et pourtant, comment la Nature, qui adapte avec tant de génie les êtres à leurs fins et distribue à peu près sans erreur (sinon par jeu) les formes et les aptitudes, dessinant pour la charrue, la caravane, la charrette ou mille autres objets différents, la créature qui convient juste, quand ce ne serait qu'un ânon, comment cette Nature, dis-je, peut-elle ainsi éternellement gâcher son ouvrage quand il s'agit d'une fabrication aussi simple que celle d'un homme marié ?

Faut-il incriminer le choix de l'argile ou quelque cuisson trop vive qui durcirait avec excès la croûte d'un côté, laissant, par défaut, l'autre face molle ? Faut-il croire que la grande fabricatrice ne considère pas avec une attention suffisante les petites exigences platoniques de *celles pour qui* elle travaille et qui se serviront de *son* ouvrage ? Son Altesse hésite-t-elle parfois même sur le genre de mari demandé ? Je l'ignore. Nous en reparlerons après souper.

Il suffit que sur ce point l'observation ni le raisonnement ne nous satisfasse — au contraire. En ce qui concerne mon oncle Toby et ses aptitudes à la fonction maritale, rien de mieux ne fut jamais conçu : la Nature y avait employé sa meilleure et sa plus tendre argile; elle y avait mêlé son propre lait, y avait insufflé son âme la plus douce; elle avait pétri mon oncle de générosité, de noblesse et d'humanité; elle avait empli son cœur de confiance et de foi, ouvrant tous les canaux qui y menaient aux plus tendres communications; considérant en outre les autres fins assignées au mariage——

Elle avait en conséquence * * * * * * * * * * * *
* * * * * * * * *
* * * * * * * * *
* , * * * * *.

Cette dernière donation n'avait été en rien ruinée par la blessure de mon oncle Toby.

Son authenticité demeurait seulement mal établie. Le démon, grand ennemi de notre foi en ce bas monde, avait donc suscité dans l'esprit de Mrs. Wadman certains doutes à son sujet et couronné son œuvre, en vrai démon qu'il était, par une transmutation de la vertu propre à mon oncle Toby en *flacons vides, tripes, pourpoints* et *pantoufles*.

Chapitre XXIII

Tout le petit capital d'honneur que peut posséder une pauvre femme de chambre, Mrs. Brigitte l'avait engagé en pariant qu'elle saurait avant dix jours le fin mot de l'histoire; elle fondait en cela sa confiance sur le plus admissible *a priori* des *postulats* : à savoir que le caporal, pendant que son maître ferait la cour à sa maîtresse, ne trouverait pas de meilleur passe-temps que de la lui faire à son tour. « *Je ne lui refuserai rien*, avait dit Brigitte, *pour obtenir de lui un éclaircissement.* »

L'amitié a deux vêtements : l'un dessus, l'autre dessous. Dans l'un, Brigitte servait les intérêts de sa maîtresse, dans l'autre, son goût le plus vif. Dans le pari engagé sur la blessure de mon oncle Toby, ses intérêts étaient, par suite, égaux à ceux du diable lui-même. L'enjeu de Mrs. Wadman était unique, et comme cette chance était peut-être sa dernière, elle avait résolu (sans vouloir décourager Mrs. Brigitte ni méconnaître ses talents) d'abattre elle-même ses cartes.

Elle n'eut besoin pour cela d'aucun encouragement — un enfant aurait lu dans le jeu de mon oncle Toby : il jetait les atouts que le sort lui avait donnés avec une simplicité si franche, une ignorance si peu dissimulée du *brelan d'as;* assis sur le sofa de Mrs. Wadman, il offrait une si parfaite image d'une pureté sans défense, que tout cœur généreux eût versé des larmes à gagner la partie contre lui.

Mais laissons tomber notre métaphore.

Chapitre XXIV

—— Et l'histoire avec elle, s'il vous plaît. Trop longtemps, je me suis hâté vers cet épisode, sachant bien que je n'aurais rien de mieux à offrir au monde; maintenant que m'y voici parvenu enfin, quiconque voudra me prendre la plume des mains et poursuivre le récit à ma place sera le bienvenu; j'aperçois la difficulté des descriptions que je vais entreprendre et ressens la faiblesse de mes propres pouvoirs.

Un fait me réconforte cependant : c'est qu'ayant perdu cette semaine quarante-huit onces de sang à la suite d'une fièvre maligne dont je fus attaqué quand je commençai ce chapitre, je puis garder encore l'espérance qu'elle avait plutôt son siège dans le sérum ou les globules de ce sang que dans l'*aura* subtile de mon cerveau; en tout cas, une invocation ne saurait me faire de mal : l'*invoqué* jugera lui-même s'il doit m'inspirer ou m'injecter à sa guise.

INVOCATION

Gentil esprit, ô douce gaieté, qui jadis animas la plume de mon cher Cervantès, toi qui, glissant par le treillis de sa fenêtre, transformais en lumière éclatante de midi le crépuscule de sa prison, parfumais de nectar l'eau de sa cruche et tout le temps qu'il écrivit sur Sancho Pança et son maître lui dérobas, sous le mystère de ton manteau, et son moignon flétri (1) et les misères de son existence——

Je t'implore, tourne les yeux de mon côté. Contemple ces culottes; elles sont tout ce que je possède, ce piteux accroc leur vient de Lyon——

Mes chemises! vois quel schisme affreux les a déchirées : leurs pans sont en Lombardie, le reste ici. Je n'en ai jamais possédé que six et la plus friponne des blanchisseuses de Milan m'a découpé le pan *antérieur* de cinq. Rendons-lui justice : elle n'agit pas à la légère puisque je *quittais* l'Italie.

Pourtant, malgré cette mésaventure, un briquet à pierre d'un pistolet qu'on me subtilisa à Sienne et deux œufs durs que je dus payer cinq paulus par deux fois, l'une à Raddicoffini, l'autre à Capoue, un voyage à travers la France et l'Italie n'est pas, à mon sens et à condition qu'on y garde sa belle humeur, quelque chose d'aussi désagréable que certains [489] voudraient vous le faire croire; il y faut, bien sûr, des *hauts* et des *bas*. Comment, diable! entrerions-nous sans cela dans ces vallées si richement hospitalières ?

Croyez-vous louer pour rien les voitures que vous mettrez en pièces et si vous ne payez douze sols pour faire graisser vos roues, comment le pauvre paysan beurrerait-il ses tartines ? Nous espérons trop, en vérité. Et pour une livre ou deux au-dessus du pair en paiement du couvert et du gîte — soit au plus un shilling neuf pence et demi — qui va gâter sa philosophie ? Pour Dieu et pour votre salut, payez le supplément, payez-le à deux paumes, plutôt que de voir ce nuage de *désappointement*

---

(1) Cervantès perdit une main à la bataille de Lépante [note de l'auteur].

assombrir à votre départ le regard d'une belle hôtesse et de ses demoiselles d'honneur sous le porche; vous y gagnerez encore, cher monsieur, autant de baisers fraternels qui valent bien une guinée chacun. — C'est du moins ce qui m'arriva——

Les amours de mon oncle Toby qui, tout au long du chemin, ne cessaient de me trotter par la tête, m'enivrèrent alors autant que si elles eussent été les miennes; je me sentais déborder de générosité et de bon vouloir, la plus douce des harmonies chantait en moi aux balancements de la chaise quels qu'ils fussent, de sorte que, bon ou mauvais, l'état des routes ne m'importait guère : tout ce que je voyais, tout ce qu'il fallait faire, émouvait un ressort secret du sentiment ou de l'extase.

Jamais notes si douces n'avaient frappé mes oreilles et je baissai aussitôt les glaces pour les entendre plus distinctement.

— C'est Maria, dit le postillon lorsqu'il me vit aux écoutes. Pauvre Maria! poursuivit-il en se penchant pour me permettre de voir car il me l'avait masquée jusque-là; elle est assise sur un talus et joue ses vêpres sur sa flûte avec sa petite chèvre auprès d'elle.

L'accent et le regard du jeune garçon lorsqu'il prononça ces mots étaient en si parfait accord avec un cœur sensible que je fis sur-le-champ un vœu : je lui donnerai une pièce de vingt-quatre sous en arrivant à *Moulins*. ——

— Et qui est la pauvre *Maria?* dis-je.

— Un objet d'amour et de pitié pour tous les villages environnants, répondit le postillon. Voilà trois ans à peine que le soleil s'est osbcurci pour cette jeune fille; elle était belle, aimable, elle avait l'esprit vif, et certes, *Maria* méritait mieux que de voir ses bans publiquement interdits par l'intrigant curé de sa paroisse——

Le postillon allait poursuivre quand Maria, qui avait fait une courte pause, porta de nouveau la flûte à ses lèvres, les mêmes notes en sortirent, dix fois plus douces qu'auparavant.

— C'est l'air des Vêpres pour la Vierge, dit le jeune homme. Qui le lui a enseigné et d'où lui vient cette flûte ? Nul ne le sait; le ciel, croyons-nous, y a pourvu dans les deux cas car depuis le jour où son esprit s'est dérangé, elle a paru trouver là son unique consolation; l'instrument ne quitte jamais sa main et elle y joue les *vêpres* presque nuit et jour.

Le postillon avait parlé avec une éloquence si discrète

et si naturelle que je ne pus m'empêcher de scruter son visage pour y déchiffrer les signes d'une condition supérieure; moins possédé par la pauvre Maria, j'eusse tenté de démêler sa propre histoire. Nous étions presque arrivés à cet instant à la hauteur du talus où Maria était assise. Elle portait une mince robe blanche, à ses cheveux, entièrement enveloppés d'une résille de soie d'où sortaient seulement deux tresses, s'enroulaient, assez bizarrement, quelques feuilles d'olivier; elle était fort belle, et si j'ai jamais ressenti un honnête serrement de cœur, ce fut à l'instant où je la vis——

— Dieu l'assiste! Pauvre demoiselle! dit le postillon. Plus de cent messes ont été dites à son intention dans les églises et les couvents des alentours, mais en vain; elle recouvre parfois l'esprit pour un bref intervalle; ainsi nous espérons encore que la Vierge, un jour, lui rendra la raison, mais ses parents qui la connaissent mieux ont perdu sur ce point toute espérance et jugent son égarement définitif.

Comme le postillon prononçait ces mots, MARIA fit entendre une cadence si mélancolique, si tendre et si plaintive à la fois que je bondis hors de ma chaise et me retrouvai assis entre la jeune fille et sa chèvre avant que mon enthousiasme ne fût tombé.

Le regard pensif de MARIA se posa sur moi, puis sur sa chèvre, revint vers moi, retourna vers l'animal et ne cessa d'aller ainsi alternativement de l'un à l'autre——

— Eh bien, Maria, dis-je doucement, quelle ressemblance découvrez-vous là ?

Crois-moi, lecteur sincère, si je posai cette question, c'est qu'humblement, je tiens l'homme pour une *bête*. Devant une souffrance digne de notre vénération je n'eusse pas laissé échapper une indécente plaisanterie, quand elle m'eût valu tout l'esprit que Rabelais prodigua. J'avoue pourtant que le cœur me battit et la seule idée de cette impiété me causa une si vive souffrance que je fis vœu sur l'heure de rechercher désormais la sagesse, de ne plus émettre le reste de mes jours que de graves sentences et de ne jamais, jamais plus commettre le crime de gaieté envers quiconque, homme, femme ou enfant, si longs que doivent être encore mes jours.

Quant à écrire des folies à leur intention, je crois bien avoir fait sur ce point quelques réserves; le monde en jugera.

Adieu Maria! Adieu, pauvre demoiselle infortunée!

Un jour peut-être — mais pas *aujourd'hui* — me sera-t-il donné d'entendre de ta bouche le récit de tes malheurs; mon attente pour l'instant fut trompée; Maria reprit sa flûte. Ses notes racontaient une histoire si triste que je me levai et d'un pas incertain et las regagnai doucement ma chaise.

Quelle excellente auberge à Moulins!

Chapitre XXV

Quand nous serons au bout de ce chapitre (mais pas avant) nous devrons revenir à ceux laissés en blanc et à la pensée desquels mon honneur perd son sang depuis une demi-heure. Mon remède est de retirer une de mes pantoufles jaunes et de la projeter à l'autre bout de la pièce avec ma violence ordinaire en déclarant solennellement à son talon que——

Quelle que soit la ressemblance entre lui et la moitié des chapitres écrits en ce monde, ou, autant que je sache, actuellement en chantier, elle n'en était pas moins aussi fortuite que l'écume du cheval de Zeuxis [490]; d'ailleurs, je considère avec respect un chapitre *simplement vide;* il y a tant d'objets pires au monde que celui-ci ne mérite pas la satire, pourquoi donc ce chapitre fut-il laissé dans cet état ? Va-t-on, sans attendre ma réponse, m'accabler de tous les noms de claquedent, brise-raison, happelourdier, soliveau, butor, coquecigrue, limessourde, chienlit, boyer d'étron et autres appellations prodiguées par les fouaciers de Lerné aux bergers de Gargantua [491] ? Comme Brigittte, je ne refuserai rien à mes assaillants; pouvaient-ils prévoir, en effet, la nécessité où je me trouvais d'écrire le vingt-cinquième chapitre de mon livre avant le dix-huitième, etc. ? Je ne prendrai donc pas mal la chose. Qu'elle serve seulement de leçon au monde et lui apprenne « *à laisser les auteurs raconter leurs histoires à leur façon* ».

Dix-huitième Chapitre

Brigitte n'ayant pas attendu pour ouvrir la porte que le caporal eût vraiment frappé, mon oncle Toby ne tarda guère à être introduit dans le salon. Mrs. Wadman eut tout juste le temps d'émerger du rideau, de déposer une Bible sur la table et de faire un pas ou deux pour recevoir le visiteur.

Mon oncle Toby la salua comme on saluait une femme en l'An de Grâce 1713, puis il pivota sur les talons et, marchant à ses côtés jusqu'au sofa, lui dit en trois mots clairs, non point avant de s'asseoir sur le sofa, ou après s'y être assis, mais en s'y asseyant qu'*il était amoureux*. La déclaration de mon oncle Toby s'en trouva plus contrainte qu'il n'était nécessaire.

Mrs. Wadman, naturellement, baissa les yeux vers une récente reprise de son tablier et attendit la suite, mais mon oncle Toby n'avait pas le don des développements oratoires et de tous les sujets, d'ailleurs, l'amour était celui qu'il possédait le moins ; ainsi donc, ayant dit une fois à Mrs. Wadman qu'il l'aimait, il se tut, laissant les choses aller dans leur voie et opérer à leur guise.

Une telle attitude jetait mon père dans le ravissement : la nommant, par erreur, système, il avait coutume de dire que mon oncle Toby, s'il avait pu y ajouter une pipe de tabac, se fût ouvert ainsi, à en croire un proverbe espagnol [492], le cœur d'une bonne moitié des femmes de ce globe.

Mon oncle Toby ne comprit jamais rien à cette parole et je ne prétends pas moi-même en extraire autre chose que la condamnation d'une erreur universellement partagée (hormis par les Français, lesquels, jusqu'au dernier, croient à l'amour autant qu'à la PRÉSENCE RÉELLE [493]), à savoir que « *parler d'amour c'est le faire* ».

Autant vaudrait par la même recette se mettre à faire un black-pudding [494].

Poursuivons. Mrs. Wadman attendit que mon oncle Toby fît de même ; elle attendit jusqu'au premier battement de cette minute où le silence de part ou d'autre devient indécent; alors, elle se rapprocha légèrement de lui sur le sofa, leva les yeux et relevant, non sans rougir, un peu le gant (ou, s'il vous plaît, la conversation) engagea avec mon oncle Toby l'entretien intime suivant :

— L'état de mariage, dit Mrs. Wadman, comporte bien des soucis et des inquiétudes.

— Je le suppose, dit mon oncle Toby.

— Ainsi, poursuivit Mrs. Wadman, quand on jouit déjà comme vous d'une si belle aisance, quand on goûte tant de bonheur, capitaine Shandy, en soi, dans ses amis et dans ses divertissements, je me demande quelles raisons peuvent vous incliner à——

— Elles sont inscrites, dit mon oncle Toby, dans le livre des prières [495].

Ayant ainsi parlé avec circonspection, mon oncle Toby se retira dans ses profondeurs, laissant à Mrs. Wadman le soin de mettre voile à sa guise.

— Les enfants, dit Mrs. Wadman, sont sans doute, une fin essentielle de cette institution et tous les époux, je suppose, éprouvent le désir naturel d'en avoir. Du consentement commun, cependant, n'apportent-ils pas des chagrins certains et d'incertaines joies ? De quel prix, cher monsieur, sont payées les douleurs qu'ils nous causent, quelle compensation obtient, pour tant de craintes et de tendres angoisses, la mère qui les met au jour ?

Mon oncle Toby fut saisi de pitié :

— Aucune, dit-il, je l'avoue, sinon le plaisir que Dieu en ressent.

— Tarare [496] ! dit-elle.

Dix-neuvième Chapitre

Or il existe une multitude si infinie de tons, airs, chants, mélopées, mimiques, expressions, accents, avec lesquels le mot *tarare* peut être prononcé dans de telles circonstances (chacun d'eux comportant d'ailleurs une intention et un sens particulier aussi distinct des autres que l'*ordure* de la *blancheur*) que les Casuistes — car ce sont là matières de conscience — n'en ont pas distingué moins de quatorze mille variétés, sujettes ou non à condamnation.

Mrs. Wadman tomba juste sur le *tarare* qui pouvait faire monter le plus de sang aux joues pudiques de mon oncle Toby. Se sentant donc de quelque façon dépassé, mon oncle Toby coupa court ; il porta la main à son cœur et, sans vouloir entrer plus avant dans les peines et les plaisirs du mariage, offrit à la veuve de les prendre tels qu'ils étaient et de les partager avec elle.

Ayant ainsi parlé, mon oncle Toby jugea inutile de se répéter : il jeta un regard sur la Bible que Mrs. Wadman avait ouverte sur la table, la prit en mains et tombant, la chère âme ! sur le passage qui pouvait l'intéresser entre tous — le siège de Jéricho — se mit en devoir de le lire d'un bout à l'autre ; quant à l'offre de mariage, ma foi, comme la déclaration d'amour, elle irait dans sa voie et opérerait à sa guise.

Elle pouvait opérer comme un astringent ou un laxatif ; comme l'opium, ou la quinine, ou le mercure, ou la corne de cerf [497], ou toute autre des drogues dont la nature a doté notre monde. Or elle ne fit rien de tout cela. En somme, elle n'opéra point du tout, pour la simple raison qu'en Mrs. Wadman autre chose opérait déjà. Babilleur que je suis ! N'ai-je pas laissé dix fois deviner ce dont il s'agit ! Mais le sujet reste brûlant. Allons.

Chapitre XXVI

Il est naturel qu'un étranger voulant aller de Londres à Edimbourg demande le nombre de milles qui le séparent d'York à mi-chemin et nul ne s'étonne s'il veut ensuite se renseigner sur la corporation, etc. - -

Tout aussi naturel était chez Mrs. Wadman, dont le premier mari avait sans répit souffert de sciatique, le désir de connaître la distance qui sépare la hanche de l'aine et les chances que lui offrait cette seconde expérience de souffrir plus ou moins dans ses sentiments.

Elle avait lu dans cette intention l'anatomie de *Drake* [498], de la première à la dernière page, jeté, pour le cerveau, un coup d'œil dans *Wharton* [499], emprunté Graaf [500] (1) pour les os et les muscles : en vain.

Consultant ensuite sa propre logique, elle avait raisonné, posé des théorèmes, déduit certaines conséquences, sans arriver pourtant à une conclusion.

Pour tirer enfin la chose au clair, elle avait par deux fois demandé au Dr. Slop si « le pauvre capitaine Shandy pouvait espérer se remettre de sa blessure ».

— Il est guéri, dit le Dr. Slop——

— Quoi ? Tout à fait ?

— Tout à fait, madame——

— Mais qu'entendez-vous par guérison ? reprenait Mrs. Wadman.

Les définitions n'étaient pas le fort du Dr. Slop, Mrs. Wadman n'en put rien tirer. Bref, la seule façon de se renseigner était de poser la question à mon oncle Toby lui-même.

Une pareille enquête exige un accent de pitié qui endorme tous les Soupçons, je suis presque sûr que le serpent en approcha beaucoup dans son discours à Eve, l'inclination du beau sexe à s'en laisser conter, sans cela, ne lui eût point donné la hardiesse de faire un

---

(1) Mr. Shandy doit ici faire erreur, Graaf ayant seulement traité du suc pancréatique et des organes de la génération [note de l'auteur].

brin de causette avec le démon — mais il existe un accent de pitié (comment le décrire ?) un accent qui voile la partie en cause et donne à celui qui interroge le droit d'être aussi précis sur ce point qu'un chirurgien.

« Etait-ce sans rémission ? —

« Plus tolérable au lit ?

« Pouvait-il indifféremment se coucher sur les deux côtés ?

« Pouvait-il monter à cheval ?

« Le mouvement lui était-il contraire ? » et cætera — autant de questions si tendrement posées, si directement adressées au cœur de mon oncle Toby que chacune d'elles s'y enfonçait à une profondeur jamais atteinte par ses propres souffrances; mais quand Mrs. Wadman, faisant le tour par Namur pour arriver à l'aine de mon oncle Toby, l'invita à attaquer au point juste la contrescarpe avancée et à prendre, l'épée en main, *pêle-mêle* avec les Hollandais, la contre-garde de Saint-Roch, quand, faisant résonner aux oreilles de mon oncle Toby ses notes les plus tendres, elle l'entraîna de sa main hors de cette tranchée où il perdait son sang, quand elle s'essuya les yeux, enfin, à le voir emporté sous sa tente, ô cieux! ô terre! ô mer! la nature entière se souleva, ses ressorts se tendirent, mon oncle Toby trouva près de lui, assis sur le sofa, un ange de pitié, son cœur fut porté à l'incandescence et quand il eût valu mille hommes, il eût jeté jusqu'au dernier leurs cœurs aux pieds de Mrs. Wadman.

— Et à quel endroit, cher monsieur, demanda-t-elle un peu catégoriquement, fûtes-vous aussi tristement blessé ? En posant cette question, Mrs. Wadman jeta un bref regard vers la ceinture des culottes en peluche rouge; elle espérait, naturellement, que par une réponse laconique mon oncle Toby allait poser son index sur l'endroit. Le sort en décida autrement car mon oncle Toby ayant été blessé à la porte de Saint-Nicolas, dans une des traverses de la tranchée face à l'angle du demi-bastion de Saint-Roch, pouvait à n'importe quel moment piquer une épingle au point exact où il se tenait quand la pierre l'avait heurté. Cette image frappa les facultés internes de mon oncle Toby et fut suivie aussitôt par celle de sa grande carte de Namur, ville, citadelle et environs, achetée au cours de sa longue maladie et collée sur une planche avec l'aide du caporal; depuis cette époque elle était restée, avec d'autres épaves militaires, au grenier où le caporal fut par suite dépêché à sa recherche.

Avec les ciseaux de Mrs. Wadman pour compas, mon oncle Toby mesura trente toises à partir de l'angle saillant devant la porte Saint-Nicolas, trouva le point précis et y guida l'index de Mrs. Wadman avec une pudeur si virginale que la déesse Décence, si elle existait alors (ou, si elle n'existait pas, son ombre) secoua la tête et agitant le doigt devant les yeux de Mrs. Wadman, lui interdit d'expliquer son erreur.

Malheureuse Mrs. Wadman ! ——

Car seule une apostrophe peut terminer assez vivement ce chapitre. Mais dans un instant si critique une apostrophe, mon cœur m'en avertit, n'est qu'une insulte déguisée quand je voudrais l'offrir à une femme en détresse ; au diable ! donc mon chapitre, pourvu toutefois qu'un critique (peu importe lequel), faisant son séjour aux enfers, veuille bien prendre la peine de l'y porter.

Chapitre XXVII

La carte de mon oncle Toby est emportée à la cuisine.

Chapitre XXVIII

—— Voici la *Meuse* et voici la *Sambre*, dit le caporal, sa main droite pointée vers la carte et la gauche posée sur l'épaule de Mrs. Brigitte (mais non point l'épaule la plus proche); ceci, dit-il, est la ville de Namur, et voici la citadelle : là étaient les Français, Son Honneur et moi-même nous trouvions ici. Et c'est dans cette damnée tranchée-là, dit-il en saisissant la main de Mrs. Brigitte, qu'il reçut le coup qui devait si pitoyablement le meurtrir *ici*. En prononçant ces mots, le caporal pressa légèrement contre la partie en cause le dos de la main qu'il tenait dans la sienne et la laissa retomber.

— Nous pensions, Mr. Trim, que c'était plus vers le milieu, dit Mrs. Brigitte——

— Nous y aurions tout perdu, dit le caporal.

— Ma pauvre maîtresse aussi, dit Mrs. Brigitte.

Le caporal ne répondit que par un baiser.

— Allons donc! dit Mrs. Brigitte qui, maintenant la paume de sa main gauche parallèlement au plan de l'horizon, y fit glisser les doigts de sa main droite avec une aisance rapide que toute verrue, toute protubérance lui eût interdite.

— G'est absolument faux, s'écria le caporal, avant même qu'elle eût terminé sa phrase——

— C'est vrai, dit Brigitte et je tiens le fait de témoins sérieux.

— Sur mon honneur, dit le caporal, la main sur le cœur et rougissant d'une honnête indignation, c'est une abominable calomnie, Mrs. Brigitte.

— Non point, interrompit Brigitte, que ma maîtresse et moi nous en souciions le moins du monde mais, à se marier, c'est bien le moins qu'on puisse exiger de l'autre partie. Cette attaque débutant par une démonstration manuelle n'avait pas été chez Mrs. Brigitte une inspiration très heureuse car le caporal aussitôt * * * *
* * * * * * * * *
* * * * * * * * *
* * * *

Chapitre XXIX

Brigitte devait-elle pleurer ou rire ? Ainsi, quelques instants hésitent les humides paupières d'un matin d'avril. Elle empoigna un rouleau à pâtisserie : il y avait dix chances contre une pour qu'elle rît; elle posa le rouleau et pleura; et si une seule de ses larmes avait eu un goût d'amertume, le caporal eût éprouvé mille regrets d'avoir employé un tel argument, mais l'intelligence du sexe chez Trim était à celle de son maître au moins comme une *quarte majeure à une tierce*, il revint donc à l'assaut en ces termes :

— Je sais, Mrs. Brigitte, dit Trim avec le plus respectueux des baisers, combien vous êtes naturellement bonne et modeste; je vous tiens, au surplus, pour une fille généreuse, vous ne feriez pas de mal à un insecte, encore moins à l'honneur d'un homme aussi courageux et digne que mon maître, quand vous y gagneriez de devenir comtesse — mais l'on a abusé de vous comme il arrive souvent aux femmes, « pour la satisfaction d'autrui plus que pour la vôtre —— »

Ces paroles du caporal émurent la sensibilité de Brigitte, dont les yeux se gonflèrent de larmes.

— Dis-moi donc, ma chère Brigitte, poursuivit Trim en ressaisissant la main pendante de la jeune femme et en lui donnant un nouveau baiser, dis-moi de qui te vinrent les soupçons qui t'ont trompée ?

Après quelques sanglots, Brigitte ouvrit les yeux qu'on essuya avec le coin de son tablier, puis ouvrit son cœur et révéla tout.

Chapitre XXX

Mon oncle Toby et Trim avaient poursuivi leurs opérations de façon distincte pendant la plus grande partie de la campagne, aussi dépourvus de liaison, aussi ignorants de leurs actions réciproques que si la *Meuse* ou la *Sambre* les avait séparés.

Mon oncle Toby s'étant présenté chaque après-midi au combat, tantôt rouge et argent et tantôt bleu et or, avait sous ses habits alternatifs soutenu une infinité d'attaques qu'il ignorait être telles et par suite n'avait rien à communiquer pour sa part——

Le caporal, pour la sienne, s'était acquis, en saisissant la fortune aux cheveux, des avantages considérables et par conséquent avait beaucoup à communiquer, mais la nature de ces avantages et la façon dont ils avaient été conquis exigeaient chez leur rapporteur de telles qualités d'historien que Trim ne s'y était pas risqué; si amoureux qu'il fût de la gloire, il eût accepté plus aisément d'aller tête nue et sans lauriers que de mettre un seul instant à la torture la pudeur de son maître—

O le meilleur des domestiques! honnête et vaillant entre tous! Mais une fois déjà, je t'ai apostrophé, Trim! et si je pouvais le faire encore, j'entends en termes de bonne compagnie, certes je le ferai *dès* la prochaine page.

Chapitre XXXI

Or, mon oncle Toby, ayant un soir posé sa pipe sur la table, comptait sur ses doigts en commençant par le pouce toutes les perfections de Mrs. Wadman, mais comme deux ou trois fois déjà, soit par omission, soit par duplication, il en avait tristement perdu le compte avant d'arriver au majeur :

— S'il te plaît, Trim, dit-il, en reprenant sa pipe, apporte-moi une plume et de l'encre. Trim apporta aussi du papier.

— Une feuille entière, Trim, dit mon oncle, en indiquant au caporal du bout de la pipe qu'il devait prendre un siège et s'asseoir à la table auprès de lui. Trim obéit, plaça le papier devant lui et plongea sa plume dans l'encre.

— Elle possède mille vertus, Trim, dit mon oncle Toby——

— Plaît-il à Votre Honneur que je les note ? dit le caporal.

— Il faut les placer dans l'ordre, répondit mon oncle Toby, car celle entre toutes qui m'a le plus conquis et qui répond de toutes les autres, c'est le tour compatissant et la singulière humanité de son caractère. Je proteste, ajouta mon oncle, en levant les yeux comme s'il adressait au plafond sa protestation, que si j'eusse été mille fois son frère elle n'eût pas témoigné pour mes souffrances un intérêt plus tendre et plus constant, bien que ses questions aient maintenant cessé.

Le caporal ne répondit rien aux protestations de mon oncle mais secoué par une brève toux, replongea sa plume dans l'encrier, puis, sur l'indication aussi précise que possible de la pipe pointée vers le coin gauche et supérieur de la feuille, y écrivit le mot

Humanité- - - -comme ceci.

— S'il te plaît, caporal, reprit aussitôt mon oncle

Toby, Mrs. Brigitte s'inquiète-t-elle souvent de la blessure au genou qui te fut infligée à la bataille de Landen ?

— Jamais, n'en déplaise à Votre Honneur.

— Voilà, caporal, dit mon oncle Toby, aussi triomphant que le lui permettait sa bonté naturelle, voilà qui marque bien toute la différence entre le caractère de la maîtresse et celui de la chambrière; si les hasards de la guerre m'avaient réservé une infortune semblable, Mrs. Wadman se fût informée cent fois de son dernier détail.

— Elle eût porté dix fois plus d'intérêt, n'en déplaise à Votre Honneur, à l'aine de Votre Honneur.

— La douleur est également horrible et la pitié, Trim, peut également s'exercer sur l'une et l'autre blessure.

— Dieu bénisse Votre Honneur! s'écria le caporal, qu'y a-t-il de commun entre le genou d'un homme et la pitié d'une femme ? Si le genou de Votre Honneur avait été mis en bouillie à la bataille de Landen, Mrs. Wadman ne s'en fût pas plus souciée que Brigitte; c'est, poursuivit le caporal qui fournit son explication d'une voix plus basse et fort distincte, que le genou est encore très loin du corps principal, tandis que l'aine frôle, Votre Honneur le sait, la *courtine* même du *fort*.

Mon oncle Toby siffla longuement mais si bas qu'on pouvait à peine l'entendre de l'autre côté de la table.

Le caporal s'était trop avancé pour battre en retraite; en trois mots il dit le reste. Mon oncle Toby déposa sa pipe sur le garde-feu avec autant de précautions que s'il eût été tissé de fils de la Vierge——

— Allons voir mon frère Shandy, dit-il.

Chapitre XXXII

Tandis que mon oncle Toby et Trim gagnent la maison de mon père, j'aurai juste le temps de vous informer que Mrs. Wadman, depuis plusieurs lunes, s'était confiée à ma mère, cependant que Mrs. Brigitte, alourdie d'un double fardeau, son secret et celui de sa maîtresse, s'en était heureusement délivrée auprès de Susannah, derrière le mur du jardin.

Ma mère, pour sa part, ne vit rien là dont on pût faire une histoire, mais Susannah n'avait besoin d'aucune aide pour vous servir dans vos desseins en divulguant un secret de famille. Par signes, aussitôt, elle en avertit Jonathan, qui en gratifia la cuisinière tandis qu'elle arrosait un rôti de mouton; pour quatre pence la cuisinière le vendit au postillon, avec un peu de graisse, et le postillon, à son tour, en fit un troc avec la laitière pour quelque autre chose de valeur voisine; ce murmure musical dans une meule de foin, la Renommée s'en empara et de sa trompette d'airain, en fit retentir les notes sur les toits. Bref, il ne resta plus dans le village et à cinq milles à la ronde une seule grand-mère qui ne connût et les difficultés du siège mené par mon oncle Toby et les articles secrets qui avaient retardé la reddition.——

Mon père, dont l'esprit muait invariablement en hypothèses tous les faits de la nature, mettant ainsi plus que quiconque au monde la Vérité en croix, venait tout juste d'être averti quand mon oncle Toby se mit en route; enflammé par le préjudice que cet empiètement subit causait à son frère, il démontrait à Yorick, malgré la présence de ma mère, « non seulement que le démon habite la femme, cette histoire n'étant au fond que luxure », mais encore que tous les maux et désordres de ce monde, quelle qu'en fût apparemment la nature, de la chute d'Adam à mon oncle Toby (inclus) avaient leur source de façon ou d'autre dans cet appétit effréné.

Yorick s'efforçait de ramener à plus de modération l'hypothèse paternelle quand mon oncle Toby fit son entrée : à la vue du patient, rayonnant de bienveillance et de mansuétude, mon père reprit feu et comme dans ses instants de rage il oubliait un peu la politesse du discours, mon oncle, assis devant le feu, n'avait pas encore bourré sa pipe, qu'il explosait déjà ainsi qu'il suit.

Chapitre XXXIII

Que nous devions apporter notre soin à perpétuer la race d'un être aussi grand, aussi exalté, aussi semblable à Dieu que l'homme, je suis loin d'en disconvenir, mais la philosophie parle librement de toutes choses; je continuerai donc à tenir mordicus pour pitoyable qu'une pareille fin doive être atteinte par le moyen d'une passion qui abaisse nos facultés et repousse dans l'ombre sagesse, contemplation et autres opérations de l'âme, une passion, ma chère amie, poursuivit mon père en s'adressant à ma mère, qui accouple, assimile des hommes sensés aux plus stupides créatures, et nous fait surgir, de nos hordes et de nos cavernes, moins semblables à des humains qu'à des satyres ou à des quadrupèdes.

On dira, je le sais, poursuivit mon père (utilisant la *prolepse*) que, considérée isolément, cette passion — comme la faim, la soif ou le sommeil — n'est en soi ni bonne, ni mauvaise, ni honteuse, ni quoi que ce soit. Pourquoi donc, alors, la délicatesse de *Diogène* et de *Platon* en fut-elle à ce point offensée ? Et pourquoi, sur le point de fabriquer et de planter un homme, soufflons-nous la chandelle ? Pour quelle raison les divers éléments de cet acte : ingrédients, préparation, outils, tout ce qui contribue enfin à son accomplissement, est-il tenu pour inexprimable sans malpropreté, quelque langage, traduction ou périphrase qu'on emploie ?

L'acte par lequel nous tuons ou détruisons un homme, dit mon père en se tournant vers mon oncle Toby, est, vous le voyez, glorieux et les instruments dont nous nous servons à cette fin sont honorables. Nous paradons le fusil sur l'épaule, nous nous pavanons l'épée au côté, nous les dorons, nous les sculptons, nous les incrustons, nous les damasquinons, que dis-je ? du plus *scélérat* des canons, nous ornons encore la culasse. —

Mon oncle Toby posait sa pipe pour demander en faveur du canon la grâce d'une meilleure épithète et

Yorick s'était déjà levé pour battre en brèche l'ensemble de la thèse quand Obadiah entra dans la pièce. Il venait formuler une plainte dont l'audience ne souffrait aucun retard.

Mon père, selon peut-être une ancienne coutume seigneuriale, ou comme bénéficiaire de la dîme, était tenu de garder un taureau au service de la paroisse; Obadiah, un jour ou l'autre de l'été précédent, lui avait conduit sa vache pour une *demande en mariage* — j'ai dit un jour ou l'autre car la date en question se trouvait aussi par hasard celle du mariage d'Obadiah lui-même avec la servante de mon père, un jour servait ainsi de seul repère à l'autre. Pour l'accouchement de sa femme, Obadiah avait remercié Dieu : — Et maintenant, avait-il dit, j'aurai un veau. Tous les jours, dans cette attente, il rendait visite à sa vache.

Elle vèlera lundi, mardi, mercredi au plus tard. La vache ne vélait pas. Non, elle ne vèlera que la semaine prochaine. La mauvaise volonté de la vache devint effrayante; enfin, après la sixième semaine, les soupçons de l'honnête garçon se portèrent sur l'étalon.

Or, la paroisse était si vaste que sa superficie, à dire vrai, dépassait les capacités du taureau paternel : ce dernier, faisant flèche de tout bois, ne s'en était pas moins mis à l'ouvrage et comme il opérait avec beaucoup de gravité, mon père avait conçu pour lui la plus haute estime.

— N'en déplaise à Votre Seigneurie, dit Obadiah, la plupart des hommes du village croient que c'est la faute du taureau.

— Mais une vache ne peut-elle être stérile ? demanda mon père en se tournant vers le Dr. Slop.

— Jamais, répondit celui-ci, par contre, il se peut que la femme ait accouché prématurément. Dis-moi, mon ami, l'enfant avait-il des cheveux sur la tête ? ——

— Il est aussi poilu que moi, dit Obadiah.

Obadiah ne s'était pas rasé depuis trois semaines.

— Pffu— u— u, dit mon père, commençant ainsi sa phrase par une exclamation sifflée — voici donc, frère Toby, que mon pauvre taureau, le mieux f— des taureaux et qu'on eût, en des temps plus purs, destiné à Europe [501], pourrait, s'il avait deux jambes en moins, être conduit dans les prairies de la Faculté [502] et y perdre son personnage, autant dire, pour un taureau communal, sa vie.

— Seigneur! dit ma mère, qu'est-ce que cette histoire ? ——

— Une histoire à Ne Pas dormir debout [503], dit Yorick. Et la meilleure que j'aie jamais entendue dans son genre.

FIN DU LIVRE NEUF

NOTES

1. L'épigraphe est empruntée à Epictète. « Ce ne sont pas les choses elles-mêmes, mais l'opinion qu'ils se font des choses qui tourmente les hommes. »

2. « *Au Très Honorable Mr. PITT.* » Cette dédicace au grand homme d'Etat est celle de la seconde édition des livres I et II, de 1760. Cf. la dédicace plaisante du livre I, chapitre VIII, parue dès la première édition de 1759 (p. 37).

3. « HOMUNCULUS. » Sterne désigne ici le spermatozoïde.

4. « *Tulle.* » C'est-à-dire Cicéron (Marcus Tullius Cicero).

5. « *Puffendorff.* » Samuel Puffendorff (1632-1694), juriste allemand.

6. « Le *Voyage du Pèlerin.* » *The Pilgrim's Progress* (1678-1684), récit allégorique, chrétien et édifiant de John Bunyan (1628-1688).

7. « *Montaigne* [...] *salons.* » Voir *Essais*, III, V : « Je m'ennuie que mes *Essais* servent les dames de meuble commun seulement. »

8. « *ab ovo.* » Voir Horace, *Art poétique*, v. 147 : « Nec gemino bellum Trojanum orditur ab ovo. » Son récit de la guerre de Troie ne remonte pas aux œufs [de Léda].

9. « *Locke.* » Allusion aux théories associationnistes de John Locke (1632-1704), dans son *Essay Concerning Human Understanding* (1690), II, 33.

10. « *Westminster.* » Ancienne et célèbre *public school* d'Angleterre, fondée en 1560.

11. « *Jupiter et Saturne.* » Uranus n'a été découverte qu'en 1781, par Sir William Herschel.

12. « *O diem praeclarum!* » O jour remarquable!

13. « pasteur. » C'est-à-dire Yorick, autoportrait romancé de Sterne.

14. « 18 shillings 4 pence. » Le *shilling* correspondait au sou, les *pence* aux deniers. Dans ses *Travels through France and Italy* (1766), T. Smollett rapporte que 3 000 livres françaises étaient l'équivalent de 140 livres anglaises. A l'article « Salomon » dans son *Dictionnaire philosophique* (1764), Voltaire dit que 1 119 500 000 livres sterling valent 25 648 000 000 livres de France.

15. « *Didius.* » Voir Titus Didius, législateur romain, mort en 89

ap. J.-C. Ce personnage évoque Francis Topham, juriste, ennemi de l'auteur, brocardé par Sterne dans *A Political Romance* (1759).

16. « Le Dr. *Kunastrokius*. » Voir le verbe *to stroke*, caresser. Ce patronyme est parfaitement obscène : il désigne le célèbre médecin Richard Mead (1673-1754).

17. « quelques guinées. » La guinée valait 21 shillings.

18. « Mr. *Dodsley*. » James Dodsley, de Londres, éditeur de Sterne jusqu'au volume IV de *Tristram Shandy*.

19. « *De gustibus non est disputandum*. » Locution proverbiale plus connue sous la forme : *de gustibus et coloribus non disputandum*, on ne doit pas discuter des goûts et des couleurs.

20. « CANDIDE et [...] Mlle CUNÉGONDE. » Allusion à *Candide* (1759) de Voltaire.

21. « l'aventure des voituriers *yanguais*. » Voir *Don Quichotte*, I, 15.

22. « le bouchon et le trou-madame. » En anglais *chuck-farthing and shuffle-cap* : jeux qui étaient courants dans les campagnes.

23. « *de vanitate mundi et fuga saeculi*. » De la vanité du monde et de la fuite du temps.

24. « bon an mal an. » En latin dans le texte, *communibus annis*.

25. « YORICK. » Yorick est le nom du défunt fou du roi, dans *Hamlet*. Le crâne de ce fou est déterré à la scène I de l'acte V.

26. « *Horwendillus*. » Il s'agit du père d'Amlethus (qui aurait inspiré le *Hamlet* de Shakespeare).

27. « *Saxo-Grammaticus*. » Historien danois qu'aurait lu Shakespeare.

28. « Une mystification [...] l'esprit. » Voir La Rochefoucauld, maxime 257 (édition de 1678) : « La gravité est un mystère du corps inventé pour cacher les défauts de l'esprit. »

29. « *Eugenius*. » Voir Flavus Eugenius, empereur (392-394), qui a favorisé une renaissance du paganisme. Le nom désigne l'ami de Sterne, John Hall-Stevenson, grand libertin, auteur d'écrits obscènes, et d'une suite du *Voyage sentimental*.

30. « la grande cabale. » Il s'agit probablement des calomnies propagées par Jacques Sterne, oncle de l'auteur, à son préjudice.

31. « Quand bien même [...] lui conviendrait. » Voir *Don Quichotte*, I, VII.

32. « HÉLAS! PAUVRE YORICK! » Voir *Hamlet*, V, 1.

33. « *Jack Hickathrift*. » On parle plutôt de Tom Hickathrift, ou Hickifric, ancien géant légendaire, d'avant la conquête normande.

34. « *Petit Poucet*. » *Tom Thumb* dans le texte, nain légendaire de l'époque du roi Arthur.

35. « de *Rome* à *Loretto*. » Allusion au pèlerinage de Lorette, à la *Santa Casa*.

36. « deux volumes par an. » L'engagement ne sera pas tenu : voir la Chronologie, p. 627.

37. « *toties quoties*. » Chaque fois.

38. « Dr. *Manningham*. » C'est-à-dire Sir Richard Manningham

NOTES

(1690-1759), qui fut le plus remarquable spécialiste de l'époque dans le domaine de l'obstétrique.

39. « *Jenny.* » Jenny représente probablement la chanteuse Catherine Fourmantelle, qui accompagna Sterne à Londres en 1760.

40. « Si j'avais [...] aujourd'hui. » Defoe pensait, que Londres avait un million et demi d'habitants dans les années 1720. En fait, la population de la capitale n'excédait sans doute pas 700 000 habitants au moment où Sterne rédigeait *Tristram Shandy*.

41. « Sir *Robert Filmer*. » Né vers 1589, mort en 1653, auteur de *Patriarcha* (1680) et partisan de la monarchie de droit divin, allègrement ridiculisé ici.

42. « des meilleurs romans *français*. » « The best *French* Romances » dans le texte : allusion aux romans du XVIIe siècle.

43. « TRISMÉGISTE. » Hermès Trismégiste, auteur mythique d'Alexandrie. Divers écrits savants, admirés des alchimistes (les quarante-deux livres) ont passé pour avoir été composés par lui.

44. « NYKY [...] SIMKIN. » C'est-à-dire Nicolas, Siméon.

45. « NICODÈME. » Représente la pusillanimité — voir Jean, III, 1-13 et VII, 45-53.

46. « *argumentum ad hominem.* » Argument touchant l'homme.

47. « θεοδίδακτοσ. » Qui a reçu l'enseignement de Dieu.

48. « *Isocrate.* » Orateur grec (436-338 av. J.-C.); « *Longin.* » Considéré à tort être l'auteur du traité *Du Sublime;* « *Vossius.* » Il s'agit du rhétoricien hollandais Gerhard Voss (1577-1649); « *Scioppius.* » C'est-à-dire Caspar Schoppe (1576-1649), grammairien allemand; « *Ramus.* » Nom latin de Pierre la Ramée (1515-1572), adversaire de la logique aristotélicienne, en vogue à l'Université de Cambridge; « *Farnaby.* » Thomas Farnaby (v. 1575-1647), grand érudit et rhétoricien; « *Crackenthorp.* » Richard Crackenthorp (1567-1624), grand prédicateur puritain; « *Burgersdicius.* » Burgersdyk (1590-1629), logicien hollandais.

49. « *ad ignorantiam.* » Voir plus haut l'*argumentum ad hominem* — ici, l'argument est proposé par un orateur qui compte bénéficier de l'ignorance de son auditoire. Sterne raille plusieurs fois de la sorte les artifices de la rhétorique.

50. « *Collège de Jésus*, à ****. » Il s'agit de *Jesus College*, Cambridge, où Sterne a fait ses études. Le *college* a été fondé en 1496.

51. « *fellows.* » Le *fellow* est membre de l'Université, étudiant puis enseignant.

52. « *Epsom.* » Les courses hippiques d'Epsom ont commencé sous le règne de Jacques Ier et se sont poursuivies sans interruption à partir de 1730. Les sources (médicinales) d'Epsom ont été exploitées à partir de 1618.

53. « en *rerum natura*. » Dans la nature des choses.

54. « EPIPHONEMA [...] EROTESIS. » Le premier de ces termes de rhétorique désigne une formule sentencieuse et exclamative, qui clôt un discours. Le second terme désigne une question rhétorique (à laquelle il n'est guère possible de répondre autrement que de la manière prévue par celui qui questionne).

55. « *Nincompoop.* » Ce mot est plus ou moins l'équivalent anglais du français Nicodème (niais, nigaud).

56. « Pline le Jeune. » L'auteur a fait cette remarque (*Lettres*, III, 5), en l'attribuant à son oncle Pline l'Ancien.

57. « *Parismus* [...] *Parismenus.* » Personnages des contes de chevalerie du Moyen Age.

58. « Sept Champions de l'Angleterre. » Il s'agit vraisemblablement des sept champions de la Chrétienté, représentant la France, l'Espagne, l'Italie, l'Angleterre, l'Ecosse, l'Irlande, le Pays de Galles.

59. « *Infantes* [...] *modo.* » Les enfants qui sont encore dans le sein de leur mère ne peuvent en aucune façon être baptisés. On sait que Luther s'est élevé contre la pratique dont tout le passage fait état.

60. « *Deventer.* » L'ouvrage de Heinrich Van Deventer (1651-1724) a pour titre : *Observations importantes sur le manuel des accouchements* (1701; trad. 1733). Cf. l'édition anglaise, *The Art of Midwifery Improv'd* (1728). Moriceau a tiré des *Aphorismes* de Deventer.

61. « *Pueri* [...] *salutem.* » Les enfants se trouvant dans le sein de leur mère ne sont pas encore venus à la lumière pour vivre parmi les autres hommes. Ils ne peuvent donc être soumis à aucune action humaine, de sorte qu'ils ne peuvent recevoir le sacrement par le ministère des hommes afin d'obtenir le salut.

62. « notre climat. » L'idée est ancienne, et remonte au moins aux penseurs grecs (Hippocrate en particulier). Voir l'*Essay of Dramatick Poesie* (1668) de Dryden et le *Spectator*, n° 371 d'Addison. Cf. *L'Esprit des lois* (1748) de Montesquieu, et les observations de l'abbé Le Blanc, *Lettres d'un Français* (La Haye, 1745), où il est dit que le climat ôte le goût de construire et de décorer dans la ville de Londres.

63. « ΛΚΜΗ. » Acmé, apogée.

64. « *comme* [...] *la paix.* » Cf. texte, « As war begets poverty, poverty peace » : expression tirée d'une chanson populaire.

65. La tante Dinah peut faire penser à Dina, fille de Jacob et de Lia (Genèse, XXXIV), prise par Sichem qui, « l'ayant aperçue, l'enleva, coucha avec elle et lui fit violence ».

66. « siège de *Namur.* » Namur, tenue par les Français, tomba en août 1695, après un siège de trois mois.

67. « la rétrogradation des planètes. » Observation de Copernic relative à la vitesse apparente de rotation des planètes autour du soleil.

68. « *Amicus Plato* [...] *veritas.* » Platon est mon ami, mais la vérité l'est plus encore. Paraphrase d'une formule attribuée à Socrate dans le *Phédon* de Platon.

69. « en *Foro Scientiae.* » Dans le domaine de la science.

70. « *Lillabullero.* » Sur une musique de Purcell, chanson protestante du XVIIe siècle, qui reprend ironiquement un slogan utilisé par les catholiques irlandais, en 1641.

71. « *ad Verecundiam* [...] *Fortiori.* » Ce sont de nouveaux arguments, adressés à la modestie, tirés de l'absurde, usant de plus fortes raisons.

72. « *Ars Logica.* » L'art [de la] logique.

73. « *Argumentum Fistularium* [...] *Argumentum ad Rem.* » Argument de la flûte; du bâton; de la bourse; de la troisième patte; touchant la chose en question.

74. « *Joseph Hall.* » A vécu de 1574 à 1656 : évêque d'Exeter puis de Norwich.

75. « amours de *Didon* et *d'Enée.* » Voir *L'Enéide*, vers 173-88 du livre IV.

76. Ce passage semble faire allusion aux *castrati* italiens.

77. « *ad populum.* » Argument adressé au peuple.

78. « sentir l'huile. » Cf. texte, « it must smell too strong of the lamp ». La méthode trahit de longues études nocturnes. Voir la proverbiale « midnight oil », huile de minuit.

79. « Le philosophe [...] marchant. » Allusion à la réponse que fit Diogène à la théorie de Zénon.

80. « Dr. *James Mackenzie.* » Médecin écossais, mort en 1761, auteur d'un traité sur l'histoire de la santé.

81. « cire à cacheter. » Allusion aux empreintes dans la cire dont parle Locke pour expliquer que les idées viennent des sensations imprimées dans l'esprit par l'expérience. Malebranche (ligne 8) soutient au contraire que : « Les idées ont une existence éternelle et nécessaire » (*Entretiens sur la Métaphysique*, I, 5).

82. « Il y a dix à parier contre un. » Cf. texte : « It is ten to one (at *Arthur's*). » Arthur's était un club de Londres.

83. « οὐσία et ὑπόστασις. » Essence et substance.

84. « sens tout aussi indéterminé. » Sur l'usage incertain des mots, voir Locke, *Essay Concerning Human Understanding*, III, 10 et 11 en particulier.

85. « *Gobesius.* » Il s'agit plutôt de Leonhard Gorecius, qui a vécu au XVIe siècle.

86. « *Ramelli* [...] *Blondel.* » Sterne parle ici de Agostino Ramelli, de Girolamo Cataneo, de Simon Stevinus, de Marolis, d'Antoine de Ville, de Buonajute Lorini, de Manno Van Cochorn (qui a fortifié Namur), de Johann von Scheiter, de Blaise de Pagan, de François Blondel. Ces hommes, sans exclure Vauban, ont fortifié des places ou écrit des livres sur la balistique, l'artillerie, les fortifications.

87. « Don *Quichotte.* » Don Quichotte avait plus de cent livres de chevalerie dans sa bibliothèque (voir I, VI).

88. « *N. Tartaglia.* » C'est-à-dire Niccolò Tartaglia (1499-1557), mathématicien italien qui a démontré que les boulets de canon ne vont pas en ligne droite.

89. « *Maltus.* » Il s'agit de François Malthus, auteur d'une *Pratique de la guerre* (1650).

90. « *Galilée* et *Toricelli.* » Galilée a démontré que les projectiles décrivent des paraboles ; Evangelista Toricelli a aussi étudié les questions de balistique.

91. « *latus rectum.* » Côté droit.

92. « humidité radicale. » Pour la philosophie médiévale, humidité inhérente à tous les êtres vivants — celle du corps humain en particulier.

93. « *cum grano salis.* » Avec un grain de sel.

94. « Monsieur *Ronjat.* » Le chirurgien Etienne Ronjat était au service de Guillaume III.

95. « Douze heures plus tôt ... » Cf. texte : « The sound of as many olympiads twelve hours before ... » C'est-à-dire, « la simple mention d'un aussi grand nombre d'olympiades ».

96. « à ses affaires. » Cf. texte : « would be upon Change ». C'est-à-dire que Walter serait au *Royal Exchange*, « bourse royale... édifice magnifique destiné aux assemblées des négocians », selon l'*Encyclopédie*.

97. « *Aposiopesis*. » C'est-à-dire réticence.

98. « *poco piu* ou *poco meno*. » Un peu plus ou un peu moins.

99. « *Aristote* dit dans son grand ouvrage. » En fait, il est question de *Aristotle's Compleat Masterpiece*, livre apocryphe très souvent réédité. L'exemple cité vient plus précisément de *Aristotle's Book of Problems*, qui est constitué par des séries (apocryphes) de questions et de réponses formulées dans l'esprit scolastique. Cf. *Problemes d'Aristote et autres filosofes* (Lyon, 1553) — et *Probleumata arestotelis* (Leipzig, 1490).

100. « Dr. *Slop*. » Slop représente John Burton, médecin, auteur de traités d'obstétrique, catholique, *tory*, mal aimé de Sterne.

101. « *Hogarth*. » Sterne fait allusion au livre *Analysis of Beauty*, publié en 1753 par le grand peintre anglais William Hogarth (1697-1764). Il est universellement admiré, pour la vérité de ses tableaux, par les romanciers de l'époque. Ils le citent ou lui demandent d'illustrer leurs ouvrages. Voir les planches fournies pour *Tristram Shandy*.

102. « de la pire comète de *Whiston*. » Mathématicien et théologien, William Whiston (1667-1752) imaginait que le déluge avait été causé par le choc d'une comète rencontrant la terre. Il donnait à croire qu'il fallait craindre de nouvelles chutes de comètes.

103. « *décravaché* [...] *enlimoné*. » Cf. texte, « *unwiped, unappointed, unanealed* »; ces mots parodient ceux qui se trouvent dans *Hamlet* (I, V, v. 77) : « Unhousl'd, disappointed, unaneled. »

104. « grain » : Il faudrait dire : « [...] que l'on aurait juré (sans aucune réserve mentale), que pas un grain [...] » Voir le texte : « that you would have sworn (without mental reservation) that [...] » Ce qui est entre parenthèses est une allusion aux réserves que les catholiques (passablement gênés dans leur vie professionnelle) s'autorisaient à faire *in petto* pour satisfaire leur conscience, quand on les priait de prêter serment d'allégeance à l'Eglise d'Angleterre.

105. « *Lucine* [...] *Pilumnus*. » Lucine était la déesse des accouchements; Pilumnus était le dieu du mariage, protecteur des femmes enceintes et des nourrissons.

106. « couronne. » La couronne valait cinq shillings.

107. « *Dennis*. » Il s'agit de John Dennis (1657-1734), souvent pris à partie par Alexander Pope dans ses satires.

108. « *Du Cange*. » Charles Dufresne Du Cange (1610-1688), historien, est l'auteur de livres sur Constantinople, sur Amiens, etc.

109. « l'*accoucheur*. » Cf. texte : « [...] the man - midwife. — *Accoucheur*, — if you please, quoth Dr. Slop. » C'est-à-dire : « l'homme sage-femme. — L'*accoucheur*, je vous prie, dit le Dr. Slop. »

110. « un précédent chapitre. » Il s'agit du deuxième chapitre (que Sterne nomme à tort le cinquième — voir le texte : « I have told you in the fifth chapter [...] »)

111. « Belles Lettres. » Cf. texte : « *Literae Humaniores*. »

112. « *Brutus* et *Cassius*. » Voir ainsi *Jules César*, IV, ii, à la fin de la scène.

113. « le célèbre char à voile. » Construit par Stevinus pour Maurice de Nassau, ce véhicule poussé par le vent allait sur les grèves, de Scheveningue jusqu'à Petten.

114. « trente milles allemands. » Il y avait trois sortes de milles allemands : le petit comptait 20 000 pieds, le moyen 22 500, le grand 25 000.

115. « *Peireskius*. » Il s'agit de Nicolas Claude Fabri de Peiresc (1580-1637), érudit célèbre, qui séjourna en Angleterre et en Hollande.

116. « bel équilibre. » Cf. texte : « — his knee bent, but that not violently, — but so as to fall within the limits of the line of beauty. » C'est-à-dire, « le genou plié, mais sans exagération afin de demeurer dans les limites fixées par la ligne de beauté ». Il s'agit d'une ligne en forme de S, allongée et gracile, que recommande le peintre Hogarth dans son *Analysis of Beauty* (1753). Hogarth parle longuement (p. 53) des formes de la jambe.

117. « Le SERMON. » Sterne a lui-même prêché ce sermon, en la cathédrale d'York, en 1750. Le sermon avait été publié la même année, avant d'être repris ici. Voir p. 126, lignes 31 et 32 : « car le sermon... l'être. »

118. « *c'est à peine* [...] *devant nous.* » Voir Ecclésiaste, VIII, 17, et surtout Sagesse, IX, 16.

119. « *Baal* qu'accusa Elisée. » Voir I Rois, XVIII, 27.

120. « Lorsque *David* [...] » Voir I Samuel, XXIV, 3-5.

121. « son aventure avec *Urie*. » Voir II Samuel, XI et XII.

122. « *Vous mettrez votre confiance en Dieu*. » Voir I Jean, III, 21.

123. « *Bienheureux* [...] *tour élevée*. » Ecclésiastique, XIV, 1-2, XXVI, 4.

124. « la chapelle du Temple. » Fondée par les Templiers, à Londres, située dans le quartier des juristes.

125. « quelque autre prison. » Cf. texte : « or at some Assize » : c'est-à-dire « tribunal ».

126. « les *diviser*. » Cf. texte : « divide these two *tables* ». C'est-à-dire « diviser ces deux tables » : allusion aux tables de la loi ; voir Exode XXXII, 15-19.

127. « *Encore un grand mal sous le soleil*. » Voir Ecclésiaste, VI, 1.

128. « *Tu les connaîtras à leurs fruits*. » Voir Matthieu, VII, 16 et VII, 20.

129. « Pantalonnades [...] enfance. » Cf. texte : « down to the lean and slipper'd pantaloon in his second childishness ». Voir *As You Like It*, II, VII, 157-158 : « The sixth age shifts / Into the lean and slipper'd pantaloon. »

130. « *à l'infini*. » Voir texte : « in infinitum ».

131. « *Zénon*. » A vécu de 335 à 263 av. J.-C., fondateur de l'école stoïque en philosophie. Chrysipe, mort en 207 av. J.-C., fut un de ses partisans.

132. « les gros et les petits sous. » Cf. texte : « our pence and our half-pence », qu'il serait possible de rendre par « deniers » et « demi-deniers. »

133. « *Coglionissimo Borri.* » Sterne donne un superlatif à *coglione*, et désigne ainsi irrévérencieusement le célèbre Borri (1627-1695), médecin comme son correspondant danois Bartholine (1616-1680).

134. « *Metheglingius.* » Nom inventé par Sterne. Voir le mot *metheglin*, qui désigne une sorte d'hydromel.

135. « *Animus* [...] *Anima.* » Principes masculin et féminin de l'âme, dans la perspective médiévale. Les mots ont été repris par Jung, en psychanalyse.

136. « *medulla oblongata.* » Partie postérieure du cerveau, où la moelle épinière le rejoint.

137. « *Adrianus Smelvgot.* » Ce personnage représente William Smellie, spécialiste écossais d'obstétrique, que Burton (Slop dans le roman) accusa, en 1753, d'avoir fait le contresens dont il est question en note.

138. « avoir-du-pois. » Il faut distinguer entre la livre dite *troy*, de douze onces (qu'utilisent surtout les orfèvres et les joailliers), et la livre *avoir-du-pois*, de seize onces (d'emploi commun). Voir l'*Encyclopédie :* « Une livre avoir-du-poids vaut 14 onces $\frac{5}{8}$ d'une livre de Paris. » La livre anglaise est d'environ 454 grammes.

139. « *Scipion l'Africain, Man*[i]*lius Torquatus.* » Ces deux généraux auraient été mis au monde par césarienne.

140. « *Edouard VI.* » A vécu de 1537 à 1553, et a régné à partir de 1547. Jane Seymour, sa mère, mourut peu de temps après la naissance d'Edouard — ce qui conduisit les observateurs à déduire que le prince était né par césarienne.

141. « Don *Belianis* de Grèce. » Allusion à un roman de chevalerie espagnol du XVIe siècle.

142. « *Multitudinis* [...] *Lugdun.* » L'épigraphe provient du *Policraticus* de Jean de Salisbury (v. 1115-1180), évêque de Chartres. Je ne redoute pas le jugement de la foule ignorante; mais je lui demande d'épargner mon humble ouvrage — où mon intention a toujours été de passer du badinage au sérieux et de nouveau du sérieux au badinage.

143. « la première. » Sterne donne ici une note : « Vid. Vol. II, p. 159. » (Voir p. 141 ici, lignes 15 et 16).

144. « *Reynolds.* » Sir Joshua Reynolds (1723-1792), peintre; a fait trois portraits — dont le dernier est inachevé — de Sterne (en 1760, 1764, 1768).

145. « *Zénon* [...] *Montaigne.* » Tous adeptes du stoïcisme. Cléanthe (331-232 av. J.-C.), Diogène de Babylone (v. 240-152 av. J.-C.), Denys Héraclite (v. 328-248 av. J.-C.), Antipater (successeur de Diogène), Panaetius (successeur d'Antipater), Possidonius (successeur de Panaetius), Caton (94-46 av. J.-C.), Varron (116-27 av. J.-C.), Sénèque (v. 5 av. J.-C.-65 ap. J.-C.), Pantenus (philosophe d'Alexandrie, comme Clément).

146. « Messieurs les critiques [...] doublure. » Allusion aux attaques menées contre les sermons publiés en 1760. C'est l'emploi du pseudonyme Yorick, qui fut surtout reproché à Sterne — il ne fit pas paraître les sermons sous son nom véritable. Les critiques les plus acerbes furent faites par la *Monthly Review*, d'où le texte : « — You Messrs the monthly Reviewers! »

NOTES

147. « la sixième pièce de Scarlatti. » Cf. texte : « the sixth of Avison Scarlatti » où Sterne veut en fait dire « Avison's Scarlatti. » La pièce en question est le sixième des douze concertos de Domenico Scarlatti (1685-1757) publiés par Charles Avison (v. 1710-1770), compositeur anglais. La publication date de 1744.

148. « l'affaire du duc de *Monmouth*. » Hammond Shandy aurait ainsi été pendu pour avoir trempé dans les complots qui menèrent au soulèvement de Jacques, duc de Monmouth, fils bâtard de Charles II, contre son oncle Jacques II. La tentative malheureuse remonte à 1685.

149. « *Textus* [...] *Episcopum*. » Texte de l'église de Rochester, par Ernulphus évêque. Ernulphus (1040-1124) a inclu cette longue formule d'excommunication parmi les archives diverses de l'église.

150. « *Dathan* et *Abiram*. » Voir, sur Dathan et Abiron, Nombres, XVI, 1-35.

151. « Saint *Jean le Précurseur*, Saint *Jean-Baptiste*. » Traduction erronée : il est question de saint Jean le Précurseur qui a baptisé le Christ.

152. « *Varron* [...] serment. » Le chiffre de trente mille a été avancé par Hésiode.

153. « *Cid Hamet.* » Auteur arabe imaginaire, à qui Cervantès attribue la composition de *Don Quichotte*, dont il n'aurait lui-même qu'assuré, à quelques détails près, la traduction (voir *Don Quichotte*, II, 48).

154. « *Garrick.* » David Garrick (1717-1779) est le comédien le plus célèbre du XVIIIe siècle. Il a beaucoup aidé Sterne à ses débuts londoniens.

155. « *Bossu.* » Il s'agit de René le Bossu (1631-1680), théoricien du classicisme français.

156. « le pouce de saint *Paul*. » Richard III avait la réputation de jurer souvent par saint Paul.

157. « *la chair et le poisson de Dieu.* » Allusion à Charles II, qui invoquait « God's flesh », la chair de Dieu — et prononçait : « Od's fish » (le mot *fish* désigne le poisson).

158. « *Justinien* [...] *Tribonien*. » Allusion au *Codex Justinianus* (529) que fit établir l'empereur de Constantinople Justinien, pour mettre à jour les trois codes existants.

159. « en l'an 10. » C'est-à-dire en 1710.

160. « la seconde *Philippique*. » Le plus long des réquisitoires dirigés par Cicéron contre Marc-Antoine après l'assassinat de Jules César.

161. « *Car si vous voulez* [...] *préconçue*. » Voir Locke, *An Essay Concerning Human Understanding*, II, XIV.

162. « *Agelastes.* » Qui ne rit pas (voir le surnom de Crassus : *Agelastus*).

163. « *Triptolemus.* » Triptolème, inventeur de l'agriculture.

164. « *Phutatorius.* » Celui qui s'adonne à la copulation.

165. « *de fartandi... fallaciis.* » Des tromperies des vents et des explications. Le mot *fartandi* est espièglement tiré de l'anglais *to fart* : vesser. Voir ligne 31, « de la vesse et du hoquet. » Cf. le succès de *The*

Benefit of Farting Explain'd (Londres, 1722), sur les avantages que les hommes peuvent trouver à laisser échapper des vents.

166. « *Kysarcius* [...] *Somnolentius.* » *Kysarcius* est mis pour *kiss-arse/ arse-kisser*, c'est-à-dire « baise-cul »; *Gastriphères* donne l'idée de gros ventre; le dernier mot désigne un homme qui dort.

167. « Anges et ministres de grâce, protégez-nous ! » Voir *Hamlet*, I, IV, 39.

168. « le petit triangle de *Germanie.* » Cf. texte : « the small triangular province of *Angermania* ». Il s'agit en fait d'une province du nord de la Suède, l'Angermanland ou Angermanie.

169. « lac de *Bothnie.* » Il s'agit du golfe de Botnie, qui constitue la partie septentrionale de la mer Baltique.

170. « *Pétersbourg.* » Ensuite il est aussi question d'un passage bref en Ingrie, « up to *Petersbourg*, and just stepping into *Ingria* ».

171. « *Suidas.* » Lexicographe byzantin du Xe siècle.

172. « *John O'Nokes* [...] *Tom O'Stiles.* » Noms factices, utilisés dans les plaidoiries, pour désigner les parties. Voir aussi John-a-Stiles et John-a-Nokes.

173. « *Magna Charta.* » La métaphore renvoie à la Grande Charte, ou *Magna Carta*, accordée à l'Angleterre par le roi Jean sans Terre en 1215.

174. « *Marston-Moor.* » Cromwell y emporta une victoire décisive sur les royalistes en 1644.

175. « la chute de Dunkerque. » Cf. texte : « the demolition of *Dunkirk* ». Il ne s'agit pas de la chute, mais du démantèlement de la place forte (voir p. 199, l. 36 où il est question de « démolition »). Le démantèlement a dû s'effectuer en 1713, aux termes d'un engagement pris par Louis XIV au traité d'Utrecht.

176. « d'innombrables auteurs [...] Toby ? » Sur les plagiaires, voir par exemple J. C. Oates, *Shandyism and Sentiment, 1760-1800* (Cambridge : Cambridge Bibliographical Society, 1968).

177. « *Pacuvius.* » Marcus Pacuvius (220-v. 130 av. J.-C.) : grand auteur de tragédies et peintre.

178. « *Ricaboni.* » Lodovico Ricaboni (1677-1753) : dramaturge et théoricien du théâtre; père de Francesco Ricaboni qui a aussi écrit sur le théâtre.

179. « *Marcellinus.* » Ammianus Marcellinus, historien du IVe siècle, biographe de Thucydide.

180. « *Alberoni.* » Julio Alberoni (1664-1752), ministre de Philippe V.

181. « *Brisac.* » C'est-à-dire Alt Breisach (Vieux Brisach), en Allemagne comme Spire (l. 4).

182. « marquis *de l'Hôpital.* » Guillaume de Lhôpital (1661-1704) : étudia la géométrie de Leibniz avec Jean Bernouilli.

183. « *Bernouilli* cadet. » Il s'agit de Jean Bernouilli (1667-1748), mathématicien suisse, frère de Jacques Bernouilli (1654-1705) et père de Daniel (1700-1782).

184. « *Act. Erud. Lips an.* 1695. » *Acta Eruditorum Leipzig*, 1695.

185. « Si mon père [...] s'y passait. » Cf. texte : « Had my uncle

Toby's head been a *Savoyard's* box [...] » Il est en fait question des rouages d'une sorte d'orgue de barbarie.

186. Fin du chapitre XXVII : Le texte comporte une phrase complémentaire : « Lead me, brother Toby, cried my father, to my room this instant. » Mène-moi à ma chambre, frère Toby, sur l'heure, lança mon père.

N.B. Les lignes 4-8 du chapitre XXVII sont dites par Trim, dans le texte.

187. « le cercle des longitudes. » Le XVIIIe siècle s'est passionné pour la recherche de méthodes permettant à coup sûr d'établir les longitudes en mer. Voir la vingt-troisième des *Lettres philosophiques* de Voltaire, où il est dit que le Parlement d'Angleterre « s'est avisé de promettre vingt mille guinées à celui qui ferait l'impossible découverte des longitudes ».

188. « de nez. » L'absence de nez était ordinairement imputée à la syphilis, qui causait la nécrose des parois cartilagineuses (voir Philip Stevick « The Augustan Nose », *University of Toronto Quarterly*, 34 [1964-1965], 110).

189. « à la page de ce livre des livres. » Cf. texte : « in the fifty-second page of the second volume of this book of books. » A la cinquante-deuxième page du second volume de ce livre des livres. C'est-à-dire à la page 107 de cette édition, où il est question de « joint défectueux ».

190. « l'île d'Ennasin. » Voir *Pantagruel*, IV, IX. Il y a aussi un « vieillard enasé » [*sic*] dans cette île que visite Pantagruel.

191. « *Tribonius*. » Probablement dérivé de Tribonien (voir p. 178, ligne 16).

192. « de *Gregorius* et d'*Hermogène*. » Allusions au *Codex Gregorianus* (291) et au *Codex Hermogenianus* (293-294), élaborés avant le *Codex Justinianus* (529). Il y a eu également un *Codex Theodosianus* (438).

193. « *Louis* et *Des Eaux*. » Lire « Louis XIV et l'*Ordonnance des eaux et forêts* [de 1669] ».

194. « *Bruscambille*. » C'est-à-dire le comédien Deslauriers, auteur de *Prologues tant sérieux que facétieux* (1610) et de *Facétieux paradoxes et autres discours comiques* (1615). Le « prologue sur les nez » est cité pp. 290-292 de l'édition annotée publiée par A. Hédouin en 1890.

195. « *Prignitz* [...] *Andrea Scroderus* [...] » Cf. texte : « *Prignitz*, — purchased *Scroderus*, *Andrea Pareus* [...] » Prignitz et Scroderus semblent sortir de l'imagination de l'auteur. *Pareus* désigne Ambroise Paré (1517-1590).

196. « *Bouchet*. » Il est question des *Serées* (1584), ouvrage passablement obscène, de Guillaume Bouchet (1526-1606).

197. « *Hafen Slawkenbergius*. » Le nom imaginaire semble être dérivé de l'allemand (*Hafen* : pot; *Schlackenberg* : tas d'immondices).

198. « *Pamphagus* et *Coclès*. » Se trouvent dans les *Colloquia Familiaria* (1518) d'Erasme — voir le dialogue « De Captandis Sacerdotiis. »

199. « *Tickletoby*. » Le mot, en argot, peut désigner la verge. Voir *Pantagruel*, IV, XIII.

200. « *(ab urb. con.)* » C'est-à-dire *ab urbe condita*, formule utilisée

par les Romains pour définir les dates en se fondant sur la naissance de Rome, en 753 av. J.-C.

201. « *Paralipomène.* » Cf. texte : « *Paraleipomenon* », c'est-à-dire ce qui est omis. Voir les Paralipomènes de l'Ancien Testament.

202. « *NIHIL me paenitet hujus nasi.* » Ce nez ne me déplaît pas.

203. « *Nec est cur paeniteat.* » Et il n'y a pas de raison pour qu'il vous déplaise.

204. « disgrâces. » Cf. texte : « *Disgrázias.* »

205. « *François* IX. » Il serait plus exact de parler de Charles IX (1550-1574), roi à partir de 1560. Voir p. 280, l. 2.

206. « *Taliacotius.* » Gaspar Tagliacozzi (1546-1599), chirurgien, savait réparer les nez blessés, en faisant des greffes de peau prise sur le bras du sujet.

207. « *ad mensuram suam legitimam.* » A sa bonne dimension.

208. « mou et flasque [...] sans cesse. » Cf. *Gargantua*, I, XL : « Les durs tetins de nourrices font les enfans camus [...] »

209. « *Ponocrates* et *Grangousier.* » Le premier est le précepteur de Gargantua, le second son père.

210. « *medius terminus.* » Moyen terme.

211. « un stiver. » Pièce hollandaise de très peu de valeur.

212. « saint *Nicolas.* » Ce saint est, entre autres choses, réputé être le patron des érudits. Voir la porte de Saint-Nicolas, à Namur, où se battit l'oncle Toby (livre II, chapitre I, page 91).

213. « sainte *Radegonde.* » Patronne de *Jesus College*, Cambridge, où Sterne a fait ses études. Cf. livre VIII, chapitre XVII, page 503, ligne 32.

214. « La Reine *Mab.* » Voir *Roméo et Juliette*, I, iv. La reine est la sage-femme des fées, qui accouche les hommes de leurs rêves en leur tirant le nez.

215. « *Quedlinbourg.* » Le monastère de femmes de cette ville était dirigé par une abbesse qui jouissait de pouvoirs inhabituellement étendus.

216. « saint *Antoine* [...] » Allusion à l'érysipèle.

217. « brioches au beurre. » Cf. texte : « butter'd buns ». Le sens est double. Les mots peuvent désigner aussi, en argot, des femmes de mauvaise vie.

218. « *Crantor.* » A vécu environ de 335 à 275 av. J.-C. Elève de Xénocrate. Commentateur du *Timée* de Platon.

219. Il est permis de voir dans le récit de ces délibérations une parodie de celles qui se faisaient à la *Royal Society*, académie des sciences britannique, fondée en 1662.

220. « *petitio principii.* » Pétition de principe.

221. « *ex mero motu.* » De son propre chef.

222. La note provient de l'article sur Luther, dans le *Dictionnaire historique et critique* (1696) de Bayle.

223. « la Bibliothèque *Alexandrine.* » Etablie à Alexandrie sous les Ptolémées, cette bibliothèque aurait contenu jusqu'à quatre cent mille manuscrits.

224. « un bonnet carré. » Il s'agit d'un mortier d'universitaire.

225. « Il ne peut faire [...] » La négation figure dans les premières éditions; mais la phrase semble plus logique sans « ne ».

226. « Le clocher de *Strasbourg* [...] du monde. » Si la cathédrale de Strasbourg s'élève à plus de 140 mètres, celle de Rouen dépasse 150 mètres, et celles de Cologne et d'Ulm ont encore une dizaine de mètres de plus.

227. « à la recherche de la Dive bouteille. » Voir *Pantagruel*, IV, I.

228. « *Personae Dramatis.* » Personnages de la pièce.

229. « M. *Colbert* [...] en l'an 1664. » Ce n'est qu'en 1681 que Strasbourg fut réunie à la France.

230. « dix douzaines de contes. » Cf. texte : « ten decads of such tales », où « decad » désigne une série de dix livres.

231. « *MacKay.* » Hugh Mackay, général des armées britanniques, tué à la bataille de Steinkerque, en 1692.

232. « Raphaël. » Allusion à la fresque représentant les philosophes d'Athènes, au Vatican.

233. « de GEORGE ou d'EDOUARD. » Il s'agit du roi George III, et de son frère, le duc d'York — que Sterne avait rencontré à Londres en 1760, après la publication des deux premiers livres de *Tristram Shandy*.

234. « *Longin.* » Sterne attribue à tort à Longin la composition du *Traité du Sublime* (Ier siècle ap. J.-C.). L'allusion au temple de Diane entend rappeler que le *Traité* s'élève contre le manque de chaleur en rhétorique.

235. « *Avicenne.* » A vécu de 980 à 1036. Philosophe persan, commentateur d'Aristote.

236. « *Licetus.* » A vécu de 1577 à 1657. Surnommé Fortunio parce qu'il eut la bonne fortune de survivre quoique né prématurément. Voir la note de l'auteur, empruntée à Adrien Baillet (1649-1706), *Des Enfants devenus célèbres par leurs études et par leurs écrits* (1688).

237. « *Job.* » Voir Job, I, 3 et XLII, 12.

238. « critique *au goût du jour.* » Cf. texte : « day-tall critick », mis pour « day-tale », payé à la journée. Sterne s'en prend donc aux critiques mercenaires.

239. « *Horace.* » Voir livre I, chapitre IV, page 30.

240. « instruments pour mon travail. » C'est-à-dire des plumes d'oie pour écrire.

241. « Dieu bénisse [...] manteau. » Voir *Don Quichotte*, II, 68.

242. « Les hommes... ma femme. » Le passage ne suit pas fidèlement ce qui est écrit dans les *Essais*, III, XIII.

243. « *Bayle* dans l'affaire de *Liceti.* » Voir plus haut la note de Sterne sur Licetus : il faut lire *Baillet* et non *Bayle*.

244. « cet évêque. » Allusion à William Warburton (1698-1779), évêque de Gloucester, qui conçut du dépit de constater que Sterne ne suivait pas ses conseils d'écriture dans *Tristram Shandy*.

245. « MM. *Le Moyne* [...] Sorbonne. » Voir livre I, chapitre XX, page 75.

246. La note de Sterne renvoie à l'ouvrage de Gilles Ménage (1633-1692), *Menagiana* (1693).

247. « *Shadrach* [...] *Abed-nego.* » Voir Sidrac, Misac et Abdenago, jetés dans une fournaise, Daniel, III, 12-30.

248. « *François IX.* » Cf. le même roi imaginaire, p. 220, l. 31.

249. « le duc d'*Ormond.* » Trim porte le nom de James Butler : il se trouve que James Butler est aussi le nom du duc d'Ormond (1665-1745), chef suprême de l'armée britannique en Flandres, de 1712 à 1714.

250. « ces grands dîners. » Il s'agit des dîners donnés à l'occasion des visites de l'évêque du diocèse dont dépend la paroisse.

251. « en visite à ****. » Les astéristiques sont probablement mis pour *York*.

252. « *Turpilius.* » Peintre vénitien du Ier siècle après J.-C. Il était gaucher, comme Holbein (1497-1543).

253. « *Homenas.* » Voir Homenaz, évêque des Papimanes, dans *Pantagruel*, IV, XLVIII-LIV.

254. « *Montaigne* se plaint quelque part. » Voir *Essais*, I, XXVI.

255. « un juron vulgaire. » Cf. texte : « a twelve-penny oath » : c'est-à-dire un juron passible d'une amende d'un shilling seulement.

256. « le gros dictionnaire entier de *Johnson.* » Il s'agit de *A Dictionary of the English Language* (1755) de Samuel Johnson (1709-1784).

257. « *Acrites... Mythogeras.* » Le premier nom peut désigner une personne qui manquerait de discernement, le second celle qui colporte des ragots.

258. « la bouffée d'un incident. » Cf. texte : « trifles light as air, shall waft a belief into the soul. » Voir *Othello*, III, iii, 322.

259. « un homme de plaisanterie. » Cf. texte : « [...] *was a man of jest* ». Voir *Hamlet*, V, I, 202 : « a fellow of infinite jest. »

260. « *De re concubinariâ.* » Du concubinage. Cf. le titre du livre, *De Concubinis retinendis.*

261. « *Brook.* » Voir Sir Robert Brooke, *La Graunde Abridgement* (1573). L'ouvrage est cité par Henry Swinburne, *A Treatise of Testaments and Last Wills* (1591).

262. « lord *Coke.* » Sir Edward Coke (1552-1634), juriste.

263. « *Bald.* » C'est-à-dire le juriste italien Pietro Baldi, du XIIIe siècle, cité dans le livre de Swinburne.

264. « *Liberi... liberorum.* » Les enfants sont du sang de leur père et mère, mais le père et la mère ne sont pas du sang de leurs enfants.

265. « la loi lévitique. » Voir Lévitique, XVIII, 6-23.

266. « *Selden.* » John Selden (1584-1654), juriste.

267. « *Argumentum commune.* » Argument susceptible d'être employé par les deux parties.

268. « en face [...[sur l'autre rive. » Ce projet de moulin peut rappeler ce que Gulliver observe dans l'île de Balnibarbi (*Gulliver's Travels*, III, IV).

269. « *Mississippi.* » La vente d'actions commença en août 1717 et

l'affaire s'acheva sur la banqueroute de Law en 1720, après les folles spéculations et immenses turpitudes des « Mississipiens ».

270. « *tantum valet* [...] *quantum sonat.* » Elle vaut ce que vaut le son qu'elle fait entendre.

271. « *Dixero* [...] *dabis.* » Si je dis quelque chose qui soit trop drôle, vous me jugerez avec indulgence. Voir paraphrase de Horace, *Satires*, I, IV, 104-105, dans la préface de *The Anatomy of Melancholy* de Robert Burton.

272. « — *Si* [...] *dixit.* » Si l'on reproche à mes écrits d'être plus légers qu'il ne conviendrait à un théologien, ou plus mordants qu'il ne siérait à un chrétien, je n'ai rien dit : c'est Democritus qui l'a dit. Voir paraphrase d'Erasme (lettre à Thomas More en préface de l'*Eloge de la folie*), dans la préface de *The Anatomy of Melancholy* de Robert Burton.

273. « JOHN SPENCER. » A vécu de 1734 à 1783. Arrière-petit-fils du duc de Marlborough. Ami et protecteur de Sterne.

274. « Par le Dieu [...] la maison. » L'auteur s'engage ainsi à ne plus consulter les livres qu'il a dans son cabinet, de peur d'être amené à faire de nouveaux emprunts.

275. « SHEKINAH. » Mot hébreu désignant la manifestation de la présence divine.

276. « *Chrysostome.* » C'est-à-dire saint Jean Chrysostome (v. 344-407), théologien, évêque de Constantinople.

277. « le langage insultant d'*Horace.* » Allusion à la critique du mauvais usage fait des catachrèses : voir *Epîtres*, I, XIX, 1-20.

278. « tous les imitateurs. » L'auteur, ironiquement et implicitement, reconnaît être du nombre, puisque ce chapitre est en grande partie fait d'emprunts à Robert Burton.

279. « la reine de Navarre. » C'est-à-dire Marguerite (1492-1549). Les noms propres qui suivent sont portés par des gens de sa cour. Ainsi, la Rebours, la Fosseuse [...] sont des maîtresses du roi Henri IV (voir *La Confession du Sieur de Sacy* d'Agrippa d'Aubigné).

280. « pour une prison, pour un hôpital. » Voir *The Anatomy o Melancholy*, III, I, III.

281. « Tête nue [...] pitié de moi. » Voir *The Anatomy of Melancholy*, III, I, III.

282. « le curé d'*Estella.* » Cf. texte : « the curate d'*Estella* », le vicaire. Il s'agit de Diego d'Estella (mort en 1587), franciscain, auteur d'une rhétorique ecclésiastique, *Ecclesiasticae rhetoricae* (1594).

283. « les fentes des jupons. » Cf. texte : « Are not trouse, and placket-holes [...] »; il faut ajouter « les culottes », pour traduire « trouse ».

284. « une carte *Sanson.* » C'est-à-dire une carte établie par Nicolas Sanson (1600-1667). Voir *Tables méthodiques sur les divisions des Gaules et de la France* (1644).

285. « *Agrippine.* » Voir *The Anatomy of Melancholy*, II, III, V, qui donne quatre vers de Tacite sur ce sujet.

286. « *Cardan.* » C'est-à-dire le mathématicien italien J. Cardan (1501-1576).

287. « *Sénèque.* » Il s'agit de Sénèque le père (55 av. J.-C.-v. 40 ap. J.-C.), dans ses *Controversiae* (V, 30).

288. « *David* [...] *Absalon.* » Voir II Samuel, XVIII, 3 et XIX, 4.

289. « *Adrien* son *Antinoüs.* » Celui-ci, aimé de l'empereur, périt noyé dans le Nil en 130 ap. J.-C.

290. « *Appolodore... sa mort.* » Voir Platon, *Phédon*, 117 D.

291. « Quand ce cher *Tullius* eut perdu *Tullia.* » C'est-à-dire quand Cicéron eut perdu sa fille. Voir le *De Consolatione* (inspiré de Crantor — v. note, page 241, ligne 4).

292. La fin du chapitre est fortement inspirée par *The Anatomy of Melancholy*, II, III, V : *Against Sorrow for Death of Friends or otherwise, vain Fear*, &c.

293. « *Cornelius Gallus.* » Le seul Gallus qui ne se soit pas suicidé est Gaius Lucretius Gallus, préteur, commandant de la flotte romaine contre Persée en 171 av. J.-C. Il s'agit en fait vraisemblablement ici de Cornelius Gallus (69-26 av. J.-C.), poète et premier préfet d'Egypte.

294. « *Rapin.* » Allusion à l'*Histoire d'Angleterre* (1724; trad. anglaise 1726-1731) de Paul de Rapin (1661-1725), où l'histoire de l'Eglise est examinée assez régulièrement, à la fin des livres qui composent l'ouvrage.

295. Susannah espère que sa maîtresse, prenant le deuil, lui donnera ses habits, selon la tradition.

296. « le mot deuil [...] noire ou grise. » Cf. Locke, *An Essay Concerning Human Understanding*, III, IX, sur l'imperfection des mots.

297. « *chemises de nuit* vertes. » Voir aussi p. 322, l. 14-15, où le mot « night gown » désigne en fait la robe du soir plutôt que la chemise de nuit. Il est à noter que ce qui est dit ici dans le texte, « *greengowns* », peut évoquer la robe tachée de vert portée par une femme qui s'est allongée dans l'herbe avec son amant. D'où le sens argotique de *green-gown* : prostituée, etc.

298. « les *vieux chapeaux.* » Cf. texte : « *old hats.* » L'expression peut désigner les parties génitales de la femme.

299. « il possède une citrouille [...] cœur. » Cf. texte : « he has either a pumpkin for his head — or a pippin for his heart. » Sterne paraphrase *The Anatomy of Melancholy*, III, II, I, 2 : « he hath a gourd for his head, a *pepon* for his heart. »

300. : « nu au bord du *Nil.* » Allusion à la capacité attribuée au Nil de donner la vie par génération spontanée, à partir de la boue.

301. « *Joseph.* » Il s'agit de l'historien juif (37-v. 95 ap. J.-C.), auteur des *Guerres juives.*

302. « J'ai des amis, dit *Socrate* [...] » Voir Platon, le *Banquet*, 180 d-182.

303. « *Xénophon.* » Allusion à la *Cyropédie* (roman historique en huit livres).

304. « *Jean de la Casse.* » Giovanni della Casa (1503-1556) est l'auteur de *Galatée* (1554), manuel de civilité.

305. « un cadran solaire. » Ce thème se trouve chez les poètes dits « métaphysiques » anglais du XVIIe siècle.

306. « *Louis* XIV. » Evocation de l'avidité de Louis XIV, accusé ici de faire fondre le plomb dérobé aux églises.

307. « le Comte *Solmes*. » C'est-à-dire Heinrich Maastricht (1636-1693), responsable de l'offensive malheureuse de Steinkerque, en 1692.

308. « tuyaux. » Allusion à l'amputation de Tristram.

309. « Rabelais. » Voir le prologue de *Pantagruel*, II, où il est question de : « cent mille panerées de beaux diables. »

310. « *Spencer*. » Il s'agit cette fois de John Spencer, doyen d'Ely (1630-1690), dont l'ouvrage cité sur les lois juives contribua à fonder l'étude comparée des religions.

311. « *Maimonides*. » C'est-à-dire le rabbin Moïse Ben Maimon (1135-1204), théoricien de la circoncision.

312. « Χαλεπης [...] καλομτιν. » Guérison d'une maladie terrible, dont il est difficile de venir à bout, qu'on appelle anthrax. La citation est prise dans le livre sur la circoncision de Philo Judaeus, philosophe d'Alexandrie (mort en 45 ap. J.-C.).

313. « Τά [...] ειναι. » Les nations où l'on pratique la circoncision sont les plus fécondes et les plus peuplées. La citation est prise dans le livre de Philo Judaeus sur la circoncision.

314. « Καθαριτηος ει υεκευ. » Pour respecter la propreté. L'emprunt n'est pas fait à Bochart, mais à Hérodote.

315. « Ο Ιλος [...] Καταυαγκάσας. » Ilus est circoncis et il force les alliés à l'imiter. Sanchuniato, à qui est attribuée la phrase, est un auteur imaginaire que Philo de Babylos (Ier siècle ap. J.-C.) dit avoir traduit.

316. « *Gymnaste* et le capitaine *Tripet*. » Voir *Gargantua*, I, XXXV.

317. « ces mots entendus [...] en croix. » Le texte cité constitue la majeure partie de *Gargantua*, I, XXXV.

318. « *Politien*. » C'est-à-dire Angelo Poliziano (1454-1494), humaniste et poète.

319. « (οίκομ [...] ἀροτήρα). » D'abord une maison, une femme, et un bœuf pour labourer. Formule tirée d'Hésiode, *Les Travaux et les 'ours*.

320. « montreurs d'ours. » Cf. texte : « bear-leaders. » Sont ainsi désignés les gouverneurs chargés d'accompagner les jeunes gens lors de leurs voyages sur le continent.

321. « trois sous par jour. » Cf. texte : « three halfpence a day »; c'est-à-dire trois demi-deniers, ou un demi-liard.

322. « O santé bénie [...] avec toi. » Voir Ecclésiastique, XXX, 14-20.

323. « Lord *Verulam*. » C'est-à-dire Francis Bacon (1561-1626).

324. « *Ars longa — Vita brevis*. » L'art est long, la vie est courte. Premier aphorisme d'Hippocrate, traduit du grec en latin.

325. « dit lord *Verulam*. » Francis Bacon dit cela dans son *Historia vitae et mortis* (1623).

326. « *Van Helmont*. » A vécu de 1577 à 1644. Médecin flamand.

327. « *quod* [...] *triste*. » Tous les animaux sont tristes après l'accouplement.

328. « au siège de *Limerick*. » En Irlande, siège que Guillaume III dut abandonner, à cause de la pluie (en 1690).

329. « matières *substantielles, épaississantes* et *absorbantes*. » Cf.

texte : « *consubstantials, impriments*, and *occludents.* » Termes empruntés à l'*Historia* de Bacon.

330. « Sept ans et plus à décliner grec et latin. » Cf. texte « Seven long years and more τύπτω-ing it, at Greek and Latin »; c'est-à-dire « sept longues années et plus, à étudier avec acharnement le grec et le latin ».

331. « essais, succès et insuccès. » Cf. texte : « his *probations* and his *negations* »; il s'agit en fait de l'étude de la logique.

332. « *Julius Scaliger.* » Philosophe italien (1484-1558) : s'est mis à l'étude à l'âge de quarante ans.

333. « *Petrus Damianus.* » C'est-à-dire Pietro Damiani (1007-1072), cardinal en 1057, théologien. Il avait près de quarante ans lorsqu'il s'est mis à l'étude.

334. « le grand *Baldus.* » Voir note, page 294, ligne 30. Il semble, en fait, que Pietro Baldi ait commencé très jeune ses études.

335. « *Eudamidas.* » Roi de Sparte au IVe siècle av. J.-C. Fils d'Archimadas III.

336. « le serpent de *Virgile.* » Voir le poème *Culex* (attribué à Virgile), où un moucheron éveille le poète qu'allait mordre un serpent.

337. « *Raymond Lulle.* » Philosophe espagnol (mort en 1315), missionnaire chez les Arabes.

338. « *Pelegrini* l'aîné. » Humaniste italien du XVIIe siècle. Ses théories sur l'éducation furent vulgarisées par Obadiah Walker, *Of Education* (1673).

339. « tant de baudets. » Cf. texte : « such a number of Jack Asses ». Il s'agit des critiques qui se sont prononcés contre les livres III et IV, et que l'auteur juge être des ânes.

340. « dix catégories. » Les catégories d'Aristote.

341. « *Vincent Quirino.* » Humaniste vénitien (1479-v. 1514).

342. « le cardinal *Bembo.* » Pietro Bembo (1470-1547), humaniste.

343. « *Alphonsus Tostatus.* » Théologien espagnol (v. 1400-1455). Docteur à vingt-deux ans.

344. « *Grotius.* » Juriste hollandais (1583-1655). Docteur à seize ans.

345. « *Heinsius.* » Daniel Heinsius (1580-1655). Professeur d'histoire à Leyde, à l'âge de vingt-cinq ans.

346. « *Joseph Scaliger.* » A vécu de 1540 à 1609. Fils de Julius Scaliger (voir note, page 362, ligne 10).

347. « *Ferdinand de Cordoue.* » Théologien espagnol (1422-v. 1480).

348. « *Servius.* » Commentateur de Virgile (au Ve siècle).

349. « *Martianus Capella.* » Erudit du Ve siècle, auteur d'une encyclopédie.

350. « *Lipsius.* » Humaniste flamand (1547-1606).

351. « dit Baillet. » En fait, les exemples sont, en très grande partie, empruntés au livre *Des Enfants devenus célèbres par leurs études et par leurs écrits* (1688).

352. « Encore une de vos hypocrisies [...] avant-bras. » Sterne joue sur le mot « shift », qui signifie à la fois « hypocrisie » et « chemise ».

353. « perdu son nez. » La syphilis était fatale au nez des gens qu'elle affligeait.

354. « *Marc-Aurèle* [...] *Commode.* » Les précautions de l'empereur philosophe n'évitèrent pas à Commode de se montrer outrageusement barbare.

355. « pendant sa grossesse. » Sur la psychologie des femmes enceintes, voir James Blondel, *The Strength of Imagination in Pregnant Women* (1727) et Daniel Turner, *The Force of the Mother's Imagination upon her Foetus* (1730).

356. « *Grégoire de Nazianze* [...] *Julien.* » Grégoire de Naziance (329-389) surnommé « le théologien », évêque de Constantinople, auteur d'*Invectivae* contre l'empereur Julien qui avait promulgué un édit hostile aux chrétiens.

357. « saint *Ambroise.* » Evêque de Milan au IVe siècle.

358. « le conseil d'Erasme. » Allusion au passage des *Colloquia Familiaria* (1518), où il est dit qu'on ne doit pas parler aux personnes en train de déféquer.

359. « *Dendermont.* » La place fut prise en 1706.

360. « loi positive » : C'est-à-dire établie par les hommes.

361. « *Le Dr.* Paidagunes. » Forme féminine de « pédagogue ».

362. « papier bleu et sale [...] vétérinaire. » Allusion à la *Critical Review* (1756-1817), éditée (1756-1759) par Tobias Smollett (1721-1771). Sterne se venge ici de critiques adressées à son ouvrage par la revue, en donnant à penser que Smollett quoique médecin n'était capable de s'occuper que des bêtes.

363. « portrait. » Cf. texte : « *ritratto* ».

364. « Mynheer Vander Blonederdondergewdenstronke. » Nom que Sterne imagine pour railler le pédantisme des critiques hollandais.

365. « *Eugène.* » C'est-à-dire le Prince Eugène (1063-1736).

366. « *Cluverius.* » Il s'agit de Philippe Clüver (1580-1622), géographe et historien allemand. Auteur de *Germania Antiqua* (1617-1618).

367. « d'autres tribus *vandales.* » Cf. texte : « incorporated the *Herculi*, the *Bugians*, and some other Vandallick clans [...] »

368. « *Albertus Rubenius.* » Albert Rubens (1614-1657), fils aîné du peintre Pierre Paul Rubens.

369. « *Egnatius* [...] *Casaubon.* » Il s'agit de B. Egnatius (mort en 1553), de C. Sigonia (mort en 1584), de M. Bossus (mort en 1502), de G. Budé (1467-1540), de C. Salmasius (1588-1653), de W. Lazius (1514-1565). I. Casaubon est le théologien calviniste de Genève (1559-1614). *Bayfius* est mis pour Lazare de Baïf (1496-1547), dont les traités sur les vêtements de l'Antiquité ont été publiés entre 1526 et 1541.

370. « des *Pococurantes.* » Voir le personnage de *Candide* (1759), chapitre XXV : noble sénateur vénitien, blasé de tout.

371. « *Gazette.* » Il s'agit du journal « officiel » bi-hebdomadaire.

372. « le vent d'Ouest [...] *Flandres* ». Cf. texte : « when the wind continued to blow due west for a week or ten days together, which detained the *Flanders* mail, and kept them so long in torture. » C'est-à-dire, quand le vent soufflait de l'Ouest pendant une semaine

ou dix jours sans arrêt, ce qui empêchait le courrier de Flandres d'arriver et les tenait dans une expectative si douloureuse.

373. « *Liège* et *Ruremond*. » Ces places furent prises en 1702.

374. Le chapitre se termine en fait sur ces mots, placés après un alinéa et un long tiret : « But let us go on. » Mais allons de l'avant.

375. « *Amberg* [...] *Limbourg*. » Ces villes furent prises en 1703.

376. « villes de *Flandres*. » Cf. texte : « towns in *Brabant* and *Flanders*. »

377. « *Landen* [...] *Dendermond*. » Places enlevées de 1704 à 1706.

378. « *Lille* fut assiégée. » En 1708.

379. « une *montera*. » C'est-à-dire un grand bonnet espagnol, porté par les cavaliers, capable de se rabattre sur les oreilles.

380. « de la meilleure teinture. » Cf. texte : « died in grain », c'est-à-dire « teinte en graine. » Voir *Pantagruel*, II, XII : « L'an trente et six, j'avois acheté un courtault d'Allemaigne, haut et court, d'assez bonne laine, et tainct en grene comme me asseuroient les orfevres. »

381. « l'assaut [...] la rivière. » Il s'agit de l'assaut donné à Lille.

382. « Alors je le verrai accablé... aux oreilles. » Cf. texte : « When I see him cast in the rosemary with an air of disconsolation, which cries through my ears. » C'est-à-dire, quand je le verrai jeter le romarin [fleur du souvenir, sur le cercueil] d'un air accablé, qui me crie aux oreilles.

383. « percer le foie. » Le foie était tenu pour être le siège de la concupiscence.

384. « la clef de ma bibliothèque. » Elle a été lancée dans le puits au livre V, chapitre 1.

385. « *Aldrovandus* [...] *Prusicus*. » Noms fictifs, tirés de noms de lieux divers ; exception faite de Charles XII (1682-1718), roi de Suède qui demeura insensible devant la maîtresse du roi de Pologne (la comtesse de Königsmark).

386. « *Calais* dans le cœur de la reine *Mary*. » Marie Ire Tudor (1516-1558) déclara lorsque François de Guise eut repris Calais aux Anglais, en 1558, que l'on trouverait le nom de Calais gravé sur son cœur quand elle serait morte.

387. « *Tertullien*. » Cf. texte : « Tertullus. » Sterne aurait dû écrire « Tertullianus. » Tertullien défendit la cause des chrétiens au IIe siècle.

388. « *Guy*, Comte de *Warwick*. » Héros d'un conte de chevalerie du Moyen Âge.

389. « *Valentin* et *Orson*. » Héros d'un récit de chevalerie français.

390. « quand le roi *Priam* [...] sans l'avoir obtenu. » Homère dit au contraire que Priam parvint à ramener le corps de son fils (voir *Iliade*, livre XXIV).

391. « *Quanto* [...] *cavendum*. » Combien il faudrait être plus prudent lors de la procréation des enfants.

392. « le môle. » Le mot anglais *mole*, utilisé ici, désigne aussi la verge, en argot.

393. « *Ficin*. » A vécu de 1433 à 1499 : néo-platonicien, comme Plotin (mort en 262).

394. : « Dr *Baynard.* » Edward Baynard, médecin anglais du XVIIIe siècle, coauteur d'un traité sur les bains froids, écrit avec John Floyer, Ψυχρολουσια; *or the History of Cold Bathing, both Ancient and Modern* (1706).

395. « *Rhasis.* » Médecin de Perse (Xe siècle).

396. « *Dioscorides.* » Médecin grec (Ier siècle), auteur de travaux sur les propriétés médicinales des plantes.

397. « *Aetius.* » Médecin grec (VIe siècle).

398. « *Hanea* [...] topaze. » Il est question de l'herbe *agnus castus*, réputée favorable à la chasteté, comme les topazes.

399. « *Gordonius.* » Bernard de Gordon, médecin du XIIIe siècle.

400. « toile camphrée. » Le camphre était censé calmer l'appétit sexuel.

401. « *Inv. T. S* [...] *Scul. T. S.* » Tristram Shandy a trouvé cela [...] Tristram Shandy a gravé cela.

402. « dit *Cicéron.* » Allusion à la *recta via*, chère à Cicéron.

403. épigraphe : « *Non enim* [...] *sexta.* » Ceci n'est en fait pas une digression, mais l'œuvre même. Voir les *Lettres* de Pline le Jeune.

404. « *Allons!* » En français dans le texte.

405. « Saint-Thomas à Canterbury. » La sépulture de Thomas Becket (1118-1170) se trouve dans la cathédrale de Cantorbéry, où il fut assassiné. Voir les pèlerinages nombreux, et l'évocation que fait Chaucer dans les *Contes de Cantorbéry* (1387).

406. « Addison [...] notes au cul. » Allusion aux *Remarks on Several Parts of Italy* (1705) de Joseph Addison (1672-1719), où les descriptions de l'Italie faites dans l'Antiquité sont examinées et comparées à la réalité observée par le voyageur.

407. « greffier municipal d'Ephèse. » Il s'agit d'Héraclite — qui était roi d'Ephèse (jusqu'au jour où il céda la place à son frère), plutôt que greffier.

408. « CALAIS [...] *Calesium.* » Le nom de la ville est suivi de son nom latin sous trois formes différentes.

409. « pique [...] capot. » C'est-à-dire, comme au jeu de piquet.

410. « par Geneviève! » Invocation à sainte Geneviève (le narrateur se dirige vers Paris).

411. « RENDEZ-LES semblables à une roue. » Voir Psaumes, LXXXIII, 14 : « Mon Dieu, rends-les semblables au tourbillon. »

412. « Hall. » L'évêque d'Exeter est l'auteur d'un ouvrage qui fustige le goût du voyage, *Quo Vadis ? A Just Censure of Travel* (1617).

413. « un mille hollandais. » C'est-à-dire 24 000 pieds.

414. « Franciscus Ribera. » Jésuite espagnol (1537-1591).

415. « deux cents milles romains. » Le texte fait état de milles italiens (qui comptent 5 000 pieds).

416. « une pièce ne passe pas. » La pièce n'est pas acceptée parce que la monnaie avait été changée sous Louis XV.

417. « les écuries de Chantilly. » Construites de 1719 à 1735.

418. « *la lanterne de Jaida.* » C'est-à-dire de Judas Iscariote.

419. « Lilly. » William Lily, grammairien du XVIe siècle.

420. « *Non orbis* [...] *parem.* » Toute la terre n'a aucun autre peuple semblable, aucun autre peuple n'a une ville semblable.

421. « *consideratis considerandis.* » En considérant ce qui doit être considéré.

422. « l'abbesse des Andouillettes. » L'usage des andouilles apparaît chez Rabelais (voir *Pantagruel*, IV, XXXV-XXXIX).

423. « l'homme de Lystra. » Voir Actes, XIV, 8-10, sur l'homme de Lystres, « perclus des jambes. »

424. « bonus Henricus [...] fenugrec. » Plantes médicinales.

425. « Bourbon. » Il s'agit de Bourbon-l'Archambault. Les sources chaudes sont à 51 °C.

426. « bouchon. » L'enseigne d'une auberge.

427. « *bou* [...] *gre.* » Sterne, dans le texte, dit « bou---ger. »

428. « *fou* [...] *tre.* » Sterne, dans le texte, dit « fou---ter. »

429. « M. Seguier. » Dominique Seguier (1593-1659), évêque d'Auxerre.

430. « Pringello. » Allusion à un conte des *Crazy Tales* de John Hall-Stevenson (Eugenius dans *Tristram Shandy*), que ses amis appelaient couramment Antony.

431. « excellent mélange. » Cf. texte : « excellently good for a consumption »; c'est-à-dire excellent pour la consomption.

432. « l'histoire générale de la Chine. » L'existence de ce livre est rapportée par Piganiol de la Force (1673-1753). Voir son *Nouveau voyage de France* (1724), sa *Description de Paris* (1742), qui ont servi à Sterne pour élaborer ses récits sur le voyage en France.

433. « le pilier où fut attaché le Christ. » Colonne à laquelle les martyrs chrétiens étaient liés.

434. « la maison de Ponce Pilate. » Voir Jacob Spon (1647-1685), *Recherches des antiquités et curiosités de la ville de Lyon avec un mémoire des principaux antiquaires et curieux de l'Europe* (1676), qui parle d'une demeure habitée par l'Italien Pilati, nom que les gens ont confondu avec celui de Pilate.

435. « la *Tombe des deux Amants.* » C'est-à-dire Amandus et Amanda.

436. « la Santa Casa. » La maison de la Vierge Marie. Le bâtiment aurait été miraculeusement transporté par des anges depuis Nazareth jusqu'à Lorette, en Italie. Lieu de pèlerinage.

437. « ma liste de curiosités. » Cf. texte : « in my list [...] of *Videnda.* »

438. « pour le sel. » Allusion à la gabelle.

439. « *C'est tout un.* » Cf. texte : « *C'est tout égal.* »

440. « par huile. » Allusion à l'extrême-onction.

441. « AINSI FUT FAIT. » Cf. texte : « AND SO THE PEACE WAS MADE »; ainsi la paix fut-elle conclue. Allusion au traité de Paris de 1763, jugé préjudiciable à la Grande-Bretagne.

442. « Sancho Pança [...] » Voir *Don Quichotte*, I, XVIII.

443. « Dodsley ou Becket. » Editeurs de Tristram Shandy : des livres I à IV et V à IX respectivement.

NOTES   623

444. « tous les JÉSUITES [...] » Voir la suppression de l'ordre de 1759 à 1773.

445. « à Avignon [...] rien à y voir. » Un ecclésiastique protestant, comme Sterne, se doit d'affecter quelque négligence vis-à-vis du Palais des Papes.

446. « Pall Mall ou Saint James street. » Cf. texte : « [...] St. James's-Street. » Rues où se rencontrait le beau monde, à Londres.

447. « VIVA [...] TRISTESSA. » Vive la joie, fi donc la tristesse.

448. « M. Perdrillo. » Il s'agit plutôt de Pringello (voir page 464, ligne 11).

449. « *lignes droites.* » Sterne indique ici en note : « Vid. Vol. VI, p. 152 ». Voir page 426 de cette édition.

450. « Pope et son portrait. » Sterne ajoute en note : « Vid. Pope's Portrait »; voir le portrait de Pope. Le poète Alexander Pope (1688-1744) s'était fait représenter en train de recevoir l'inspiration des muses.

451. « un juge en Ecosse. » Cf. texte : « a *Welch* judge »; un juge gallois.

452. « un seul charlatan. » C'est-à-dire Tristram lui-même.

453. « J'en ferais autant [...] lu Longin. » Voir la partie du *Traité du Sublime*, présumée perdue, où l'auteur (supposé à tort être Longin) explique de quelle façon Alexandre le Grand a rabroué son conseiller Parmenio, qui voulait le conduire à accepter la paix proposée par Darius.

454. « quarts [...] gallon. » Le *quart* contient 1,136 l et le *gallon* quatre fois plus. Cf. l'ancienne quarte française (1,86 l), double de la pinte et quart du setier.

455. « de William et d'Anne. » Il s'agit de Guillaume III, roi de 1689 à 1702, et d'Anne Stuart, reine de 1702 à 1714.

456. « deux aunes flamandes et demie. » Environ 1,60 m. L'*Encyclopédie* explique : « Les aunes dont on se sert le plus communément en Angleterre sont l'*aune* Angloise & celle de Flandre. L'*aune* d'Angleterre contient trois piés neuf pouces ou une verge & un quart mesure d'Angleterre : l'*aune* de Flandre contient vingt-sept pouces ou $\frac{3}{4}$ d'une verge mesure d'Angleterre [...] »

457. « un *chapeau cabossé* de vieux [...] *cabossé.* » Cf. texte : « an *old hat cock'd* — and *a cock'd old hat.* » Sterne joue sur les mots; « cocked hat » veut dire tricorne, mais « cock » est un terme d'argot désignant la verge, et « old hat » peut désigner les organes sexuels de la femme.

458. « la *Tierra del Fuego.* » Cf. texte : « *Terra del Fuogo »;* c'est-à-dire la Terre de Feu.

459. « Elle n'est que [...] démon. » Cf. texte : « 'Tis all pepper/garlic/staragen/salt, and/devil's dung. » C'est-à-dire : poivre, ail, estragon, sel et fiente de démon.

460. « un plan de Bouchain. » La place fut assiégée par les forces de Louis XIV en 1711 et 1712.

461. « Schwartz. » Berthold Schwartz (v. 1310-1384), à qui on a attribué l'invention de la poudre. Il a fait fondre les premiers canons, dont se sont servis les Vénitiens.

462. « Don Pedro, évêque de Léon. » Erreur de Sterne, qui a pris ce nom (au sujet de la poudre) dans l'*Encyclopédie* (1728) de Chambers où il est aussi question de P. Mexia. La chronique dont il est fait état est en vérité celle de Mexia.

463. « le Frère Bacon. » C'est-à-dire Roger Bacon (v. 1214-1294), philosophe et alchimiste.

464. « Luxembourg. » Il s'agit du maréchal de Luxembourg (1628-1695).

465. « caeteris paribus. » Toutes choses égales par ailleurs.

466. « Gotham. » Cette ville, dans le Nottinghamshire, avait la réputation d'être peuplée de fous, depuis le règne de Jean sans Terre (1167-1216). Les habitants avaient tenu à passer pour fous, afin d'éloigner le roi qui faisait le projet de s'établir chez eux.

467. « Rhodope [...] caperetur. » Rhodope de Thrace avait une fascination tellement certaine, elle attirait si parfaitement de ses yeux les gens qu'elle regardait, que l'on ne pouvait ne pas être captivé si on la rencontrait. Rhodope est une courtisane grecque que Sterne semble avoir découverte dans *The Anatomy of Melancholy*, où Burton lui-même ne fait que citer l'*Aethiopica* d'Héliodore (IIIe siècle apr. J.-C.).

468. « Galilée. » A découvert les taches solaires en 1610.

469. « C'est un démon [...] fit de mal. » Ces vers proviennent de *The Anatomy of Melancholy*, III, II, IV et sont attribués à R[obert] T[ofte].

470. « Hilarion l'ermite. » Nouvel emprunt à Burton. Hilarion (291-371) aurait introduit les monastères en Palestine.

471. « nolens, volens. » Bon gré, mal gré.

472. « Platon. » Voir le *Banquet*, discours de Pausanias.

473. « Velasius. » Il faut lire Valesius, mis pour Francisco Valles ou Valesio de Covarruvias, médecin espagnol du XVIe siècle, exégète de Platon.

474. Les recettes que contient la lettre de Walter sont tout à fait dans l'esprit des thérapeutiques de Robert Burton, à qui Sterne emprunte beaucoup encore une fois.

475. « Elien. » Claudius Aelianus (IIIe siècle), auteur d'un traité que cite Burton, *De Natura Animalium*.

476. « Si quid [...] malè capias. » Si nous nous sommes trop moqués de quelque chose, par les Muses et les Grâces et la puissance divine de tous les poètes, je te prie de ne pas le prendre mal. La phrase est tirée d'une lettre de J. Scaliger à Cardan, que cite Burton (III, I, I).

477. « UN GRAND HOMME. » Il s'agit de William Pitt, comte de Chatham (1708-1778), premier ministre depuis 1766.

478. « Lord *******. » C'est-à-dire Lord Chatham.

479. « Mr. ***. » C'est-à-dire Mr. Pitt.

480. « libre de fonctions publiques. » William Pitt n'était pas au gouvernement entre 1761 et 1766.

481. « Vers [...] du sage. » Voir Pope, *An Essay on Man* (1733-1734), I, 99-112.

482. « la culasse. » Le mot correspondant, en anglais (« breeches »), désigne également les culottes.

483. « le Pentateuque. » Cf. texte : « the Legation of Moses ». C'est-à-dire *The Divine Legation of Moses Demonstrated on the Principles of a Religious Deist* (1737-1741), livre écrit par l'évêque William Warburton (1698-1779), que les badinages de Sterne inquiétaient parfois.

484. « l'Histoire d'un Tonneau. » C'est-à-dire *A Tale of a Tub* (1704), dédié au « Prince Postérité » par Jonathan Swift.

485. « jour de communion. » Donc le premier dimanche du mois, en ce temps. C'est aussi le jour des ébats conjugaux des parents de Tristram.

486. « ξωτερική πράξυς. » Affaire extérieure. Ludovicus Sorbonensis est apparemment un auteur imaginaire.

487. « Thersite. » Soldat achéen, châtié par Ulysse pour avoir insulté les rois, dans l'*Iliade*, II, 212-77.

488. « Galatée. » Voir note de la page 334, ligne 35 : G. della Casa n'a, à la vérité, pas écrit d'obscénités dans *Galatée*. Il a, en revanche, fait paraître un poème licencieux — d'où la confusion de Sterne.

489. « certains. » Allusion à Tobias Smollett, qui affecta de tout détester lorsqu'il voyagea en France et en Italie. Voir *Travels through France and Italy* (1766).

490. « Zeuxis. » Nouvelle confusion : ce n'est pas au peintre grec Zeuxis (IVe siècle), mais à l'autre peintre grec Néalces (IIIe siècle), que pense l'auteur. Néalces peignait l'écume aux naseaux des chevaux en jetant des éponges contre ses tableaux.

491. « bergers de Gargantua. » Voir *Gargantua*, I, XXV.

492. « un proverbe espagnol. » Qui énonce la superfluité des paroles, en amour.

493. « la PRÉSENCE RÉELLE. » Allusion au dogme catholique, sur la présence réelle de Jésus-Christ dans l'eucharistie.

494. « black-pudding. » C'est-à-dire du boudin.

495. « le livre des prières. » Il s'agit du *Common-Prayer Book* dans le texte : l'Eglise anglicane considère que le mariage est institué pour la procréation des enfants, pour l'assistance mutuelle entre époux, pour débarrasser la société du péché de fornication.

496. « Tarare. » Cf. texte : « A fiddlestick. » Ce mot se traduit habituellement par « sornettes. » Voir aussi page 106, ligne 1.

497. « la corne de cerf. » Cf. texte : « buckthorn »; c'est-à-dire le nerprun, appelé encore épine de cerf, ou aulne noir : purgatif.

498. « l'anatomie de *Drake*. » Voir James Drake (1667-1707), *Anthropologia Nova, or a New System of Anatomy; Describing the Animal Œconomy*.

499. « Wharton. » Thomas Wharton (1614-1673) : a étudié le cerveau humain et les glandes. Auteur d'une *Adenographia* (1656).

500. « Graaf. » Régnier de Graaf (1641-1673), médecin hollandais : a étudié les os, les muscles, les organes génitaux. Voir *De Virorum organis generationi inservientibus, de clysteribus et de usu siphoni in anatomia* (1668).

501. « Europe. » Que visita Zeus, sous la forme d'un taureau.

502. « la Faculté. » Faculté de droit.

503. « Une histoire à NE PAS dormir debout. » Cf. texte : « [...] what is all this story about ? — A COCK and a BULL [...] » (de quoi est-il question dan cette histoire ? D'un coq et d'un taureau). Il se trouve qu'une histoire à dormir debout peut se dire « a cock-and-bull story ». Dans sa traduction publiée en 1848, L. de Wailly explique : « En anglais *a cock and a bull,* un coq et un taureau, ce qui avec une autre équivoque qu'on m'excusera de ne point expliquer [voir le sens argotique de « cock »], motive la réponse d'Yorick. »

CHRONOLOGIE

1713 : Naissance de Laurence Sterne à Clonmel, Irlande, le 24 novembre.

1723-31 : Ecolier près de Halifax, dans le Yorkshire.

1731 : Mort de Roger Sterne, père de l'auteur, à la Jamaïque.

1733 : Laurence Sterne entre à Jesus College, Cambridge, le 6 juillet.

1736 : Devient bachelier ès arts en janvier.

1737 : Devient diacre le 6 mars, et vicaire à St. Yves, près de Huntingdon.

1738 : Ordonné prêtre le 20 août, se voit attribuer la paroisse de Sutton-on-the-Forest, non loin d'York.

1739 : Fait la connaissance d'Elizabeth Lumley.

1740 : Entre au chapitre d'York en janvier. Devient maître ès arts (Cambridge) en juillet.

1741 : Epouse Elizabeth Lumley, le 30 mars, et s'installe dans la paroisse. Soutient le parti *whig* aux élections — le Dr Burton (caricaturé sous les traits de Slop dans *Tristram Shandy*) est *tory*.

1742 : La mère et la sœur de Sterne viennent d'Irlande pour solliciter du secours.

1743 : Sterne reçoit la paroisse de Stillington, près de Sutton-on-the-Forest. Publie un poème dans le *Gentleman's Magazine*.

1745 : Naissance d'un premier enfant, qui meurt.

1747 : Naissance de Lydia, le 1er décembre. Sterne publie un sermon.

1750 : Sterne publie le sermon qui figure au livre II de *Tristram Shandy*. Querelle entre l'auteur et son oncle Jacques Sterne, qui l'a protégé jusqu'alors.

1751 : Troisième enfant, mort-né. Sterne rédige une thèse latine (de théologie) pour John Fountayne.

1759 : Publication, en janvier, d'un pamphlet : *A Political Romance*. Début de la rédaction de *Tristram Shandy* (le livre I est achevé le 23 mai). Installation à York en novembre. Arrivée à York de Catherine Fourmantelle : la Jenny de *Tristram Shandy*. Publication, fin décembre, des deux premiers livres de *Tristram Shandy*.

1760 : Sterne arrive à Londres, début mars. Rencontre l'acteur David Garrick. Reçoit la prébende de Coxwold, Yorkshire. Parodies et plagiats de *Tristram Shandy*. Sterne publie des sermons, puis repart pour York où il écrit les livres III et IV de *Tristram Shandy*. Le livre III est terminé le 3 août, le livre IV à la fin de novembre. Sterne retourne à Londres dans les derniers jours de décembre.

1761 : Publication, fin janvier, des livres III et IV de *Tristram Shandy*. Retour à Coxwold, en juin. Sterne termine le livre V en septembre et le livre VI en novembre ; puis il part pour Londres, change d'éditeur et publie (fin décembre) ces deux livres.

1762 : Malade — il est tuberculeux — Sterne va en France. Séjour à Paris à partir de janvier. En juillet, sa femme et sa fille le rejoignent. Ils partent tous trois pour Toulouse, où ils arrivent en août (voir l'évocation du livre VII de *Tristram Shandy*).

1763 : Séjour à Toulouse. Sterne prépare des sermons pour publication. Voyage à Bagnères en juillet. Arrivée à Montpellier en novembre, après un passage bref à Marseille et à Aix.

1764 : Séjour à Montpellier. Sterne y laisse sa femme et sa fille, rentre à Paris en mai. Retour à Londres, puis à Coxwold pour rédiger la suite de *Tristram Shandy*. Brefs séjours, pendant l'été, à Scarborough et à Harrogate. Les livres VII et VIII étant finis, Sterne va à Londres à la fin du mois de novembre.

1765 : Publication, en janvier, des livres VII et VIII de *Tristram Shandy*. Sterne reste à Londres jusqu'au printemps. Retour à Coxwold début mai. Incendie au presbytère de Sutton, le 2 août. Nouveau voyage en France au mois d'octobre. Arrivée à Turin à la mi-novembre. Sterne va à Rome, puis à Naples.

1766 : Sterne quitte Naples pour Rome, en mars. Il rentre en France, rencontre sa femme et sa fille en mai. Retour à Coxwold au début de l'été, et rédaction du livre IX de *Tristram Shandy*. Sermons publiés.

1767 : Départ pour Londres, début janvier. Sterne fait la connaissance d'Elizabeth Draper dans le courant du mois. Publication du livre IX de *Tristram Shandy* le 30 janvier. Elizabeth Draper va en Inde où son mari l'attend (départ en mars). Du 12 avril au 4 août, Sterne rédige le *Journal to Eliza*. Rentré à Coxwold, Sterne entreprend d'écrire *A Sentimental Journey*. Bref séjour à Scarborough. Retour de Mrs. Sterne et de sa fille. Sterne part pour Londres à la fin du mois de décembre.

1768 : *A Sentimental Journey* est publié en février. Sterne meurt, à Londres, le 18 mars.

INDICATIONS BIBLIOGRAPHIQUES

Le texte de référence, en anglais, est *The Life and Opinions of Tristram Shandy, Gentleman* (1759-1767), édité par Melvyn New et Joan New (deux premiers volumes [1978]) ; les notes du troisième volume [1984] ont été établies par Melvyn New, Richard A. Davies et W.G. Day (Gainesville, Florida UP). On consultera aussi l'édition d'Ian Campbell Ross de *The Life and Opinions of Tristram Shandy, Gentleman* (Oxford et New York, Oxford University Press, 1983).

Le lecteur consultera avec profit les versions anciennes de Frénais (York et Paris, 1776-1785), de L. de Wailly (Paris, 1848) – qui remplace les pages noires par une page en damier – , d'A. Hédouin (Paris, 1890) – qui annote le texte. P. de Reul a publié une préface intéressante d'une réédition sélective de la traduction de Frénais (Paris, La Renaissance du Livre, 1931). De même, J.-L. Curtis a préfacé la traduction de Charles Mauron (Paris, Le Club français du Livre, 1955).

Beaucoup d'études sur Sterne ont été menées en France, depuis le livre de P. Stapfer, *Laurence Sterne, sa personne et ses ouvrages* (Paris, 1870). Mais la thèse d'Henri Fluchère, *Laurence Sterne, de l'homme à l'œuvre* (Paris, Gallimard, 1961), constitue la plus précieuse somme de renseignements et de réflexions. Ce livre, aussi fin qu'érudit, est également une mine bibliographique (pp. 657-693). Il est largement question du roman dans la thèse de Madeleine Descargues, *Correspondances : étude critique de la correspondance de Laurence Sterne dans son œuvre* (Paris, Didier Érudition, 1993).

Parmi la multitude d'articles et de livres consacrés à *Tristram Shandy* (et à Sterne) depuis les années cinquante, il est permis de retenir quelques titres, souvent britanniques ou américains. John Traugott, *Tristram Shandy's World : Sterne's Philosophical Rhetoric* (Berkeley, California UP, 1954). – Mary S. Wagoner, « Satire of the Reader in *Tristram Shandy* », TSLL 8 (1966). – John M. Stedmond, *The Comic Art of Laurence Sterne : Convention and Innovation in* Tristram Shandy *and* A Sentimental Journey (Toronto, Toronto UP, 1967). – J.C.T. Oates, *Shandyism and Sentiment, 1760-1800* (Cambridge, Cambridge Bibliographical Society, 1968). – Marvin K. Singleton, « Deuced Knowledge as Shandean Nub : Paracelsian Hermetic as Metaphoric Bridge in *Tristram Shandy* », ZAA 16

(1968). – John Traugott, éd., *Laurence Sterne : A Collection of Critical Essays* (Englewood Cliffs, Prentice, 1968). – Melvyn New, *Laurence Sterne as Satirist : a Reading of* Tristram Shandy, Gainesville, Florida UP, 1969). – Barbara Packer, *The Motley Crew : Audience as Fool in* Tristram Shandy (Stanford, 1969). – Graham Petrie, « Rhetorical as Fictional Technique in *Tristram Shandy* », *PQ* 48 (1969). – Andrew Wright, « The Artifice of Failure in *Tristram Shandy* », *Novel* 2 (1969). – Jean-Jacques Mayoux, « Temps vécu et temps créé dans *Tristram Shandy* », *Poétique* 2 (1970). – J.P. Hunter, « Response as reformation : *Tristram Shandy* and the art of interruption », *Novel* 4 (1971). – Juliet McMaster, « Experience to expression : thematic character contracts in *Tristram Shandy* », *MLQ* 32 (1971). – Douglas Brooks, « Sterne : *Tristram Shandy* », *Number and Pattern in the Eighteen-Century : Defoe, Fielding, Smollett and Sterne* (London and Boston, Routledge and Keagan Paul, 1973). – E.W. Mellown, « Narrative Technique in *Tristram Shandy* », *PLL* 9 (1973). – W. Park, « *Tristram Shandy* and the New Novel of Sensibility », *Studies in the Novel* 6 (1974). – Arthur H. Cash, *Laurence Sterne : The Early and Middle Years* (London, Methuen, 1979). – Leland E. Warren, « The Constant Speaker : Aspects of Conversation in *Tristram Shandy* », *UTQ* 46 (1976-1977). – Alain Bony, « Terminologie chez Sterne », *Poétique* 29 (1977). – James E. Swearingen, *Reflexivity in* Tristram Shandy *: An Essay in Phenomenological Criticism* (New Haven and London, Yale UP, 1977). – Jean-Claude Dupas, « The Life and Opinions of *Tristram Shandy* : une rhapsodie grotesque », *XVII-XVIII* 6 (1978). – Gerald Tyson, « The Rococo Style of *Tristram Shandy* », *BuR* 24 (1978). – Roland Posner, « Semiotic Paradoxes in Language Use with Particular Reference to *Tristram Shandy* », *ECent* 20 (1979). – Michael Seidel, *Satiric Inheritance : Rabelais to Sterne* (Princeton, Princeton UP, 1979). – Sidney Gottlieb, « Tristram Shandy and the Compulsion to Repeat », *MHLS* 4 (1980). – R. Perry, « Women in *Tristram Shandy* », *SVEC* 193 (1980). – Gerd Rohmann, éd., *Laurence Sterne* (Darmstadt, Wissenschaftliche Buchgesellschaft, 1980). – Paul-Gabriel Boucé, éd., *Sexuality in Eighteenth-Century Britain* (Manchester, Manchester UP, 1982). – Pat Rogers, « *Tristram Shandy*'s Polite Conversation », *EIC* 32 (1982). – Mark Loveridge, *Laurence Sterne and the Argument about Design* (London, Macmillan, 1982). – Fritz

Gysin, *Model as Motif in* Tristram Shandy (Berne, Francke Verlag, 1983). – Serge Soupel, « *Tristram Shandy*, roman piégé », *XVII-XVIII* 17 (1983). – Valerie Grosvenor Myer, éd., *Laurence Sterne : Riddles and Mysteries* (London, Vision ; Totowa, Barnes & Noble, 1984). – Max Byrd, *Tristram Shandy* (London, George Allen & Unwin, 1985). – Paul-Gabriel Boucé, « Word and World in *Tristram Shandy* (1759-1767) : Sterne's Fictive Restraints and Liberties », *Contraintes et Libertés en Grande-Bretagne au XVIIIe siècle* (Paris, Publications de la Sorbonne, 1986) 93-107. – Arthur H. Cash, *Laurence Sterne : The Later Years* (London, Methuen, 1986). – Valeria Tinkler-Villani, « The Life of Tristram : Sterne's Sacred Bawdy », *DQR* 16 (1986). – John Vignaux Smyth, *A Question of Eros : Irony in Sterne, Kierkegaard and Barthes* (Tallahasee, Florida Sate UP, 1986). – James Cruise, « Reinvesting the Novel : *Tristram Shandy* and Authority », *AJ* 1 (1987). – Everett Zimmerman, « *Tristram Shandy* and Narrative Representation », *ECent* 28 (1987). – Anne Bandry, « *Tristram Shandy* ou le plaisir du tiret », *EA* 41 (1988). – Peter J. de Voogd, « *Tristram Shandy* as Aesthetic Object », *W&I* 4 (1988). – David Whittaker, « *Tristram Shandy* : The Grotesque View of War and the Military Character », *SVEC* 266 (1989). – Helen Ostovich, « Reader as Hobby-Horse in *Tristram Shandy* », *PQ* 68 (1989). – Juliet McMaster, « Uncrystalized Flesh and Blood : The Body in *Tristram Shandy* », *Eighteenth-Century Fiction* 2 (1990).

TABLE DES MATIÈRES

Préface	5
Note sur le texte	19
Vie et opinions de Tristram Shandy, gentilhomme	21
Notes	601
Chronologie	627
Indications bibliographiques	630

DERNIÈRES PARUTIONS

ARISTOTE
 Petits Traités d'histoire naturelle (979)
 Physique (887)

AVERROÈS
 L'Intelligence et la pensée (974)
 L'Islam et la raison (1132)

BERKELEY
 Trois Dialogues entre Hylas et Philonous (990)

CHÉNIER (Marie-Joseph)
 Théâtre (1128)

COMMYNES
 Mémoires sur Charles VIII et l'Italie, livres VII et VIII (bilingue) (1093)

DÉMOSTHÈNE
 Philippiques, suivi de **ESCHINE,** Contre Ctésiphon (1061)

DESCARTES
 Discours de la méthode (1091)

DIDEROT
 Le Rêve de d'Alembert (1134)

DUJARDIN
 Les lauriers sont coupés (1092)

ESCHYLE
 L'Orestie (1125)

GOLDONI
 Le Café. Les Amoureux (bilingue) (1109)

HEGEL
 Principes de la philosophie du droit (664)

HÉRACLITE
 Fragments (1097)

HIPPOCRATE
 L'Art de la médecine (838)

HOFMANNSTHAL
 Électre. Le Chevalier à la rose. Ariane à Naxos (bilingue) (868)

HUME
 Essais esthétiques (1096)

IDRÎSÎ
 La Première Géographie de l'Occident (1069)

JAMES
 Daisy Miller (bilingue) (1146)
 Les Papiers d'Aspern (bilingue) (1159)

KANT
 Critique de la faculté de juger (1088)
 Critique de la raison pure (1142)

LEIBNIZ
 Discours de métaphysique (1028)

LONG & SEDLEY
 Les Philosophes hellénistiques (641 à 643), 3 vol. sous coffret (1147)

LORRIS
 Le Roman de la Rose (bilingue) (1003)

MEYRINK
 Le Golem (1098)

NIETZSCHE
 Par-delà bien et mal (1057)

L'ORIENT AU TEMPS DES CROISADES (1121)

PLATON
 Alcibiade (988)
 Apologie de Socrate. Criton (848)
 Le Banquet (987)
 Philèbe (705)
 Politique (1156)
 La République (653)

PLINE LE JEUNE
 Lettres, livres I à X (1129)

PLOTIN
 Traités I à VI (1155)
 Traités VII à XXI (1164)

POUCHKINE
 Boris Godounov. Théâtre complet (1055)

RAZI
 La Médecine spirituelle (1136)

RIVAS
 Don Alvaro ou la Force du destin (bilingue) (1130)

RODENBACH
 Bruges-la-Morte (1011)

ROUSSEAU
 Les Confessions (1019 et 1020)
 Dialogues. Le Lévite d'Éphraïm (1021)
 Du contrat social (1058)

SAND
 Histoire de ma vie (1139 et 1140)

SENANCOUR
 Oberman (1137)

SÉNÈQUE
 De la providence (1089)

MME DE STAËL
 Delphine (1099 et 1100)

THOMAS D'AQUIN
 Somme contre les Gentils (1045 à 1048), 4 vol. sous coffret (1049)

TRAKL
 Poèmes I et II (bilingue) (1104 et 1105)

WILDE
 Le Portrait de Mr. W.H. (1007)

GF-DOSSIER

ALLAIS
À se tordre (1149)

BALZAC
Eugénie Grandet (1110)

BEAUMARCHAIS
Le Barbier de Séville (1138)
Le Mariage de Figaro (977)

CHATEAUBRIAND
Mémoires d'outre-tombe, livres I à V (906)

COLLODI
Les Aventures de Pinocchio (bilingue) (1087)

CORNEILLE
Le Cid (1079)
Horace (1117)
L'Illusion comique (951)
La Place Royale (1116)
Trois Discours sur le poème dramatique (1025)

DIDEROT
Jacques le Fataliste (904)
Lettre sur les aveugles. Lettre sur les sourds et muets (1081)
Paradoxe sur le comédien (1131)

ESCHYLE
Les Perses (1127)

FLAUBERT
Bouvard et Pécuchet (1063)
L'Éducation sentimentale (1103)
Salammbô (1112)

FONTENELLE
Entretiens sur la pluralité des mondes (1024)

FURETIÈRE
Le Roman bourgeois (1073)

GOGOL
Nouvelles de Pétersbourg (1018)

HUGO
Les Châtiments (1017)
Hernani (968)
Quatrevingt-treize (1160)
Ruy Blas (908)

JAMES
Le Tour d'écrou (bilingue) (1034)

LAFORGUE
Moralités légendaires (1108)

LERMONTOV
Un héros de notre temps (bilingue) (1077)

LESAGE
Turcaret (982)

LORRAIN
Monsieur de Phocas (1111)

MARIVAUX
La Double Inconstance (952)
Les Fausses Confidences (978)
L'Île des esclaves (1064)
Le Jeu de l'amour et du hasard (976)

MAUPASSANT
Bel-Ami (1071)

MOLIÈRE
Dom Juan (903)
Le Misanthrope (981)
Tartuffe (995)

MONTAIGNE
Sans commencement et sans fin. Extraits des *Essais* (980)

MUSSET
Les Caprices de Marianne (971)
Lorenzaccio (1026)
On ne badine pas avec l'amour (907)

PLAUTE
Amphitryon (bilingue) (1015)

PROUST
Un amour de Swann (1113)

RACINE
Bérénice (902)
Iphigénie (1022)
Phèdre (1027)
Les Plaideurs (999)

ROTROU
Le Véritable Saint Genest (1052)

ROUSSEAU
Les Rêveries du promeneur solitaire (905)

SAINT-SIMON
Mémoires (extraits) (1075)

SOPHOCLE
Antigone (1023)

STENDHAL
La Chartreuse de Parme (1119)

TRISTAN L'HERMITE
La Mariane (1144)

VALINCOUR
Lettres à Madame la marquise *** sur *La Princesse de Clèves* (1114)

WILDE
L'Importance d'être constant (bilingue) (1074)

ZOLA
L'Assommoir (1085)
Au Bonheur des Dames (1086)
Germinal (1072)
Nana (1106)

GF Flammarion

06/02/119414 -II-2006 — Impr. MAURY Eurolivres, 45300 Manchecourt.
N° d'édition FG037106. – Décembre 1998. – Printed in France.